Susan Sey

# Appetit auf Ärger



amazon crossing

## Das Buch

Auf dem Spielfeld ist der Fußballstar James Blake genial – aber abseits des Platzes? Da macht er immer nur Ärger. Wenn seine Vorliebe für leichte Mädels und Kneipenschlägereien dazu führt, dass er von seinem Verein für die kommenden Spiele gesperrt wird, ist er bereit, die Strafe wie ein Mann auf sich zu nehmen. Aber seit wann bedeutet denn eine Sperre, dass er mit einem Kindermädchen zusammenleben muss, das auf ihn aufpassen soll?

Fernseh-Backfee Belinda West ist der Inbegriff hausgemachter Gastfreundlichkeit, auf dem Bildschirm wie auch hinter den Kulissen. Zwischen Beruf und Privatleben kann schließlich kein großer Unterschied mehr gemacht werden, wenn man »das süße Leben« für Karrierezwecke nicht nur verkaufen, sondern auch verkörpern muss. Aber als sich ihr Hochzeitstag als Super-GAU herausstellt – und das auch noch während einer Livesendung –, geht ihre Karriere den Bach runter. Sie würde alles tun, um sie zu retten, auch wenn sie dafür auf den Bad Boy der Fußballwelt aufpassen muss.

Zum Teufel mit der Moralklausel in seinem Vertrag: James wird sich bestimmt nicht für so eine Möchtegern-Mary-Poppins verbiegen. Aber seit wann lacht Mary Poppins wie ein frecher Engel und duftet nach süßen Plätzchen? Er sucht ganz bestimmt nicht nach der großen Liebe, aber ihr Kuss ist so perfekt wie es nur geht. Und James ist auf den Geschmack gekommen: Schließlich hat er großen Appetit auf Ärger.

## Die Autorin

Vor einigen Jahren kehrte Susan Sey – Gewinnerin des Golden Heart®-Preises der Romance Writers of America – der glamourösen Welt des EDV-Unterrichts den Rücken, um einer ambitionierten Karriere im Windelwechseln nachzugehen. Zwei Kinder und Millionen von Windeln später beschloss sie, sich neuen Herausforderungen zu stellen, und nutzte die Zeit, wenn ihre Kinder Mittagsschlaf hielten, dazu, um Romane zu schreiben. Die Kinder machen mittlerweile mittags kein Schläfchen mehr, also schreibt sie nun, wenn sie sich eigentlich um die Wäsche kümmern sollte. Momentan lebt sie in St. Paul, Minnesota, mit ihrem wundervollen Ehemann, reizenden Kindern und einem *sehr* hohen Berg schmutziger Wäsche.

SUSAN SEY

# Appetit auf Ärger

Übersetzt von Antje Papenburg

amazon crossing

Die Originalausgabe erschien 2013 unter dem Titel
»Taste for Trouble«.

Deutsche Erstveröffentlichung bei AmazonCrossing, Luxemburg, 2014


Lektorat: Sandra Schmidt, www.text-theke.com
Korrektorat und Satz: Petra Schmidt, www.lektorat-ps.com
Umschlaggestaltung: bürosüd⁰ München, www.buerosued.de
Bildrechte: © Getty Images, © 84877090

Printed in Germany
by Amazon Distribution GmbH, Leipzig

ISBN 978-1-477-82226-5

www.amazon.com/crossing

*Für Claudia und Greta, auf ewig.*

*Für Bryan, der mit mir liest.*

*Für die Angestellten des Bruegger Cafés in North Oaks, die mich immer mit frischem Kaffee versorgt und eine freundliche Atmosphäre geschaffen haben. So konnte ich dieses Buch an einem Ort schreiben, an dem es dauernd nach etwas Köstlichem duftete.*

*Und für die Leute am Nachbartisch, die mir immer wieder neuen Stoff für meine Bücher geliefert haben. Ich versuche ja, andere nicht zu belauschen, aber …*

# Kapitel 1

Bräute, die vor dem Altar stehengelassen werden, waren nichts Neues für Belinda West. Man produzierte ja nicht über zehn Jahre lang jedes Wochenende mindestens zwei Hochzeitstorten, ohne jegliches Desaster mitzuerleben, das einer Hochzeitsgesellschaft so widerfahren könnte. Wenn also der Ehemann in letzter Minute nach Mexiko abhaute – sei es mit oder ohne die Schwester der Braut – nahm Bel diese Nachricht, ohne mit der Wimper zu zucken, entgegen.

Aber für die Braut war es immer ein Schock. Und genau das konnte Bel nicht nachvollziehen. Denn wenn der Ehemann nicht hundertprozentig hinter der ganzen Heiratssache stand, dann würde man das doch merken. Es gab immer irgendwelche Vorzeichen. Und wenn Bel, eine Fremde, die sich um das Kuchenbuffet kümmerte, diese Vorzeichen erkennen konnte, dann ja wohl auch jede Braut, die ihrem Zukünftigen nur ein kleines bisschen Beachtung schenkte.

Was bedeutete, dass diese Frauen entweder nicht auf Kleinigkeiten achteten (wofür Bel wenig Verständnis aufbrachte) oder sie absichtlich ignorierten (was Bel überhaupt nicht nachvollziehen konnte).

Und dann wurde sie selbst vor dem Altar sitzen gelassen. Live im Fernsehen.

Dabei war es nicht so, als ob sie den ganzen Tag lang schlafwandelnd herumgelaufen wäre und dem Hochzeitsplaner das Ruder übergeben hätte. Nein, sicher nicht. Sie hatte sich selbst um ihre Hochzeit gekümmert, und das mit derselben taktvollen und detailorientierten Unerbittlichkeit, die ihr dabei geholfen hatte, sich von einer halbwegs kreditwürdigen Tortenbäckerin in die Backexpertin der TV-Sendung *Kate Every Day* zu verwandeln. Die von ihr gefilmte Berichtreihe, in der Zuschauer sie ihre eigene Hochzeitstorte backen sahen, hatte die höchsten Einschaltquoten der ganzen Staffel erreicht. Bel war sogar von Kate höchstpersönlich zum Mittagessen eingeladen worden, nachdem sie die Zahlen gesehen hatte.

Und Kate hatte sie damit belohnt, Bels Hochzeit zum Herzstück der Staffel-Premiere zu machen. Eine Live-Sendung.

Kates Vertrauen fühlte sich an wie ein Schmetterling, der sich auf ihrem Haupt niederließ – eine so heikle und zögerliche Angelegenheit, dass man sie mehr intuitiv spüren als wirklich fühlen konnte –, und Bel hatte sich mit Leib und Seele dafür eingesetzt, Kate zu zeigen, dass ihr Vertrauen gerechtfertigt war – ganz die Anwärterin auf den Thron, nach dem sie strebte.

Ihre Hochzeit sollte perfekt werden, dazu war sie fest entschlossen. Sie machte Pläne. Sie stellte Prognosen auf. Sie machte Voraussagen. Sie bewältigte Probleme. Sie überprüfte Einzelheiten, und dann überprüfte sie sich noch einmal. Und dann ein drittes Mal. Nichts, nicht mal die klitzekleinste Entscheidung, ging an ihr vorbei. Und auf dem Papier, während des Probedurchlaufs, in Theorie, da *war* wirklich alles perfekt.

Aber in der Realität? Irgendwann, zwischen dem Aussuchen der weißen, auf alt getrimmten Holzklappstühle im Landhausstil und dem Ankleben der dreihundertdreiundvierzig, in rote Folie eingewickelten Zartbitterschokoladenherzen auf die handgedruckten Tischkärtchen (sie hatte selbst die Heißklebepistole bedient), war etwas gehörig schiefgelaufen.

Was bedeutete, wie Kate später mit frostiger Stimme festgestellt hatte, dass Bel irgendwie, auf unerklärliche Weise, etwas entgangen sein musste. Etwas Wichtiges. Ein Vorbote des Unheils war – von Bel unbemerkt – an ihr vorbeigeschlüpft. Der sprichwörtliche Wolf im Schafspelz.

*Nein*, dachte Bel finster. Das entsprach nicht ganz der Wahrheit. Sie hatte die Anzeichen schon gesehen. Sie hatte sie nur nicht verstanden.

Annie hatte recht gehabt. Sie hätte den Schwänen mehr Beachtung schenken sollen.

# Kapitel 2

*Ein paar Stunden früher, in Kate Davis' Anwesen, Hunt House*

Bel war gerade einer Sadistin ausgeliefert, die sich als Friseurin ausgab, als ihre Assistentin Annie im Spiegel hinter Bel erschien.

»Es gibt Probleme mit den Schwänen«, verkündete Annie. »Du musst mit mir kommen.«

»Wehe, Sie bewegen sich«, sagte die sadistische Friseurin. Bel bewegte sich nicht. Die Frau belohnte sie dafür, indem sie eine letzte Haarnadel direkt in ihre Kopfhaut steckte. Bel versuchte den Schmerz zu verdrängen und dachte an perfekte Hochzeitsfotos. »So«, meinte die Frau und bauschte den Meter Tüllstoff zufrieden etwas auf, den sie gerade an Bels Kopf befestigt hatte. »Das sollte jetzt halten.«

»Das möchte ich doch hoffen«, murmelte Bel in sich hinein, lächelte aber ihr Spiegelbild an.

Dann dreht sie den Stuhl, um Annie direkt anzuschauen, und ihr Lächeln wurde vor echter Freude breiter.

»Na, schau dich an. Wenn das Kleid mal nicht absolut perfekt für dich ist«, sagte Bel zufrieden.

Es war sonst nicht ihre Art, sich mit etwas zu brüsten, aber Annie hatte so einen riesen Terz darüber gemacht, dass sie ein Kleid aus fliederfarbenem Satin anziehen musste. Und vielleicht *war* die Kombination auch etwas riskant gewesen: Annie, die der Typ tätowierte Kunststudentin war und auch noch so rotes Haar wie Lucille Ball hatte, in einem Kleid, das aussah wie ein filigranes Osterei.

Aber niemand konnte bestreiten, dass das Resultat atemberaubend war.

Annie rollte mit den Augen, was Bel geflissentlich ignorierte.

»Habe ich dir nicht gesagt, dass es perfekt aussehen würde?«, bemerkte Bel. »Du siehst aus wie Marilyn Monroe.« Sie legte den Kopf schräg und kniff ihre Augen etwas zusammen. »Na ja, wenn Marilyn Monroe rothaarig gewesen und eine Rockabilly-Phase durchlebt hätte. Wo hast du denn bislang diese Kurven versteckt?«

Annie verschränkte die Arme über ihrer überraschend großen Oberweite.

»Können wir bitte nicht über dieses Kleid reden? Es ist ein Beweis für unsere Freundschaft, dass ich es überhaupt anhabe. Aber wenn mich jemand damit im Fernsehen sieht, dann kann unsere Freundschaft meinetwegen zum Teufel gehen. Ich müsste dann meine Verbindungen zur Mafia spielen lassen. Mein Onkel Luigi ist ein gemachter Mann, wie du weißt.«

Bel zog eine Augenbraue hoch.

»Du würdest mich für ein Kleid umlegen lassen?«

»Ich würde es zumindest in Erwägung ziehen. Jetzt komm schon.«

»Was? Wohin denn?«

»Die Schwäne.«

»Was ist denn mit ihnen?«

Aber Annie war schon durch die Hintertür raus und stampfte den leicht abschüssigen begrünten Hang zum Teich hinunter. Bel klemmte den Meter Tüll, der ihr vom Kopf hing, unter einen Arm und folgte ihr.

In die Hitze zu treten, fühlte sich an wie eine verschwitzte Umarmung. Die Luft war heiß und dick, als ob der Sommer noch ein letztes Mal zeigen wollte, was in ihm steckte. Ihre Bluse aus Oxford-Baumwolle klebte am Schweißfilm, der sich sofort auf ihrem Rücken bildete. Gott sei Dank hatte sie noch nicht ihr Make-up aufgetragen, dachte sie. Oder ihr Kleid an. Aber sie musste auch noch ihr Okay zu den Blumenarrangements geben und die Torte fertig machen …

Sie schaute auf ihre Armbanduhr, ein wunderschöner Armreif von Hermes aus Gold und Silber. Normalerweise ließ sie sich nicht dazu hinreißen, ihrem Geschmack für prunkvollen Schmuck zu frönen, auch wenn sie sich mittlerweile ab und zu größere Ausgaben leisten konnte, aber Pünktlichkeit war praktisch ihre Religion. Sie sah jeden Tag hundert Mal auf ihre Uhr. Wieso nicht auf etwas Schönes schauen?

Als sie bemerkte, wie spät es schon war, stellte sie gedanklich ein paar Punkte auf ihrer Liste mit Dingen um, die noch zu erledigen waren, und legte einen Zahn zu.

»Ich weiß, dass du der Ansicht bist, die Schwäne sind etwas zu viel«, rief sie Annie hinterher, »aber vertrau mir. Was einem in der Realität ein wenig übertrieben vorkommt, kommt auf dem Fernsehbildschirm toll rüber. Schwäne sind ein altehrwürdiges Symbol für Treue, und wenn während der Trauung ein Paar Schwäne auf dem Teich im Hintergrund zu sehen wären, würde das eine wunderschöne Botschaft vermitteln.«

»Sie vermitteln in der Tat eine unmissverständliche Botschaft.« Annie hielt im Schatten der weißen Markise an, unter der die Trauung stattfinden würde, und zwar in genau – Bel schaute noch mal auf ihre Armbanduhr – einer Stunde und vierzehn Minuten. »Aber so wie ich das sehe, ist die Botschaft weniger *Schaut euch an, wie innig wir uns lieben*, sondern eher *Heilige Scheiße, wir sind unter Scharfschützenbeschuss.*«

»Wie bitte?«

»Schau's dir selber an.«

Sie zeigte mit einem lilafarbenen Fingernagel in Richtung Teich.

Bel blickte erst Annie stirnrunzelnd an und wandte ihren Blick dann gen Teich, über dessen spiegelglatte blaue Oberfläche zwei Schwäne glitten. Nur konnte man es nicht gerade gleiten nennen. Sie schossen auf dem Wasser in unregelmäßigen Zick-Zack-Bewegungen hin und her, die Köpfe tief geneigt, die Augen zu gefährlichen Schlitzen verengt. Ab und zu trompetete einer von ihnen beleidigt.

Ihr wurde flau im Magen.

»Was zum Teufel? Mit denen war doch alles in Ordnung! Vor zwei Stunden war mit denen noch *alles in Ordnung*. Was ist denn passiert?«

»Woher soll ich das wissen.« Annies Lippen waren zu einer schmalen Linie zusammengepresst. »Als ich die Leute hierher gebracht habe, die die Markise aufgebaut haben, war alles noch in Ordnung, wie du gesagt hast. Dann habe ich mich für eine Weile darum gekümmert, dass die Techniker das Licht richtig eingestellt haben, um die Trauung zu filmen, und als ich wieder zurückkam, waren sie auf einmal so. Ganz … verstört.«

»Okay.« Bel atmete die warme, feuchte Luft tief ein, was überhaupt nicht dabei half, die Sorgen loszuwerden, die ihr jetzt im Kopf herumgingen. »Gib mir eine Minute. Ich muss nachdenken.«

»Hör mal, Bel.« Annies Stimme wurde weicher und sie legte ihre Hand auf Bels Arm. »Ich weiß, dass du dein Herz an diese Schwäne gehängt hast, aber ich glaube, es wird nicht funktionieren.«

»Doch, das wird es«, sagte Bel. »Ich kann das wieder in Ordnung bringen.« Und das würde sie auch. Sie hatte unzählige Stunden damit verbracht, diesen Nachmittag vorzubereiten. Auch nur eine einzige Minute ihres Tages anders zu gestalten als arrangiert, nur weil ein paar geistesgestörte Vögel ihr einen Strich durch die Rechnung machen wollten, verstieß gegen alles, an das sie glaubte. Alles, was sie war. Bel hatte einen Plan. Und die Schwäne würden sich fügen, so Gott ihnen half. Dann würde alles in Ordnung kommen. Besser als in Ordnung. *Perfekt.* Alles würde perfekt sein. Sie hatte dafür gesorgt. »Wir werden ihnen ein Beruhigungsmittel verabreichen müssen.«

»*Wie bitte?*«

Ein heißer Luftzug hob ihren Schleier in die Höhe und der Stoff zog unbarmherzig an ihrer Kopfhaut, aber sie hielt den Schmerz aus. Ihr Schleier war wunderschön. Er war perfekt. Genauso, wie sie es sich vorgestellt hatte. Und er bereitete ihr Höllenschmerzen. Aber was soll's? Perfektion hatte nun mal seinen Preis, ja, aber Bel machte es nichts aus, diesen zu zahlen. Die Schwäne sollten sich besser ein Beispiel daran nehmen.

Sie klemmte das Ende des Schleiers wieder vorsichtig unter ihren Arm und sagte:

»Annie, bitte. Ich muss mir noch die Blumenarrangements anschauen, die Torte fertig machen und mich schminken lassen. Dann muss ich prüfen, dass die Kameras für die Trauung richtig platziert sind, und mich in mein Kleid einnähen lassen. Ich habe keine Zeit, einem Paar traumatisierter Wasservögel gut zuzureden und sie von welchen Neurosen auch immer zu kurieren, die sie sich in den letzten zwei Stunden eingehandelt haben. Sie müssen ruhiggestellt werden. Kannst du den Züchter telefonisch erreichen?«

Annie starrte sie aus großen Augen unter ihrem kurzen Pony an.

»Du willst *Treue* und *immerwährende Liebe* mit Medikamenten ruhigstellen, damit sie fotogen sind? Das ist einfach nur falsch, Bel. *Alles* hier ist falsch. Merkst du das nicht?«

»Jetzt sei nicht so melodramatisch.« Bel zog ihr iPhone aus der Brusttasche ihrer Bluse und begann nach der Nummer des Schwänezüchters zu suchen. »Mein Gott noch mal, das sind doch nur Schwäne. Es ist doch nicht das Ende der Welt, wenn wir …«

»Hier geht es doch nicht um die Scheiß-Schwäne!«, schrie Annie. »Hör mir doch mal zu.«

Sie war so überrascht, dass ihr auf einmal ganz mau wurde, und ihre Finger, die gerade durch ihre Kontakte gescrollt waren, hielten abrupt inne. Denn Annie hatte sie gerade angeschrien. *Annie.* Als Belindas persönliche Assistentin und beste Freundin sagte Annie oft Nein zu ihr. Natürlich tat sie das. Immer wenn Bel versucht war, zwei Aufträge für einen Tag anzunehmen, mehr auszugeben, als ihr Budget hergab oder ein Wochenende durchzuarbeiten, war Annie diejenige, die ihr Einhalt gebot. Es war ihr *Job*, Nein zu Bel zu sagen. Aber das war es ja gerade. Annie war *gut* darin, Nein zu sagen. Ruhig, besonnen, effizient, praktisch. Annie machte niemals ein Drama aus etwas.

Und Annie hatte sie gerade angeschrien.

»Natürlich.« Bel steckte ihr Handy wieder ein. »Ich höre dir zu.«

Annies Blick wanderte zum Teich rüber, dann wieder zurück zu Bel.

»Du kannst das nicht machen«, sagte sie schließlich.

Auf ihren Wangen bildeten sich kreisrunde rote Flecken.

»Was kann ich nicht machen?«

»Ford heiraten. Ich meine es ernst, Bel. Das hier ist ein schlechtes Omen. Du kannst das nicht durchziehen.«

Bels Augenbrauen zogen sich zusammen.

»Weil meine Schwäne irgendeine Belastungsstörung haben?«

»Weil du ihn nicht liebst. Und er liebt dich nicht.«

Liebe. Das Wort plumpste wie ein eiskalter Stein in Bels Magen und ließ sie übel aufstoßen. Das Allerletzte, was sie wollte, war verliebt zu sein.

»Ford und mich verbindet etwas Besseres als Liebe«, antwortete Bel und versuchte, ihre Stimme ruhig und selbstsicher klingen zu lassen.

Der Wind befreite den Schleier wieder aus ihrem Griff und blies sein Ende auf Annies knallfroschrotes Haupt, wo er liegen blieb. Annie fegte ihn mit der Hand vom Kopf.

»Besser als Liebe«, sagte sie skeptisch, ihre Lippen aufeinandergepresst. »Wie was denn, zum Beispiel?«

»Wie Kompatibilität«, erwiderte Bel. Sie wickelte Annie aus ihrem Schleier aus, der sich um sie gelegt hatte, und steckte das Ende wieder unter ihren Arm. »Ein ähnliches Naturell, ähnliche Ziele und Lifestyles. Viel gegenseitigen Respekt und Zuneigung. Was wir haben, ist eine *Partnerschaft*, Annie. Eine gute, die anhalten wird. Heirat ist einfach der nächste Schritt.«

»Ich hasse es, wie du das immer machst. Wie du etwas so rationalisierst, dass es sich logisch anhört.« Annie schüttelte wie wild den Kopf. »Nein. Scheiß auf Kompatibilität. Das ist kaltblütig und falsch, und das weißt du auch. Menschen müssen *geliebt* werden, Bel. Gegenseitige Achtung und große Zuneigung sind nun mal nicht genug. Du betrügst dich damit selber, und schlimmer noch, du betrügst damit Ford.«

»Betrügen? Also bitte.« Bel lachte bitter. Sie hatten das Thema schon bis ins Unermüdliche diskutiert. Aber wie sollte man unerschrockenen Menschen vernünftige Besonnenheit beibringen? »Liebe ist nichts als eine Ausrede dafür, unbeständig, impulsiv und egoistisch zu handeln. Es sollte kein ausreichender Grund dafür sein, sich mit jemandem zum Mittagessen zu verabreden, geschweige denn, jemanden zu heiraten und sich ein Leben mit jemandem aufzubauen. Ich habe nicht das Gefühl, dass mir dabei was entgeht, und ich glaube auch nicht, dass Ford so denkt.«

»Nur, weil du ihn davon überzeugt hast, dass es nicht besser werden kann. Und das stimmt einfach nicht.« Sie spuckte die Worte aus, als ob sie giftig wären. »Ich weiß nicht, wer dich so sehr verletzt hat, Bel, wer dein Herz gebrochen hat, oder was auch immer. Und wenn du nicht darüber hinwegkommen willst, meinetwegen. Das ist deine Entscheidung. Aber hier geht es um mehr als nur dich selber. Ford hängt auch mit drin, und er ist ein echt lieber Kerl. Er hat was Besseres verdient.«

Bel starrte ihre Assistentin durch die Strahlen der frühen Septembersonne an, die in dicken, cremigen Wellen auf die Erde trafen. Sie tauchten den Nachmittag in genau die Art von Licht, auf das Bel ausgewesen war. Die Bilder würden perfekt aussehen. So auch die Torte und die Blumen und ihr Haar und ihr Kleid und die dreihundertdreiundvierzig Gäste, die in einer Stunde ankommen würden. Sie und alle *Kate-Every-Day*-Zuschauer, die zu Hause vor dem Fernseher saßen, würden diese Perfektion sehen. Sie alle würden Zeuge davon werden, wie Bel endlich das Leben bekam, das sie seit diesem einen Tag vor zwölf Jahren geplant hatte, als sie zufällig auf eine *Kate-Every-Day*-Episode gestoßen war, während sie darauf gewartet hatte, dass ihre Mutter nach Hause kam.

Ihre Mutter war an dem Tag nicht nach Hause gekommen – erst drei Tage später –, aber das hatte ihr nichts ausgemacht. Als sie endlich wieder daheim war, hatte Bel längst ein neues Zuhause gefunden. Ein imaginäres, klar, aber wenigstens konnte sie sich jeden Tag darauf verlassen, dass es da war, zwischen drei und vier Uhr nachmittags, Ostküstenzeit. *Kate Every Day* hatte Bel alles gelehrt, was sie über das »süße Leben« wissen musste und wie man es sich selber aufbaute.

Und nach der heutigen Trauung würde Bels Leben tatsächlich sehr süß werden. Sie hätte eine sichere Arbeitsstelle, eine Beziehung für die Ewigkeit, ein beständiges, voraussehbares Leben. Sie hätte eine Zukunft, die sich vor ihr in einer wunderschönen, geraden Linie bis zum Horizont erstreckte. Alles würde perfekt sein. Und sie würde es nicht erlauben, dass wild gewordene Wasservögel – oder die Missfallsbekundung ihrer besten Freundin – zwischen sie und diese Zukunft kommen würden.

»Annie«, fing sie an.

»Oh Gott, der *Sei-doch-vernünftig*-Tonfall.« Annie ließ ihre Schultern im lila Satin hängen und gab sich wohl geschlagen. »Na gut. Lass mich vernünftig sein. Bist du bereit dafür?«

Bels Lippen zuckten, obwohl sie gar nicht lächeln wollte.

»Bereit.«

»Du bist meine Freundin, Bel. Du bedeutest mir viel und ich will, dass du glücklich wirst.« Sie schaute Bel besorgt an. »Aber ich kann mir einfach nicht vorstellen, dass du glücklich wirst, wenn du deinen Ehemann nicht liebst.«

Eine Woge der Zuneigung durchflutete Bel und sie ließ ihren Schleier los.

»Ach, Annie.« Sie nahm die kleinere Frau in ihre Arme und drückte sie fest. Der Schleier wurde vom Wind erfasst und zog brutal an ihrer Kopfhaut, aber es war ihr egal. »Ich liebe *dich*. Ist das nicht gut genug?«

»Nein.« Annie löste sich aus der Umarmung und funkelte sie an. »Weil du Ford auf genau dieselbe Art und Weise liebst.«

»Natürlich tue ich das. Er ist mein anderer bester Freund.«

»Ja, und die meisten Leute wollen etwas stärkere Gefühle als Freundschaft für den Mann empfinden, mit dem sie für den Rest ihres Lebens schlafen werden.«

Bel grinste fröhlich.

»Ich nicht.« Dann schaute sie auf ihre Uhr und das Grinsen verging ihr. »Ach, du lieber Himmel. Annie, hör zu. Danke, dass du mich angeschrien hast. Ich weiß, dass du mich liebst und nur das Beste für mich willst, aber du musst mir vertrauen, was das hier angeht. Ford und ich? Wir sind gut zusammen. Das sind wir wirklich. Und wir haben wirklich, *wirklich* keine Zeit, das noch weiter zu diskutieren. Die Schwäne …«

»… sind ein böses Omen«, zischte Annie durch zusammengebissene Zähne.

»Nein, das sind sie nicht. Sie sind nur …«

Sie hielt inne, als ein Golfball über die hohe Hecke gesegelt kam, die den Rasen von dem benachbarten Grundstück trennte. Mit einem pfeifenden Geräusch flog er durch die Luft und detonierte im Teich wie eine Handgranate. Die Schwäne flatterten wild mit den Flügeln und krakeelten laut.

Bel und Annie starrten sie mit offenen Mündern an.

»Um Gottes willen«, sagte Bel schließlich. »War das ein Golfball?«

»Sieht so aus.« Annie schaute aus schmalen Augen auf den Teich. »Na, das erklärt einiges.«

# Kapitel 3

»Das kam vom Annex«, bemerkte Bel. Es war keine Frage.

Annie runzelte die Stirn, als sie über die Hecke spähte.

»Ja.«

»James Blake und seine geistesgestörten Brüder sind zu Hause?«

Annie kratzte sich die Nase, während sie dabei zusahen, wie ein weiterer Golfball über die Büsche geflogen kam und auf die Wasseroberfläche klatschte.

»Müssen sie wohl sein.«

»Sie sind zu Hause und *benutzen meine Hochzeit als Driving Range?*«

Bel versuchte ihren Ton neutral zu halten, aber die Bestürzung, die sie fühlte, ließ ihre Stimme zittern, und Angst kroch auf kleinen, schlüpfrigen Füßen heran. Sie hatte das hier doch so genau geplant. Diese neureichen, hinterwäldlerischen Nachbarn *sollten nicht zu Hause sein.*

»Miss West?«

Der Florist stand auf einmal neben Bel, sein kahler Kopf schweißglänzend in der Nachmittagssonne. Zu schweißglänzend. Ein ungutes Gefühl beschlich sie und ihr flauer Magen fing langsam an, sich in Bauchschmerzen zu verwandeln.

»Einen Moment«, sagte Bel zu ihm. Sie wandte sich wieder Annie zu. »Ich dachte, du hast gesagt, dass die Statesmen dieses Wochenende in Los Angeles spielen.«

Annie runzelte die Stirn und schaute auf die Schwäne, die sich offensichtlich in ihrer Würde gekränkt aus dem Teich hievten.

»Das tun sie auch.« Sie hob abwehrend die Hände. »Zumindest laut ihrem Spielplan. Ich verfolge Profi-Fußball nicht, also habe ich es vielleicht missverstanden, aber da stand *Statesmen vs. the Galaxy*, LA, ein Uhr. Was, wenn man die Zeitverschiebung mit in Betracht zieht …« Sie warf einen Blick auf Bels Armbanduhr. »… genau jetzt ist.«

»Warum übt also deren Star-Stürmer *Abschläge auf meine Schwäne*?«

Annie fiel darauf keine Antwort ein.

»Was ist los? Wir haben eine Abschlagzeit?«

Bel drehte sich um und sah, dass Ford den gepflegten grünen Rasen herunterspaziert kam. Hunt House ragte hinter ihm in den Himmel, genauso solide und kompakt wie Ford selber, und der Anblick der beiden Dinge in ihrem Leben, auf die sie sich am meisten verlassen konnte, brachte Bel wieder ins Gleichgewicht.

Der Florist versuchte es noch einmal.

»Miss West«, sagte er, seine dicken Finger ineinander verflochten, sein Gesicht rund und unglücklich.

»Es tut mir leid, einen kleinen Moment noch.«

Sie hielt Ford ihre Hände hin, der sie in seine eigenen, warmen Hände nahm.

»Hallo Bel«, flachste er. »Gehen wir golfen?«

Sie küsste ihn auf die Wange.

»Ja, ich glaube wohl kaum.«

Er lachte und tätschelte ihren Schleier.

»Man kann es einem Mann nicht verübeln, es wenigstens zu versuchen.«

Er zwinkerte Annie zu und starrte sie dann einfach nur an.

»Du lieber Himmel, Annie. Bist du das?«

Annies Wangen färbten sich rot. Sie schloss die Augen und klopfte sich dann verstohlen auf die nackten Schultern, als ob sie sich davon überzeugen wollte, dass sie in der Tat mehr Haut zeigte, als bei ihr sonst in einem ganzen Jahr jemals mit Tageslicht in Berührung kam.

»Ganz schön viel von mir, ja«, antwortete sie und lächelte schwach.

»Das Kleid«, sagte Ford ernsthaft, »ist eine … Offenbarung.«

Sie wurde noch röter.

»Bels Idee.«

»Natürlich. Sie kombiniert immer ungewöhnliche Zutaten, um etwas unglaublich Köstliches zu kreieren.« Er legte einen Arm um Bels Schultern und drückte sie liebevoll. Um seine braunen Augen hatte sich ein Netz voller Lachfalten gebildet. »Dafür ist sie berühmt, nicht wahr?«

Eine Welle der Erleichterung überrollte sie. Sie war nicht in Ford verliebt, aber sie liebte ihn voll und ganz. Wie konnte sie ihn nicht lieben? Sein ganzes Wesen beruhte auf Großherzigkeit, als ob er irgendwo ein Reservoir voll dieser Eigenschaft hatte, von dem er ständig zehrte. Und dieses Reservoir schien niemals zu versiegen. Wenn Bels Leben ein Schiff war, dann war Ford ihr sicherer Hafen. Und sie hatte vor, in weniger als einer Stunde dort für immer vor Anker zu gehen.

»Selbst meine Zauberkraft hat seine Grenzen«, meinte sie seufzend. »Weil mir nämlich keine einzige Zutat aus meiner Küche einfällt, die den bitteren Geschmack dieser Situation versüßen könnte.«

Fords Augenbrauen schnellten in die Höhe.

»Welche Situation?«

»Anscheinend spielen die Blake-Brüder …«

Sie wurde unterbrochen, als noch ein Golfball über die Hecke segelte und im Teich landete. Die Schwäne trompeteten laut und drückten so ihr Missfallen aus. Sie befanden sich schon am sicheren Ufer und wandten sich jetzt interessiert dem Catering-Zelt zu. Bels Brust wurde wieder enger, als sie eine neue Gefahr am Horizont wähnte, und sie schluckte ein paar unziemliche Wörter herunter.

»… verrückt.«

»Ich verstehe.« Ford kniff die Augen zusammen. »Aber das sieht eher nach Golf aus.«

»Das ist es wohl.« Bel verzog den Mund. »Nur sollten sie eigentlich heute Fußball spielen. In Kalifornien.«

»Aha.«

»Miss West?« Der Florist versuchte zum dritten Mal, ihre Aufmerksamkeit zu erhaschen. »Bitte, wenn ich nur kurz …«

»Entschuldigen Sie, einen kleinen Moment noch.« Sie drehte sich wieder zu Annie um. »Kümmerst du dich *bitte* um die Schwäne? Hauptsache, du hältst sie vom Catering-Zelt fern.«

Annie zuckte mit den Schultern.

»Ja, okay.«

Sie stampfte den Hügel runter, ihre blassen Schultern hochgezogen.

»Und ich?«, fragte Ford, während seine Augen Annie zum Rande des Teichs folgten. »Wie wäre es, wenn ich nach nebenan gehe und das mal von Mann zu Mann regele?«

Bel drückte dankbar seine Hände.

»Würdest du das machen? Damit würdest du mir wirklich einen Riesen-Gefallen tun.«

»Kein Problem«, erwiderte Ford. Seine Hände fühlten sich warm und stark in ihren an. »So könnte ich mich auch mal nützlich machen.«

Sie blinzelte und ihr Lächeln wurde etwas gezwungener, als sich ein Unbehagen in ihr ausbreitete.

»Habe ich dir das Gefühl gegeben, nutzlos zu sein?«

»Schatz, nein.« Er lächelte sie zerknirscht an. »Das sollte keine Stichelei sein. Du bist bislang eine traumhafte Braut gewesen, wirklich. Ich musste mich fast um nichts kümmern. Männer auf der ganzen Welt wünschten sich, dass sie mein Glück hätten.« Er küsste sie auf die Nasenspitze und Bel musste kurz an Annie denken. *Die meisten Leute wollen etwas stärkere Gefühle als Freundschaft für den Mann empfinden, mit dem sie für den Rest ihres Lebens schlafen werden.* »Aber sich um die radaumachenden Nachbarn kümmern? Das ist Männersache. Überlasse es ruhig ganz mir.«

Sie lachte.

»Das stimmt. Okay. Na los, sei ein Mann.«

»Zu Befehl.«

Er drehte sich um und sie sah ihm nach, wie er wieder über den Rasen zurückschlenderte, seine Schultern breit und quadratisch in dem perfekt sitzenden Smoking.

»*Miss West.*«

Der Florist sah so aus, als ob er gleich anfangen würde zu heulen.

»Tut mir leid«, sagte sie und zwang sich zu einem höflichen Lächeln. »Hier geht leider alles ein bisschen drunter und drüber.«

Er lächelte nicht zurück. Stattdessen sah er so aus, als ob er gleich einen Herzinfarkt haben würde. Ein Teil von ihr wünschte sich, das wäre der Fall. Dann würde er die schlechte Nachricht für sich behalten. *Ein kleiner, gemeiner Gedanke*, schalt sie sich. *Unverdient.* Sie versuchte sich an einem etwas aufrichtigeren Lächeln.

»Sie sind so weit mit den Blumenarrangements?«

»Genau darum geht es.« Er verschränkte die Hände vor seiner Schürze. »Das bin ich nicht.«

In Bels Ohren begann es leise zu summen. Sie warf Annie einen schnellen Blick zu, die Pfefferminzbonbons aus ihrer Handtasche in den Teich schmiss. Die Schwäne schienen darüber zu debattieren, ob sie sich auf sie stürzen sollten.

»Wie bitte?«

»Es gab einen Verkehrsunfall auf der Umgehungsstraße«, erklärte er. »Unser Lieferwagen.«

»Oh.« Das Summen wurde lauter. Die Schwäne waren sich einig geworden und watschelten jetzt in den Teich. Bel versuchte, sich zu konzentrieren. »Ist jemandem etwas passiert?«

»Nein, Gott sei Dank nicht. Aber Ihre Blumen. Ach, Miss Bel, Ihre wunderschönen Blumen.« Er schüttelte den Kopf. »Die liegen überall auf der Straße herum, und die ganzen Autos …«

Er streckte hilflos seine Hände aus und Bel zog entsprechend Rückschluss darüber, was die tödliche Diagnose war. Da war nichts mehr zu machen. Ihre Blumen waren DOA – Dead On Arrival.

»Haben wir *irgendwelche* Blumen?«, fragte sie.

»Nur den Brautstrauß und das Ansteckssträußchen für den Bräutigam. Die bringe ich immer persönlich mit.«

»Alles klar. Okay.«

Sie wurde wieder von einem Golfball unterbrochen, der über die Hecke geflogen kam und mit lautem Geräusch auf die Wasseroberfläche des Teiches auftraf. Die Schwäne schnatterten missbilligend – *scheiß auf die Bonbons* – und paddelten wieder zum Ufer.

*Es gerät alles aus den Fugen*, dachte Bel. *Alles dreht sich, dreht sich und fliegt aus der Bahn, bis auch die Mitte zusammenbricht.* Das altbekannte Gefühl der Düsterheit kam auf leisen Fersen angeschlichen, versuchte ihren Hals hochzukriechen, ließ ihre Augen brennen und ihre Hände bleischwer und nutzlos werden.

Sie schüttelte sich. Nein. Ihr ging es gut. Sie war organisiert. Sie konnte damit umgehen. Sie hatte schließlich ein Zeitfenster in ihren Terminplan eingebaut, genau dafür, falls solche Missgeschicke passierten. Sie nahm einen tiefen Atemzug, bis ihre Lungen nachgaben und den Sauerstoff hineinließen.

*Denk nach, Bel. Denk einfach nach.*

»Okay«, sagte sie. »Sehen Sie den weißen Gartenzaun dort drüben, links neben dem Haupthaus? Gehen Sie durch das Tor in der Mitte. Nach ungefähr fünfzig Metern geradeaus kommen Sie genau auf Kates Rosengarten zu. Sie haben eine halbe Stunde.«

Der Florist machte große Augen.

»Sie wollen, dass ich …« Er machte eine Schnipp-schnapp-Bewegung mit den Fingern, als ob es zu schrecklich wäre, es laut auszusprechen. »In Kate Davis' persönlichem Rosengarten?«

»Ja. Auf meine Verantwortung. Lassen Sie ein Wunder geschehen.« Sie schaute auf ihre Uhr. »Neunundvierzig Minuten.«

Er schluckte.

»Okay. Ein Wunder, kommt sofort.«

»Das ist die richtige Einstellung. Ich bin dann mal im Catering-Zelt und mache die Torte fertig, falls Sie mich brauchen.«

Dann sprintete sie zur Küche.

Fünfzehn Minuten später hatte Bel eine vierstöckige Torte mit elfenbeinfarbenem, rosa-gepunktetem Zuckerguss und einer Schleife oben drauf – sie war perfekt. Bel war gerade dabei, ihr neues Monogramm oben auf die Torte zu spritzen und vor laufender Kamera zu erläutern, wie man das am besten bewerkstelligte, als Kate in das Catering-Zelt stolziert kam. Bels Blick streifte das

Gesicht ihrer Chefin und sie hielt inne, bevor sie den letzten Buchstaben fertig gespritzt hatte.

Als Thronanwärterin auf Kates selbstgemachtes häusliches Königreich zu überleben, hatte nicht so viel mit Talent zu tun, sondern vielmehr damit, die Launen ihrer Chefin auf Anhieb korrekt von ihrem Gesicht ablesen zu können. Und das starre, kamerafreundliche Lächeln, das Kate gerade zur Schau stellte, ließ Bels inneren Gemütszustandsmesser in den roten Bereich schnellen.

Sie richtete sich auf.

»Wenn es um den Rosengarten geht, ich habe dem Floristen die Erlaubnis gegeben …«

Kates Mundwinkel verzogen sich etwas, sodass ihr Lächeln grimmiger wirkte.

»Die Blumen sind in Ordnung. Aber der Bräutigam scheint verschwunden zu sein.«

»Ford?«

Bel hatte einen kleinen Aussetzer.

»Es sei denn, du hast einen Ersatzbräutigam hinter den Kulissen warten?«

Kate hob eine schön geformte Augenbraue.

»Natürlich nicht.«

»Der Fotograf hat nach ihm gefragt. Er scheint verschwunden zu sein.«

Bels Herz machte einen Sprung, dann schien es ganz auszusetzen.

»Er ist noch nicht wieder zurück?«

»Zurück von wo?«

»Er ist nach nebenan gegangen«, sagte sie. »Die Nachbarn haben den Teich wieder als Driving Range benutzt, und er wollte …«

»Du hast deinen Bräutigam losgeschickt, um etwas zu erledigen? Eine Stunde vor der Hochzeit?«

Ihr Ton ließ darauf schließen, dass das mit Verlaub und in aller gebührenden Höflichkeit eine massive Fehlentscheidung gewesen war.

Bel drückte Kate den Spritzbeutel in die Hand.

»Ich werde ihn holen.«

»Selbstverständlich wirst du das.« Kate gab den Spritzbeutel an eine der unzähligen Assistentinnen weiter, die immer um sie herumschwirrten, unsichtbar, bis sie sich nützlich machen konnten. »Nimm einen Golfwagen. Und beeil dich. Du musst noch geschminkt werden und du hast dein Kleid noch nicht an, und die Trauung fängt in …« Sie warf einen schnellen Blick auf eine diskrete goldene Uhr am Handgelenk. »… zweiunddreißig Minuten an. Die Kameras laufen, Belinda.«

Bel rannte los.

# Kapitel 4

James Blake drehte den Verschluss einer noch vollen Flasche Bier ab, ließ einen Arm über die Lehne seines Liegestuhls baumeln und schaute seinem neuen Kumpel Ford dabei zu, wie er sich noch mal an einem Range Ball versuchte. James' älterer Bruder Will saß in einem Liegestuhl zu seiner Rechten, sein jüngerer Bruder Drew in einem Liegestuhl zu seiner Linken. Sie beobachteten, wie Ford den Ball abschlug und dieser dann im hohen Bogen im dichten Wald südlich des benachbarten Teiches landete.

»Das war ein Hook.«

Will seufzte verächtlich und nahm noch einen Schluck aus der Flasche Bier, die er zwischen den Fingern baumeln ließ.

»Amen.«

Drew fischte noch eine Flasche aus der Kühlbox.

James kniff die Augen zusammen, schaute dem Ball hinterher und dann wieder auf Ford. Der Kerl würde einen ziemlich guten Abschlag hinbekommen können, wenn er sich nur ein bisschen entspannen würde. Nicht, dass er nicht entspannt aussah. Mit diesem lässigen Lächeln im fotogenen Gesicht und dem Tausend-Dollar-Smoking – nicht geliehen –, der ihm wie angegossen passte, versprühte der Mann förmlich einnehmende Selbstsicherheit. Als ob er gleich das schönste Mädchen im Country Club heiraten würde. Und das reichste. Dem war wahrscheinlich auch so.

Aber James hatte einen siebten Sinn, was diese Dinge anging. Ford war unglücklich. Nicht, dass man übersinnliche Fähigkeiten besitzen musste, um das zu merken. Eine halbe Stunde, bevor er vor den Altar treten sollte, hing der Junge mit ein paar fremden Kerlen ab, hatte sein drittes Bier in der Hand und war schon beim zweiten Eimer voller Golfbälle. Außerdem war das ein ganz schön gemeiner Hook für einen Mann, der so aussah, als wäre er mit einem Golfschläger in der einen und einem Silberlöffel in der anderen Hand geboren worden.

»Mal ganz ruhig, Jungs«, sagte James. »Das ist ein ganz schön gewaltiger Schläger.« Und das war er auch. Ein fußballverrückter Titleist-Verkäufer hatte James das Musterexemplar eines Drivers geschenkt, und er und seine Brüder hatten einen sehr netten Nachmittag damit verbracht, damit Golfbälle in der ganzen Gegend zu verteilen. »Jetzt gebt dem Mann doch erst mal die Chance, sich daran zu gewöhnen.«

Er streckte seine Beine aus, zog seine Baseballmütze so tief ins Gesicht, dass er darunter ein Mittagsschläfchen hätte machen können, und zeigte für Ford mit dem Kinn auf den Eimer Bälle.

»Entspann dich, Junge. Und vergiss nicht, ein Golfschläger ist wie eine Frau. Dein Griff muss sanft sein, schenke ihr die nötige Aufmerksamkeit und dräng sie nicht, um Gottes willen. Du findest den magischen Punkt schon noch.«

Ford nahm einen weiteren Schluck Bier und lächelte bitter.

»Du nimmst an, dass sie ihn alle haben. Den magischen Punkt.«

»Na ja, ich nehme an, das kommt drauf an.« Er grinste. »Reden wir hier von Golfschlägern oder Frauen?«

Ford hob die Schultern.

»Beide.«

James fuhr innerlich zusammen. So war das also. Das schönste Mädchen im Country Club hatte keinen magischen Punkt. Oder sein neuer Kumpel Ford hatte ihn noch nicht gefunden. Scheiße. Das würde seine steifen Schultern und das selbstironische Lächeln erklären.

James schaute zu Will rüber, der den Kopf schüttelte und ihn mit einem Blick bedachte, der sagte: *Das geht dich gar nichts an, Brüderchen.* James nahm die Bierflasche aus Fords Hand und schubste ihn wieder in Richtung Driver. Er wartete, bis Ford den

Ball abgeschlagen hatte, und warf die Bierflasche dann von der Veranda.

Fords Ball hinterließ eine Schneise auf dem benachbarten Rasen. Will und Drew sogen gleichzeitig die Luft ein, so schmerzhaft stieß ihnen Fords wieder mal gescheiterter Versuch auf. James schaute sie milde an. Drew zuckte mit den Schultern und Will verdrehte die Augen, aber sie hielten beide den Mund.

Ford schüttelte den Kopf.

»Okay, das war's für mich. Es macht keinen Sinn, mich hier noch weiter zu blamieren.«

Er legte den Schläger hin und schaute sich nach seinem Bier um.

Drew sah James an und deutete stumm fragend mit der gehobenen Augenbraue in Richtung Kühltasche. James schüttelte den Kopf. Es war schon schlimm genug, angesichts des Problems mit dem magischen Punkt, dass der arme Kerl ein Leben vor sich hatte, bei dem *Fords Fehler: Die größten Hits* als Hintergrundmusik spielen würde. *Besoffen geheiratet* musste nicht auch noch auf der Titelliste stehen.

»Man muss sich gar nicht dafür schämen, wenn man noch in der Lernphase steckt«, sagte James zu ihm. »Es gibt doch nichts, was bewundernswerter ist als ehrliche, harte Arbeit. Aber hör mal, Ford. Es gibt einen Unterschied zwischen harter Arbeit und dem Versuch, etwas zu erzwingen.«

»Etwas zu erzwingen?«

»Genau. Ich meine, man kann etwas nicht erzwingen, wenn es eigentlich nicht … Aua! Verdammt, Will, pass auf deine Ellenbogen auf.« Er rieb sich den Bizeps und funkelte seinen älteren Bruder böse an, der lapidar *Entschuldigung* murmelte.

»Was ich sagen wollte«, fuhr James fort und bedachte Will mit einem strengen Blick. »Man kann etwas nicht erzwingen, wenn es eigentlich gar nicht sein soll. Und aus persönlicher Erfahrung kann ich sagen, dass entweder das Timing nicht stimmt oder es einfach nicht passt, wenn sich etwas wie zu harte Arbeit anfühlt. Damit will ich natürlich nicht sagen, dass es nicht auch manchmal schwierige Zeiten geben kann. Aber es sollte nicht die ganze Zeit nur anstrengend sein. Das Leben ist zu kurz und zu schwer, als dass man sich selber Arbeit aufbürden müsste. Manche Dinge sollten einfach nur so *laufen*, weißt du? Rundgehen. Sie sollten sich fügen zu einer …« Er spreizte die Hände auseinander. »Einer Melodie.«

»Herrgott noch mal«, murmelte Will und lehnte sich wieder in seinem Liegestuhl zurück, die Flasche Bier in der Hand.

»Eine Melodie.«

Ford wiederholte das Wort langsam, ließ es sich auf der Zunge zergehen, als ob es etwas Neues, Köstliches zu essen wäre, das er noch nie zuvor probiert hatte. Etwas, von dessen Existenz er nicht wusste, oder etwas, dass er nicht erlaubt bekam, zu probieren. Er runzelte die Stirn, als er darüber nachdachte, und wie ein Puzzleteil fügte es sich mit anderen Dingen in seinem Kopf zusammen, während wieder andere wegfielen, um diesem Teil Platz zu machen.

Dann fiel sein Blick auf etwas hinter James' linker Schulter und blieb dort hängen. Dieser mit Geld polierte Schliff fiel auf einmal von ihm ab und er strahlte nun von Herzen.

»Annie«, flüsterte er. »Annie.«

Oh, oh. James schaute über seine Schulter und sah dort eine Frau stehen, die aussah, als ob sie aus einem dieser Schwarz-Weiß-Detektivfilme entsprungen wäre. Nur war dieses Mädel live und in Farbe – Locken so rot wie kandierte Äpfel umrahmten ihr blasses Gesicht, sie trug ein Kleid aus lila Satin und in ihrem Ausschnitt blitzten ein paar Tattoos hervor. Ihre Augen waren so grün wie die einer Katze und voller Sehnsucht, aber ihr schöner kleiner Mund – rund und pink wie eine Rosenknospe – war zusammengekniffen. Sie kämpfte gegen ihre Gefühle an.

»Du bist spät dran«, sagte Annie zu Ford.

»Ich weiß. Ich hätte schon vor Monaten etwas sagen sollen.«

Annie schloss die Augen.

»Für deine *Hochzeit*, Ford. Du bist spät dran für deine Hochzeit.«

»Scheiß auf die Hochzeit.«

Ford stolzierte an den Liegestühlen vorbei, nahm das Mädchen in seine Arme und küsste sie so schwungvoll, dass man annehmen konnte, dass er ganz genau wusste, wo er ihren magischen Punkt finden würde. Er hatte ihn wahrscheinlich schon ein oder zwei Mal gefunden, wenn James die Sache richtig einschätzte. Annie zögerte – kämpfte immer noch –, aber schließlich legte sie die Arme um seinen Hals.

Drew beugte sich zu ihm rüber.

»Ich dachte, er hätte gesagt, seine Braut hieße Bethany«, flüsterte er, als ob sie gerade im Theater wären.

»Er hat Belinda gesagt, du Dummkopf.« Will versuchte nicht einmal, leise zu sein. Das glückliche Paar schien es nicht zu stören. »Und das ist sie nicht.«

»Ahhhhhh.«

Drew nickte weise und machte es sich in seinem Stuhl gemütlich, damit ihm nichts von der unterhaltsamen Vorstellung entgehen konnte.

Will schlug James auf die Schulter.

»Ich hab dir doch *gesagt*, dass du dich nicht einmischen sollst.«

James zuckte zusammen.

»Was habe ich denn gemacht?« Er rieb sich den Arm. »Ich habe nur gesagt …«

»Dein ganzes Gelaber über Laufen und Melodie und so.« Will schnaubte verächtlich und nahm den letzten Schluck Bier aus seiner Flasche. »Herrgott.«

Ford war gerade dabei, Luft zu holen, als ein Golfwagen am Haus vorbeigeschossen kam. Er hatte noch nicht ganz angehalten, da sprang die Frau schon aus dem Wagen, einen ellenlangen Schleier hinter sich her flatternd. Ein untersetzter Typ mit einer schweren Kamera in der Hand taumelte auf der anderen Seite aus dem Wagen. James schaute amüsiert zu, als der Typ ein paar Mal tief Atem holte und dann verstohlen ein Kreuz machte, anscheinend dankbar, diese Fahrt überlebt zu haben. Er setzte sich die Kamera auf die Schulter und folgte der Frau.

Groß und schlank, mit meterlangen Beinen, marschierte die zukünftige Braut auf sie zu. Ihr Haar hatte die Farbe von gutem Ahornsirup und schwang glänzend und wellig zwischen den Schulterblättern. Sie hatte ausgeprägte Wangenknochen und ein kantiges

Gesicht. Dunkle, funkelnde Augen. Dieser elegante Gang. James zog die Augenbrauen hoch. Ansprechend, ja, vielleicht, auf so eine auf Hochglanz polierte, businessmäßige Art, aber nicht das schönste Mädchen im Country Club. Und wahrscheinlich nicht gerade die Geduldigste, wenn sich dieser schwierige magische Punkt nicht offenbaren wollte. Ihr eigener oder der von sonst wem. Er war fast schon dabei, sich wieder umzudrehen und dem Lockenkopf die Daumen zu drücken.

Da bemerkte er ihren Mund. Dieser pralle Mund, mit vollen Lippen, der nur dafür gemacht schien, einem Mann Vergnügen zu bereiten. Ein Mund, der, zog man den Rest ihres Gesichtes in Betracht – Scheiße, die ganzen Schwingungen dieser knisternden, praktischen Energie, die sie ausstrahlte –, ein regelrechter Schock war. Ein ganz offensichtlicher, fahnenschwingender Beweis dafür, dass es einen magischen Punkt gab, der nur darauf wartete, entdeckt zu werden. Seine Aufmerksamkeit war nun gefangen und er starrte sie an.

Drew beugte sich zu ihm rüber.

»Belinda?«

Will machte sich noch ein Bier auf.

»Wer sonst?«

»Nicht, was ich erwartet habe«, murmelte er, als sie schließlich im kühlen Schatten des Verandadachs angekommen war, die Handkante an die Stirn legte und in die Dunkelheit spähte, um zu erkennen, um wen es sich bei dem glücklichen Paar handelte.

»Ich liebe dich, Annie«, sagte Ford und blickte in das entrückte Gesicht der Frau, die er gerade besinnungslos geküsst hatte. »Heirate mich.«

Belinda erstarrte.

»Oh«, sagte sie. »Ach, du meine Güte.«

Annie riss sich von Ford los und ihre ohnehin großen grünen Augen wurden noch größer vor Entsetzen.

»Bel. Oh Gott, Bel. Es tut mir so leid. Ich habe nicht, wir haben nicht …« Sie brach ab und schaute mit kummervollem Blick zu Ford hoch. »Ich meine, wir hätten niemals …«

Ford legte einen Arm um Annies Schultern und schnitt ihr sanft das Wort ab.

»Es tut mir leid, Bel«, sagte er und James musste ihm eins lassen: Der Junge sah wirklich so aus, als ob es ihm von Herzen leid tat. »Ich wünschte mir so sehr, dass ich schon früher etwas gesagt hätte. Aber ich war mir bis jetzt selber nicht darüber bewusst.«

Bel presste einen Handballen gegen ihre Brust und schien völlig darauf konzentriert zu sein, Luft in ihre Lungen zu bekommen. Der Kameramann ging um sie herum, damit Ford und Annie besser ins Bild passten.

»Ich habe es versucht, Bel«, fuhr Ford fort. »Bitte glaube mir, ich habe es versucht. Du bist all das, was ich mir immer in einer Ehepartnerin gewünscht habe – du bist clever, ambitioniert, unabhängig, erfolgreich. Aber wir hatten nie …« Er schaute zärtlich auf Annie hinunter. »Wir hatten nie *das hier*.«

Annie schloss ihre Augen und gab einen gequälten Laut von sich. Ford zuckte hilflos mit den Achseln. Belinda starrte sie beide sprachlos und mit bleichem Gesicht an.

»Es tut mir leid, Bel«, wiederholte Ford. »Ich weiß, das kommt jetzt zu einem ganz unpassenden Zeitpunkt für dich. Ich wünschte mir, es gäbe etwas, das ich tun könnte, das das Ganze weniger …«, er schaute zur Kamera rüber, die alles einfing, »unangenehm machen würde.«

»Unangenehm«, sagte Bel langsam. »Ja, das ist es.«

Das Mädchen mit den Locken schien in ihrem blütenkopfartigen Kleid immer kleiner zu werden.

»Ich wollte das alles nie, Bel«, flüsterte sie. »Bitte glaub mir das. Ich habe so sehr dagegen angekämpft. Das haben wir beide. Keiner von uns wollte dir jemals wehtun. Wir lieben dich, Bel. Aber man kann gegen sein Herz nicht ankämpfen. Das treibt einen nur in den Wahnsinn. Und mein Herz …« Sie hielt inne, schaute Ford mit bewunderndem Blick an und drückte seine Hand. »… unsere Herzen gehören zusammen.«

Bel starrte sie an, ihr markantes, eckiges Gesicht so fahl, dass James bis an den Rand seines Stuhls vorrückte. Er würde es nicht zulassen, dass sie sich noch den Kopf auf seinen Pflastersteinen aufschlug, wenn sie umkippte. Sie sah so aus wie jemand, der ihn sofort verklagen würde.

»Wir haben das doch diskutiert«, sagte sie zu Ford mit einer solch kalten Selbstbeherrschung, dass James die Existenz des magischen Punktes wieder infrage stellen musste. »Die Möglichkeit, dass einer von uns sich zu jemand anderem hingezogen fühlt als den Ehepartner. Aber wir kamen beide zum Schluss, dass unsere Partnerschaft am Ende mehr Bedeutung hat, als eine vorübergehende körperliche Anziehungskraft zu befriedigen. Also entschuldige bitte, wenn ich so direkt bin, aber um Klarheit zu schaffen und damit ich das hier verarbeiten kann, muss ich es genau wissen. Triffst du diese Entscheidung mit deinem Herzen, Ford? Oder mit deiner Libido?«

»Mit meinem Herzen«, antwortete Ford, ohne zu zögern. »Ich bin verliebt.«

»Bist du das?«

Sie hörte sich nicht überrascht an. Nur müde.

»Ich weiß, dass das schwer zu verstehen ist für dich«, erwiderte Ford. »Himmel, es ist schwer für *mich* zu verstehen. Denn bis ich Annie getroffen habe, da war ich doch genauso wie du. Ich hatte keine Ahnung, was es hieß, sich so zu fühlen. Ich weiß, dass du denkst – dass wir beide gedacht haben –, Liebe ist nichts anderes als ein Mythos. Jetzt verstehe ich, dass mein Leben ohne Liebe nichts bedeutet. Du und ich, wir waren beste Freunde und aus demselben Holz geschnitzt. Wir haben uns gut verstanden. Haben die Gesellschaft des anderen genossen. Es war bequem und berechenbar und einfach. Aber das hier?« Er drückte die Frau an seiner Seite und sie schmiegte sich an ihn. »Annie und ich? Das mit uns ist eine *Melodie*. Es geht rund.«

»Und das«, sagte Will und salutierte James mit seiner Bierflasche, »ist der Grund, warum du vor zwanzig Minuten deine Klappe hättest halten sollen.«

Die Frau – Bel – warf James und seinen Brüdern einen Blick zu. Sie schaute sie sich an, wie sie in ihren Liegestühlen da saßen, als ob sie Zuschauer im Theater wären, und ihr Blick landete schließlich auf James.

»Sie sind dafür verantwortlich?«, fragte sie.

James stand langsam auf und streckte seine Hände aus, Handflächen nach oben.

»Ganz ruhig. Ich habe gar nichts gemacht.«

Will lächelte sie an.

»Außer dass du deinem Kumpel Ford hier erzählt hast, dass das Leben rund gehen und eine Melodie sein sollte.« Er zeigte auf seine leere Bierflasche. »Willst du eins?«

James schoss Will einen tödlichen Blick zu und wandte seine Aufmerksamkeit dann wieder der Frau zu, die ihn mit einem so eisigen Blick bedachte, dass er nicht überrascht wäre, wenn sich gleich Eiszacken an seinem Körper bilden würden.

»Bel, richtig? Du heißt Bel?«

»Ja.« Sie kam auf ihn zu und er bemerkte, dass sich zwei köstliche Grübchen in ihren runden Wangen andeuteten. »Freut mich, dich kennenzulernen.«

*Beeindruckend*, dachte er. Wie sie eine einfache Floskel in etwas so Kühles und Stechendes verwandeln konnte.

»Also, Bel, sei doch vernünftig.«

James schenkte ihr sein bestes Ich-kann-kein-Wässerchen-trüben-Lächeln.

»Ich bin vernünftig gewesen«, sagte sie in demselben kalten und höflichen Ton. »Ich bin überaus vernünftig gewesen. Aber das hier …« Sie machte eine Bewegung mit ihrer Hand, malte einen engen kleinen Kreis in der Luft, den James als Zusammenfassung dieser ganzen unangenehmen Vorstellung verstand, die sie gerade über sich hatte ergehen lassen. »Das hier hat mit Vernunft nichts zu tun. Das ist lächerlich und unreif und impulsiv. Und anscheinend war das dein Vorschlag.«

James schielte zu seinen Brüdern rüber, als Bel noch näherkam. Kühle Zielstrebigkeit vibrierte in der Luft, die sie umgab. Aber es war dieser Anflug von Panik, der unter ihrer Zielstrebigkeit hervorschimmerte, der James so fesselte. Und er hatte gedacht, dass Ford unglücklich gewesen war. Diese Frau war so unglücklich, dass sie noch nicht einmal wusste, dass sie unglücklich *war*.

Kein Wunder, dass Ford ihren magischen Punkt nicht finden konnte.

»Es war nicht so sehr ein Vorschlag«, erklärte er nun. »Es war mehr ein …«

»Unerbetener Ratschlag«, mischte sich Will ein, als James nach dem richtigen Wort suchte.

»Eine Philosophie«, sagte James und warf seinem Bruder einen bösen Blick zu. »Ich habe meine persönliche Lebensphilosophie mitgeteilt.«

»Was ich nicht verstehe«, bemerkte Bel, als ob niemand etwas gesagt hätte, »ist, was du hier überhaupt machst.« Sie stand jetzt direkt vor ihm und pikste ihm mit dem Zeigefinger in die Brust. Er konnte die scharfe Kante ihres Fingernagels durch sein T-Shirt fühlen. »Ich lese die Zeitungen, James Blake. Ich weiß, dass die DC Statesmen eine unerhörte Summe Geld für dich gezahlt haben. Für deinen Zauberfuß und deine Anwesenheit auf dem Feld oder Rasen oder wie auch immer es im Fußball genannt wird. Du hast heute ein Auswärtsspiel. Eins von mehreren Auswärtsspielen. Du solltest eigentlich *Fußball* in *Kalifornien* spielen und nicht *Golf* auf deiner *Veranda*. Nicht meinen *Bräutigam* dazu überreden, seinem *Gefühlsrausch* zu erliegen. Und ganz sicher nicht, *meine Karriere zerstören. Was machst du hier?*«

James wägte seine Optionen ab. Gar nicht zu antworten, schien ihm am besten zu munden.

»Er wurde suspendiert«, informierte sie Drew mit dem heiteren Gemüt eines vergötterten jüngsten Kindes. »Er hat sich geprügelt.«

»Ich habe mich nicht richtig geprügelt«, erzählte James Bel und schaute Drew dann böse an.

»Nein, das stimmt«, gab Drew zu. »Du hast dem Typen einfach so die Lichter ausgeschaltet. Irgendwie unsportlich, fällt mir gerade auf, wo du davon redest.«

»Es gab einen Vorfall«, sagte James zu Bel. »Bei einem Spiel ging es hoch her, und …«

Er verstummte. Das hier lief nicht besonders gut.

»Das ist mir egal.« Sie fuhr elegant mit einer Hand durch die Luft zwischen ihnen, als ob sie seine armseligen Ausreden wegwischen wollte. »Es ist mir egal, warum du hier bist. Deine Spiele sind mir egal, ob es da nun hoch hergeht oder sonst was. Es ist mir sogar egal, was du zu Ford gesagt hast. Aber ich habe dreihundertdreiundvierzig Leute, die gerade auf Klappstühlen in Kate Davis' Garten sitzen. Kellner gehen mit Tabletts herum, auf denen Häppchen mit Gänsepastete angeboten werden, und im Kühlschrank liegen fünfzig Flaschen sehr gutem sechsundneunziger Moët, mit dem wir nach der Trauung anstoßen wollen. Ich habe eine vierstöckige rosa-gepunktete Hochzeitstorte mit meinem neuen Monogramm auf dem Kuchenbuffet neben einem Waterford-Messer liegen. Ich habe *Eisskulpturen.*«

Sie betonte das letzte Wort, als ob das das Fass zum Überlaufen bringen würde. Die Heirat musste nun mal stattfinden, wenn Eisskulpturen auf dem Spiel standen.

»Mit anderen Worten: Deine Prügeleien und deine Lebensphilosophie sind mir total egal. Alles, was ich von dir will, ist, dass du das *wieder in Ordnung bringst.*«

Sie zeigte mit dem Finger auf Ford und Annie. Oder zumindest dorthin, wo sie gestanden hatten. Denn Ford und Annie waren weg.

»Oh nein«, sagte Bel.

Drew gab einen Laut von sich, der größte Zufriedenheit ausdrückte. Er liebte eine gute Vorstellung, besonders eine mit Happy End. Will schnaubte wieder verächtlich und James schaute Bel beschämt an.

»Äh, willst du jetzt ein Bier?«

# Kapitel 5

Vier Stunden später stand Bel vor der Tür zu Kates Büro im Hunt House und wünschte sich, sie hätte Ja zu dem Bier gesagt, das James Blake ihr angeboten hatte. Das Ende ihrer Karriere – verdammt, das Ende eines lebenslangen Traums – würde sicherlich wehtun. Sich etwas mit Alkohol zu betäuben, wäre bestimmt kein Fehler gewesen.

Aber nein. Sie hatte sich niemals zuvor in Alkohol geflüchtet. Sie würde es auch jetzt nicht tun. Sie war gefallen. Aber nicht so tief. Hoch erhobenen Hauptes klopfte sie vorsichtig an den Türrahmen. Kate, die auf einem französischen Damenstuhl im Landhausstil hinter einem Schreibtisch aus der Queen-Anne-Ära saß, winkte sie hinein, ohne aufzuschauen.

»Ich habe mich jetzt um die letzten Sachen gekümmert«, sagte Bel und schaute auf Kates Scheitel im aschblonden Haar, der aussah, als ob er mit einem Lineal gezogen worden wäre.

»Hast du das?«

»Ja. Der Partyservice ist schon seit einer Stunde weg. Das Zelt ist auseinandergenommen, die Tische und Stühle sind im Laster. Was vom Essen übrig geblieben ist, wurde eingepackt und zur St. Joan's Obdachlosenunterkunft gebracht. Die Geschenke wurden wieder zurückgegeben. Dein Garten ist wieder im ursprünglichen Zustand.«

Kate schaute aus dem riesigen Fenster hinter sich.

»Abgesehen von meinem abgetragenen Rosengarten, ja.«

Bel verzog das Gesicht.

»Kate, es tut mir so leid. Wenn ich auch nur die leiseste Idee gehabt hätte, dass das passieren könnte …«

»Aber genau das ist der springende Punkt, nicht wahr? Du hättest die leise Idee haben *müssen*, Belinda.«

Kate schaute sie an und Bel spürte ein Stechen im Brustkorb, als sie den Ausdruck im Gesicht der älteren Frau las – er war ernst und endgültig. Ihr innerer Gemütszustandsmesser hatte sie noch nie zuvor im Stich gelassen, und auch heute zeigte er nichts Falsches an. Das hier war keine Standpauke. Das hier war kein *Enttäusche mich nicht noch einmal.* Das hier war das Ende. Waterloo. Ein komplettes Desaster, das mit einem geschmackvollen Twin-Set von Anne Taylor aufgebrezelt worden war.

»Es tut mir leid, Kate«, sagte Bel leise.

»Mir auch.« Kate legte ihren Stift nieder und stand auf, groß und elegant wie eine Statue vor dem Bogenfenster. »Aber das gibt es, dass Hochzeiten ins Wasser fallen, Belinda. Ehemänner brennen mit Assistentinnen durch. Blumen geraten in tödliche Unfälle auf der Umgehungsstraße. Diese Dinge können passieren, also bitte versteh mich nicht falsch. Ich bestrafe dich nicht dafür, dass du Pech gehabt hast.«

Oh Gott. Bels Magen krampfte sich zusammen und sie zwang sich dazu, ihrem Drang, auf die Uhr zu schauen, nicht nachzugeben. Wollte sie etwa später darüber nachgrübeln, wie viele Minuten Kate dafür gebraucht hatte, ihrer Karriere den Todesstoß zu versetzen? Sie mit der Anzahl von Jahren vergleichen, die sie darauf verwendet hatte, diese Karriere aufzubauen?

»Was ich beanstande, ist nicht, dass du Pech gehabt hast«, fuhr Kate fort, ein schiefes Lächeln in ihrem patrizischen Gesicht. »Sondern, dass du nicht aufmerksam genug warst, um auf die kleinen Dinge zu achten.«

»Die kleinen Dinge?«, wiederholte Bel erstaunt.

»Ja, Liebes. Die kleinen Dinge. Ach, du hast ein bewundernswertes Modebewusstsein und Geschmack. Und ich muss ehrlich sagen, dass ich noch nie im Leben eine Torte gesehen oder gegessen habe, die es mit deinen aufnehmen könnte. Aber es ist schlicht

Tatsache, dass deine engsten Freunde im Laufe des letzten Jahres direkt vor deiner Nase eine unangemessene Affäre angefangen haben. Sie haben dagegen angekämpft, aber letztendlich, im ungünstigsten Moment für uns alle, haben sie den Kampf verloren. Und du hast es nicht kommen sehen.« Kate verschränkte die Hände vor ihrem adretten Leinenrock. »Du bist eine tolle Bäckerin. Äußerst talentiert. Aber eine solch kolossale Fehleinschätzung, eine solch permanente Unaufmerksamkeit? Ich fürchte, du hast einfach nicht den nötigen Weitblick, den ich von einer Partnerin, geschweige denn von einer Nachfolgerin verlange.«

Bel ließ den Schock auf sich wirken, den schmerzhaften Stich, den ihr Scheitern verursacht hatte. Ihre Schultern krümmten sich und Tränen der Scham schossen ihr in die Augen. Sie schaute auf den Boden und wartete unglücklich darauf, dass Kate der Sache ein Ende bereiten würde.

»Du bist gefeuert, Liebes«, sagte Kate, und sogar in dieser Situation kam Bel nicht umhin, den Stil dieser Frau zu bewundern.

Sie war deutlich genug, dass eine unziemliche Auseinandersetzung gar nicht erst aufkam, zeigte aber ausreichend Mitgefühl und Bedauern, um den Schlag ins Gesicht etwas abzudämpfen. Kate Davis war ja nicht umsonst die Königin der Etikette.

Diese kleine Zurschaustellung der Werte, die Kate jeden Tag im Fernsehen verkörperte, beruhigte sie ein wenig. Diese Werte, die Bel absorbiert hatte, so wie Pflanzen Sonnenstrahlen absorbieren, und die sie voller Stolz selber gelebt hätte, wenn sie sich würdig gezeigt hätte. Takt, Liebenswürdigkeit und besonnene Überzeugung.

Bel schluckte ihre Tränen runter und riss sich zusammen. Sie mochte ja eine Versagerin sein, aber sie war kein Feigling. Sie zwang sich dazu, den Oberkörper aufrecht zu halten, den Kopf hochzuhalten und Kates Blick mit klaren Augen zu begegnen.

Und in Kates Augen las sie … Erleichterung? Kate war *erleichtert*, dass sie sie los war? Nachdem sie Bel drei Jahre lang darauf vorbereitet hatte, einmal ihre Nachfolge anzutreten, nachdem Bel schon unzählige andere Fehler begangen hatte, die Kate problemlos zu legitimen Gründen hätte aufbauschen können, um ihren

Rausschmiss zu rechtfertigen? Wieso hätte Kate denn darauf warten sollen, bis sie ein Schlamassel von epischen Ausmaßen angerichtet hatte? Und wieso würde sie sich daran erfreuen?

»Ich gebe dir zwei Wochen, um aus Dower House auszuziehen«, sagte Kate mit sanfter Stimme.

Bel schloss die Augen, als sie von einer Welle panischer Trauer überrollt wurde, die alles andere in den Hintergrund treten ließ. Von all den Verlusten, die sie heute hatte erleiden müssen – und die waren niederschmetternd –, war es der Verlust von Dower House, der sie schließlich in die Knie zwang. Sie hatte das kleine Cottage hinter dem Rosengarten geliebt, das dritte Gebäude, was einmal ein einziges großes Anwesen mit dem Teich in der Mitte gewesen war. Kates Hunt House. James Blakes Annex. Bels Dower House. Ihr Zuhause.

*Nein*, dachte sie. *Kates Dower House. Kates Fernsehsendung. Kates Vision. Nicht meine. Nichts davon ist meins.*

»Ich werde …« Ihre Stimme versagte und sie räusperte sich. »Ich werde anfangen, zu packen.«

»Ich bedaure das hier sehr, Liebes«, sagte Kate, als sie sich wieder hinter den Schreibtisch setzte und ihren Rock anständig unter die Oberschenkel klemmte.

*Das tust du nicht*, dachte Bel. Aber nachdem sie die unangenehme Aufgabe hinter sich gebracht hatte, wandte Kate ihre Aufmerksamkeit wieder der niemals endenden Arbeit zu, die es hieß, *Kate Every Day* zu sein. Belinda verließ stumm das Büro.

Zwei Wochen später fuhr Bel von Dower House weg, ihr ganzes Leben in ihren Lieferwagen gestopft. Sie schaute nicht in den Rückspiegel. Sie konnte es nicht ertragen, es hinter sich zu sehen. Aber es machte nichts, dass sie nicht zurückschaute. Sie kannte sowieso jedes Detail auswendig.

Das anderthalbstöckige Dower House aus rosafarbenen Backsteinen im traditionellen Virginia-Stil, die von Hunt Houses eigenen Maurern vor zweihundert Jahren gemischt, geformt und gebrannt worden waren, war eine kleine Insel aus robusten Wänden und weiß-gestrichenen Fensterläden, die inmitten eines Ozeans von Malven, Efeu und sich rankenden Teerosen stand. Ein Kirschbaum mit herunterhängenden Ästen sorgte dafür, dass die Veranda angenehm im Schatten lag, und ließ jedes Jahr den Duft von Frühling in Bels winzige geliebte Küche wehen, in das Herz des Hauses. Ihr Herz.

Wenn sie jetzt in den Rückspiegel schauen würde und zusehen müsste, wie das Haus immer kleiner und schließlich verschwinden würde, wäre das so, als ob ihr das Herz in kleinen, quälenden Schritten herausgerissen würde. Also schaute sie nicht hin.

Stattdessen konzentrierte sie sich auf die malerischen Kurven in der Schotterstraße, die sich durch die üppig grüne Landschaft Nord Virginias wand. Sie fuhr so, als ob es ihr die vollste Aufmerksamkeit abringen würde, verdrängte ihren Kummer und grübelte über die offenen Fragen, die einfach nicht aufhören wollten, in ihrem Kopf umherzuschwirren.

Denn irgendwas stimmte hier nicht. Sie hatte ein ganz starkes Bauchgefühl. Hinter Kates Entscheidung, sie gehen zu lassen, steckte mehr als eine auf spektakuläre Weise misslungene Hochzeit. Aber auch nach zwei Wochen ständiger Überlegungen, obwohl sie über das Problem immer wieder nachgedacht und es von jedem möglichen Standpunkt aus betrachtet hatte, wusste sie immer noch nicht, was genau da passiert war.

Es gab jedoch noch eine Hoffnung. Eine Person, die mehr über die unzähligen Pläne, Intrigen und Machenschaften wusste, die in Kates Kopf vorgingen, als Bel. Ihr eigener persönlicher Zauberer, und Bel war unterwegs auf der gelben Ziegelsteinstraße – wenn auch eigentlich gegen ihren Willen –, die, in diesem Fall, direkt ins Zentrum von Washington DC führte. Zu dem Mann, der sie und ihre Torten aus der Obskurität gerettet, aufgelesen und auf Kates Fernsehcouch wieder abgesetzt hatte.

Sie würde Bob Beck besuchen. Ihren und Kates gemeinsamen Agenten. Und vielleicht noch mal über sich ergehen lassen müssen, gefeuert zu werden. Aber vielleicht würde sie wenigstens ein paar Antworten bekommen, bevor er sie zum Teufel schickte.

✦

Bel zögerte und hielt inne, kurz bevor sie an den Türrahmen von Bobs offenem Büro klopfen wollte. Seine italienischen Lederhalbschuhe auf dem polierten Schreibtisch, der so groß war wie ein Kahn, sein Handy zwischen Schulter und Ohr geklemmt, bot ihr Agent genau dasselbe Bild, das ihr jetzt seit fünf Jahren sehr bekannt war. Aber etwas ließ sie stutzen.

Er war immer attraktiv gewesen, auf seine kantige, schroffe Art, aber seine silbernen Schläfen hatten sich mittlerweile ganz schön ausgebreitet, seit sie ihn das letzte Mal gesehen hatte. Sein Rücken war immer noch so breit wie ein Kleiderschrank und die Falte in seinem Hemdsärmel könnte Butter schneiden, aber Bel hatte das komische Gefühl, dass er inmitten diesem gestärkten Äußeren irgendwie geschrumpft war. Wie ein Salatkopf, den man nicht im Kühlschrank aufbewahrt hatte.

Dann schaute er hoch, und dieser Anflug von Erschöpfung war wie weggeflogen. Er winkte ihr zu, zeigte dann auf sein Telefon, rollte mit den Augen und machte eine *Bla-bla-bla*-Geste mit der Hand.

»Aha. Ja. Ich kümmere mich drum.«

Bob beendete das Gespräch und schmiss das Telefon auf seinen Schreibtisch.

»Liebe Bel. Du hast meine Anrufe nicht entgegengenommen.«

»Du hättest doch sowieso nur über die hässliche Abwärtsspirale reden wollen, in der sich momentan meine Karriere befindet.« Sie setzte ihm eine hübsche Kuchenschachtel auf dem Schreibtisch vor die Nase. »Ich bin deprimiert genug, auch ohne mit dir darüber zu reden, vielen Dank.«

Bob hob eine Ecke der Schachtel mit seinem Kugelschreiber an, einem massivgoldenen Mont Blanc, der ungefähr ein Kilo wiegen musste. Er roch am Kuchen.

»Kirschen?«

»Sauerkirschen mit einem Mandelboden.«

»Lecker.«

Sie lächelte.

»Dieser Kuchen nimmt *lecker* mit vor die Tür und klaut ihm sein Geld fürs Mittagessen.«

»Das glaube ich dir gerne.« Er nahm die Kuchenschachtel und stellte sie auf der Anrichte hinter sich ab. »So, bist du denn jetzt bereit, über diese hässliche Abwärtsspirale zu reden, in der sich deine Karriere befindet?«

»So was in der Art.« Bel sank tiefer in den mit Moiré-Seide bezogenen Sessel, der ihm gegenüberstand. »Ich möchte gerne wissen, was mit Kate los ist.«

Bobs Augenbrauen hoben sich über den granitgrauen Augen, und er lehnte sich zurück, bis sein Stuhl knarzte.

»Dein Bräutigam ist während einer Live-Sendung mit deiner Assistentin abgehauen, Bel. Deine Hochzeit – und nicht zu vergessen die Staffel-Premiere von *Kate Every Day*, normalerweise ein Ausbund an gutem Geschmack und gehobener Unterhaltung – ist in melodramatischen Flammen untergegangen. Und du möchtest über Kate reden?«

Bel hielt der gewichtigen Wahrheit dieser Tatsache stand.

»Ja«, sagte sie. »Was die Hochzeit angeht, kann ich nichts machen. Ich habe Ford ganz klar falsch eingeschätzt. Und Annie auch. Und das unter dem strengen Auge der Öffentlichkeit. Das war mein Fehler. Ein schlimmer Fehler.« Sie kämpfte schwer damit, sich dieses elendige Gefühl der Demütigung nicht in ihrer Stimme anmerken zu lassen, das ihr so übel aufstieß. »Einer, der Kate genauso schlecht dastehen lässt wie mich. Es ist vollkommen gerechtfertigt, dass sie mich deswegen feuert. Ich habe kein Gegenargument. Nicht dagegen.« Sie beugte sich nach vorn. »Aber ich habe ein Problem damit, dass sie darüber erleichtert war.«

Bob runzelte die Stirn.

»Das hat sie dir gesagt?«

»Natürlich nicht. Aber ich bin doch nicht blind, Bob. Du und ich, wir wissen beide, dass Kate … sehr taktvoll sein kann. Was sie sagt, ist meist nicht so wichtig wie das, was sie meint, und ich bin mittlerweile recht gut darin, sie zu lesen. Vielleicht nicht ganz so gut wie du, aber verdammt gut. Und ich sage dir, mich zu feuern, war eine ganz große Erleichterung für sie. Ich konnte es in ihren Augen sehen. Die Frau wollte mich loswerden, und mein spektakuläres Versagen war das Tollste, was ihr hätte passieren können.«

»Das macht doch keinen Sinn, Bel. Sie hat drei Jahre in dich investiert. Sie hatte schon Pläne gemacht, sich zur Ruhe zu setzen. Du warst ihr Goldmädchen. Wieso zum Teufel sollte sie denn glücklich darüber sein, diese Investition zu verlieren?«

»Genau das will ich von dir wissen.«

»Woher soll ich das denn wissen?«

»Weil du alles weißt.« Sie schenkte ihm ein breites Lächeln. »Du bist der große und allmächtige Bob.«

»Und genau der macht es sich nicht zur Gewohnheit, Probleme zu ignorieren, die ihn Geld kosten.« Sein Blick wurde ernst. »Auch ich habe in dich investiert, Bel. Ich habe etwas in dir gesehen, das Kate auch gesehen hat, sonst hätte sie dich nie im Leben auch nur in die Nähe ihres Zepters gelassen. Also komm mir nicht damit, dass das nicht deine Schuld ist. Dass du das Opfer einer großen Verschwörung bist oder so.«

Bel hatte mittlerweile ihren Kopf so sehr eingezogen, dass die Schultern in Höhe der Ohren waren, als ob sie sich so vor der hässlichen Wahrheit verkriechen wollte. Sie zwang sich dazu, wieder aufrecht zu sitzen und den Kopf zu heben.

»Ich habe gar nicht gesagt, dass es nicht meine Schuld ist. Ich habe nur darauf hingewiesen, dass hier vielleicht mehr als nur *meine Schuld* im Spiel ist.« Bobs Augenbrauen gingen noch weiter nach oben und Bel verschränkte die Arme vor der Brust. »Hör mal, vielleicht haben wir noch nicht so lange zusammengearbeitet wie du und Kate, aber du bist ja auch mein Agent. Du kennst mich. Du weißt, dass ich harte Arbeit nicht scheue. Ich erledige meinen Job gut und ich erledige ihn richtig. Und wenn es darum geht, Schuld zu bekennen, dann renne ich nicht heulend zu meinem Agenten. Ich gebe ehrlich zu, wenn ich für etwas Verantwortung trage.«

Er seufzte.

»Ich weiß, dass du das machst, Bel. Aus dem Grund habe ich auch den blauen Brief mit deinem Namen drauf, der auf meinem Schreibtisch liegt, weder unterschrieben noch verschickt.«

Sie hatte schon gewusst, dass sie vielleicht mit diesem Brief rechnen musste. Natürlich. Aus dem Grund hatte sie in den letzten zwei Wochen ja auch alle seine Anrufe ignoriert, nicht wahr? Trotzdem schnürte es ihr die Kehle zu und nahm ihr den Atem.

»Du hattest vor, meinen Vertrag zu annullieren?«

Sein scharfsinniger Blick richtete sich auf sie.

»Das habe ich nicht gesagt.«

»Also glaubst du mir?«

»Das habe ich auch nicht gesagt.«

Bel fasste sich ein Herz.

»Was hast du denn gesagt? Wenn ich nachfragen darf.«

Bob schenkte ihr sein Haifisch-Lächeln. Wie hatte sie denn nur jemals den Eindruck gewinnen können, dass er irgendwie verwelkt aussehen würde?

»Ich habe einen Vorschlag für dich, Belinda. Einen, der vielleicht Kate wieder versöhnlich stimmen wird, deine Karriere rettet und gleichzeitig auch noch ein kleines Problemchen beseitigen würde, das mich gerade plagt.«

Ihre Augen verengten sich und sie betrachtete ihn prüfend.

»Ich habe dir doch schon einen Kuchen mitgebracht.«

»Deine Karriere zu retten, erfordert einen größeren Preis als ein Kuchen, Bel. Selbst wenn es sich dabei um einen von deinen Kuchen handelt.«

»Ich glaube, dass du meine Backkünste ein bisschen unterschätzt, aber na gut.« Sie beugte sich nach vorne. »Was brauchst du denn?«

»Ein Kindermädchen.«

Sie runzelte die Stirn.

»Für wen? Für deine imaginären Kinder?«

»Nein, für einen Multimillionär, der ein paar Probleme damit hat, erwachsen zu werden.«

Bel dachte kurz nach.

»Was für Probleme?«

»Alle, die es gibt.« Er legte seine Hände an den Fingerspitzen zusammen und schaute sie darüber hinweg an. »Hör mir einfach nur mal zu, okay? Ich habe diesen Klienten. Ein glänzender Sportler. Der Mann ist ein Gedicht. Auf dem Spielfeld verkörpert er praktisch Zeitgefühl und Instinkt. Aber sein Privatleben ist eine Katastrophe. Er säuft, er prügelt sich, und wenn er jemals was mit einer Frau hatte, die er nicht im Striplokal aufgelesen hat, dann habe ich sie zumindest noch nie kennengelernt.«

»Dieser Mann hört sich ja reizend an.«

»Oh, es wird noch besser. Er hat auch zwei idiotische Brüder, einer von ihnen spielt sich als sein Manager auf und der andere verwaltet seine Webseite. Wenn jetzt nur einer dieser Jungs ein Urteilsvermögen von der Größe hätte, mit dem Gott einen Ziegenbock gesegnet hat, dann wäre alles in Ordnung. Leider …«

Bei Bel läuteten die Alarmglocken und ihr Magen krampfte sich zusammen. Diese Geschichte kam ihr bekannt vor.

»Leider?«

Bob schüttelte den Kopf.

»Diese Jungs lassen einen Ziegenbock wie einen Akademiker aussehen. Wenn man unerschöpfliche Geldmittel mit in den Mix wirft …« Bob beendete den Satz mit einem müden bitteren Lachen. »Lange Rede, kurzer Sinn: Mein Junge ist haarscharf davor, aus der gesamten Liga ausgeschlossen zu werden. Er braucht ein Kindermädchen.« Bob schaute Bel mit scharfem Blick an. »Er hat sich eins *verdient* und er wird auch eins bekommen.«

»Wieso glaubst du, dass ein erwachsener Mann zustimmen würde, sich unter eine solch strenge Aufsicht stellen zu lassen?«, fragte sie ruhig, obwohl sie schon längst einen ganz schlimmen Verdacht hatte.

Denn, ehrlich, wie hoch standen die Chancen? Es gab bestimmt so einige Star-Athleten mit schlechten Manieren und Anhängsel in dieser Konstellation. Sicher waren Bobs Ziegenböcke nicht dieselben Idioten, die ihre Hochzeit und damit ihre Karriere ruiniert hatten. Das konnte nicht sein. Oder doch?

»Die Leute, die ihm die ganze Kohle dafür zahlen, ihre Schuhe zu tragen, ihre Limonade zu trinken und ihre Jeans anzupreisen, sind noch reicher als er. Und Leute werden nicht so stinkreich, indem sie irgendwas dem Zufall überlassen.«

»Okay.« Mit aller Kraft versuchte sie, bei Vernunft zu bleiben und sich zu konzentrieren. Zuzuhören. Von dem, was in den nächsten paar Minuten passieren würde, könnte eine ganze Menge abhängen, und sie wollte nichts davon verpassen, nur weil sie – wahrscheinlich – grundlos Panik schob. »Was heißt …?«

»Was heißt, dass sein aktueller Vertrag etwas enthält, was man wohl am besten als abgewandelte Moralklausel bezeichnen könnte.«

»Eine Moralklausel?« Sie blinzelte verwirrt. »So wie in *Du bist besser kein schwuler Kommunist, sonst arbeitest du nie wieder in dieser Stadt*?«

»Nicht ganz. Eher wie *Wenn du dummer Arsch noch mal mit einer roten Karte vom Platz fliegst, dann verpasse ich dir ein verdammtes Kindermädchen.*« Er lächelte. »Ich glaube, heutzutage nennt man das einen Life-Coach.«

»Ah.« Bel musste diese Information erst mal verdauen. »Faszinierend. Aber wie genau ziehst du damit meine Karriere wieder aus der Scheiße, wenn ich Kindermädchen für einen unerzogenen Sportler spiele?«

Bobs Lächeln ähnelte wieder dem Maul eines Hais und Bel stellte sich auf das Schlimmste ein.

»Was würdest du davon halten, wenn du das nach Kates Vorgabe machen würdest?«

Bel starrte ihn an.

»Für *Kate Every Day*?«

»Nein. Aber, Mann, das wäre ein toller Beitrag, oder? Man könnte eine Reihe daraus machen. Mary Poppins für Millionäre. *Entourage* trifft auf *Die Super Nanny*. Die in Ungnade gefallene Haushaltsdiva versucht, ihr Ansehen wiederherzustellen und bringt als Bewährungsprobe eine überfinanzierte Studenten-WG und seine ekelhaften Bewohner auf Zack.« Bob seufzte wehmütig und Bel versuchte, nicht total schockiert auszusehen. »Aber das wird es nicht geben, also mach dir keine Sorgen.«

»Kate hat Nein dazu gesagt?«

Erleichterung wusch über Bel wie Regen über eine verstaubte Straße.

»Natürlich.« Bobs Lippen kräuselten sich. »Irgendwas über Anstand und Würde oder sonst irgend so einen Unsinn. Aber sie hat zugestimmt, dir noch eine Chance zu geben. Privat.«

»Hat sie das?«

»Sie ist eine vernünftige Frau, Bel. Sie hat auch nicht mehr Interesse daran, das wegzuwerfen, was ihr beide in den letzten Jahren zusammen aufgebaut habt, als du.«

Bel widersprach ihm nicht und beließ es dabei. Jetzt war nicht der Zeitpunkt, sich über Kleinigkeiten zu streiten.

»Was soll ich machen?«

»Dich beweisen.«

»Wie?«

»Indem du meinen Klienten unter Kates Aufsicht auf Reihe bringst.«

Bel versuchte nachzudenken und sich nicht davon ablenken zu lassen, dass in ihrem Herzen Hoffnung aufkeimte und in ihrem Kopf Alarmglocken schrillten.

»Was bedeutet das?«

»Das bedeutet, dass dir Kate vier Wochen lang jede Woche eine gesellschaftliche Umgangsform aufträgt, die du unserem Jungen beibringen sollst. Und am Ende jeder Woche wird sie seine Leistung und deine Leistung beurteilen. Streng beurteilen. Wenn du die Prüfung bestehst, dann bekommst du deinen Job zurück, genau rechtzeitig für die *Kate Every Day* Weihnachtssondersendung.«

Bel sah ihn prüfend an.

»Und wenn ich nicht bestehe?«

Bob schnippte sein Handy an, sodass es sich auf der glänzenden Oberfläche des Schreibtisches um seine eigene Achse drehte. Der Blick unter den dichten Brauen war starr auf sein Telefon gerichtet, als er sagte:

»Dann unterschreibe ich den blauen Brief auf meinem Schreibtisch.«

Bel schluckte, aber ihr Hals blieb trocken und zugeschnürt.

»Dieser mysteriöse Sportler«, sagte sie schließlich, »hat der auch einen Namen?« Als ob sie noch fragen musste.

Er legte seine Hand auf das Handy und es hörte auf, sich zu drehen.

»James Blake.«

Bel schloss die Augen.

»Natürlich.«

Eine Mordswut stieg in ihr auf, als sie sich das träge, unbesorgte Lächeln unter der abgetragenen Baseballkappe in Erinnerung rief. Diese leicht daher geredeten Worte aus dem lockeren Mundwerk. Wie er ihr ein Bier angeboten hatte, als ob das ein gerechter Tausch dafür wäre, dass er ihre Karriere mit einem heftigen Tritt ins Jenseits befördert hatte.

»Ehemaliger Fußballgott von Manchester United, seit geraumer Zeit der Star bei den DC Statesmen«, erklärte Bob. »Außerdem Kates Nachbar und – nach dem Vorfall bei der Hochzeit – ihr neuer Erzfeind.«

»Ja, das weiß ich wohl.« Bel guckte sauer. »Ich war da auch anwesend.« Dann legte sie ihre Stirn in Falten. »Aber jetzt warte mal einen Moment. Warum zum Teufel würde denn Kate irgendwas damit zu tun haben wollen, James Blake zu rehabilitieren? Es scheint mir, als ob sie *wollte*, dass er von allen Vereinen der Liga ausgeschlossen wird. Dann würde er pleitegehen, Annex verlieren, unbemerkt in elende Armut und Drogenmissbrauch versinken, während sich Kate eins ins Fäustchen lacht und sich darüber freut, dass der Immobilienwert ihres Hauses in die Höhe schießt.«

»Siehst du, aus dem Grund wurdest du gefeuert«, zeigte Bob mit dem Finger auf sie. »Du verstehst deine Chefin nicht richtig.«

Bel runzelte die Stirn und löste sich nur ungern von dem befriedigenden Bild von James' Niedergang, das sie gerade vor ihrem geistigen Auge sah.

»Das tue ich nicht.«

»Komm schon, Bel. Denk mal nach. Dieser Kerl hat Kates Staffel-Premiere, den Hochzeitstag ihrer Nachfolgerin und ihre Pläne, in den Ruhestand zu gehen, auf einen Streich ruiniert. Glaubst du wirklich, dass es *Kate* befriedigen würde, von Weitem dabei zuzusehen, wie er leidet?« Er schnaubte kurz. »Entschuldige mal, hast du *irgendeine* Ahnung von dieser Frau?«

Plötzlich ging ihr ein Licht auf – mit dem gleichen Effekt in ihrem Kopf, als ob dort gerade eine Atombombe gezündet worden wäre. Sie erstarrte.

»Rache«, sagte sie mit tonloser Stimme. »Kate möchte das Messer gerne in der Wunde umdrehen.« Rache an James, natürlich, aber auch an ihr. Gott, Bob hatte recht. Sie *war* schwer von Begriff.

»Wird das ein Problem für dich sein?«, fragte er mit verengten Augen und ernstem Blick.

»Was? Dass Kate im Gegenzug ein Pfund Fleisch verlangt, wenn sie mir eine zweite Chance gibt?«, fragte sie. »Oder einen Monat lang jede Minute mit James Blake und seiner Bande lustiger Idioten zu verbringen?«

»Das eine und das andere.« Bob schaute sie ruhig an. »Beides.«

Sie lachte bitter.

»Macht das einen Unterschied?«

»Ja. Das tut es.«

Bel blinzelte, für einen Moment aus dem Selbstmitleid wachgerüttelt, das sie gerade überkommen hatte.

»Wie bitte?«

»Du musst es nur sagen und die ganze Sache ist vom Tisch.« Sein Gesicht war wie versteinert und verschlossen, so wie immer, aber seine Augen, merkte sie überrascht, waren voller Sorge. Sie saß jetzt mit offenem Mund da und er hielt eine Hand hoch. »Versteh mich jetzt nicht falsch. Dieser blaue Brief steht dann immer noch im Raum. Kate war zuerst da, und Business ist nun mal Business. Aber wenn du glaubst, dass ich dich einfach so abschreibe, dann liegst du falsch. Du hast Talent, Bel. Mehr als Talent. Für dich wird es irgendwie weitergehen. Ich gebe dir mein Wort.« Er lehnte sich in seinem Stuhl zurück und wich ihrem Blick nicht aus. »Die Frage ist, ob das das ist, was du willst.«

Ihre Kehle war auf einmal wie zugeschnürt, als die demütigenden Tränen wieder drohten hochzukommen, und sie schluckte schwer. Bob glaubte an sie.

In ihr Talent zumindest. Das war genug, um ihr die Tränen in die Augen zu treiben; dass überhaupt noch jemand an sie glaubte. Aber wenn so was von Bob kam? Das konnte man ungefähr damit gleichsetzen, als ob er ihr gerade angeboten hätte, sie zu adoptieren.

»Nein«, sagte sie, als sie sich sicher war, dass ihre Stimme nicht zittern würde. Sie verbot es sich, seinen Glauben an sie damit zu belohnen, dass sie in sein gestärktes Hemd weinte. »Ich will das nicht. Ich will James Blakes ungezogenen Jungenhintern sprichwörtlich versohlen, damit Kate sich daran ergötzen kann.«

»Fantastisch.« Bobs Lächeln funkelte scharf und gefährlich auf, aber seine Augen lachten. »Dann such dir mal ein Schlafzimmer aus, Kleines.«

Bel runzelte die Stirn und für einen kurzen Moment dachte sie tatsächlich, dass Bob sie adoptieren würde.

»Mein Schlafzimmer?«

»Im Annex.« Er schlug seine Beine übereinander und schien das Ganze augenscheinlich zu genießen. »Kindermädchen leben mit im Haus, Bel. Außerdem bist du ja augenblicklich auch obdachlos, also was ist das Problem?«

»Kein Problem«, sagte Bel wieder, nur diesmal nicht so ganz überzeugt. »Nur …, na gut.« Sie klopfte sich gedanklich auf die Finger und sagte sich, dass sie sich zusammenreißen musste. *Immer das Ziel im Auge behalten*, dachte sie. *Das Ziel im Auge behalten.*

»Gut. Dann mal raus hier«, erwiderte Bob und wählte eine Nummer auf seinem Handy. »Ich muss mich mit ein paar wütenden Sponsoren herumschlagen.«

»Okay.«

Sie beobachtete ihn und suchte nach einem Hauch von dem müden, erschöpften Mann, den sie gesehen hatte, als sie hineingekommen war. Einen Hauch der väterlichen Sorge, die sie eben gespürt hatte. Nichts. Jetzt schmiss er sie einfach nur raus, damit er telefonieren und mit der Arbeit weitermachen konnte.

»Vergiss nicht den Kuchen«, sagte sie langsam. »Du könntest ein oder zwei Stücke vertragen, und ich will nicht in zwei Wochen wiederkommen, nur um festzustellen, dass er da auf deiner Anrichte Schimmel angesetzt hat.«

Er hielt sich das Telefon ans Ohr und winkte ab, um ihr zu signalisieren, dass sie das Büro verlassen sollte.

»Ja, okay.«

# Kapitel 6

Obwohl die Strahlen der frühherbstlichen Sonne gleich geschmolzener Butter in ihren Lieferwagen drangen, waren Bels Finger am Lenkrad kalt und steif, als sie in James Blakes Hof einbog. In einem Moment der Schwäche erlaubte sie sich, kurz infrage zu stellen, ob sie hier das Richtige tat. Aber nein. Die Ultima Ratio konnte der Definition nach keine Fehlentscheidung sein. Wenn etwas der letzte Ausweg war, wenn man keine Wahl hatte, dann konnte man auch keine Fehlentscheidung treffen, oder?

Dennoch, was sich in Bobs Büro wie eine durchführbare Idee angefühlt hatte, kam ihr vor James Blakes Eingangstür viel weniger annehmbar vor. Sie konzentrierte sich auf ihre Atmung, als sie neben dem italienischen Springbrunnen parkte, der bei Kate beinahe einen Schlaganfall verursacht hätte, als sie letzten Herbst gesehen hatte, dass er aufgestellt wurde. *Hast du den Knall gehört, Belinda? Das war der Immobilienwert, der gerade in den Keller gefallen ist. Vielen Dank, meine lieben neureichen, hinterwäldlerischen Nachbarn.*

Bel fand den Springbrunnen eigentlich gar nicht so schlimm. Sie stieg aus dem Lieferwagen aus und tätschelte den runden Hintern einer der nackten Figuren, die auf dem Brunnen herumturnten. Die Welt konnte ein paar mehr Frauen gebrauchen, die nicht so aussahen, als ob sie nicht mehr als einen Tic Tac zum Mittagessen zu sich nehmen würden.

Woraufhin Belinda sich an die Einkaufstüten auf dem Beifahrersitz ihres Lieferwagens erinnerte. Erleichtert nahm sie sie hoch.

Sie konnte damit umgehen, in einem Hotel zu wohnen – die ungewohnten Betten, die billigen Bettlaken, die Standard-Badezimmer. Aber nirgendwo ihre Milch, Butter und Eier aufbewahren zu können? Das löste die schiere Panik in ihr aus, was wiederum gefährlich viel Druck auf die Tür ausübte, hinter der sie so sorgfältig das wirbelnde Chaos verbannt hatte.

Sie würde wetten, dass James seinen Kühlschrank sowieso für nichts anderes benutzte, als Bier kalt zu stellen, und ihre Einkäufe mussten verstaut werden. Also ging sie mit den Tüten im Arm zu der sechs Meter hohen Doppeltür. Sie legte ihre freie Hand auf ihren nervösen Magen und drückte dann auf die Klingel.

»Mamas Don't Let Your Babies Grow Up To Be Cowboys« erklang feierlich im Haus, und Bels Magen beruhigte sich etwas. Sicher konnte sie mit einem Kerl umgehen, der seine Türklingel programmiert hatte, ein Lied von Willie Nelson zu spielen.

Sie wartete einen Moment, dann klingelte sie noch mal. Dieses Mal war es Patsy Cline, »Walking After Midnight«.

Hmm. Sie klingelte noch mal. Hank Williams, »Down on the Bayou«.

Sie wollte gerade ein viertes Mal auf den Klingelknopf drücken, nur um herauszufinden, wie viele Country-Music-Legenden sie eigentlich kannte, als ihr James Blake persönlich die Tür aufmachte.

Er war kein besonders großer Mann, vielleicht knappe zehn Zentimeter größer als Bel, die 1,72 m maß, aber er hatte eine solche Präsenz, dass man das Gefühl hatte, er würde den Türrahmen ganz ausfüllen. Genauso, wie sie ihn in Erinnerung hatte. Seine Haare waren zottelig und hatten die Farbe von Sonnenschein. An einer Seite klebten sie platt am Kopf, als ob er gerade aus dem Bett gerollt war. Es fiel ihm über die Stirn, bis zu den überraschend dunklen Augenbrauen, und ging an den Seiten bis in Höhe der Nase, die eindeutig schon mit der einen oder anderen Faust Bekanntschaft geschlossen hatte. Aber sein Mund war die pure Perfektion, selbst wenn er jetzt verzogen war, weil James wütend knurrte. Eine schön geschwungene Oberlippe und eine volle Unterlippe. Zu hübsch für einen Mann, aber diese schreckliche Hakennase glich das wieder aus, fand Bel. Man konnte nicht wirklich sagen, dass er gut aussah, aber sie konnte sehen, wieso sein Gesicht so oft in der Zeitung auftauchte. Frauen würden immer eine Schwäche für Piraten haben.

»Um Himmels willen«, bellte er. »*Was ist denn*?«

Obwohl er stocksauer war, dehnte er seine Worte wie Karamell. Auch nach zwölf Jahren als Fußballspieler in Europa hatte er seinen westtexanischen Akzent nicht verloren.

»Äh, hi.«

Bel gab sich gedanklich einen Tritt in den Hintern. *Toll. Ein sehr guter Anfang.* Zu ihrer Verteidigung: Er hatte kein Hemd an. Seine Taille war vielleicht etwas fülliger, als Bel es von einem professionellen Sportler erwartet hätte, aber seine Arme und der Rest seines Oberkörpers schienen rein aus klar definierten Muskeln zu bestehen, und das war gar nicht so leicht zu vertragen, wenn man einen nervösen Magen hatte. Es war ihr gar nicht lieb, dass ein kleiner, elektrisierender Schock durch ihren Körper ging, und sie presste die Einkaufstüten enger an sich.

»Entschuldigung«, sagte er mit gerunzelter Stirn. »Kennen wir uns?«

»Na, das ist ja traurig. Du zerstörst meine Karriere und dann erinnerst du dich noch nicht mal an mich?« Sie lächelte ihn kühl an. »Belinda West. Vor zwei Wochen hast du es ganz alleine geschafft, meine Hochzeit den Bach runtergehen zu lassen.« Ihr Lächeln wurde noch eisiger. »Live im Fernsehen.«

Er kniff seine Augen zusammen, da die Morgensonne ihn wohl blendete, und presste einen Daumen auf die Nasenwurzel, als ob allein ihr Anblick ihm Kopfschmerzen bereiten würde.

»Ach. Das warst du?«

»Das war ich.«

Sie rauschte an ihm vorbei und trat in die riesige Eingangshalle aus Marmor und Gold, die sogar eine breite Wendeltreppe zu bieten hatte, welche nur so nach Reifröcken und dramatischen Scarlett-O-Hara-Auftritten schrie.

»Nein, ich bestehe darauf«, sagte er trocken zur leeren Türöffnung. »Komm doch rein.«

»Danke.« Bel schaute sich in der Eingangshalle um. »Ich bin noch nie im Annex gewesen. Ist das ganze Haus in diesem Stil eingerichtet?«

»In was für einem Stil?«

»Wie das Mausoleum, in dem Bescheidenheit und guter Geschmack begraben worden sind.«

Er massierte sich den Nasenrücken.

»Ist das hier meine Strafe dafür, dass ich deinem durchgebrannten Ehemann ein paar Bier und einen Eimer Golfbälle spendiert habe? Du klingelst in aller Herrgottsfrühe bei mir Sturm und beleidigst meinen Innendekorateur, bis ich Buße tue?«

»Meine Pflichten beschränken sich nicht allein darauf, aber ich bin mir sicher, Bob hat dir alles erklärt.«

»Bob?«

»Bob Beck. Unser gemeinsamer Agent?«

»Bob ist auch dein Agent?«

Sie starrte ihn an.

»Er hat dich nicht angerufen?«

»Weshalb?«

»Du weißt nicht, wieso ich hier bin, oder?«

»Außer, um mich total zu verwirren, und, ich bin mal so ehrlich, ziemlich ungelegen zu kommen? Tut mir leid, nein.«

Sie hielt ihre Einkäufe etwas fester und schickte Bob stumm zur Hölle.

»Dann sollten wir noch mal von vorne anfangen.«

Er rieb sich den Nacken und schürzte diesen wundervollen Mund.

»Muss das sein?«

Sie klemmte sich die Tüten unter den Arm und streckte die andere Hand aus.

»Hallo, Mr Blake. Mein Name ist Belinda West. Ihr neues Kindermädchen.«

James blickte die Frau in seiner Eingangshalle aus schmalen Augen an. Belinda West bestand aus langen Beinen, tiefen Grübchen und unmöglich zart aussehender Haut. Kurz, Bel –

wenn er sich richtig erinnerte – sah aus wie ein Engel. Die Art von grundanständigem Engel, der in einem Mann die Ambition weckte, zu erreichen, dass sie ihren Heiligenschein mal für ein, zwei Minuten absetzen würde. Selbst um wie früh auch immer am Samstagmorgen.

Aber sie hatte mit Worten wie *Bob Beck* und *guter Geschmack* und – Herrgott – *neues Kindermädchen* um sich geworfen. Alle Bilder von zerzausten Engeln und schiefen Heiligenscheinen in seinem Kopf lösten sich in Luft auf, als er den ersten zusammenhängenden Gedanken des Tages gefasst hatte.

Wie so oft heutzutage, dachte er: *Moment mal, wie jetzt?*

Gott, er wurde wirklich alt. Es war noch gar nicht so lange her, da konnte er es mit Will beim Biertrinken aufnehmen und am nächsten Tag immer noch ein unglaubliches Spiel hinlegen. Mittlerweile war er fast schon so ein Mädchen wie Drew, der sich in jede Kellnerin verliebte, die ihn anlächelte. Er schüttelte den Kopf in brüderlicher Missbilligung, hörte aber auf, als es sich so anzufühlen begann, als würde sein Kopf gleich explodieren. Himmel, *was* hatte er denn gestern Abend getrunken? Er versuchte, sich wieder auf die augenblickliche Situation zu konzentrieren.

»Bob hat dich als meine neue Assistentin eingestellt?«, fragte er. »Ich meine, er sagte Kindermädchen. Das im Haus lebt.«

Bel schenkte ihm ein förmliches Lächeln, das den umwerfenden Grübchen kaum eine Chance gab, sich zur Schau zu stellen. Diese Grübchen, zusammen mit der butterzarten Haut und den Bundfalten, die sie, so wollte er wetten, bestimmt jeden Morgen in ihre Jeans bügelte, gaben ein verdammt hübsches Bild ab. Aber James wusste ganz genau, was ihn ein so hübsches Bild kosten würde – einen großen, fetten Diamantring und bedingungslosen Gehorsam gegenüber einem farbkodierten Terminkalender.

Den Diamanten konnte er sich leisten, das war kein Problem. Aber der Terminkalender. Beim bloßen Gedanken daran brach ihm kalter Schweiß aus.

»Wieso?«, fragte er und verfluchte den Kater, der seine normalerweise flinke Zunge lähmte.

»Wieso du ein Kindermädchen brauchst? Bob hat irgendwas von noch einer roten Karte und einer Moralklausel erzählt.«

Sie schaute ihn mit einem offenen, neugierigen Blick an, der ihn ein wenig wie der sprichwörtliche Wurm zu ihrem frühen Vogel fühlen ließ.

»Ich meinte, wieso du?«, fragte er. »Und wieso würdest du bei so etwas zustimmen? Du kommst mir wie ein nettes Mädchen vor, und es wird bestimmt eine undankbare Aufgabe sein.«

Sie schaute ihn streng an.

»Hast du vor, mir Schwierigkeiten zu machen, James Blake?«

Er gab sein Bestes, sein Lächeln möglichst spitzbübisch aussehen zu lassen.

»Nicht dir persönlich. Aber ich kann Termine wirklich nicht ausstehen. Kalender auch nicht. Jegliche Ablaufpläne, Systeme, Methoden, Regeln. Vorschriften in jeglicher Form also.« Er hielt wie zu seiner Verteidigung die Hände hoch. »Das stellt mich schon mein ganzes Leben immer wieder auf die Probe.«

»Das glaube ich gerne.«

»Aber meine Brüder? Na, die sind ja gerade so stubenrein. Wieso um alles in der Welt würdest du dich mit Leuten wie uns abgeben?«

»Es kommt mir vor, als sei es nur fair, wenn du mir einen Job gibst«, erwiderte sie. »Da du dafür verantwortlich bist, dass ich von meinem letzten gefeuert wurde.«

»Oh.«

James' Kopf dröhnte wie der Bass in einer Disko. Er suchte fieberhaft nach einer passenden Antwort, aber ihm fiel nichts ein, mit dem er charmant sein Bedauern ausdrücken konnte. Wenn sie eine von der nachtragenden Sorte war – und es sah ganz danach aus –, dann würde sie ihn auch noch dafür verantwortlich machen, dass ihr der Bräutigam abgehauen war. Ob sie wohl auch dafür einen Ersatz verlangen würde?

»Mensch«, sagte er schließlich. »Das … tut mir leid.«

»Danke. Hör mal, meinst du, wir könnten diese kleine Unterhaltung in der Küche fortführen?« Sie rüttelte die Papiertüten in ihrem Arm. »Ich habe hier Lebensmittel drin, die in den Kühlschrank müssen.«

»Oh. Ach so. Klar.« Er schwankte den kurzen Flur entlang und deutete auf die Schwingtür, die in die Küche führte. »Hier entlang.«

Ein Ortswechsel wäre vielleicht wirklich eine gute Idee. Vielleicht würde die reine Tatsache, dass er neben der Kaffeemaschine stand, schon sein böses und absolut verdientes Kopfweh ein wenig lindern.

Aber so einen großen Kater hatte er nun auch wieder nicht, dass er nicht den Duft genießen konnte, den sie verströmte – Sonnenschein und süße Sahne –, als sie an ihm vorbeisauste. Er verpasste es auch nicht, ihren knackigen Hintern zu bemerken. Er folgte ihr in die Küche.

Sie hielt inne, kaum war sie durch die Tür getreten, und blickte sich staunend im riesigen Raum um.

»Das«, sagte sie, »ist eine fantastische Küche.«

Er blinzelte sie an.

»Ich hasse diese Küche. Ich kann hier nichts finden, und wenn ich dann doch mal das finde, was ich suche, dann verstehe ich nicht, wie es funktioniert.« Er ging um sie herum, um auf eine Espressomaschine von der Größe eines VWs zu zeigen, die auf der Arbeitsplatte aus Granit stand. »Wie das hier, zum Beispiel. Das ist eine Kaffeemaschine.« Er runzelte die Stirn. »Oder nicht?«

Bels Nase kräuselte sich, als sie sich die Maschine ansah.

»Nein. Das ist ein Designer-Küchen-Kunstwerk.«

James seufzte.

»Das war ja klar. Drew hat sich wahrscheinlich in die Verkäuferin verliebt.«

»Drew?«

»Mein kleiner Bruder. Die Küche ist seine Domäne.«

Sie ging zu dem Koloss aus rostfreiem Edelstahl hinüber, der sich als Kühlschrank entpuppte, und machte ihn auf.

»Das sehe ich.«

»Ach, der Kleine liebt einfach seine Gadgets. Und da praktisch alles in dieser Küche mit Strom betrieben wird …« Er lehnte sich zur Seite und folgte ihrem belustigten Blick auf den Inhalt des Kühlschranks: ein halbes Sechserpack Bier und ein Pizzakarton mit Fettflecken. »Vielleicht sollte er sich einfach darauf konzentrieren, meine Twitter-Nachrichten zu schreiben.«

»Das ist vielleicht gar keine so schlechte Idee.« Sie machte den Kühlschrank wieder zu. »Wofür ist denn dein anderer Bruder zuständig? Die Innendekoration?«

»Will? Nein.« James zog einen Barhocker hinter der riesigen Kücheninsel hervor und ließ sich darauf sinken, um ihr dabei zuzuschauen, wie sie ihre Einkäufe auspackte. »Er managt meine Karriere.«

Sie hielt inne, einen Karton Eier in der Hand.

»Und wie läuft das so in deinen Augen?«

»Er ist verdammt spitze, wenn es darum geht, Verträge auszuhandeln«, antwortete er. »Der Junge spielt mit Geld, als ob es sich dabei um Monopolyscheine handeln würde.«

»Aber er übersieht das Kleingedruckte, wie Moralklauseln, die dir ein Kindermädchen aufnötigen?«

»Stimmt auch wieder.«

James stützte seinen Kopf auf eine Faust und beobachtete sie. Es war schön, ihr zuzuschauen. Sie war so … ordentlich. Effizient. Praktisch. Es war fast schon hypnotisierend, wie sie sich in seiner Küche bewegte. Innerhalb von fünf Minuten, und ohne sich dabei anzustrengen, hatte sie schon einen Topf aus einem Schrank gezogen (von dem er hätte schwören können, dass es ihn gar nicht gab) und Wasser aufgesetzt. Sie hatte ein Pack Kaffeebohnen aus ihrer Einkaufstasche geholt, die Bohnen in einer Kaffeemühle (auch aus ihrer Tüte, die keinen Boden zu haben schien) in himmlisch duftenden Kaffee verwandelt und dann irgendein Wunder mit einem gläsernen Apparat vollbracht (den sie ebenfalls aus ihrer Tasche genommen hatte). James wartete nur noch darauf, dass sie als Nächstes Brotlaibe und Fische daraus hervorzaubern würde, doch dann stellte sie ihm eine Tasse mit starkem schwarzem Kaffee vor die Nase.

»Du böse Hexe«, sagte James und hielt sein Gesicht über den Dampf, der von der Tasse aufstieg. »Glaubst du, du kannst mich mit Kaffee bestechen, damit ich mich gut benehme?«

Bel schaute ihn prüfend an.

»Ja.«

»Da hast du verdammt recht.«

Er seufzte zufrieden, als der Kaffee seinem armen, in Mitleidenschaft gezogenen Körper wieder neuen Auftrieb verlieh. Dann fing sie an, Eier in eine Schüssel zu geben, die er noch nie zuvor gesehen hatte.

»Was kochst du da?«

Sie zog eine Augenbraue hoch, während Eiweiß aus den Eierschalen in ihren beiden Händen in die Schüssel tropfte.

»Eier.«

»Für mich.«

»Ja.«

Sie nahm eine Packung Milch aus dem Kühlschrank, goss ein bisschen davon in die Schüssel und fing dann an, die Eier wie eine Wilde mit dem Schneebesen zu schlagen. Eine Messerspitze Butter schmolz in der Pfanne auf dem Herd und füllte den Raum mit einem Duft, der baldige Stärkung versprach. James kamen beinahe die Tränen.

»Du böse Hexe«, meinte er wieder. »Ich werde mich nicht in dich verlieben, also hör auf, mich in Versuchung zu führen.«

Ihre Mundwinkel zuckten.

»Ich werd's mir merken.«

Das sonderbare Gefühl von Zufriedenheit kam über ihn, als er ihr dabei zuschaute, wie sie gekonnt die Eier in der Pfanne rührte. An diese Frau könnte er sich schnell gewöhnen. Nach ihr süchtig werden, wahrscheinlich.

Dieser Gedanke ließ ihn ganz schnell wieder zur Realität zurückkehren. Was zum Teufel war nur mit ihm los? Irgendwo zwischen dem Kaffee und den Eiern hatte er die Kontrolle über sich verloren. Sie hatte sich um ihn gekümmert und seine Bedürfnisse sofort erkannt, und er hatte diese Zuwendung wie ein schwanzwedelnder Hund angenommen, statt zu erkennen, dass Macht vom Geben und nicht vom Nehmen kam. Was also brauchte Belinda West so dringend, dass sie für einen Unbekannten so fröhlich und frei am frühen Samstagmorgen Rühreier zubereitete? Und wie würde er wieder die Oberhand gewinnen, indem er sich entschied, ob er ihr geben würde, was sie wollte oder nicht?

»Okay, also ich sehe, was bei diesem Geschäft für mich herausspringt«, sagte er, als sie ihm einen Teller luftiger Eier hinstellte. Er zwang sich dazu, diese für einen Augenblick zu ignorieren. »Aber wie sieht es mit dir aus? Ich bin mir sicher, dass du auch andere Optionen hättest bei deinem Lebenslauf. Wieso das hier? Wieso wir?«

Sie lehnte sich gegen den Herd und verschränkte die Arme unter der Brust.

»Ich will meinen alten Job wiederhaben.«

»Und auf diesem Wege wirst du ihn wiederbekommen?«

»Ja.«

»Wie?«

Sie beobachtete ihn für einen Moment.

»Du solltest wirklich öfter mal mit deinem Agenten sprechen.«

»Okay, kommen wir dazu später, aber wieso würdest du denn deinen alten Job wiederhaben wollen?«

Zwischen diesen vernünftigen Augenbrauen bildete sich eine tiefe Furche.

»Was meinst du damit?«

Er nahm einen Schluck Kaffee und dachte über ihren überraschten Gesichtsausdruck nach.

»Hochzeiten fallen doch andauernd ins Wasser, Bel. Wenn Kate Davis dich wirklich als Angestellte schätzen würde, so scheint mir, dann würde sie dich doch nicht so mir nichts, dir nichts abschießen, oder? Also muss ich daraus die Schlussfolgerung ziehen, dass Kate nicht besonders viel von dir hält.« Sie kniff ihren vollen kleinen Mund zusammen und James lächelte. »Wieso um alles in der Welt würdest du dir das hier antun, was sicherlich nichts anderes als mehrere Wochen Kummer und Elend sein werden, nur um deinen Wert einer Person zu beweisen, die dich gar nicht will?«

Bel starrte ihn an.

»Ich will meinen Job wiederhaben«, entgegnete sie. »Wieso, geht dich gar nichts an.«

James zuckte mit den Schultern, aber merkte sich diesen interessanten gequälten Gesichtsausdruck. Vielleicht würde er zu einem späteren Zeitpunkt nützlich sein.

»Das ist deine Sache«, erwiderte er heiter.

Er nahm seine Gabel in die Hand und schaufelte sich die Eier in den Mund. Er war nicht überrascht darüber, dass sie unglaublich schmeckten. Bei dieser Frau würde er sich vorsehen müssen.

»Also versuchen wir, deinen schlechten Job wieder zurückzubekommen«, sagte er. »Wie genau werden wir das anstellen?«

Sie lächelte ihn an, aalglatt und ein kleines bisschen gemein. Ganz unerwartet spürte er Lust in sich aufsteigen, als sich dieser schöne sinnliche Mund verzog und stattdessen Durchtriebenheit und Boshaftigkeit ausdrückte.

»Wieso rufst du nicht Bob an und findest es heraus?«

Er schaute sie schräg an. Dann musste er sich über sich selber wundern. Sein Geschmack war normalerweise sehr berechenbar. Er liebte alle Frauen, aber im Allgemeinen bevorzugte er die weichen, kurvigen, gefälligen Frauen. Jetzt war wirklich nicht der richtige Zeitpunkt, eine Vorliebe für herrische Frauen mit Ecken und Kanten zu entwickeln, die magische Einkaufstüten und den Mund eines gefallenen Engels hatten.

»Das werde ich tun«, antwortete er mit vollem Mund. Mann, diese Frau war echt gefährlich. »Nach dem Frühstück.«

✦

Will Blake schleppte sich mit hämmernden Kopfschmerzen und Magengrummeln aus dem Bett und diese lächerliche *Vom-Winde-verweht*-Treppe hinunter. Er konnte gebratene Eier riechen, und zwar die salzigen, buttrigen, die wie ein Wundermittel für einen Kater wirkten, und er würde sich seine Portion holen. Noch bevor ihn dieses Dröhnen im Kopf umbrachte. Wenigstens würde er dann als ein glücklicher Mann sterben.

Na, zumindest als ein satter. Will konnte sich nicht wirklich an das letzte Mal erinnern, als er sich selbst als glücklich bezeichnet hatte.

Er stieß gegen die Küchentür und hielt sie mit einem Fuß offen, während er sich am Türrahmen festhielt und mit zusammengekniffenen Augen in das brutal blendende Licht schaute. James war schon hier, aber Drew noch nicht. *Gott sei Dank*, dachte Will. Drew ließ Essen von seinem Teller verschwinden, als wäre er ein Staubsauger.

James schaute hoch, beugte sich dann aber schnell wieder beschützend über seinen Teller und fing an, Rührei in seinen Mund zu stopfen.

»Nee, nee«, sagte er mit vollem Mund. »Meins.«

Will machte *Ts ts*.

»So läuft das aber nicht in der Familie Blake«, erwiderte er und ging auf seinen Bruder zu. »Was sagen wir immer?«

»Wir sagen gar nichts«, murmelte James und wusch, was er sich in die Backen gestopft hatte, mit einem Schluck aus der Tasse herunter, die neben ihm stand.

Kaffee? Will schnupperte. Ja, tatsächlich. Es gab Kaffee. Halleluja.

»Die Familie steht an erster Stelle«, klärte Will ihn auf. »Was wir haben, das teilen wir.«

James legte seinen Arm um den Teller, um sein Essen zu verteidigen, und hielt seine Gabel wie eine Waffe.

»Ich werde mein Leben für diese Eier geben.«

Wills Blick wanderte zur Tasse.

»Und wie sieht es mit dem Kaffee aus?«

James schaute die Tasse an und war für einen Augenblick abgelenkt. Will stürzte sich auf ihn. Gott, sein Kopf tat weh. Aber er würde was von diesen Eiern abbekommen.

Bel kam gerade rechtzeitig aus der Hocke vor dem Gemüsefach des Kühlschranks hoch, um zu sehen, wie einer von James' Brüdern ihn in den Schwitzkasten nahm und vom Hocker zerrte. Sie verschwanden hinter der Kücheninsel, ineinander verkeilt, im Kampf um … was? Bel beugte sich über den hohen Tresen, um besser zu erkennen, was da los war. Ging es um die Gabel? Sie schaute in die Besteckschublade. Es gab mindestens noch ein Dutzend mehr von denen. Sie schüttelte den Kopf und zog den Eierkarton näher heran.

Sie war gerade dabei, mehr Eier mit dem Schneebesen schaumig zu schlagen, als der dritte Blake-Bruder in die Küche spazierte. Während James und der andere Bruder beide blond und drahtig waren, war dieser hier groß und schlaksig, mit Haar in der Farbe von gemahlener Muskatnuss. Er lächelte sie herzig an und trat über seine Brüder hinweg, als ob er das jeden Morgen machen würde. Und das tat er wahrscheinlich auch.

Er machte nur kurz Halt, um mit seinem Handy ein Foto von dem Gerangel vor seinen Füßen zu schießen, und setzte sich dann an die Kücheninsel.

»Wenn ich dich womöglich dazu überreden könnte, mir was von dem, was da in deiner Schüssel ist, abzugeben, dann kann ich dir fast versprechen, dass ich um deine Hand anhalten werde«, sagte er, mit Blick auf sein Handy, auf dem er gerade mit beiden Daumen herumtippte.

Bel grinste ihn an.

»Ich bin nicht auf der Suche nach einem Ehemann, danke. Aber die Eier kannst du haben.«

Er schrieb fertig, was auch immer er gerade eingetippt hatte, und legte dann das Handy auf den Tresen, um sich James' herrenlose Tasse Kaffee zu schnappen. Er probierte was davon, und dieses herzige Lächeln breitete sich wieder auf seinem langen, eckigen Gesicht aus, welches man eher als einnehmend denn als gutaussehend beschreiben würde.

»Ich glaube, ich habe mich in dich verliebt«, sagte er. »Wer bist du?«

Bel schob ihm einen Teller Eier auf den Tresen, gab ihm eine saubere Gabel in die Hand und sagte:

»Erst den Heiratsantrag machen, dann kennenlernen, was?«

Er probierte die Eier und seine Augen fingen an zu leuchten.

»Vergiss es. Ich muss gar nicht wissen, wie du heißt. Wir machen uns auf den Weg nach Las Vegas, sobald ich aufgegessen habe.«

Die beiden Brüder hinter der Kücheninsel hörten auf, sich zu rangeln.

»Verdammt, Will, Drew hat die zweite Portion Eier auf dem Teller.«

»*Die zweite Portion*?« Wills Kopf tauchte hinter dem Tresen auf wie der eines Präriehundes, und er schaute sich in der Küche um, bis sein Blick auf Bel fiel. »Wer bist du denn?«

Drew schüttelte den Kopf.

»Nein, mein Junge, die erste Frage lautet immer: *Kann ich was zu essen haben?* Und das ist der Grund dafür, dass ich schon esse, während du dich mit deinem eigenen Bruder auf dem Boden wälzt wie der Perversling, der du auch bist.« Er nahm wieder geruhsam einen Schluck Kaffee. »Ich habe übrigens ein Foto davon getweetet.«

James kam strauchelnd wieder auf die Beine und hielt die Gabel mit triumphierendem Blick hoch. Er ließ sich auf den Hocker neben seinem Bruder fallen und aß weiter, als ob überhaupt nichts Ungewöhnliches passiert wäre. Bel befürchtete, dass dem wahrscheinlich auch so war. Er schaute Drew böse an und klaute sich wieder seinen Kaffee zurück.

Drew bedachte ihn mit demselben süßen Lächeln, das er auch schon Bel geschenkt hatte, und sagte:

»Du warst beschäftigt.«

James grunzte und nahm die Tasse in die andere Hand, die weiter von seinem Bruder entfernt war.

Will hatte sich nicht von der Stelle bewegt. Er hatte seinen Blick nicht von Bel abgewandt, und sie konnte ihn auf sich spüren, als wäre er schwer wie Stein.

»James?«, sagte er. »Stell doch mal deine Freundin vor.«

»Mit diesem Tonfall bekommst du bestimmt nichts vom Frühstück ab«, schalt Drew ihn.

*Was du nicht sagst*, dachte Bel.

»Das ist Bel«, erklärte James und konzentrierte sich derweil darauf, seinen Teller so leer zu bekommen, dass er wie abgeschleckt aussah. »Bob hat sie geschickt. Sie ist unser neues Kindermädchen. Sie wohnt jetzt hier.«

Drew gluckste erfreut.

»Anscheinend haben sie und Bob etwas ausgeheckt, das sie wieder vor die *Kate-Every-Day*-Kamera bringt und gleichzeitig meinen leider angeschlagenen Ruf wiederherstellen wird.«

»Ah.« Will schaute Bel abschätzend an. »Du hast also wirklich bei der Sache angebissen, was?«

James hielt mitten im Essen inne und fragte:

»Hast du?«

Will gab seinem Bruder eine knappe Zusammenfassung desselben Plans, den Bob vor ein paar Stunden Bel unterbreitet hatte. James schob seinen jetzt leeren Teller von sich und hörte schweigend zu. Ab und zu nahm er einen Schluck Kaffee.

»Ihr müsst zugeben«, sagte Drew, den Mund voller Eier, »dass wir ganz gut jemanden gebrauchen könnten, der auf uns aufpasst.« Er kaute glücklich. »Ich habe zumindest vor, Bob eine nette Dankeskarte zu schreiben. Das solltet ihr auch tun. Sobald ihr wieder nach Hause kommt.«

Will und James schauten Drew mit gerunzelter Stirn an.

»Nach Hause kommt?«, fragte James.

»Von wo?«, wollte Will wissen.

Drew streckte seine Hand nach James' Kaffee aus. James seufzte und reichte ihm die Tasse. Drew nahm sich Zeit, den Kaffee zu trinken, und sagte dann:

»Von der Unterhosen-Party.«

Bel schaute ihn mit großen Augen an.

»Der *was*?«

»So ein Unterhosenlabel steckt James irre viel Geld in den Arsch, damit er ihre Schlüpfer anzieht«, teilte ihr Drew mit. »Die haben heute Abend eine große Fete. James soll sich da sehen lassen.«

James warf Will einen fragenden Blick zu. Dieser dachte einen Augenblick lang nach und nickte dann.

»Du bist vertraglich verpflichtet«, sagte er.

Bel fragte sich, ob er wohl jeden einzelnen Vertrag Wort für Wort im Kopf abgespeichert hatte, wo er ihn jederzeit abrufen konnte.

Drew grinste ihn an.

»Wie scheiße für dich.«

»Ach was. Wenigstens werde ich dort nicht allein sein«, lächelte James träge und zufrieden. »Denn ihr wisst ja, was man hier im Blake-Haus sagt.«

Drew und Will blieben stumm.

»Die Familie steht an erster Stelle, meine Herren.« James blickte feierlich von einem zum anderen. »Die Familie steht an erster Stelle.«

»Was wir haben, das teilen wir«, sagte Will, als ob er es auswendig gelernt hätte. Er bedachte die Tasse in Drews Hand mit einem vielsagenden Blick. »Dein Streit ist mein Streit.«

Drew seufzte und reichte ihm den Kaffee.

»Was heißt, wenn ich einen Smoking tragen muss …«

James legte eine Hand über sein Herz, als ob er gerade einen Treueeid leisten würde. Bel hatte den vagen Verdacht, dass er das auch tat.

»… dann müssen wir das verdammt noch mal auch tun«, beendete Will den Satz düster.

Er kippte sich den Kaffee hinter die Binde, als ob es sich dabei um einen Whisky handeln würde.

Sie starrte die drei Brüder belustigt an. Als sie klein war, hatte sie sich immer so sehr einen Bruder oder eine Schwester gewünscht. Jetzt fiel ihr auf, dass sie nicht die geringste Ahnung gehabt hatte, was sie sich da eigentlich gewünscht hatte.

»Das ist eine Galaveranstaltung?«, fragte sie.

Drew und James schauten Will an, der sein anscheinend fotografisches Gedächtnis befragte und sagte:

»Ja.«

»Besitzt ihr überhaupt Smokings?«, fragte sie.

»Für was hältst du uns denn, für Tiere?«, schnaubte James. »Natürlich besitzen wir Smokings.« Er wurde still. »Wir wissen nur momentan gerade nicht, wo die sind.«

»Aus dem Grund haben wir ja jetzt ein Kindermädchen. Damit sie sich für uns um solche Sachen kümmern kann.«

Will lächelte sie an, aber sein Lächeln hatte einen gefährlichen, scharfen Zug.

Bel verschränkte die Arme vor der Brust.

»Ich war *drei Jahre* lang bei Kate Davis in der Lehre«, erwiderte sie. »Meint ihr, euch drei unter die Dusche zu stellen, auszunüchtern und angemessen anzuziehen, würde mich in Schweiß ausbrechen lassen? Also bitte.« Sie zeigte mit dem Pfannenwender auf

Will. »Trotzdem, für dich gibt es keine Eier. Dein Ton gefällt mir nämlich gar nicht.«

Drew lächelte sie verzückt an.

»Ich habe das mit Las Vegas ernst gemeint, Bel. Du musst nur Ja sagen.«

Will schaute ihn verächtlich an.

»Du hast ihr schon einen Antrag gemacht?«

James musterte sie.

»Du bist gemeiner als du aussiehst«, sagte er, als ob diese Entdeckung ihm persönlich schrecklich wehtun würde.

»Danke.«

Sie schmiss die Pfanne in die Spüle.

»Das habe ich nicht als Kompliment gemeint.« Er legte seine Stirn in Falten. »Glaube ich zumindest.«

»Oh nein, das tust du nicht.« Drew schüttelte den Kopf. »Ich habe sie zuerst gesehen. Ich habe schon einen *Antrag* gemacht.«

»Du machst jeder Frau einen Antrag«, antwortete James, meilenweit mit den Gedanken entfernt.

Sein scharfer und wachsamer Blick ruhte auf Bel.

Irgendwas Leichtes flatterte auf einmal so komisch in ihrem Magen herum. Wow. Wenn dieser Mann einem Beachtung schenkte, dann *schenkte er einem Beachtung.* Sie wusste nicht, ob sie sich geschmeichelt fühlen oder beunruhigt sein sollte.

Nicht, dass es einen Unterschied machte. James Blake war ihr Job, und daher war es völlig unangemessen, wenn sie sich von ihm geschmeichelt oder beunruhigt fühlte. Das sollte sie sich besser hinter die Ohren schreiben.

»Wenn ihr Jungs nicht in einer halben Stunde geduscht seid, dann mache ich kein Mittagessen«, sagte sie.

James nickte langsam.

»Gemeiner als du aussiehst«, wiederholte er.

Aber er verließ die Küche, und seine Brüder folgten ihm.

# Kapitel 7

Der Sonnenuntergang hatte gerade begonnen, als James seinen schwarzen SUV in den dichten Verkehr einfädelte, der auf der Spur in Richtung des Hotels herrschte, in dem die Veranstaltung stattfinden würde. Nachdem er sich zwölf Jahre lang in europäische Autos hatte quetschen müssen, die so groß waren wie ein Koffer, verschaffte es ihm große Genugtuung, das größte, breiteste Gefährt auf der Straße zu fahren. Auch wenn alles, was er davon hatte, ein schöner Blick auf den Stau war, der zwischen ihnen und dem roten Teppich die Straßen verstopfte. Wenigstens konnte er sich zurücklehnen und relativ gemütlich darauf warten, dass er vorbeiging.

Er hatte gerade einen Ellenbogen bewegt und ein Knie ausgestreckt, als seine Anzughose eine gemeine Attacke auf die wichtigste Stelle seines Körpers startete. Er krümmte sich wieder unglücklich in seinem Sitz.

Bel warf ihm vom Beifahrersitz aus einen scharfen Blick zu.

»Was?«

Er verzog das Gesicht.

»Ich hasse es, mich in Schale zu werfen.«

»Wieso?«

»Ach, was weiß ich. Wahrscheinlich bin ich nicht so scharf darauf, den ganzen Abend in einem Anzug zu verbringen, der sein Bestes gibt, mir meine Eier abzuquetschen.«

»Dieser Smoking ist maßgeschneidert«, sagte sie mit gerunzelter Stirn. »Das habe ich gesehen, als ich ihn gebügelt habe. Wieso in alles in der Welt quetscht er dir denn etwas ab?«

Drew steckte den Kopf zwischen den Vordersitzen hindurch.

»Weil er jetzt ungefähr gut und gerne zehn Kilo mehr auf den Rippen hat, seit wir ihm das gute Ding haben schneidern lassen.«

James merkte, wie ihm die Röte den Nacken hochkroch.

»Okay, ich habe es eben genossen, wieder im Land des Whoppers zu sein. Aber komm schon. Ich verdiene meinen Lebensunterhalt damit, zu laufen. Ich kann unmöglich zehn Kilo zugenommen haben. Oder?«

»Das Land des Whoppers.« Drew lachte. »Das werde ich ja so was von tweeten.«

Er zog sein geliebtes iPhone aus der Tasche, während Bel so besorgt auf James' Smoking blickte, dass jetzt auch seine Ohren rot wurden.

»Ich weiß nicht«, sagte sie. »Aber jetzt, wo ich es mir genau anschaue, sehen die Nähte tatsächlich so aus, als ob sie gleich platzen.«

»Weißt du, deine Leistungen sind auch nicht mehr das, was sie mal waren«, meinte Will in Gedanken versunken. »Vielleicht solltest du es mal mit ein bisschen mehr Konditionstraining versuchen.«

»Willst du vielleicht gerne im Morgengrauen Sprints trainieren?« James funkelte ihn böse im Rückspiegel an. »Da bin ich dann gerne dabei.«

»Hey, mein Smoking passt wie angegossen«, erwiderte Will und James musste zugeben, dass er ziemlich entspannt aussah, wie er da ausgestreckt auf dem riesigen Rücksitz lag, ein Mundwinkel zu einem gemeinen halben Lächeln hochgezogen. »Außerdem bin ich ja nicht derjenige, der seinen Lebensunterhalt damit verdient, zu laufen.«

James starrte ihn zornig an, etwas Fieses und Gehässiges auf der Zunge. Seine Leistungen waren nicht mehr das, was sie mal waren, sein verdammter Anzug passte ihm nicht mehr, er steckte im Stau und ein hübsches Mädchen dachte darüber nach, wie fett er geworden war. Jetzt wollte Will noch einen draufsetzen? Sein Bruder mochte vielleicht gefährlich scharfe Zähne haben, aber auch James konnte beißen.

»Na ja, du musst nicht laufen, um deinen Lebensunterhalt zu verdienen, nicht wahr, Will?«, fragte er ganz ruhig. »Ich mache das ja für dich.«

Dieser böse, stichelnde Funke in Wills Augen erlosch.

»Das stimmt«, meinte er. »Du läufst, um unser aller Lebensunterhalt zu verdienen. James, du großer und großzügiger Versorger. Wie dürfen wir dir heute unsere Dankbarkeit beweisen?«

James löste seinen Blick von Wills im Rückspiegel, nur um auf Drews zu treffen. Im schwachen Licht seines iPhone-Bildschirms sah Drew zu seinem Missbehagen genau wie ihr Vater aus, vom langen dünnen Gesicht bis zu den Augen, in denen er nur sanfte Zurechtweisung lesen konnte. *Beherrsch dich, James.* Selbst jetzt noch konnte er die Stimme seines Vaters in seinem Kopf hören. Bei jeder roten Karte, die er bekommen hatte, für jedes Foul, das er begangen hatte. *Beherrsch dich, James.* Drew schüttelte kaum merklich den Kopf und James zuckte gereizt die Schultern. Die Nähte seines Smokings drückten ächzend ihren Protest aus.

»Also gut«, sagte Bel in die angespannte Stille hinein und ihr prüfender Blick wanderte von einem zum nächsten. »Das reicht. Neuer Plan.«

Zehn Minuten später stieg James aus seinem Truck aus und fühlte sich ein kleines bisschen wohler, als er sich beim Einsteigen gefühlt hatte. Die Jacke hatte er ausgezogen und auch die Fliege war er losgeworden, Gott sei Dank. Seine Manschettenknöpfe waren in dem klitzekleinen Modeartikel verschwunden, den Bel als Handtasche ausgab. Aber sie hatte darauf bestanden, dass er sein Hemd in der Hose stecken ließ.

»Du willst leger aussehen«, sagte sie. »Aber schick leger. Nicht Ich-habe-einen-zu-großen-Kater-um-zu-bügeln leger.«

»Aha«, antwortete er. Er beäugte das kleine schwarze Kleid, das sie anhatte und das ihr im Sitzen knapp bis zu den Knien ging. Es zeigte fast keine Haut, schaffte es aber dennoch zu zeigen, was für eine schlanke, schöne Figur sie hatte. »Du gibst ganz schön was aufs Bügeln, nicht wahr?«

»Jeder, der was auf sich hält, tut das.«

Er hatte schon eine schlagfertige Antwort auf den Lippen, aber dann lächelte sie ihn an. Haute ihn einfach um, mit der vollen Grübchen-Charme-Attacke. Er starrte sie nur an, auf einmal unfähig zu sprechen, als ob ihm gerade im Hirn eine Sicherung durchgebrannt wäre. Großer Gott, wo hatte sie denn bislang dieses *Lächeln* versteckt? Es versprach Glück auf Erden und strahlte hausgemachte Köstlichkeit aus, so wie Plätzchen für die Augen, und er verstand auf einmal, wie jemand so steif, so zugeknöpft, so *glatt-gebügelt* kochen konnte wie sie.

Er konnte seine Augen nicht von ihr abwenden, bis ihr Lächeln langsam verschwand und ihr Gesichtsausdruck nicht länger amüsiert, sondern eher unsicher aussah. Als er wieder einen klaren Gedanken fassen konnte, sagte er:

»Das solltest du öfter mal machen.«

»Was denn?«

»Lächeln.«

Sie runzelte die Stirn.

»Ich lächele.«

»Nicht von Herzen. Nicht mit …« Er zeigte mit dem Finger auf ihre Wange und sie wich sofort so zurück, als ob er ihr mit einem glühend-heißen Schürhaken gedroht hätte. »… Grübchen.«

»Du möchtest, dass ich öfter mal lächele.« Ihre strengen Augenbrauen gingen immer höher. »Mit Grübchen.«

»Nicht unbedingt nur für mich.« Gott, was war er doch für ein Trottel. *Eine ganz tolle Methode, um die Oberhand zu gewinnen, James.* »Nur so im Allgemeinen. Es ist …« Er suchte nach einer Erklärung, die ihn nicht wie einen kleinen verknallten Jungen aussehen ließ. »Ein Hammerlächeln«, beendete er den Satz lahm.

»Ich verstehe.« Sie schaute ihn prüfend an. »Vielen Dank.«

»Gern geschehen.«

Er warf die Autotür mit etwas mehr Gewalt zu, als es streng genommen nötig gewesen wäre.

»Achtung«, sagte sie. »Pass auf die Nähte auf.«

»Genau«, antwortete er. »Die Nähte.«

Der Truck entfernte sich und Bel fragte:

»Werden Drew und Will nicht …?«

»Nö.« James legte seine Hand auf ihr Kreuz und führte sie in Richtung des roten Teppichs. »Die Jungs sind hier, weil es Alkohol umsonst gibt, nicht weil sie in die Zeitung kommen wollen. Sie parken den Wagen und treffen uns dann drinnen wieder.«

»Oh.«

Sie schaute dem verschwundenen SUV hinterher.

»Keine Sorge. Sie werden in den fünfzehn Minuten, die wir brauchen, um von hier nach da zu gelangen, schon nicht in Schwierigkeiten geraten.«

»Bist du dir sicher? Da drinnen gibt es vielleicht Alkohol. Frauen ohne Begleitung.«

Er tat so, als ob er darüber nachdachte.

»Dann beeilen wir uns besser.«

Sie trabte zum Eingang. James grinste. Sie ließ sich so einfach aufziehen. Vielleicht würde er in den kommenden Wochen ja doch auf seine Kosten kommen.

Er folgte ihr ins Gedränge von Fotografen und Fans, die rechts und links vom roten Teppich standen. Das hier war ohne Frage die Art von Haufen Fans, die er am liebsten hatte. US-Fußball war noch keine Sportart, welche die Menschen von überall herbeiströmen ließ – er bekam lächerlich viel Geld dafür bezahlt, genau diese Tatsache zu ändern –, aber nachdem er die fußballverrückten englischen Fans erlebt hatte, genoss er es, seine eher zurückhaltenden Fans in den USA zu treffen.

Heute, beispielsweise, gab es ein paar nicht besonders interessierte Sportjournalisten, ein paar sehr eifrige Klatschspaltenkolumnisten und eine ganze Reihe Star-fixierter Kids, die Trikots von Vereinen anhatten, von denen die meisten Leute in diesem Land noch nie gehört hatten. Die Journalisten richteten ihre Kameras auf ihn und schossen obligatorisch Foto um Foto, aber die Kinder drängten nach vorne, eine wogende Masse Idol-Verehrung in menschlicher Form, bewaffnet mit Stiften, Fußbällen, Postern und Fotos.

James schloss zu Bel auf und legte seinen Arm um ihre Schulter; zum einen, weil er merkte, dass er Gefallen daran fand, sie vom Kurs abzubringen, wenn sie diesen aufgabenorientierten Blick aufsetzte, zum anderen, weil sie all den ganzen Spaß verpassen würde, wenn sie so ins Gebäude hetzte. Diesen kreischenden Kids ein besonderes Erlebnis zu schenken, indem er ihnen etwas Aufmerksamkeit widmete, war mittlerweile das Beste an seinem Job.

Er tauchte in die Menge ein, als ob es ein warmes Bad wäre, und fing damit an, seine Unterschrift auf alles zu kritzeln, das man ihm entgegenstreckte. Bel, die in dem Moment, als er sie an seine Seite gezogen hatte, so steif wie ein Besenstiel geworden war, versuchte wegzuschleichen, aber er hielt sie am Handgelenk fest.«

»Willst du irgendwo hin?«

Er setzte ein schnelles Autogramm auf ein Poster.

»Deine Brüder brauchen jemanden, der auf sie aufpasst«, erwiderte sie. »Lass mich doch schon mal reingehen, und wir treffen uns dann drinnen wieder.«

»Damit die ganze Welt dann denkt, ich bin einer von diesen Typen, die ihre Begleitung links liegen lassen, sobald die Kameras auf ihn gerichtet sind?« Aus der Menge vor ihm tauchte ein Manchester-United-Trikot mit seiner alten Nummer auf, und er unterschrieb auch darauf. »Kommt nicht in die Tüte.«

Ihre dunklen Augen funkelten.

»Ich bin nicht deine Begleitung.«

»Das wissen die ja nicht.«

Er grinste und kuschelte sich ein bisschen enger an sie. Ihr langer schlanker Körper schmiegte sich an seinen wie ein Traum. Vielleicht hatte es ja doch etwas für sich, mit großen Frauen auszugehen, dachte er. Dann schaute sie zu ihm hoch, um ihn mit einem bösen Blick zu fixieren, und ihr voller Mund mit diesen schön geschwungenen Lippen war nah genug, um hineinzubeißen. *Definitiv* hatte es etwas für sich, mit großen Mädels auszugehen. Im grellen Licht des nun manischen Blitzlichtgewitters kam ihm der Moment so surreal vor, dass er fast versucht war, es einfach zu tun. Einfach ein Stückchen näherzukommen und ein bisschen an ihrer Unterlippe zu knabbern. Diese Neugier befriedigen, die schon den ganzen Tag erbarmungslos an ihm nagte.

Sie würde ihm vielleicht eine Ohrfeige verpassen, aber verdammt, es würde es wert sein, herauszufinden, wie dieser hübsche Mund schmeckte. Nicht wie Weihnachtsplätzchen, fand er. Wie Ingwerplätzchen. Heiß und süß und butterig, hausgemacht und gut, mit einem überraschend würzigen Nachgeschmack.

»Lass es …«, fing sie an, mit einem Anflug von Angst in diesen riesigen dunklen Augen.

»Dann sag mir nicht andauernd, was ich tun soll.« Er kam ihr ein bisschen näher, sein Blick auf ihre Lippen gerichtet. »Ich habe eine Schwäche für herrische Frauen und du machst es mir sehr schwer, dir zu widerstehen.«

»Ich bin nicht herrisch.«

»Widerspruch gibst du auch noch. Hmm.«

Sie trat einen Schritt zurück. Er folgte ihr. Die Kameras blitzten, die Menge jubelte, und James, wie immer beflügelt von dem Zuspruch seiner Fans, wagte es einfach.

Er war nur Millimeter von ihren geöffneten Lippen entfernt, nahe genug, um zu spüren, wie sie überrascht die Luft einsog, als ein Fußball aus der Menge geschossen kam und ihn an der Seite traf.

Er fragte sich nicht, wo der Ball hergekommen war oder was er damit anstellen sollte. Er kam gar nicht auf die Idee, dass er sich hier ja nicht auf dem Spielfeld befand und der Ball hier nicht hergehörte. Der Ball war nun mal da, deshalb musste er ihn unter Kontrolle bringen. Ein Knie kam automatisch hoch, sodass der Ball auf der Innenseite seines Oberschenkels landete, dann ließ er ihn an seinem Schienbein sanft hinabgleiten und stellte schließlich seinen Fuß darauf. Die Menge drehte durch. James hatte auch unerwartet Grund zum Jubeln.

Denn Bel hatte ihm gerade voll an den Hintern gefasst.

✦

Bel sah dabei zu, wie James den Ball mit noch einer mühelos wirkenden Bewegung in die Luft katapultierte. Er fing ihn auf, kritzelte etwas drauf und ließ den Ball dann wieder in die Menge segeln, wo er ja schließlich auch hergekommen war. Und weil ihre Hand immer noch auf seinem sehr strammen Hinterteil lag, musste sie feststellen, dass es sich genauso geschmeidig anfühlte wie es aussah. Durch die dünne Schicht teure Baumwolle konnte sie an der Handfläche spüren, wie diese schönen Muskeln zusammenspielten, als würden sie gerade ein äußerst anmutiges Konzert geben. Dann legte er seinen Arm um ihre Taille und seine Hand blieb auf der Rundung ihrer Hüfte mit einer solchen Selbstsicherheit liegen, dass ihr das Herz bis zum Halse schlug.

»Also«, sagte er, seine grünen Augen glühend und interessiert. »Wo war ich stehengeblieben?«

»Du warst dabei, dich von deinen Freunden hier draußen zu verabschieden und reinzugehen.«

»War ich das?«

Er kam wieder näher und Bel zeigte ihm ein verkniffenes Lächeln, das sagte: *Versuch's nur, und ich werde zubeißen.* Er erstarrte.

»Das warst du.«

Die Kameras blitzten unentwegt weiter auf und Bel gab einfach die Hoffnung auf, als etwas anderes dazustehen als … Herrgott, wie nannte man denn überhaupt diese Frauen, die Fußballern hinterher liefen? Spieler-Schlampen? Fußball-Flittchen?

»Na gut, alles klar.« Er trat angesichts ihres warnenden Blicks einen vorsichtigen Rückzug an und schenkte der Menge dann ein strahlendes Lächeln. Die drückte als Antwort darauf mit tosendem Beifall ihre Bewunderung aus. »Lass mich nur kurz noch diese eine Sache hier unterschreiben …«

»*Sofort.*«

Er schüttelte den Kopf, rollte übertrieben mit den Augen und flüsterte ihr dann ins Ohr:

»Wieder in diesem herrischen Ton. Was habe ich dir gesagt, wie ich darauf reagiere?« Seine Stimme hörte sich wie karamellisierter Zucker an, heiß, geschmolzen und verführerisch. Ein wohliger Schauer lief Bel den Rücken runter. Ein unangebrachter und unwillkommener Schauer, sagte sie sich.

»Was habe ich dir über deine Nähte gesagt?«, fragte sie ihn.

Er sah sie mit gefurchter Stirn an.

»Meine Nähte?«

»Ja. Die Naht, die hinten deine Hose zusammenhält, um genau zu sein. Die, die dein schöner Fußballtrick da gerade hat platzen lassen.« Sie schaute ihn finster an. »Und erzähl mir nicht, du kannst nicht spüren, dass es dahinten zieht, denn es geht hier nicht um ein kleines Löchchen.«

»Geplatzt …« Ihm ging auf einmal ein Licht auf und seine Wangen färbten sich leicht rot. »Wie schlimm ist es?«

»Ziemlich schlimm.«

»Ich verstehe.« Er räusperte sich. »Und ich dachte, du machst dich nur schon mal warm.«

Bels Hand auf dem klaffenden Riss in seiner Hose, über der strammen Rundung seiner Pobacke, zuckte unweigerlich. Warm war sie schon.

»Ich habe Nähzeug in meiner Handtasche«, sagte sie. »Können wir bitte reingehen?«

Er schaute sie scharf von der Seite an.

»Du willst also den ganzen Weg deine Hand auf meinem Hintern lassen?«

»Das war mein Plan«, erwiderte sie mit rotem Gesicht. »Es sei denn, du hast es lieber, dass die Presse Fotos von deiner Unterhose macht?«

»Nein, nein. Ist schon gut. Es macht mir gar nichts aus. Eigentlich …« Er zog sie wieder zu sich heran und bedeckte ihren Hintern mit seiner großen Hand. Die pulsierende Hitze seiner Berührung ging durch den Stoff ihres Kleides hindurch und vibrierte dann durch ihren ganzen Körper, bis sie sich in den interessantesten Körperregionen sammelte. »Ich tue es dir einfach gleich. Nur damit du nicht so forsch aussiehst.«

»Forsch!«

»Ja. Wenn die Fotos in die Zeitungen kommen. Du willst ja nicht wie eins dieser verzweifelten Groupies aussehen, das schnell mal einen Fußballer begrapschen will, der noch nicht mal weiß, wie es heißt, oder? Du wirst viel besser dastehen, wenn wir uns im beidseitigen Einvernehmen begrapschen.« Er tätschelte liebevoll ihren Hintern. »Glaub's mir.«

Sie schloss die Augen und versuchte zu ignorieren, dass ihr Magen flatterte, als er sie berührte. Das war jetzt ihr Job. Vor den Kameras so zu tun, als ob sie und ihr neuer Kollege sich befummelten. Man konnte sich doch immer darauf verlassen, dass das Schicksal guten Mädchen einen Streich spielte, nicht wahr?

»Na gut«, sagte sie. »Ich verlasse mich auf deine so viel größere Erfahrung mit öffentlicher Darstellung von schlechtem Geschmack. Aber wenn du mich noch ein einziges Mal *tätschelst*, dann kneife ich zu. Und zwar doll.«

Gefesselt hielt er inne.

»Ich fange langsam an zu glauben, du *willst*, dass ich mich an dich ranmache.«

Sie schenkte ihm ein eisiges Lächeln.

»Versuch's nur, und ich werde sicherstellen, dass du es bereust.«

»Ja?« Er zog eine Augenbraue hoch und sah eher interessiert als auf der Hut aus. »Wie denn?«

Sie starrte ihn an. Seinem Gesichtsausdruck nach zu urteilen, fand er wohl, dass sie hier versautes Zeug redete, statt es ernst zu meinen.

»Versuch einfach, dich daran zu erinnern, dass ich diejenige bin, die dir gleich deine Hose wieder zunäht, okay? Wenn du dich mit mir anlegst, dann werde ich zusehen, dass dieser Abend für dich sehr unangenehm wird.«

»Das würdest du tun?«

»Ohne zu zögern.«

Er starrte sie an und lachte dann.

»Ich wette, das würdest du tatsächlich tun.« Er schlenderte auf dieselbe lässige Art und Weise über den roten Teppich, die ihm in allen Situationen eigen war, die nicht mit einem Fußball zu tun hatten. »Das macht es nur noch schlimmer, Bel. Nur damit du es weißt.«

Sie rollte mit den Augen.

»Ich werd's mir merken.«

»Das hoffe ich doch wirklich sehr.«

Will schaute sich die Auswahl an Scotch auf dem obersten Regal mit Kennerblick an. Wenn es Alkohol umsonst gab, durfte man das schließlich nicht so einfach auf die leichte Schulter nehmen. Das hier war eine wichtige Entscheidung. Und in Anbetracht der Tatsache, dass Drew schon wieder dabei war, eine der Kellnerinnen anzuhimmeln, konnte er wirklich einen guten Schnaps vertragen. Dazu kam noch, dass James und das neue Kindermädchen vom roten Teppich direkt ins WC spaziert waren und so ausgesehen hatten, als könnten sie die Hände nicht voneinander lassen. Kurz: Es sah so aus, als ob diese Nacht wieder mal ein Trauerspiel werden würde.

Gott, hatte er sein Leben satt.

»Für mich einen Glen Garioch«, sagte er zum Barmann. »Pur.«

»Sie ist es«, sagte Drew, während er einer kleinen kurvigen Kellnerin hinterherschaute. »Ich weiß es einfach.«

Will warf ihm einen Blick zu und schaute dann wieder den Barmann an.

»Schenken Sie mir am besten gleich einen Doppelten ein.«

Kurz darauf hatte er das Glas in seiner Hand, schwer und kühl, mit fünf Zentimetern wundervoller bernsteinfarbener Flüssigkeit darin, die er kreisen ließ. Er hatte den Drang, den Whisky einfach auf ex zu trinken – hatte er immer –, aber es wäre ein Verbrechen, einen so guten Scotch einfach so runterzuschlucken. Eine Beleidigung für all die verschrobenen kleinen Bräuer, die irgendwo in der schottischen Wildnis Eichfässer in feuchten Kellern hegten und pflegten, um sicherzustellen, dass dieses gute, lebenserhaltende Getränk hier ankommen würde, wo Will es am meisten brauchte.

Er hob langsam sein Glas und genoss den Augenblick. Er liebte diesen ersten Moment, wenn er den Alkohol auf seiner Zunge schmeckte und wie er sich dann träge trudelnd auf beruhigende Weise in seinem Körper ausbreitete. Er liebte ganz besonders, wie er die scharfen Kanten seines blöden Scheiß-Lebens weicher machte. Ein Leben, in dem sich seine einzigen beruflichen, gesellschaftlichen und emotionalen Verantwortungen um das Talent einer anderen Person drehten. Ein Leben, in dem Will, mittlerweile dreißig Jahre alt, immer noch seinen Lebensunterhalt durch seinen jüngeren Bruder verdiente und seine Wochenenden um die Gelegenheiten herum plante, umsonst irgendwo Alkohol abzugrasen.

Er ließ sich den Geschmack des ersten Schlucks auf der Zunge zergehen und verbot sich, ihn herunterzuschlucken, bis er ihn richtig ausgekostet hatte. Dann stieß ihn Drew mit seinem spitzen Ellenbogen an und sagte:

»Echt jetzt, schau doch mal. Sie ist es wirklich.«

Will schloss die Augen und ließ den Scotch seine Kehle hinuntertropfen. Dann kippte er den Rest in einem Zuge runter. Scheiß drauf.

»Welche?«, fragte er.

»Die Blondine«, erwiderte Drew, seine dunklen Augen auf ein hübsches kleines Ding mit Kurven geheftet, die selbst in der Kellnerinnen-Uniform fast diese unmögliche Salatschleuder-Frisur wieder auszugleichen vermochten. »Mensch, wie kannst du sie denn vergessen haben? Im Maxwell's? Gestern Abend? Ich habe stundenlang versucht, ihre Telefonnummer zu bekommen. Ich habe doch dauernd Getränke bestellt, die ich gar nicht wollte.«

Will erinnerte sich daran. Die meisten davon hatte er getrunken. Er stellte das Glas auf der Bar ab und befahl sich, mindestens eine Stunde zu warten, bis er noch eins bestellte.

»Sie hat mir erzählt, dass sie heute Morgen nach Tucson fahren würde.« Drews Ton verriet, dass er wirklich verwirrt war. Nicht wütend, nicht gereizt; nur verletzt und verwundert. »Sie hat mich *angelogen*.«

»Das machen die manchmal.«

»Aber *wieso?*« Er war ehrlich verblüfft. Will schüttelte ungläubig den Kopf. Der Junge war ein Optimist, das stand fest. Das war einfach seine Art, dieser Glückspilz. Aber wenn er dachte, dass irgendeine Frau *ihn* James Blake, Superstar, vorziehen würde, wenn dieser am selben Tisch saß, dann verschloss er wirklich nur absichtlich die Augen vor den Tatsachen. »Ich habe sie wirklich gemocht.«

Will hielt es nicht für nötig, ihn aufzuklären, sondern gab bloß einen unverbindlichen Laut von sich und drehte sich dann wieder zur Bar um. Er dachte darüber nach, die Pause zwischen den Drinks auf eine halbe Stunde zu verkürzen. Eine Stunde kam ihm mittlerweile unzumutbar vor. Gut, dass er ein paar Schnaps getrunken hatte, bevor sie losgefahren waren. Er hatte schon das Gefühl gehabt, dass der heutige Abend der totale Reinfall werden würde, und er hatte recht gehabt. Wie immer. Er verfluchte seinen hohen IQ.

Im Spiegel hinter den Flaschen sah Will eine Bewegung, die seine Aufmerksamkeit erregte, und er drehte sich um. James und Bel kamen aus dem WC. Zusammen. Sie zottelte verstohlen an seinem Hemd rum, als ob sie sichergehen wollte, dass es wieder richtig in die Hose gesteckt war. Der Anblick ließ dunkle Wut in ihm aufsteigen.

Ihr neues Kindermädchen hatte keine Lust, ihm ein paar Eier zu braten, aber sie hatte keine Probleme damit, James an ihrem ersten Arbeitstag in der Toilette zu vögeln. Was wieder einmal bewies, dass James' Glück niemals endete.

Er schaute auf seine Uhr und schätzte ab, wie nüchtern er noch war. Auch wenn er sich an seine neue Eine-halbe-Stunde-zwischen-den-Drinks-Regel hielt, dann würde er immer noch 25 Minuten auf seinen nächsten Scotch warten müssen. Und obwohl er streng genommen nicht mehr ganz nüchtern war, so war er auch nicht annähernd betrunken genug, um 25 Minuten lang James' postkoitales Nachglühen auszuhalten. Nicht, wenn der Drang, etwas zusammenzuschlagen, in ihm immer größer wurde. Er musste der Sache den Wind aus den Segeln nehmen, merkte er stumpf. Etwas Kleines zerstören, bevor er etwas Großes kaputtmachen würde. Es würde den Drang nicht befriedigen, aber es würde ihn etwas lindern. Hoffte er zumindest.

Er drehte sich zu Drew um und legte seinen Arm mit einer Herzlichkeit um den Hals seines Bruders, die er gar nicht fühlte.

»Jetzt warte mal. Die Kellnerin hat dich angelogen?«

»Ja.«

Drew schaute ihn nicht an. Er war immer noch damit beschäftigt, der heißen Braut hinterherzuschauen, die einfach nicht auf ihn stand und sich jetzt gekonnt mit dem Tablett durch die Menge schlängelte.

»Das, Brüderchen, ist eine Beleidigung, von der man einfach nicht erwarten kann, dass wir sie uns gefallen lassen.«

Drew schaute ihn argwöhnisch an. Vielleicht war der Junge ja nicht ganz so dumm wie er aussah.

»Was? Nein! Will, das musst du nicht tun …«

»Oh, aber ich tue es doch gerne.« Er lächelte und Drew trat einen Schritt zurück. »Jetzt pass mal auf, Junge, wie ich das mache. Das nennt man ausgleichende Gerechtigkeit schaffen.«

# Kapitel 8

Bel warf einen kritischen Blick auf James' Hintern und nickte.

»Das sollte halten«, sagte sie.

»Solange ich nicht versuche, mich hinzusetzen, zu stehen, zu laufen, zu gehen oder mich zu bewegen.«

»Genau.«

Sie lächelte und es fühlte sich herrlich gemein an. Herrje, woher kam das bloß? Wieso hatte sie so viel Spaß daran, diesen armen Mann zu foltern? Was hatte er ihr denn getan?

Ach ja. Jetzt erinnerte sie sich. Er, mit seinem lockeren Mundwerk und seinen blöden Brüdern, hatte ihren Lebenstraum zunichtegemacht und hinterher noch nicht mal den Anstand besessen, sich daran zu erinnern, wer sie war. Sie hatte ihm Rührei gemacht und seinen Smoking gebügelt, und er hatte sie bezichtigt, herrisch zu sein. Dann hatte er sich seine blöde Hose aufgerissen, und um zu verhindern, dass Fotos von ihm in seiner Unterhose im Sportteil der morgigen Zeitungen auftauchen würden, war sie für ihn in die Bresche gesprungen. Währenddessen hatte sie zwar zugelassen, dass ihre Intimsphäre auf eine Weise verletzt wurde, die sie normalerweise für unakzeptabel hielt, aber sie war schließlich keine Spielverderberin und sehr engagiert, was ihre Arbeit betraf. Sie machte den Job, egal was.

Und wie hatte er es ihr gedankt? Indem er gedroht hatte, sie vor hunderten von fotoknipsenden Leuten zu küssen? Indem er andeutete, dass sie praktisch darum bettelte? Er verdiente es, ein wenig zu leiden, und die extra paar Zentimeter, die sie im Schritt seiner Hose abgenäht hatte, würden schon dafür sorgen, dass das der Fall war.

»Du genießt das hier«, sagte er.

»Nöööööö.« Dann konnte sie nicht mehr an sich halten und gab glücklich seufzend dem Drang nach, zu sticheln. »Ich mache nur meinen Job.«

»Wie oft muss ich dir denn noch sagen, dass die Sache mit der Hochzeit nicht meine Schuld war?«

»Du glaubst, dass ich es dir heimzahlen will, dass du meine Hochzeit ruiniert und meine Karriere zerstört hast?« Sie schaute ihn aus großen, unschuldigen Augen an. »Wie beleidigend.«

Er musterte sie.

»Es kann nur einen anderen Grund dafür geben, dass du mich so hasst.«

»Ich hasse dich nicht.«

»Ja, aber genau das ist es doch.«

Er strahlte sie an, als ob sie eine besonders kluge und unterhaltsame Begleitung wäre, und wie er so plötzlich wieder vertraut und freundschaftlich mit ihr umging, verdrehte ihr völlig den Kopf. *Er ist wie ein Golden Retriever*, dachte sie. *Von Natur aus glücklich*. Sie wusste nicht, ob sie neidisch sein oder ihre Handtasche quer durch den Raum schmeißen sollte, nur um zu sehen, ob er sie apportieren würde. Stattdessen fragte sie:

»Was ist es doch genau?«

»Das ist der Grund, wieso du so gemein zu mir bist.«

»Weil ich dich nicht hasse?«

»Genau.« Er nahm ihren Arm und sie gesellten sich zu den anderen Gästen. »Wenn du mich hassen würdest, dann hättest du eben zugelassen, dass ich dich küsse.«

»Äh, nein. Das hätte ich nicht.«

Er tätschelte ihren Arm.

»Aber sicher doch. Und dann hättest du dich darüber totgelacht, wie ich mich an dich herangemacht habe. Dann hättest du meine Brüder rübergeholt, damit die sich ebenfalls darüber hätten totlachen können, wie ich mich an dich rangemacht habe.« Er schaute sie von der Seite an. »Aber das hast du nicht gemacht, stimmt's? Zwischen uns ist etwas ganz Interessantes, und du bist auch neugierig, was es ist. Du wolltest mich auch küssen, aber *ich sollte nicht* hat sich in deinem Kopf total mit *ich will aber* verheddert, und das macht dir zu schaffen.« Er schenkte ihr ein Lächeln, das genauso vielversprechend wie auch verlockend war. »Und das ist der Grund, warum du so gemein zu mir bist. Du stehst auf mich und das geht dir total gegen den Strich.«

Sie starrte ihn an.

»Das ist doch lächerlich.«

»Ist es das?«

»Ja«, sagte sie bestimmt. *Ja*, sagte sie auch zu sich selber.

»Wenn du meinst«, antwortete er fröhlich. »Aber gib mir dann nicht die Schuld, wenn du letzten Endes schier explodierst vor unterdrücktem Verlangen und mich dann anbettelst, deine sexuellen Gelüste zu befriedigen. Denn ich bin schließlich auch nur ein Mann, Bel. Ich müsste dann Ja sagen.«

Sie musste unweigerlich lächeln.

»Ich werde dir nicht die Schuld geben, wenn ich tatsächlich wie ein sexueller Vulkan ausbreche, okay? Können wir jetzt bitte endlich deine Brüder suchen?«

»Sicher, klar. Ich muss sowieso mit Will reden.«

»Wieso?«

»Ich will herausfinden, wem ich heute Hallo sagen soll. Es kommt auch immer gut an, wenn man nach den Frauen und Kindern fragt und ihre Namen kennt.«

»Und Will hat diese Informationen?«

»Der Junge hat ein Wahnsinnsgedächtnis. Er erinnert sich an jede Kleinigkeit, die er jemals irgendwo gelesen hat, und das meiste von dem, was er gehört oder gesehen hat. Das ist eine verdammt praktische Eigenschaft bei einem Manager.«

»Das kann ich mir gut vorstellen.«

»Er ist auch super gut im Kopfrechnen. Mit ganz großen Zahlen. Das ist immer ein toller Partytrick.«

»Aha.« Sie ließ sich von James durch die Menge ziehen, während sie sich diese interessanten Informationen durch den Kopf gehen ließ. »Und was macht Drew?«

»Drew?«

»Ja. Was sind seine übernatürlichen Fähigkeiten, seine Superpower? Ich meine, du bist ein Spitzensportler – trotz deiner aktuellen schlechten körperlichen Verfassung. Will ist so was wie ein Superhirn. Was macht Drew?«

James dachte einen Moment lang nach und lächelte dann.

»Drew ist Zwei-in-Eins.«

»Zwei-in-Eins? Wie meinst du das?«

»Na ja, einerseits hat er ein magisches Händchen, wenn es darum geht, die Stromkreise eines jeden elektronischen Apparates, den man sich denken kann, zu manipulieren. Er hat an unserer ersten Wii herumgeschraubt und sie so eingestellt, dass Will jedes Mal, wenn er im Wimbledon-Finale war, bei Einstand einen Doppelfehler gemacht hat. Es hat Wochen gedauert, bis Will dahinterkam und ihn dann so richtig fertig gemacht hat.« Er lächelte liebevoll. Die Erinnerung daran, wie seine Brüder wie blöd aufeinander einschlugen, schien anscheinend sein Herz zu erwärmen. »Der Junge war damals gerade mal fünfzehn.«

»Und andererseits?«, fragte Belinda belustigt. »Was ist Drews andere Superpower?«

»Er verliebt sich.«

Sie zog die Augenbrauen hoch.

»In wen?«

»Jeden. Er ist unser Herz und unsere Seele. Unser Gewissen.«

»Ein tolles Gewissen.« Sie rümpfte die Nase. »Wenn ich mich recht erinnere, dann saß er doch ungerührt wie ein biersaufender Trampel daneben, als du meinen Verlobten dazu überredet hast, mich vor laufenden Kameras sitzen zu lassen.«

Er schaute sie leicht frustriert an.

»Mal ganz davon abgesehen, dass die Sache mit der Hochzeit *nicht meine Schuld war*, wieso würde sich denn Drew einmischen, wenn ein Mann sich dazu entscheidet, seinem Herzen zu folgen?«

»Mal ganz davon abgesehen, dass es *sehr wohl deine Schuld war*, ein gutes Gewissen lässt es nicht zu, dass jemand blamiert, gedemütigt oder auf ähnliche Weise verletzt wird. Seinem Glück zu folgen, ist keine Entschuldigung dafür, anderen Leuten wehzutun.«

»Also sollte man dann jemanden heiraten, den man nicht liebt, nur um die Person nicht zu verletzen?«

»Nein. Aber man sollte sein Versprechen einhalten.«

»Und wenn man das nicht kann?«

»Dann ist es an einem selber, die Sache wieder in Ordnung zu bringen.«

»Zu wessen Zufriedenstellung?«

Sie runzelte die Stirn.

»Was?«

»Wer entscheidet denn, wann für ausgleichende Gerechtigkeit gesorgt wurde? Wenn man genug gebüßt hat? Was passiert denn, wenn man das Pech hat, in jemandes Schuld zu stehen, der nie zufrieden ist?«

»Jeder ist irgendwann mal zufrieden.«

Er schnaubte vor Lachen, hörte aber sofort auf, als sie ihm einen messerscharfen Blick zuwarf.

»Über die Pflicht, seinen Verantwortungen nachzukommen, gibt es überhaupt nichts zu lachen«, rügte sie ihn.

»Nein, Ma'am«, sagte er, auf einmal ganz ernst. »Das gibt es ganz sicher nicht.«

Sie gingen schweigend weiter, bis sie bei der Theke angekommen waren. James schaute sich verblüfft um.

»Was?«

»Hier gibt es heute Alkohol umsonst. Und Will und Drew sind nicht hier.« Er begutachtete das Menschengewühl. »Ich schätze, dann müssen wir einfach warten.« Er wandte sich dem Barmann zu. »Sie haben nicht zufällig Shiner Bock Bier da?«

Der Barmann hebelte den Kronkorken von der Bierflasche, sodass es Zisch machte, und reichte James das Getränk. Der ließ zwanzig Cent in ein Brandyglas fallen, welches als Trinkgelddose fungierte. Dann schaute er Bel an.

»Lass mich raten. Weißweinschorle?«

Bel betrachtete ihn genau.

»Nein, danke. Worauf warten wir?«

James nahm einen Schluck aus der Flasche.

»Was?«

»Du hast gesagt, wir müssen warten. Weil Drew und Will nicht hier sind. Worauf warten wir?«

»Oh.« James lehnte sich zurück und stützte die Ellenbogen auf die Theke. »Du merkst es schon, wenn du es hörst.«

»Was soll ich hören?«

Wills laute Stimme übertönte das Gemurmel von hunderten von Gesprächen.

»Hey, warum so unfreundlich? Du hast gestern Abend mit deinem Hintern gewackelt, damit du Trinkgeld absahnen kannst, und jetzt willst du noch nicht mal mit uns reden?«

Bel erstarrte und James stellte sein Bier ab.

»Das«, sagte er. Sein Gesichtsausdruck änderte sich. Anstelle von immerwährendem fröhlichem Optimismus war nun dunkle Resignation getreten. »Bitte entschuldige mich.«

Bel wurde aus ihrem geschockten Zustand gerissen und lief ihm hinterher.

»Hey, warte!«

Sie schloss zu ihm auf, als er gerade in die Menge getaucht war, die sich um seine beiden Brüder und eine Kellnerin versammelt hatte.

»Will, um Gottes willen.« Drew stellte sich zwischen die Kellnerin und seinen Bruder, zwang Will mit seinem Körper, einen Schritt zurückzugehen, und hob der Kellnerin gegenüber beschwichtigend die Hand. »Es tut mir wirklich leid«, sagte er zu ihr. »Mein Bruder ist betrunken.«

»Nicht wirklich, aber wäre das nicht nett?«

Will ging um Drew herum und lächelte die Kellnerin an. Es war alles andere als nett.

»Ich will keinen Ärger«, sagte die Frau, die mit bleichem Gesicht ihr Tablett flach gegen den Körper presste, als wäre es ein Schutzschild.

»Wir werden dir auch keinen machen.« Drew warf Will einen strengen Blick zu und nahm ihn beim Arm. »Wir werden dann mal …«

»Scheiß drauf.« Will schüttelte Drews Hand ab und beugte sich zu der Frau herunter, deren Blick stur auf den Boden gerichtet war. »Hör mal, Süße. Du arbeitest in einem Striplokal, richtig? Du lässt deine Rundungen für Trinkgeld wackeln. Gestern Abend haben wir dir wahrscheinlich so viele Scheine zugesteckt, dass du damit diesen Monat die Rate für dein Auto abzahlen kannst. Und jetzt schaust du uns noch nicht mal mit dem Arsch an? Was für eine Art Kundenservice ist das denn?«

Bel schaute zu James rüber.

»Deine Lieblings-Stripperin?«

»Nur eine Kellnerin, glaube ich.«

Ihr Blick war immer noch auf ihn geheftet und er schenkte ihr als Antwort ein schelmisches Lächeln.

»In unserem Lieblings-Striplokal, ja.«

Sie seufzte. Hatte sie wirklich gedacht, dass sie nicht die Gewohnheit hatten, Striplokale zu besuchen? Dass sie nicht dafür zahlten, nackte Brüste anzuglotzen und zu trinken, bis sie blöd waren? Guter Gott, worauf hatte sie sich hier nur eingelassen?

»Okay, das reicht jetzt.« Drew schubste Will. Heftig. »Du redest mit einer Dame, Will. Zeig ihr etwas Respekt.«

Will tat einen Schritt nach vorn, stolperte, erlangte aber gerade noch rechtzeitig das Gleichgewicht zurück. Seine Hände ballten sich zu Fäusten und sein Mund verzog sich zu einem gefährlichen Lächeln, das all seine blendend weißen Zähne zeigte.

»Oder was, kleiner Bruder?«

»Was, willst du, dass ich dich dazu zwinge?«

Drews Hände – *seine riesigen Hände*, schoss es Bel durch den Kopf – krampften sich neben seinem Körper zu Fäusten zusammen. Ojemine.

»Ach, bitte«, schnaubte Will verächtlich. »Als ob du deinem eigenen Bruder eine verpassen würdest, nur wegen einer *Stripperin*.«

»Oh Scheiße«, seufzte James. »Das war's dann.«

Bels Herz raste.

»Was?«

James schüttelte den Kopf.

»Drew hat einen ganz großen Beschützerinstinkt, wenn es um Frauen geht.«

»Er hat …« Bel versuchte, diese Information zu verdauen, aber ihre Logik machte es ihr schwer. »Er besucht Striplokale«, sagte sie tonlos. »Man kann nicht Frauen beschützen wollen und gleichzeitig Stammkunde in einem Stripschuppen sein.«

»Sein Beschützerinstinkt ist besonders groß, wenn es um Stripperinnen geht.«

»Das macht keinen Sinn.«

James rollte seine Hemdsärmel hoch.

»Ich misch mich lieber ein, bevor Drew zum Schlag ausholt.«

»Bevor Drew …«

Bel blieb die Luft weg.

»Hmmm.« James kniff die Augen zusammen. »Oder Will.«

»Sie werden sich *kloppen*?«

»Auf jeden Fall. Jetzt ist nur noch die Frage, ob sie es hier tun werden oder zu Hause.«

Sie starrte ihn mit offenem Mund an und er starrte zurück, als ob er von ihr Instruktionen erwartete. Sie schlug ihm hart auf den Arm.

»Zu *Hause,* James!«

»Alles klar.«

Er machte einen Satz nach vorne und hielt Wills Ellenbogen fest, den dieser gerade – Grundgütiger! – nach hinten gezogen hatte, um zum ersten Schlag auszuholen. Dann stieß er sachte mit den Knien in Wills Kniebeuge, sodass dieser aus dem Gleichgewicht geriet und davon abließ, mit der Faust ins Gesicht seines kleinen Bruders zu schlagen. James schob sich geschmeidig zwischen seine Brüder und sprach die Kellnerin an.

»Bitte entschuldige uns«, sagte er. Drew schaute Will über James' breite Schultern mit finsterem Blick und angespanntem Kiefer an. Als Antwort darauf zeigte Will ihm alle seine Zähne – es war die groteske Parodie eines Lächelns, das es Bel kalt den Rücken runterlaufen ließ. »Mein Bruder ist ein Arschloch.« James hielt inne, um Drew einen vielsagenden Blick zuzuwerfen. »Eigentlich sind sie beide Arschlöcher.« Drew hatte zumindest den Anstand, rot zu werden und auf den Boden zu schauen. Wills Lächeln wurde nur noch schrecklicher. »Wir werden dich jetzt in Ruhe lassen.«

»Schön. Gut. Dann entschuldigen Sie mich bitte.«

Die Kellnerin stemmte sich ihr Tablett auf die Schulter und Bel hatte nun endlich freien Blick auf die Kurven, die dieser Frau gestern Trinkgeld im Wert einer Ratenzahlung für ihr Auto eingebracht hatten. Beeindruckend, selbst in dem züchtigen schwarzen Rock und der weißen Bluse, die ihre Kellnerinnen-Uniform darstellten. Aber Bel bemerkte auch, dass die Sehnen an ihren erschreckend dürren Handgelenken hervorstanden, als sie das Tablett festhielt. Ihr fiel auf, wie sie die blutleeren Lippen zusammenkniff und den Blick stur auf den Boden gerichtet hatte. Die Frau zog Leine und machte um Will einen so großen Bogen, als sei er ein zähnefletschender Hund.

Seine Hand kam wie aus dem Nichts, schneller als man bei einem Betrunkenen erwarten würde. Er schnappte sich ihren Arm und zog sie zurück.

»Nein, nein. Komm schon, warte einen Moment«, sagte Will. »Ich bin ein Idiot, okay? Natürlich. Wie konnte ich das bloß vergessen?« Er zog einen dicken Batzen Geld aus seiner Tasche, zählte ein paar Scheine ab und warf sie ihr auf das Tablett. »Eine Frau wie du, die macht nichts umsonst.«

»Oh, mein Gott«, ächzte Drew mehr als er sagte. »Halt die Klappe, Will. Und zwar sofort.«

Will ignorierte ihn.

»Wie viel, äh, *Freundlichkeit* bekomme ich denn dafür?«

»*Genug jetzt!*«, sagte James, und der Befehl fühlte sich an wie ein Peitschenschlag, der alle Akteure wie Schauspieler auf der Bühne erstarren ließ.

Diese gedehnte Sprechweise, die entspannte Körperhaltung und das strahlende Lächeln hatten sich wie Rauch verzogen, und Bel erkannte den Mann, der dort stand, fast nicht mehr. Ein Mann, dessen verschlossenes Gesicht, geballte Fäuste und bedrohlich breiten Schultern verrieten, dass er kein Problem damit hatte, genau die Gewalt anzuwenden, die nötig war.

Ein *Soldat*, realisierte Bel auf einmal schockiert. Ein *Krieger*. Das hier war ein Mann, der sein Glück damit gemacht hatte, schneller, härter und stärker zu sein als die talentiertesten Sportler der Welt. Und sie hatte ihn für einen Golden Retriever gehalten? Ihre Beobachtungsgabe war auch nicht mehr das, was sie mal war. Sie musste daran arbeiten.

»Das reicht, Will«, sagte er wieder mit leiser und fester Stimme. »Wir gehen. Jetzt.«

Er hakte eine seiner kompromisslosen Fäuste unter Wills Ellenbogen und zog ihn mit zum Ausgang, aber die Frau schlug mit der Hand genau mitten auf Wills Brustkorb. James wartete höflich, während sie das Geld auf dem Tablett anstarrte, als ob sie so etwas noch nie im Leben gesehen hätte.

»Vielen Dank«, sagte sie zu James. »Es ist schon eine Weile her, seit jemand meine Ehre verteidigt hat. Ich schätze das sehr. Aber ich würde gerne was sagen.«

James nickte und ließ Wills Ellenbogen los. Er tat einen Schritt zurück, sodass Bel der Frau zum ersten Mal richtig ins Gesicht schauen konnte. Himmel, sie war jung. Zweiundzwanzig, höchstens dreiundzwanzig. Aber das war nicht der Grund, warum Bel den Blick nicht abwenden konnte. Es war ihr Gesicht. Grundgütiger, sie sah umwerfend aus. Nein, nicht umwerfend, berichtigte Bel sich. Wunderschön. Klassisch schön. Die Art von Schönheit, die Bildhauer dazu inspirierte, Skulpturen zu schaffen, Maler dazu, Bilder zu malen und unreife Kerle dazu, hunderte Dollar Trinkgeld zu spendieren. Sie war so zurückhaltend gewesen, Kopf nach unten, Blick auf den Boden gerichtet, leise Stimme.

Aber jetzt, mit geröteten Wangen im milchig-weißen Gesicht, mit himmelblauen Augen, die wütend unter dem goldenen Haarschopf funkelten, sah sie überwältigend schön aus.

Und sie würde Will in Stücke reißen.

Bel trat einen Schritt zurück, um dem Mädchen Platz zu machen.

»Vierzig Eier«, sagte die Frau, das Geld immer noch in der Hand. »Wow. Ganze vierzig Dollar.« Sie klemmte das Tablett unter den Arm und stemmte provozierend eine Hand in die Hüfte.

»Für so einen Betrag gewähre ich dir vielleicht einen etwas tieferen Einblick, wenn ich dir das Getränk auf den Tisch stelle. Ich lache vielleicht über deine blöden Witze und lächele, wenn du mit deinen alten, lahmen Anmachsprüchen kommst. Als ob ich die nicht schon alle eine Million Mal von all den anderen Arschlöchern im Raum gehört habe. Ich ignoriere es vielleicht sogar, dass deine Hand das eine oder andere Mal zufällig auf meinem Arsch landet. Denn, hey, ich habe nicht viel Stolz. Ich tue das, was nötig ist, um zu überleben, und das bedeutet, ich ziehe die Uniform an – aus wie viel oder wenig Stoff die am jeweiligen Abend auch immer bestehen mag – und ich mache meinen Job. Denn ich habe keinen stinkreichen Bruder, der mir mein Lotterleben finanziert, so wie du.«

Will zog eine Augenbraue hoch. Der Ausdruck zeigte eine Mischung aus Verachtung und gelassener Neugier. Aber die Haut über seinen Wangenknochen spannte sich, und Bel fragte sich, ob die kleine Kellnerin eine Ahnung hatte, wie sehr sie mit der letzten Aussage ins Schwarze getroffen hatte.

»Aber lass mich eins klarstellen«, fuhr sie fort, »denn ich habe Arschlöcher wie dich so satt, die falsch verstehen, was sie bei mir käuflich erwerben können. Mit vierzig Eiern kannst du dir *nicht* mein Interesse erkaufen. Du kannst dir damit nicht meinen Respekt kaufen und du kannst damit auch nicht mal eine Unze Ehrlichkeit erwerben.«

Ein Mann mit sorgfältiger Scheitelfrisur und beachtlichem Bauchansatz, der eine Atmosphäre von geschäftiger Autorität verströmte, war am Rand des stillen Kreises von Zuschauern aufgetaucht.

»Audrey«, sagte er mit warnender Stimme. »Gibt es ein Problem?«

»Nein, Jeff«, antwortete Audrey, die Will immer noch aus feurigen Augen anschaute. »Es gab ein kleines Missverständnis darüber, was heute auf der Karte steht, aber ich kläre das gerade.«

»Nun, Audrey, behandelt man denn so unsere Ehrengäste?« Jeff lächelte die Blake-Brüder nervös an. »Bitte entschuldigen Sie, meine Herren. Unsere gut ausgebildeten Angestellten kommen gerne jedem Ihrer Sonderwünsche nach. Ich bin mir sicher, dass wir

Ihnen alles bringen können, was Sie wünschen.« Er bedachte die Kellnerin mit einem scharfen Blick. »Wieso machst du nicht eine Pause, Audrey? Ich kümmere mich um die Herren.«

Sie machte den Mund zu und kämpfte sichtlich damit, ihre Wut zu zügeln, um ihren Job zu behalten. Bel musste sich selbst auf die Zunge beißen, denn sie hätte das arme Mädchen gerne verteidigt. Will verhielt sich wirklich wie ein Arschloch, und niemand, egal welche gesellschaftliche Stellung er oder sie hatte, musste sich etwas von jemandem gefallen lassen, der fälschlicherweise das Gefühl hatte, er könne sich das herausnehmen. Aber ihre Aufgabe war es, James' Ruf in der Öffentlichkeit zu verbessern, und an ihrem ersten Abend in eine öffentliche Zankerei mit einer Kellnerin hineingezogen zu werden, würde der Sache auch nicht helfen.

Sie schaute James an und hoffte, dass er ihren *Sieh-zu-dass-wir-hier-rauskommen-und-zwar-schnell*-Blick richtig deuten würde. Aber der sah noch immer Audrey an und wartete wie ein guter Soldat auf die Anweisungen der Dame.

»Aber ich möchte gerne, dass Audrey sich um uns kümmert«, sagte Will, und er konnte den leisen Triumph in seiner Stimme kaum verstecken. »Keine andere Kellnerin kommt infrage.« Er wandte sich vom Manager ab und lächelte Audrey mit diesem grausamen Grinsen an. »Komm schon, Schätzchen. Wenn du nett bist, dann liegt da vielleicht noch ein Zwanziger für dich drin. Wie du wahrscheinlich schon gemerkt hast, gebe ich gerne das Geld meines Bruders aus.«

Die Röte stieg ihr in die Wangen und in ihren Augen blitzte auf einmal etwas auf, was zwischen Resignation und blinder Wut schwankte. Bel atmete tief durch und dachte: *Das wird Jeff nicht besonders glücklich machen.*

»Wissen Sie was? Der geht aufs Haus.« Audrey schubste ihren Boss zur Seite und steckte Wills Geld in die Brusttasche seines Smokings. Bel sog scharf die Luft ein. Die perfekte Falte, welche sie in sein Taschentuch gebügelte hatte, war ruiniert. »Du willst die Wahrheit wissen? Na gut. Du hast mich erwischt. Ich habe deinen Bruder gestern Abend angelogen. Ich werde nicht nach

Tucson fahren. Nicht jetzt und auch sonst nie. Es war eine dicke, fette Lüge. Verklag mich doch. Ich dachte nicht, dass es jemandem etwas ausmachen würde. Wieso sollte es? Je mehr wir lügen, desto mehr Kohle rückt ihr raus. Glaubt ihr, die ganzen Titten sind echt? Das Haar? Die Bräune? Das Interesse? Als ob. Aber da du auf einmal so versessen auf die Wahrheit bist, dann sieh zu, wie du damit klar kommst. Ich habe deinem Bruder meine Telefonnummer nicht gegeben, weil ich ihn nicht mochte. Oder dich. *Oder* deinen berühmten Bruder. Ihr seid alle traurige Verlierer mit mehr Geld als Klasse, die eine Frau dafür bezahlen müssen, dass sie für euch mit Hinterteil und Brüsten wackelt, und ich will mit euch nichts zu tun haben, außer die Getränke vor eurer Nase abzustellen und das Trinkgeld zu kassieren. Ist das ehrlich genug für dich?«

Will fuhr mit der Zunge über seine Zähne, als ob er Blut lecken würde.

»Ja, das sollte reichen«, erwiderte er. Er sah zum entsetzten Manager rüber. »Hier bekommt man tatsächlich das, wofür man zahlt, nicht wahr?«

Jeff nahm Audrey beim Arm.

»Es tut mir *so* leid. Ich bitte Sie, ihr Verhalten zu entschuldigen, meine Herren. Ich kümmere mich darum.«

Er winkte hektisch einen Kellner in der Nähe rüber, der sofort kam und den Blake-Brüdern Champagner auf einem Tablett offerierte. Dann zog er Audrey mit sich fort. Bel seufzte und ermahnte sich, morgen zurückzukommen, um zu versuchen, dass das Mädchen ihre Stelle wiederbekam.

Sie schaffte es endlich, Blickkontakt mit James herzustellen. Er zuckte nur müde mit den Schultern wie jemand, der das hier zu oft mitgemacht hatte, um noch die Entrüstung aufzubringen, die eigentlich angebracht wäre. Will schaute auf die Uhr, lächelte und trank ein Glas Champagner auf ex.

»Wir gehen«, kündigte James an.

»Jetzt schon?« Will stellte sein leeres Glas ab. »Ich bin doch gerade erst in Schwung gekommen.«

»Ja«, antwortete er. »Ich weiß.«

# Kapitel 9

Will saß auf dem Weg nach Hause vorne und schaute die ganze Fahrt über aus dem Fenster. Er beobachtete, wie die Lichter von Washington DC verschwommen und in die Länge gezogen an ihm vorbeiflogen, und versuchte zu ignorieren, dass sich das Innere des Wagens mit stummer Verurteilung füllte, als wäre es ein giftiges Gas. Es strahlte von seinen Brüdern und dem hübschen neuen Kindermädchen ab und strömte in dicken Wellen kreuz und quer durch den Truck. Sie drückten ihn immer tiefer in seinen Sitz hinein, wie diese Bleischürzen, die einem der Zahnarzt beim Röntgen auf den Schoß legte. Jedes Mal, wenn er schluckte, konnte er Schamgefühl und sauren Champagner schmecken.

»Meine Güte«, sagte er schließlich. »Das war doch bloß eine Stripperin.«

»Die«, blaffte James. »Nicht das, Will. Sie. Eine Person. Ein richtiger Mensch.« Er lenkte den Wagen mit einer Hand und boxte Will mit der anderen in den Oberarm. Will hatte das Gefühl, dass sein Kopf vor Schmerz gleich explodieren würde, und sein Magen drehte sich gefährlich um. Scheiß-Champagner. Im Allgemeinen vertrugen sich Alkohol und er sehr gut. Besser als gut, um ehrlich zu sein. Aber Champagner war die Ausnahme, die die Regel bestätigte, und Will fügte das letzte Glas zu seiner Liste mit Dingen hinzu, die er heute Abend bereute. »Und *sie* war keine Stripperin. Sie war Kellnerin.«

»In einem *Striplokal.*« Will fühlte sich mies, aber er versuchte, seinen Gesichtsausdruck so neutral wie möglich zu halten und begegnete so James' wütendem Blick. »Tut mir leid, wenn ich hier keine Haarspalterei betreibe.«

»Haarspalterei?« James boxte ihn wieder. Will genoss den Schmerz, hoffte aber gleichzeitig, dass er nicht ins Auto kotzen würde. »*Haarspalterei?* Du hast dich so verhalten, als ob das Mädchen eine billige Nutte wäre, Will.«

»Ach, deine Entrüstung kannst du dir sparen.« Will drehte sich wieder zum Fenster um und konzentrierte sich darauf, gleichmäßig zu atmen. »Wenn du sie gestern Abend nach ihrer Telefonnummer gefragt hättest, und nicht Drew, dann hätte sie höchstpersönlich den Zettel mit der Nummer in deine Hosentasche gesteckt und dir noch einen runtergeholt, wo sie schon mal dabei war. Also tu mir den Gefallen und hör auf, so zu tun, als gäbe es einen großen Unterschied zwischen einer Nutte und einem Flittchen, das Stars bumst. So oder so geht es letzten Endes um Währung.«

Der Wagen füllte sich sofort wieder mit geschocktem Schweigen, gespickt mit einer weiteren Ladung erdrückender Missbilligung. Wann, lieber Gott, würde ihn jemand von seinem Leid erlösen? Er wusste selber nicht, wie viel mehr er noch aushalten konnte.

»Will.« Drews Stimme, die vom Rücksitz nach vorne drang, war leise. Vorsichtig. *Liebevoll.* Wills Magen krampfte sich zusammen und – oh *Scheiße*, waren das Tränen, die in seinen Augen brannten? »Was *stimmt* denn nicht mit dir?«

*Ich weiß es nicht.*

Die Antwort war ein lauter Schrei in seinem Kopf und die Wörter sprangen darin herum und prallten an der Innenseite seines Schädels ab wie Kugeln, die überall Kugelsplitter verteilten. Aber aus seinem Mund kam nichts. Denn ja, etwas stimmte *tatsächlich* nicht mit ihm. Stimmte ganz und gar nicht. Und Gott war sein Zeuge, Will wusste wirklich nicht, was es war.

Aber nur, weil er es nicht wissen wollte.

Denn was mit Will nicht stimmte, war ein Wesen, das in ihm lebte. Es *war* er – ein Monster mit einem Appetit für Zerstörung, das in der dunkelsten Ecke im Keller seiner Seele lebte. Und wenn so ein finsteres Etwas die Treppe hochkroch und an der Tür kratzte, was für ein Idiot würde es denn hineinbitten, nur damit er es sich mal richtig anschauen konnte? Will ganz bestimmt nicht. Er, wie jeder andere normale vernünftige Mensch, schubste es, ohne zu zögern, sofort wieder die Treppe hinunter. Dabei half Alkohol sehr gut. Meistens zumindest. Aber wenn es nicht half? Na ja, dann musste er eben nachgeben und das Etwas füttern.

Oft gelang es Will, einen seiner Brüder zu provozieren, ihn zu verprügeln (normalerweise James, denn Drew hatte schon immer eher dazu geneigt zu lachen, statt zuzuschlagen, der verdammte Glückspilz). Sein Unterbewusstsein verlangte nach Schmerzen? Blut? Zerstörung? Gut. Hier hast du's. Außerdem fühlte er sich dadurch einigermaßen normal. Brüder stritten sich immer, oder nicht? Das war nicht sonderbar.

Heute Abend also, als ihm das Biest an die Kehle gesprungen war, war Will sofort losgezogen, um ein bisschen Schaden zu verursachen, in der aufrichtigen Hoffnung, dass einer seiner Brüder ihm schließlich den Gefallen tun und ihm ins Gesicht schlagen würde. Leider hatten James und Drew in letzter Zeit wirklich genug von ihm, sodass sie sich noch nicht mal mehr abringen konnten, die Faust gegen ihn zu erheben. Und der Rest der Welt hatte zu viel Interesse an James' Geld, um es zu wagen, seinem Arschloch von einem Bruder eine zu verpassen. Auf einmal bekam es Will mit der Angst zu tun und sein aufgewühlter Magen verkrampfte sich noch mehr. Er musste schwer schlucken. Er war ziemlich nahe daran, seine Brüder so weit getrieben zu haben, dass sie nichts mehr mit ihm zu tun haben wollten, nicht wahr? Es war so, als ob man am Rande einer Klippe stand, sich anschaute, wie tief es hinunterging, und auf dumme Gedanken kam.

Er löste sich ungern von dem Gedanken an diesen netten kleinen Abgrund, verdrängte ihn aber schließlich und dachte an was anderes.

An die kleine Kellnerin. Hey, was war das für eine? Audrey hieß sie, nicht wahr? *Das* war eine Frau, die keine Angst davor gehabt hatte, James Blakes großen Bruder auszuschalten. Sie hatte die

Fäuste erhoben und ihm derart unverblümt die Wahrheit an den Kopf geworfen, dass sich sein Hirn noch immer so anfühlte, als sei es von einer verdammten Handgranate zerfetzt worden.

Sein inneres Biest betrachtete einen verbalen Schlagabtausch normalerweise als Kinderspiel, aber so wie Audrey ausgeteilt hatte, konnte er sie nur bewundern. Mit einer Zunge so scharf wie ein Skalpell hatte sie seinen Charakter meisterhaft seziert. Dazu kam noch, wie entsetzlich schön ihr Gesicht ausgesehen hatte, als sie ihn mit kalter Wut angeschaut hatte. Als ob man dabei zugesehen hätte, wie eine Kathedrale in Flammen aufging. Und es hatte sein Monster wieder in den Keller geschickt.

Darüber musste er nachdenken.

Sie waren nun auf der Umgehungsstraße und James gab Gas. Der Truck machte einen Sprung nach vorne und Wills Magen revoltierte wieder. Scheiße. Er musste einen gequälten Laut von sich gegeben haben, denn James lachte trocken in sich hinein.

»Geschieht dir recht, Arschloch.«

Will zuckte mit den Schultern.

»Ist ja dein Auto.«

»Wag es bloß nicht.«

Will horchte in sich hinein, was sein Magen dazu meinte.

»Mal sehen.«

»Scheiße.«

Vier Stunden später stand Bel in der Küche und füllte losen Tee in einen Teebeutel aus Papier ab. Es war schon spät, aber sie konnte nicht schlafen. Sie hatte sich die Mühe gemacht und das Bett mit ihren eigenen Bettlaken bezogen, das in dem schönen Zimmer im Ostflügel stand, welches sie sich ausgesucht hatte. Aber auch wenn der vertraute Stoff mit hoher Fadenzahl Trost spendete, so hatte er nicht vermocht, ihre Erschöpfung in Schlaf zu verwandeln.

Jedes Mal, wenn sie die Augen zumachte, füllte sich ihr Kopf mit dem Unmut und den Bedenken, die sich den Tag über dort angesammelt hatten. Sie sprangen darin herum wie eine Bande außer Rand und Band geratener Affen. Das, und die bedeutungsschwangere Stille, die vom Nordflügel ausging, den die Blake-Brüder als Hauptquartier für ihr chaotisches Leben ausgesucht hatten, hatten dazu geführt, dass Bel sich ihren Morgenmantel übergezogen hatte und diese lächerliche *Vom-Winde-verweht*-Treppe hinuntergewandelt war, um den Wasserkocher anzustellen.

Na ja, um den Topf auf den Herd zu stellen. Sie hatte noch keine Zeit gehabt, ihre eigenen Kochutensilien auszupacken, also benutzte sie derweil den einzigen Topf und die Pfanne, die sie in James Blakes wunderschöner, wenn auch an ihm verschwendeter Küche hatte finden können. Sie starrte die blauen Flammen an, die sich am Topf züngelten, und ihre Schultern bebten angesichts dieser unheimlichen *Stille*.

Sie hatte die Blake-Brüder als Streithammel eingeschätzt – schließlich hatten sie sich schon um eine blöde Gabel gekloppt. Nach dem, was heute Abend vonstatten gegangen war, hatte Bel erwartet, dass es die ganze Nacht nur Stampfen, wütendes Geschrei und gegenseitige Beschuldigungen geben würde. Wüstes Gefluche. Vielleicht sogar das Einschlagen von Wänden mit den Fäusten.

Aber nein. Nichts.

*Okay, nicht gerade nichts*, überlegte Bel und goss kochendes Wasser über ihren Teebeutel. Der Duft von Zitrone und Vanille breitete sich in der Küche aus, und sie hielt die Nase in den Dampf, um den beruhigenden Geruch ihres Lieblingstees einzuatmen, eine eigens für sie kreierte Mischung mit echter Limette. Es handelte sich hier nicht um einen Mangel an Geräuschen. Es war wie ein Vakuum. Ein schwarzes Loch, das alles verschluckte, was in seine Nähe kam. Eine bedrohliche Leere, die Tod und Zerstörung versprach – oder zumindest, dass jeder, der das Pech hatte, in die Nähe seines Bannkreises zu gelangen, auf nimmer Wiedersehen verschwinden würde.

Ihr kam kurz der Gedanke, ob sie vielleicht besser ein Auge auf die Einfahrt haben sollte. Nur falls es einen heimlichen Versuch geben würde, im Dunkel der Nacht eine Leiche verschwinden zu lassen.

Vielleicht würde es sich bei der Leiche um James handeln. So wie sie sich augenblicklich fühlte, war das ein tröstlicher Gedanke. Nicht, dass sie dem Kerl den Tod wünschte oder so, aber wenn er heute Nacht das unglückliche Opfer eines Brüdermordes werden würde, dann könnte es sein, dass ein kleiner gemeiner Teil von ihr denken würde: *Das soll dir eine Lehre sein, mir auf dem roten Teppich was vorzumachen, mein Freundchen.* Das Schicksal mochte zwar den guten Mädchen immer einen Streich spielen, aber manchmal spielte es auch den Reichen, Berühmten und Sorglosen einen Streich. Und wenn es jemals eine Nacht gab, in der James Blake es verdient hatte, sein Fett wegzukriegen, dann war das heute.

Denn James Blake hatte ihr was vorgemacht.

Die Röte stieg ihr in die Wangen, als sie sich daran erinnerte, wie sie völlig naiv beherzt ihre Hand auf seinen Hintern gelegt hatte. Sie spulte das Band in ihrem Kopf zurück, bis sie bei genau dem Moment angelangt war, und zwang sich dazu, die Erinnerung an diese warme, animalische Geschmeidigkeit unter ihrer Hand zu verdrängen und sich stattdessen auf sein Gesicht zu konzentrieren. Sie spielte es nun in Einzelbildern ab, bis sie sich sicher war, dass sich die Überraschung in seinen Augen in Berechnung und dann in ein selbstgefälliges Lächeln verwandelt hatte.

Weil es die beste Werbung überhaupt war, wenn man versehentlich-absichtlich seine Unterhose bei einer Galaveranstaltung zeigte, die von Leuten ausgerichtet wurde, welche dafür eine Stange Geld zahlten, dass man diese Unterhosen überhaupt trug. Niemand wäre durch diese aufgeplatzte Naht blamiert worden, und James schon mal gar nicht. Aber sie hatte sich – um ehrlich zu sein, ihre Würde – in die Bresche geworfen und sich entschlossen, eine Handvoll von James Blakes' Pobacke gegriffen.

Und er hatte sich revanchiert. Ihr Nervensystem war so gut und erinnerte sich sofort daran, wie es sich angefühlt hatte, als seine große, feste Hand ihren eigenen Hintern in der Hand gehabt hatte …

Sie nahm rasch einen Schluck Tee aus ihrer Tasse. Er verbrannte ihr den Mund, aber sie zwang sich, ihn herunterzuschlucken.

Denn als die Hitze sich in ihrem Magen ausbreitete, standen die Chancen fünfzig-fünfzig, dass es vom Tee kam und nicht von der Erinnerung an James' Berührung. Es war irgendwie tröstlich, wenn die Chancen ausgeglichen waren.

Ein Trost, der sich ganz schnell in Luft auflöste, als sie auf einmal James' Stimme hinter sich hörte.

»Was in *Gottes* Namen ist das denn für ein Gestank?«

Ihr Herz fing plötzlich an zu rasen und sie schlug mit flacher Hand auf ihren Brustkorb, um zu verhindern, dass es heraussprang. Ihre andere Hand wurde von einem heftigen und brennenden Schmerz durchfahren, als der Tee über den Rand der Tasse auf ihre Finger schwappte. Sie ließ die Tasse fallen, damit sie die verbrannten Finger in der Luft wedeln konnte. Dabei gingen ihr die ganzen Schimpfwörter durch den Kopf, die sie sich selbst verboten hatte, laut auszusprechen.

Die Tasse konnte es aber nicht mit James' importierten glasierten Keramikfliesen aufnehmen. Sie zerbrach und wieder ergoss sich ein Schwall heißer Tee, diesmal direkt vor Bels nackten Füßen. Sie hatte schon zu einem mutigen Sprung zurück angesetzt, als sie auf einmal feststellen musste, dass ihre Füße zehn Zentimeter über dem Boden in der Luft hingen.

»Na, das war jetzt aber ein bisschen übertrieben, findest du nicht?« Sie hörte James' entnervte und belustigte Stimme direkt unter ihrem Ohr. Seine Hände lagen fest unter ihren Ellenbogen und sein Körper fühlte sich warm und stark hinter ihrem Rücken an, als er sie neben der Spüle wieder absetzte. Er stellte den Hahn an und hielt ihre Hand unter den kalten Wasserstrahl. »Ich persönlich finde nicht so viel Geschmack an aufgebrühtem Wiesenschnittgut, aber das heißt ja nicht, dass du das nicht trinken kannst.«

Sie spuckte eine Strähne Haar aus, die sie im Mund gehabt hatte, und warf ihm über ihre Schulter einen scharfen Blick zu.

»Ich hatte nicht *vorgehabt*, die Tasse fallen zu lassen.«

Er lächelte sie an, und um diese sonderbaren Augen, in denen ständig der Ausdruck wechselte, bildete sich wieder ein Netz von Lachfalten. Sie war sich auf einmal bewusst, dass er sie noch nicht losgelassen hatte. Das Wasser floss immer noch über ihrer beider Hände, während sich sein Körper wohlig an ihren Rücken kuschelte. In ihrem Bauch wurde es immer wärmer, und das hatte nichts damit zu tun, dass ihr Körper gerade auf ungewollte Weise mit Tee in Berührung gekommen war, also konzentrierte sie sich auf das schmerzhaft kalte Wasser, das über ihre Brandwunden lief.

»Einfach mal spontan auf den Boden geschmissen, was?« Er schaute sie ernst an. »Ich hätte dich gar nicht für eine so impulsive Frau gehalten.«

Sie funkelte ihn böse an.

»Das bin ich nicht. Und wenn du den Anstand gehabt hättest, dich bemerkbar zu machen, anstatt dich von hinten an mich heranzuschleichen, dann hätte ich mich auch nicht verbrannt. Und ich hätte auch keinen Grund dafür gehabt, die einzige Tasse zu zerbrechen, die du anscheinend besitzt.«

»Oh. Na ja, das mit der Tasse ist echt schade.« Er schürzte seine perfekten Lippen und dachte nach. Dann spähte er über ihre Schulter und in den Ausschnitt ihres Morgenmantels. »Aber meine Vorgehensweise hat durchaus auch Vorteile.«

Bel schaute an sich hinunter und hielt dann mit ihrer freien Hand das Revers ihres Morgenmantels zusammen. Sie hatte unter dem Morgenmantel ein T-Shirt an, aber es war alt und ausgeleiert, und von seinem Blickwinkel aus hatte er wahrscheinlich direkt oben hineinsehen können. Und da Will wahrscheinlich gar nicht so unrecht gehabt hatte, was die – wie hatte er sie genannt? – Flittchen, die Stars bumsen, anging, hatte James bestimmt schon vielen Frauen in den Ausschnitt geguckt. Was bedeutete, dass er es gewohnt war, weibliche Hügellandschaften anzugaffen, die um einiges kurviger waren als die prärieartigen Weiten blasser Haut, die sich ihm jetzt gerade dargeboten hatten. Aber das war immerhin noch keine Entschuldigung dafür, sich über sie lustig zu machen. Vorteile, na klar.

»Bitte entschuldige«, sagte sie steif. »Ich bin mir bewusst, dass ich nicht passend angezogen bin. Ich habe keine Gesellschaft erwartet.«

Sie machte einen Schritt zur Seite und schaffte so dringend nötigen Abstand zwischen sich und der Geborgenheit und Stärke, die sein Körper ausstrahlte.

»Na, na. Kein Grund, sofort zu blocken. Ich habe nur ein bisschen Spaß gemacht.« Er schenkte ihr wieder dieses Ich-kann-kein-Wässerchen-trüben-Lächeln, das sie wirklich anfing zu hassen, stellte das Wasser ab und reichte ihr ein Geschirrhandtuch. Er deutete mit dem Kinn auf ihre Hand. »Meinst du, das wird so wieder besser?«

Sie tupfte ihre Hand trocken, schaute sich die Verbrennung kurz an und zuckte mit den Schultern.

»Na klar. Ich bin Bäckerin. Ich verbrenne mir mindestens zweimal die Woche schlimmer als das die Haut.«

Er nahm die betreffende Hand, und obwohl ihr erster Impuls war, sie ihm wieder zu entreißen, schreiend wegzulaufen und sich in ihr Schlafzimmer einzusperren, dachte sie, dass das vielleicht etwas übertrieben war. Und ganz schön aufschlussreich. James hatte eindeutig irgendeinen guten Grund dafür, dass er immer wieder versuchte, sie aus dem Gleichgewicht zu bringen – und wenn sie weiterhin so stottern und erröten würde, jedes Mal, wenn er sie berührte, dann würde ihn das nur dazu ermuntern, damit weiterzumachen.

Also biss sie die Zähne zusammen und ließ zu, dass er ihre Hand nahm. Sie sah klein und weiß in seiner großen, rechteckigen, braunen Handfläche aus. Hände wie ein Maurer, kam ihr absurderweise der Gedanke. Aber seine Finger waren zärtlich, als er über jede Narbe und jeden Kratzer strich, als ob sie eine Geschichte in Blindenschrift schrieben, die er auswendig lernen wollte.

»Du arbeitest hart«, sagte er.

»Das tue ich«, antwortete sie und bewunderte ihren Tonfall. Flott, angemessen, überhaupt nicht verunsichert. Was eine große Leistung war, denn ihr Magen flatterte wie ein Fisch auf dem Trockenen. Himmel, *wann* gedachte er bloß, ihre Hand loszulassen?

»Was ist das für eine?« Er streichelte mit dem Daumen über eine weiße Narbe an der Innenseite ihres Handgelenks. Das Herz klopfte ihr bis zum Hals.

»Ich, äh, kam einem zweihundertsechzig Grad heißen Ofen etwas zu nahe, ohne einen Topflappen in der Hand zu haben.«

»Und die?«

Er fuhr mit dem Finger eine schmale Narbe entlang, die über dem Knöchel ihres Zeigefingers verlief.

»Das war mein Wusthof.« Eine dunkle Braue hob sich und verschwand unter dem blonden Haarschopf, der ihm in die Stirn fiel. Sie erklärte: »Mein erstes richtiges gutes Kochmesser. Es hat die Welt gekostet, oder so kam es mir zu dem Zeitpunkt zumindest vor. Ich habe wochenlang alles gestiftet.«

»Inklusive dich selber?«

»Leider ja. Aber ich habe das Messer immer noch.«

Er lächelte sie begeistert an.

»Du bist ein ›Tool-Girl‹.«

*Dieses Lächeln*, dachte sie ein bisschen geblendet. So natürlich und sonnig und entwaffnend. Wie er sich ganz auf sie *konzentrierte*. Sie fing langsam an zu verstehen, wie Frauen diesen Mann anschauen und, trotz der vielen roten Flaggen, sich auf ihn einlassen konnten.

»Normalerweise nicht, nein«, sagte sie und nahm alle Anstrengung auf sich, um bei der Sache zu bleiben. »Aber das hier ist ein *Wusthof.* Fünfundzwanzig Zentimeter lang. Ein Prachtstück.«

Er lächelte sie einfach weiter an und Bel fragte sich, ob sie irgendwas verpasst hatte, irgendeinen Subtext im Gespräch, der bedeutete, dass sie immer noch dran war, zu reden. Es würde sie nicht überraschen, wenn dem so wäre. Sie gehörte nicht gerade zu den Fortgeschrittenen, was das anging. Das zu erreichen, was sie erreicht hatte, war nur mit Konzentration und Anstrengung möglich gewesen, und das vierundzwanzig Stunden am Tag, sieben Tage die Woche. Da war ihr nicht besonders viel Zeit dafür geblieben, die Kunst des harmlosen Flirtens zu erlernen.

Obwohl man das, was James gerade tat, ja nicht unbedingt als harmlos bezeichnen konnte. Der Kerl trug den Charme so dick auf wie die *Kate-Every-Day*-Visagisten Make-up aufs Gesicht spachtelten. Wenn sie es schaffen wollte, diesen Job erfolgreich zu Ende zu bringen und ihre Karriere zurückzubekommen – ihr *Leben* zurückzubekommen –, dann würde sie entweder lernen müssen, es zu ignorieren, oder ihn davon überzeugen, es von Vorneherein sein zu lassen.

Was sie daran erinnerte, dass er immer noch ihre Hand hielt. Sie sollte zumindest versuchen, sie wieder zurückzuerobern.

Sie zog vorsichtig, aber er hielt ihre Hand einfach fest, wobei er sie immer noch mit diesem strahlenden Lächeln angrinste. Sie verspürte den starken Drang, zurückzulächeln.

*Jesses, Bel*, dachte sie. *Komm mal wieder zur Realität zurück.*

»Was?«, fragte sie. »Wieso schaust du mich so an?«

Er blinzelte, dann schüttelte er den Kopf.

»Tut mir leid. Was hast du gesagt?« Er sah ein kleines bisschen betreten drein. »Ich habe irgendwie den Faden verloren, nachdem du *fünfundzwanzig Zentimeter* gesagt hast.«

»Himmelherrgott noch mal.«

Sie entriss ihm ihre Hand.

»Was denn? Ich bin nun mal ein Kerl.«

»Vielleicht ist dir das noch nicht aufgefallen«, sagte sie. »Aber diese *Ich-bin-nun-mal-ein-Kerl*-Ausrede zieht irgendwann nicht mehr. Die Leute haben irgendwann genug davon, meist, wenn man schon die Dreißig überschritten hat. Dann erwarten sie einfach, dass man sich von einem *Kerl* zum Mann weiterentwickelt hat.«

»Ein Mann, was?«

In seinen Augen blitzte Interesse auf, und noch etwas anderes, was Bel nicht genau erkennen konnte. Aber es hatte die Wirkung, dass sie einen Schritt zurücktreten wollte, als er ihr näherkam.

»Ja«, erwiderte sie, auch wenn sie dabei etwas atemlos klang. Abstand. Sie brauchte Abstand. Sie hatte es noch nie leiden können, wenn Leute sie bedrängten, besonders Männer. Sie bewegte sich ein kleines Stück rückwärts, spürte aber sogleich die kalte Kante der Arbeitsplatte in ihrem Rücken. »Aus dem Grund bin ich ja hier«, sagte sie und hörte sich jetzt etwas verzweifelt an. »Um dir zu helfen.«

»Um mir bei was zu helfen?«

Sie bemerkte nicht, wie er ihr näherkam, aber jedes Mal, wenn sie wegschaute und ihn dann wieder anschaute, war er etwas näher an ihr dran. Plötzlich begriff sie, dass er ihr nachstellte. Angesichts dieser Erkenntnis wurde ihr Körper von einem heißen Schauer durchflutet. Was dieses Prickeln verursachte, konnte sie nicht genau identifizieren. Panik? Angst? Wut?

Vorfreude?

»Mit dem Übergang«, antwortete sie und musste sich gewaltig anstrengen, damit ihre Stimme nicht zitterte. »Vom Kerl zum Mann. Und gemessen an dem, was ich bisher gesehen habe, haben wir noch viel Arbeit vor uns.«

»Ach, Bel. Du bist zu bescheiden.« Er überwand den Abstand, der sich noch zwischen ihnen befunden hatte, mit einer einzigen gewagten Bewegung, stützte seine Hände rechts und links von ihr auf dem Küchentresen auf und beugte sich nach vorn. »Seit du hier angekommen bist, komme ich mir jede Minute mehr wie ein Mann vor.«

Sie nahm einen tiefen Atemzug, aber die Luft zwischen ihnen war mittlerweile heiß und dicht geworden. Jedes Molekül, das ihre Körper voneinander trennte, war mit etwas geladen, das Bel nicht benennen wollte.

»Siehst du?«, sagte sie, und wenn ihre Stimme panisch quiekte, dann ignorierte sie es einfach. »Genau so was war vielleicht vor fünf Jahren noch süß. Aber jetzt …«

*Jetzt nicht mehr so*, hatte sie sagen wollen. *Jetzt ist es nicht mehr süß*. Aber dann beugte er sich zu ihr runter und schmiegte sein Gesicht an ihres, seine Nase in ihrem Haar, das sie hinter ihr Ohr gesteckt hatte.

»Jetzt?«, fragte er, seine Stimme tief und angenehm rau, wie die Zunge einer Katze.

»Jetzt ist es einfach …«

Sie verlor den Faden. Es war schwierig, einen klaren Gedanken zu fassen, wo ihr ganzer Körper einzig darauf fokussiert war, dass sein wunderschöner Mund nur Millimeter von ihrem Ohrläppchen entfernt war. Sie hatte sicher etwas sagen wollen, aber was um alles in der Welt das gewesen sein mochte, war ihr komplett entfallen. Sie konnte sich noch nicht mal vorstellen, wieso sie weiter geplaudert hatte, während er zu diesem Angriff auf ihre Nervenenden angesetzt hatte.

»Einfach nur was?« Er vergrub seine Nase in ihrem Haar und atmete ein, als ob es Sauerstoff wäre. Eine Welle der Lust durchfuhr sie. »Denn ich muss dir sagen, dass ich mich gar nicht süß *fühle.*«

»Wie fühlst du dich denn dann?«

Der Klang ihrer eigenen Stimme überraschte sie. Wann hatte ihr Hirn denn ihrem Mund das Signal gegeben, sprechen zu dürfen? Und wer hatte eine solche Frage autorisiert? Und in dem Ton? So heiser?

Nichtsdestotrotz, als er etwas zurückwich, um sie mit diesen silbrig-grünen Augen anzuschauen, die vor Lust und Belustigung funkelten, hielt sie seinem Blick stand.

»Tust du mir einen Gefallen?«, fragte er.

»Was?«

»Bist du einen Augenblick lang still?«

»Wieso?«

»Ich werde es dir gleich zeigen.«

# Kapitel 10

»Oh.« Sie hielt inne, während ihr schwerfälliger Verstand die Zusammenhänge herstellte und zu der überraschenden Schlussfolgerung gelangte, dass er kurz davor war, sie zu küssen. »Oh! Nein! Das solltest du auf *keinen* Fall tun. Ich würde es vorziehen, wenn du es mir nur *erzählst,* weißt du. Oder auch nicht.« Sie warf einen verzweifelten Blick auf ihre Armbanduhr. »Mann, ist es schon so spät? Ich sollte wirklich wieder …«

Sie unterbrach sich, unfähig, das Wort *Bett* herauszubringen, wo sein sinnlicher Mund nur Zentimeter von ihrem entfernt war und sein Gesichtsausdruck schiere Entschlossenheit verriet.

Er seufzte.

»Bel.«

»Was?«

»Psst.«

Sie runzelte die Stirn.

»Entschuldige mal, aber hast du gerade *Psst* zu mir gesagt?«

»Himmel, machst du es kompliziert.«

Sie starrte ihn an.

»Ich bin eine komplizierte Frau.«

»Das kannst du wohl laut sagen.«

»Habe ich doch gerade.«

Er seufzte wieder und war ihr zwischenzeitlich schon wieder nähergekommen, nah genug, dass sie seinen Atem auf ihrer Wange spüren konnte. Ihr Magen machte wieder einen Salto.

Er fuhr mit einer Hand durch ihr Haar, am Ansatz im Nacken, und sie erstarrte. Ihr Verstand sagte ruhig: *Du solltest nicht zulassen, dass er das tut*, während ihr gesamtes Nervensystem schrie: *Ja, bitte*.

»Äh«, sagte sie.

Die Rädchen im Kopf ratterten, ohne dass ihr etwas Schlaueres einfiel.

»Psst«, sagte er wieder.

Die Wut begann in ihr hochzukochen, angesichts dessen, dass er ihr zweimal hintereinander gesagt hatte, sie solle still sein, aber sie verdampfte so schnell wie sie gekommen war. Weil er sie jetzt küsste.

Ihr kam kurz der Gedanke, dass sie sich vielleicht in einem Zustand der dissoziativen Amnesie befand. Es sollte ja so ähnlich sein wie Schlafwandeln, nicht wahr? Wo man gehen und reden und interagieren konnte, aber nicht wirklich bei vollem Bewusstsein war und daher keine Verantwortung für das trug, was man tat? So ein Aussetzer war gar nicht so selten, sagte sie sich. Sie hatte schon darüber gelesen.

Außerdem konnte sie sich keinen anderen Grund vorstellen, wieso sie einfach nur dastand, in einem hauchdünnen Morgenmantel und einem fünfzehn Jahre alten T-Shirt, und zuließ, dass der Mann, der für den Untergang ihrer Karriere und ihrer Hochzeit verantwortlich war, sie *küsste*.

Aber, Mann, war das ein Kuss. Sein Mund sah ja schon perfekt aus, aber ihr fehlten die Worte für das, wie sich das hier anfühlte. Alles, was sie wusste, war, dass er nach Zahnpasta mit Pfefferminzgeschmack und warmem Mann roch, und dass er ihren Körper so voll und ganz mit einer Unbeschwertheit vereinnahmte, dass jedes Molekül in ihrer DNA-Reproduktion schrie.

Sein Körper schmiegte sich so nahtlos an ihren, als ob sie beide nur dafür gemacht worden waren, sich so aneinanderzufügen. Er bewegte sich mit der geschmeidigen Selbstsicherheit eines Mannes, der absolute Kontrolle über seinen Körper hatte, aber ohne diese Haltung, dass er sich nehmen konnte, was er wollte, welche bei solchen Männern sonst mitschwang. Der Kuss war keine Forderung, sondern eher eine Frage.

*Nein, nicht wirklich eine Frage*, dachte sie. Oder versuchte sie zumindest zu denken durch den Nebel, der sich um ihren Verstand gelegt hatte. Daran schuld waren seine Hände in ihrem Haar, die Magie seines Mundes auf ihrem, diese vielversprechende Einladung, die sein Körper an ihren gepresst darstellte. Es war eher überreden als fragen. *Komm schon*, schien dieser Kuss zu sagen. *Was kann es schon schaden? Nur eine kleine Kostprobe, okay?*

Er küsste sie langsam, als ob er alle Zeit der Welt hätte. Als ob es nichts Wichtigeres gab, als die Form und den Geschmack ihres Mundes kennenzulernen. Als ob es hinterher eine Prüfung geben würde, und er würde sie – so Gott ihm half – mit Bravour bestehen.

Wie lange war es her, fiel Bel plötzlich ein, dass sie jemand geküsst und ihr dabei wirklich Aufmerksamkeit gewidmet hatte? *Sie* dazu gebracht hatte, dem Kuss Aufmerksamkeit zu widmen?

Dann öffneten sich seine Lippen über ihren. Nur ein kleines bisschen, eine Einladung zu einem engeren Tanz. Ihr wurde ganz heiß, vom Scheitel bis zur Sohle, und sie erstarrte.

Eine Einladung verlangte nach einer Antwort.

Er hatte gefragt, und jetzt musste sie antworten.

Sie wusste, was sie *wollte*. Sie wollte auch ihren Mund öffnen. Sie wollte es genießen, dass er seine Oberschenkel eng an ihren Körper presste. Sie wollte, dass diese funkensprühende Hitze nicht aufhörte, ihren Körper zu durchströmen, die bis in die Haarspitzen drang und die Luft um ihren Kopf herum gefährlich elektrisierte. Sie wollte, dass dieser Kuss nicht endete, sodass sie für immer in diesem noch nie dagewesenen Luxus schwelgen konnte – Gott, es schien ihr so dumm, den Ausdruck auch nur zu denken, der ihr im Kopf umherging –, *verehrt* zu werden. Mit welchem anderen Wort konnte sie sonst beschreiben, im absoluten Fokus der geistigen, emotionalen und körperlichen Aufmerksamkeit einer anderen Person zu stehen?

*Das hier ist beruflicher Selbstmord*, lautete der strenge Einwand ihres Verstandes.

*Ja*, antwortete ihr Körper.

*Es ist eine Anomalie*, blaffte ihr Verstand wieder. *Ein momentaner Trick der Libido.*

*Ja*, sagte ihr Körper. *Und was, wenn das nie wieder in meinem Leben passiert? Will ich wirklich zulassen, eine alte, vertrocknete Jungfer zu werden, ohne jemals einen solchen Kuss genossen zu haben?*

*Wie wär's, wenn du mal erwachsen wirst?*, fragte ihr Verstand.

*Wie wär's, wenn du mal die Klappe hältst?*, antwortete ihr Körper.

Sie zögerte, ihre Hände unbeholfen und unentschlossen in der Schwebe. Dann ließ sie endlich den Küchentresen los, an dem sie sich so verzweifelt festgeklammert hatte. Langsam ließ sie ihre Hände nach oben gleiten, in Richtung dieses Haarschopfes, der einfach nur purer Sonnenschein war. Schon den ganzen Tag hatte sie dem Drang widerstehen müssen, mit den Händen in diese Haare zu tauchen.

*Tu's einfach*, sagte sie sich. *Wage es, einmal im Leben.*

Sie kniff die Augen zusammen, nahm ihren ganzen Mut zusammen und …

Er wich zurück und lächelte sie amüsiert und schief an. Sie ließ ihre Hände wieder unauffällig nach unten sinken.

»Nicht, was?« Er zuckte mit den Schultern, als ob sie gerade die Einladung ausgeschlagen hätte, sein Kaugummi zu teilen und nicht sein Bett. *Nicht sein Bett*, dachte sie ernüchtert. Wahrscheinlich den Küchenfußboden. Den Küchentresen, wenn er etwas ehrgeiziger war. »Echt blöd.«

Bel schaute ihn mit offenem Mund an. *Blöd?* Hatte er wirklich gerade *blöd* gesagt?

*Ganz genau*, sagte ihr Verstand, ein kleines bisschen selbstzufrieden. *Er ist genau die Art von Mann, der ›blöd‹ sagt, wenn ihm Sexualverkehr versagt wird.*

Bel hielt das Revers ihres Morgenmantels wieder zusammen. Darunter schlug ihr Herz in wildem Stakkato. Sie lehnte sich so weit zurück, wie es die Platte des Tresens erlaubte, die unsanft an ihren Rücken stieß.

»Meinst du, du könntest …« Sie machte eine kleine wegscheuchende Bewegung mit der Hand. Er hielt kapitulierend seine Hände hoch und trat einen Schritt zurück. »Danke.«

Sie räusperte sich, um den Kloß im Hals loszuwerden, und versuchte wacker, auch ihren Kopf wieder freizubekommen. Sie sollte eigentlich erleichtert sein, sagte sie sich. Erleichtert, wütend und vielleicht ein kleines bisschen peinlich berührt. Und sie fühlte auch all diese Dinge. Es war ja auch recht knapp gewesen – die Außenseiterin Libido hatte den amtierenden Meister Willenskraft fast bezwungen gehabt. Das konnte sie nicht leugnen.

Aber welcher verrückte, selbstzerstörerische Aspekt ihrer Psyche hatte denn Enttäuschung mit in diesen Gefühlscocktail gemixt?

Es war unbestreitbar da. Ein winziger, hartnäckiger Anflug von Enttäuschung. *Er hat ganz schön leicht aufgegeben, nicht wahr?*, sagte es.

Sie packte den Gedanken beim Schopfe und zog daran wie an Unkraut im Garten. Natürlich gab er leicht auf, dachte sie. Wenn James Blake die Angewohnheit hätte, in schwierigen Situationen Anstrengung oder Geduld zu beweisen, dann hätte sie keinen Job. Oder, na gut, vielleicht hätte sie einen Job, aber sie würde mit ihm schlafen.

Okay, sagte sie sich. Ein neuer Plan.

Sie hatte wohl ganz eindeutig eine Schwäche für kindische Männer mit sonnigem Gemüt, die der Meinung waren, Frauen sollten ihnen in den Schoß fallen wie reife Pfirsiche. Es lag wahrscheinlich in ihren Genen, wie ihre Haare, ihre Augen und ihre Statur. Es bildete sich ein Kloß in ihrem Hals und sie hatte den alten, wohlbekannten bitteren Geschmack im Mund. *Danke, Mom.*

Aber was soll's, nicht wahr? Nur weil es Teil von ihr war, hieß das noch lange nicht, dass sie sich auch damit abfinden musste. Sie hatte keine Kontrolle darüber, was sie empfand, nur darüber, wie sie sich verhielt. Und es gab keinen Unterschied zwischen Lust und allen anderen Emotionen, wenn sie es sich recht überlegte. Nur weil man wütend war, gab das einem nicht das Recht, diese Wut an anderen auszulassen, oder? Nein, natürlich nicht. Beherrschung. Erwachsene übten sich schließlich die ganze Zeit darin, und sie war besser in dieser Disziplin als die meisten Menschen. Das hatte sie so weit gebracht, nicht wahr? Es würde sie auch noch bis ans Ende ihres Weges bringen.

Aber wenigstens wusste sie es jetzt. Sie hatte irgendwo in ihrer DNA ein wildgewordenes Lust-Gen. Und zwar eins von der Sorte, das Karrieren, Familien und ganze Leben zerstören würde, wenn man es nicht dauernd streng überwachte. Sie sollte es wissen. Sie hatte es in Aktion gesehen, aus nächster Nähe, öfter als sie sich gerne in Erinnerung rufen wollte.

Es war ein ganz schöner Schlag ins Gesicht, es in sich selbst entdeckt zu haben, aber wenigstens war sie nun darauf vorbereitet. Ihre eigene Armee von Lust-Hormonen konnte sich jetzt nicht mehr so unbemerkt anschleichen.

Sie bedachte James mit einem kalten Blick.

»Behandelst du alle deine Kollegen so?«, fragte sie.

Er lächelte sie unbeschwert an.

»Nur die hübschen, die ich nach Mitternacht halbnackt in meiner Küche finde.«

Bel hob eine Augenbraue und beließ es bei einem höflichen Schweigen.

»Okay, okay«, sagte er. »Sie *müssen* nicht unbedingt nach Mitternacht in der Küche anzutreffen sein.«

Sie zog ihr Schweigen in die Länge, bis die Atmosphäre zwischen ihnen eisig geworden war.

»Oder halbnackt.«

Ihre Augen verengten sich zu Schlitzen.

»Aber hey, was das Hübschsein angeht, da ziehe ich eine Grenze. Und das Weiblichsein. Es muss sich auf jeden Fall um eine Frau handeln. Nicht, dass mit den Leuten etwas nicht stimmt, die sich für die andere Variante entscheiden, wenn du weißt, was ich meine. Aber ich persönlich bevorzuge Frauen.« Sein Grinsen wurde breiter. »Sie riechen gut.«

»Was für ein Loblied.«

Er legte den Kopf schief.

»Sollte ich mich entschuldigen?«

»Wofür denn? Ein Kerl zu sein?« Sie senkte ihr Kinn und schenkte ihm einen, so hoffte sie, geduldigen Blick. »Du hast dich doch schon den ganzen Tag darauf vorbereitet, dich an mich ranzumachen, James. Glaubst du, ich bin überrascht darüber?«

»Ein bisschen.«

Sie schüttelte den Kopf.

»Bitte. Du hast dir schon einen komischen Zeitpunkt ausgesucht, das muss ich dir lassen. Aber ich habe es kommen sehen, wie auch immer du es angestellt hättest. Ich bin ehrlich gesagt ein wenig erleichtert, dass wir das jetzt hinter uns haben.«

»Bist du das?«

»Sicher«, entgegnete sie flott. »Gefragt, geantwortet. Das können wir jetzt also abhaken. Zum nächsten Punkt übergehen.«

Er starrte sie an.

»Mir den Laufpass geben war auf der Liste mit Sachen, die du abarbeiten musst?«

»Ach komm, als ob dich an mich ranzumachen nicht auf deiner Liste gestanden hätte.«

Er dachte darüber nach.

»Na gut. Vielleicht. Was steht da noch? Auf deiner Liste?«

Sie verzog das Gesicht.

»Nach dem, was ich heute Abend miterleben musste?« Sie nahm den Topf vom Herd, betrachtete stirnrunzelnd das Wasser, das noch darin war, und goss es in das Spülbecken. Sie mochte sich wohl in einer ernsten Notlage befinden, aber das war noch kein Grund, Tee mit zweimal gekochtem Wasser aufzubrühen. Seinen Standard musste man sich schon bewahren. Sie füllte den Topf mit frischem Wasser und stellte den Herd an. »Deine Familie. Die steht ganz oben. In großen, fetten Buchstaben.«

»Meine Familie?«, fragte er, und die eisige Stille, die ihn auf einmal umgab, verursachte, dass es ihr kalt den Rücken runterlief. »Was ist denn mit ihr?«

Bel warf ihm einen Blick über die Schulter zu.

»Deine Brüder sind ein Problem, James.«

»Sie sind *mein* Problem«, sagte er. »Nicht deins.«

»Tut mir leid, aber das stimmt nicht.« Sie lehnte sich wieder gegen die Arbeitsplatte, die Arme vor der Brust verschränkt. »Was das angeht, musst du mir vertrauen. Kate Davis' persönlicher Standard für zivilisiertes Verhalten beinhaltet definitiv *nicht*, sich a) mit Leuten zu umgeben, die im Übermaß trinken, b) Kellnerinnen so lange zu schikanieren, bis sie ihren Job verlieren, oder c) ihre Lieblingsstripperin zu stalken.« Sie schaute ihm in die Augen. »Deine Familie ist ein Problem, und mir tut es genauso leid wie dir, dass alle deine Probleme auch meine sind.«

»Okay«, antwortete er und rieb sich gedankenverloren über die Bartstoppeln am Kinn.

Es klang wie Schmirgelpapier, das man über Stein scheuerte. Bel konnte das Geräusch trotz des Gezisches der Gasflamme neben ihrem Ellenbogen hören und wünschte sich sofort, dass dem nicht so wäre. Es ließ sie zu sehr … an seinen Körper denken. Machte ihn zu real für sie.

»Na gut«, sagte er. »Damit hast du recht. Was schlägst du vor?« Sie zögerte. »Komm schon, Bel. Sag mir nicht, dass du nicht die Nacht damit verbracht hast, Listen zu machen. Die ›*Wie wir James' Life wieder auf Reihe bringen: die besten zehn Maßnahmen*‹-Liste. Ich wette, sie ist farblich kodiert und hat einen Index. Also, dann leg mal los. Ich weiß, dass es noch eine Unter-Liste gibt mit der Überschrift: *Wie wir James' katastrophale Familie reparieren.* Was steht da drauf?«

»Es wird dir nicht gefallen«, erwiderte sie.

»Ich weiß. Sprich es einfach aus. Du wirst nicht die Erste sein.«

»Ich habe das Gefühl, dass ich auch nicht die Letzte sein werde. Aber na gut.« Sie zuckte mit den Schultern. »Deine Brüder sind ein Problem, James. Ein großes. Du musst dich von ihnen trennen. Wenn du das machst, löst du damit die Hälfte deiner Probleme.«

Er dachte darüber nach und nickte dann langsam.

»Nein.«

»Wie nein? Nein, ich habe unrecht? Oder nein, das wirst du nicht tun?«

»Nein, du hast recht. Aber ich werde es nicht tun.«

Sie seufzte.

»Sie sind erwachsen, James. Sie werden schon klarkommen.«

Er lächelte sie grimmig an.

»Wie ist denn deine Familie so, Bel?«

»Klein.«

»Brüder? Schwestern? Verwandte?«

»Nur meine Mutter und ich.«

»Steht ihr euch nahe?«

Jetzt war sie an der Reihe, ihn grimmig anzulächeln.

»Nein.«

»Heißt das: *Nein, wir telefonieren zweimal pro Jahr miteinander*? Oder: *Nein, ich habe schon vor Jahren damit aufgehört, meiner Junkie-Mutter Geld zuzustecken*?«

Ihr Lächeln war jetzt nicht mehr grimmig, sondern eisig.

»Weder das eine noch das andere. Wir sind nur sehr verschieden, und die Lebenswege, die wir für uns ausgesucht haben, passen einfach nicht zusammen. Es hat ein paar Jahre gedauert, bis wir das akzeptieren konnten, aber schlussendlich war es eine Erleichterung, es einfach zuzugeben und es dabei zu belassen.«

Er schaute sie skeptisch an und sagte:

»Das ist ja eine praktische Einstellung.«

»Danke.«

»Wo wir jetzt festgestellt haben, dass du überhaupt keine Ahnung davon hast, wie sich eine normale Familie verhält, hör zu, was ich zu sagen habe: Meine Brüder und mich gibt es nur im Trippelpack. Wenn du mit mir auf irgendeine Weise verkehrst, dann verkehrst du auch mit ihnen. Ihre Probleme sind meine Probleme.«

»Auch wenn *du* ihr Problem bist?«

»Was soll das heißen?«

»Denk doch mal darüber nach, James. Sie verhalten sich wie Teenager, die nie erwachsen werden, weil sie nämlich auch nicht erwachsen werden müssen. Das ist alles, was du sie sein lässt.«

»Ich bin nicht verantwortlich dafür, was meine Brüder machen, Bel.«

Sie schnaubte verächtlich.

»Also bitte. Dank dir wohnen sie umsonst, fahren teure Schlitten, das Geld geht ihnen nie aus und sie können sich jederzeit eine dieser

Frauen abgreifen, die dauernd um dich herumschwärmen, damit ihnen die fragwürdige Ehre zuteil werden kann, mit Profisportlern und ihrer Entourage zu schlafen. Verzeih mir, dass ich so direkt bin, aber du bist sozusagen ihre goldene Gans. Welcher Mensch, der halbwegs bei klarem Verstand ist, würde auf so etwas freiwillig verzichten?«

»Wow«, antwortete James und betrachtete sie mit einer unerwarteten Mischung aus Belustigung und Mitleid. »Deine Kindheit muss ja schlimmer gewesen sein als ich dachte.«

Das versetzte ihr einen Stich und sie sah ihn missbilligend an.

»Was willst du damit sagen?«

»All der ganze Mist, den Will heute Abend von sich gegeben hat, darüber, wer die Kohle macht, wer die Mädels abbekommt, wer das Sagen hat? Es geht nicht um meinen Job oder um seinen Job oder sonst was.« Er lächelte sie an. »Das ist einfach nur, was Brüder machen.«

»Was?«

»Wir ziehen uns gegenseitig auf und beschimpfen uns. Damit wir bescheiden bleiben, weißt du?«

»Tatsächlich.«

Bel schaute ihn verwundert an und versuchte nicht mal, es wie eine Frage klingen zu lassen. Er glaubte das. Er glaubte das wirklich.

»Natürlich«, sagte er. »Vertrau mir, was das angeht. Ich gebe nicht gerne damit an, aber Tatsache ist, dass ich viel Geld verdiene. Arsch viel Geld. Um einiges mehr, als irgendjemand es wirklich verdient hat, besonders fürs Fußballspielen.«

»Amen«, erwiderte Bel.

»Und ich sage nicht, dass ich dafür nicht dankbar bin. Natürlich bin ich das.« Er grinste. »Das sind wir alle. Aber es macht die Dinge kompliziert.«

»Welche Dinge?«, fragte Bel. »Sicher nicht das Mietezahlen, das Einkaufen oder Ratenzahlungen für Autos und so.«

»Na ja, diese Dinge nicht. Das gebe ich zu. Aber es macht es schon schwierig, nach einer Weile die Leute, die einen wirklich mögen, von den Leuten zu unterscheiden, die eigentlich nur das Geld mögen.« Er hob die Hände. »Meine Brüder sind die einzigen Menschen auf dieser Welt, denen ich vertraue, dass sie mir gegenüber ehrlich sind. Sie haben mich geliebt, bevor ich berühmt war, sie haben an mich geglaubt, bevor ich das Geld verdient habe, und wenn mir morgen der Meniskus reißt, dann werden sie immer noch für mich da sein und mir dabei helfen zu entscheiden, ob ich Gebrauchtwagenverkäufer oder Versicherungsvertreter werden sollte, verstehst du? So funktioniert Familie eben.«

Bel zog ihre Augenbrauen nach oben und James sah sie kopfschüttelnd an.

»Oder so sollte sie zumindest funktionieren«, ergänzte er.

»Wenn du meinst.«

»Das tue ich. Und weil ich weiß, dass dir das so was von gegen den Strich geht, was ich gleich sagen werde, versuche ich es so einfach wie möglich zu machen, okay?«

»Oh, danke«, hauchte Bel und legte ihren Handrücken auf die Stirn. »Mein armer kleiner Kopf tut mir schon weh. Da sind mir jetzt auf einmal zu viele Lichter aufgegangen, verstehst du?«

Er grinste sie an, doch sein Lächeln erreichte seine Augen nicht. James sagte:

»Du kannst entweder a) alle Punkte auf deiner Liste, die mit meinen Brüdern zu tun haben, schön fett durchstreichen oder b) dir einen neuen Job suchen.« Er verschränkte die Arme vor der Brust und lehnte sich gegen den Tresen auf der gegenüberliegenden Seite der Küche. »Du musst die Antwort nur auswählen, a) oder b), genau wie du es magst. Ganz einfach.«

Bel schaute ihn prüfend an. Er stand ihr gegenüber, lässig gegen die Arbeitsplatte gelehnt, ein ironisch-schiefes Lächeln im Gesicht. Aber seine Augen verrieten, dass er es ernst meinte, und sie verstand allmählich, dass sie dort nach den Anhaltspunkten suchen musste, wie sie mit diesem Mann umgehen sollte.

»Das würdest du tun, nicht wahr?«, fragte sie langsam. »Deine Karriere zerstören, um dieses ungesunde, inzestuöse Verhältnis mit deinen Brüdern aufrechtzuerhalten?«

»Da, wo ich herkomme, nennt man das Familie.« Er hob die Schultern. »Uns gibt es nur im Trippelpack, und keiner, der etwas mit mir zu tun hat, kommt schlussendlich an dieser Tatsache vorbei. Und du musst dich nur entscheiden, ob du mit mir zu diesen Bedingungen weiterarbeiten willst.«

Bel sah ihn stirnrunzelnd an, aber er hielt ihrem Blick gleichmütig stand und ihr offensichtliches Missfallen schien ihn kalt zu lassen. Sie unterdrückte einen Seufzer. Sie hatte in ihrem ganzen Leben noch nie eine berufliche Herausforderung abgelehnt, und das würde sie auch jetzt nicht tun. Besonders nicht, wenn man in Betracht zog, dass auf dem Spiel stand, was sie sich in den letzten zehn Jahren erarbeitet hatte. Aber das hieß ja noch lange nicht, dass sie es mit einem Lächeln hinnehmen musste, dass Fortuna gerade ihr Glück in die Hände eines Mannes gelegt hatte, der fand, seine Brüder mit Bier und Frauen zu versorgen, sei wichtiger als den vertraglichen Verpflichtungen nachzukommen, die ihm Millionengelder von Sponsoren garantierten.

»Ich will«, sagte sie schließlich. »Aber sei dir bewusst: Ich arbeite nicht für sie. Und ich arbeite auch nicht für dich. Du und ich? Wir stecken da beide drin. Ich kümmere mich um Kate, du kümmerst dich um deine Brüder, und wenn wir die größten Glückspilze im ganzen Universum sind, dann schaffen wir das am Ende irgendwie.«

Er nickte.

»Abgemacht«, antwortete er und hielt ihr seine Hand hin.

Sie begutachtete sie misstrauisch und ihre Finger klammerten sich noch fester um die Arbeitsplatte in ihrem Rücken.

»Unter einer Bedingung«, sagte sie. »Von jetzt an wirst du deine Hände schön bei dir behalten.«

Er schenkte ihr ein Lächeln, das ihr Gänsehaut verursachte.

»Werde ich das?«

»Es ist besser, wenn unsere Beziehung auf professioneller Ebene bleibt, James.«

Sein Lächeln wurde breiter.

»Na klar.«

»Und wo wir jetzt auf professioneller Ebene miteinander reden«, bemerkte sie und konnte nicht vermeiden, etwas Genugtuung zu spüren. »Ich nehme an, dass deine Brüder auch Klamotten besitzen, die irgendwo zwischen Trainingsanzügen und Smokings auf dem Modespektrum liegen?«

»Klar.« Jetzt sah er misstrauisch aus. »Wieso?«

Dieses kleine, gemeine Gefühl der Genugtuung wuchs gerade zur Schadenfreude heran.

»Von jetzt an werden wir nur noch unsere Sonntagskleider tragen.«

»Ah.« Er ließ den Kopf hängen. »Das ist fies.«

»Wenn ich es auch sehr genossen hätte, der Initiator zu sein: Es war nicht meine Idee.«

»Nicht?«

»Nee. Kate kommt morgen Abend zum Essen, in Begleitung unseres Lieblingsagenten. Sie werden uns eröffnen, was die erste Herausforderung auf unserem gemeinsamen Pfad zur Rettung unserer Karrieren sein wird.«

»Es gibt noch eine größere Herausforderung, als sich passend zum Abendessen anzuziehen?«

Bel lachte, bis sie merkte, dass er es ernst meinte.

»Wie gemein sind diese Leute?«, wollte er wissen.

Sie schüttelte den Kopf.

»Du hast ja keine Ahnung.«

# Kapitel 11

»Zivilisation«, fing Kate mit einem stählernen Blick an zu erklären, der James Missbehagen verursachte, weil er ihn an seine Mutter erinnerte, »beruht auf unserer Fähigkeit, die niederen Instinkte zu unterdrücken, um gemeinsam etwas zu erreichen, das der Gruppe zugute kommt.«

James nickte weise und nahm sich einen Nachschlag von Bels Pfirsich-Cobbler. Denn, Mann, das Mädchen konnte kochen. Da noch eine Kugel Vanilleeis drauf – von der guten Sorte, denn Bel hielt Gott sei Dank wohl nichts von Zuckerersatz, Fettersatz oder sonstigen Ersatzstoffen – und man hatte tatsächlich ein Stück Himmel auf seinem Teller.

Aber der Himmel war auch sowieso nicht weit weg, wenn Bel in der Küche waltete – fand er zumindest. Er steckte sich glücklich seufzend einen großen Bissen in den Mund und schwelgte in den schönen Erinnerungen an den Sonntagsbraten und dem locker-flockigsten Kartoffelbrei der Welt, der diesem himmlischen Nachtisch vorangegangen war.

Kate schob ihr volles Glas Wein etwas zur Seite und schaffte es tatsächlich, ihren stechenden Blick noch stechender zu machen.

»Zivilisation beruht auf der Fähigkeit, James, sich selbst genug unter Kontrolle zu haben, um seinen Appetit zügeln zu können.«

»Ja, Ma'am.«

Wie hatte Kate Davis Amerika bloß je davon überzeugen können, dass sie die Martha Steward der Südstaaten sei? Denn wenn häusliches Glück wirklich existierte, dann war der Teller, von dem

James gerade löffelte, ganz sicher voll davon. Und Kate tat gerade ihr Bestes, ihm jegliche Freude daran zu nehmen.

»Die Kontrolle«, betonte sie streng, »über seinen *inneren Vielfraß* gewinnen.«

James schaufelte sich noch eine weitere Gabel voll leckeren Pfirsichauflauf in den Mund und kaute trotzig.

»Wollen Sie mir damit etwas sagen, Ms Davis?«, fragte er, nachdem er runtergeschluckt hatte.

Das war doch der beste Beweis dafür, dass es ihm nicht gänzlich an guten Manieren mangelte, oder nicht?

»Das möchte ich.« Kate lächelte ihn selig an. »Vielen Dank, dass Sie Ihre Gabel lange genug zur Seite gelegt haben, um das zu bemerken.«

Drew, der ihm am Tisch gegenüber saß, unterdrückte ein Lachen mit einem Hüsteln. James sah ihn aus schmalen Augen an, aber Drew schaute ganz unschuldig, als er den Kopf hob, um aus seiner Kaffeetasse zu trinken. Seine klitzekleine Kaffeetasse, mit dem nutzlosen Henkel. Alle Männer am Tisch, so fiel James auf, hatten sich mittlerweile damit abgefunden, diesen Henkel zwischen die Finger zu klemmen, wenn sie einen Schluck trinken wollten, anstatt erfolglos zu versuchen, einen Finger durch das Loch zwängen zu wollen.

Drew schien es jedoch überhaupt nichts auszumachen, aus so einem winzigen zerbrechlichen Ding zu trinken. Er fühlte sich anscheinend genauso wohl dabei, wie er sich auch in seinem Hose-Hemd-Wollpullover-Schlips-Ensemble wohlzufühlen schien. Will neben ihm sah genau genommen wie sein Klon aus. Argwöhnisch betrachtete James ihre Krawatten. Sie sahen etwas zu perfekt gebunden aus.

Er schaute Bel an, die rechts neben ihm saß, aber zu beschäftigt damit war, Krümel auf dem Stück Tischdecke zwischen ihren Gedecken zu einem Haufen zusammenzufegen, als dass es ihr aufgefallen wäre.

Er legte seine Gabel hin und wischte sich den Mund mit der Serviette ab. Es war eine Stoffserviette mit messerscharfer Falte.

*Grundgütiger, Bel musste wohl alles unbedingt bügeln, was?* Er wandte seine Aufmerksamkeit wieder der Frau zu, die am Kopf von James' Esstisch saß.

»Was sagten Sie noch gerade, Ms Davis?«, fragte er. »Bezüglich Zivilisation?«

»Ja«, meinte Kate und ihr ausdrucksloses Gesicht bildete einen starken Kontrast zu der unheimlichen Vorfreude, die in ihren erdbraunen Augen zu lesen war. »Zivilisation. Ich bin der Meinung, sie beruht auf der Fähigkeit, seine eigenen Bedürfnisse zu beherrschen und sie zugunsten der Bedürfnisse anderer zurückzustellen.«

»Ich verstehe.« James schaute die schmelzende Masse auf seinem Teller traurig an. Das hier könnte wohl noch etwas dauern. »Und inwiefern betrifft mich das?«

Drew setzte seine Kaffeetasse ab, lehnte sich nach vorne und stützte das Kinn auf seine Hand. James sah ihn missbilligend an. Drew schenkte nun Kate seine ganze Aufmerksamkeit, als ob sie der verdammte Messias persönlich wäre. Bel schaute nicht von ihrem Haufen Krümel auf. Will hielt die Weinflasche senkrecht über seinem Glas, damit ihm der letzte Tropfen nicht entging. Verzweifelt schaute James nun seinen Agenten Bob an, der am anderen Ende des Tisches Kate gegenüber saß. Bob nickte Kate zu.

»Jetzt gib acht, mein Sohn«, sagte er. »Du steckst tief in der, äh …« Er unterbrach sich, um nach einem Wort zu suchen, das die Sittenpolizei am Tisch nicht anstößig finden würde. »… in tiefen Schwierigkeiten mit deinen Sponsoren, und Kate ist der einzige Fahrschein raus aus der Misere, den ich dir kaufen konnte. Wenn ich du wäre, dann würde ich ganz genau zuhören, was sie zu sagen hat.«

James seufzte und wandte sich wieder der Frau zu seiner Linken zu. Sie schenkte ihm ein Lächeln, bei dem James sich unweigerlich die Nackenhaare aufstellten.

»Sie haben völlig die Kontrolle verloren, mein Lieber«, sagte sie.

»Habe ich das?«

»Ja. Sie sind ein Sklave Ihres Appetits geworden.«

James stieg die Röte den Hals hoch, bis sich schließlich auch seine Wangen verräterisch färbten.

»Teufel noch mal. *So* viel an Gewicht habe ich auch nicht zugenommen.«

»Es geht hier nicht nur ums Essen, mein Lieber«, entgegnete Kate gelassen und souverän. »Es geht um alles.«

Ein kleiner Stich der Erkenntnis durchzuckte ihn, aber er versteckte diese Gemütsregung schnell hinter seiner Skepsis.

»Alles? Na, das ist doch ein bisschen übertrieben, finden Sie nicht?«

»Alles, worauf Sie Appetit haben. All Ihre Gelüste.« Kate hob eine Hand und zählte an den Fingern ab. »Essen, Alkohol, Unterhaltung, Sex.«

James warf Will einen fragenden Blick zu.

»Bin ich vertraglich verpflichtet, mein Sexualleben mit *Kate Every Day* zu besprechen?«

Will schaute zu Bob rüber, der mit den Schultern zuckte, als ob er sagen wollte: *Das war nicht meine Idee.* Dann schaute er wieder James an.

»Ja.«

Seufzend drehte sich James zu Kate um.

»Ruhm und Geld haben es Ihnen ermöglicht, das Leben eines Halbgottes oder Ähnliches zu führen«, sagte sie zu ihm. Kate machte wieder so eine majestätische Handbewegung, diesmal in Richtung seiner Brüder. »Inklusive der Lakaien.«

»Lakaien?«

Drew setzte sich auf, offensichtlich gekränkt.

»Lakaien.«

Will prostete James zu und kippte dann einen großen Schluck Wein runter.

»Ganz genau«, sagte Kate. »Leute, die nach Ihrer Pfeife tanzen, Ihnen nach dem Mund reden, diejenigen fertigmachen, die nicht mit Ihnen übereinstimmen, und im Allgemeinen diese Idee unterstützen, die Sie von sich selber im Kopf haben, nämlich, dass Sie all das verdienen, was Sie haben, und es auch dafür nutzen sollten, jedes Verlagen und jede Laune zu befriedigen.«

»Autsch«, erwiderte James.

Im Allgemeinen hielt er nichts von der Ansicht, dass Geld Macht bedeutete. Seiner Meinung nach bedeutete Geld Spaß. Seine Brüder und er waren ihr ganzes Leben lang arm gewesen. Und genau aus diesem Grund fühlten sich die Mengen Geld, die James jetzt nachgeschmissen bekam …, ja, lächerlich an. Und sie waren sich auch alle dessen bewusst. Wieso sollte man dann nicht ab und zu lächerlich viel oder das Geld für etwas Lächerliches ausgeben? Das Universum war ein sonderbarer und unberechenbarer Ort. Es würde nicht mehr lange dauern, bis ihm das ganze Geld weggeschnappt wurde und ein anderer Glückspilz es nachgeworfen bekam. Also hatte es gar keinen Zweck, Stiftungen zu gründen, Treuhandfonds aufzumachen oder in Immobilien zu investieren. Es hatte gar keinen Sinn, sich daran zu *gewöhnen*. Irgendwann in naher Zukunft würde ihre Glückssträhne enden.

Aber das würde er sicherlich nicht dieser Frau verraten.

Was ihm recht war, weil er auch überhaupt nicht wusste, wie er es schaffen sollte, zu Wort zu kommen, wenn Kate Davis mal losgelegt hatte. Und sie hatte jetzt so richtig losgelegt.

»Meiner professionellen Meinung nach, Mr Blake, haben Sie sich zu sehr daran gewöhnt, bewundert zu werden. Sie sollten sich wieder damit auseinandersetzen, was es bedeutet, zu dienen.«

»Dienen?«

James sah erst sie, dann Bel stirnrunzelnd an. Letztere tat ihr Bestes, seinem Blick auszuweichen.

»Ja. Und aus diesem Grund habe ich mich dafür entschieden, Ihre – und Bels – Rehabilitation auf folgende Weise zu strukturieren. Sie wurden insgesamt für sechs Wochen suspendiert, und davon haben Sie noch vier Wochen vor sich, stimmt das? Sie wurden suspendiert, weil Sie einen Kollegen geschlagen haben?«

So wie sie das sagte, eine Augenbraue hochmütig hochgezogen, ließ in James Wut aufsteigen. Also rückte er seinen Stuhl zurück, streckte seine langen Beine vor sich aus und grinste sie lässig an.

»Ja, das stimmt, Ma'am. Ich habe ihn so richtig umgenietet. Ich wusste gar nicht, dass Sie Fußball verfolgen.«

»Vier Wochen«, fuhr sie fort, als ob sie ihn nicht gehört hätte, »in denen Sie wiederentdecken können, welche Freude es bringen kann, altruistisch zu handeln.«

James tat so, als ob er nachdenken müsste und legte die Stirn in Falten.

»Altru, was?«

»Altruistisch«, sagte Kate. »Das bedeutet selbstlos.«

»Aha.« Er nickte, als ob er gerade etwas Neues, Faszinierendes gelernt hätte. »Fahren Sie fort. Bitte.«

»Jede Woche in den nächsten vier Wochen«, erklärte sie, »werde ich Ihnen eine Aufgabe stellen, die nicht nur verlangt, dass Sie das Paradigma der maßlosen Genusssucht konfrontieren, das in den letzten paar Jahren Ihr Leben bestimmt hat, sondern dass Sie diese Geisteshaltung auch ablegen werden.«

»Sie wollen also, dass diese Altruismus-Sache mein Ding wird.« James machte eine Pause und sah sie ernst an. »Habe ich das richtig gesagt? Altruismus?« Kate nickte knapp. James grinste. »Geil. Ich liebe es, neue Vokabeln zu lernen.«

»Belinda wird Sie dabei begleiten, als Mentor fungieren und Sie bei der Bewältigung der Aufgabe beaufsichtigen«, sagte Kate. Ihr Mund war zu einem angespannten Lächeln verzogen, das verriet, dass sie nicht wusste, ob James ein Idiot war oder ob er sich über sie lustig machte. Die Wut in James' Bauch verflüchtigte sich ein wenig. »Sie wird danach beurteilt, wie gut es ihr gelingt, Sie bei Ihrer Transformation von …«, sie machte eine kaum merkliche Pause, »… Ihrem aktuellen Zustand zu einem reifen, angepassten Mitglied der Gesellschaft begleitend zu unterstützen.«

Wie hatte Bel es genannt? Wandel vom Kerl zum Mann? Das ist derselbe Grundgedanke, wurde James klar, aber irgendwie hatte es ihm besser gefallen, als es aus Bels Mund gekommen war. Oder vielleicht gefiel ihm einfach nur ihr Mund. Er warf einen schnellen Blick nach rechts und sah, wie sie die verdammten Krümel auf dem Tischtuch zu Puder verarbeitete, ihr schöner Mund zusammengekniffen.

»Aha.« James ließ einen Ellenbogen über die Lehne seines Stuhls hängen und sagte: »Und? Welcher Herausforderung soll ich mich diese Woche stellen?« Er grinste Bel an. »Ich bin Wachs in deinen Händen, Süße. Form mich.«

Bel schaute endlich auf und er war kurz von der puren, gehetzten Panik in ihren Augen außer Fassung gebracht. Aber sie versteckte diese Emotionen schnell und schaute jetzt Kate an.

»Wir sind so bereit, wie man bereit sein kann«, sagte sie.

Kates Lippen verzogen sich – James konnte es nicht wirklich ein Lächeln nennen, so kalt war es – und sie steckte eine Strähne ihres aschblonden Haares hinters Ohr.

»Wir werden mit der Völlerei anfangen.«

»Völlerei?«

Er blinzelte.

»Völlerei.« Sie bedachte ihn wieder mit diesem Nicht-Lächeln. »Ihnen wurde ein verrücktes Talent in die Wiege gelegt, Mr Blake. Ein Übermaß an Schnelligkeit, Kraft und Koordinationsgabe. Es erlaubte Ihnen, Schindluder mit Ihrem Körper zu treiben und trotzdem noch auf so hohem Niveau zu spielen, dass Sie sich als Spitzensportler behaupten können. Gerade so.«

James unterdrückte den Drang, sich aufrecht hinzusetzen. Das hatte ihn getroffen. Schindluder mit seinem Körper treiben? Er sank noch tiefer in seinen Stuhl hinein und ließ seine Füße rhythmisch hin und her wippen, wie ein Metronom, das man auf ein gemütliches Tempo eingestellt hatte.

»Ich finde nicht, dass man ein paar Extra-Cheeseburger schon als Schindluder bezeichnen kann.«

»Ihren Körper zu nähren und zu pflegen, bedeutet, ihm gute Nahrung zukommen zu lassen. Die Zubereitung von guter Nahrung ist zeitaufwendig und mühsam. Sich wieder damit auseinanderzusetzen, wie viel Zeit und Mühe es macht, gutes Essen zuzubereiten, wird Ihren maßlosen Appetit meiner Meinung nach wieder auf ein richtiges Maß bringen.«

James kniff die Augen zusammen, während er die vielen Wörter in seinem Kopf sortierte, um zu verstehen, worauf sie hinauswollte.

»Sie möchten, dass ich lerne zu kochen?«, fragte er.

»Nicht nur zu kochen, sondern *gut* zu kochen.« Sie lächelte. »Und für andere zu kochen.«

»Für andere zu kochen?«, wiederholte James mit Misstrauen in der Stimme.

Sie ignorierte ihn und sprach jetzt Bel an.

»Ich habe für euch beide einen Auftrag angenommen, nächsten Samstagnachmittag für fünfundzwanzig Leute zu kochen. Ihr werdet das Catering für eine Verlobungsfeier übernehmen. Eine große Auswahl an Häppchen und anschließend Kuchen. James wird die Woche vor der Veranstaltung als dein Sous-Chef fungieren, und dann wirst du ihn darin ausbilden, wie man eine gehobene Gesellschaft bedient.«

»Bedient?« James ging die Wörter in seinem Kopf einzeln durch, um die nötige Schlussfolgerung zu ziehen. Er schaute Bel ungläubig an. »Sie will, dass ich kellnere. Bei so einer scheißvornehmen Teeparty?«

»Ja«, sagte Bel. Sie war blass, klang aber gefasst. Nur ihre Augen funkelten. »Ist das ein Problem?«

James schaute von Person zu Person. Er sah Bob, breit, zäh und unnachgiebig, am Ende des Tisches sitzen. Sein Gesichtsausdruck sagte: *Du hast Scheiße gebaut, jetzt sieh zu, wie du das wieder in Ordnung bringst.* Keine große Hilfe. Drew und Will saßen ihm gegenüber und grinsten süffisant. Dann war da Kate Davis, die mit ordentlich gefalteten Händen am Kopf des Tisches saß. Der Ausdruck in ihren Augen sagte: *Versuch's nur, Kumpel. Ich warte nur darauf, dir einen Tritt in den Hintern zu verpassen.*

James seufzte.

»Nein.« In Gedanken fand er sich damit ab, einen Nachmittag damit zu verbringen, sich von einem halben Dutzend gebotoxter Damen der feinen Gesellschaft in den Arsch kneifen zu lassen. »Kein Problem für mich.«

Eine Woche später stand James in der Dusche und versuchte seinen Brechreiz zu unterdrücken, während ihm der Geruch von Parmesankäse und Fleischbällchen aus den Poren triefte. Dazu kam noch der Gestank, den seine Klamotten abgaben, welche er in die Ecke geschmissen hatte. So roch das gesamte Badezimmer: wie ein italienischer Feinkostladen – wo es nur sehr teure Produkte gab. Kulinarische Köstlichkeiten, die er vor noch nicht so langer Zeit alle mit beiden Händen in sich hineingestopft hätte. Dann hatte er die gesamte letzte Woche damit verbracht, bis zu den Ellenbogen in einer Schüssel mit rohem Fleisch zu stecken.

James würde sich die Seele aus dem Leib kotzen, wenn ihn jemand dazu zwingen würde, noch ein einziges weiteres Fleischbällchen anzuschauen, aber glücklicherweise wurde ja nicht von ihm verlangt, dass er sie essen musste. Er musste sie ja nur servieren.

Er massierte mit rissigen Händen Shampoo ins Haar und zuckte zusammen, als die Seife durch die vielen Pflaster durchdrang und schmerzhaft in seine Wunden sickerte. Er hatte auch nicht länger den Drang, sich über Bels fünfundzwanzig Zentimeter langes Wusthof-Messer lustig zu machen. Das Ding war verdammt scharf.

Wenigstens sah es so aus, dachte er, als er sich mit dem Handtuch abtrocknete, als ob er ein paar Kilo abgenommen hatte. Das Letzte, wonach James in der vergangenen Woche gewesen war, die Bel ihn hatte durchmachen lassen, war etwas zu essen. Jeden Abend hatte er den Kopf todmüde aufs Kissen fallen lassen und dabei eine Mehlwolke um sich herum verteilt. Er schaffte es immer gerade so, Gott dafür zu danken, dass er alle seine Finger noch hatte (oder zumindest die meisten), bevor ihm die Augen zufielen und er in einen Albtraum gespickten Schlaf versank, in dem ihn sein Unterbewusstsein bis zum Morgengrauen Essen braten, sautieren und kleinschnipseln ließ.

Das einzig Positive an der heutigen Tortur, bei der er die Früchte seiner Arbeit einer Gruppe alberner Frauen servieren musste, war, dass sie das Ende von Bels Auftrag darstellte, einen *Cordon-bleu*-Absolventen aus ihm zu machen.

Er zog sich seine Kellnerkleidung an – die aussah wie ein wasserfester Smoking – und lief die Treppe hinunter, darauf bedacht, das Ganze schnell hinter sich zu bringen. Bel erwartete ihn schon in der Eingangshalle. Ihr Haar war in einem hübschen geflochtenen Dutt hochgesteckt, der sie wie eine Balletttänzerin aussehen ließ, und sie hatte eine weiße Kochjacke an, die steif und gestärkt über ihrer Brust zugeknöpft war.

Sie stemmte ihre Fäuste in die Hüften und deutete ihm mit dem Kinn an, dass er sich drehen sollte. James rollte mit den Augen, fügte sich aber und drehte sich langsam einmal um sich selber.

»Na?«, fragte er. »Werde ich darin bestehen?«

»Wir werden sehen«, erwiderte sie mit solch finsterer Stimme, dass James seufzen musste.

»Ach, komm schon«, sagte er. »Meine Fleischbällchen sind der Wahnsinn, und diese winzigen kleinen Frühlingsröllchen?«

»Die *Popiah*?«

»Ja, die. Die sind spitzenklasse. Die Damen werden kreischen und in die Hände klatschen wie kleine Mädchen. Und deine Torte wird das i-Tüpfelchen sein. Das wird der K.O.-Schlag. Eins, zwei«, mimte er einen Boxer.

Bels Mundwinkel zuckten, aber sie schüttelte den Kopf.

»Ich bin absolut überzeugt von der Qualität des Essens. Sogar von deinen Fleischbällchen.«

»Na, das hoffe ich doch«, antwortete er. »Wegen den verdammten Dingern habe ich eine permanente Fettschicht auf meinen Händen.«

»Du armes Kind.«

»Ich beschwere mich ja nicht. Meine Nagelhaut hat noch nie besser ausgesehen.«

»Das glaube ich gerne.«

Sie grinste ihn an und ihre Grübchen gruben sich tief in diese samtweichen Wangen. James konnte nicht anders, als etwas geblendet zurückzugrinsen. So stand er für einen Augenblick da und sonnte sich im strahlenden Glanz ihrer Heiterkeit, sonnte sich im Erfolg, sie dazu gebracht zu haben, aus vollem Herzen zu lächeln.

Dann schob sie ihren Ärmel hoch und schaute auf ihre Armbanduhr.

»Okay, genug von deinen Verzögerungstaktiken. Wir müssen noch zum Veranstaltungsort fahren, die Torte fertigmachen und dem Rest der Servicekräfte Anweisungen geben. Bist du so weit?«

»Fast.« James drehte sich zur Treppe um und rief: »Jungs! Los geht's!«

»Jungs?« Bel blinzelte perplex, als Drew und Will im gleichen Kellner-Outfit oben auf der Treppe erschienen. »Deine Brüder kommen auch mit?«

James warf ihr einen kurzen Blick über die Schulter zu.

»Natürlich. Alle für einen, einer für alle, nicht wahr? So in etwa wie die drei Musketiere. Nur, eigentlich gab es ja vier davon, oder? Mit D'Artangne?« Er lächelte verschmitzt. »Dann zählst du eben auch dazu. Willst du Athos, Porthos oder Aramis sein?«

Bel schüttelte langsam den Kopf, während Drew und Will beide mit demselben gequälten märtyrerhaften Gesichtsausdruck am Fuß der Treppe ankamen.

»Du bist dir sicher, dass du das tun willst?«, fragte sie.

»Ich bin mir sicher«, erwiderte James.

Als Will und Drew keinen Einwand zu haben schienen, entfuhr Bel ein beleidigender tiefer Seufzer.

»Na gut«, sagte sie skeptisch. »Es ist deine Entscheidung. Auf geht's.«

# Kapitel 12

Kellnern war eine ganz neue Erfahrung für James. Er war in seinem Leben schon vieles gewesen: reich, arm, verachtet, bewundert – aber noch nie unsichtbar. Das warf ihn ein bisschen aus der Bahn.

»Entschuldigen Sie bitte«, sagte der baldige Bräutigam. Dem Ton nach fehlte es nur noch, dass er einen Satz zurückgemacht hätte, um so viel Abstand wie möglich zwischen sich und den Teller zu bringen, den James auf die Arbeitsplatte aus Edelstahl gestellt hatte. »Sind das etwa Fleischbällchen?«

James war in seinem Leben auch noch nicht auf vielen Hochzeiten gewesen, aber den fünf Minuten nach zu urteilen, die er mit dem Bräutigam bislang verbracht hatte, war dieser Wynton Quist ein übler Patron. Er war groß und blond und lag vom Aussehen her auf der Männlichkeitsskala etwas unter Brad Pitt, aber über Barbies Freund Ken. Und der gute Wyn war anscheinend *nicht* bereit, gutzuheißen, was den Gästen heute serviert werden sollte.

James reichte Wyntons gebotoxter Mutter ein Glas Champagner zum Probieren und folgte seinem mit Abscheu erfüllten Blick auf die Fleischklopse, für die James eine ganze Woche lang in der Küche gestanden hatte, um sie perfekt hinzubekommen. *Fleischbällchen?*, wollte er sagen. *Nein, nein. Das sind Türklopfer aus Massivgold.* Und das sollten sie auch sein, wenn man seinen aktuellen Stundenlohn in Betracht zog und die Zeit, die er auf sie verwendet hatte.

Wyn schien aber gar keine Antwort zu erwarten. Das hatte wieder mit dieser Unsichtbarkeits-Sache zu tun, nahm James an. Außerdem war es wohl nicht so sehr als Frage, sondern als Falle gedacht. Selbst James merkte das. Aber wieso er diese Falle stellte, darauf kam James nicht. Er versuchte, sowohl interessiert als auch unterwürfig auszusehen, während der Mann der Stunde fortfuhr:

»Denn als ich mich dazu bereiterklärt hatte, Kate dabei zu helfen, ihrer vom rechten Weg abgekommenen Assistentin eine Lehre zu erteilen, da hat sie mir versichert, dass die Qualität des Essens nicht darunter leiden würde. Dass alles gemäß *Kate-Every-Day*-Standards sein würde.«

»*Kate-Every-Day*-Standards«, wiederholte James vorsichtig.

Der Mann sah ihn mit geduldiger Miene an.

»Schauen Sie. Wir sind hier nicht in einer Imbissbude. Das hier ist eine Verlobungsfeier.«

»Ach, Schatz, entspann dich«, sagte seine Mutter. Zumindest nahm James an, dass es seine Mutter war. Sie hatten beide Wangenknochen so scharf wie ein Messer und eine Oberlippe, die zu einem permanenten höhnischen Lächeln fixiert zu sein schien. Obwohl, dachte James, das musste nicht bedeuten, dass sie verwandt waren, vielleicht hatten sie nur denselben Schönheitschirurgen. »Es sind doch nur Fleischbällchen«, sagte die Frau. »Sagen wir doch, sie werden zu Ehren deiner charmanten Braut und ihrer Wurzeln serviert.«

Wyn sah seine Mutter missbilligend an.

»In sechs Wochen wird sie eine Quist sein, Mutter. Alle anderen Wurzeln werden dann hinfällig sein.«

»So einfach ist das nicht, Wynton.«

»Natürlich ist es das.«

Sie sah ihren Sohn mit besorgtem Blick und zusammengekniffenen Lippen an.

»Du weißt natürlich, was das Beste ist«, murmelte sie und trank das Glas Champagner in einem Zug aus.

Sie hielt das leere Glas in die Luft. James brauchte einen Augenblick, um zu verstehen, dass sie wohl damit beabsichtigte, ihm anzudeuten, dass er es ihr abnehmen sollte. Er griff also nach dem Glas.

»Sagen Sie doch bitte der Köchin, dass ich mit ihr sprechen muss«, befahl Wyn James, drehte sich um und unterhielt sich dann leise mit seiner Mutter.

James schätzte sie so ein, dass es sie auch nicht stören würde, wenn sie Makkaroni mit Käse und Wiener Würstchen serviert bekäme, solange sie immer ein volles Glas Champagner in der Hand hatte. Ihm wurde auf einmal bewusst, dass es niemandem auffallen würde, wenn er jetzt verschwinden und einen anderen armen Kerl damit beauftragen würde, sich um Wyn zu kümmern. Die Quists hatten ihn ein- oder zweimal von der Seite angeschaut, aber nur die Servicebekleidung gesehen.

Er war sich nicht sicher, ob er das tröstlich oder deprimierend finden sollte.

Er verließ die Küche und fand Bel im Speisesaal, wo sie gerade zwei Torten zusammenfügte. Eine war in einen luftig-cremigen Mantel weißer Buttercreme gehüllt, die andere trug einen Smoking aus glattgestrichener dunkler Schokolade. Braut- und Bräutigamtorten, dachte er. Hinreißend. Das musste man Bel lassen. Das Mädel mochte zwar ihre ordentlichen Check-Listen inbrünstig lieben, aber insgeheim hatte sie ein Herz für Witz und Fantasie. Da war er sich sicher.

Schade, dass sie diese Eigenschaft nur an ihren Torten auslebte. Ihr Kuss hätte etwas davon gebrauchen können. Ja, wenn man diesen Kuss nehmen würde, ein bisschen Witz und Fantasie dazutun und das missbilligende Kopfschütteln wegnehmen würde, dann …

James blinzelte. Er war überrascht, in welche Richtung sich seine Gedanken gerade entwickelt hatten. Es war dieser missbilligende Gesichtsausdruck, dachte er. Bel starrte die Torten mit demselben Stirnrunzeln an, mit dem sie letzte Woche auf James reagiert hatte, als er sie geküsst hatte. Er hatte mit halbgeschlossenen Augen verstohlen geschaut, wie es ihr wohl gefiel, und war etwas aus der Fassung geraten, als er gesehen hatte, mit welchem Eifer sie ihre Stirn in Falten gelegt hatte. Sie hatte so grimmig ausgesehen, obwohl ihre Augen geschlossen gewesen waren. Er hatte sich entgegen seiner üblichen Vorgehensweise ziemlich schnell abschrecken lassen und sich von ihr gelöst. Ihm war sogar der Gedanke gekommen, ob er sich schriftlich entschuldigen oder sich unter den Schutz der Behörden stellen lassen müsste.

Es war ein ganz schön arges Stirnrunzeln. Diese Torten sollten sich besser benehmen, wenn sie wussten, was gut für sie war. James hatte weiß Gott sein bestes Benehmen an den Tag gelegt. Aber wieso Bel diese Torten missbilligte, die perfekt zu sein schienen, das wurde James nicht klar. Er zuckte mit den Achseln. Vieles an Bel fand er rätselhaft.

»Bel.«

Ein letzter böser Blick auf die Torten und sie hob den Kopf. Was auch immer sie in seinem Gesicht las, ließ sie schnurstracks auf ihn zueilen.

»Der Bräutigam findet, Fleischbällchen sind deklassierend«, informierte er sie.

Sie schien nicht überrascht zu sein und nickte.

»Das kommt vor«, erwiderte sie. »Wie sieht es mit dem Champagner aus?«

»Mami scheint er zu schmecken.«

»Mehr braucht es nicht.«

Sie legte die Spritztülle zur Seite und wischte ihre Hände an einem Tuch ab. Dann huschte sie in die Küche und stellte sich zu Wyn.

»Guten Tag, Mr Quist. Ich bin Belinda West, Kate Davis' Köchin. Sie wollten mich gerne sprechen?«

Wyn lächelte Bel herablassend an.

»Ja, meine Liebe, das wollte ich. Anscheinend gab es da ein … Missverständnis.«

Bel sah ihn ernst an.

»Ja?«

»Ja. Ich habe Ihnen freie Hand gelassen, was heute serviert wird, in der Annahme, dass Sie sich der Bedeutung dieses Anlasses bewusst wären. Aber wenn ich mir das hier anschaue …« Er machte eine abwertende Bewegung in Richtung Teller mit einer, wie James hätte schwören können, sorgfältig manikürten Hand. »… dann muss ich sagen, dass ich wohl falsch in der Annahme lag.«

Zwischen Bels Augen bildete sich eine Falte, die ihre Besorgnis ausdrückte.

»Das tut mir aber leid. Was genau ist denn das Problem?«

»Nun ja, ich weiß ja nicht, wie die Dinge dort sind, wo Sie herkommen, aber hier bei uns sparen wir uns die Fleischbällchen für Picknicks und italienische Restaurants auf.« Er lächelte, als ob er nicht soeben die Andeutung gemacht hätte, sie sei geschmacklos und unerfahren. »Diese Verlobungsfeier dient der Einführung meiner Verlobten in die Kreise, in denen sich meine Familie bewegt. Ihr Eintritt in die feine Gesellschaft sozusagen. Sie wird bezeichnend für unsere ganze Ehe sein sowie den Lebensstil, den wir gedenken zu führen. Also befürchte ich, dass das hier ...« Wieder machte er eine ablehnende Bewegung aus dem Handgelenk und verdammte damit eine ganze Woche Arbeit. Diese Scheiß-Handgeste fing langsam an, James tierisch zu nerven. »... einfach unakzeptabel ist.«

Bel blinzelte den Teller an, der vor dem Mann stand.

»Ach, du liebe Güte. Vielleicht kann ich das erklären.« Sie fuhr mit leiser Stimme fort, und obwohl die einzigen anderen Menschen in der Küche James und Wyns Mutter waren, kam sie vertraulich näher. »Das sind keine Fleischbällchen«, betonte sie. »Das sind *Boulettes catalanes.*«

»*Boulettes catalanes.*«

Wyn schaute die Fleischbällchen skeptisch an. Bel nickte ernst.

»Es handelt sich dabei um eine mediterrane Variante des klassischen Tapas-Gerichtes – gehacktes Kalbsfleisch, gewürzt und auf kleiner Flamme gegart, von Hand gerollt und aufgespießt, dann in einer Weißweinsauce mit Oliven angemacht. Ich dachte, sie würden geschmacklich das perfekte Gegenstück zu den frischen und knusprigen *Popiah* bilden.«

»*Popiah*?«

Bel zeigte auf einen Teller, auf dem etwas lag, das für James genau wie Frühlingsrollen aussah.

»*Popiah*. Die *Boulettes catalanes* sind so schwer und vollmundig, wissen Sie? Das zarte Kalbsfleisch, die cremige Sauce. Ich fand, dass diese neben den frischen Geschmacksnoten von Ingwer und Tamari auf geraspeltem heimischem Kohl einen vorzüglichen Kontrast bilden würden.« Sie hob ihre eleganten Hände in die Luft und machte eine Bewegung, als ob sie beide miteinander abwägen würde. »Auf kleiner Flamme langsam gekocht und knackig frisch. Mediterran und asiatisch. Ich dachte mir, dass Fusionsküche ein Motto wäre, das als wunderschöne Metapher für die Ehe funktioniert, wo die Partnerschaft zweier unterschiedlicher Menschen ein einziges, atemberaubendes Ganzes schafft.« Sie brachte ihre Hände zusammen, verschränkte ihre Finger ineinander und schenkte Wynton ein strahlendes Lächeln. »Genauso wie Sie und Ihre wunderschöne Braut.«

»Siehst du?« Mrs Quist tätschelte ihrem Sohn beruhigend den Arm. »Die Fleischbällchen repräsentieren *tatsächlich* deine Verlobte. Du bist kühl und sie ist heiß. Du bist roh und sie ist geschmort. Du bist aus guter Familie und gebildet und sie …«

»Das reicht, Mutter«, sagte Wyn wieder und schaute sich die Fleischbällchen noch mal genauer an.

Bel hatte seine Autorität mit ihrer charmanten und schmeichlerischen Art untergraben, und jetzt musste er entweder zugeben, dass er von Esskultur keine Ahnung hatte, oder einfach mitspielen. Und James hatte das Gefühl, dass der Mann nicht der Typ war, der gerne Fehler eingestand.

Bel sagte:

»Wenn sie nicht nach Ihrem Geschmack sind, dann kann ich sie selbstverständlich vom Menü streichen.«

»Nein«, entgegnete Wyn langsam. »Ich schätze es selbstverständlich sehr, dass Sie ein so aussagekräftiges Motto für die Speisen gewählt haben, aber meine Bedenken sind eher kosmetischer Art. So wie sie auf dem Teller aussehen, wenn Sie verstehen, was ich meine?«

Bel nickte.

»Das höre ich öfter. Aber meine Erfahrung ist folgende: Je anspruchsvoller und kultivierter die Gäste sind, desto mehr werden auch die Speisen wertgeschätzt. Das Auge kann man täuschen, wissen Sie, aber guten Geschmack nicht. Vielleicht möchten Sie gerne etwas davon probieren, bevor Sie Ihre Entscheidung treffen?«

Wyn zwang sich dazu, zu lachen. Bels Glaube an seinen guten Geschmack hatte ihn wieder etwas von seiner großtuerischen Selbstsicherheit zurückgegeben. James schaute Bel anerkennend an. Sie war ganz schön durchtrieben. Das fand er bewundernswert.

Wyn nahm einen kleinen Bissen vom Fleischbällchen – *Boulettes catalanes*, berichtigte James sich – und vor purer Gaumenfreude fing er fast an zu schielen. Ein unerwarteter Schwall von Stolz kam über James. Es war nicht so, als ob er groß etwas darauf gab, dass der Kerl seine Kochkünste lobte, aber verdammt. Er hatte verschiedene Zutaten zusammengetan und ein Gericht daraus gemacht, das sogar für abgeneigte Menschen ein Gaumenkitzel war.

Als Wyn wieder Haltung angenommen hatte, tupfte er sich den Mund mit einer Serviette ab, tat so, als ob er über seine Entscheidung nachdenken müsste, und sagte dann:

»Sie sind annehmbar.«

»Sehr gut«, antwortete Bel, ihren Blick bescheiden auf den Boden gerichtet. »Ich werde den Servicekräften ausrichten, dass sie die Teller anrichten können?«

»Gut«, erwiderte er.

»Gut«, bestätigte auch seine Mutter und schaute voller Bedauern das leere Glas auf der Arbeitsplatte an. »Dann wollen wir mal hoffen, dass deine liebe Braut auch rechtzeitig hier antanzen wird, um sie wertzuschätzen.«

»Sie wird bald hier sein«, entgegnete Wyn.

»Sie hätte vor zwanzig Minuten hier sein sollen.«

Drew steckte seinen Kopf durch den Spalt der halboffenen Küchentür.

»Die Gäste treffen ein.«

»Sie wird bald hier sein«, versicherte Wyn seiner Mutter erneut.

»Natürlich, mein Lieber.« Mrs Quist versuchte, ihr Gesicht möglichst unbewegt aussehen zu lassen, aber in ihren Augen leuchtete die nackte Hoffnung auf. Sie tat James fast schon leid. Sie küsste Wyn auf die Wange und sagte: »Ich gehe zur Eingangstür, um die Gäste zu begrüßen, bis deine Verlobte ...« *herausgefunden hat, wie man sich standesgemäß als die Frau eines Mannes von deiner Klasse verhält* »... eintrifft.«

Sie rauschte aus der Küche und begab sich, so nahm James an, in ihren natürlichen Lebensraum: das primitive, blutrünstige, gnadenlose Land des DC-Damen-Lunch-Clubs.

Wyn schnipste mit den Fingern, um James' Aufmerksamkeit zu erregen. Der musste fairerweise zugeben, dass er mit den Gedanken abgeschweift war.

»Servieren Sie den Champagner!«, befahl Wynton.

»Jawohl, Sir!«, antwortete James übertrieben zackig.

Bel sah ihn scharf an. Aber es stellte sich heraus, dass Gespött von unsichtbaren Leuten ebenfalls nicht bemerkt wurde. Das hatte sich James schon gedacht. Er folgte Wyn in den Speisesaal und gab Drew und Will ein Zeichen, dass sie anfangen sollten, Champagner einzuschenken.

Dann ging er wieder in die Küche zurück, wo Bel flink eine klitzekleine Auswahl all der Horsd'œuvres auf einem Teller arrangiert hatte, die sie und James in der letzten Woche angehäuft hatten. Es sah wundervoll aus. Sie hielt James den Teller hin und sagte:

»Genau so, okay?«

»Sicher.« Er begann, die Häppchen auf Tellern zu verteilen. »Sag mal, wie heißen die noch mal?«

»*Boulettes catalanes.*«

»Und was heißt das?«

Sie grinste.

»Fleischbällchen. Auf Französisch.«

»Aber hallo, Bel. Du bist ja frech.« Sie rollte mit den Augen, aber ihre Grübchen verrieten, dass sie lachen musste. James schüttelte den Kopf. »Eins sag ich dir, wenn ich die Braut wäre, dann würde ich auch zu spät kommen. Richtig viel zu spät. *Ups, ich hab's glatt vergessen und einen anderen geheiratet* zu spät.«

»Ich bin mir sicher, dass sie weiß, was sie tut.«

James schnaubte verächtlich.

»Da bin ich mir nicht so sicher. Davon abgesehen, dass er stinkreich ist, hat er meines Erachtens sonst nichts Ansprechendes an sich.«

»Du bist ja keine Frau«, sagte Bel. »Er ist recht gutaussehend.«

James adjustierte die Position eines Frühlingsröllchens auf dem Teller.

»Er ist ein Arschloch, Bel. Ich wette hundert Dollar, dass er weder dich noch mich bei einer polizeilichen Gegenüberstellung wiederkennen würde.«

Er reichte Bel den Teller und sie malte mit grüner Sauce einen künstlerischen Schnörkel an den Rand des Tellers.

»Und?«

»Das sagt doch einiges über seinen Charakter aus. Und zwar nichts Gutes. Du meine Güte!« Er schüttelte mitleidig den Kopf, als er an die verspätete unbekannte Braut dachte. »Das arme Ding.«

»Ich bin mir sicher, sie hat ihre Gründe«, sagte Bel wieder.

»Ja. Und ich wette, dass keiner dieser Gründe etwas mit seiner tollen Persönlichkeit zu tun hat. Er ist nicht gerade jemand, den man als liebenswerten Menschen bezeichnen würde.«

»Es gibt einige bessere Gründe, um zu heiraten, als Liebe«, erwiderte sie mit verkniffenem Mund.

»Einige bessere?« James starrte sie an. »Dann nenn mir doch mal einen.«

»Sicherheit«, antwortete sie. »Vertrauen. Zuneigung. Kompatibilität.«

»Ach so, klar. Wenn man seinen Anwalt heiratet.«

Sie zuckte fast unmerklich zusammen und machte dann den Schnörkel auf dem Teller fertig, den James ihr gerade gereicht hatte.

Er schloss seine Augen.

»Bitte sag mir nicht, dass Ford dein Anwalt war.«

Es folgte eine vernichtende Stille. Er berührte sie am Ärmel und ihr Arm darin fühlte sich warm und lebendig an. Sie sah immer so kühl aus. Es überraschte James immer wieder, wenn er sie berührte und fühlen konnte, wie das pure Leben unter seiner Handfläche pulsierte.

»Bel …«

*Es tut mir leid*, wollte er sagen. Nicht, dass er etwas getan hätte, für das er sich schuldig fühlen musste. Er fühlte sich immer noch nicht verantwortlich, der Antrieb dafür gewesen zu sein, dass Bels Verlobter und ihre Assistentin ihre Liebe ausleben wollten. Aber bis zu diesem Moment war ihm noch nicht in den Kopf gekommen, dass Bel dadurch verletzt worden war. Sie hatte die ganze Sache so stoisch ertragen und ihn so wortgewandt davon versucht zu überzeugen, dass sie die großen Entscheidungen in ihrem Leben mit ihrem Kopf und nicht ihrem Herzen traf.

Bevor James sich wirklich überlegt hatte, was er genau sagen wollte, steckte Drew seinen Kopf wieder durch den Türspalt. Die Mischung aus Freude und Panik in seinem schmalen Gesicht verunsicherte James so sehr, dass er den Teller in seiner Hand laut auf die Arbeitsplatte fallen ließ.

»Großer Gott. Was ist denn?«, fragte James mit flauem Magen.

»Die Braut«, keuchte Drew mit einem wilden Ausdruck in den Augen. »Sie ist da.«

# Kapitel 13

Bel atmete erleichtert aus. Die Braut war da. Gott sei Dank. Das Letzte, was sie jetzt gebrauchen konnte, war, eine weitere Hochzeitskatastrophe in ihrem Lebenslauf zu haben. Sie würde sonst ganz sicher ihren Ruf wegbekommen. Außerdem gehörten der Familie Quist schon seit ewigen Zeiten halb DC sowie eine Mehrzahl an Sitzen im Repräsentantenhaus und im Senat. Wenn es eine Familienstreiterei gab, dann wollte Bel nicht mit hineingezogen werden. Wenn Riesen sich in die Haare kriegen, dann sahen die kleinen Leute zu, dass sie sich in Deckung begaben.

»Super«, sagte sie. »Dann gehe ich mal und kümmere mich …«

James legte Bel die Hand auf den Arm und sie ignorierte tapfer das angenehme Gefühl, das seine Berührung in ihr auslöste. Gott, war sie es leid. Hatte sie nicht Regeln aufgestellt, die Berührungen verboten?

Sie bedachte James' Hand mit einem bohrenden Blick, aber James hatte nur Augen für seinen Bruder. Er starrte ihn so entsetzt an, dass sie sich selber genötigt fühlte, Drew anzuschauen, um zu sehen, was ihr da entgangen war.

»Drew«, sagte James. »Wer ist die Braut?«

»Ihr kommt besser mit und seht selbst.«

Fünf Sekunden später hatten die drei ihre Köpfe aus der Tür gesteckt, einer über dem anderen, wie die drei Stooges. Bel kniete auf dem Boden, weil sie die Kleinste war, und James beugte sich über sie rüber, sein Kinn fast auf ihrem Haar. Sie konnte seinen

Atem spüren, der einzelne, aus dem Dutt gelöste Haare aufwirbeln ließ. Sie unterdrückte ein wohliges Schaudern.

»Ich sehe nichts«, flüsterte sie.

»Ich auch nicht.«

James' Stimme war ein intimes tiefes Geräusch, direkt neben ihrem Ohr, und die Vibrationen fuhren durch ihren ganzen Körper. Sie rückte etwas zur Seite und schaffte es, weitere ein, zwei kostbare Zentimeter zwischen ihren verräterischen Körper und der Versuchung zu bringen, die er darstellte.

»Geduld«, sagte Drew.

Da er der Größte war, war er auch der oberste Kopf ihres menschlichen Totempfahls, und Bel war darauf sehr neidisch.

Sie schaute sich das glitzernde Gewirbel der Damen der feinen Gesellschaft von DC ein paar Sekunden länger an und sagte dann: »Ehrlich, ich kann nichts sehen. Ich werde …«

Plötzlich teilte sich die Menge und Bel erhaschte einen flüchtigen Blick auf Haar, das so hell war wie Mondlicht. Sie sah einen züchtigen Hosenanzug, der diese unglaublichen Kurven bedeckte, und die bleiche, verletzliche Innenseite eines Handgelenks, das so entsetzlich dünn und irgendwie entblößt aussah, als die Frau jemandem die Hand gab.

Bels ganzes Augenmerk richtete sich auf dieses Bild, dieses kleine Stück des großen Ganzen, das sich ihr offenbarte.

Sie hatte diese Haare schon mal gesehen. Und diese Kurven. Das dünne, zerbrechliche Handgelenk.

»Oh, mein Gott«, entfuhr es Bel und sie bewegte sich langsam von der Tür weg.

»Genau«, sagte Drew.

»Was?«, fragte James.

Bel hockte sich hin und dachte nach. Versuchte ihren Verstand dazu zu zwingen, ihr irgendeine Alternative als Schlussfolgerung zu bieten als diese Katastrophe, die sich gerade vor ihr auftat.

»Wo ist Will?«, fragte sie Drew.

»Er schenkt Champagner aus.«

»Hat er sie schon gesehen?«

James sah Drew an.

»*Wen* gesehen?«

Drew ignorierte ihn und antwortete Bel:

»Ich glaube nicht.«

»Hat *sie ihn* schon gesehen?«

»Hat *wer* Will schon gesehen?«, fragte James wieder, diesmal mit zusammengebissenen Zähnen.

»Sie hat noch nicht Zeter und Mordio geschrien«, meinte Drew. »Also wahrscheinlich nicht.«

»Gut. Hol ihn hierher.«

Drew verschwand und James baute sich mit verschränkten Armen vor Bel auf.

»Bel. Wer zum Teufel ist die Braut?«

Bel atmete tief ein, schloss ihre Augen und schickte ein Stoßgebet zum Himmel, dass Drew schnell sein und Glück haben würde. Dann öffnete sie die Augen wieder und sagte:

»Erinnerst du dich an die kleine Kellnerin bei der Unterhosenparty letzte Woche, die Will schikaniert hat und dann erreicht hat, dass sie gefeuert wird?«

James' Augenbrauen verschwanden unter dem Wuschel blonder Haare, die ihm in die Stirn fielen.

»Das kann nicht wahr sein.«

»Es ist wahr.«

Drew stürmte in die Küche und zog Will hinter sich her.

»Um Himmels willen«, sagte Will. »Was ist denn?«

»Blake-Brüder-Konferenz«, informierte Drew ihn.

Will zog eine dunkelblonde Augenbraue hoch und schaute James an. James nickte Bel zu. Bel wiederum faltete die Finger und betete um Gottes Hilfe.

»Wir haben ein kleines Problem«, sagte sie. »Die Braut ist angekommen.«

»Wie schön für sie«, erwiderte Will. »Ich habe gehört, es gab Zweifel, ob sie überhaupt auftaucht.«

»Na ja, das ist nicht mehr das Problem. Jetzt ist das Problem, dass du sie schon mal getroffen hast.«

Will schien nicht überrascht, als er James ansah und sagte:

»Ah. Die Braut ist ein ehemaliger, äh, Fan von dir?«

»Nein«, erklärte Bel. »Nichts dergleichen.« Sie schaute sich das Formular auf dem Clipboard an, auf dem die Daten für die Veranstaltung festgehalten waren. »Der Name der Braut ist Audrey Bing. Sie ist die Kellnerin, die du letzte Woche um ihre Arbeitsstelle gebracht hast.«

Man konnte in Wills scharfkantigem Gesicht sehen, dass ihm ein Licht aufging. Er schaute zur Tür, als ob er hindurchsehen konnte auf das, was sich da draußen abspielte.

»Ah«, meinte er leise. »Interessant.«

James sah seinen Bruder mit gerunzelter Stirn an.

»Was soll das heißen? *Interessant?*«

Will zog die Schultern hoch. An ihm sah sogar ein Anzug aus Polyester elegant aus.

»Das Mädel hat Eier«, antwortete er. »Das muss ich ihr lassen.«

Drew tat einen Schritt nach vorne.

»Was soll das heißen?«

»Das soll heißen, dass sie letzte Woche ganz schön was einstecken musste – sie hat ihren Job und ihre Chance bei James verloren. Aber man muss ihr lassen, sie gibt nicht auf. Sie ist sofort wieder in den Sattel gestiegen. Und jetzt …« Er deutete mit dem Kopf in Richtung Küchentür. »… hat sie sich wirklich eine goldene Gans geangelt. Und nicht nur eine temporäre. Sie hat richtig nach den Sternen gegriffen.« Er lächelte. »Oder sollte ich besser sagen, nach dem goldenen Ring? Scheiße, wenn das stimmt, was man sich über die Reichtümer der Familie Quist erzählt, dann kann sie sich wohl mehr noch über die großen fetten Edelsteine am Ring freuen. Hut ab, Aubrey.«

»Audrey«, berichtigte ihn Drew.

»Was?«

»Audrey. Sie heißt Audrey.«

»Hab ich doch gesagt.«

»Nein, hast du nicht.«

Will zuckte mit den Schultern.

»Na gut.«

Bel sah ihn prüfend an.

»Du bist okay mit dieser Sache?«

»Mit was?«, fragte Will. »Das ist ihre Entscheidung. Sie ist ja diejenige, die mit Mr Wichtigmacher für den Rest ihres Lebens ins Bett steigen muss. Wieso sollte mich das kratzen?«

»Du hattest letzte Woche ein ziemlich großes Problem mit ihr.«

»Das war was anderes.« Wills Lächeln sah verschlagen und gefährlich aus. »An dem Abend letzte Woche hat sie einen meiner Brüder beleidigt. Und du weißt ja, was wir immer sagen.«

»Die Familie steht an erster Stelle«, sagte Bel. »Ja, das habe ich mitbekommen. Aber nur, damit wir uns richtig verstehen: Du wirst jetzt wieder in den Speisesaal spazieren, Champagner ausschenken und so tun, als ob du das Mädchen noch nie im Leben gesehen hast?«

»Ja, Ma'am.« Er salutierte mit einer zackigen Bewegung. »Wenn das alles wäre, mein Publikum wartet auf mich.«

Er legte sich eine gestärkte weiße Stoffserviette über den Arm und verschwand wieder in der Menge im Speisesaal, eine Flasche Champagner in der Hand.

Drew sah Bel und James besorgt an.

»Letzte Woche hatte sie noch keinen Ring am Finger«, sagte er.

»Und?«, fragte James.

»Und das heißt, Wynton Quist ist ein Arsch.«

»Noch mal: Und?«

Drew schüttelte den Kopf.

»*Und* was ist, wenn sie diesen Kerl gar nicht heiraten will? Was ist, wenn sie es nur des Geldes wegen macht?«

James zuckte mit den Achseln.

»Das geht uns nichts an, Drew. Sie ist eine erwachsene Frau. Wir haben kein Recht, ihr zu sagen, was sie mit ihrem Leben anfangen soll.«

»Es geht uns wohl was an, wenn sie es nur wegen uns macht.«

James erstarrte.

»Was?«

»Was James gesagt hat, stimmt«, schaltete Bel sich schnell ein. »Sie ist eine erwachsene Frau und sie trifft ihre eigenen Entscheidungen. Es gibt keinen Grund dafür, anzunehmen …«

»Nein, mal im Ernst«, unterbrach Drew sie und wandte sich James zu. »Was, wenn sie den Kerl nicht heiratet, weil sie eine herzlose Goldgräberin ist, sondern weil sie es nötig hat? Ich meine, wir wissen schon, dass sie mindestens zwei Jobs hat, nicht wahr? Im Striplokal und im Konferenzcenter des Hotels. Das würde man ja nicht tun, wenn man es nicht nötig hätte. Was, wenn sie gerade so über die Runden gekommen ist, und das Theater, was Will letzte Woche veranstaltet hat, war der letzte Tropfen, der das Fass zum Überlaufen gebracht hat?«

»Drew, jetzt mach mal halblang«, entgegnete Bel. »Wir sind hier doch nicht in einer Zweckehen-Schnulze. Das hier ist das echte Leben. Frauen, die in großen finanziellen Schwierigkeiten stecken, haben viele alternative Möglichkeiten, da wieder rauszukommen. Sie sind nicht gezwungen …«

Diesmal war es James, der sie unterbrach:

»Du machst dir wirklich Sorgen darum?«, fragte er seinen Bruder.

»Ja«, antwortete Drew, sein Mund zu einem eigensinnigen Ausdruck verzogen, den Bel bislang noch nicht an ihm entdeckt hatte. »Das tue ich.«

»Was können wir tun, um deine Sorgen zu zerstreuen?«, wollte James wissen.

»Wir müssen mit ihr reden«, erwiderte er.

»Oh nein«, sagte Bel und ihre Hände schnellten in die Höhe, um ein verzweifeltes, aber deutliches *Halt* zu signalisieren. »Ihr beide werdet das arme Mädchen nicht auf ihrer eigenen Verlobungsparty in die Ecke drängen.«

»Und was würden wir sie fragen?«, fragte James, wobei er Bel mit einer solchen Leichtigkeit ignorierte, dass sie frustriert mit den Zähnen knirschte.

»Ob sie ihn liebt«, entgegnete Drew sofort.

Bel ächzte. Das hier passierte doch nicht wirklich, oder? *Bitte, lieber Gott, mach, dass das hier gerade nicht passiert.*

»Liebe ist nicht der einzige Grund, wegen dem man heiratet«, hörte sie sich selber sagen. »Da wären auch noch Vertrauen, Kompatibilität, gemeinsame Ziele, ähnliche Ambitionen …«

»Ich werde mit ihr reden«, sagte James.

»Das wirst du auf keinen Fall tun!«, befahl ihm Bel.

»Danke«, sagte Drew. »Ich könnte heute Nacht kein Auge zutun, wenn ich wüsste, dass wir dafür verantwortlich sind, dass das arme Mädchen mit diesem Kerl für den Rest ihres Lebens ins Bett steigen muss, wenn sie das nicht wirklich will.«

Drew legte ein weißes Tuch über seinen Arm, nahm sich eine volle Flasche Champagner und verschwand. Bel schaute James ungläubig an.

»Du willst also tatsächlich da rausmarschieren und sie fragen, ob sie ihren Verlobten auch wirklich liebt?«

James verdrehte die Augen.

»Jetzt trau mir doch mal ein bisschen was zu, Bel. Ich kann schon etwas raffinierter sein als das.«

»Kannst du?«

»Klar.« Er grinste sie an. »Wo ich herkomme, nennen wir das gewieft.«

»Das glaube ich gerne. Aber komm schon, okay? Ich weiß, Drew ist dein Bruder, aber glaubst du wirklich …«

»Es kommt nicht darauf an, was ich glaube«, antwortete James. »Drew ist unser Gewissen, unser Herz. Wenn er glaubt, dass wir hierfür verantwortlich sind, dann werde ich mich darum kümmern. Keine …« Er hob die Hand, als Bel ihren Mund aufmachte. »… weiteren Fragen.«

Bel machte den Mund wieder zu.

»Na gut«, sagte sie düster. »Schön. Aber vergiss nicht, dass es deine Karriere ist, die wir hier versuchen zu retten.«

»Deine auch.«

»Vielen Dank, dass du mich daran erinnerst.«

»Karrieren, wenn ich das mal so geradeheraus sagen darf, die keinen Deut wert sind, wenn wir uns auf eine Art und Weise verhalten, die anderen Leuten das Leben ruiniert.«

Bel starrte ihn zornig an.

»Ich hatte überhaupt nichts damit zu tun, dass das Mädchen ihren Job verloren hat.«

James begegnete ihrem Blick gelassen.

»Ich aber«, erwiderte er.

Bel wollte eine scharfe Antwort geben, ließ es dann aber. Er hatte recht. Es war nicht ihm persönlich zu verdanken, dass Audrey gefeuert worden war, aber er war daran beteiligt gewesen, dass diese Situation erst entstehen konnte. Jetzt würde er dafür die Verantwortung übernehmen. Was konnte sie dagegen sagen?

»Ich hasse es, wenn du das machst«, sagte sie.

»Was mache ich denn?«

»Sorglos und unbekümmert durchs Leben gehen und dann auf einmal die Entscheidung treffen, das Richtige zu tun.«

Er nickte ernsthaft.

»Ich kann nachvollziehen, dass man das nervig findet.«

»Halt die Klappe«, sagte sie. »Na los, sei raffiniert.«

»Gut.« Auch er warf sich ein weißes Tuch über den Arm, nahm eine Flasche Champagner, streckte sich, drückte das Kreuz durch und machte die Schultern ganz breit, als ob er in den Krieg ziehen würde. Er drehte sich ein letztes Mal mit einem teuflischen Ausdruck in seinen seegrünen Augen zu ihr um. »Einen Kuss, um mir Glück zu wünschen?«

»Jetzt gehst du eindeutig zu weit, James.«

»Na gut. Okay, dann geh ich jetzt.«

Und dann war er weg und Bel war allein mit fünfundzwanzig wunderschön arrangierten Tellern. Sie hoffte bloß, dass die Feier lange genug dauern würde, damit die Gäste die Speisen darauf auch probieren konnten.

✦

Schlussendlich dauerte die Feier lange genug, dass die Gäste die Häppchen genießen konnten, aber den Kuchen zu essen, sollte ihnen nicht vergönnt werden.

Bel hing halb im riesigen Eiswürfelbereiter, um die Sektkübel aufzufüllen, als sie draußen lautes Stimmengewirr wahrnahm. Sie konnte nicht verstehen, was genau gesagt wurde, aber der Ton verriet ihr alles, was sie wissen musste. Sie kletterte aus dem Eiswürfelbereiter und stürzte durch die Küchentür.

»Was soll das hier?«, wollte Wynton Quist wissen und starrte James mit herausgestreckter Brust und aufgeplustert wie ein wütender Pfau an.

James ignorierte Wynton. Er sprach leise und schaute Audrey beschwörend in die Augen, als er sagte:

»Bitte. Ich will doch bloß mit dir reden.«

»Ich will aber nicht mit dir reden«, entgegnete Audrey, ihr Gesicht angespannt und blass.

Sie hatte die Arme fest unter ihrer Brust verschränkt und ihre zu Fäusten geballten Hände waren jeweils in der Armbeuge versteckt, als ob sie sie unter Kontrolle behalten, aber trotzdem parat halten wollte.

»Komm schon, Audrey«, sagte James. »Das letzte Mal, als wir uns gesehen haben, da verlief alles etwas … unglücklich.«

Wyntons schwarze Augen richteten sich nun auf Audrey.

»Das letzte Mal, als ihr euch gesehen habt? Du kennst diese Person?«

»Nein«, erwiderte Audrey.

»Ja«, antwortete James gleichzeitig.

Audrey starrte ihn wütend an.

»Wir sind uns schon mal über den Weg gelaufen«, erklärte sie ihrem Verlobten. »Ich kenne ihn nicht. Und ich möchte ihn auch jetzt nicht kennenlernen.«

»Gut.«

Wynton legte besitzergreifend eine Hand auf Audreys Arm und zog sie zu sich rüber.

Sie zuckte zusammen.

Nicht sehr, das konnte Bel erkennen. Nicht, als ob sie Angst hatte. Nicht, als ob sie verletzt war. Es war mehr eine unbeabsichtigte Geste der Abneigung. Wahrscheinlich bezog sich das nicht auf den Mann, sagte sie sich. Eher darauf, wie er sie angefasst hatte. Es erinnerte definitiv ein bisschen an einen Höhlenmenschen. Es hatte etwas von: *Diese Frau gehört mir, alle unwürdigen Beta-Männchen können sich verpissen.* Und das musste sich sicher ein wenig entwürdigend anfühlen.

Aber dieses kurze, unabsichtliche Zusammenzucken war es nicht, was Bel nervös machte. Es war die Tatsache, dass James es auch bemerkt hatte. Bel hatte es in seinem Gesicht gesehen. Sein Kiefer hatte sich angespannt und er hatte seine Schultern gestrafft. Jetzt würde er keinen Rückzieher mehr machen. Nicht, nachdem er diesen festen Beweis dafür gesehen hatte, dass Audrey nicht aus Liebe heiratete.

Bel eilte zu ihm hinüber.

»Fass sie nicht so grob an«, sagte James, und obwohl er sehr leise sprach, hörte sich seine Stimme so bedrohlich an, dass es auch am anderen Ende des Saals bemerkt wurde.

Die Gespräche brachen ab und alle Augen waren nun auf das kleine Drama gerichtet, das sich an der Spitze der Tafel abspielte.

»Wie bitte?«

Wyntons Mund verzog sich zu einem höhnischen Lächeln.

»Sie haben mich schon gehört«, erwiderte James.

Bel schaute sich verzweifelt im Raum um, bis sie entdeckte, dass Drew und Will sich durch die Menge bahnten, um an James' Seite zu gelangen. *Dein Kampf ist unser Kampf.* Sie konnte den Blakeschen Schlachtruf praktisch in Sprechblasen über den Köpfen der Brüder schweben sehen.

Also beeilte sie sich. Sie musste als Erste bei James ankommen. Zumindest musste sie Will zuvorkommen.

»Ich bin mir sicher, dass die Dame sich selber bewegen kann«, sagte James. »Es gibt keinen Grund dafür, ihr die Leine anzulegen. Außer natürlich, wenn Sie denken, dass sie nicht hierbleibt, wenn Sie sie loslassen.«

»Wieso holen Sie sich nicht schon mal Ihren Scheck ab?«, schlug Wynton mit eisiger Stimme vor. »Ich bin mir sicher, dass wir für den Rest des Nachmittags auch ohne Ihre Hilfe auskommen werden.«

Bel rannte in eine recht stämmige Frau hinein, die sich ihr breitbeinig in den Weg gestellt hatte und sich den Hals verrenkte, um besser sehen zu können.

»Bitte entschuldigen Sie, Ma'am«, sagte Bel und stieß ihren Ellenbogen in die füllige Seite.

Die Frau ließ sich nicht wegschieben.

»Als ob ich auch nur ein Wort da vorne verpassen würde«, zischte sie. »Suchen Sie sich doch selber einen Platz.«

Bel brach nach links aus und überwand gerade einen Stuhl, der ihr im Weg stand, als sie Will sagen hörte:

»Hey, James.« Seine laute Stimme schnitt durch die angespannte Atmosphäre. »Hey Audrey. Nettes Fest. Sieht so aus, als ob du das große Los gezogen hast, seit wir dich das letzte Mal gesehen haben.«

Audrey wurde kreidebleich. Wynton schaute sie von der Seite an.

»Du bist also bekannt mit dem gesamten Bedienpersonal?«

»Nein, natürlich nicht.«

Sie hob ihr Kinn und warf Will einen ganz fiesen Blick zu. Er lächelte sie an.

»Ach, komm, jetzt sei nicht so. Es gibt keinen Grund dafür, unfreundlich zu sein.« Wills Lächeln galt nun Wynton. »Wir sind die besten Kunden von Ihrer Audrey.«

»Kunden?«, fragte Wynton.

Er schaute Audrey an und lockerte seinen Griff um ihren Arm.

»Klar«, antwortete Will. »Sie war unsere Lieblings… «

»Will«, schnitt James ihm das Wort ab. »Das reicht.« Er streckte langsam seine offene Hand nach Audrey aus, als ob sie eine nervöse Stute wäre. »Bitte«, sagte er. »Ich muss dir nur eine Frage stellen. Eine Frage.«

Audrey packte Wynton am Ärmel und sah ihn aus großen, flehenden Augen an.

»Bitte, können wir sie nicht einfach rausschmeißen?«, bat sie.

Wynton schaute eine Ewigkeit auf Audreys blasses, perfektes Gesicht hinunter. Dann drehte er sich mit schmalen Augen zu Will um.

»Audrey war eure Lieblings-*was*?«

Audrey ließ geschlagen ihre Hände sinken. Bel stieß den Stuhl zur Seite, mit dem sie gekämpft hatte, und preschte nach vorn.

»Gar nichts!«, rief sie.

Aber sie war einen kleinen Moment zu spät, denn Will hatte schon gesagt:

»Stripperin. Audrey war unsere Lieblingsstripperin.«

# Kapitel 14

»Du bist wie Kryptonit für Hochzeiten«, schimpfte Bel, während sie Müllbeutel in den Container warf.

»Hey.« James hievte einen riesigen Müllsack über den Rand des Containers, ohne dabei in Schweiß auszubrechen. »Ich hatte alles im Griff. Woher sollte ich denn wissen, dass Will auf einmal auftauchen und den bösen Cop spielen würde?«

»Weil das genau das ist, was Will macht. Falls dir das noch nicht aufgefallen ist.«

»In der Küche schien er mir noch ganz vernünftig. Ich fand, deine Ansprache kam sehr gut an.«

Bel funkelte ihn an.

»Keine Ansprache kann so gut ankommen, dass sie Will aufhalten würde, sich einzumischen, wenn sich jemand seinem Bruder in den Weg stellt, und das weißt du auch.«

Er ließ die Schultern hängen.

»Es tut mir leid, okay? Die Sache hat sich nicht so entwickelt, wie ich gehofft hatte. Es ist ja nicht so, als ob ich absichtlich versuche, jemanden in Verlegenheit zu bringen.«

Bel starrte ihn an.

»Ich glaube nicht, dass Verlegenheit hier das große Problem ist.« Sie zeigte mit dem Finger auf die Stahltür zwischen ihnen und der Küche. »Da drin heult sich eine Frau die Augen aus, deren Leben wegen dir jetzt ein totales Chaos ist. Ihre Verlobung wurde aufgelöst, ihre Lebensplanung ist im Eimer. Und es tut dir leid, dass du sie in Verlegenheit gebracht hast?«

»Nun, ja«, erwiderte er. »Es ist ja nicht so, als ob Wynton Quist ein großer Verlust wäre.« Er zog seine Augenbrauen zusammen. »Es gefiel mir gar nicht, wie er sie angefasst hat.«

Bel fiel die Kinnlade runter.

»Wie ein Mann seine Verlobte anfasst, geht dich gar nichts an, James! Wenn es ihr nicht gefallen hat, wie er sie angefasst hat, dann hätte sie ihm das sagen können. Das hat überhaupt nichts mit dir zu tun!«

»Es sei denn, das hat es doch«, entgegnete er. »Ich weiß, es lief heute nicht so ab, wie du es dir vorgestellt hattest, Bel, aber ich habe das Richtige getan.«

»Oh, mein Gott.« Bels Blick richtete sich gen Himmel. »Jetzt sind wir schon wieder bei deiner Zweckehen-Theorie?«

»Es gibt nur einen Weg, das herauszufinden«, sagte James.

Er zischte an Bel vorbei in Richtung Tür.

Bel lief ihm hinterher.

»Nein, das wirst du nicht tun. Du lässt das arme Mädchen in Ruhe. Hast du nicht schon genug angerichtet?«

»Noch lange nicht genug. Nach meiner Schätzung bin ich erst zur Hälfte durch.«

»Was?«

»Ehrlich. Ich meine, jetzt ist der Schaden ja schon entstanden, oder?« Er hielt inne, die Hand auf der Türklinke. »Da wäre es doch verdammt schade, wenn das alles für nichts und wieder nichts gewesen war. Ich werde meine Antwort schon bekommen.«

Er verschwand ins Gebäude. Bel hechtete ihm hinterher.

Audrey Bing saß auf einem Barhocker in der Küche und starrte auf die unangeschnittenen Braut- und Bräutigamtorten auf der Arbeitsplatte. Sie sah aus wie eine Skulptur, dachte Bel. *Braut und Furie.* Ihre Haut glich Marmor. Einzig die zwei hektischen roten Flecken jeweils hoch oben auf den eleganten Wangenknochen verrieten, dass sie lebendig war. Davon abgesehen saß sie da, die Absätze über die Fußablage des Hockers gehakt, die Knie zusammengepresst, die Arme eng vorm Bauch verschränkt, ihre Finger so fest ineinander verflochten, dass Bel Angst hatte, sie würden abbrechen.

Sie schaute nicht auf, als James sich einen Barhocker heranzog und sich neben sie setzte.

»Hi Audrey«, sagte er.

Sie starrte einfach weiter die Torten an. Sie hatte noch nicht ein Wort gesagt, seit Wynton sie vor einer Stunde aus ihrer Position als *Die zukünftige Mrs Quist* entbunden hatte. Sie war einfach in die Küche gegangen. Bel hatte ihr eine Tasse heißen Tee hingestellt und sie dann in Ruhe gelassen.

James löste vorsichtig ihre verkrampften Finger, bis sie nicht mehr ineinander verknotet waren, und nahm dann ihre Hand in seine. Sie zuckte nicht zusammen oder zog die Hand wieder weg. Bel fragte sich, ob sie vielleicht an dem Punkt angelangt war, wo es ihr ganz egal war, wer sie anfasste. Oder vielleicht hatte sie es sich wieder zur Aufgabe gemacht, solche verräterischen Anzeichen zu vertuschen, seit ihr das vorhin bei Wynton passiert war.

»Hör mal, Audrey«, sagte James. »Es tut mir leid, was heute geschehen ist.«

Es folgte eine lange Stille. Bel wusste nicht, ob ihn das Mädchen überhaupt gehört hatte, aber James ließ sich nicht beirren.

»Du hast alles Recht der Welt, wütend auf mich zu sein«, sprach er zu ihr. »Die Verlobung zu lösen, hätte deine Entscheidung sein sollen, dann, wann du es für richtig hieltst. Aber es musste unweigerlich enden, Audrey. Nicht wahr?«

Er beugte den Kopf, um ihr Gesicht besser anschauen zu können, und Bel war überrascht zu sehen, dass Herzensgüte aus seinen Augen sprach. Nicht, dass sie ihn vorher nicht für einen netten Kerl gehalten hätte. Ja, ab und zu ließ er es zu, dass seine Brüder ihn in irgendwelche aberwitzigen Situationen verwickelten, aber im Großen und Ganzen schien er ein anständiger Mann zu sein. Es war nur einfach so, dass die Gefühle, die er bislang gezeigt hatte – Freude, Hunger, Verschmitztheit, Langeweile, Geilheit –, nicht gerade tiefschürfend gewesen waren.

Also war es doch verständlich, dass diese urplötzliche Demonstration von tiefem Mitgefühl Bel etwas verdutzte, nicht wahr? *Natürlich* bedeutete das, dass sie ihre Augen nicht von seinem Piratengesicht abwenden konnte, das jetzt einen ganz weichen Ausdruck voller Sorge und Mitleid hatte. *Natürlich* bedeutete das, dass ihr Herz auf einmal schneller schlug. Es war so, als ob man einem putzigen Kleinkind dabei zusah, wie es auswendig Shakespeare vortrug. Unerwartet und bizarr und fesselnd. Aber sonst bedeutete es nichts.

Audrey jedoch, so fiel Bel auf, war überhaupt nicht an James' bemerkenswerter Transformation von unreifem Junggesellen zu Mann mit Tiefgang interessiert. Sie starrte einfach nur weiter auf Bels Torten, als ob diese der Schlüssel zu Leben, Tod und allem, was dazwischen lag, waren. James drängte sie nicht. Er saß einfach nur da, ließ sich von ihrem Schweigen nicht beirren und war so geduldig und verständnisvoll, als ob er am Krankenbett eines geliebten Freundes wachen würde.

Bel schaute James mit hochgezogener Augenbraue an. Der lächelte jedoch einfach strahlend zurück. Also ließ sie ihn machen.

Will und Drew halfen ihr, ohne dabei einmal zu murren, die Küche so blitzblank zu schrubben, bis sich ihre Gesichter in jeder Edelstahl-Oberfläche widerspiegelten, die es in der Küche gab. Sie packten die Überbleibsel ein und luden alles in den Lieferwagen, während Bel die Torten einpackte und die Türen abschloss. Als nichts mehr zu tun war, außer die Lichter auszuschalten, kehrte Bel wieder zum Küchentresen zurück, wo James und Audrey immer noch saßen.

»Ms Bing«, sagte sie und berührte das Mädchen an der Schulter.

Unter diesem schönen pastellblauen Hosenanzug schien sie aus Stein gemeißelt zu sein. Bel warf Will über Audreys Kopf hinweg einen Blick zu. Er zuckte mit den Schultern und ging nach draußen, um im Lieferwagen zu warten. Drew folgte ihm mit vor lauter Schuldbewusstsein hängenden Schultern.

»Ms Bing«, sagte Bel wieder. »Es ist Zeit zu gehen. Haben Sie Familie? Jemanden, den ich anrufen kann?«

Bel suchte in dem perfekten Gesicht der Frau nach einem Anzeichen von Leben und fand für einen langen Augenblick gar keinen. Ihr Blick wanderte zu James und sie zog ihre Augenbrauen hoch, als ob sie sagen wollte: *Und was jetzt, du Genie*? Dann fing Audrey auf einmal an zu sprechen:

»Du«, sagte sie zu James, ihre Stimme war klar, aber tonlos.

Sie schaute ihn an und der Ausdruck in ihren Augen war genau wie ihre Stimme: direkt, fokussiert, aber gänzlich ohne Kraft oder Wärme oder Herz.

»Gott sei Dank«, seufzte Bel. Audrey Bing weilte wieder unter den Lebenden. »Ms Bing? Gibt es irgendwas, was wir tun können …?«

»Ja«, erwiderte sie.

James schenkte ihr nun seine volle Aufmerksamkeit.

»Was brauchst du, Audrey?«

»Einen Job«, antwortete Audrey. »Du schuldest mir zwei.« Bel lief es kalt den Rücken runter. Seit wann war es ein Job, die Verlobte von jemandem zu sein? »Aber ich werde mich mit einem zufrieden geben, solange ich gut dafür bezahlt werde.«

✦

Am nächsten Abend waltete Kate Davis über das sonntägliche Dinner im Hause der Blakes wie die gefürchtete und verehrte Matriarchin, die sie war. Sie stand an der Spitze der Tafel und servierte Braten und Kartoffelbrei mit strenger, aber großzügiger Hand. Bob hielt am anderen Ende des Tisches die Stellung und sah Kate mit der üblichen Mischung aus milder Belustigung und zerstreuter Zuneigung zu. An einer Seite des Tisches saßen Drew und Will in nahezu den gleichen Pullovern und Krawatten. An der anderen saßen Bel sowie James – genauso gekämmt und gebügelt – zu ihrer Linken und Audrey – bildschön und perfekt – zu ihrer Rechten.

Sie hätten auch das Motiv eines Bilds von Norman Rockwell sein können, dachte Bel. Mal davon abgesehen, dass nach dem gestrigen Fiasko Kates Urteil gleich einem Damoklesschwert über ihren Köpfen hing. Dazu kam noch, dass sich Wills Weinglas alarmierend schnell leerte und füllte. Und James' brandneue persönliche Assistentin Audrey Bing war damit beschäftigt, den Braten, anstatt ihn zu essen, in winzig kleine Würfel zu schneiden, die sie wie Soldaten am Rand des Tellers in präzisen Reihen anordnete. Dort planten sie wahrscheinlich gerade einen Angriff um den Berg Kartoffelbrei herum und über den Bratensaucensee.

Okay, also war es vielleicht eher ein Bild von Normal Rockwell, das von Jackson Pollack neu interpretiert wurde. Bel zwang sich dazu, sich eine Gabel voller Kartoffelbrei in den Mund zu schieben, zu kauen und runterzuschlucken. Wenn man Kates Verhalten als Beispiel nahm, dann waren bevorstehende Unannehmlichkeiten noch lange keine Entschuldigung dafür, eine gute Mahlzeit zu ruinieren.

Nach einem angemessenen Zeitpunkt legte Kate barmherzigerweise ihr Besteck hin.

»Belinda«, sagte sie. »Sollen wir zum Kaffee übergehen?«

»Selbstverständlich.«

Bel sprang auf, um den Tisch abzuräumen. Dann stellte sie einen Teller mit hübschen Keksen in die Mitte und verteilte die winzigen Porzellantassen gefüllt mit starkem schwarzem Kaffee. Schließlich setzte sie sich wieder hin und versuchte, durch tiefes Ein- und Ausatmen ihren Herzschlag zu verlangsamen, damit sie nicht bewusstlos werden und Kates baldige Ansprache verpassen würde. Rein objektiv betrachtet, würde die nämlich der absolute Hammer werden. Das sollte man besser nicht versäumen.

Subjektiv betrachtet, würde sie sich lieber ohne Betäubungsspritze einen Zahn ziehen lassen.

»Wie ich sehe, gibt es ein neues Mitglied im Haushalt«, sagte Kate und schenkte Audrey ein gütiges Lächeln.

Audreys Blick blieb auf ihre Kaffeetasse geheftet. *Schlaues Mädchen*, dachte Bel.

»Ja«, erwiderte James. »Das ist Audrey Bing. Sie ist meine neue persönliche Assistentin.«

»Wie schön, Sie kennenzulernen«, sagte Kate.

»Danke, Ma'am«, antwortete Audrey und ignorierte geflissentlich Drews aufmunterndes Lächeln und Wills höhnisches Grinsen.

Kate wandte sich wieder James zu:

»Was hat Sie denn dazu bewogen, eine neue persönliche Assistentin einzustellen? Konnte Bel diese Aufgabe nicht hinreichend bewältigen?«

»Bel macht einen ganz tollen Job«, tat Drew seine Loyalität kund.

»Ganz genau«, bestätigte Will. Er zwinkerte Bel zu. »Bel ist ganz große Klasse.«

»Aber?«

Kates Lächeln wurde schärfer, in den Mundwinkeln fast schon gefährlich scharf.

»Aber ich war Miss Bing einen Job schuldig.«

James lächelte sie ruhig und, insoweit Bel das beurteilen konnte, aufrichtig an.

»Und warum das?«

»Vor etwa einer Woche gab es einen Vorfall. Mein Bruder Will machte in einem Anfall fehlgeleiteter Loyalität Miss Bing an ihrem Arbeitsplatz eine Szene.«

Will hob sein Glas und prostete Audrey schweigend zu, dann trank er das halbvolle Glas auf ex aus. Audreys Armee von Bratenwürfeln machte nun unaufhaltsam Vormarsch auf den Kartoffelbrei.

»Ja?« Kate stützte das Kinn auf ihre gefalteten Hände und schaute sie aufmerksam an. »Bitte fahren Sie fort.«

James zuckte salopp mit den Schultern.

»Diese Szene resultierte darin, dass Miss Bing etwas überhastet ihre Stellung gekündigt wurde. Als wir uns gestern über den Weg gelaufen sind, hatte ich das Gefühl, dass das Schicksal mich darauf aufmerksam machte, dass ich die Pflicht habe, das wiedergutzumachen.«

»Aber Miss Bings Verlobung und somit ihre Verbindung mit einer der berühmtesten Familien in DC hat Sie doch sicher von Miss Bings Wohlergehen überzeugt?«

Über James' Nasenwurzel bildete sich eine tiefe Falte.

»Ich rede nicht gerne über anderer Leute Privatangelegenheiten, Ms Davis. Was ihre Verlobung angeht, da müssen Sie Miss Bing schon selber fragen.«

Kate drehte sich zu Audrey um.

»Mein Privatleben geht Sie gar nichts an«, sagte Audrey mit tonloser, aber fester Stimme. »Ich werde weder mit Ihnen noch sonst jemandem an diesem Tisch darüber reden.«

»Was sie aber gerne macht, ist, sich von jemandem, der viel Trinkgeld gibt, in den Ausschnitt schauen zu lassen«, sagte Will.

Audrey ignorierte ihn mühelos.

»Na gut, Liebes«, murmelte Kate Audrey zu. In ihren dunklen Augen blitzte so etwas wie Anerkennung auf. »Das verstehe ich.« Sie wandte sich wieder James zu: »Also muss ich Ihnen wohl einfach Glauben schenken, wenn Sie mir sagen, dass Sie in guter Absicht gehandelt haben, als Sie Miss Bings schmutzige Wäsche vor den versammelten Gästen gewaschen haben, sodass ihr Verlobter sich gezwungen sah, die Verbindung zu lösen?«

James warf Will einen bösen Blick zu.

»Ich will ja nicht sagen, dass die Art und Weise, wie es geschehen ist, so ganz in Ordnung war, aber das Ergebnis halte ich für richtig. Wir waren um Miss Bing besorgt und wollten nur sicherstellen, dass wir mit unseren dummen Eskapaden letzte Woche keinen schlimmen Schaden angerichtet hatten. Aber nichts von dem, was wir gestern gesehen oder gehört haben, konnte uns, was das anging, beruhigen. Mein Versuch, mit Miss Bing allein zu sprechen, führte leider zu nichts, also schaltete sich Will ein, und das Gespräch und dessen Inhalt wurden leider etwas öffentlicher, als nötig gewesen wäre.«

Bel merkte, wie Audrey neben ihr versteifte. Aus dem Augenwinkel konnte sie sehen, wie die Sehnen an ihrem Hals hervortraten. Sie wollte dem Mädchen tröstend die Hand tätscheln und sagen: *Ich weiß, sie sind wirklich unglaublich, nicht wahr?*

»Etwas öffentlicher?«, fragte Kate. »Was für eine charmante Untertreibung für einen Streit vor allen Gästen, der darin gipfelte, dass die Verlobung aufgelöst wurde.«

James neigte den Kopf.

»Vielen Dank.«

»Wollen Sie mir etwa damit sagen«, fragte Kate, »dass Sie mit Ihrem Verhalten zufrieden sind?«

James warf Audrey einen schnellen Blick zu, den sie aber ignorierte. *Bravo*, dachte Bel, *lass ihn sich ruhig ein bisschen winden.*

»Wie schon gesagt, es tut mir leid, wenn mein Verhalten Unannehmlichkeiten für andere verursacht hat, aber ich glaube, dass ich das Richtige getan habe.«

»Und das reicht Ihnen aus?«, fragte Kate. »Dass Sie das Richtige getan haben?«

»Ich habe ein reines Gewissen, Ms Davis.«

»Natürlich haben Sie das, mein Lieber. Aber wie steht es denn mit der Bürde, die Sie anderen bei der Reinigung aufhalsen?«

»Was meinen Sie damit?«

»Ich meine, dass andere einen hohen Preis dafür zahlen, wenn Sie so starrsinnig darauf beharren, *das Richtige zu tun* …« Sie machte Anführungszeichen in der Luft. »Einen Preis, den Sie geflissentlich übersehen. Ihr Gewissen ist rein, aber zu welchem Preis für Ihre Nächsten? Oder gar Unbekannte?«

»Ich weiß nicht, was Sie sonst noch von mir wollen, Ms Davis. Ich meine, man merkt das nicht immer, aber ich wurde als Gentleman erzogen«, antwortete James. »Ich öffne Frauen die Tür, sage Ma'am und tue das, was ich kann, um sie vor Gefahren zu beschützen.«

»Und dazu gehört auch, einen Mann zu vertreiben, dessen Heiratsantrag das Mädchen schon angenommen hatte, nur weil Sie nichts von dem Mann halten?«

James machte eine abwertende Geste mit der Hand.

»Heiratsantrag, so ein Scheiß. Das Mädchen hat ihre Hand, um die man anhalten durfte, für den Meistbietenden versteigert. Wenn sie jetzt ein gebrochenes Herz hat, dann können Sie mich David Beckham nennen.«

Will zeigte mit dem Weinglas auf Bel.

»Und sie kann dann Posh Spice sein.«

Kate schenkte ihm keine Beachtung. Will zuckte mit den Schultern und trank sein Glas wieder auf ex aus. Er wollte sich die Weinflasche greifen, aber Audrey war schneller und stieß sie um.

»Ups.« Sie lächelte ihn zuckersüß an, während sich der Wein auf dem weißen Tischtuch ausbreitete. »Ich bin ja so ungeschickt.«

Ihre Bewegungen waren jedoch äußerst graziös und effizient, als sie ihm flink das leere Weinglas aus der Hand nahm und es mit ihrer eigenen Tasse Kaffee ersetzte, die sie bisher noch nicht angerührt hatte. »Hier. Der ist frisch gebrüht. Nimm doch dazu einen Keks.«

*Und halt die Klappe.* Bel konnte den Subtext laut und deutlich verstehen. Sie sah Audrey dankbar von der Seite an, aber die war schon wieder dabei, schweigend das Tischtuch anzustarren.

Bel tupfte mit ihrer Serviette auf dem Weinfleck herum und ermahnte sich, diesen später mit Sodawasser zu behandeln, sobald Kate endlich aufhörte, um den heißen Brei herumzureden, und ihnen den Todesstoß versetzte.

»Dass Sie sich so um Frauen sorgen«, sagte Kate zu James. Dabei gurrte sie mit einer solchen Bewunderung in der Stimme, dass Bel die Haare auf dem Arm aufstanden. *Ja*, dachte sie. *Jetzt kommt's.* »Das ist ja eine so seltene und lobenswerte Eigenschaft.«

»Danke«, erwiderte James mit misstrauischem Blick.

»Ihre Eltern müssen ja so stolz auf Sie sein.«

»Ich bin mir sicher, das wären sie, wenn sie noch leben würden.«

»Ihre Eltern hätten Ihre vielen One-Night-Stands in den letzten zehn, zwölf Jahren gutgeheißen, über die so viel in den Zeitungen berichtet wurde? Dass Sie mit einem Mädchen nach dem anderen ins Bett gesprungen sind, die alle auf nichts anderes aus waren, als sich für kurze Zeit in Ihrem Ruhm zu sonnen und an Ihrem Reichtum teilzuhaben?«

»Hey!« James setzte sich auf. Was Kate gesagt hatte, hatte ihn getroffen. »Ich mag ja nicht gerade ein guter Pfadfinderjunge sein, aber ich zahle *nicht* für Sex.«

Kate lachte leise.

»Natürlich tun Sie das. Wahrscheinlich nicht auf die herkömmliche Weise, mit Bargeld, das gestehe ich Ihnen zu. Aber glauben Sie vielleicht, die Damen werden nicht dafür bezahlt? Glauben Sie nicht, sie bekommen das von Ihnen, was sie brauchen? Oder meinen Sie, dass sie einfach bloß von Ihrem Charme so sehr angetan sind?«

James lächelte sie spitzbübisch an.

»Nun ja, ich *bin* schon ein echt gutaussehender Kerl.«

Kate schwieg höflich.

Bel schloss die Augen und legte den Kopf in die Hände. Sie konnte nicht länger zusehen. Es war wie bei einer Doku auf dem Discovery Channel, wenn die Löwen mit den Gazellenbabys spielten. Einfach nur gemein.

Endlich stand Kate auf und sagte:

»Belinda, meine Liebe. Du hast alles getan, was du konntest, mit dem Material, was du hattest. Die Quists waren verständlicherweise nicht von deiner Gesamtleistung beeindruckt, mussten aber zugeben, dass das Essen vorzüglich war. Ich muss dir zugutehalten, dass du es geschafft hast, Mr Blake das Kochen beizubringen, und ich muss Ihnen zugutehalten, Mr Blake, dass Sie darauf bestanden haben, dass Ihre Brüder auch, mit Ihnen zusammen, lernen, wie man richtig bedient. Was diesen positiven Aspekt allerdings wieder völlig zunichte macht, ist, dass Sie Miss Bings Intelligenz und Autonomie völlig missachtet haben. Ihr als Ersatz einen Job anzubieten, macht nicht dieses störrische, rein selbstsüchtige Verhalten wieder gut, das dafür verantwortlich ist, dass das überhaupt nötig gewesen war. Ich kann diese Tatsache nicht einfach so ignorieren. Belinda, du hast gerade so bestanden. Ich muss aber einräumen, dass ich nicht hundertprozentig zufrieden bin. Aber Sie, Mr Blake? Sie sind durchgefallen.«

James legte seine Hand auf sein Herz, als ob er dort getroffen wäre.

Bel atmete tief ein und antwortete:

»Danke, Kate. Nächstes Mal mache ich es besser.«

»Da bin ich mir sicher, Liebes«, murmelte Kate.

»Was *ist* denn nächstes Mal?«, fragte James.

»Ich bin so froh, dass Sie das fragen«, sagte Kate. Ihr Ton verriet, dass es vielleicht nicht besonders klug von James war, sie momentan zu drängen. »Da Sie ja immer so gerne Ihr eigenes Wohlbefinden über das anderer Leute stellen, ist das hier eine besonders passende Aufgabe für Sie.« Ihr breites Lächeln erinnerte Bel an ein Krokodil. »Sie werden ins Gefängnis gehen, Mr Blake.«

# Kapitel 15

Montagmorgen traten Bel und James wie versprochen im Gefängnis an. Die Gittertüren fielen hinter ihnen mit lautem Scheppern zu, womit sie sich bis auf Weiteres im Strafvollzug des Staates Virginias befanden. Bels Magen machte einen Salto und ihr Verstand schaltete sich einfach so aus. Vor fünfzehn Jahren hatte sie in ihrem emotionalen Kleiderschrank nach dem idealen Party-Outfit gesucht, dachte sie, während sich die schiere Panik in ihr breit machte, seit fünfzehn Jahren trug sie dieses verdammte Ding, und es fühlte sich wie eine zweite Haut an. Wie konnte es sein, dass diese Schutzbarriere, dieser Isoliermantel sich einfach so in Nichts auflöste?

Aber warum und wieso spielte kaum eine Rolle. Bel war wieder dreizehn Jahre alt und das Biest, das in ihr wohnte, von dem sie gehofft hatte, dass sie es nicht wiedersehen würde – nicht wieder brauchen würde – war frei.

»Guten Morgen«, begrüßte sie die Frau, die sie hineingelassen hatte.

Sie war groß. Ihre taubengrauen Locken umspielten ein freundliches Gesicht und lächelnde Augen. Bel konnte sie damit nicht täuschen. Die nett Aussehenden schlugen meist am härtesten zu. Oder vielleicht fühlte es sich nur so an, wenn man der trügerischen Hoffnung erlegen war, dass sie Barmherzigkeit walten lassen würden. Aber es war eigentlich auch egal. Bel wusste, dass man einem freundlichen Blick nicht trauen konnte.

Die Frau schüttelte ihnen beiden kräftig die Hände und sagte:

»Mein Name ist Jemma Halliday, pädagogische Leiterin der hiesigen Besserungsanstalt für Mädchen. Sie möchten bestimmt zuerst die Küche besichtigen?«

Das Biest in ihrem Kopf flüsterte: *Versteck dich,* und Bel tat wie befohlen. Sie unterdrückte jegliches Anzeichen einer Gefühlsregung in ihrem Gesicht, stellte sicher, dass ihre Augen so ausdruckslos wie möglich erschienen und nahm ihr wahres Ich so weit zurück wie sie konnte.

»Na schön«, murmelte sie.

Ms Halliday nickte bestimmt und führte sie dann den Gang entlang. Der ihr so bekannte Geruch von billigem Desinfektionsmittel befreite auch ihre Erinnerungen – sie knurrten und kläfften und versuchten, die Ketten zu sprengen, an die Bel sie vor Jahren gelegt hatte. Aber ihr Körper bewegte sich automatisch und sie folgte der Frau.

Neben ihr ging James in gewohnt lässigem Schritt, die Hände in die Hosentaschen gesteckt. Seine Turnschuhe machten quietschende Geräusche auf den abgetretenen grauen Fliesen. Sein struppiger Haarschopf flog nach links und rechts, während er sich auf seine unbefangene Art mit großen Augen neugierig umschaute. *Wir sind hier in einer Erziehungsanstalt,* dachte Bel so bitter, dass sie es fast schmecken konnte, *nicht im Scheiß-Disneyland.*

Sie folgten Ms Halliday den langen, fensterlosen Gang entlang. *Schon komisch,* dachte Bel. Wenn jemand sie erst gestern danach gefragt hätte, die ganzen kleinen Tricks zu verraten, die ihr geholfen hatten, die zwei höllischen Monate zu überstehen, die sie mit dreizehn in einer Besserungsanstalt verbracht hatte, dann wäre ihr nichts eingefallen. Wirklich nichts. Aber all diese Täuschungen, Kniffe und Schachzüge waren nicht einfach in Vergessenheit geraten. Nein, das waren sie nicht. Sie hatten sich nur versteckt.

Denn auf einmal merkte sie, wie sie leise auftrat, bedacht darauf, immer ihr Gleichgewicht zu bewahren, ihre Hände locker und offen an den Seiten baumeln ließ, ihre Schultern anspannte. Sie konnte sich nicht auf einzelne Gegenstände und Details konzentrieren, sondern musste das große Ganze im Auge behalten, musste aufpassen, wo sich etwas bewegte oder veränderte. Sie war sich jedem Luftzug auf so brutale Weise bewusst, dass sie überall Gänsehaut hatte. Ihr ganzer Körper war in höchster Alarmbereitschaft, sodass sie die kleinste Spannung in der Luft sofort wahrnehmen würde, diesen verräterischen kleinen elektrischen Schock, der willkürlicher Gewalt immer vorausging.

»Hey Bel.« Sie drehte sich um und sah, dass James sie prüfend anschaute. »Geht es dir gut?«

Sie konzentrierte sich etwas mehr auf ihre gleichgültige Miene.

»Natürlich«, antwortete sie.

Er runzelte die Stirn, strengte sich dann aber wieder an, mit der Wärterin Schritt zu halten. Denn von wegen pädagogische Leiterin. Bel erkannte eine Wärterin, wenn sie eine sah.

Das Biest in ihr wiederholte immer wieder: *Konzentriere dich. Nimm die Gerüche wahr. Spüre, was um dich herum passiert. Sei achtsam. Sei vorbereitet. Sei schnell und gnadenlos.*

*Überlebe.*

»Hier haben wir unsere Kochstationen«, sagte die Wärterin.

Sie zog ihre Magnetkarte durch das Infrarotgerät und die Tür öffnete sich mit einem lauten Signalton. Sie hielt ihnen die Tür ganz auf und deutete Bel und James, einzutreten. Bel lächelte höflich und legte eine Hand auf die Tür hinter Wärterin Hallidays Rücken.

»Bitte, nach Ihnen«, sagte sie.

Das Lächeln der Wärterin veränderte sich nicht, aber etwas blitzte in ihren Augen auf. Erkenntnis.

*Gut*, flüsterte ihr inneres Biest. *Sie weiß jetzt, was du bist.*

James fegte, ohne zu zögern, in das Hauswirtschafts-Klassenzimmer. Die Wärterin sah Bel an, neigte den Kopf – vielleicht um ihren Dank oder, noch wahrscheinlicher, Kenntnisnahme auszudrücken – und folgte ihm.

Bel folgte ihnen und zog die Tür hinter sich zu.

✦

James schaute sich in der ordentlichen kleinen Einbauküche um. Sie sah aus wie eine Kopie der Küche in dem kleinen Bungalow in West Texas, in dem er aufgewachsen war. Sogar die Arbeitsplatten aus glänzendem Resopal sahen gleich aus. Es gab einen winzigen Elektroherd mit vier Kochplatten und einen Ofen, der gerade groß genug war, um einen fünf Kilo schweren Truthahn zu braten. Nur ein bisschen größer, und Dad hätte die Truthahnschenkel auf dem Grill im Garten zubereiten müssen.

Ein ockergelbes Spülbecken, laminierte Küchenschränke, ein kleiner Kühlschrank unter dem Küchentresen. In jeder Ecke gab es vier genau gleich aussehende dieser Küchen. Sie waren mit einem riesigen tintenfischartigen Gebilde von Rohren verbunden. Um die Sicherheitsvorschriften einzuhalten, nahm er an, aber gerade so. Seine Brüder und er hatten Go-Karts gebaut, die stabiler waren.

Er drehte sich zu Bel um und grinste sie an.

»Hey, schau dir das mal an! Wir hatten früher genau dieselbe …«

Bel war weg.

Ihr Körper war anwesend, der stand direkt neben ihm. Er hätte sie mit dem Ellenbogen anstoßen können, wenn er gewollt hätte. Wenn er gedacht hätte, dass das was bringen würde. Aber gedanklich war sie völlig woanders. Sie war einfach *weg*. Der Geist oder die Energie oder wie auch immer man das Ding nennen wollte, das im Körper einer Person wohnte, und sie, nun ja, zu *dieser Person* machte? Bels hatte das Gebäude verlassen.

Der Atem blieb ihm im Halse stecken und er fühlte sich auf einmal völlig verloren. Was natürlich einfach nur dumm war. Denn er hatte ja fast dreißig Jahre lang überlebt, ohne zu wissen, dass Bel überhaupt existierte, und war auch ohne sie klargekommen. Und jetzt war das Mädel mal kurz geistig abwesend und er schob schon Panik?

Dumm.

Aber bei seinen Lungen schien diese Logik nicht anzukommen. Sein Brustkorb war immer noch eng und er musste sich sehr anstrengen, in einem normalen Ton herauszubringen:

»Bel?«

Sie drehte sich zu ihm um, ihr Gesichtsausdruck höflich fragend. Aber ihre Augen – diese tiefblickenden, warmen Augen, in denen es normalerweise immer etwas zu sehen gab, ein ganzes Spektrum von Emotionen, und deren Blick ihn nie losließ – waren leer.

»Ja?«

James warf der Direktorin, die sie herumführte, kurz einen besorgten Blick zu. Sie beobachtete Bel mit stoischem Gesichtsausdruck, ihre Augen voller Mitgefühl.

»Es ist ein bisschen altmodisch, das weiß ich wohl«, meinte Jemma Halliday. »Aber es geht uns hauptsächlich um die Funktionalität einer Küche. Viele der Mädchen, die hier herkommen, haben buchstäblich noch nie Wasser gekocht. Wenn sie uns wieder verlassen, können die meisten von ihnen wenigstens Hühnchenbrust mit Erbsen aus der Tiefkühltruhe zubereiten. Das Niveau, auf dem Sie sich bewegen, ist für unsere Mädchen leider ein bisschen zu hoch, befürchte ich.«

Bel wandte ihr diese schreckliche Maske zu, die einmal ihr Gesicht gewesen war.

»Das ist okay«, sagte sie. »Wir werden von keinem Mädchen verlangen, dass es ein Staatsbankettessen kocht. Für das, was ich vorhabe, brauchen wir aber eine etwas industriellere Einrichtung.«

»Industriell?« Die grauen Augenbrauen der Direktorin zogen sich zusammen, aber sie sah eher argwöhnisch als verwirrt aus. »Ich dachte, Sie würden den Mädchen das Kochen beibringen.«

»Das werde ich auch. Aber nicht für sich selber.« Bel deutete auf die kleine Küche, die James vor einem kurzen Moment so viel Freude gebracht hatte. »Ich habe eine Kundin, die für dieses Wochenende zweihundert kleine Kuchen bestellt hat – einen pro Gedeck für ihre Hochzeitsfeier. Ihre Mädchen werden mir helfen, diesen Auftrag zu erfüllen.«

»Ich verstehe.« Ms Halliday fasste sich mit der Hand an den Hals, als ob sie gewöhnlich eine Perlenkette trug. Aber ihre Stimme hatte nichts von dem honigtriefenden Charme einer Südstaaten-Lady, als sie sagte: »Dann habe ich das wohl leider missverstanden. Als ich mit Ms Davis darüber gesprochen habe, hat sie mir zu verstehen gegeben, dass Sie den Mädchen lebenswichtige Kompetenzen beibringen werden. Sie hat nichts davon erwähnt, dass Sie sie als billige Arbeitskräfte nutzen wollen.«

»Ich *werde* ihnen lebenswichtige Kompetenzen beibringen«, sagte Bel.

»Mir ist nicht klar, wie meinen Mädchen dabei geholfen wird, die Kosten für ihre Lebensmittel zu kalkulieren oder ausgewogene Mahlzeiten für sich und andere zu kochen, für die sie in Zukunft einmal verantwortlich sein werden, indem sie hunderte von kleinen Kuchen produzieren.«

Die Frau imponierte James. Sie sah vielleicht weich aus, aber sie hatte Rückgrat. Und sie war ganz und gar nicht einverstanden damit, dass Bel eine schon jetzt benachteiligte Gruppe Mädchen ausnutzen wollte.

»Ms Halliday«, erwiderte Bel, »*Ihre* Mädchen interessieren sich einen Scheiß für ausgewogene Mahlzeiten.«

James prustete überrascht vor Lachen, unterdrückte es jedoch schnell wieder. Die Direktorin sah ihn mit hochgezogener Augenbraue an, also sagte er:

»Es tut mir leid, aber sie hat gesagt …« Er verstummte kleinlaut. »Nichts. 'Tschuldigung. Bitte, fahren Sie fort«, beendete er schließlich.

Er schüttelte den Kopf. Bel West hatte gerade zu einer fremden Frau *Scheiß* gesagt. Grundgütiger, was wohl als Nächstes kommen würde? Flüsse aus Blut? Heuschreckenplagen? Froschregen?

Bel fuhr unbeirrt fort, als hätte sie nicht gemerkt, dass James gerade fast der Schlag getroffen hätte.

»Ihre Mädchen sind daran interessiert, a) hier wieder rauszukommen und b) bezahlt zu werden. Wenn Sie gerne Hilde Hausfrau mit ihnen spielen wollen, gut. Ich überlasse das Auftauen von Erbsen gerne Ihnen. Aber ich bin hier, um ihnen Kenntnisse beizubringen, die ihnen vielleicht Türen öffnen, die nicht ins Gefängnis, ins Leichenschauhaus oder das Sozialamt führen.« Ihr Mund war zwar zu einem Lächeln geformt, aber ihre Grübchen zeigte sie nicht. James hasste dieses Lächeln. »Und um das zu tun, brauche ich Ihre Küche. Die richtige.«

James drehte sich zu der Direktorin um, damit er sehen konnte, was die ehrbare Ms Halliday von Bels bissigem Ton und eisigem Lächeln hielt, aber Ms Halliday sah nicht beleidigt, sondern nachdenklich aus. Sie begegnete Bels leerem Blick mit versonnener Miene.

»Na gut«, sagte sie schließlich. Sie knipste das Neonlicht wieder aus und begleitete sie zurück in den Flur. »Aber die Küche ist kein sicherer Ort. Es wird nötig sein, dass wir Sie dort unter Aufsicht stellen.«

»Wird es das?«

Die Direktorin schaute Bel wieder auf diese komische Weise an, mit unbekümmertem Gesichtsausdruck, aber traurigen Augen.

»Es geht um die Sicherheit aller, Miss West.«

»Natürlich«, murmelte Bel.

James fragte sich, über was zum Teufel sie da redeten.

✦

James war kein Amateur, wenn es um sexuell aggressive Frauen ging. Er hatte zwölf Jahre als Profi-Fußballer in England und Europa überlebt. Er war von hunderten zielstrebigen Frauen betatscht worden, ihm waren unmoralische Angebote gemacht worden, Frauen hatten sich vor ihm die Klamotten vom Leib gerissen und andere hatten ihn gestalkt.

Und er hatte nicht immer Nein zu ihnen gesagt. Aber trotz dem, was die Klatschblätter behaupteten und was Kate Davis von ihm dachte, hatte er auch nicht so oft Ja gesagt, wie die Leute dachten.

Nicht, dass er so ein altmodischer Höhlenmensch war, der dachte, Frauen hätten kein Anrecht darauf, das Steuer in die Hand zu nehmen. Allgemein gesagt, bevorzugte James es vielleicht schon, wenn er selber steuerte, aber er hatte etwas für Frauen übrig, die genau wussten, was sie wollten, und die die Kühnheit hatten, sich das auch zu holen. James hatte überhaupt nichts gegen Frauen, die ihren eigenen Kopf durchsetzen wollten. Es sah ganz danach aus, als ob er es mochte, wenn sie starrsinnig waren. Eine Herausforderung. Und – in letzter Zeit – auch glatt gebügelt.

Aber selbst James wusste nicht genau, wie er mit den sechs Paar hungrigen Augen umgehen sollte, die sich nicht von ihm lösen wollten. Besonders, da mindestens vier von ihnen – vielleicht sogar mehr – noch minderjährig waren.

Ms Halliday hatte die Mädchen hineingeführt und sie gebeten, sich an der großen Kücheninsel aus Edelstahl aufzustellen, die sich inmitten dieser industriellen Großküche befand – oder zumindest dem Beton-Verlies, das für die Behörden des Staates Virginia wohl als Großküche durchging. Sie hatte eilig die Namen der Mädchen heruntergebetet, aber James konnte sie sich nicht so schnell merken. Er war zu beschäftigt damit gewesen, sich zu entscheiden, ob der Dauergeruch in der Küche eher von Trockenei oder gekochten Wienern herrührte.

Dann wurde er abgelenkt, weil ihm auffiel, dass die Mädchen vor ihm die verschiedenen ethnischen Gruppen der Landesbevölkerung adäquat repräsentierten. Zwei hellhäutige und zwei dunkelhäutige Mädchen, eine Latina, eine Asiatin. Zwei von ihnen waren eindeutig schwanger, vielleicht sogar drei. Oder die kleine Latina war nur ein bisschen mollig. Schwer zu sagen in dem Alter. Verdammt schade, wenn sie schwanger war. Das Mädchen konnte nicht viel älter sein als …

Er wurde ruckartig aus seinen Gedanken gerissen, als das Mädchen seinen Blick auffing und sich mit der Zunge laszív über die Lippen fuhr.

Was zum Teufel? War er gerade von einer molligen Zwölfjährigen angemacht worden? Er schaute verunsichert zu Bel hinüber, in der Hoffnung, dass ihr Anblick ihn wieder in die Realität versetzen würde.

»Mrs Break wird die Mädchen wieder zu ihren Zimmern bringen, wenn Sie hier fertig sind«, sagte Ms Halliday zu Bel.

Sie zeigte auf die ältere Frau mit scharfen Gesichtszügen, die neben der Tür stand. Bel warf der Frau einen schnellen Blick zu und nickte dann. James winkte Mrs Break unterdessen fröhlich zu, dankbar, eine Ablenkung von diesen lustvollen Blicken zu haben, die die Atmosphäre im Raum ganz schön aufheizten.

»Vielen Dank, Ms Halliday«, erwiderte Bel. »Ich komme schon klar.«

»Das glaube ich gerne, Ms West.« Sie schaute die Mädchen streng an. »Seht zu, dass es mir hinterher nicht leidtut, dass ich euch diese Privilegien eingeräumt habe«, sagte sie.

»Jawohl, Ma'am«, sangen sie im Chor, während Ms Halliday den Raum verließ.

Bel legte einen Stapel Schürzen und eine Schachtel Haarnetze auf die Kücheninsel.

»Zieht die euch über, Mädels.«

Die Mädchen stellten sich für die Schürzen an, und zwar in einer Reihenfolge, die einer internen Hierarchie folgte, die James nicht nachvollziehen konnte. Das feingliedrige asiatische Mädchen kam zuerst dran. Sie zog sich die Schürze über, rümpfte aber die Nase angesichts der Schachtel.

»Ich zieh sicher nich so'n Haarnetz über«, sagte sie zu Bel.

»Na gut«, meinte Bel. »Mrs Break? Bringen Sie Kira bitte zurück zu Ms Halliday? Sie hat sich dafür entschieden, nicht teilzunehmen.«

Kiras dunkle Augen weiteten sich unschuldig.

»Scheiße, Alte, hab ich nicht gesagt.«

»Nein?« Bel lächelte sie lieblos an. »Dann muss ich das wohl falsch verstanden haben.«

»Ich schwör.« Das Mädchen zog sich vorsichtig das Haarnetz über das seidige schwarze Haar. »Musstu mal Ohren sauber machen, verstanden?«

»Verstanden«, sagte Bel ernst. Sie zeigte Kira einen angsteinflößenden Apparat mit einer Schüssel so groß wie eine Pauke, der auf dem Boden an der einen Wand stand. »Stell dich da hin.«

Kira stolzierte in einem wiegenden Gang mit so lächerlichen Hüftbewegungen durch die Küche, wie James ihn bislang nur auf MTV gesehen hatte. Sie verlangsamte ihren Schritt, als sie an ihm vorbeiging, zwinkerte ihm übertrieben zu und warf ihm einen feuchten Kuss zu.

»Äh«, sagte James.

Ihm fehlten die Worte. Was zum Teufel? Diese Mädchen waren … Was? Vielleicht im Schnitt fünfzehn Jahre alt? Was hatte er gemacht, als er fünfzehn war? Sechs Stunden am Tag Fußball gespielt, zwölf am Wochenende. Erst Jahre später war er auch nur in die Nähe eines solchen Kussmundes gekommen. Wo hatte denn ein Kind – denn es interessierte ihn nicht, was sie getan hatte, um in diese Jugendstrafanstalt zu kommen, mit fünfzehn war man immer noch ein Kind – ein solches Maß an sexueller Selbstsicherheit gelernt?

Bel folgte Kira zu dem riesigen Apparat – es stellte sich heraus, dass es ein industrieller Mixer war – und der Rest der Mädchengruppe folgte ihr geschlossen, ohne sich zu beeilen.

»Ich bin Belinda West«, sagte Bel zu den Mädchen, als sie ihr alle ihre Aufmerksamkeit schenkten. »Das hier ist James Blake.«

Diese Augen richteten sich wieder auf James, und er winkte den Mädchen zu.

»Hallo«, sagte er.

»Hallo, Süßer«, antwortete eins der hellhäutigen Mädchen, eine Hand auf den hervorstechenden Hüftknochen gestemmt. Caren? Cara? So was in der Richtung. Bel wusste es bestimmt. »Hab mir gestern deine Moves im Internet angeschaut.«

Die Mädchen unterdrückten ein Kichern. James versuchte, milde zu lächeln.

»Ja? Du bist also ein Fußballfan?«

Das Mädchen bedachte ihn mit einem Schlafzimmerblick und schaute ihn unter ihren dichten Wimpern an.

»Nein, aber wir haben viel gemein. Ich ziehe auch mein Shirt aus, wenn ich einen einnetze.«

James schluckte.

»Äh. Aha.«

Er warf Bel einen verzweifelten Blick zu, während das unterdrückte Kichern jetzt zu einem regelrechten Kicheranfall mutierte.

»Wo wir schon beim Thema Sex sind«, sagte Bel mit ihrem üblichen eisigen Tonfall. »Kann mir jemand sagen, was man heutzutage dafür verlangen kann, wenn man jemandem einen runterholt? Nichts Besonderes, nur mal schnell drüberrubbeln.«

Alle Augen waren auf einmal auf Bel gerichtet – inklusive James'. *Einen runterholen*? Jesus, Maria und Josef. Bel musste einem Angriff der Körperfresser unterlegen gewesen sein. Es gab keine andere Erklärung dafür.

Das Schweigen dauerte an. Eine Sekunde. Zwei Sekunden. Die Mädchen tauschten jetzt Blicke aus und James fragte sich, nicht zum ersten Mal heute Vormittag, was denn bloß mit Bel los war.

»Kira?«, fragte sie und schaute jetzt wieder das asiatische Mädchen mit dem nicht jugendfreien Kussmund an. »Einen runterholen?«

»Woher soll ich das wissen? Bin doch keine Nutte. Aber Jackie is. Musstu sie fragen.«

Eins der Mädchen würgte ein Lachen raus und es landete wie ein Stein in der jetzt sehr angespannten Stille.

*Uppsie*, dachte James. *Das war nicht schlau, Kira.*

Die sehr schwangere Jackie sagte:

»Fick dich, Kira. Ich bin auch keine Nutte. Frag doch mal deine Mutter. Die macht doch schon für eine Tüte Gras die Beine breit, ne?«

Später konnte James die logische Schlussfolgerung ziehen, dass Kira körperlich anstatt verbal auf die Beleidigung reagiert hat. Aber in dem Moment bekam er nur mit, dass die Mädchen gerade noch gestanden und geredet hatten, und jetzt auf einmal Kira und Jackie anfeuerten, die auf dem Boden herumrollten und sich gegenseitig ordentlich verkloppten.

Was er aber bei der ganzen Sache am Irrwitzigsten fand, war, dass Bel überhaupt nicht beunruhigt schien. Sie betrachtete das Chaos zu ihren Füßen ohne auch nur das kleinste Anzeichen von Überraschung. Sie wartete ganz einfach auf einen opportunen Moment, griff in das Knäuel prügelnder Mädchen hinein und zog Kira an ihrem seidig schwarzen Haarschopf auf die Füße. Kein

Händeringen, keine Bestürzung, kein Jammern über den traurigen Zustand der heutigen Jugend.

Wenn man Bels Gesichtsausdruck beschreiben wollte, dann konnte man ihn wohl am ehesten als gelangweilt bezeichnen. Resigniert. Als ob sie das alles schon tausendmal gesehen hätte und es ihr zum Hals heraushängen würde.

Kira jaulte auf und sträubte sich gegen Bels Griff, aber Bel war völlig unbeirrt. Sie schubste das Mädchen in Mrs Breaks Arme, die enttäuscht aussah, dass sie nicht die Möglichkeit gehabt hatte, ihren Schlagstock zu benutzen, den sie am Gürtel hatte.

Jackie schaffte es auch wieder auf die Beine, wischte sich die blutende Nase ab und sagte:

»Verdammt. Baby tritt wie blöde.«

Bel trieb auch sie in Richtung Mrs Break.

»Kommen Sie mit den beiden klar?«

Mrs Break tätschelte ihren Schlagstock und lächelte Bel finster an.

»Ich komme mit beiden klar.«

»Na gut«, sagte Bel zu dem Rest der Mädchen. »Dann fangen wir mal an.«

»Hey, Ms West?«

Caren/Cara/Shirt-aus-beim-Einnetzen hob ihre Hand.

»Ja bitte, Taryn?«

*Taryn*, dachte James. Das war es. Gott, Bel hatte ein Gedächtnis wie ein verdammtes Filofax.

»Wieso haben Sie uns denn gefragt, wie viel wir für's einen runterzuholen kassieren?«

»Ich glaube nicht, dass irgendjemand von euch sich prostituiert, wenn du darauf hinaus willst.«

»Warum fragen'se denn?«

Bel zuckte mit den Schultern.

»Wir werden später wahrscheinlich scharfe Messer benutzen. Ich dachte wohl, es wäre besser, ich teste aus, wem hier schnell die Sicherungen durchbrennen.« Sie hob eine Augenbraue. »Weitere Fragen?«

Die Mädchen schauten Taryn an, die sich Zeit nahm, darüber nachzudenken. Schließlich schüttelte sie den Kopf.

»Nein, Ma'am.«

»Nein, Ma'am«, sagten auch die anderen im Chor.

»Gut«, erwiderte Bel. »Dann packen wir's mal an.«

James wurde jedoch das Gefühl nicht los, dass Bel die schwere Arbeit schon hinter sich hatte. Das gestand er ihr gerne zu. Wie Frauen sich in Gesellschaft von anderen Frauen behaupteten, war ein Geheimnis, das Männer lieber nicht aufdeckten, fand James, wenn sie wussten, was gut für sie war.

Für ihn sollte die harte Arbeit aber erst beginnen.

# Kapitel 16

»Ich finde nicht, dass ich dort noch mal hingehen sollte«, sagte James vom Beifahrersitz des Lieferwagens aus, als sie am späten Nachmittag nach Hause fuhren.

Bel schaute auf ihren Tacho. Sie fuhr respektable hundert km/h. Das war gut. Spitze. Eigentlich sogar bewundernswert, denn Bel hatte gerade das starke Bedürfnis, Gas zu geben – ja, es schien ihr, als dass sie das gerade mehr brauchte als Sauerstoff. Ihr war danach, das Gaspedal so richtig durchzutreten, bis ihr alter Lieferwagen an seine Grenzen stieß, damit sie die Gewissheit hatte, dass sie so schnell wie menschenmöglich in die andere Richtung raste. Sie wollte große, gierige Handvoll von Kilometern nehmen und sie zwischen sich und die offene Wunde stopfen, die sich heute in ihrer Erinnerung aufgetan hatte. Sie wollte ihr inneres Biest wieder einsperren. Wollte vergessen, wie sehr sie in einer bestimmten Umgebung auf das Biest angewiesen war. Wollte vergessen, dass diese Umgebung überhaupt existierte. Das war ihr schon einmal gelungen. Sie konnte es wieder vergessen.

Sie wollte auf jeden Fall *nicht* hören, wie James Blake über den Nachmittag jammerte.

»Ehrlich«, sagte James. Er beugte sich so weit nach vorne, wie der Anschnallgurt es zuließ, und sah sie flehentlich an. »Ich sollte da wirklich *nicht* noch mal hingehen.«

*Ich auch nicht*, dachte sie. *Bitte, lieber Gott, ich auch nicht.*

»Niemand hat behauptet, dass Rehabilitierung einfach sei.«

»Das hier ist doch keine Rehabilitierung«, erwiderte James. »Das ist Rache. Kate Davis hasst mich.«

»Kate hasst dich nicht.«

»Natürlich tut sie das. Sie hasst wahrscheinlich alles, was einen Penis hat. Und ich bin der mit dem Penis, der dafür verantwortlich ist, dass ihr Goldmädchen live im Fernsehen ihren Glanz verloren hat.« Er warf ihr einen Blick zu. »Was, wie du weißt, völlig unabsichtlich passiert ist.«

»Das hast du schon oft erwähnt.«

»Sie will mir an den Kragen. Mich in eine Erziehungsanstalt mit frühreifen Mädchen stecken. Gott.«

»Nimm es nicht so persönlich, James.«

Bel schaute kurz auf den Tacho und nahm den Fuß vom Gas, bis die Nadel wieder unter den Strich gefallen war. Ihre Knöchel waren weiß, so sehr klammerten sich ihre Finger um das Lenkrad, aber egal: Sie hatte es unter Kontrolle.

»Nimm es nicht persönlich?« James ließ sich wieder in seinen Sitz zurückfallen, als ob sie ihm eine Kugel verpasst hätte. »Nimm es nicht *persönlich*. Mann, Bel, weißt du eigentlich, was ich heute *durchmachen* musste? Weißt du, was mir heute *passiert* ist?«

Bel hatte ihre Augen starr auf die Straße gerichtet, während ihr Herz anfing zu rasen, bis es ihr bis zum Hals schlug und ihr Puls laut in den Ohren hämmerte. Ein pulsierendes Dröhnen, das ihre Selbstbeherrschung mit jedem wilden Schlag mehr auf die Probe stellte.

»Nein, James«, sagte sie mit bemerkenswert ruhiger Stimme. »Was ist dir denn heute passiert?«

»Was passiert ist? Was *passiert* ist? Wie, warst du nicht dabei? Hast du es nicht mitbekommen?«

Sie zwang sich dazu, etwas weniger Gas zu geben und geschmeidig eine Kurve zu nehmen. *Schau dir das an*, dachte sie. *Ich habe es völlig unter Kontrolle.*

»Armer James«, flötete sie. »Da hattest du einen schweren Tag und niemandem ist es aufgefallen? Na komm, erzähl Mama Bel alles.«

Er sah sie missmutig von der Seite an und verschränkte die Arme vor der Brust.

»Für was denn?«

»Um das Vergnügen zu haben, alles in jeder Einzelheit noch mal zusammen mit einer mitfühlenden Zuhörerin zu durchleben?«

Er dachte darüber nach.

»Genau. Okay, gut.« Er lehnte sich zurück, machte es sich gemütlich und sonnte sich in der ungeteilten Aufmerksamkeit, die ihm jetzt zuteil wurde. »Mann. Ich habe keinen so großen Körpereinsatz mehr erlebt, seit ich das letzte Mal gegen Real Madrid gespielt habe. Diese Mädchen …« Er schaute sie gekränkt an. »Die sind *über mich hergefallen*, Bel. All diese Pornos über Besserungsanstalten für Mädchen? Meine Brüder und ich hatten mal eine Phase, wo wir die alle geguckt haben. Wir dachten natürlich, die sind kompletter Unsinn, aber das hat ja die Freude am Zuschauen nicht beeinträchtigt, wenn du weißt, was ich meine. Ich hätte es doch nie im Leben für möglich gehalten, dass das in Wirklichkeit Dokumentarfilme waren.«

Er beugte sich zu Bel rüber, legte den Kopf weit in den Nacken und zeigte ihr eine Stelle gebräunter Haut am Hals.

»Hab ich da einen Knutschfleck?«, wollte er wissen. »Die Kleine, Maria? Die hat mich hinter dem großen Eimer Mehl in die Ecke gedrängt und sich einfach festgesaugt. Wie ein verdammter Staubsauger. Und die Große, Taryn? Die könnte bestimmt aus der Erinnerung heraus ein Bild von meinem Arsch malen, so oft hat sie ihn begrapscht. Gott.« Er erschauderte. »Als wir angefangen haben, war ich total darauf vorbereitet, mit den Mädchen Mitgefühl zu haben. Arm zu sein, ist kein Honigschlecken, das kann ich dir sagen. Aber heiliges Kanonenrohr. Mädchen wie diese haben es nötig, eingesperrt zu werden. Wenn nicht zu ihrem eigenen Schutz, dann zum Schutze der arglosen männlichen Bevölkerung. Solche Hormone in freier Wildbahn? Gott weiß wie …«

»Glaubst du, dass dich diese Mädchen *begehren*?« Die Worte sprudelten ohne Vorwarnung aus Bel heraus, gleich einem dünnen Fluss Lava, das aus der brodelnden, schwarzen Masse tief im Inneren hervorbrach. »Du glaubst, dass sie was? Sklavinnen ihrer sexuellen Begierden sind?«

Er klappte die Sonnenblende herunter und betrachtete seinen Hals im Spiegel. Dann schnaubte er entrüstet und ließ sie wieder hochschnellen.

»Ich weiß nicht, was sie zu Sklavinnen macht, aber was immer es auch ist, es ist furchteinflößend. Und wenn ich dahin zurückkehre, dann mache ich das nur noch schlimmer. Wie sollst du ihnen denn auch nur irgendetwas beibringen können, wenn sie dauernd damit beschäftigt sind, mich anzuschauen und zu denken …«

»Was? Was denken sie, wenn sie dich anschauen, James?« Die Wut kochte in ihren Adern. Sie konnte spüren, wie sie sich wie Feuer unter ihrer Haut ausbreitete. Ihre Wangen und ihre Ohren waren schon ganz heiß, aber ihre Stimme war kalt und abgehackt. »*Gott, was für ein geiler Mann! Ich muss ihn sofort ficken und mich von ihm schwängern lassen!* Meinst du, das ist es, was sie denken?«

Sein Blick flog zu ihrem Gesicht und seine Augen waren vor Schock geweitet.

»Du …« Er begann mit einer Stimme, die verriet, dass er vom Donner gerührt war, und hielt dann inne. Ein riesiges Grinsen breitete sich auf seinem Gesicht aus. »Bel. Du hast *ficken* gesagt.«

Die Wut in ihr wurde schnell immer größer. Ihre Hände am Lenkrad zitterten, aber nicht aus Furcht. Gott, nicht aus Furcht. Es war ein Hochgefühl. Triumph. Befreiung. Draußen bogen sich Äste über, mit üppiger Vegetation bewachsene Gräben am Straßenrand, und das alles schoss in einem verschwommenen grünen Streifen an Bels Fenster vorbei. Wie eine Rakete raste sie auf das rote Licht des zu Ende gehenden Tages zu, den sie mehr als froh war, bald hinter sich zu lassen.

James warf einen kurzen Blick auf den Tacho und sein Grinsen war wie weggewischt.

»Wow. Vielleicht ein paar km/h langsamer, Bel?«

Sie ignorierte ihn.

»Diese Mädchen begehren dich nicht, James.«

»Aha. Da lässt der Knutschfleck aber andere Rückschlüsse ziehen.«

Sie schnaubte.

»Bitte. Sie wollen einfach das haben, was du hast.«

»Und das wäre?«

»Macht. Geld. Status. Sicherheit. Und sie sind bereit, mit der einzigen Währung zu zahlen, die sie in dieser Welt besitzen. Ihren Körper.«

»Und das ist falsch.« James blickte kritisch auf den Tacho und machte verstohlen seinen Anschnallgurt enger. »Das weiß ich doch. Darauf will ich ja hinaus. Du bringst ihnen wichtige Kompetenzen bei. Du versuchst es zumindest. Sie sollten sich darauf konzentrieren, diese zu erlernen. Aber sie sind zu beschäftigt damit, sich an mich heranzuschmeißen, um auch nur …«

Bel trat das Gaspedal durch. Der Lieferwagen machte einen Satz nach vorne und James wurde blass. Das bereitete ihr finstere Freude.

»Du hast etwas dagegen, dass sich Frauen an dich heranschmeißen?«

»Ja, wenn sie vierzehn Jahre alt sind«, sagte er.

»Und was, wenn sie ein paar Jahre warten? Wenn sie nicht mehr minderjährig sind, aber immer noch verzweifelt und arm? Wenn sie dann immer noch glauben, dass ihr einziger Fahrschein aus dieser Hölle ein heißer Körper und ein hübsches Gesicht sind?«

Er antwortete nicht, sondern sah sie nur besorgt an.

Sie schüttelte den Kopf und lachte bitter.

»Sie sehen dich und denken: *Mann, das ist es. Meine große Chance.* Also geben sie dir alles, was du willst, und hoffen, dass du bei ihnen bleibst, wenn der Sex gut genug ist. Oder wenn wir ganz große Träume haben, dann hoffen wir, dass du uns mitnimmst, wenn du wieder gehst. Aber das tust du nicht. Du nimmst dir, was du brauchst, dann springst du unter die Dusche und ziehst als glücklicher Mann wieder von dannen. Und was ist mit uns? Was passiert dann mit uns?«

Er legte nachdenklich den Kopf schräg, als ob er gedanklich die Puzzlestücke zusammenfügte, um zu schauen, ob sie zusammenpassten.

»Uns?«

»Ihnen«, sagte Bel schnell. »Uns.« Sie warf einen Blick auf den Tacho. Heilige Scheiße. Sie nahm den Fuß vom Gas und streckte ihre verkrampften Finger aus. Um Himmels willen. Was tat sie da bloß? Wie konnte sie nur so mit ihm reden? All ihre Tobsucht auf ihn abladen? »Frauen. Du weißt schon. Im Allgemeinen. Gesammelt. Als Geschlecht.«

Ein skeptisches Schweigen breitete sich im Wagen aus. Sie starrte entschlossen durch die Windschutzscheibe.

»Was ist mit dir los, Bel?«, fragte er. »Irgendwas ist heute an dir … komisch.«

»Mir geht es gut.« Ihr Brustkorb fühlte sich seltsam leer an und ein dumpfer Schmerz pochte am Hinterkopf. Sie zuckte mit den Schultern und fühlte sich auf einmal müde. »Hör mal, alles, was ich damit sagen will, ist, dass Sex für Frauen nicht das Gleiche bedeutet wie für Männer.«

»Frauen macht es keinen Spaß?«

»Manchmal, nehme ich an. Aber es ist nie so einfach, okay? Ich will nicht sagen, dass sie deinen Körper nicht begehren. Ich will nur sagen, dass sie wahrscheinlich auch noch was anderes von dir wollen.«

»Mein Geld.«

»Oft ist das der Fall, ja.«

»Also was ist dann mit den Frauen, die mit mir geschlafen haben, als ich arm war? Die, die ihr eigenes Geld hatten. Worauf waren die aus?«

»Etwas anderes.«

Sie atmete ruhig ein und aus, aber es brachte auch nichts – in ihrer Brust herrschte nichts als gähnende Leere.

»Zum Beispiel?«

»Willst du, dass ich *wahre Liebe* sage?« Sie schüttelte den Kopf und aus diesem inneren Vakuum entschlüpfte ihr ein abgehacktes Lachen. »Liebe ist nur ein Wort, das Frauen benutzen, um den wahren Gründen für das, was sie wollen, ein schönes Kleid zu geben. Es ist viel einfacher zu sagen, sie waren verliebt, als zuzugeben, worauf sie wirklich aus waren.«

»Und das wäre Geld?«

»Und Sicherheit. Oder eine Fluchtmöglichkeit.« Sie hob die Schultern. »Bestätigung. Bewunderung. Abwechslung. Was auch immer. Wenn sie es genug wollen, dann vögeln sie dich, um es zu bekommen.«

»Lass mich das mal in meinen eigenen Worten sagen, nur um sicherzugehen, dass ich das richtig verstanden habe.« Er tippte mit dem Zeigefinger auf seine Lippen und schaute aus zusammengekniffenen Augen in den Sonnenuntergang. »Du sagst also, dass Frauen Sex haben, obwohl sie es nicht unbedingt wollen oder genießen, in der Hoffnung, dass ich mich nicht als arrogantes Arschloch rausstelle, das sich einfach nimmt, was es will und einen Scheiß darauf gibt, was andere möchten?«

»Ja, so ungefähr.« Sie schielte ihn von der Seite an. »Jetzt bist du beleidigt.«

»Bitte. Mein Ego ist aus härterem Holz geschnitzt.«

Sie musste grinsen und war von ihrer eigenen Reaktion so überrumpelt, dass es dieser Wut in ihrem Inneren, die sie gerade antrieb, etwas die Schärfe nahm.

»Das habe ich mir schon gedacht.«

»Außerdem hilft es, dass du völlig falsch liegst.«

»Ach, wirklich?«

Sie fuhr langsamer, um in die Schotterstraße abzubiegen, die zum Hunt House und dem Annex führte.

»Vielleicht nicht mit allem, aber in einigen Dingen schon.«

»Du weißt es wahrscheinlich am besten«, murmelte sie.

»Verdammt richtig.«

Bel tat James nicht den Gefallen, das erneut aufgekommene Schweigen zu brechen.

Er blickte sie stirnrunzelnd an.

»Na gut, dann beantworte mir doch Folgendes, wo du mir heute so viele neue Einsichten in die weibliche Psyche bieten kannst. Sagen wir mal, ich habe ein Mädchen geküsst.«

Bels Magen machte einen Salto und sie schaute ihn misstrauisch an.

»Welches Mädchen?«

»Sie hat einen sündhaften Mund und sie küsst wie ein überrumpelter Engel.« Sein Blick wurde schmachtend. »Ganz weich und überrascht und missbilligend.«

»Missbilligung bedeutet normalerweise Nein, James.«

»Aber heißt das auch, dass ich es nicht noch mal versuchen darf?«

»Warum in Gottes Namen würdest du das denn tun wollen?«

Sie bog in den Hof vorm Annex ein und parkte neben den nackten Statuen, die auf dem Springbrunnen herumtollten. Dann schaltete sie langsam und sorgfältig die Zündung aus und stellte sicher, dass nichts als mäßiges Interesse in ihrem Gesicht zu lesen war, als sie sich zu ihm umdrehte.

»Habe ich ihren Mund erwähnt?«

»Das hast du.«

Sein Blick richtete sich auf ihre Lippen und Bels Herz setzte kurz aus, nur um dann umso schneller zu schlagen.

»Es wäre es auf jeden Fall wert, es noch mal zu versuchen«, sagte er.

»*Nein* bedeutet nicht: *Versuch's später noch mal*«, sagte Bel. »Nein heißt Nein.«

»So richtig Nein hat sie nicht gesagt.«

»Sie … hat sie nicht?«

Bel dachte fieberhaft nach. Sie hatte Nein gesagt. Damals in der Küche. Sie hatte Nein gesagt. Und zwar ausdrücklich. Natürlich hatte sie das. Oder etwa nicht?

Er beugte sich vor, als ob er ihr etwas Vertrauliches mitteilen wollte. Nahe genug, dass Bel ihn riechen konnte, diesen reinen, warmen, männlichen Duft, gemischt mit einem Hauch von geschmolzener Butter und verbranntem Zucker. Ihr eigener Duft, merkte sie auf einmal. Ihrer und seiner – zu einem verschmolzen. Dieser Gedanke ließ eine Hitzewelle durch ihren Körper jagen.

»Nein, hat sie nicht«, antwortete er. »Ich habe das Gefühl, dass sie sich die Sache einfach sorgfältig durch den Kopf gehen lassen will, also eine Bedenkzeit braucht, mit der ich nicht gerechnet hatte.« Er hob eine Hand und streichelte mit dem Daumen zärtlich über ihre Wange. Die Geste nahm Bel den Atem. »Sie ist eine Denkerin. Sie antwortet auf nichts, ohne vorher gründlich darüber nachzudenken.«

»Sie hört sich nicht so an, als ob sie dein Typ wäre«, brachte Bel gerade so hervor.

»Nicht, worauf ich gewöhnlich stehe, das stimmt. Aber ich kann einfach nicht aufhören, an sie zu denken.«

»Oh.«

Sie starrte ihn an, verzaubert von seinen geduldigen grünen Augen. Er hielt ihr Gesicht nun in seiner Hand und sie fühlte sich warm und groß und nur ein kleines bisschen rau auf ihrer Haut an. Sie wünschte sich von ganzem Herzen nichts sehnlicher, als sich einfach nur an ihn anzulehnen. Sie wollte, dass er ihr die Last ihres schmerzenden Kopfes abnahm, ihr zermalmtes Herz in seine starken Hände nahm. Sie wollte sich auf seinen Schoß setzen, sich in seine Arme legen und sich dort ausruhen.

»Bel.«

Seine Stimme war tief und sanft, eher eine Feststellung als eine Frage.

»Hmmm?«

»Wirst du mir davon erzählen?«

Sie versteifte sich sofort.

»Wovon?«

»Dem Grund, warum du mir heute verloren gegangen bist.«

Sie entzog sich seiner Hand, als ob seine Berührung sie verbrennen würde, nahm ruckartig den Schlüssel aus dem Zündschloss und ließ ihn in ihre Handtasche fallen.

»Das bin ich nicht.«

»Bist du doch.«

Sie gab einen verächtlichen Laut von sich und riss die Tür auf. Dann warf sie sich die Tasche über die Schulter und sagte:

»Ich habe hundert kleine Kuchen da hinten im Lieferwagen, die diese Aussage Lüge strafen. Kuchen, die in die Gefriertruhe müssen, wenn ich die wenigen Auftraggeber, die ich als Kunden behalten konnte, seit wir uns kennengelernt haben, nicht auch noch vergraulen will. Wenn du mich jetzt also entschuldigen würdest?«

Sie sprang aus dem Wagen und schmiss die Tür hinter sich zu. Mit kräftigen Schritten marschierte sie über den Kies zum Heck des Lieferwagens. Als sie dort ankam, stand er schon da und lehnte an der Tür.

Sie schaute ihn ungläubig an.

»Häh, bist du teleportiert?«

James hatte sich noch nicht mal abgeschnallt gehabt, als sie die Tür hinter sich zugemacht hatte.

»Ich *kann* laufen, Bel. Damit verdiene ich meinen Lebensunterhalt.«

Skeptisch zog sie eine Augenbraue hoch.

»Das behauptest du immer. Ich habe persönlich noch nichts erlebt, was schneller war als ein langsamer Trott.«

Er lächelte.

»Aber jetzt hast du es erlebt.«

»Dann betrachte mich als beeindruckt.«

»Das werde ich. Das würde mir sehr gefallen, um ehrlich zu sein.«

Sie musste schwer schlucken, als sie die Wärme in seinen Augen sah, und sich sehr anstrengen, ihrer Stimme einen entmutigenden Ton zu verleihen.

»Würdest du mich jetzt bitte entschuldigen? Ich muss diese Kuchen in die Gefriertruhe tun.«

»Nein.«

»Wie bitte?«

»Ich habe Nein gesagt. Ich werde dich nicht entschuldigen.«

Sie sah ihn mit gefurchter Stirn an.

»Nimmst du etwa meine Kuchen als Geiseln?«

»Ganz genau.«

»Und was versprichst du dir davon?«

»Die Wahrheit.«

»Die Wahrheit.« Sie dehnte diese Worte, ließ sie sich richtig auf der Zunge zergehen. »Du meinst also, ich schulde dir die Wahrheit?«

»Ich glaube, dass du mir auf jeden Fall etwas schuldest.«

»Ich soll *dir* was schulden?« Sie schüttelte ungläubig den Kopf. »Wie kommst du denn darauf? Du versuchst doch, seit wir uns zum ersten Mal getroffen haben, meine Karriere zu zerstören!«

Er seufzte.

»Bist du immer noch sauer wegen deiner Hochzeit?«

»Es war eine *Live*-Sendung.«

Er zuckte mit den Schultern.

»Ich würde mich schlecht fühlen, wenn du diesen Typen wirklich geliebt hättest.«

»Liebe«, fauchte sie. »Liebe? Gott, James, was habe ich dir denn gerade gesagt? Liebe gibt es nicht, okay? Es ist eine bequeme Ausrede, damit die Leute tun können, was sie wollen, nur um es hinterher seufzend und schulterzuckend abzutun und zu sagen: *Ich konnte nichts dafür. Es war Liebe!*« Sie drückte die Hand gegen ihr Herz und klimperte mit den Wimpern. »Ach, *L'amour*. Jede dumme, egoistische Sache, nach der dir gerade ist: Mach sie doch einfach. Erzähl den Leuten einfach, du hast es aus Liebe getan und dir sei alles verziehen, nicht wahr?«

»Ist es das, was dir passiert ist, Bel?«

Sie fuhr einfach fort, als hätte er sie nicht unterbrochen.

»Gib deiner Verlobten live im Fernsehen den Laufpass, weil dir auf einmal auffällt, dass du in ihre Assistentin *verliebt* bist. Oder, hey, bring doch ein verlobtes Paar auseinander, weil du nach deiner halbstündigen Beobachtung der Beziehung nicht davon überzeugt bist, dass die beiden sich *lieben*. Und die Leute werden es dir verzeihen, denn, hey, es geht um *Liebe*. Mann, kotzt mich das an.«

»Es tut mir leid, dass Ford dich während einer Fernsehsendung abserviert hat, Bel. Aber es tut mir nicht leid, dass du nicht geheiratet hast, und es tut mir ganz sicher auch nicht leid, dass du ihn nicht geliebt hast.«

»Natürlich tut es dir nicht leid«, sagte sie. »Du sorgst dich doch nur um …«

»Es tut mir nicht leid«, unterbrach er sie, »weil ich dir vielleicht Unannehmlichkeiten beschert und dich in Verlegenheit gebracht haben mag, aber du durch die Sache nicht *verletzt* wurdest. Er konnte dich gar nicht verletzen, weil du ihn nicht geliebt hast.«

Sie musste einen Aufschrei unterdrücken, so gefrustet war sie.

»Also *warum* denn? Was geht es dich an? Was für einen Unterschied macht es für dich, ob ich ihn geliebt habe oder nicht?«

»Es macht einen riesigen Unterschied. Denn wenn du ihn geliebt hast, dann würdest du an ihn denken, jedes Mal, wenn du einen anderen Mann anschaust. Jedes Mal, wenn dich jemand berührt, küsst, umarmt, dann würdest du an ihn denken.« Seine Augen glühten nun, so grün, so intensiv, so kämpferisch. »Und ich will nicht, dass du an jemand anderen denkst als mich – nicht dieses Mal.«

Bel starrte ihn an.

»Dieses Mal?«

Er lächelte sie an und sein Gesichtsausdruck war nichts außer zielstrebig, als er sich vom Lieferwagen löste und auf sie zukam.

»Du hast nie wirklich Nein gesagt, Bel.« Mit wenigen entspannten Schritten war er zu ihr aufgeschlossen. »Und ich hätte nicht übel Lust, dich noch mal zu fragen.«

# Kapitel 17

Bels whiskybraune Augen sprühten Funken und er konnte spüren, wie ein köstliches, blubberndes Lachen in seiner Brust aufstieg. Fräulein Selbstbeherrschung sah so aus, als ob sie ihm Gewalt antun würde, wenn er sie auch nur mit dem Finger anrührte – geschweige denn mit den Lippen.

Zuerst hatte er sie nur ein bisschen aus der Fassung bringen wollen. Die Frau war schließlich in sein Heim eingedrungen und hatte mit ihrer riesigen Armee von Töpfen und Pfannen, ihren Bettlaken, Tupperware-Containern und ihrer unermüdlichen, unaufhaltsamen *Effizienz* alles eingenommen.

Sie war einfach eingezogen, hatte sich breitgemacht und es für ihr Zuhause erklärt, hatte alles niedergemacht, was er im Leben lieb und wert hielt. Er hatte ja erwartet, dass sie von seiner Familie nichts hielt. Aber seine lebenslange Liebe für das andere Geschlecht zu Grunde machen zu wollen? Das ging doch etwas zu weit.

Denn James mochte Frauen. Alle Frauen. Für ihn waren sie wie Paris – fremd und sonderbar, aber gleichzeitig auch so unheimlich einladend. Sie waren etwas Geheimnisvolles, etwas, das praktisch verlangte, probiert und berührt zu werden, ausgekostet und gewürdigt. Und es lag nicht in James' Natur, sich selbst zu versagen, seinen Appetit zu befriedigen. Aber warum auch? Wieso sollte er? Er war ein Glückspilz, dass die Frauen ihn gewöhnlich ebenfalls mochten – und er hatte nie geleugnet, dass Glück in seiner aktuellen Lage eine entscheidende Rolle spielte. Zumindest hatte er das immer geglaubt, weshalb Bels letzter Schlag besonders tief gesessen hatte. Zu unterstellen, dass keine Frau ihn jemals deshalb gewollt hatte, weil sie es genoss, mit ihm zusammen zu sein? Dass es nur um sein Geld oder seinen Status oder so etwas ging? James war gewillt, zuzugeben, dass Geld Spaß bedeutete, aber er glaubte ganz bestimmt nicht, dass all die Frauen, die in den letzten Jahren freudig sein Bett geteilt hatten, nur an seinem Bankkonto interessiert gewesen waren.

Nicht, dass er verleugnen würde, dass das Bankkonto eine gewisse Rolle gespielt hatte. Aber er würde einen großen Anteil dessen, was sich auf dem Konto befand, darauf wetten, dass mehr dahinter steckte. Ein einfaches Bedürfnis, ein Urtrieb, etwas ganz Hitziges. Ein Appetit, von dem Bel behauptete, dass Frauen ihn nur Männern zuliebe vortäuschen würden, um zu bekommen, was sie wollten.

Es war eine interessante These. Und James wollte die gerne mal auf die Probe stellen. Jetzt sofort. An Bel. Denn wenn er Verlangen richtig beurteilen konnte – und er glaubte, dass er das konnte –, dann sah er mehr als nur Wut in ihren Augen funkeln. Etwas Primäreres und Interessanteres.

Es gab nur einen Weg, es herauszufinden.

Er ging einen weiteren Schritt auf sie zu – und hatte Gänsehaut vor lauter gespannter Erwartung. In der dunklen Küche hatte sich ihre Haut wie ein sonnengewärmter Pfirsich unter seinen Händen angefühlt. Er konnte es kaum erwarten, herauszufinden, wie sie sich in diesem rotgoldenen Licht der Dämmerung anfühlen würde, wie sie riechen, schmecken würde.

Er kam so vorsichtig näher, als ob sie ein nervöses Fohlen wäre, und legte seine Finger dann behutsam um ihr Handgelenk. Dort konnte er ihren Puls fühlen, wie er gegen seine Handfläche klopfte und wilde Erregung in ihm hervorrief – dieser Pulsschlag stand im Widerspruch zu dem düsteren bedrohlichen Ausdruck in ihren Augen. Er lächelte sie an.

»Bel?«

»Was?«

Sie starrte auf seine Hand und schaute ihm dann wieder ins Gesicht.

»Ich werde dich jetzt küssen.«

Ihr Blick wurde noch wilder.

»Ich finde, genau das solltest du tun.«

Er hielt inne.

»Was?«

Sie nickte bestimmt.

»Das finde ich. Ich finde, du solltest mich küssen.«

Sie schloss die Augen und spitzte diese wundervollen Lippen. James' Blut geriet in Wallung und sammelte sich dann in südlichen Regionen seines Körpers, aber er zwang sich dazu, zu warten. Nachzudenken. Das hier lief nicht, wie er es erwartet hatte.

»Darf ich fragen, wieso?«

Ihre Augen öffneten sich wieder.

»Wie, jetzt willst du auf einmal reden? Ich habe gesagt, du darfst mich küssen. Jetzt willst du nicht mehr?«

James musste unweigerlich lachen, so überrascht war er.

»Doch, das will ich.«

»Aber?«

»Aber ich bin mir unklar darüber, wieso du das willst.«

»Himmel Herrgott, James, das will ich nicht.«

»Nein?«

Er streichelte mit dem Daumen über die zarte Haut auf der Innenseite ihres Handgelenks. Ihr Puls ging immer noch unregelmäßig, was nicht zu ihrer ruhigen Stimme und ihren ungeduldigen Worten passte.

»Nein«, sagte sie. »Aber du kannst dir eindeutig nicht vorstellen, dass eine Frau dich küsst und dabei nicht vor Lust schier vergehen könnte. Du willst, dass ich falsch liege, damit du dich weiterhin lustig durch die Weltgeschichte vögeln kannst. Damit du nicht darüber nachdenken musst und dich nicht ändern musst und dich deshalb nicht schuldig fühlen musst. Deshalb schaffen wir das Ganze doch gleich aus der Welt, okay?«

Er starrte sie an.

»Na, das ist aber … wenig schmeichelhaft.«

Sie richtete ihren Blick gen Himmel.

»Bist du jetzt beleidigt?«

Er rieb sich das Kinn und dachte nach.

»Vielleicht.«

»Na toll.« Sie zog ihre Hand weg. Ihre Wangen röteten sich und etwas Undefinierbares, Flüchtiges blitzte in ihren klaren braunen Augen auf, als sie wegschaute. »Gut.«

»Menschenskind, Bel. Kannst du es mir verübeln? Du hast der Sache jegliche Romantik genommen. Du betrachtest es so klinisch und nüchtern. Wie eine Art Transaktion. Wo bleibt denn da der Spaß?«

Sie schaute ihn vielsagend an.

»Es ist eine Transaktion. Und das war es schon immer. Ich habe nur sichergestellt, dass du es endlich mal merkst.«

Sie hatte natürlich unrecht. Er wusste das im Grunde seines Herzens. Aber er hielt es nicht für möglich, diesen Schlagabtausch zu gewinnen, also gab er auf.

Sie standen für einen Augenblick einfach so da, der halbe Meter Abstand zwischen ihnen mit Anspannung und Argwohn gefüllt. Schließlich sagte Bel:

»Kann ich jetzt zu meinen Kuchen?«

James machte einen Schritt zur Seite. Er musterte sie, während sie die Tür aufmachte und die Gurte löste, welche die Bleche in den Schienen hielten. Geschickt wich sie seinem Blick aus und zog ein Backblech voller Kuchen aus der Schiene. James nahm ein zweites und folgte ihr ins Haus.

Er fühlte sich … kribblig. Unsicher. Unruhig. Und das lag nicht nur an dem komplett unbefriedigenden Streitgespräch, das er gerade verloren hatte. Dieses Gefühl störte ihn schon seit Tagen, wenn er genau darüber nachdachte. Seit er gesehen hatte, wie sie die Braut- und Bräutigamtorten angeschaut hatte, mit derselben Intensität, wie sie auch auf seinen Kuss reagiert hatte. Mit demselben Fokus, den er fälschlicherweise zuerst für Missbilligung gehalten hatte. Für ein unausgesprochenes, aber unmissverständliches Nein.

Aber was, wenn es gar kein Nein gewesen war? Diese Möglichkeit ließ ihn nicht mehr los. Es lag nicht in seinem Wesen, etwas zu bereuen, aber er konnte einfach nicht aufhören, darüber nachzudenken. Was, wenn das, was er für *Nein* gehalten hatte, eigentlich eher ein *Lass mich mal darüber nachdenken* gewesen war?

Denn die Bel, die er mittlerweile kennengelernt hatte, würde einen ungewollten Kuss genauso wenig in Stille erdulden, wie sie ihre wertvollen Teetassen nicht in den Geschirrspüler stellte. James hatte einmal den Versuch unternommen, die Tassen im Geschirrspüler zu waschen, also wusste er, wovon er redete.

Sie war sicherlich nicht die Art von Mädchen, die ihrem Körper erlaubte, sie vom Wege abkommen zu lassen – auch wenn diese Abstecher noch so harmlos waren. Wenn an dem Kuss nicht irgendwas sehr Fesselndes und Richtiges gewesen wäre, dann hätte sie nicht lange gezögert, hätte ihm eine Ohrfeige verpasst und eine schriftliche Entschuldigung verlangt. Aber das hatte sie nicht getan.

Stattdessen war sie gänzlich aus ihrem Schneckenhaus gekrochen, ganz langsam und vorsichtig, diese unglaublich langen Wimpern hatten sich gehoben, und sie hatte ihre überraschten und neugierigen Augen auf ihn gerichtet und ihre dunklen, perfekt geformten Brauen zusammengezogen.

Und was hatte er getan? Er hatte aufgegeben. Er hatte *Unentschlossenheit* gesehen und diese als unbewegt, unbeeindruckt und uninteressiert interpretiert. Wann war das denn passiert? Seit wann hatte er vergessen, dass ein *Vielleicht* kein *Nein* war, sondern ein *Bemüh dich mehr*? Seit wann hatte er denn begonnen, das alles als selbstverständlich hinzunehmen? Den Applaus, den Erfolg, die Frauen, das Geld?

Er hatte keine Ahnung, wann das angefangen hatte. Aber er wusste ganz genau, wann es enden würde.

Nämlich jetzt sofort.

Bel schob die Kuchenbleche in den Gefrierschrank und versuchte zu ignorieren, dass die Atmosphäre zwischen James und ihr immer noch vor Elektrizität knisterte. Sie glättete ihre Miene und drehte sich dann um, um ihm das zweite Blech abzunehmen.

Er reichte es ihr und trug dabei eine für ihn untypisch tiefe Falte über der Nasenwurzel zur Schau. Nicht, dass er sie noch nie mit gerunzelter Stirn angeschaut hatte – das kam relativ häufig vor. Nein, das hier war etwas anderes. Das hier war neu. Es bedeutete, dass James nachdachte.

Sie konnte sich ein kleines Lächeln nicht verkneifen, als sie das zweite Blech in den Gefrierschrank schob. Sie hätte es nie für möglich gehalten, aber war sie tatsächlich zu ihm durchgedrungen? Hatte sie tatsächlich etwas gesagt, das diese ständige phlegmatische Art, mit der er der Welt begegnete, aufgerüttelt hatte? Etwas, das sein – wie sie immer schon geahnt hatte – durchaus fähiges Hirn in Betrieb geschmissen hatte? Oder besser noch, etwas, das ihn mal so richtig in sich gehen und über seine eigenen Taten nachdenken ließ?

Sie machte die Tür des Gefrierschranks zu, stellte sicher, dass sie richtig versiegelt war, und drehte sich dann zu ihm um. Sein Blick war nun auf sie gerichtet, und was sie in seinen Augen sah, ließ sie unweigerlich zurückweichen, bis sie den kalten Edelstahl der Gefrierschranktür im Rücken spürte.

»Hey Bel.«

Keine Frage. Nur der Volley, der das Spiel in Gang brachte. Sie verstand es auf dieselbe Art, wie eine Feldmaus das Kreisen eines Habichts in der Luft versteht.

»Hmmm?«

Sie brachte keine Worte hervor.

»Ich hab's mir anders überlegt.«

»Was … hmmm … was denn?«

Sie schaute auf ihre Armbanduhr. Sie wusste nicht, wieso. Hatte sie vor, die Zeit zu stoppen, die er brauchen würde?

Die Mundwinkel in seinem Piratengesicht gingen nach oben.

»Dich zu küssen. Deine These über Frauen und Verlangen? Ich glaube, ich *würde* sie ganz gerne auf die Probe stellen. Wenn das Angebot noch steht.«

»Oh.« Ihr Puls beschleunigte sich und sie suchte verzweifelt nach einer Ausrede. Gott, was hatte sie sich bloß dabei gedacht, ihn zu bitten, sie zu küssen. Ihm den Handschuh einfach so hinzuwerfen? »Ich, äh …«

Eine eigentliche Antwort war anscheinend wohl gar nicht nötig gewesen, denn im gleichen Augenblick wurde Bel so richtig geküsst.

Sein Mund war genauso wie er aussah – die pure Perfektion, wo man sie nicht erwartete. Aber Bel hatte das schon mal mitgemacht. Und dieses Mal war sie bereit.

Das letzte Mal hatte er sie völlig überrumpelt und es war eine große Explosion der Sinne gewesen. So als ob eine erfahrene Truppe Soldaten in eine unbewachte Siedlung einfällt, die auf den Angriff nicht vorbereitet war. Diesmal waren es dieselben Soldaten, dachte Bel verträumt, während er sie küsste. Sie konnte die süßen Kuchen auf seinen Lippen spüren, die sie zusammen gebacken hatten. Was für ein Waffenarsenal! Aber dieses Mal hatte auch Bel genug Feuerkraft. Und einen Plan. Es war ja nicht so, als ob sie ihn gebeten hatte, sie zu küssen, ohne eine Strategie in der Hinterhand zu haben.

Sie musste sich jetzt bloß noch daran erinnern, was die war.

Sie hob die Hände – waren sie wirklich zu Fäusten geballt gewesen? – und fuhr mit den Fingern durch das wilde blonde Gestrüpp auf seinem Kopf. Es fühlte sich kräftig und lebendig zwischen ihren Fingern an, und das überraschende Gefühl der tiefen Zufriedenheit schoss durch ihren Körper. *Endlich*, flüsterte etwas leidenschaftlich, das tief in ihrem Herzen saß. *Endlich*.

Sie presste sich an ihn, ohne weiter darüber nachzudenken, presste sich gegen all die feste, kompakte Hitze, und ein zufriedenes Schnurren stieg in ihr auf – leise, aber unaufhaltsam. Sie hatte nicht gewusst, was es war, dachte sie wirr, hatte es nicht verstanden, dieses Kribbeln unter der Haut. Warum ihre Nervenenden verrücktspielten, dieses leichte Unbehagen, das sie im Magen spürte. Sie hatte nicht gewusst, was sie wollte, was sie brauchte.

✦

Jetzt wusste sie es. Jetzt, wo er seine Lippen so herrlich über ihren Mund bewegte, wo ihr Körper so eng an seine breite, starke Masse geschmiegt war, wo ihre Finger durch sein struppiges Haar fuhren. Jetzt, wo ihr Blut wie elektrisiert in ihren Adern pulsierte, wo das Verlangen sich wie heiße Stiche in ihrer Mitte anfühlte, wo sie seinen Geruch immer tiefer in sich einsog.

Er war es. Ihn zu berühren. Dieses schmerzhafte Verlangen zu befriedigen, ihn einfach nur unter ihren Händen zu spüren.

Sie zog ihn noch näher zu sich heran, ging auf die Zehenspitzen und öffnete ihre Lippen. Er gab einen Laut von sich – vor Überraschung? Lust? Dankbarkeit? – und auf einmal war Bel mit dem Rücken gegen die kalte Gefrierschranktür gepresst. Er drängte sich an sie, sein Körper hart und hungrig, sein Mund heiß und gierig, und überall, wo er sie berührte, brannte ihre Haut wie Feuer.

Aber sie genoss es. Gott mochte ihr beistehen – sie genoss es. Sie suhlte sich in dem Gefühl, dass er sie einfach nur wollte, und sie peitschte ihn an, sodass die Flammen noch höher aufloderten. Sie fuhr mit einem Knie seinen Oberschenkel hoch, legte das Bein um seine Hüfte und zog ihn so noch näher an sich. Sie trieb ihn an, sie noch heftiger, noch wilder zu liebkosen. Sie wollte *mehr*. Brauchte es. Brauchte *ihn*.

Eine große Hand legte sich um ihren Hintern, hob sie ein wenig hoch und presste sie an genau der richtigen Stelle an sich, sodass seine schaukelnden Bewegungen sie direkt im Zentrum ihrer Lust trafen. Heiße Lust schoss durch ihren Körper und sie warf den Kopf in den Nacken und sog scharf die Luft ein. Seine Lippen wanderten über ihren freigelegten Hals, in einer Salve heißer, feuchter Küsse, die ihr wohlige Gänsehaut verursachten.

Mehr. Sie brauchte mehr. Mehr Hitze, mehr Haut, mehr Berührungen. Einfach mehr. Ihre Hände fuhren unter sein T-Shirt, streichelten seinen Rücken, bis sie die glatte Haut seiner breiten, starken Schultern spüren konnten. Großer Gott. Diese animalische Hitze, die er verströmte, als sie seine Muskeln und Haut unter ihren Händen spürte, verdrehte ihr völlig den Kopf. Verrücktes, unbändiges Verlangen ließ sie schier vergehen. Sie wollte ihn nackt ausziehen, wollte dieses Muskelspiel auf ihrer eigenen Haut spüren. Unter ihren Lippen, ihrer Zunge, ihren Zähnen.

Sie wand sich in seinen Armen, kam den kräftigen, nachdrücklichen Stößen des Körpers entgegen, die sie gegen den Gefrierschrank drückten. Er wich gerade genug zurück, um ihren Mund wieder für sich zu beanspruchen, und sie wurde von einem dunklen Strudel der Begierde erfasst. Er zog sie noch ein bisschen weiter hoch, sodass sie jetzt gar keinen Kontakt mehr mit dem Boden hatte und ihre Beine stattdessen um seine Hüften geklammert waren, seine Hand unter ihrem Hintern.

Seine andere Hand fuhr unter ihr T-Shirt, streichelte über ihre Rippen und legte sich heiß und besitzergreifend auf ihre Brust. Ein Stöhnen entwich ihr, als er seine zärtlichen, doch angespannten Finger darum legte. Es war, als ob er unentschlossen war, ob er um Erlaubnis fragen oder es bei der Ankündigung belassen sollte.

Ein Finger stippte langsam in das spitzenbesetzte Körbchen ihres BHs und berührte fast die Brustwarze. Ein herrliches Beben durchfuhr sie bis ins Innerste und sie legte ihre Hand über seine, sodass er innehalten musste. Es war so sonderbar und neu für sie. So etwas hatte sie noch nie gefühlt – diesen komischen, trägen Hunger, der sie dazu anhielt, sich zu winden, zu drängen und zu keuchen, aber auch zu schmecken, zu verweilen und zu genießen. Von diesen einfachen, aber wunderbaren Berührungen seiner ruhenden Finger gingen immer noch kleine Erschütterungen aus, die sie lustvoll zusammenzucken ließen. Ihr Atem ging stoßweise, als sie in langsamen Wellen durch ihren Körper rollten, abprallten und widerhallten. Gott. Sie musste sich fragen, was er ihr wohl noch antun konnte. Wenn er all das mit nur einem Finger bewirken konnte?

Er wich ein kleines bisschen zurück, damit er ihr ins Gesicht schauen konnte. Gerade weit genug zurück, sodass sie den fragenden Ausdruck in seinem sah. Die Unsicherheit. In seinen Augen spiegelte sich ihr eigenes verrücktes Verlangen wider. Doch auch einen Hauch von selbstgefälliger Zufriedenheit, dass er den Impuls dafür gegeben hatte, konnte sie darin lesen.

Etwas Scharfes und Gebrochenes wand sich in Bels Innerem und ihr erhitztes Blut kühlte merklich ab, sodass Scham und Angst endlich festen Fuß fassen konnten. Gott, was *tat* sie da bloß?

*Gut gemacht, Bel. Das wird ihm bestimmt eine Lehre sein*, dachte sie bitter. *Gut gemacht. Da bist du so richtig bei Vernunft geblieben und hast ganz tolle Argumente gebracht. So lässt sich der Selbstschutz ja prima aufrechterhalten.*

Aber es war noch nicht alles verloren. James mochte vielleicht kein tiefer Denker sein, aber er *war* lieb. Und großzügig. Das musste sie ihm zugestehen. Wie sonst ließe sich diese Pause, dieser fragende Blick, dieses offensichtliche Bedürfnis nach stillschweigender Zustimmung, bevor er seine Überlegenheit ausnutzte, anders erklären?

Und er *war* überlegen. Auch wenn Bel das sehr gerne abstreiten wollte, sie musste ehrlich zugeben, dass dem so war. Er hatte genau das getan, was er sich vorgenommen hatte – ein Feuer in ihr entfacht. Ein Feuer, das überhaupt nichts mit dem Erreichen ihrer Ziele zu tun hatte. Ein gefährliches Feuer, mit Flammen, die züngelten und tobten und dabei waren, alles aufzufressen, das ihr heilig war.

Aber einen Plan B zu haben, war nichts Neues für Bel. Und sich um jeden Preis selber zu schützen auch nicht. Denn eins war klar: Es gab niemanden in der großen weiten Welt, der diesen Job sonst übernehmen würde.

Trotzdem hasste sie sich für das, was sie gleich tun würde. Aber sie hatte die letzten zwölf Jahre ihres Lebens einzig und allein ein Ziel verfolgt – Kate Davis 2.0 zu werden. Und sie war nahe dran. So verdammt nah dran. Das Einzige, was zwischen ihr und ihrem Ziel stand, war James Blake und seine *Laissez-faire*-Einstellung zu … ja, allem. Was gerne seine eigene Angelegenheit bleiben konnte, wenn nicht Bels Karriere auf einmal unter James' *Alles*-Rubrik fallen würde. Es gab nur einen Weg, sie da wieder zu entfernen.

»Bel?« Diesmal handelte es sich definitiv um eine Frage, mit einer heftigen Dosis Lust im Unterton. Seine Hand lag immer noch warm und schwer auf ihrer Brust. Sie konnte unverkennbar seine Erregung an ihrem Bauch spüren. »Ist das in Ordnung?«

Sie schaute ihn mit halb geschlossenen Lidern an und zwang sich dazu, hochmütig zu lächeln.

»Das kommt drauf an.«

»Worauf?«

»Ob du vorhast, mir zu geben, was ich will.«

»Und das wäre?«

Sein Lächeln war so sinnlich, dass eine Welle der Erregung durch ihren Körper ging.

Und das Biest in ihr kam heute zum zweiten Mal zum Vorschein. Es schlängelte sich durch die Lust in ihrem Bauch, die Angst in ihrem Herzen. Dann schlich es sich in ihr Hirn und flüsterte: *Versteck dich.* Zum zweiten Mal an diesem Tag tat Bel das auch. Sie streifte jegliche Emotionen von sich ab, stellte sicher, dass ihr Gesicht, ihre Augen, ihr Körper leer waren. Sie zog sich zurück und versteckte sich in einem klitzekleinen, sicheren Kern, der tief in ihrem Inneren versteckt war. Was in James' Armen übrigblieb, war eine Schale.

»Ich will meine Karriere zurückhaben«, sagte sie mit tonloser Stimme. »Und dafür brauche ich deine Hilfe.«

Sein gesamter Körper versteifte sich, so als ob sie ihn gerade geschlagen hätte. Dann ließ er sie sanft runter, bis sie wieder auf ihren eigenen Füßen stand, und trat vorsichtig einen Schritt zurück. Er schaute sie nicht mehr mit Verlangen an. Stattdessen bedachte er sie mit einem kühlen, verschlossenen Blick.

»Ich verstehe. Du willst also mit mir schlafen, wenn ich wie ein konditionierter Hund jedes Mal brav das mache, was man mir sagt, wenn Kate Davis mit dem Glöckchen klingelt?«

Sie war sich der beschämenden Enttäuschung und dem leisen Gefühl der Einsamkeit bewusst, als er zurücktrat, aber es war weit weg. Kein Teil von ihr. Sie wurde davon nicht berührt und sie war unantastbar. Sie war sicher.

»Natürlich.«

Sie log in aller Aufrichtigkeit. Es war nicht gerade ein Talent, auf das sie stolz war, aber die Fähigkeit, eine Sache zu fühlen und eine andere aufrichtig wiederzugeben, war oft das gewesen, was sie davor gerettet hatte, ins Verderben zu stürzen. Sie fand nicht, dass sie sich dafür entschuldigen musste, gut darin zu sein.

»Und dabei fühlst du dich nicht billig?«

Sie nahm die aus Wut gesprochenen scharfen Worte ganz objektiv auf und dachte über die Antwort nach.

»Nein, nicht wirklich. Ich habe für diesen Job Blut und Wasser geschwitzt. Ich will ihn mehr als alles andere auf der Welt und bin bereit, alles zu tun, was nötig ist, um ihn zurückzubekommen.« Er starrte sie an. »Es wäre ja kein großes Opfer«, versuchte sie ihn versöhnlich zu stimmen. »Mit dir zu schlafen. Nach dem, was gerade passiert ist, weißt du das hoffentlich.« Als er weiterhin schwieg, nötigte sie sich ein Schulterzucken ab. »Wenigstens will ich nicht dein Geld, James. Das sollte dir doch zumindest ein Trost sein. Aber ich will etwas. Und wenn du ehrlich mit dir wärst, dann könntest du zugeben, dass du auch etwas willst. Es ist nur nicht ganz so komplex wie das, was ich will. Also, lässt du dich auf den Handel ein oder nicht?«

*Bitte sag Nein*, dachte sie, als das Schweigen weiter anhielt. Als er über ihr Angebot nachdachte und seine Augen leuchteten und eine Besonnenheit ausstrahlten, die sie nicht erwartet hätte. *Bitte, lieber Gott, mach, dass er Nein sagt.*

Sie streckte eine Hand aus, hoffte, dass sie nicht zitterte, und strich eine Falte in seinem T-Shirt glatt. Eine Falte, die ihre begierigen Hände verursacht hatten. Sie zwang sich dazu, die Berührung langsam auszuführen, eine Versuchung für ihn daraus zu machen.

Er griff ihr Handgelenk und legte ihre Hand in seine. Als seine Haut ihre berührte, war es wie ein Schock, der gleich einem elektrischen Impuls durch ihren Arm bis in ihre Schulter floss. Sie musste die Augen schließen. Sie wollte es nicht mehr fühlen. Sie wollte gar nichts mehr fühlen.

Dann nahm er vorsichtig ihre Hand von seinem T-Shirt und trat einen weiteren Schritt zurück.

»Äh, nein«, antwortete er. »Ich glaube wohl eher nicht.«

Sie legte den Kopf schräg.

»Bist du dir sicher?«

»Ja. Ja, ich denke schon.« Er betrachtete sie so lange mit seinen ruhigen grünen Augen, dass es fast unerträglich für sie wurde, nicht dem Impuls nachzugeben, wegzulaufen. »Ich glaube, ich geh ins Bett«, sagte er und zeigte in Richtung Treppe. »Es ist … ein ganz schön intensiver Tag gewesen.«

Sie nickte. Erleichterung und Dankbarkeit verursachten ihr einen Stich, den sie kaum spürte, irgendwo da, wo ihr Herz war. Sie freute sich ganz sicher nicht darauf, all die Emotionen wieder rauszulassen und mit ihnen fertig zu werden, die sie in den letzten paar Minuten unterdrückt hatte.

»Ja. Na ja. Dann bis morgen früh?«

»Klar.«

Er schlenderte gemütlich zur Treppe, als ob Lust nicht gerade zwischen ihnen explodiert wäre wie eine Handgranate. Bel lehnte sich erschöpft gegen die Tür des Gefrierschranks. Dann drehte er sich auf einmal um.

»Bel?«

Sofort richtete sie sich wieder gerade auf.

»Ja?«

»Ich werde mich für Kate ordentlich benehmen. Du musst mich nicht vögeln, damit ich mich füge.«

»Oh. Okay.«

»Nur, damit du es weißt.«

Ihr fiel keine Antwort darauf ein. Er drehte sich um und verschwand aus der Küche.

# Kapitel 18

James zwang sich dazu, immer weiterzugehen, erst durch die Tür in die Eingangshalle und dann die Treppen hoch. Er würde es nicht zulassen, dass Bel aus der Küche geeilt käme und ihn hier wie ein Unfallopfer mit akutem Schock gegen die Wand gelehnt finden würde.

Aber genauso fühlte er sich.

Er ging den Flur im ersten Stockwerk entlang und schlüpfte dann durch die Tür, die zu den Räumen führte, welche er und seine Brüder sich teilten. Er ließ sich auf die riesige Ledercouch sinken und schloss die Augen. Gott, war er jetzt froh, dass er die Kohle für das größte Sofa ausgegeben hatte, das zu erwerben gewesen war. Drew schaute nicht zu ihm rüber. Er war komplett in ein Wii-Tennismatch versunken und schien dabei auch neue Rekorde aufzustellen. Aber Will sah vom Sportteil der Zeitung auf und hob eine Augenbraue.

»Wie lief es in der Erziehungsanstalt?«

»Ja, wie war es denn?« Drew spielte eine krachende Rückhand longline über das Netz. »Haben dich die Mädchen dort mit ihrer ständigen Angraberei total fertiggemacht?«

James öffnete seine Augen nicht.

»Ihr habt ja keine Ahnung.«

Und das hatten sie auch nicht. Scheiße, *er* wusste ja nicht mal so wirklich, was er gerade alles durchgestanden hatte. Bel hatte ihm alles in frostigen und präzisen Worten genau dargelegt, aber dann hatte sie ihn so heftig geküsst, dass sein Hirn fast explodiert wäre. Und um das

Ganze noch zu toppen, hatte sie ihm eine riesige fette Lüge erzählt. Da gab es nur eins, was ein anständiger Mann noch tun konnte.

»Hey«, sagte James. »Schmeiß mir mal ein Bier rüber, okay?«

»Sicher nicht«, antwortete Drew. »Ich bin … Mann, verdammt, jetzt sieh dir an, was ich wegen dir gemacht habe.«

Er starrte auf den Bildschirm, und James wusste, dass sein Gesuch um ein alkoholisches Erfrischungsgetränk kein Gehör finden würde, es sei denn, der Fernseher würde von der Wand fallen.

»Du siehst echt Scheiße aus«, fand Will.

»Ja, danke.« James sah mit gerunzelter Stirn Richtung gewölbter Decke. »So fühle ich mich auch.«

»Ach, jetzt komm schon. Es gab mal eine Zeit, da konntest du den ganzen Tag lang die Bedürfnisse von schwer erziehbaren Mädchen befriedigen und hinterher immer noch um die Häuser ziehen und die ganze Nacht lang Stripper angaffen.«

»Bel hat mich geküsst«, sagte er zögerlich.

Will blickte ihn entgeistert an, sein normalerweise überlegener Gesichtsausdruck wie weggewischt.

»In der *Erziehungsanstalt*?«

James verzog das Gesicht.

»Nein, Will. Gerade eben in der Küche.«

»Oh.« Er sah jetzt nicht mehr ganz so überrascht, sondern eher nachdenklich aus. »Bel hat dich geküsst. Aha.«

»Verdammt, James«, sagte Drew und versuchte sich an einem Volley. »Ich hab sie zuerst gesehen. Ich hab zuerst Anspruch angemeldet.«

»Wie alt sind wir denn, zehn?« James verdrehte die Augen. »Du kannst nicht *Meins* rufen, wenn es um Frauen geht.«

»Wenn du das sagst.« Drew schaute James von oben bis unten an – und musste dann grinsen. »Wow. Du siehst *tatsächlich* Scheiße aus.« Er spielte einen Schmetterball und stöhnte vor Anstrengung laut auf. »So wie Karl der Kojote von den Looney Toons, der auf seiner Rakete von der Klippe fliegt.«

James dachte einen Moment nach.

»Das trifft es eigentlich so ziemlich genau.«

Will verzog mitleidig das Gesicht.

»War der Kuss so schlimm?«

»Nein«, erwiderte James. »So gut.«

»Oh«, sagte Will. »Oh oh.«

»Ganz genau«, stimmte James zu.

Drew seufzte, als der Stoppball seines Gegners hinter dem Netz aufkam.

»Scheiße.« Er schmiss entnervt den Controller weg und ließ sich neben James auf die Couch fallen. »Also. Es war so gut, was?«

»Super«, antwortete James. »Noch besser als super.«

»*Wusste* ich's doch.« Drew schlug sich erfreut auf den Oberschenkel. »Dieser Mund.«

»Dieser Mund«, nickte James in trauriger Zustimmung.

»Scheiße«, sagte Will.

»Ganz genau«, bestätigte James.

Drew schaute von einem zum anderen.

»Ich verstehe euch beide *nicht*. Ein Mädel, auf das James total steht, hat ihm gerade einen göttlichen Kuss verpasst, ohne dass er sich groß bemühen musste. Das ist doch was *Gutes.*«

»Ich habe mich schon bemüht.«

»Irrelevant.« Drew verschränkte die Hände über dem Bauch. »Es ist trotzdem was Gutes.«

»Normalerweise schon. Aber diesmal nicht.« Will schüttelte den Kopf. »Nicht mit Bel.«

»Wieso, was stimmt denn mit Bel nicht?«

Will und James wechselten einen Blick.

»Bel ist … kompliziert«, sagte James schließlich.

»Und?«

»Und kompliziert ist normalerweise nichts für mich.«

»Wieso nicht?«

Ja, wieso eigentlich nicht? James glaubte nicht eine Sekunde daran, dass Bel diesen lächerlichen Handel durchgezogen hätte, den sie vorgeschlagen hatte. Aber er glaubte *sehr wohl*, dass sie es genauso genossen hatte, ihn zu küssen, wie er es genossen hatte, sie zu küssen. Und er hatte es verdammt noch mal unglaublich genossen. Er hätte den ganzen Tag damit verbringen können, ihren langen, eleganten Körper zu erforschen. Und diese Lippen – Gott, ihre Lippen –, voll und weich und so schön zu einem wissenden und sündigen Lächeln geschwungen. Ihre Finger, die durch sein Haar glitten, die ihm unter das T-Shirt fuhren, über seine Haut streichelten, ihn näher an sich zogen. Ihm wurde ganz heiß, wenn er nur darüber nachdachte.

Wieso also hatte er nicht gemerkt, dass sie nur bluffte?

»Weil ich nicht das Risiko eingehe, mir die Finger zu verbrennen, wenn es um Sex geht«, sagte er schließlich.

Der Blick, den Drew ihm zuwarf, war eindeutig skeptischer Natur. »Das ist ja was ganz Neues aus deinem Mund.«

»Ich meine das ernst«, sagte James. »Wenn es um Frauen geht, dann ist man sich besser bewusst darüber, worauf man sich einlässt, oder man wird ganz schön in Schwierigkeiten geraten. Und ich verstehe Bel nicht. Überhaupt nicht. Sie ist zu …«

»Clever? Hübsch? Talentiert? Erfolgreich?«

»Ich wollte eigentlich sagen: kompliziert.«

»Also schläfst du nur mit den unkomplizierten, einfachen Mädchen«, nickte Drew weise. »Das hört sich ja spaßig an. Da gibt es keine verpassten Gelegenheiten.«

»Hey, ich bin ein einfacher Mann«, sagte James. »Ich lebe mein Leben nach einfachen Regeln. Ich strenge mich an, wenn es um Familie geht, und ich strenge mich an, wenn es um Fußball geht. Alles andere – und dazu gehört auch Sex – ist entweder einfach und unkompliziert oder ich fange gar nicht erst damit an. Denn mit meiner Karriere – von der ihr wisst, dass sie so gut wie im Eimer ist – und meiner Familie – eine Bande Arschlöcher, die bloß Ärger machen – habe ich schon alle Hände voll zu tun. Ich habe weder die Zeit noch die Energie, mich komplizierten Sachen anzunehmen, versteht ihr?«

»Nicht mal die Art von kompliziert, die dir mit einem Kuss den Verstand raubt?«, wollte Drew wissen.

»Hey, viele Mädchen haben mir schon mit einem Kuss den Verstand geraubt«, entgegnete James. »Ich habe nicht so ein großes Hirn wie Will. Es ist nicht besonders schwierig.«

»Aber nicht so«, sagte Drew. »Bel ist anders.«

»Aber das war sie nicht immer.«

James runzelte die Stirn.

»Nicht?«

Drew beugte sich interessiert vor.

»Nein. Sie war immer so …, was weiß ich. Sie war einfach *Bel*, wisst ihr? Diese schnippischen Kommentare aus dem Mund eines gefallenen Engels?«

Drew nickte in totalem Einvernehmen.

»Unterhaltung der schönsten Art.«

Will schüttelte den Kopf.

»Wenn ihr beiden euch mal zuhören würdet. *Mund eines gefallenen Engels?* Jesses Gott noch mal.«

James sah ihn nur missbilligend an, aber Drew trat ihm gegen das Schienbein.

»Also, was ist jetzt anders?«

»Irgendwas ist … passiert.«

»Der Kuss?«

»Vielleicht.«

Bilder prasselten auf ihn ein. Wie dieser schlanke, graziöse Körper sich unter ihm wand und sich voller Lust an ihn presste. Wie diese kühle alabasterweiße Haut heiß und rot wurde. Wie sie diese kugelsichere Beherrschung, die sie wie ein Schild mit sich herumtrug, ablegte und nur noch heiseres Stöhnen übrigblieb, das auf seinen Lippen vibrierte.

Er schüttelte die Erinnerungen ab und zwang sich dazu, sein wallendes Blut unter Kontrolle zu bringen. Verdammt.

»Vorher war sie einfach nur süß gewesen, wisst ihr. Amüsant. Irgendwie praktisch, sie in der Nähe zu haben. Jetzt explodiert in meinem Kopf schon ein Feuerwerk, wenn ich sie auch nur anschaue. Jedes verdammte Mal. Und wegschauen will ich auch nicht gerade.«

Drew lachte.

»Du bist ja so was von im Arsch.«

»Ich weiß«, sagte James. »Aber es kommt noch schlimmer.«

»Wie kann es denn noch schlimmer kommen?«, fragte Will.

»Ich will auch nicht, dass *sie* wegschaut.«

Drew und Will wechselten einen verblüfften Blick.

»Was soll das heißen?«

James rutschte unbehaglich auf dem Sofa hin und her. Was soll's, er brauchte Hilfe, und das hier waren seine Brüder. Das Motto der Familie Blake war doch für genau solch elendigen Situationen überhaupt erst geschaffen worden. Sein Kampf war ihr Kampf, Gott verdammt. Wenn es einen Weg gab, Licht ins Dunkel zu bringen, dann würden Wills großes Hirn und Drews großes Herz es wohl schaffen. Ob es ihnen gefiel oder nicht.

»Sie ist mir heute entwischt. Zweimal.«

»Sie ist einfach abgehauen und hat dich allein gelassen?« Wills Augenbrauen schossen nach oben. »In der Besserungsanstalt?«

»Nicht physisch. Aber sie war trotzdem weg. Es ist einmal in der Anstalt passiert und einmal gerade vorhin in der Küche.«

»Was meinst du damit?«, fragte Will. »Nicht *physisch*?«

James zuckte mit den Schultern und tat sein Bestes, Augenkontakt zu vermeiden.

»Sie war da. Ihr Körper war da. Aber ich schwör's euch, es war niemand zuhause. Es war einfach, als ob sie, ich weiß nicht, verschwunden ist.«

»Verschwunden.« Drew schaute mit gerunzelter Stirn auf den schwarzen Fernsehbildschirm. »Hmm.«

James hob die leeren Hände. Wie konnte er es ihnen bloß erklären? Heute hatte er Bel zweimal angesehen, um zurück zur Realität zu finden, um in ihren Augen zu lesen, was jetzt zu tun sei. Und beide Male war da einfach nur Leere gewesen. Er hatte versucht, ihre Essenz, ihr Herz, ihren Geist, ihre Seele zu finden, dieser immer nach etwas strebende Antrieb und Elan, der sie ausmachte, und hatte in ihren Augen nichts gefunden.

Und dann war er überrascht gewesen, als er bemerkte, wie sehr er sie in dem Moment vermisst hatte.

»Und das hat dich gestört?«, fragte Will. »Denn du willst nicht, dass sie, wie hast du es genannt? Wegschaut?«

»Nein, das will ich nicht. Ich will, dass sie genau hier an meiner Seite ist.« Er sagte es, ohne zu zögern, ohne darüber nachzudenken. Die Worte sprudelten einfach so aus ihm heraus, kamen aus den dunklen Tiefen seines Unterbewusstseins, auf die er sich auch verließ, wenn er intuitiv vorhersagen musste, ob ein Abwehrspieler in eine Richtung laufen würde, sodass er in die andere ausweichen konnte. »Sie ist …« Was folgte, kam ihm nicht so einfach über die Lippen. » … eine Notwendigkeit, würde ich sagen.«

»Eine Notwendigkeit«, wiederholte Will ohne Intonation.

»Aber nicht auf eine ungesunde, voneinander abhängige Art und Weise«, fügte James schnell an.

Drew lachte.

»Da hat wohl jemand *Dr. Phil* geschaut.«

James sah ihn wütend an.

»Okay, okay, Notwendigkeit ist vielleicht das falsche Wort. Aber ich mag sie. Sie fordert mich heraus. Sie lässt mich über Dinge mehr nachdenken. Es ist so, als ob sie erwartet, dass ich in Bestform bin, und wenn ich es nicht bin, dann ist sie nicht nur enttäuscht, sondern straft mich mit Verachtung. Weil sie glaubt, dass ich es besser kann.« Er starrte stirnrunzelnd in die Ferne und sprach nun mehr mit sich selbst als mit seinen Brüdern. »Und ich liebe ihr Lachen; es ist so tief und frei und derbe. Ein Mädchen, das das Bügeln so sehr liebt wie Bel, sollte nicht so ein Lachen haben. Aber das hat sie, und ich mag es, wie es sich anfühlt, wenn ich derjenige bin, der ihr dieses Lachen entlockt. Ich mag es, dass sie nie zulässt, dass sie in Tränen ausbricht, und dass sie so unbarmherzig und hart und gleichzeitig auch verletzlich ist.«

»James.« Will ließ das Kinn auf die Brust sinken und schaute ihn unter buschigen Brauen düster an. »Wovon zum Teufel redest du da?«

James zuckte mit den Schultern, selber ein kleines bisschen verwirrt.

»Na, zum Beispiel jetzt gerade. Sie hat gesagt, dass sie mit mir schläft, wenn ich Kate Honig ums Maul schmiere und sie somit ihren Job wieder zurückbekommt.«

»*Wie bitte?*«

»Aber es war eine fette Lüge. Sie musste verschwinden, nur um sie überhaupt über die Lippen zu kriegen. Aber ich werde sie nicht unter Druck setzen, was das angeht. Zumindest nicht jetzt. Ich habe größere Probleme.«

»Das kann man wohl so ausdrücken«, erwiderte Will.

»Du hast keine Probleme«, sagte Drew.

James dachte an den Zustand, in dem sich seine Karriere befand, und an das Dilemma mit Bel.

»Habe ich nicht?«

»Doch«, entgegnete Will. »Das hast du.« Er starrte Drew zornig an. »Das hat er.«

»Hat er nicht«, behauptete Drew. Er drehte sich zu James um. »Das ist kein Problem«, sagte er und grinste. »Das ist Liebe.«

James schaute ihn ungläubig an, während sein ganzer Körper förmlich schrie, dass sein Bruder die Wahrheit erfasst hatte.

»Oh Scheiße.«

Drew lachte.

»Das ist der Hammer.«

Will lächelte grimmig.

»Der Hammer. Ganz genau.«

✦

Bel war in der Küche und betrachtete gerade kritisch einen Vollkorn-Zopf, das letzte in einer Reihe von Backexperimenten an diesem Abend, als es an der Tür klingelte. Sie zuckte zusammen, als Hank Williams »Lovesick Blues« laut im ganzen Haus ertönte. Was zum Teufel? Sie schaute hoch zum Oberlichtfenster. Es war stockduster draußen, und das schon seit einigen Stunden, in denen Bel versucht hatte, sich mit Backen von den Nachwehen dieses unglaublichen Kusses abzulenken. Wer konnte denn bloß um diese Uhrzeit an der Tür klingeln?

Irgendein Bekannter der Blake-Brüder? Vielleicht hatten sie beim Stripper-Bringdienst angerufen. Na, dann sollten sie auch ihre faulen Ärsche hochkriegen und selber die Tür aufmachen. Sie war beschäftigt. Außerdem war sie immer noch sauer. Auf sie. Auf James. Auf sich selber.

Hauptsächlich auf sich selber. Gott, sie war ja so arrogant gewesen. Sie hatte wirklich gedacht, dass sie total darauf vorbereitet gewesen war, auf diese Hitze und dieses Geschick und diese *Aufmerksamkeit*, die James in einen Kuss einfließen ließ. Der erste hatte ihre Welt vielleicht auf den Kopf gestellt, aber auf diesen war sie vorbereitet gewesen. Und wie sagte man: *Gefahr erkannt, Gefahr gebannt*, oder so ähnlich, stimmt's?

Falsch.

Denn dieser Kuss war nicht wie der erste nur eine Übung im hervorragenden Küssen, demonstriert von einem Experten. Nein, nein. Dieser Kuss war zwar immer noch wie eine wilde Welle über ihr zusammengebrochen und hatte sie umgehauen, da gab es keinen Zweifel. Aber es war kein gewöhnlicher Ich-bin-ein-Junge-du-bist-ein-Mädchen-lass-uns-Spaß-haben-Kuss. Das hier war persönlich. Unbestreitbar und unheimlich persönlich.

Dieses Mal war es *James* gewesen, der *Bel* geküsst hatte. Der sie beobachtet, berührt hatte, sie in sich aufgenommen, sie verehrt hatte. Das und was sie trotz ihrer zugegebenermaßen begrenzten Erfahrungen in solchen Dingen als meisterliche Fähigkeiten einschätzte, ließen Bel auf ihrem Weg, den sie bis jetzt klar vor sich gesehen hatte, völlig die Orientierung verlieren. Schließlich war das der Weg, der sie zu ihrem eigenen, selbst geschaffenen glücklichen Märchen-Ende führte, in dem der Märchenprinz und die gute Fee mit einer diversifizierten Anlagen-Portfolio und einem sicheren Arbeitsplatz ersetzt worden waren.

Und das stank ihr gewaltig, denn sie hatte sich selber die Finger blutig gearbeitet, um diesen Weg für sich zu ebnen. Wer glaubte James Blake denn, wer er war, dass er sie einfach so von ihrem Pfad abbringen konnte?

Es klingelte wieder an der Tür. »Stand By Your Man.« Bel schnaubte verächtlich. Seinem Mann beiseite stehen, ja, ganz genau. Pfff. Als ob sie Zeit und Energie darauf verschwenden würde,

James Blake beizustehen. Hatte sie nicht gerade heute Nachmittag eine Stunde damit verbracht, ihm zu erklären, dass seine ungezwungene Wenn-keiner-zu-Schaden-kommt-ist-auch-kein-Schaden-entstanden-wir-sind-doch-alle-erwachsen-Einstellung zu Sex falsch war? Dass er verletzlichen Frauen damit wehtat? Mit was zum Teufel könnte sie es auch nur ansatzweise rechtfertigen, eine dieser Frauen sein zu wollen?

Und schon wieder die Türklingel – »I Fall To Pieces«, na super. Bel stürmte aus der Küche. Als Allererstes morgen früh würde sie eine Mitbewohner-Versammlung einberufen, wo sie James und seinen Brüdern klarmachen würde, dass sie nicht ihr verdammtes Hausmädchen war. Sie marschierte durch den kurzen Flur in die riesige Eingangshalle und schüttelte immer noch grummelnd den Kopf, als sie die Tür aufmachte.

Davor stand Audrey Bing.

»Audrey?« Sie schaute auf ihre Uhr. Zehn nach zwölf. »Was machst du denn hier?«

Sie lächelte Bel düster an.

»Können wir reinkommen?«

*Wir?* Bel schaute nach unten und ihr Blick fiel auf einen Koffer zu Audreys Füßen und ein kleines Mädchen, das ihre Hand hielt. Das Mädchen schaute zu Bel hoch, sein Gesicht rund und ausdruckslos. Nein, merkte Bel, und ihr Herz setzte kurz aus. Das Kind hatte sehr wohl einen Ausdruck im Gesicht. Aber es hatte keine Erwartungen. Sie betrachtete Audrey und Bel mit einer Distanziertheit, die verriet, dass sie ihr ganzes Leben – auch wenn es noch so kurz gewesen sein mochte – nichts als enttäuschte Erwartungen und Erwachsene, die sich nicht so verhielten, wie sie sollten, erlebt hatte.

Bel sah wieder zu Audrey hoch und erkannte einen verunsicherten, gejagten und erschöpften Ausdruck hinter der Maske von perfekter Symmetrie und kecker Forschheit. Sie lächelte sie beide an und schnappte sich Audreys Koffer.

»Selbstverständlich«, antwortete sie und führte sie in die Küche.

Dann deutete sie ihnen an, sich auf die Barhocker am anderen Ende der riesigen Kücheninsel zu setzen. Audrey nahm behutsam

Platz, so als ob sie Angst hatte, in tausend Stücke zu zerspringen, wenn sie sich zu schnell bewegte. Das Kind tat es ihr einfach gleich.

Bels Herz sank, als sie Wasser aufsetzte und zwei Teller aus dem Schrank holte. Sie riss zwei großzügige Stücke von dem Zopf ab und nahm eine Schüssel mit Honigbutter aus dem Kühlschrank, die sie vorhin frisch aufgeschlagen hatte. Dann schob sie ihnen die Teller unter die Nase.

»Greift zu«, sagte sie und stellte sicher, dass ihre Stimme geschäftig und neutral klang. Sie wusste ganz genau, wie angsteinflößend zu emotionale Fremde auf Kinder mit solchen Augen wirken konnten. »Ich mache mich dran, diesen Stapel Geschirr abzuwaschen, und danach richten wir euch beiden ein Zimmer her.«

Sie füllte das Spülbecken mit heißem, schaumigem Wasser und wusch langsam ihre Maßbecher und Löffel, ihre Rührschüsseln und Brotformen. Dann fegte sie das Maismehl von ihrem Brotbackstein, der immer noch Wärme und Trost ausstrahlte, und deponierte ihn wieder im Ofen. Bel hatte ein paar Fragen, die auf jeden Fall beantwortet werden mussten, aber dieses Kind satt und ins Bett zu bekommen, hatte Vorrang.

Sie warf Audrey einen Blick zu. Ihr Kopf hing an dem schlanken Hals wie eine Blume nach einem Regenschauer.

Morgen früh würde sie ihre Antworten schon bekommen.

# Kapitel 19

Will vermisste die früheren Zeiten. Er bewahrte die Erinnerung daran in seinem Herzen auf, wie ein sonnengewärmter Kieselstein, der ihm von innen heraus Wärme und Trost spendete, während er nun an diesem frühen Morgen im Dämmerlicht die kalten Treppenstufen hinunterging. Die Zeiten, wo sie alle zu einer zivilisierten Zeit, also gegen zehn, aufgestanden waren, und ihnen eine mütterliche Haushälterin mit klarem britischem Akzent prompt um fünf nach zehn eine dampfende Tasse Kaffee gereicht hatte.

Gott, wie er diese Haushälterin vermisste. Mrs Brimley. Das war vielleicht eine Hausfee gewesen. Süß, rund und unerschütterlich. Eine Frau, die nicht die Stirn runzelte oder einen kritisierte oder sich ein Urteil anmaßte oder alles in *Ordnung* bringen wollte. Eine Frau, die sich völlig ungerührt verhielt, wenn sie die Stripperin von letzter Nacht am Frühstückstisch vorfand.

Eine Frau, die ganz sicher nicht auf die Idee kommen würde, ihren Arbeitgeber zu küssen. Bel sollte sich mal eine Scheibe davon abschneiden. Denn das, was sie gestern James angetan hatte, hatte seinen Bruder ganz schön durcheinandergebracht. So durcheinandergebracht, dass er im Morgengrauen viele sehr laute Minuten lang in seinem Zimmer herumgewirbelt war, bis er endlich (und zu Wills großer Erleichterung) seine Laufschuhe gefunden hatte und die Einfahrt entlanggejoggt war.

Nicht, dass Will Drews dummes Geschwätz über Liebe auch nur eine Minute lang geglaubt hatte. Das war keine Liebe. Das war nur der naive Glaube an ein märchenhaftes Happy End. Aber *etwas war es* doch. Etwas, das so beunruhigend war, dass zwei Blake-Brüder lange vor ihrer üblichen Zeit aufgestanden waren.

Und Will wusste ganz genau, wem er dafür die Schuld geben würde.

Bel.

Wenigstens könnte sie jetzt schon mal wach und in der Küche sein, wenn er dort eintraf. Am besten wäre es, wenn sie schon eine Kanne Kaffee aufgesetzt hätte, denn er hasste es wirklich, wenn er Leute am frühen Morgen anschreien musste, ohne schon seine erste Dosis Koffein intus zu haben.

Er überlegte vor sich hin, wie groß wohl die Chance war, dass er tatsächlich frisch gebrühten Kaffee in der Küche vorfinden würde, während er mit nackten Füßen die kalten Treppenstufen hinuntertapste. Die Wahrscheinlichkeit, dass sie schon wach war, mal der Wahrscheinlichkeit, dass sie als Teetrinkerin daran gedacht hatte, eine Kanne Kaffee zu machen. Es war keine besonders komplizierte Rechnung, aber das Ergebnis war verdammt deprimierend.

Er schob sich durch die Schwingtür in die Küche. Mittlerweile hatte er sich damit abgefunden, dass er die Vorratskammer nach einer angebrochenen Packung *Lucky Charms* durchstöbern würde. Die Sorten Cornflakes, die seit Bels Ankunft in diesem Haus zur Auswahl standen, waren für Wills Geschmack ein bisschen sehr ballaststoffhaltig. Er sollte mal mit James' neuer Assistentin darüber reden.

Im Halbdunkel der Küche musste er in sich hineingrinsen. Assistentin. Ha ha. Eins musste er James lassen. Er hatte es drauf, hübsche Frauen für sich antreten und nach seiner Pfeife tanzen zu lassen. Jammerschade, dass er wegen Bel so aufgelöst war. Eine Schande, die kurvige kleine Stripperin aufs Abstellgleis zu stellen. Er würde sich ja selber an sie ranmachen, wenn sie nicht, wie alt wäre, ungefähr zwölf? Bei dem Gedanken, dass er so genau hingesehen hatte, um diese Tatsache zu bemerken, war er ziemlich angewidert von sich selbst. Und wurde sich jedes einzelne seiner dreißig Jahre schmerzhaft bewusst.

Er verlangsamte seinen Schritt, als er auf die Kücheninsel zuging. Mitten darauf stand ein Körbchen, das mit einem Geschirrtuch zugedeckt war. Daran war ein Zettel befestigt worden, auf dem stand: *Iss mich.* Will starrte Bels ordentliche und elegante Druckschrift aus zusammengekniffenen Augen an. Natürlich war das eine Anspielung auf *Alice im Wunderland*, ja, aber auch eine kleine Herausforderung für denjenigen, der in ihre Küche stürmte und Streit suchte: *Friss meine Shorts.*

Iss mich. Er musste unwillkürlich lächeln, als er das Tuch vom Korb nahm. Bel mochte zwar eine echte Nervensäge sein, aber sie hatte Witz und Verstand. Das musste er ihr zugestehen.

Und, das gab er gerne zu, sie war verdammt gut in ihrem Job. Duftschwaden von Zucker und Butter und Zimt breiteten sich aus und legten sich um ihn herum wie die Umarmung einer Geliebten. Er nahm sich ein faustgroßes Zimtbrötchen und biss hinein.

Er kaute genüsslich und sein Gute-Laune-Pegel schnellte genauso hoch wie sein Blutzucker. Er wollte sich gerade einen Kaffee machen, als ihn ein leises Geräusch dazu veranlasste, in die dunkle Ecke hinter der Küchentür zu blicken. Als ihm bewusst wurde, was er da sah, blieb ihm vor Überraschung ein zu großes Stück Zimtbrötchen im Halse stecken. Denn verflixt und zugenäht, da saß doch tatsächlich ein *Kind.*

Das Mädchen saß dort, was Bel Frühstücksecke getauft hatte – ein kleiner Tisch und eine Bank in der Ecke hinter der Tür. Niemand setzte sich da hin, denn die Kücheninsel war viel ansprechender. Doch das Mädchen hatte sich dort hinten zurückgezogen. Eigentlich konnte man sagen, sie hatte sich in der Ecke verbarrikadiert. Es sah so aus, als ob sie sich ein kleines Fort errichtet hätte und jetzt hinter sicheren Mauern zu ihm hinüberspähte.

»Was zum Teufel?«, sagte Will.

Sie schaute ihn aus riesigen Augen an. Bleiche, dünne Haut straffte sich über zerbrechlich zarte Gesichtszüge und ein delikates Händchen verharrte mitten in der Bewegung über einem von Bels klebrig-süßen Zimtbrötchen. Er drückte mit der Faust gegen den Brötchenklumpen, der in seiner Speiseröhre steckte, und versuchte, sich etwas Passenderes einfallen zu lassen, was er sagen könnte. Denn dem Schweigen nach zu urteilen, sprach das Kind nicht auf seine Begrüßungsworte an.

»Wer bist du?«, brachte er schließlich heraus. Es schien ihm eine angebrachte, wenn auch nicht besonders höfliche Frage. »Und was in Gottes Namen machst du hier?«

Sie starrte ihn immer noch schweigend an, aber ihre Hände gerieten in Bewegung wie ein Schwarm aufgeschreckter Vögel. Sie faltete die Ecken der Papierserviette hoch, von der sie gegessen hatte, packte die Reste ihres Brötchens ein und legte das Päckchen dann ordentlich auf den Rand des Tisches, als ob es dort von der Müllabfuhr abgeholt werden würde.

Will sah fasziniert zu. Diese Hände. Diese dünnen Handgelenke. Er sah sie mit gerunzelter Stirn an.

»Kenne ich dich?«

Sie schüttelte den Kopf und rutschte von der Bank runter.

»Moment mal, warte!« Will kraxelte um die Kücheninsel herum und erwischte gerade noch einen knöcherigen Ellenbogen, bevor sie durch die Tür verschwinden konnte. »Du haust mir nicht ab. Nicht, bevor du mir gesagt hast, wer du bist und was du in meiner Küche zu suchen hast.«

Sie drehte sich zu ihm um und starrte ihn böse an. Wut, Angst und Hass funkelten ihm aus diesen riesigen Augen entgegen, und Will durchfuhr auf einmal die Erkenntnis, vom Kopf bis in die nackten Zehen, wer das hier sein musste.

Er war also überhaupt nicht überrascht, als Audrey Bing durch die Tür geflogen kam, in einem zerschlissenen T-Shirt, das ihr knapp bis zu den wundervollen nackten Oberschenkeln ging. Ein T-Shirt, das leider nur gerade so ihren Weltklasse-Hintern bedeckte. Und ja, Will fühlte sich wie ein Perversling, dass ihm das auffiel. Er war mittlerweile ein paar Jahre zu alt dafür, nach Frauen zu gieren, die noch nicht das Mindestalter für Alkoholkonsum erreicht hatten.

»Lass sie los!«

Sie entriss das Kind aus Wills sowieso schon lockerem Griff und starrte ihn zornig an. Womit nun zwei gleiche violettfarbene

Augenpaare ihn mit Laserblicken durchbohrten, die nichts als Wut und Abscheu ausdrückten.

Will hob abwehrend die Hände und wich langsam zurück. Audrey hielt das Kind eng an die Brust gepresst – Will fühlte einen Stich der Eifersucht, den er lieber nicht gefühlt hätte – und lehnte sich dann zurück, um dem Mädchen ins Gesicht zu schauen.

»Geht es dir gut, Süße? Er hat dir nicht wehgetan, oder?«

Das Kind schüttelte langsam den Kopf und Audrey legte eine Hand an die magere Wange.

»Er hat dir nur einen Schrecken eingejagt.«

Das Mädchen schaute Will an, diesmal mit einem abschätzenden Blick. Dann wandte sie sich wieder Audrey zu und zog eine Schulter hoch, als ob sie sagen wollte: *nix passiert*. Audrey nahm das Kind in ihre Arme und sah Will dann verächtlich an.

»Rühre nie wieder«, sagte sie und sprach jedes Wort einzeln und überdeutlich aus, damit es auch ja keine Missverständnisse gab, »*nie wieder* dieses Kind an.«

Will starrte sie an. Er war sich schon die ganze Zeit bewusst gewesen, dass Audrey Bing eine engelsgleiche, strahlend schöne Frau war. Das war keine Überraschung mehr für ihn. Und obwohl manche Frauen um einiges hässlicher aussahen, wenn ihre Gesichter wutverzerrt waren, gehörte Audrey leider nicht dazu. Das hatte Will mittlerweile schon bei verschiedenen Gelegenheiten am eigenen Leibe erlebt.

Aber er hatte sie noch nie so mordswütend gesehen. Nicht so. Es wäre eigentlich logisch, dass eine Frau, die auf Blut aus war, auf einen Mann abstoßend wirken sollte. Zumindest sollte es die Libido eines Mannes dämpfen, wenn er wusste, was gut für ihn war. Doch obwohl sich Will sonst immer auf Logik und seinen Verstand hatte verlassen können, so ließ dieser ihn nun im Stich.

Er öffnete seinen Mund, um zu antworten, aber es kam einfach nichts raus. Ihm fehlten schier die Worte und ihm fiel keine trockene, sarkastische Erwiderung ein, von der Sorte, auf die er normalerweise so stolz war. Er konnte sie gar nicht anschauen und gleichzeitig nachdenken. Es war einfach zu viel für ihn.

Er schaffte es schließlich, seine Augen abzuwenden und zu murmeln:

»Ich habe sie ja nicht molestiert. Jesses.«

Er zuckte innerlich zusammen. Gott, hätte er vielleicht noch ein kleines bisschen trotziger und angegriffen klingen können?

»Ich meine es ernst«, fauchte Audrey. »Fass sie nicht noch mal an. Aus welchem Grund auch immer du denkst, dass es okay wäre.«

Er zwang sich dazu, die kleinen Unregelmäßigkeiten in ihrem Gesicht und ihrer Figur zu bemerken. Der Kopfkissenabdruck an ihrer Wange. Ihr silberblondes Haar, das so struppig wie Unkraut in alle Richtungen abstand. Alles, nur damit die unglaubliche Wirkung, die ihre kaum bedeckten Kurven und dieses schrecklich schöne Gesicht hatten, ein wenig abgeschwächt werden würde.

»Tut mir leid«, sagte er und ließ es absichtlich ein wenig sarkastisch klingen. »Ich wusste nicht, dass wir über Nacht einen plötzlichen Befall von frei herumlaufenden Kindern gehabt haben. Sie hat mich überrumpelt.« Er richtete seinen Blick auf das Kind. Gott, wie alt mochte das Mädchen sein? Sie war winzig, aber diese Augen ließen sie sehr alt und weise und unglaublich traurig wirken. »Und ich habe sie wahrscheinlich auch überrumpelt.«

Und wieder zog sie einfach bloß die magere Schulter hoch, um ihre Zustimmung zu geben oder vielleicht nur eine Geste zu machen, die bedeuten sollte, dass es ihr egal war.

»Aber ich würde trotzdem sehr gerne wissen, wer sie ist und was sie hier macht.« Jetzt schaute Will wieder Audrey an und war innerlich darauf vorbereitet, dass ihr Anblick ihm den Atem nehmen würde. »Und du. Mein letzter Stand ist, dass du eine Angestellte mit Stundenlohn bist. Wenn es darum geht, unser Leben zum sterbenslangweiligen, streng reglementierten und ernährungstechnisch ausgewogenen Albtraum zu machen, kümmert sich doch Bel, unsere Nachtwärterin, aufopfernd.«

Audrey zuckte genauso ungeduldig mit der Schulter wie das Mädchen – ein weiterer Nagel im Sarg, den Will im Kopf zusammenzimmerte.

»Die Dinge haben sich geändert. Ich werde meine neuen Bedingungen heute Morgen mit deinem Bruder diskutieren.«

»Interessant«, erwiderte Will, sehr bedacht darauf, dass sein Ton genau das Gegenteil sagte. »Und das da?«

Er zeigte auf das Kind.

»Das«, sagte Audrey mit hocherhobenem Kinn, und pure Verachtung strömte aus jeder perfekten Pore, »ist Jillian. Sie ist acht Jahre alt und sie …« Audrey verstummte und schaute auf das Kind herunter, um ihr zärtlich durch das glänzende Haar zu streicheln. Haar, das nur ein paar Töne heller war als Audreys. Sie sah wieder zu Will hoch und fuhr ruhig fort: »Sie gehört zu mir.«

»Dir.« Trotz all den Anzeichen – das Haar, die Augen, diese knöcherigen, zerbrechlichen, dünnen Handgelenke – schaffte er es, skeptisch auszusehen. »Und wie alt bist du?«

Sie hielt seinem Blick stand und die Wut verebbte langsam in ihren Augen. Sie hatte sie unter Kontrolle.

»Zweiundzwanzig.«

Er hatte Mathematik schon immer gemocht. Es war so rigoros, so vorhersehbar. So unnachgiebig. Emotionen konnten daran nichts rütteln. Oder zumindest hatte er das bisher immer gedacht. Bis er unweigerlich die Rechnung im Kopf aufstellte – die sie schon bei tausend Leuten als Reaktion in den Augen gesehen haben musste – und zu dem Ergebnis kam, dass sie ihre Tochter mit vierzehn bekommen hatte.

Er wusste, dass so etwas passierte. Es war eine traurige Geschichte, keine Frage, aber eine, die er schon öfter gehört hatte. Was ihn schockierte, war die dunkle Masse hilfloser Wut, die sich in seinem Magen angesammelt hatte. Die elende, ohnmächtige Rage, in die ihn das Wissen versetzte, dass irgendein krankes Schwein ein Kind einfach böse ausgenutzt hatte. Das betraf selbstverständlich jedes Kind. Aber das Kind, das Audrey gewesen sein musste? Mit schlankem Körper noch ohne weibliche Rundungen, mit einem Gesicht, das wahrscheinlich schon damals so schön strahlte wie ein verdammter Stern?

»Mir«, sagte sie bestimmt. »Gibt es sonst noch irgendwelche Fragen, die du hast, zu Dingen, die dich gar nichts angehen?«

»Ein paar habe ich wohl«, antwortete er, wurde aber unterbrochen, als Bel durch die Tür geeilt kam.

Zwar atmete sie schwer und war rot im Gesicht – er nahm an, sie war die Treppe hinuntergelaufen –, doch sie schaffte es trotzdem immer noch, Ruhe und Kompetenz auszustrahlen.

»Guten Morgen, Will. Wie ich sehe, hast du Jillian schon kennengelernt«, sagte sie in einem Ton, der so geschmeidig war wie ihr glänzender Pferdeschwanz.

»Ja«, bestätigte Will. »Audrey und ich hatten uns gerade darüber unterhalten, wie genau sie dazu kam, eine achtjährige …«

Er verstummte wieder, als James mit roten Wangen und pfeifendem Atem durch die Tür kam.

»Grundgütiger«, sagte er, während er sich nach vorne überbeugte, um sich zu dehnen. »Hier steigt wohl eine Party.«

Er tätschelte Bel das Bein. In seiner aktuellen Position, mit dem Kopf nach unten, den Händen am Boden, war ihr Bein das einzig Greifbare in der Nähe, das konnte Will sehen. Es war also gar nichts Persönliches, aber Bel machte trotzdem einen erschrockenen Satz zur Seite.

»Wasser«, stöhnte er. »Bitte.«

Bel ging mit einem solchen Eifer zur Spüle, dass Will eine dunkle Befriedigung spüren konnte. Sie mochte James total durcheinandergebracht haben, aber anscheinend schien sie es zumindest nicht zu genießen. Es sah eher so aus, als ob sie selber ziemlich durcheinander war. Und was anderes hatte sie auch nicht verdient.

Sie drückte James ein Glas Wasser in die ausgestreckte Hand. Er richtete sich auf, trank es in einem Zug leer und stellte es dann auf dem gefliesten Fußboden ab, um weitere Dehnübungen zu machen.

»Mann, Mann«, sagte er und dehnte seine Waden. »Wann bin ich denn bloß so alt geworden? Früher bin ich fünfzehn Kilometer einfach so zum Spaß gelaufen. Als ich heute zehn geschafft hatte, musste ich beschließen, besser aufzuhören, wenn ich mir nicht noch vor dem Frühstück die Seele aus dem Leib kotzen wollte.«

Er grinste die versammelte Mannschaft an.

»Hey Audrey«, sagte er. »Du bist heute aber früh dran.« Dann wandte er sich Will zu. »Und du auch. Was hat dich denn zu dieser frühen Stunde aus dem Bett bekommen?«

»Vor ungefähr einer Stunde hat jemand im Zimmer neben meinem einen schrecklichen Radau gemacht«, entgegnete er. »Das kannst du dir nicht vorstellen. Es war unmöglich, das auszublenden und weiterzuschlafen.«

James' Grinsen wurde breiter.

»Wie unhöflich. Du solltest Beschwerde bei der Hausverwaltung einlegen. Die scheint auch schon früh aufgestanden zu sein.«

Bel hielt abwehrend die Hände hoch.

»Das ist nicht mein Problem. Der Flügel des Hauses fällt nicht in meinen Zuständigkeitsbereich.«

James richtete sich auf und hielt sich am Küchentresen fest, um das Gleichgewicht zu behalten, während er die Oberschenkelmuskeln dehnte.

»Da haben wir wohl Pech gehabt. Wie schade.« Jetzt fiel sein Blick auf Jillian. »Hey, wer ist das denn?«

Er strahlte sie mit seinem Tausend-Watt-Lächeln an, als ob es das Gewöhnlichste der Welt wäre, ein schweigendes achtjähriges Mädchen zusammen mit seiner halben Familie und den meisten seines Personals um sieben Uhr morgens in der Küche anzutreffen.

Audrey zog das Kind näher an sich.

»Das ist Jillian.«

»Hey, Jillian.« James wechselte das Bein. »Ich würde dir die Hand geben, aber ich bin total verschwitzt. Habe ich schon erwähnt, dass ich zehn Kilometer gelaufen bin?«

Will verdrehte die Augen und Jillian nickte, die Mundwinkel zu einem schüchternen Lächeln verzogen. Audrey kniete sich hin und nahm sie bei den Schultern.

»Jillian, würdest du bitte kurz mit Bel für ein paar Minuten nach oben gehen? Ich muss mit James etwas besprechen.«

Das kleine Mädchen schaute Bel an, die sie ermutigend anlächelte. Ihre Hände behielt sie aber bei sich, fiel Will auf. Jetzt wünschte er sich, dass er das vorhin auch so gemacht hätte. Das lange Schweigen des Kindes mit den weit aufgerissenen Augen zog Will schon wieder den Boden unter den Füßen weg. Genauso hatte er sich gefühlt, als er vorhin Audreys Rechnung aufgestellt hatte. Was hatte man diesem Kind bloß angetan? Und wieso hatte ihre Mutter, die es bei Gott besser wissen sollte, sie nicht beschützt?

»Ich muss mich zurechtmachen«, sagte Bel zu Jillian. »Würdest du mir dabei helfen, etwas zum Anziehen herauszusuchen? Ich kann mich nie entscheiden.«

Jillian schaute unsicher zu Audrey rüber, die zustimmend nickte.

»Bel ist in Ordnung«, sagte sie. »Sie wird sich gut um dich kümmern. Ich komme gleich nach.«

Jillian zuckte wieder mit einer Schulter und folgte Bel durch die Tür. Bel fing Audreys Blick auf, als sie den Raum verließ, und schenkte ihr genau dasselbe Lächeln, das eben dem Kind gegolten hatte, ein Lächeln, das sagte: *Hab Mut*. Will fragte sich, was zum Teufel hier vor sich ging.

Dann schaute Audrey ihn kühl an.

»Wenn es dir nichts ausmacht«, meinte sie, »würde ich gerne ein paar Worte allein mit deinem Bruder wechseln.«

Das hatte Will zwar erwartet, aber es verletzte ihn trotzdem. Er hatte es zwei Jahre vor James in diese Welt geschafft und war die nächsten achtundzwanzig Jahre bei allem der ewige Zweite gewesen – was Sport, Frauen und Erfolg anging. James war, das gab er gerne zu, der Sympathischere und Talentiertere von ihnen beiden. Damit hatte er sich vor langer Zeit abgefunden. Wieso stieß ihm das jetzt bitter auf, nur weil eine hübsche Teenie-Mutter es ihm unter die Nase rieb?

Darauf hatte Will keine Antwort und er wollte auch gar keine haben.

»Es macht mir aber was aus«, erklärte er. »Als James' Manager muss ich bei allen Verhandlungen dabei sein, wenn es um Arbeitsbedingungen geht.«

Audrey schaute zu James rüber, der kurz nickte.

»Das ist wahr«, bestätigte er. »Ich weiß, dass du und Will in der Vergangenheit nicht unbedingt die besten Freunde wart, aber ihr seid jetzt beide im Team Blake, also müssen wir das alles hinter uns lassen. Es ist Zeit, dass wir uns zusammenraufen.«

Audrey schaute wieder zu Will rüber und ihr Gesichtsausdruck sagte ganz klar: *Ja, sicher doch.* Will lächelte sie an.

James hörte endlich mit seinen Dehnübungen auf.

»Mann. Morgen werde ich diese Aktion bestimmt bereuen, wenn meine Muskeln herausgefunden haben, was ich ihnen heute angetan habe.« Sein Blick traf das Körbchen auf der Kücheninsel und seine Augen fingen an zu leuchten. »Sind das Bels Zimtbrötchen? Verdammt noch mal, da muss ich zugreifen. Ich bin schließlich gerade zehn Kilometer gerannt. Hab ich das schon erwähnt?«

Er zog sich einen Barhocker heran und machte sich über ein Brötchen her.

»Also«, sagte er. »Audrey. Was ist los?«

# Kapitel 20

James konnte in Audrey Bings hübschem Gesicht sehen, wie sie mit sich kämpfte, während er nachdenklich auf einem großen Bissen von Bels unglaublich leckeren Zimtbrötchen herumkaute.

»Würdest du mir fünf Minuten geben, damit ich mich anziehen kann?«, fragte sie schließlich.

»Das wird dir auch nicht helfen«, erwiderte James. »Du kannst mir gerne glauben, ich bin ein Meister, was Verzögerungstaktiken angeht. Du bringst es besser einfach hinter dich.«

Er schaute zu Will rüber, der finster auf das arme Mädchen dreinblickte. Was in Gottes Namen hatte sein Bruder bloß gegen diese Frau? Da musste er später mal nachhaken. In der Zwischenzeit würde er einfach etwas fairere Bedingungen schaffen.

»Will«, sagte er, »gib doch bitte Audrey deinen Bademantel, okay?«

Will zog seine Augenbrauen zusammen.

»Was?«

»Deinen Bademantel«, wiederholte er. »Gib ihn ihr. Es geht ihr hier eindeutig um etwas sehr Wichtiges, und sie fühlt sich in ihrem Nachthemd verletzlich. Du hast deine Pyjamahose an, das kann ich von hier aus sehen. Gib dem Mädchen deinen Bademantel.«

Will schob das Kinn vor und zog seinen Bademantel aus. Audrey starrte den Bademantel an, als ob er sie beißen würde.

»Na los«, sagte James. »Der sollte groß genug sein, um dich von Kopf bis Fuß zu bedecken. Dann können wir uns unterhalten.«

Audrey schnappte sich den Bademantel und steckte ihre Arme auf so trotzige Weise hinein wie ein Kind, das sich angeekelt eine Gabel voll Erbsen in den Mund stopfte. Will sah ihr dabei mit einer Mischung aus Verachtung und Faszination zu, die Arme vor der nackten Brust verschränkt. James unterdrückte ein Lächeln. War das nicht interessant? Will, der ewig coole, weltmännische und selbstsichere Will, kämpfte eindeutig mit verwirrenden Emotionen, und das wegen einer hübschen kleinen Kellnerin?

Audrey schnürte den Gürtel eng um die Taille und stopfte die Hände tief in die Taschen.

»Wir müssen meine Arbeitsbedingungen ändern«, sagte sie.

»Du bist nicht zufrieden?«

Will zog sarkastisch eine Augenbraue hoch.

Sie sah ihn böse an.

»Hier zu arbeiten, war, wie ihr wisst, mein allerletzter Ausweg. Ich war gezwungen, mich darauf einzulassen, und zwar aufgrund eures verzogenen, egoistischen Verhaltens.«

»Begriffen«, sagte James.

Will lächelte.

»Dann will ich es anders ausdrücken. Du bist nicht zufrieden mit den Bedingungen, die wir erst letzte Woche im beidseitigen Einvernehmen ausgehandelt haben?«

Audrey heftete ihren Blick jetzt auf James und ignorierte Will völlig.

»Die Umstände haben sich geändert«, erklärte sie. »Ich verlange Kost und Logis für mich und Jillian. Mit einem dementsprechend angepassten Gehalt selbstverständlich.«

»Selbstverständlich«, murmelte James. »Darf ich fragen, warum?«

»Meine vorherige Wohnsituation ist leider … unzumutbar geworden«, erwiderte sie.

»Inwiefern unzumutbar?«, fragte Will.

Verdammt, dachte James. Mit dem nackten Oberkörper und dieser autoritären Haltung glich sein Bruder Yul Brunner in *Der König und Ich* ungemein. Aber die Frage war berechtigt, und als

Audrey James fragend ansah, sagte er nichts und deutete ihr damit an, ihm zu antworten.

»Wir haben bei einer Arbeitskollegin vom Striplokal gewohnt, das ihr so gerne mögt, aber ihr Freund war … nicht so glücklich über diese Übereinkunft.«

*Interessant*, dachte James.

»Er war nicht so glücklich darüber, dass du nicht mit ihm ins Bett gestiegen bist?«, fragte er.

Audrey verzog den Mund zu einem grimmigen Lächeln.

»So etwas in der Richtung.«

»Ich weiß, was James dir zahlt, Audrey«, sagte Will. »Du kannst mir doch nicht erzählen, dass du es dir nicht leisten könntest, woanders zu wohnen als bei Strippern und den Mistkerlen, die sie als ihre Freunde bezeichnen.«

Sie schaute ihn verächtlich an.

»Es gibt da noch besondere Umstände.«

»Zum Beispiel?«

Wills Augenbraue ging wieder nach oben. Audrey sah so aus, als ob sie sie gerne mit eigenen Händen abkratzen würde. Aber die Frage war wieder berechtigt, und er ließ sie so stehen.

»Jillian braucht … besondere Förderung«, sagte sie schließlich.

James legte den Kopf schräg.

»Sie kam mir wie ein ganz cleveres Kind vor.«

»Das ist sie. Mehr als genug. Viel mehr. Sie hat einen IQ von über 180, was, falls ihr das nicht wisst, etwa 40 Punkte über der Grenze zum Genie liegt.«

»Aber?«

»Aber sie redet nicht.«

»Gar nicht?«

Audrey schüttelte den Kopf.

»Sie hat mal. Sie schreibt und liest aber noch. Gott, ihr könnt euch nicht vorstellen, wie viel sie liest. Für die gesamte Harry-Potter-Serie hat sie letzte Woche ungefähr eine Stunde gebraucht.« Sie ließ die Schultern hängen. »Aber sie redet nicht.«

»Wieso nicht?«

»Das weiß ich nicht.«

»Wie kannst du das denn nicht wissen?«, fragte Will. James schaute zu ihm auf, überrascht, wie scharf sein Ton war. »Ich meine, mal ernsthaft«, fuhr er fort. »Ein achtjähriges Kind mit dem IQ eines Genies hört auf einmal auf zu reden und du weißt nicht, warum? Du weißt nicht, was passiert ist? Warst du zu sehr damit beschäftigt, Kunden mit Getränken zu versorgen, als dass es dir *aufgefallen* wäre?«

»Mensch, Will.« James streckte seine Hand zu Audrey aus. »Es tut mir so leid, Audrey. Ich weiß auch nicht, was manchmal über ihn kommt. Du würdest es wahrscheinlich nicht vermuten, wenn du dir meinen Bruder anschaust, aber man hat uns eigentlich besseres Benehmen beigebracht. Will, ich glaube, eine Entschuldigung wäre angebracht.«

»Ganz sicher nicht«, entgegnete Will. »Ich bin total auf der Seite des Kindes, was das angeht. Wenn jemand eine Entschuldigung bekommen sollte, dann ist das sie.« Er sah Audrey mit unnachgiebigem Blick an. »Und zwar von ihrer Mutter.«

»Da hast du verdammt recht«, erwiderte Audrey aus großen, leuchtenden Augen. »Sobald ich sie finde, werde ich auch eine verlangen. Denkst du vielleicht, du könntest dein Urteil für zehn beschissene Minuten für dich behalten, damit ich mit deinem Bruder darüber reden kann, wie wir dem Kind ein stabileres Heim bieten können?«

»Ich glaube«, brach James die angespannte Stille, die auf Audreys Ausbruch gefolgt war, »du fängst am besten noch mal von vorne an.«

✦

Am darauffolgenden Sonntagabend beobachtete Will, wie Bel ein Brathähnchen ins Esszimmer trug, wo Team Blake/West die wöchentliche Beurteilung erhalten würde. Sie stellte die Platte mit dem Hähnchen mit einer solchen Ehrerbietung auf den Tisch, als ob ein gut gedeckter Tisch und eine Fleischplatte etwas Heiliges wären.

Was, wie er zugeben musste, wahrscheinlich auch so war. Besonders mit einem Hähnchen darauf wie diesem. Dunkel und glänzend, mit einer Ahornsirup-Glasur und einem Duft, der nach dem Inbegriff von Gastlichkeit roch, verlangte es praktisch danach, dass man sich hinsetzte, ein Tischgebet sprach und dann reinhaute. Es war ein köstliches, knusprig gebratenes Geschenk, das gleichzeitig Einladung, Gastfreundschaft und Großzügigkeit aussprach.

Ein Geschenk, das Will sehr gerne in Empfang genommen hätte, wenn er nicht dem konstanten Laserblick von Audrey Bing ausgesetzt gewesen wäre, der sich mit spürbarer Verachtung von der gegenüberliegenden Seite des Tisches auf ihn heftete. Verachtung, die mittlerweile barmherzigerweise dieses schreckliche Verlangen, welches er in seinem Inneren fühlte, komplett ausgelöscht haben sollte. Haben sollte, nicht hatte.

Kein kleines bisschen.

Sie war eindeutig immer noch sauer, dass er die Annahme gewagt hatte, dass sie nicht nur Mutter, sondern dazu noch eine schlechte Mutter sei. Und zu Wills Leidwesen stellte sich heraus, dass Audrey Weltmeisterin im Nachtragen war.

Ach, sie konnte ihn mal. Wenn man sich die Beweislage anschaute, dann wäre jeder logisch denkende Mensch zu derselben Schlussfolgerung gelangt.

*Aber nicht James*, sagte eine kleine Stimme in seinem Kopf. *James nicht.*

James. Will rollte innerlich mit den Augen. Natürlich zog James keine Schlussfolgerungen oder machte irgendwelche Annahmen. Das musste er ja nicht. James musste bloß einen Ball ins Tor schießen, und schon war er ein gottverdammter Held. Zumindest konnte man das denken, wenn man sah, wie Audrey ihn mit verklärten und dankbaren Augen anschaute.

Will schielte auf sein leeres Weinglas und wünschte sich, dass sich Bel mal beeilen und den Vogel tranchieren würde, damit er endlich zu seinem verdammten Drink kam.

Jillian folgte Bel ins Esszimmer, mit einem wichtigen Ausdruck in ihrem kleinen Gesichtchen, da sie die Verantwortung hatte, eine große Schüssel goldgelben Kartoffelbrei zum Tisch zu tragen. Sie stellte die Schüssel neben Kates Gedeck ab, welche das Kind etwas erstaunt anschaute.

*Seht ihr?*, dachte Will. *Das Kind überrumpelt einen, wenn man seine Anwesenheit nicht erwartet.* Er hoffte, dass Kate irgendwas Unpassendes sagen würde, nur damit er sich besser darüber fühlen konnte, selber ins Fettnäpfchen getreten zu sein.

Bel sah Kates Gesichtsausdruck und sagte schnell:

»Ach Mist, ich habe die Brötchen vergessen. Sie sind in einem Körbchen auf dem Küchentresen. Könntest du sie bitte für mich holen, Jillian?«

Das Mädchen ging wieder zurück in die Küche und Kate sah Bel mit hochgezogenen Augenbrauen an.

»Seit wann bist du denn auf Kinderarbeit angewiesen?«

»Bin ich nicht«, sagte Bel.

Kate drehte sich zu James um.

»Dann haben Sie wohl eine Vaterschaftsklage am Hals?«

»Nein, Ma'am«, antwortete er. »Obwohl Sie nicht die Erste sind, die falsche Annahmen über die Eltern des Kindes macht.«

Er grinste Will an und schaffte es damit, die Wut und die Scham, die seit Tagen in Will brodelten, zum Siedepunkt zu bringen.

Will schnappte sich die Weinflasche und den Korkenzieher.

»Ich mach die schon mal auf, dass der Wein atmen kann«, sagte er zu niemandem im Besonderen.

Seine Nerven lagen so blank, dass er sie im Blut rumoren, in seinen Adern summen spürte. Sein Glas war leer und sein Herz war voll, und eine dieser beiden Situationen musste er sofort ändern. Da er Frust und Wut und dieses blöde ungewollte Verlangen nicht rauslassen konnte, würde er einfach den verdammten Wein aufmachen. Und dann ganz allein austrinken.

»Jillian gehört zu mir.«

Audrey verschränkte die Hände im Schoß und schaute Kate mit kühlem Blick an.

»Hmmm«, sagte Kate. »Und Sie sind ihre – was, meine Liebe? Die Ähnlichkeit ist unverkennbar, aber Sie wollen mir doch wohl nicht weismachen, dass Sie in der Grundschule Mutter geworden sind, oder?«

»Nein«, antwortete Audrey. Will musste nicht aufschauen, um zu wissen, dass ihr Blick auf ihn gerichtet war – und dass er Abneigung ausdrückte. »Nein, das habe ich nicht. Vielen Dank, dass Sie nicht gleich das Schlechteste von mir denken.«

Der Korken sprang mit einem Plopp aus der Flasche und eine Welle der Erleichterung durchfuhr Will. Die Erlösung war nahe. Oder zumindest das Vergessen.

»Jillian ist meine Nichte«, sagte sie. »Die Tochter meiner Schwester.«

»Ich verstehe.« Kate lächelte höflich. »Und sie besucht Sie momentan?«

»Nein. Sie lebt bei mir. Meine Schwester ist nicht gerade das, was man als …« Audrey erlaubte sich, kurz innezuhalten. »… gefestigt bezeichnen würde.«

Kates Augenbrauen schossen in die Höhe.

»Ich verstehe«, murmelte sie wieder und ihr Ton ließ keinen Zweifel daran, dass sie fand, dass Jillians Mutter sich ja wirklich in einem heillosen Zustand befinden musste, wenn eine zweiundzwanzigjährige Cocktail-Kellnerin gefestigter war als sie.

*Ganz genau*, dachte Will. *Und ich bin der Böse, nur weil ich es ausgesprochen habe?*

Aber er hatte es ja nicht nur ausgesprochen. Er hatte es Audrey laut gesagt. Und das war noch nicht alles gewesen. Er hatte ihr auch die Schuld an Jillians momentaner emotionalen Krise gegeben. Wenn man dazu noch in Betracht zog, dass er es sich zum Ziel gesetzt hatte, ihr jegliche Chancen auf Beschäftigung zu rauben, nur weil er sich Scheiße gefühlt hatte, dann musste er schon zugeben, dass er es verdient hatte. Er hatte den Zorn verdient, mit dem sie ihn jedes Mal strafte, wenn sie ihn ansah. Was nicht oft war. Denn sie vermied es, wenn sie konnte.

»Ich habe Audrey gefragt, ob sie in Betracht ziehen würde, hier auch mit einzuziehen«, erklärte James Kate. »Ich hätte vorher nicht gedacht, dass es mir zusagen würde, wenn mein Personal im Haus wohnt, aber dann ist Bel eingezogen und ich fand es von Vorteil, dass sie rund um die Uhr für mich zugänglich ist.«

»Das ist wahr«, sagte Will. »Er spricht in … höchsten Tönen von ihren mitternächtlichen Treffen in der Küche.«

Er lächelte Bel an und zeigte dabei alle seine Zähne. Sie starrte nur böse zurück, aber ihre Wangen färbten sich rosa.

James zuckte mit den Schultern.

»Und bei Audrey kommt noch ein Bonus dazu.« Er strahlte Jillian an, als sie mit dem Brotkorb zurückkam. »Zwei fleißige Mädchen für den Preis von einem.«

Jillian zog den Kopf ein, schüchtern, aber erfreut über das Kompliment, und stellte den Korb auf den Tisch. Sie setzte sich zwischen Bel und Audrey, die James einen dankbaren Blick zuwarf. Eifersucht breitete sich in Wills Herzen aus. James, der Held. Mal wieder.

»Lass uns Dank sagen«, meinte Bel und alle am Tisch senkten ihre Köpfe, um das Tischgebet zu sprechen.

Jetzt war es wirklich an der Zeit, den Wein einzuschenken.

✦

»Ich muss schon zugeben«, sagte Kate, nachdem Bel den Tisch abgeräumt und die Kaffeetassen gefüllt hatte. »Ihr beiden habt euch seit letzter Woche ganz schön verbessert.«

Ihre anerkennenden Worte linderten Bels nervöse Anspannung im Magen nicht, doch James erwiderte:

»Danke. Aber es wäre nicht recht, wenn wir allein die Lorbeeren dafür einheimsen. Die Mädchen haben wirklich tolle Arbeit geleistet, was die Kuchen angeht, nicht wahr, Bel?«

Bel lächelte steif.

»Das kannst du laut sagen.« Denn das hatten sie wirklich. Nachdem sie endlich aufgehört hatten, zu versuchen, sich gegenseitig umzubringen, und/oder James hinter dem Mixer so einzuklemmen, dass er sich nicht gegen ihre Annäherungsversuche wehren konnte. »Die frischgebackenen Mr und Mrs Hartford waren sehr zufrieden mit den Resultaten ihrer Arbeit.«

»Wer hätte das gedacht?«, sagte Kate mit einem angedeuteten Lächeln auf den Lippen und einem matten Ausdruck des Missfallens in ihren Augen. »Dass ein Team, das eine Bruchlandung hinlegte, als es den Damen der feinen Gesellschaft Kuchen servierte, in einer Besserungsanstalt so richtig an Fahrt zunehmen würde?«

Bels Magen krampfte sich noch mehr zusammen. Kate hasste es, wenn die Realität sich nicht ihren Erwartungen beugte, egal, ob es eine Wende zum Besseren oder zum Schlechteren bedeutete. Sie hatte ganz klar erwartet, dass Bel und James in der Besserungsanstalt richtig Schiffbruch erleiden würden, und zwar auf noch melodramatischere Weise als bei der Verlobungsfeier. Und sie war ganz und gar nicht glücklich darüber, dass sie den Ausgang dieser Herausforderung nicht richtig vorhergesagt hatte.

Was bedeutete, so befürchtete Bel, dass sie den Kampf gewonnen, aber den Krieg verloren hatten. Oder zumindest, dass sie nun in eine epische Schlacht geschickt werden, von der sie sich niemals erholen würden. Mit trockenem Mund knetete sie ihre Hände im Schoß, während sie darauf wartete, dass Kate endlich die Bombe platzen lassen würde. Was zur Hölle könnte sie denn noch für ein Ass im Ärmel haben, das eine Woche in der Besserungsanstalt übertreffen würde?

Audrey stand auf einmal auf.

»Wenn Sie uns entschuldigen würden?«, sagte sie. »Es ist jetzt wirklich Zeit für Jillian, ins Bett zu gehen.«

»Selbstverständlich«, antwortete Kate. »Gute Nacht, Liebes.«

Bel atmete erleichtert aus, als Audrey mit Jillian die Treppe hochging und im ersten Stockwerk verschwand. Nicht, dass Bel Audrey nicht mochte, aber sie und Will an einem Tisch versammelt zu haben, war ein bisschen so, als ob man ein schönes Festmahl inmitten von unter Strom stehenden elektrischen Leitungen essen wollte. Ihre stumme Feindseligkeit, das Warten auf Kates Urteil und Wills üblicher Kopfsprung in die Weinflasche hatten zur Ursache, dass Bels Nerven blank lagen.

»Also«, sagte Kate, stellte ihre Kaffeetasse ab und faltete die Hände. »Ihr habt es tatsächlich geschafft. Ihr habt beide bestanden. Bravo.«

»Danke«, erwiderte Bel.

Sie führte ihre Kaffeetasse an die Lippen, obwohl es ihr nicht gelang, einen einzigen bitteren Schluck den Hals runterzukriegen.

»Danke«, sagte James. »Aber um es noch mal zu wiederholen, diese Mädchen waren wirklich was ganz Besonderes. Wirklich tapfer und stark und fest entschlossen, was auch immer zu tun, um sich und ihre Umstände zu bessern.«

»Oder es mit wem auch immer zu tun«, murmelte Will.

»Ganz genau«, sagte James. »Diese Mädchen würden alles tun – oder, ja, du hast recht, Will, es mit jedem tun – um ihre Lebensumstände zu verbessern, egal wie unangenehm. Es war wirklich eine Ehre, ihnen dabei zu helfen, diese Entschlossenheit in bessere, gesündere Wege zu leiten.«

Kate schaute ihn überrascht an.

»Das ist eine sehr einfühlsame Erkenntnis, James.«

»Nicht meine Erkenntnis.« Er tätschelte Bels Knie unter dem Tisch, was einen Schock durch ihr Bein sendete, den sie jetzt wirklich nicht gebrauchen konnte. Sie lächelte ihn verkrampft an und bewegte ihr Knie zur Seite. »Es war Bels. Wir hatten einen wirklich hitzigen Wortwechsel am Abend des ersten Tages in der Erziehungsanstalt und dadurch bekam ich …«

»Einen Ständer«, unterbrach ihn Will.

»Oh, mein Gott«, sagte Bel und schloss die Augen, während der Schock und die Demütigung ihrem jetzt schon überreizten Nervenkostüm noch mehr zusetzten.

»Eine neue Perspektive«, sagte James zu Kate. Er ignorierte Will ganz einfach, worin er schon jahrelang Übung hatte. »Ich wollte sagen, eine neue Perspektive.«

»Natürlich«, murmelte Kate.

»Ja klar.« Will rutschte tiefer in seinen Stuhl, eine beschützende Hand um das Weinglas gelegt, sein Lächeln breit und höhnisch. »Hab ich was anderes gesagt?«

»Du kannst jetzt mal die Klappe halten«, befahl ihm James in sanftem Ton.

Will hielt abwehrend eine Hand hoch.

»'Tschuldigung. Schlechte Angewohnheit, immer die Wahrheit zu sagen. Ich arbeite dran.«

»Arbeite mehr dran.« James wandte sich wieder Kate zu. »Wie ich gerade schon gesagt habe, Bel hat mir die Augen geöffnet. Sie hat solch ein Mitgefühl, eine echte und persönliche Beziehung zu den Mädchen. Fast so, als ob sie wüsste, wie sie sich fühlen, als ob sie das durchgemacht hätte, was sie durchgemacht haben. Sie mit den Mädchen zu sehen, war eine richtige Offenbarung.«

James' nachdenklicher Blick ruhte auf ihr und Bels Magen verkrampfte sich noch mehr, als sie es sich endlich eingestehen musste – sie war komplett auf ihn reingefallen. Diese sonnige, unbekümmerte Art, die er sich angeeignet hatte? Alles nur Schein. Zugegeben, er hatte wirklich ein Meisterwerk daraus gemacht – diese langgezogenen Vokale, der gemütliche Gang, das schelmische Lächeln – aber dennoch. Bel hatte sich selber von ganz unten aus dem Dreck gezogen, indem sie hart gearbeitet und immer auf alle kleinen Details achtgegeben hatte. Das zu sehen, was anderen Leuten entging, war praktisch ihre Religion. Wie zum Teufel konnte es ihr also entgehen, wenn ein gefährlich scharfsichtiger Mann so tat, als sei er dumm?

»Ich kann nicht den ganzen Ruhm für James' gute Arbeit einheimsen«, sagte Bel und schenkte ihm ein kleines, grimmiges Lächeln. Dann sah sie zu Kate rüber und ihr Lächeln wurde breiter. »Er nimmt seine Verantwortung als Erwachsener und Vorbild wirklich ernst. Er hat eine unerwartete und bemerkenswerte Fähigkeit zur Schau gestellt, sich nicht als Berühmtheit aufzuspielen, sondern den ganzen Fokus auf das Unterrichten von Kompetenzen zu legen. Ich glaube, dass es eine wahrlich bereichernde Erfahrung für uns alle war.«

Sie zwang sich dazu, diese Worte auszusprechen, und schaffte es gerade so, nicht daran zu ersticken. Denn obwohl sie glaubte, dass die vergangene Woche tatsächlich eine bereichernde Erfahrung für James gewesen war, indem er dazu genötigt wurde, sich wie der Mann zu verhalten, der er in Wirklichkeit auch war, war es sicher keine bereichernde Erfahrung für Bel gewesen. Genau das Gegenteil war der Fall. Alles, was sie täglich an Kraft und Selbstbeherrschung aufbringen konnte, musste sie schon allein dafür verwenden, jeden Tag in die Anstalt zu spazieren und dort wieder rauszugehen. Sie hatte einfach keine inneren Reserven mehr übrig, die sie dafür benötigt hätte, das unaufhaltsame Feuer in ihrem Inneren unter Kontrolle zu halten, für das James verantwortlich war.

Der Kuss, um den sie ihn dummerweise gebeten hatte, hatte etwas in ihr entfacht.

Etwas Schreckliches und gefährlich Hungriges. Etwas, das sie in Flammen versetzte wie ein Blitz eine ausgedörrte Graslandschaft – ein greller Zacken Licht und Farbe, gefolgt von lodernden, alles verzehrenden Flammen. Sie war völlig erschöpft davon, die ganze Woche Schutzgräben und Brandschutzschneisen errichtet zu haben, aber das Feuer wollte sich nicht aufhalten lassen.

Aber Verlangen war nicht das größte Problem. Bel wusste das. Das Verlangen war mit einer Sehnsucht vermischt, die sie nie zuvor gefühlt hatte. Sie war wie ein Hunger. Nein, wie Gelüste. Starke und unerträgliche Gelüste, die sie befriedigen musste, wenn sie nicht den Verstand verlieren wollte.

Es gelüstete ihr nach James. Nicht nur nach seinem Körper. Nein, es war noch schlimmer. Es gelüstete ihr nicht nur nach seinen Berührungen, nach seinen Küssen. Sie wollte auch seine Gesellschaft. Seine Kameradschaft. Seine Freundschaft. Seine … Zuneigung? Oh Gott. Die Einsicht kam über sie wie ein kalter Schwall Wasser.

Sein Herz. Sie wollte sein verdammtes Herz. Das Mädchen, das glaubte, dass Liebe nur eine dumme Ausrede dafür war, irrational zu handeln, wollte seine Liebe.

Sie schluckte den quälenden Seufzer runter, der ihr entweichen wollte. Großer Gott, was war denn bloß los mit ihr? Was dachte sie sich denn dabei? Wollte sie etwa den Preis aus den Augen verlieren, den sie schon seit der High School ins Auge gefasst hatte, nur weil sie warme Gefühle für einen charmanten Sportler hegte?

Sie gab sich selber gedanklich eine Ohrfeige, um wieder zur Vernunft zu kommen. *Reiß dich zusammen, Bel. Du bist so kurz vor dem Ziel. Konzentriere dich einfach, okay? Reiß dich zusammen und bringe die Sache zu Ende.*

Entschlossen begegnete sie Kates Blick und sagte:

»Wir sind sehr zufrieden mit unserer Leistung und wir hoffen, dass du es auch bist.«

»Das bin ich«, antwortete Kate und lächelte anerkennend, wenn auch zögerlich. »Überraschenderweise. Wie schon gesagt, ich habe so viel Introspektion von Mr Blake nicht erwartet, und auch nicht diese Flexibilität, die du bewiesen hast. Aber ihr werdet mir wahrscheinlich zustimmen, dass diese beiden Qualitäten bei der letzten Herausforderung unabdingbar sein werden.«

»Der letzten Herausforderung?« Bel hob höflich interessiert ihre Augenbrauen, ohne sich anmerken zu lassen, dass ihr vor Beunruhigung das Herz flatterte. »Ich dachte, es gäbe noch zwei Aufgaben, die wir meistern müssten.«

»Technisch gesehen schon.« Kate faltete zufrieden ihre Hände und Bels Muskeln spannten sich an. James' Hand tastete wieder nach ihrem Knie unter dem Tisch. Er drückte es beruhigend. Es war interessant, dass das ihre Nerven zur Ruhe kommen ließ, anstatt sie noch mehr zu reizen. Sie fragte sich vage, wie das möglich war. »Aber in Anbetracht des Ausmaßes dieser Herausforderung, die ich mir für euch ausgedacht habe, habe ich vor, euch doppelte Punkte dafür zu geben, wenn ihr sie erfolgreich meistert. Außerdem werdet ihr wahrscheinlich zwei ganze Wochen für die Vorbereitungen und die Ausführung benötigen.«

»Ja?« James lehnte sich zurück, legte einen Arm über die Stuhllehne und lächelte Kate träge an. »Also, was erwartet uns? Machen wir einen Fallschirmsprung in eine irakische Kriegszone, um die Truppen mit Muffins zu versorgen? Backen wir Brot mit Waisen? Kochen wir ein Thanksgiving-Essen über einer brennenden Tonne mit einer Gruppe Obdachloser?«

»Nein«, sagte Kate mit einem scharfen und unterkühlten Lächeln. »Ihr werdet einen Ball geben.«

# Kapitel 21

James blinzelte sie verdutzt an.

»Wir werden was machen?«

»Einen Ball geben.« Kate schaute ihn mit diesem eisigen Lächeln an, das ihr so eigen war, und nahm noch einen Schluck Kaffee. »Das ist eine sehr festliche Party, bei der getanzt wird.«

»Vielen Dank«, sagte James, »aber das Wort habe ich schon verstanden.«

Neben ihm räusperte sich Bel.

»Du möchtest, dass wir den Fuchsjagdball ausrichten.«

Es hörte sich nicht wie eine Frage an.

James sah sie mit gerunzelter Stirn an.

»Den was?«

Kates Lächeln galt nun Bel.

»Schlaues Mädchen. Ganz genau.«

»Etwas Hilfe?«

James richtete seinen perplexen Blick auf Bel.

»Den Fuchsjagdball«, erklärte Bel langsam. »Er ist eine Tradition in dieser Gegend von Virginia. Die Jagdsaison wird mit einem festlichen Ball eröffnet.«

»Jagdsaison?« James ließ sich das Wort im Mund zergehen. »Meint ihr damit Reiter in roten Jacken und hechelnde Hunde und Hornbläser und Pferde, die durch den Wald jagen und alles plattmachen, was ihnen im Weg steht, nur um einen mickrigen kleinen Fuchs zu stellen?«

»Ja.«

»Super«, meinte James. »Gut, dass ich England verlassen habe.«

»Es ist eine jährliche Tradition, die es seit hunderten von Jahren gibt«, sagte Kate. »Und es ist das wichtigste gesellschaftliche Ereignis der Saison in diesem Teil des Landes, wobei viel Geld für wohltätige Zwecke gesammelt wird.«

»Kate gibt diesen Ball im Hunt House«, erklärte ihm Bel. »Sie richtet ihn schon seit Jahren dort aus.«

»Was bedeutet, dass die Grundmauern für diese Veranstaltung schon stehen«, ergänzte Kate. »James und du müsst das Ganze nur noch auskleiden.«

»Mit was genau?«, fragte James.

»Na, das Catering, natürlich. Wir haben die Firma damit beauftragt, welche die Aufgabe gewöhnlich übernimmt, aber das Menü muss noch bestimmt werden, Servicekräfte müssen instruiert und ausgebildet werden, dem Ganzen muss eine persönliche Note verliehen werden.« Kate machte eine flüchtige Geste mit der Hand. »Ihr wisst schon, die Einzelheiten.«

»Ich weiß«, sagte Bel mit einem so grimmigen Gesichtsausdruck, dass James sich fragen musste, ob sie nicht in Wirklichkeit diejenige gewesen war, die sich um diese ganzen Angelegenheiten in den letzten paar Jahren gekümmert hatte.

»Ich bin mir sicher, dass Bel sich diesem Teil mit ihrer üblichen Effizienz widmen wird. Sie werden sich also darum nicht kümmern müssen.«

»Na, das ist aber eine Erleichterung«, erwiderte James.

»Und dann gibt es noch einen Auftritt oder andere Form der Unterhaltung. Eine Tombola oder eine stille Auktion oder sonst was.« Kate lächelte gelassen. »Hauptsache, es beweist guten Geschmack und es hat genug Wert, um einen begeisternden Effekt auf locker sitzende Geldbeutel zu haben.«

»Aha.« James schaute seine Brüder an, die ihm gegenüber saßen, dann seinen Agenten am Ende des Tisches, der den gesamten Abend völlig stumm geblieben war – was schließlich sehr untypisch für ihn war. Alle drei betrachteten Kate mit unterschiedlichem Ausmaß an Argwohn. Ja, genau dieses Gefühl machte sich auch in James breit. »Und wer wird für diesen Teil zuständig sein?«

Kate strahlte ihn an.

»Na, Sie natürlich.«

»Ich?«

»Selbstverständlich. Und ich bin mir sicher, dass Sie sich dabei selbst übertreffen werden. Sie sind ein sehr außergewöhnlicher junger Mann, James.«

Will schnaubte verächtlich. Er kippte sich den letzten Schluck Wein runter und stand dann auf.

»Und das ist auch alles an James-Anbetung, die ich an einem Abend ertragen kann. Wissen Sie, mein Magen. Er ist sehr empfindlich. Bitte entschuldigen Sie mich.«

Er schob seinen Stuhl zurück und stolzierte dann aus dem Zimmer. James sah ihm besorgt nach. Will war schon immer leicht reizbar gewesen, aber langsam wurde es fast unerträglich. Er schaute mit fragendem Blick zu Drew rüber, der aber nur mit den Schultern zuckte.

»Sie sind vielleicht ein kleines bisschen verwöhnt«, meinte Kate, ohne Wills plötzlichem Abgang die geringste Beachtung zu schenken, »aber das war ja zu erwarten gewesen, in Anbetracht der Tatsache, dass Sie in so jungen Jahren und ohne große Anstrengung schon viele Erfolge feierten.«

»Es kam mir nie so vor, als ob der Erfolg ohne große Anstrengung eingetreten sei«, antwortete James.

Kate fuhr fort, als ob er nichts gesagt hätte.

»Das Gute daran ist, dass Sie noch Zeit haben, dem zu entwachsen. Besonders wenn Sie sich dazu bringen können, sich ab und zu mal einer Selbstprüfung zu unterziehen.«

James warf Bel einen Blick zu, die konzentriert die Tischdecke anstarrte.

»Oder jemanden anzustellen, der mich dazu bringt.«

»Was auch immer funktioniert.« Kate tätschelte kurz seine Hand. »Diese Selbsteinsicht, zusammen mit Ihren sportlichen Fähigkeiten und Ihrem unbestreitbaren …« Sie schaute ihn nachdenklich aus zusammengekniffenen Augen an. »*Charme* ist wahrscheinlich das richtige Wort dafür.«

»Vielen Dank, Ma'am«, sagte James bescheiden.

Sie schaute ihn scharf an.

»Weder das eine noch das andere ist Ihr eigener Verdienst, und beides haben Sie bislang nur dafür eingesetzt, Ihre Launen und die Launen Ihrer Brüder zu befriedigen.«

James wischte sich das Grinsen vom Gesicht und versuchte, so reumütig auszusehen, wie es angebracht war.

»Was ich Ihnen gebe, James, ist die Chance, Ihre Gott gegebenen Talente für etwas anderes einzusetzen als für Sie selber. Ich gebe Ihnen die Gelegenheit, nicht nur ein anständiger Mann zu sein, sondern ein guter Mensch. Einen positiven Einfluss auf diese Welt zu haben, sich mit echten Menschen auf bedeutende und dauerhafte Weise zu verbinden. Ich hoffe doch sehr, dass Sie das hier ernst nehmen.«

»Ja, Ma'am«, erwiderte James. Er schielte zu Bel rüber, deren schöner Mund zu einem besorgten Strich verkniffen war. Das Licht des Kronleuchters spiegelte sich auf ihrem geneigten, glänzenden Haupt wider. Er spürte den überwältigenden Drang, seine Hand in ihren schlanken Nacken zu legen und ihre Lippen an seine zu führen, um ihr diese starre Traurigkeit zu nehmen. »Das habe ich vor.«

✦

Nach dem Abendessen begleitete Bob Kate zum Hunt House zurück, wie es sich für einen Gentleman gehörte. Er ging neben ihr den mit Muschelkies bedeckten Pfad entlang, der um den Teich herum führte, und betrachtete ihr vom Mondlicht illuminiertes Haar. Sie gingen den sanften Hügel hoch, auf dessen Spitze Hunt House stand, und der Lichtstrahl des Mondes glitt immer tiefer, je höher sie stiegen: erst über ihre scharfen Wangenknochen, dann den geraden Nasenrücken und schließlich den eleganten Schwung ihrer Lippen.

»Du bist perfekt«, sagte er.

»Wie bitte?«

Sie drehte sich zu ihm um, eine Braue freudig überrascht hochgezogen.

»Das bist du«, sagte er. »Im Mondlicht. Dein Gesicht. Es ist, als ob es von Meisterhand gemeißelt wurde.«

»Ach, Bob, das hast du aber schön gesagt.«

Er schüttelte den Kopf und ging weiter.

»Und das ist auch gut so. Du bist kein junger Hüpfer mehr, aber die Kamera liebt dich immer noch.«

Sie lachte und schloss zu ihm auf.

»Und jetzt dachte ich gerade, dass du in deinem hohen Alter noch sentimental wirst.«

Er zuckte mit den Schultern.

»Das bin ich. Habe ich dir nicht gerade gesagt, wie wunderschön du bist?«

»Das hast du.«

»Na also.«

Sie gingen schweigend nebeneinander her, während die Blätter in den Baumkronen über ihren Köpfen leise im Nachtwind raschelten. Kate hielt vor der Verandatür an, die von ihrem Büro in den Garten führte. Mit hochgezogener Augenbraue und spitzbübischem Lächeln fragte sie:

»Sollte ich dich hineinbitten?«

Bob schüttelte langsam den Kopf.

»Du weißt ja, was meine Einstellung dazu ist.«

»Ach, du meine Güte.« Sie verdrehte die Augen. »Nicht schon wieder die alte Leier.«

»Ja. Da bin ich wohl altmodisch.«

»Du«, sagte Kate, griff ihn am Revers und zog ihn näher, um ihm einen langsamen Kuss zu geben, »bist das am wenigsten Altmodischste, das mir jemals zwischen die Bettlaken gekommen ist.«

Bob schluckte schwer und nahm all seine Entschlossenheit zusammen. Gott, dieser Mund.

»Ich bin langsam zu alt für Sex ohne Bindung, Kate.«

»Ich habe mich doch an dich gebunden«, antwortete sie. »Wenn ich in den Ruhestand gehe, dann werden wir zusammen sein.«

»Dann bitte mich wieder hinein, wenn du im Ruhestand bist. Dann sage ich Ja. Aber bis dahin?« Bob löste sich von ihren hungrigen Händen. »Kann ich warten.«

Sie schloss wieder zu ihm auf und legte eine warme Hand auf seine breite Brust, ihr Kussmund so nahe, dass es ihm Herzklopfen bereitete.

»Was, wenn ich nicht warten kann?«

Er nahm ihre Hand von seiner Brust und hielt sie dann in seiner. Sie fühlte sich dort so gut an. Nicht so gut wie auf seiner Brust, aber immer noch sehr gut. Als ob er um sie werben würde. Und verdammt, das tat er ja auch. Auch wenn es ihn schier um den Verstand brachte.

»Also«, sagte er heiter, »Bel und James scheinen ja gute Fortschritte zu machen. Es war ein holpriger Start, aber es sieht so aus, als würden sie es tatsächlich schaffen.«

Sie runzelte die Stirn.

»Nun, das möchte ich doch hoffen.«

Aber Bob hatte seine Zweifel. Konnte er da ein leichtes Zögern in ihrer sonst so forschen Art entdecken?

»Du hast deine Zweifel?«

»Nein. Natürlich nicht.« Sie wedelte mit der Hand ungeduldig in der Luft herum. »Wenn Bel diese letzte Aufgabe zu meiner Zufriedenheit meistert, dann kann ich abtreten und wir können endlich zusammen sein. Ich möchte mehr als jeder andere, dass sie erfolgreich ist. Das weißt du doch.«

Bob sah sie mit scharfem Blick an.

»Tue ich das? Du stellst sie seit drei Jahren auf Bewährungsprobe und du bist immer noch nicht näher dran, dein Zepter abzugeben. Jede andere Person hätte dir schon längst gesagt, dass du es dir sonst wo hinstecken kannst.«

Ihr Rücken straffte sich.

»Reden wir hier immer noch über Bel?«, fragte sie steif. »Oder hat dieses Gespräch eine hässliche und unnötige Wendung genommen?«

»Aber Bel«, fuhr Bob geduldig fort, als ob Kate nichts gesagt hätte, »Bel will das. Sie will es mehr als alles andere. Soweit ich das beurteilen kann, wollte sie noch nie etwas sonst. Du deutest jetzt schon seit drei Jahren an, dass dein Rücktritt unmittelbar bevorsteht. Es ist langsam Zeit, Kate. Ihr das jetzt noch vorzuenthalten?« Bob hob die leeren Hände. »Das ist schon fast gemein.«

Sie zog eine Schulter hoch.

»Es liegt nicht an mir«, sagte sie. »Entweder verdient sie es sich oder nicht.«

Bob lächelte sie innig an.

»Dann hoffen wir doch mal, dass sie es sich verdient.«

»Das hoffen wir«, meinte Kate.

Das von ihr erwiderte Lächeln war warm, aber nicht warm genug, um etwas Kämpferisches und Gehetztes in ihren Augen zu verstecken. Bob erkannte es als sein Stichwort, vom Thema abzulassen und zu schweigen.

»Gute Nacht, Kate.«

Er zwang sich dazu, gemütlich durch den nächtlichen Garten zu schlendern, als ob er alle Zeit der Welt hätte. Als ob es ihm nicht einen tödlichen Stich ins Herz versetzen würde, nur eine einzige Nacht zu verschwenden, die sie zusammen verbringen könnten.

Geduld, befahl er sich. Wenn er eins wusste, dann, dass es nie etwas Gutes brachte, wenn man sie bedrängte. Weh dem Menschen, der Kate in eine Ecke drängte.

Er betete bloß zu Gott, dass sie möglichst bald den richtigen Entschluss fassen würde. Er wusste nicht, wie viel Zeit er ihr noch geben konnte.

Am nächsten Morgen stand Bel frisch und früh in der Küche und hängte eine Pinnwand von der Größe eines Kleinwagens an die Wand. Dann nahm sie sich einen Stapel oft durchgeblätterter Rezeptkarten vor und machte sich daran, ein Menü zu planen, das jeden Mann, jede Frau und jedes Kind, die dieses Jahr beim Fuchsjagdball zu Gast waren, vor kulinarischem Genuss in Verzückung ausbrechen lassen würden.

Einige Stunden später war ihre Pinnwand immer noch ziemlich leer. Sie schlug mit den flachen Händen auf die Arbeitsplatte, unterdrückte einen frustrierten Schrei und sprang auf.

Bel glaubte mit fast religiösem Eifer daran, dass man mit Beharrlichkeit alles erreichen konnte. Aber selbst sie musste sich des Öfteren eingestehen, dass Beharrlichkeit manchmal nicht genug war, besonders, wenn es um Essen ging.

Manchmal brauchte es dafür Magie.

Das auch nur zuzugeben, widersprach eigentlich jedem Grundsatz, der Bels Leben bestimmte, aber es zu verleugnen, brachte auch nichts. Um einen solchen Volltreffer zu landen, wie Bel erreichen wollte, brauchte es mehr als rigorose Übung und Detailgenauigkeit. Dafür brauchte es Magie. Inspiration. Einen Geniestreich.

Und nichts davon konnte man erzwingen. Magie musste man einladen. Pflegen. Umwerben. Normalerweise hatte sie nichts dagegen. Aber mit nur zwei jämmerlichen Wochen, die Kate ihnen gegeben hatte, das fürstlichste gesellschaftliche Ereignis des Jahres zu planen, hatte Bel nicht die Zeit dafür.

Was sie brauchte, war ein Trip zum Wochenmarkt. An den grünen Ständen vorbeischlendern, die Luft einatmen, die schwanger mit dem Duft der Früchte war, die diese Erde hervorbrachte. Sie musste runde, pralle, sonnenbetankte Tomaten in den Händen halten und ihren schweren Duft tief in sich einsaugen. Sie brauchte ein Netz voller Zwiebeln, an denen noch der Dreck klebte, und vielleicht einen kurvigen, sexy Kürbis. Einen kleinen Pattison oder einen anderen niedlichen Gartenkürbis vielleicht.

Was sie brauchte, war Inspiration.

Aber sie würde sich damit zufrieden geben, dass James seinen faulen Hintern aus dem Bett bekam, damit sie zumindest ihre Strategie planen konnten. Wenn sie wüsste, was er für ein Programm geplant hatte, dann würde die Magie vielleicht von ganz allein mit an Bord kommen.

Sie schaute auf ihre Uhr. Wo zum Teufel war er bloß? Man konnte ihn wirklich nicht als Frühaufsteher bezeichnen, aber normalerweise konnte man sich zumindest darauf verlassen, dass er bis zum Mittag in der Küche eingetrudelt war.

Sie könnte hochgehen und ihn aufwecken. Ihr war gar nicht lieb, dass sie beim Gedanken an James in warme Bettlaken gewickelt, halb nackt und noch ganz verschlafen, sein wunderschöner Mund weich und einladend, von einem heißen, prickelnden Blitz getroffen wurde.

Sie setzte sich mit bedächtiger Ruhe wieder auf den Hocker vor ihren Stapel mit aussortierten Rezepten. Lieber würde sie weiterhin versuchen, die Magie erfolglos zu erzwingen, sagte sie sich entschlossen, als James erfolgreich zu wecken. Und wenn ein kleiner, aufmuckender Teil ihrer Seele Protest schrie, dann ließ sie das kalt. Sie lenkte die Energie lieber woanders hin, nämlich, um sich redlich aufzuregen.

Denn es war ja wohl nicht gerecht, dass sie hier saß und sich mit Arbeit abrackerte, die sie eigentlich gemeinsam erledigen sollten. Es war nicht gerecht, dass sie die ganze Last der Sorgen um die Veranstaltung auf den Schultern tragen sollte, während er in den Tag hineinschlief wie ein römischer Soldat nach einer Orgie. Es war nicht gerecht, dass er überhaupt schlafen konnte, während sie hier vergeblich versuchte, ein kleines bisschen *Magie* zu zaubern. Magie war schließlich *seine* Sache, und wenn er es noch nicht einmal für nötig hielt, vor *Mittag* hier anzutanzen, dann …

»Hey Bel.« James kam in die Küche geschlendert. Er ließ sich auf den Hocker neben ihren fallen und schaute sie hoffnungsvoll an. »Du hast nicht zufällig noch eine Tasse Kaffee parat, oder?«

»Vor drei Stunden hättest du eine haben könnten«, sagte sie reserviert und ging noch mal einen Stapel Rezepte durch, den sie schon viermal aussortiert hatte. »Ich habe den Kaffee inzwischen weggekippt.«

»Oh.« Die Hoffnung schwand aus seinem Gesicht. »Bevor du zu uns gekommen bist, haben wir immer einfach die Ablagerung auf der Oberfläche abgeschöpft und den Rest in der Mikrowelle warm gemacht.«

»Bitte entschuldige, dass ich Standards habe.«

Sie ließ den Stapel Karten fallen und nahm sich einen neuen.

»Ich habe Standards«, antwortete er. »Aber hauptsächlich beziehen die sich darauf, am Morgen meine Dosis Koffein zu bekommen.«

»Dann solltest du vielleicht vor der Mittagszeit aufstehen«, fauchte sie.

Seine Augen unter der abgetragenen Manchester United Baseballkappe musterten sie nun besorgt.

»Ist irgendwas, äh, nicht in Ordnung?«

»Natürlich nicht.« Sie schmiss den Stapel wieder hin, genervt von der Tatsache, dass er *immer* noch keine möglichen Rezepte enthielt, und griff sich den nächsten. »Wieso fragst du?«

Er hob vorsichtig die Schultern.

»Du scheinst ein wenig … gereizt zu sein.«

»Gereizt?« Sie schaute ihn mit gespielt geweiteten Augen an, um so zu tun, als sei sie überrascht und beleidigt ob seiner Andeutung. »Wieso sollte ich denn gereizt sein? Nur weil wir zwei kurze Wochen Zeit haben, die aufwendigste Veranstaltung zu organisieren, an der ich jemals gearbeitet, geschweige denn, die ich jemals ausgerichtet habe, und mein Partner …« Hier machte sie eine Pause, um ihm einen tödlichen Blick zuzuwerfen. »… wenn er sich denn dazu herablässt, überhaupt aufzutauchen, hat nichts anderes zu tun, als sich zu beschweren. Welche erbärmliche Giftnudel würde denn aus einem solchen Grund gereizt sein?«

»Ich habe keine Ahnung«, sagte er langsam. »Vielleicht könntest du mich, ich weiß nicht, aufklären?«

Sie haute mit den flachen Händen auf den Tresen.

»Herrgott noch mal, James! Was erwartest du denn? Ein Kapellenständchen, dafür, dass du es endlich geschafft hast, aus dem Bett zu kommen? Ich bin seit Stunden hier unten und werde immer rasender, weil ich versuche, ein erfolgreiches Menü zusammenzustellen, und es will einfach nicht klappen, und ich bin frustriert und besorgt und wütend, und du bist nicht *hier*!«

Sie sprang auf und ging ein paar Schritte weg, entsetzt über den blanken Schmerz, der in ihrer Stimme deutlich zu hören war. Gott.

Kein Wunder, dass er sich von ihr fern hielt. Es war schließlich schlimm genug, dass sie das Gefühl hatte, sie würde verrückt werden. Musste sie sich denn unbedingt auch noch wie eine Verrückte aufführen?

»Hey.« Seine Stimme war leise und schockierend nah an ihrem Ohr. Wieso bekam sie denn nie mit, wenn sich dieser Kerl bewegte? »Jetzt bin ich ja hier, okay?«

Er legte seine Hände auf ihre Schultern, sie fühlten sich warm und stark und tröstend an. Sie musste jegliche Selbstbeherrschung aufwenden, die sie hatte, sonst hätte sie sich jetzt an seinen warmen und kompakten Körper angelehnt und für ein paar Minuten alle Sorgen vergessen.

»Ich hätte dich ein bisschen früher gebrauchen können«, sagte sie stattdessen.

»Ach, Bel.« Er zog sie in seine Arme. Sie schloss die Augen, um diese verräterische Welle der Zufriedenheit auszublenden, die durch sie durchging. Genauso verdrängte sie den kleinen Flicker der Erkenntnis, dass ihre Körper sich perfekt aneinander schmiegten. »Du hattest einen wirklich schweren Vormittag, was?«

Sie war nicht vorbereitet auf die Tränen, die ihr nun hinter den Lidern brannten, und sie zuckte missmutig mit den Schultern. Er drückte ihr einen schnellen Kuss auf die Schläfe und drehte sie zu sich herum, damit er sie ansehen konnte. Er hielt ihre Schultern in diesen großen, patenten Händen und beugte sich etwas zu ihr runter, um ihr in die Augen zu schauen.

»Ich habe dich nicht im Stich gelassen, Bel«, sagte er. »Ich weiß, dass ich mich in den letzten Wochen nicht sonderlich angestrengt habe, dir ein guter Partner zu sein, aber ich habe Kate gestern Abend gesagt, dass ich die Sache ernst nehme, und das tue ich auch. Na klar, das ist in meinem Interesse. Ich würde auch gerne meine Karriere wiederhaben. Aber es ist auch wegen dir.«

»Wegen mir?«

Sie blinzelte ihn an und versuchte ihr Bestes, den Fokus zu bewahren und sich nicht von diesen wundervollen, aufrichtigen Augen und dem verführerischen Mund direkt vor ihrem ablenken zu lassen.

»Wegen dir.« Er lächelte sie an und Bels gesamter Körper war davon wieder wie vom Schlag getroffen. Einem ganz heftigen Schlag. Sie wollte sich nach vorne beugen und ihren Mund auf seinen pressen, wollte einmal diejenige sein, die den Abstand zwischen ihnen verringerte, aber plötzlich ließ er seine Hände fallen und trat einen Schritt zurück. Seine Lippen verzogen sich zu einem Lächeln, aber es war eine höfliche, auf Armlänge haltende Parodie seines wahren, von Herzen kommenden Lächelns. »Du hast hierfür – und damit indirekt auch mir – alles gegeben, was du hast, Bel. Ich glaube nicht, dass es dir auch nur in den Sinn kommen würde, nicht hundert Prozent und mehr von dir zu geben. Es ist eigentlich unglaublich, und, um ehrlich zu sein, lässt einen demütig werden. Du verdienst einen besseren Partner. Das hast du dir redlich erarbeitet.«

Bel ließ bestürzt den Kopf hängen. Was, wollte er sie verlassen? Gab er auf?

»So schlimm war es ja auch nicht, James. Ab und zu könnte ich mich ein bisschen lockerer machen …«

»Also, ja, das stimmt.« Er grinste sie an. »Aber das ist immer noch kein Grund, deine Karriere einfach so aufs Spiel zu setzen. Deshalb habe ich auch den gesamten Vormittag in der Bibliothek verbracht.«

»Der Bibliothek?« Sie runzelte die Stirn und ihr Blick wanderte von seinem Gesicht über das verblichene T-Shirt zu seiner gammeligen Jogginghose. »Im Schlafanzug?«

»Ich trage keinen Schlafanzug im Bett.«

»Oh.«

Ihre Wangen wurden rot und er lachte.

»Die meisten Leute bügeln nicht extra ihre Klamotten, um in die Bibliothek zu gehen, Bel.«

Sie zuckte mit den Schultern und war gedanklich immer noch bei der Tatsache, dass James so nackt wie Gott ihn geschaffen hatte im Bett schlief.

»Aber ich habe geduscht, bevor ich losgegangen bin. Um wenigstens ein kleines bisschen Anstand zu wahren.«

»Da bin ich aber froh«, meinte sie.

Er strahlte sie an.

»Willst du meine Idee hören?«

»Für was?«

»Für den Fuchsjagdball.«

Sie schüttelte den Kopf.

»Ich glaube, ich brühe tatsächlich noch mal eine Kanne Kaffee auf. Ohne Koffein kann man dir nicht folgen.«

»Du bist ein Engel«, sagte er. »Dann fange ich noch mal von vorne an, wenn ich Koffein intus habe. Ich glaube, du wirst begeistert sein, wenn ich es richtig erkläre.«

✦

»Wo hast du die denn her?«, wollte Bel wissen, während ihre Finger ehrfürchtig über die originalen Baupläne des Hunt-Anwesens strichen.

»Die hiesige Bibliothek hatte sie«, antwortete James und hielt eine Tasse Kaffee in seinen Händen, als ob es sich dabei um Manna handeln würde, das vom Himmel gefallen war.

»Du hast einen Bibliotheksausweis?«

»Aber klar. Das ist das Erste, was ich organisiere, wenn ich irgendwo neu hinziehe.«

Sie konnte ihren Blick gerade lange genug von den Bauplänen losreißen, um ihn skeptisch über die Schulter anzusehen.

»Wirklich?«

»Meine Mama hat immer gesagt, es gäbe in diesem Land keine Probleme, die man nicht dadurch lösen könne, indem man die Hälfte der Kirchen in Bibliotheken umwandeln würde.«

Bel grinste.

»Ich wette, dass sie diese Aussage in einer texanischen Kleinstadt bestimmt sehr beliebt gemacht hat.«

»Alle Ideen der Welt, kostenlos und frei zugänglich für die Allgemeinheit«, sagte James. »Was ist denn daran so unchristlich?«

»Gar nichts«, murmelte Bel und zeichnete mit dem Finger die Umrandungen der schönen Veranda und den sauber gesetzten Küchenfenstern von Dower House nach.

Das Gefühl des Verlusts versetzte ihr einen bittersüßen und schmerzhaften Stich, und sie blätterte die Seite um. Es machte keinen Sinn, auf der Vergangenheit herumzureiten, sagte sie sich. Sie würde schon einen neuen Ort finden, wo sie ihre Eier und ihre Butter verwahren konnte. Eine neue Küche, die sie liebte. Sobald sie hier fertig war.

Und wieder schmerzte sie unerwartet das Gefühl des Verlusts beim Gedanken daran, aber sie zwang sich dazu, es zu ignorieren. Sich auf die Seite vor ihrer Nase zu konzentrieren und nicht auf den großen, wundervollen Ort, in dem sie sich momentan befanden. Das Herz von James' Haus, das sie zu ihrem neuen Zuhause gemacht hatte.

Sie blätterte erneut um und blickte nun genau auf die Küche, in der sie gerade waren.

»Ist das nicht cool?« James schaute ihr über die Schulter, seine Aufregung merklich in seiner Stimme hörbar. »Das ist der Annex.« Er beugte sich vor, um einen Finger auf den Plan zu legen. »Hier sind wir. Wusstest du schon, dass der Annex ursprünglich zum Hunt-Anwesen gehörte?«

»Ja, das wusste ich.« Sie schielte ihn von der Seite an. »Deshalb heißt es auch Annex. Weil es ein *Nebengebäude* ist?«

»Ich weiß schon, was Annex bedeutet, Bel.« James stieß ihr kameradschaftlich mit dem Ellenbogen in die Seite und zeigte dann mit dem Kinn in Richtung Garten. »Aber diese Hecke da draußen ist bestimmt genauso alt wie das Haus.«

»Fast.«

»Warum würde man denn ein riesiges wunderschönes Haus bauen, nur um es hinter einer großen Wand Gebüsch zu verstecken?«

»Betrachte es als eine Art Neidbau.«

Bel beugte sich vor, um die winzige Schrift entziffern zu können, die auf dem Blatt Papier geschrieben stand.

»Neidbau?«

»Hmmm. Das Resultat eines Familienstreits, so wird es zumindest erzählt.«

»Das muss ja ein ganz ordentlicher Streit gewesen sein.«

»Ich glaube, es ging um eine Frau.«

»Ist das nicht immer so?« Sie sah ihn aus schmalen Augen an. Er lächelte unschuldig. »Woher weißt du das denn überhaupt?«

»Kate.« Sie zuckte mit den Schultern. »Sie hat es sich zur Lebensaufgabe gemacht, Hunt House wieder zum Glanz seiner früheren Zeiten zu verhelfen. Mit Hunt House und Dower House hat sie das schon hinbekommen, aber sie hat es nie geschafft, den Annex zu erwerben.« Bel zog die Augenbrauen hoch. »Es hat sie so richtig gewurmt, als die frühere Besitzerin es dir und nicht ihr verkauft hat. Sie hat es als persönliche Beleidigung aufgefasst.«

»Und das sollte sie auch. Die Frau, von der ich es gekauft habe, hatte für *Kate Every Day* absolut nichts übrig, wenn ich mich recht erinnere. Sie fand, dass Kate arrogant und hochnäsig und selbstgefällig sei.« Seine Augen funkelten schelmisch. »Und das war nur das, was sie sich getraut hat, vor der hübschen kleinen Immobilienmaklerin zu sagen, die mir das Haus gezeigt hat. Was sie sonst noch gesagt hat, will ich gar nicht wiederholen. Außerdem könnte ich es auch gar nicht so schön sagen wie die schwerhörige neunzig Jahre alte Frau.«

»Miss Farnsworth.« Bel lächelte. »Sie und Kate pflegten einen … höflichen Umgangston.«

»Das ist ja eine schöne und sehr südstaatlerische Art und Weise, das auszudrücken.«

»Nicht wahr?«

Sie blätterte noch eine Seite um, und was sie sah, nahm ihr den Atem.

Er wippte auf den Zehenspitzen seiner Turnschuhe und strahlte bis über beide Ohren.

»Das ist der ursprüngliche Bebauungs- und Gartenbauplan. Für das gesamte Anwesen. Ich konnte es gar nicht glauben, dass sie ihn hatten.«

Sie blinzelte und beugte sich vor, während sie mit einem Finger die dünnen Linien nachzeichnete.

»Meine Güte, James, schau dir das an! Ohne die riesige Hecke, die das Anwesen teilt, kann man wirklich sehen, wie die drei Häuser einmal als Teile eines Ganzen entworfen wurden. Dass sie auf den Teich, aber auch aufeinander ausgerichtet sind. Dass sie einen Kreis formen und eigentlich eine Art Gemeinbesitz bilden. Mit … ist das ein Garten in der Mitte?«

»Ganz genau.« Er blätterte mit dramatischer Übertreibung eine weitere Seite um, und was sie sah, verschlug Bel jetzt völlig die Sprache. »Darf ich präsentieren: Hunt Gardens.«

»Mit einem ganz großen G. Meine Güte, James.« Sie folgte mit dem Finger den hübschen kleinen Wegen, die um Blumenbeete und Haine, Rosenbögen und Alkoven herumführten. »Das sieht ja so aus wie etwas, über das man in historischen Liebesromanen liest – diese Alkoven, die Skulpturen und die Promenaden.«

»Du, äh, liest also viele dieser Liebesromane?«

Da war Schalk in seiner Stimme und Bel rümpfte affektiert die Nase.

»Genug, um zu wissen, dass Lord So-und-so sehr versucht sein wird, sich bei Lady Wie-hieß-sie-noch bestimmte Freiheiten herauszunehmen, wenn sie …« Sie tippte mit dem Zeigefinger auf die Zeichnung und kniff die Augen zusammen, um die kleine Schrift zu lesen. » … genau hier, beim Springbrunnen weilen.«

James lachte.

»Das wird er wohl, wenn alles nach Plan läuft.«

Bel drehte sich langsam zu ihm um.

»Plan? Du hast einen Plan?«

Er grinste sie an.

»Was würdest du dazu sagen, wenn ich dir erzähle, dass ich beschlossen habe, die Anlage wieder zu restaurieren?«

»Die Anlage?« Bel starrte ihn an. »Du meinst, du willst diese Gärten anpflanzen?«

»Ja.«

»Aber zwischen diesem Haus und Hunt House befindet sich eine dreißig Meter lange Hecke. Und die Hälfte dieses Gartens wäre auf Kates Grundstück. Und selbst wenn es diese Hindernisse nicht gäbe – und es gibt sie –, haben wir nur zwei Wochen, diese Party zu planen. Nie im Leben könntest du es schaffen, das hier …«, sie tippte mit dem Finger auf die Zeichnung, »in zwei Wochen hinzubekommen. Du könntest wahrscheinlich noch nicht mal eine Gartenbaufirma dazu bringen, innerhalb dieses Zeitraums hier herzukommen, um einen Kostenvoranschlag zu machen, geschweige denn …«

»Die Bagger werden in einer Stunde hier sein«, sagte er. »Kate hat schon ihre Zustimmung gegeben. Ich habe auf dem Rückweg von der Bibliothek im Hunt House vorbeigeschaut, um mit ihr zu sprechen.«

»Oh.« Bel wurde ein bisschen schwindlig, als sie versuchte, sich an die neuen Voraussetzungen zu gewöhnen, unter denen diese Feier jetzt stattfinden würde. Mit Veränderungen war sie noch nie gut klargekommen. »Dein Plan ist also, das gesamte Anwesen für die ganzen zwei Wochen vor der wichtigen, großen Veranstaltung komplett niederzumalmen?«

»Ja.« Er nahm ihre Hände in seine. »Ich habe diese Idee.«

»Oh?«

»Wir werden eine Zeitreise machen, und zwar nach Virginia vor dem Bürgerkrieg«, erklärte er. »Als Männer noch Gentlemen waren, die Damen Reifröcke trugen und alle mit der Meute jagten. Als es noch Regeln für die Brautwerbung gab, Anstand das höchste Gebot war und einen Ball zu geben, eine Kompetenz war, die junge Damen noch von ihren Müttern gelernt haben.«

Sie starrte in sein Piratengesicht, das in voller Ernsthaftigkeit strahlte. Und etwas entflammte in ihr. Ein Funken als Reaktion auf seine brennende Flamme. Ein Funken … *Magie.*

»Als die ganze Welt sich auf die Landwirtschaft verließ und saisonal aß«, sagte sie langsam. »Als die Leute nur das zu sich nahmen, was sie mit eigenen Händen säen, ziehen und ernten konnten.«

»Genau.« Sein Grinsen war ein Leuchtfeuer der maßlosen Begeisterung. Bel hätte gelacht, wenn sie nicht gewusst hätte, dass genau dasselbe Leuchten sich auch gerade auf ihrem Gesicht ausbreitete. »Ganz genau. Ich wusste, dass du es verstehen würdest, Bel.«

Der Funke in ihr wurde heißer und verwandelte sich dann in eine schöne, bunte Flamme.

»Ich muss auf den Wochenmarkt«, sagte sie. »Sofort.«

Er lachte.

»Das hab ich mir gedacht. Na los. Mach dein Ding. Ich warte hier auf die Gartenbaufirma.«

Sie war schon fast aus der Tür raus, als sie sich noch einmal umdrehte und zurückkam.

»Danke«, sagte sie und drückte ihm einen dicken Schmatzer direkt auf die Lippen.

Er erstarrte unter ihren Händen, und als sie sich wieder von ihm löste, legte er einen Finger auf den Mund und fragte argwöhnisch:

»Äh, okay. Für was?«

»Dafür, dass du verstanden hast, was ich gebraucht habe«, erwiderte sie. »Dafür, dass du es mir gegeben hast.«

Er nickte.

»Ach so, sicher. Kein Problem.«

Sie lachte.

»Sag mal, wirst du rot, James?«

Er steckte seine Hände in die Hosentaschen.

»Himmel. Nein. Du hast nur, ich weiß nicht, mich überrascht. Ich bin normalerweise derjenige, der dich hier küsst.«

»Du hast mich auch überrascht«, sagte sie. »Ich nehme an, damit sind wir quitt.«

»Gut«, meinte er grummelnd. »Schön. Jetzt los.«

Sie schnappte sich ihre Handtasche und flog aus der Tür, zu sehr in Gedanken mit heimischen Tomatensorten beschäftigt, um zu bemerken, dass James sie nicht zurückgeküsst hatte. Oder um sich zu fragen, wieso er das nicht getan hatte.

# Kapitel 22

»Menschenskind, Bel! Würdest du endlich aus der Küche verschwinden?« Die Köchin wedelte mit dem Topflappen, um Bel von einem Blech mit Kürbis-Pekannuss-Törtchen wegzuscheuchen, die gerade auf dem Küchentresen auskühlten. Es war der Abend des Fuchsjagdballs und Bels Nervenflattern hatte sie in die Küche getrieben. »Du wirst dir noch dein schönes Kleid kaputtmachen, und das will ich wirklich nicht auf dem Gewissen haben.«

Bel zog erschrocken ihre Hände wieder vom Blech weg. Es gab überhaupt keinen Grund dafür, in der Küche zu sein, es sei denn, sie wollte ihrem Personal dabei zuschauen, wie es mit erfreulicher Effizienz seiner Arbeit nachging. In einer betriebsamen Küche zählte jeder Zentimeter Platz, und der riesige Umfang ihres Reifrockes führte dazu, dass Bel sehr viel von diesem Platz einnahm, den andere besser gebrauchen konnten.

»Ach, Lillian, es tut mir leid.« Sie zwang sich dazu, ein wenig zu kichern. »Ich gehe euch auf den Geist, was?«

»Ach, Süße, nein, nein.« Lillian lachte und ihr rundes, faltenreiches Gesicht sah wieder fröhlich aus. »Jim und ich haben erst gestern Abend darüber gesprochen, wie schön es ist, mit dir zusammenzuarbeiten.«

Lillian warf ihrem Mann einen liebevollen Blick zu, der auf der anderen Seite der Küche gerade eine riesige Platte mit hauchdünn geschnittenem Virginia-Schinken, regionalem Käse und sauer eingelegten Bohnen auf die Schulter stemmte und dabei war, diese rauszutragen. Er zwinkerte seiner Frau zu, die jetzt ihn mit dem Topflappen wegscheuchte.

»Wir sind uns bewusst darüber, dass es dir sehr wehtun muss, die Kontrolle über deine Küche an jemand anderen abzugeben, wenn es um alles geht. Die Küche ist das Herzstück des Hauses. Es ist dort, wo man wirklich wohnt.« Sie lächelte Bel verständnisvoll an. »Es ist sehr schwer, sein Herz zu verlassen, auch wenn es nur für kurze Zeit ist.«

»Ach, das ist doch gar nicht …« *Meine Küche*, wollte sie sagen. *Das ist nicht meine Küche.* Das hier *war* ihre Küche. Ihr Herz hatte hier seine hungrigen Wurzeln geschlagen und diese Küche zu ihrer Heimat gemacht. Es war ihre Küche. Und sie liebte sie.

»Natürlich ist es das, meine Liebe.« Lillian bückte sich, um ein Blech Pasteten mit Schinken und Ei aus dem Ofen zu holen, völlig ahnungslos, dass sie Bel gerade einen schlimmen Schock versetzt hatte. »Man backt ja nicht irgendwo jeden Tag für eine Weile, ohne dass man auch einen großen Teil von sich selber dort zurücklässt. Sie gehört zu dir, genauso wie du auch zu ihr gehörst.«

Bel starrte sie an und in ihrem Kopf pochte beharrlich der Impuls, diese Tatsache abzustreiten.

»Aber ich …« *Ich will sie nicht lieben*, dachte sie. *Ich will ihn nicht lieben.*

»Egal«, tat Lillian das Ganze fröhlich ab, als ob sie die panische Angst von Bels Augen ablesen könnte. »So ist das einfach für Leute wie uns.« Sie ließ das Blech auf den Küchentresen gleiten und fächerte sich mit dem Topflappen Luft zu. »Und jetzt raus hier. Die Gäste müssten jede Minute eintreffen. Wir haben Dutzende Servicekräfte im Einsatz und alles ist parat. Überlass einfach alles Jim und mir.«

Bel schaute sehnsüchtig ihre Schürze an, die an einem Haken hinter der Tür hing. Auf einmal wollte sie nichts lieber tun, als sie überzustreifen und bis zu den Ellenbogen in Brotteig zu stecken.

»Bist du sicher? Vielleicht sollte ich …«

»Bel.« Lillian sah sie streng an. »Wir haben das hier schon gemacht, bevor du überhaupt auf der Welt warst. Wir wissen schon, was zu tun ist. Außerdem ist eine heiße Küche nichts für eine Dame im Reifrock und Korsett. Du wirst wahrscheinlich noch Feuer fangen oder so, und wir haben keine Ahnung, wie wir dich dann von diesem Ding befreien.«

Bel strich über den schweren zimtfarbenen Samtstoff ihres Kleides.

»Ja, ich auch nicht. Ich habe fast eine halbe Stunde gebraucht, um herauszufinden, wie ich da überhaupt reinkomme.«

Nichtsdestotrotz blubberte eine alberne Freude in ihr hoch, als sie den weichen Stoff an ihrer Haut spürte.

Lillian lächelte.

»Los, geh zu deinem jungen Mann und trink ein Glas Champagner. Jim hat gerade auf der Veranda ausgeschenkt.«

»Gut«, erwiderte Bel und versuchte ein überzeugendes Lächeln hinzubekommen. »Natürlich. Ich werde … euch aus dem Weg gehen.«

»Amüsiere dich, meine Liebe.«

Bel ging in ihren weichen Tanzslippern – die das Korsett wieder wettmachten, was die Bequemlichkeit des Outfits anging – den kurzen Flur entlang von der Küche in die Eingangshalle. Sie *sollte* auf die Veranda gehen, dachte sie. Ein letztes Mal, bevor die Gäste eintrafen. Sie sollte sich vergewissern, dass der Champagner kalt gestellt war und die Platten mit den Häppchen richtig angeordnet waren, damit die Gäste sich genügend verteilten und alle miteinander in Kontakt kamen. Denn das Letzte, was sie wollte, war, dass alle in ihren Grüppchen beieinander standen oder, Gott behüte, im Haus blieben. Nach der ganzen Arbeit, die James sich gemacht hatte, die Gärten zu restaurieren, konnten die Leute wenigstens …

Sie stockte, als sie am Fuß der Treppe stand, und ihre Gedanken stoben auseinander wie Herbstlaub, als sie James die stattliche Treppe hinunterlaufen sah, zwei Treppenstufen auf einmal nehmend. Er war … Grundgütiger, er war wunderschön. Zum ersten Mal schien es ihm gelungen zu sein, sein Haar in eine ordentliche Frisur zu bändigen, anstatt so auszusehen, als ob er einen Kamm aus Prinzip nicht in seine Nähe lassen würde. Es fiel ihm in dicken goldenen Wellen in die Stirn, aber den Rest der Haarmasse hatte er im Nacken zu einem ordentlichen kurzen Pferdeschwanz zusammengebunden. Die muskulösen Waden steckten in schwarzen, auf Hochglanz polierten Reitstiefeln, während die kräftigen Oberschenkel und schmalen Hüften in eine enge beige Hose gekleidet waren. Eine dunkelblaue Jacke spannte sich ohne eine einzige Falte über Schultern, die aussahen, als seien sie etwa ein Meter breit. Am Kragen und an den Ärmeln quoll schneeweiße Spitze hervor.

Er bewegte sich wie ein Vollbluthengst auf der Rennbahn, eine schlanke Silhouette, geschmeidige Muskeln und ungezwungenes Selbstbewusstsein. Das war ein Mann, der wieder in Bestform war und ganz vorne mitmischte, und Bels ganzer Körper verzehrte sich nach ihm, auf dieselbe Art, wie sie sich vor zwei Minuten nach der verdammten Küche verzehrt hatte.

Sie legte eine Hand auf die Stelle in ihrer Brust, die sich auf einmal so leer und schmerzend anfühlte. Gott. Sie steckte wirklich in großen Schwierigkeiten. Denn nach dem heutigen Abend würde alles vorbei sein. Ihre Zeit hier. Ihre Zeit mit James. Es war alles vorbei, und sie machte sich selbst etwas vor, wenn sie dachte, dass es die verdammte Küche war, die ihr das Herz brach.

»Hey Bel.« Er hielt auf der untersten Treppenstufe an, sein Blick hell und scharf, als er sie von oben bis unten anschaute. »Ach, du liebe Güte. Da schau sich einer dich an.«

Sie spielte mit den dicken Ringellöckchen, die sie im Nacken zusammengebunden hatte, und wurde sich auf einmal darüber bewusst, dass sehr viel von diesem goldbraunen Stoff für den Rock verwendet worden war, aber herzlich wenig für das Oberteil. Und dank Audreys gnadenlosem Zerren an den Schnüren ihres Korsetts – sie hatte sich wie Scarlett O'Hara an den Bettpfosten gekrallt – zeigte sie nun so viel Dekolleté wie noch nie.

Im Stillen in ihrem Schlafzimmer hatte sie den Effekt sogar bewundert. Für eine Frau, die man eher als kantig denn als kurvig bezeichnen würde, kam es einem kleinen Wunder gleich, quasi aus dem Nichts einen tiefen Ausschnitt zu zaubern.

Aber jetzt, mit James' Blick so heiß und taxierend auf ihrem … na ja, auf *allem* eigentlich, fühlte sie sich nicht mehr so wohl.

»Zu übertrieben?« Sie zupfte an ihrem Kleid rum. »Bei solchen Veranstaltungen halte ich mich normalerweise eher in der Küche auf, aber Lillian hat mich rausgeschmissen und ich …«

»Es ist perfekt.« Er nahm die letzte Stufe und ergriff dann ihre Hände. »Du bist perfekt.«

Sie lachte, spürte jedoch, wie sein Kompliment sie wie Sommersonne erwärmte.

»Perfekt bin ich wohl kaum.«

»Wenn du noch perfekter wärst, dann müsste ich irgendwo meine Duellpistolen ausgraben, um deine Ehre zu verteidigen, nachdem irgendein Mistkerl sich bei dir Freiheiten vor dem blöden Springbrunnen herausgenommen hat.«

»Es ist ja nicht meine Schuld, dass du den Springbrunnen mit den darauf herumtollenden nackten Statuen in den Garten gestellt hast. Ich habe dir schon gesagt, dass das die Leute bloß auf dumme Ideen bringt.«

Er nahm ihren Arm und sie spazierten gemeinsam in Richtung Veranda.

»Womit ich normalerweise keine Probleme hätte. Aber dann habe ich dich in diesem Kleid gesehen.«

Sie schüttelte den Kopf, auf lächerliche Weise geschmeichelt.

»Du siehst selber sehr gut aus«, sagte sie. »Man würde nie auf die Idee kommen, dass du mal süchtig nach Whoppern gewesen bist.«

Er schaute sie mit Schmerz in den Augen an.

»Ich vermisse sie immer noch.«

»Trotz der guten Dinge, die ich dir zu essen gebe?«

»Ich weiß«, erwiderte er. »Es ist eine schreckliche Schwäche von mir. Es macht keinen Sinn. Ich sollte mich schämen und ich tue es auch.«

»Mach dir nichts draus. Wir haben alle unsere kleinen Mätzchen.« Sie zögerte, kam dann vertraulich näher und flüsterte ihm zu: »Ich liebe Kaba.«

»Ehrlich?«

Sie zuckte mit den Achseln.

»Ich kann es selber nicht verstehen.« Sie musste an die Küche denken, die nicht wirklich ihr gehörte. An den Mann, der ihr auch nicht gehörte. »Manchmal will das Herz einfach, was es will.«

»Ja, aber dein Herz verleugnet, dass es industriell hergestellte Nahrungsmittel überhaupt gibt. Was kommt denn als nächstes? Scheibletten-Käse?«

Sie schüttelte sich.

»Nicht in meiner Küche.«

Er lachte, und es war ein tiefes, schallendes Lachen, das den Raum ausfüllte und Bel das Herz erwärmte.

»Ich mag dich wirklich, Bel.«

Etwas Hungriges und Beharrliches in ihrem Herzen fraß ihm diese Worte aus der Hand und schrie nach mehr. Mögen war nicht genug. Nicht mehr.

Sie schüttelte den Gedanken ab und drückte seinen Arm.

»Ich mag dich auch, James«, antwortete sie. »Aber die DC Statesmen werden dich erst mal in Beschlag nehmen. Sie werden echt stolz sein, dich wiederzuhaben, weißt du.«

»Ich weiß«, erwiderte er. »Das sollten sie auch. Ich bin seit meinem fünfzehnten Lebensjahr nicht mehr so gut in Form gewesen – was Körper, Geist und Seele angeht.« Er wandte sich ihr zu und seine grünen Augen leuchteten. »Das verdanke ich nur dir, Bel. Du bist … wirklich gut für uns gewesen. Für mich.«

Verlangen machte sich in ihrem Inneren breit und es war vermischt mit der beängstigenden Gewissheit, dass sie zu ihrer Scham in Tränen ausbrechen würde, wenn er sich jetzt von ihr verabschiedete.

»Ich habe etwas für dich«, sagte sie abrupt.

Es war besser, die Kontrolle über die Situation zu gewinnen, nicht wahr? Wenn sie dem Schlag schon nicht ausweichen konnte, dann würde sie sich eben in die bestmögliche Position bringen, um ihn hinzunehmen.

»Hast du das?«

Die freudige Überraschung war ihm ins Gesicht geschrieben.

»Das habe ich.« Sie griff in das kleine gehäkelte Handtäschchen hinein, das ihr vom Handgelenk baumelte, und zog eine schmale Schachtel heraus. »Das ist nur ein Paar von dreien. Ich habe die anderen oben hingelegt, eins für jeden Blake-Bruder.«

Er lächelte sie verblüfft an, machte dann die Schleife auf und öffnete das kleine samtene Schmuckkästchen. Bel hielt den Atem an, während er mit gerunzelter Stirn auf den Inhalt hinabblickte.

»Es sind Manschettenknöpfe«, sagte sie, unfähig, das lange Schweigen noch länger zu ertragen. »Siehst du? Das ist das Wappen der Blakes.«

Sie zeigte auf ein kleines Wappen, das in zwei der schweren goldenen Ovale eingraviert war.

James fuhr mit dem Daumen über die Reliefprägung der Schrift, die auf den anderen beiden Ovalen geschrieben stand.

»Und das hier?«, fragte er leise.

»*Clann thar gach ní*«, sagte sie, während das beunruhigende Gefühl, das ihr aufs Herz drückte, immer schwerer wurde. »Blake ist ein traditioneller irischer Name, also habe ich es auf Gälisch übersetzen lassen. Es bedeutet: *Familie steht an erster Stelle.* Zumindest hoffe ich das. Ich habe es von einem Irisch-Professor übersetzen lassen, aber er war ungefähr sechshundert Jahre alt. Es könnte auch eine Zeile aus *Molly Malone* sein. Er kam mir wie jemand vor, der mir gerne einen Streich spielen würde.«

Sie plapperte. Sie wusste, dass sie plapperte, aber sie wusste nicht, wie sie damit aufhören konnte. Je länger er in die Schachtel starrte, ohne sich zu bewegen, ohne zu lächeln, ohne zu atmen, so schien es ihr, desto schneller sprudelten die Worte aus ihrem Mund.

»Du musst sie nicht tragen«, versicherte sie ihm schnell. Gott, wie blöd war sie eigentlich? Was hatte sie sich nur dabei gedacht? Wenn ein Mann nicht zu einem gehörte, sei es als Familienmitglied oder weil man mit ihm verheiratet war, dann schenkt man ihm doch keinen *Schmuck*. Da gab es doch so eine Regel, oder? Wenn es nicht im Knigge stand, dann stand es bestimmt in Kates Regelbuch. Wie hatte Bel bloß eine so grundlegende Anstandsregel vergessen können? »Ich wäre wirklich nicht beleidigt. Ich weiß, dass du im alltäglichen Leben keine Verwendung für Manschettenknöpfe hast. Es war bloß, ich weiß nicht, ein Impulskauf. Es bedeutet gar nichts. Ich wollte nur …«

»Bel.« Er schlang seine Arme so stürmisch um sie, dass es ihr den Atem nahm, und dann war sie gegen ihn gepresst, von der Stärke und der Hitze, die er ausstrahlte, umgeben, ihr Kinn über seiner Schulter, ihre Arme um seine breiten Schultern gelegt. Er hob sie etwas hoch und vergrub sein Gesicht in ihrem Hals. »Danke.« Die Worte fühlten sich rau und heiser in ihrem Nacken an. »Danke.«

Er setzte sie schließlich wieder ab, wich etwas zurück, um sie mit einem herzerweichenden und forschenden Blick durch diese tiefgründigen grünen Augen anzuschauen. Sein Mund war nur Zentimeter von ihrem entfernt, und Bel verzehrte sich danach, sich einfach auf die Zehenspitzen zu stellen und ihm einen Kuss auf die Lippen zu drücken, diesem schmerzhaften Verlangen einfach nachzugeben, das er in ihr entfacht und in den letzten zwei Wochen komischerweise nicht mehr weiter angefeuert hatte. Sie konnte an einer Hand abzählen, wie oft er sie seit ihrem letzten Abendessen mit Kate aus eigenen Stücken berührt hatte. Und in den seltenen Fällen, wo es vorgekommen war, da war er sofort zurückgesprungen, als er gemerkt hatte, was er getan hatte, so als ob er sich an ihr verbrannt hätte.

Für einen kurzen Moment dachte sie, dass das Fasten nun ein Ende hätte. In seiner lockeren Umarmung fühlte sie, wie er sich ihrem Gesicht langsam annäherte, sein wunderschöner Mund so nah, dass sie seinen warmen Atem an ihrer Wange spüren konnte. Sie kam ihm entgegen, die Sehnsucht jetzt ein heftiges Ziehen in ihren Lenden.

Er zuckte zusammen und sprang einen Meter zurück. Die plötzliche, unerwartete Bewegung ließ Bel aus dem Gleichgewicht geraten und sie wankte. Er griff nach ihren Händen und hielt diese zwischen seinen fest, als ob sie ein Rettungsanker wären. Dann lächelte er zerknirscht, angesichts des nun leicht zerknitterten Rockes.

»Das tut mir leid«, sagte er. »Ich habe etwas überschwänglich reagiert.«

»Nein, das hast du nicht«, versicherte ihm Bel in aller Aufrichtigkeit. »Das hast du nicht.«

»Es ist nur, dass ich überrascht war. Das …«, er klopfte sachte mit den Manschettenknöpfen auf ihre Fingerknöchel, »war ein so wunderschönes Geschenk, ich … ich schätze, ich …«, er atmete tief ein und suchte nach den richtigen Worten.

»Oh je.« Ihre Wangen brannten. »Ich wollte dich nicht verlegen …«

»Nein! Himmel, Bel, nein. Du hast mir keine Verlegenheit bereitet. Du hast mich damit einfach gerührt. Ich meine, meine Familie zusammenzuhalten, ist seit dem Tod meiner Eltern immer meine Lebensaufgabe gewesen. Ich schätze, es ist unser aller Lebensaufgabe gewesen. Will hatte ein Stipendium für ein Studium an der UCLA, aber er hat es aufgegeben, um die Vormundschaft für Drew und mich zu übernehmen. Ich bin früh von der Schule abgegangen, weil ich einen Vertrag für einen Drittliga-Verein in einem Londoner Vorort unterschrieben habe, denn das war zu dem Zeitpunkt die beste Möglichkeit für uns, zusammenzubleiben. Ich habe Fußballspielen trainiert bis zum Umfallen, Will hat jeden Job gemacht, den er finden konnte, und hat sich ganz meiner Karriere gewidmet, um mir als Manager dabei zu helfen, mit dem Fußballspielen auch genug Kohle zu verdienen.«

Bel räusperte sich, um den Kloß im Hals loszuwerden, und fragte:

»Wie habt ihr denn eure Eltern verloren?«

»Autounfall. Ich war sechzehn.«

»Das heißt, Will war damals achtzehn?«

Er nickte.

»Drew war zwölf. Ich weiß nicht, wie so ein toller Kerl aus ihm werden konnte. Will und ich haben zumindest nicht viel Zeit damit verbracht, uns seiner Erziehung zu widmen. Echt, manchmal kommt es mir so vor, als hätte er uns erzogen.« Er schüttelte den Kopf. »Keiner von uns hat je gelernt zu kochen …«

»Das hab ich wohl gemerkt«, murmelte Bel und er schenkte ihr ein kleines Lächeln.

»Aber Drew hat uns jeden Morgen eine Tüte mit Erdnussbutter-Sandwiches in die Hand gedrückt, wenn wir los sind, bevor er sein eigenes eingepackt hat und zur Schule gegangen ist. Ich weiß also, dass es für die Leute manchmal schwierig ist zu verstehen, warum wir so sind wie wir sind, besonders manchmal Will. Aber wir wissen, was uns wichtig ist. Wir wissen, dass Familie kostbar ist, Liebe selten und das Schicksal grausam. Das haben wir auf die harte Tour gelernt, und somit haben wir auch gelernt, das, was wir lieben, vor allem und jedem Bedrohlichem zu beschützen.«

Er drückte ihre Hände und beugte den Kopf etwas herunter, um ihr direkt in die Augen zu sehen. Die Wärme und die Achtung, die sie darin sah, trieben ihr wieder die Tränen in die Augen.

»Und ich kann dir gar nicht sagen«, fuhr er mit tiefer und warmer Stimme fort, »was es für mich bedeutet, dass du verstehst, wer wir sind. Wer ich bin.«

Ein riesiger Schwall Liebe stieg in ihr auf und ballte sich um Bels Herz wie eine Faust.

»Das tue ich«, sagte sie leise. »Ich weiß, wer du bist, James. Und ich …«

*Liebe dich. Ich liebe dich.*

Die Worte blieben ihr im Hals stecken. Gott sei Dank. Denn das Einzige, was noch schlimmer war, als ein unpassend intimes Geschenk zu schenken, war es, gänzlich unpassende Emotionen kundzutun.

Er schaute sie mit zusammengezogenen Brauen und besorgtem Blick an.

»Du … was?«

Sie drückte seine Hände und schenkte ihm ihr schönstes, breitestes Lächeln.

»Ich glaube, wir sollten mit einem Glas Champagner anstoßen, denn wir werden gleich mit dieser Party einen absoluten Volltreffer landen.«

# Kapitel 23

Will nahm Position an der Theke ein. Er kam sich so was von blöd in diesem historischen Kostüm vor. Würde er noch einen Dreispitz aufsetzen, könnte er als Patrick Henry durchgehen. Also wenn er sich damit nicht einen doppelten Whisky verdient hätte, dann wusste er auch nicht, mit was sonst.

Na ja, das stimmte nicht ganz. Dabei zuschauen zu müssen, wie James all diese kniebundhosen- und reifrocktragenden Idioten mit seinem Charme um den Finger wickelte, war genug, um jeden dazu zu treiben, sich ins Koma zu saufen.

Er schaute in sein schnell leerwerdendes Glas und fragte sich, wie lange er sich dazu zwingen sollte, bis zum nächsten Drink zu warten.

»Hallo.«

Will drehte sich um und fand sich dem Super-Agenten Bob gegenüber.

»Selber Hallo.«

»Ein stilles Mineralwasser mit einem Schnitzer Zitrone, bitte.«

Will schnaubte.

»Hast du deine Eier heute Abend zuhause gelassen?«

Bob lächelte milde.

»Ich habe vor Jahren damit aufgehört, mit einem Schnapsglas zu messen, was ich für Eier habe. Es war sehr befreiend. Du solltest es mal ausprobieren.«

»Ja, sicher.« Will genehmigte sich einen Schluck Whisky, der ihm die Kehle hinunterbrannte, und betrachtete Bobs eingefallene

Wangen und den Graustich in seinem Teint. Das war ja ein erfolgreicher Gesundheitstrip. »Das werde ich tun. Morgen fang ich damit an.«

Bob nahm sein alkoholfreies Getränk und setzte sich auf den Hocker neben Will. Verdammt, wieso konnte ihn denn heutzutage niemand in Ruhe saufen lassen?

»Die Qualifikationsspiele für die WM sind fast vorbei«, sagte Bob und verfolgte James' lächerlich goldenes Haupt mit den Augen, während dieser sich durch den Raum bewegte. »Sieht so aus, als ob es die US-Fußballnationalmannschaft schaffen wird.«

»Ja.«

»Wenn James wieder dabei ist, dann haben sie gute Chancen, es mindestens ins Viertelfinale zu schaffen.«

»Ja.«

In seinem Inneren tat sich eine bittere Leere auf, eine von der Art, die sich auch nicht mit allem Whisky der Welt auffüllen ließ.

»Die USA haben es nicht mehr, seit wann ins Viertelfinale geschafft?«

»2002«, antwortete Will automatisch. »Und das war unsere beste Leistung, seit wir 1930 den dritten Platz gemacht haben.« Er schielte Bob von der Seite an. »Nicht gerade eine beeindruckende Erfolgsbilanz.«

»Eine Erfolgsbilanz, die nicht weiß, wie ihr geschieht, wenn dein Bruder erst mal mit ihr fertig ist.«

Will zuckte betont lässig mit den Schultern.

»Ehrlich, Will. Er ist in guter Form. In Wahrheit habe ich ihn noch nie in so guter Form gesehen, körperlich wie auch geistig. Er ist fit.« Bob warf ihm einen selbstgefälligen Blick zu. »Bel tut ihm gut.«

»Wenn du meinst.«

Innerlich erstickte er jedoch fast an der heftigen Verbitterung, die in ihm aufstieg. Gott, wo sollte das bloß enden? James hatte nicht nur das ganze Talent in der Familie abbekommen und war auch immer zuerst dran, wenn es um Frauen ging, jetzt hatte er auch noch das Glück, auf irgend so eine *magische* Frau zu treffen, die alle seine Probleme löst. Was für ein gieriges Arschloch *war* er denn bloß?

Die Verbitterung steckte ihm jetzt im Hals, aber er spülte sie mit einem großen Schluck Whisky wieder runter. Denn das war Blödsinn, und das wusste er auch. James mochte ja viele schlechte Eigenschaften haben, aber gierig war er nicht. James glaubte ohne Frage und ohne Vorbehalt, dass sein Erfolg auch ihr Erfolg war. Seiner und Drews. Dass sein Geld auch ihr Geld war. Das Haus, das Essen, die Autos, die Klamotten und die Fans waren alle Gemeingut in James' Augen.

Die einzige Person, die hier Sachen aufrechnete und neidisch war, war Will.

Selbstverachtung war eine unbequeme Last auf seinen Schultern und er wünschte sich, dass er wenigstens ein kleines Quäntchen der selbstgerechten Empörung aufbringen könnte, die ihn in den letzten paar Monaten Auftrieb gegeben hatte. Denn hier komplett nüchtern an der Theke zu sitzen und der Wahrheit in die Augen zu schauen, war verdammt deprimierend. Ohne diesen Schutzmantel des Grolls fing er langsam an, sich ein ziemlich akkurates Bild von sich selber zu machen, und das war alles andere als schön. Er sah schlechtes Urteilsvermögen, einiges an *verwöhnt und undankbar* und eine große Portion Selbstmitleid.

*Hut ab, Audrey*, dachte er bitter und prostete ihrem hellblonden Haupt zu. Er schien sie überall und jederzeit in jedem Raum ausfindig machen zu können, bemerkte er zu seinem Leid. Sie hatte es zuerst erkannt. Er war ein Arschloch.

Was wirklich ein guter Grund dafür war, noch mal einen zu trinken.

✦

Nachdem die Feier zwei Stunden im Gange war, war Bel nicht mehr ganz so begeistert von ihrem Korsett. Sie war immer noch freudig überrascht, wenn sie zufällig an sich hinunterschaute – *wow, wo kommen denn die her?* –, aber sie fand es nicht so toll, zwischen Küche, Garten und Ballsaal hin und her zu laufen und dabei nur ein Drittel ihrer üblichen Lungenkapazität zur Verfügung zu haben.

James war gerade dabei, mit der Wohltätigkeitsauktion anzufangen, und Bel wollte gerne, dass die Kellner mit vollen Tabletts mit Champagner durch die Menge gingen, bevor es losging. Alkohol half doch immer dabei, dass die Geldbeutel ein wenig lockerer saßen.

Obwohl sie der Überzeugung war, dass die heute sowieso schon ziemlich locker saßen. James hatte wieder sein spezielles Talent angewandt, nämlich die Kunst, seinen Zielmarkt scheinbar ohne große Anstrengungen und Vorbereitungen einfach so zu verstehen. Sie hatte keine Ahnung, wie er das in diesem kurzen Zeitrahmen hinbekommen hatte, aber er hatte tatsächlich eine paar Berühmtheiten zusammenbekommen – Sportler und Menschen, die mit Pferden zu tun hatten, aus den USA und Europa – und sie dazu überredet, ein, zwei Stunden von dem, was sie so Zauberhaftes taten, für Wohltätigkeitszwecke zu spenden.

Immer wieder waren an diesem Abend begeisterte Rufe zu hören gewesen, die wie Glühwürmchen durch die Luft gesurrt waren, wenn jemand in der Menge auf eine dieser Koryphäen gestoßen war, welche sich unter die Gäste gemischt hatten, um ihnen ihre Angebote schmackhaft zu machen. Bel suchte mit zusammengekniffenen Augen den Ballsaal ab und Zufriedenheit breitete sich wie ein warmes Glühen in ihrem Brustkorb aus, als sie sah, wie sich die Kellner und Kellnerinnen durch die aufgeregte Menge schlängelten wie eine effiziente kleine Armee. Ihre Armee.

Audrey stand plötzlich neben ihr.

»Lillian lässt ausrichten, dass wir jetzt das Dessertbuffet aufbauen können. Wir fangen damit an, aufzutragen, sobald die Auktion begonnen hat.«

»Perfekt.«

»Kann ich sonst noch was tun?«

»Ich glaube nicht.« Bel drehte sich zu ihr um und grinste sie an. »Alles scheint wirklich gut zu … oh. Oh nein.«

»Was?« Audreys violette Augen weiteten sich und sie folgte Bels unglücklichem Blick über ihre Schulter. »Was?«

»An der Theke«, sagte Bel mit finsterer Stimme. »Will.«

Audrey schaute in die Richtung.

»Was ist mit ihm?«

»Er trinkt.«

Sie rollte mit den Augen.

»Er trinkt doch immer.«

»Nein, manchmal hat er einfach nur ein oder zwei Drinks.«

»Oder acht«, murmelte Audrey.

Bel ignorierte ihren Kommentar.

»Was er jetzt macht, ist Trinken mit einem ganz großen T«, sagte sie. »Er trinkt mit einem klaren Ziel vor Augen.«

»Was für ein Ziel?«

»Sich komplett abzuschießen. Und dann etwas Blödes und/oder Zerstörerisches zu machen, womit er sich selber oder den anwesenden Leuten Schaden zufügt.«

»Oh.« Audrey schaute etwas genauer hin. »Stimmt.«

»Bel?«

James wartete am Fuß der Treppe, die zum Podium hinaufführte. Er hob fragend eine Augenbraue.

Sie schaute auf ihre Uhr, wohl wissend, dass diese ein Anachronismus war, aber sie konnte schließlich kein Fest ohne ihre Armbanduhr am Handgelenk über die Bühne bringen. Sie nickte ihm zu, schaffte es, ihn fröhlich und zuversichtlich anzulächeln, und sagte:

»Leg los.«

Dann wandte sie sich wieder Audrey zu und flüsterte in ihr Ohr:

»Kannst du ihn bitte aus dem Saal entfernen? Will?«

»Ich bin, glaube ich, nicht die, äh, beste Wahl dafür«, antwortete Audrey.

»Wieso nicht?«

»Ich habe etwas Angst vor ihm.«

»Das hat jeder.« Bel sah zu, wie James auf die Bühne ging und sofort alle paar hundert Anwesenden auf seiner Seite hatte, indem er sich dort oben ganz locker und natürlich bewegte. Ihr Herz füllte sich mit Liebe und sie schaute weg. »Ich glaube, er steht da drauf. Tu ihm nicht den Gefallen.«

»Nein, es ist mehr als das.« Sie knetete ihre Hände und ein sorgenvoller Gesichtsausdruck legte ihr perfektes Gesicht in Falten. »Ich weiß nicht, wie ich es erklären soll.«

»Versuch's.«

»Wow. Ähm, okay. Du kennst doch das Gefühl, wenn man am Rand eines wirklich tiefen Abgrunds steht? Und auch wenn man weiß, man würde niemals springen, hat man dennoch den irrsinnigen Drang, es trotzdem zu tun? Nur, um zu wissen, wie es sich anfühlen würde, kurz bevor man auf dem Grund auftrifft?«

Bel zuckte mit den Achseln.

»Sicher. Das hat bestimmt jeder mal gedacht.«

»So ist das auch mit mir und Will.«

»Er gibt dir das Gefühl, du müsstest dich von einer Klippe stürzen?«, fragte Bel ratlos.

»Nicht, dass ich es je tun würde«, fügte Audrey schnell an. »Ich bin doch nicht so blöd, Selbstmord zu begehen. Aber es ist ein Impuls, der aus der Tiefe meines Herzens kommt, ganz heftig und scharf und unerwartet. Es behagt mir überhaupt nicht. Ich mag das Gefühl nicht und ich mag ihn nicht.«

Bel sah sie mit gerunzelter Stirn an.

»Reden wir hier immer noch über den Abgrund? Denn es kommt mir so vor, als ob dem nicht so wäre, und ich habe keine Ahnung, wovon wir jetzt reden.«

Audrey schloss die Augen und ließ resigniert die Schultern hängen.

»Egal. Ich kann es schlecht erklären.«

»Nein, find ich nicht. Ich konnte dir folgen, bis …« Die Puzzlestücke fügten sich in ihrem Kopf zu einem Bild zusammen und sie griff nach Audreys spitzem Ellenbogen. »Es sei denn, du willst damit sagen, dass du …« Sie verstummte ungläubig, während sich Audreys milchig weiße Wangen rot färbten. »Mit *Will*?«

»Nein!« Ihre Augen weiteten sich und in ihnen spiegelte sich die blanke Panik wider. »Nein, siehst du, das will ich ja damit sagen. Das will ich *nicht*! Wirklich, wirklich nicht. Es ist nur, manchmal, irgendwie …«

Sie hob gequält die Schultern.

»Willst du.« Bel schüttelte den Kopf. »Manchmal willst du irgendwie doch.«

Audrey gab nun auf, es zu bestreiten, und sie wurde direkt vor Bels Augen ein paar Zentimeter kleiner.

»Ja. Aber nur manchmal. Wenn ich mich besonders, ich weiß nicht, zerbrechlich fühle.«

»Das ist ein gutes Wort dafür.« *Und ich sollte wissen, wovon du redest*, dachte sie und schaute dabei absichtlich nicht zu James hoch. »Okay, weißt du was? Kümmere du dich nicht um Will.« Sie schaute auf die Uhr. »Ich mach das.«

Audrey sah sie mit herzergreifender Dankbarkeit an.

»Bist du sicher?«

»Aber klar.« Sie dachte daran, wie James auf der Bühne alle verzauberte, und das Herz ging ihr auf. »Heute Abend wird alles perfekt sein, bis auf das letzte Zuckerröschen auf der Torte, und ich lasse es nicht zu, dass jemand die Glasur verschmiert. Noch nicht mal Will.«

»Aha.« Audrey sah stirnrunzelnd zur Theke rüber. »Dann viel Glück damit.«

✦

Will legte sich auf eine der Bänke in der Frühstücksecke in der Küche. Er vermisste seinen Whisky so wie er seinen rechten Arm vermissen würde.

»Wenigstens hättest du mich doch meinen Drink mitnehmen lassen können«, sagte er zu Bel, die vor der Frühstücksecke auf und ab ging und ihn sehr an Martha Washington erinnerte.

Eine große, gepflegte und leicht erzürnte Martha Washington.

»Was zum Teufel *stimmt* bloß nicht mit dir?«, sagte sie mit leiser, aber angespannter Stimme. »Dein Bruder hat es *fast* geschafft, aus dem Loch zu klettern, das du ihm geholfen hast, aus seinem

Leben zu machen, und du sitzt an der Theke und betrinkst dich sinnlos?«

»Ja, ja, der arme James.« Wills skeptischer Blick wanderte einmal durch die riesige blitzblanke Küche. »In diesem Drecksloch gefangen.«

Sie sagte nichts, sondern schaute ihn nur mit solch unverhohlener Abneigung an, dass sein Magen sich vor Scham zusammenkrampfte. Er zwang sich dazu, ein falsches Lächeln aufzusetzen.

»Ich habe mich nicht sinnlos betrunken.« Versucht schon. Und ein guter Versuch war es auch gewesen. »Leider bin ich immer noch bei Sinnen.«

»Aha.« Sie hatte das blöde *Leider* bemerkt und seine Magenkrämpfe wurden noch übler. *Mist*, dachte er. *Zu viel gesagt.* Bel war clever und – was schlimmer war – ihr entging nichts. Daran hätte er sich erinnern sollen. »Und so nimmst du etwas wahr, was du lieber nicht sehen würdest, was?«

Er war selber von sich überrascht, als er laut auflachte, aber das Lachen war so schnell wieder vorbei, dass er nicht weiter darüber nachdachte.

»Das stimmt.«

Und dem war auch so, aber er hatte es nicht unbedingt laut aussprechen wollen.

»Und was wäre das?«

Er lachte wieder schnaubend. Als ob er ausgerechnet James' perfekter Freundin seine erbärmlichen Sorgen beichten würde.

»Will.« Sie kam so nahe, dass ihr Kleid seine Knie berührte. Er wollte ihr gerne ausweichen, aber er befand sich buchstäblich schon mit dem Rücken zur Wand. Sie kannte keine Gnade. »Erzähl mir davon.«

»Ja, ich glaube, wohl eher nicht.«

Er starrte stur geradeaus, auf die Hände, die sie besorgt im Schoß gefaltet hatte. Ihre Stimme war zwar fest und bestimmend, aber ihre Augen würden wahrscheinlich Abneigung oder – schlimmer – Mitleid ausdrücken, und deshalb konnte er sich nicht dazu bringen, aufzuschauen und ihrem Blick zu begegnen.

Sie seufzte und ging elegant in die Hocke, womit ihre Augen sich jetzt auf derselben Höhe wie seine befanden. Ihr Rock bauschte sich auf und eine Duftwolke ihres Parfüms wehte ihm entgegen. Verlangen traf ihn wie ein Schlag. Gott, hatte er Lust. Aber Lust auf was? Sie? Klar. Er war ein Mann und sie roch gut. Außerdem war das Korsett, das sie trug, von großem Vorteil für ihre Figur. Aber diese Lust war schwach und schäbig im Vergleich zu der Begierde, die ihn jedes Mal umhaute, wenn Audrey auch nur in seine Nähe kam. Audrey? Sie sah ihn als genau das, was er war: ein Schmarotzer, der von den Almosen seines Bruders lebte. Er hasste diese Almosen und er hasste sich selber dafür, zu schwach zu sein, um sie abzulehnen, und sie stattdessen wie Muttermilch aufzusaugen. Und in Audreys Augen sah er kein Mitleid. Nur Verachtung. Trotzdem wollte er sie.

Diese Einsicht, zusammen mit Bels Mitleid, war der Tropfen, der Wills Fass zum Überlaufen brachte.

Ein wirres Durcheinander an Impulsen entstand in ihm – *lauf weg, versteck dich, heul laut auf* –, aber er folgte keinem von ihnen. Nein, er ließ einfach zu, dass sie sich in seiner Brust stauten und dann auch noch seinen Verstand einnahmen, wo sie so laut dröhnten, dass er dachte, sein Kopf würde explodieren und das Gift darin in der ganzen Küche verteilen.

Bel schaute ihn immer noch geduldig an. Sie tippte elegant mit einem Finger auf seine Stiefel und neigte den Kopf, bis er gezwungen war, ihr in die Augen zu schauen.

*Dräng mich nicht, Bel. Hab Mitleid. Gib auf, nur dieses eine Mal.*

»Was genau siehst du, Will?«

Es gelang ihm, sorglos mit den Schultern zu zucken, aber Gott, es war eine Qual.

»Zunächst mal deine Titten.«

»Himmel Herrgott noch mal.«

Sie lehnte sich zurück, setzte sich auf ihre Fersen und blickte dabei so finster drein, dass er sich wieder wünschte, er hätte sie vor James bemerkt. Fast hätte er bei dem Gedanken laut aufgelacht. Als ob es irgendwas daran geändert hätte, wer sie zuerst bemerkt hatte. Der Punkt war ja, dass *sie ihn* nicht bemerkt hatte. Niemand tat das. Nicht, wenn James im selben Raum war.

»Nicht, dass ich was gegen diesen Ausblick habe.«

»Netter Versuch.« Sie zog das Kleid am Ausschnitt etwas höher. »So leicht kommst du mir nicht davon, William.«

Er seufzte.

»Nicht?«

»Nein.« Sie verschränkte die Arme, womit ihre hübschen kleinen Brüste wieder hochgepresst wurden, sodass sie fast gänzlich aus dem Korsett fielen. Er tat sein Bestes, sie zu begehren – sie wirklich zu begehren –, aber es brachte alles nichts. Es gab nur eine Frau, die er vor sich auf den Knien haben wollte, und Bel war es nicht. Verbitterung schnürte ihm den Hals zu. »Aber bevor wir das Thema wieder fallen lassen: Du bist ein Arschloch.«

»Du Schmeichlerin.«

Aber sie hatte recht. Er *war* ein Arschloch, und er hasste es. Hasste sich selber. Hasste, was hier zu sein – in diesem Haus, in dieser Familie, in diesem *Leben* –, ihm antat. Was auch immer in seinem Inneren war, es zerbrach jeden Tag mehr – er konnte förmlich spüren, wie Teile abbrachen und zersplitterten. Die Knochen seiner Seele wurden immer weicher und es war nur eine Frage der Zeit, bis der Schaden irreparabel sein würde. Wenn er das nicht schon längst war.

Er musste hier raus, aber seine Brüder würden ihn nie im Leben ziehen lassen. Dessen war er sich sicher. Es sei denn … Er musterte die Frau, die vor ihm kniete. Es sei denn, er tat etwas völlig Unverzeihliches. Etwas, das auf immer und ewig die Bande der Loyalität lösen würde, die ihn so gnadenlos an James fesselten.

Ein Anflug von Ritterlichkeit, der seit langer Zeit tief in ihm vergraben war, meldete sich in seinem Inneren und bestand auf eine angemessene Vorwarnung.

»Lass mich in Ruhe, Bel.« War das seine Stimme? So heiser und gequält? »Bitte.«

»Nein.« Sie funkelte ihn voller Verachtung an. *Ach James, du Glücklicher.* »Wir können so nicht weitermachen. Wir alle. Wenn du in der Nähe bist, müssen wir dauernd Schadensbegrenzung betreiben, und irgendwann wird es so weit sein, dass wir nicht mehr reparieren können, was du kaputt gemacht hast. Also wirst du mir jetzt erzählen, was *in Herrgotts Namen* dein Problem ist. Sofort.«

Resignation und eine sonderbare, nervöse Energie trieben ihn an. Dann komme, was wolle.

»Du willst wissen, was mein Problem ist, Bel?« Seine Finger umklammerten den Rand der Bank, auf der er saß, und er hielt sich so sehr daran fest, dass seine Hände wehtaten. »Du. Du bist mein Problem. Du und James und eure perfekte, perfekte Liebe.«

Ihr fiel die Kinnlade runter und aus ihrem Mund entwich ein leises *Oh*, das Schock und Schuld ausdrückte.

»Unsere perfekte …« Sie schluckte schwer und er sah auf ihren blassen Hals. Ihr hübsches Dekolleté färbte sich rot. »Um Gottes willen, Will, wir sind doch nicht …«

»Verliebt? Ach, hör doch auf.« Er wollte abwinken, wusste aber nicht, wo seine Hand landen würde, wenn er die Bank losließe. »Das seid ihr wohl.«

Sie blinzelte und richtete sich langsam auf. Er sah dabei zu, wie der Schock viel zu früh aus diesen scharfsichtigen dunklen Augen wich, als ihr kluger Verstand begann zu arbeiten und die Puzzlestücke sich auf einmal zusammenfügten. Wieder wurde er von Verlangen übermannt. Er hätte diese Frau lieben können. Er *sollte* diese Frau lieben. Verdammter James. Und verdammte Audrey, gleich zweimal.

»Und das ist ein Problem für dich?«

»Ja, Bel. Es ist ein Problem für mich.«

»Wieso?« Sie war eindeutig wirklich verblüfft, so wie sie ihn stirnrunzelnd ansah. »Wieso willst du denn nicht, dass James glücklich ist? Nicht …« Sie hielt abwehrend eine Hand hoch. »… dass ich mich für seine wahre Liebe und den Schlüssel für all sein zukünftiges Glück halte.«

Seine Lippen zuckten unweigerlich.

»Verstehe.«

»Aber um der Sache auf den Grund zu gehen, bleiben wir mal bei deiner Hypothese.« Sie stemmte ihre Hände in die sexy Hüften. »Wieso würde das ein Problem für dich sein?«

Er stand auch langsam auf und der Whisky zeigte nun seinen Effekt. Ein angenehm schwindliges Gefühl breitete sich in ihm aus, und er dankte Gott dafür. Er hätte das hier bestimmt nicht nüchtern hinbekommen.

»Weil, Bel.« Er hob die Hände und legte sie mit vorsichtiger Präzision auf ihre nackten Schultern. »Du hättest mein sein sollen.«

Sie erstarrte unter seiner Berührung.

»Wie bitte?«

»Du bist nicht die Frau für James.« Er lächelte sie fast zärtlich an. »Du bist die Frau für mich.«

»*Was?*«

»Ich meine, komm schon. Du, mit diesen Augen und diesem Mund und diesem Verstand?« Er schüttelte langsam den Kopf und der Raum um ihn herum schaukelte auf und ab. »Du solltest *mich* lieben, nicht meinen idiotischen Bruder.«

*Und ich sollte dich auch lieben und zu schöne, gerade so volljährige Kellnerinnen mit sündig heißen Kurven James überlassen. Die sind eher sein Typ.*

»James ist kein Idiot!«

Als ob das der springende Punkt war.

»Na gut.« Er nutzte die Gelegenheit, dass sie so wütend und daher abgelenkt war, aus und kam ein bisschen näher. »Aber du musst zugeben, dass man ihn nicht gerade als tiefschürfenden Denker bezeichnen kann.«

»Das kann er auch gar nicht sein.« Ihr erschrockener Blick fiel auf seinen Mund. »Sein Job ist von blitzschnellen Entscheidungen abhängig, von den richtigen intuitiven Entscheidungen. Wenn er innehalten würde, um über seine Optionen nachzudenken, dann …«

»… dann ist die Torchance vorbei, das verstehe ich.« Er schenkte ihr ein entwaffnendes Lächeln. »Ich habe ja gar nicht behauptet, er wäre kein großartiger Sportler. Das ist er, keine Frage.« Er kam noch näher. »Aber er ist ein lausiger Bruder.«

»Ein lausiger …« Jetzt war sie tief erschüttert. Wills Selbstverachtung wuchs und wuchs. »Du egoistisches *Arschloch*. Er hat dir alles gegeben!«

»Die Reste, für die er keine Verwendung mehr hatte.« Er schob sich noch einen Zentimeter nach vorne. Zwei. »Seine abgelegten Sachen.«

»Und das bezieht sich auch auf die Frauen, nicht wahr?« Ihre Augen wurden schmal. Sie funkelte ihn böse an. »Du kannst mir glauben, wenn ich dir versichere, dass du *in diesem Fall* sicher nicht die eingepackten Reste mit nach Hause nehmen darfst.«

»Oh, das glaube ich dir. Ich glaube dir das voll und ganz.« Er fuhr mit der Hand in ihr warmes, seidiges Haar und spürte einen so leidenschaftlichen Selbsthass, dass sogar er davor erschrocken war. »Aber ich werde mir trotzdem eine Kostprobe genehmigen.«

Und dann küsste er sie.

# Kapitel 24

Will war dabei, sie zu küssen – *sie zu küssen!* –, als die Küchentür auf einmal aufging.

»Bel«, sagte James. »Ich muss …«

Bel löste sich plötzlich aus ihrer Schockstarre und schubste Will mit Gewalt von sich weg. Er wehrte sich nicht, sondern trat nur höhnisch lächelnd einen Schritt zurück. Sie starrte ihn an, während ihre Lungen nach Luft rangen und ihre Ohren klingelten. Sie zeigte mit einem immer noch betäubten Finger auf ihn.

»Du«, sagte sie, »wirst das auf der Stelle erklären.« Sie drehte sich zu James um, der sie mit versteinerter Miene und düsterem Blick anstarrte. Ihr stieg die bittere Galle in den Hals, aber sie zeigte auch mit dem Finger auf ihn. »Du bleibst hier.« Ihre Hände zitterten, aber ihre Stimme war wundersamerweise ganz ruhig. Man sollte sich ja über die kleinen Dinge freuen. »Dein Arschloch von einem Bruder wird dir jetzt erklären, was *zum Teufel* er sich dabei gedacht hat, sich um den Verstand zu saufen und sich dann an mich ranzumachen.« Sie richtete ihren Blick wieder auf Will und verschränkte die Arme unter der Brust. »Also?«

Er seufzte.

»Ich liebe es, wenn du die Arme verschränkst.«

»Herrgott noch mal, Will!« Bel zerrte wieder vergebens am Ausschnitt ihres Kleides. »Du hast mich *geküsst.*«

»Das habe ich wohl.« Will wandte sich James zu und ließ den Kopf in einer gespielten Geste des Bedauerns auf die Brust sinken. »Nenn mich einfach Judas. Ich habe Verrat an dir begangen, mein Bruder.«

James warf seinem Bruder einen kurzen Blick zu.

»Ja, das bezweifele ich.« Dann sprach er wieder mit Bel. »Bel, hör zu. Wir haben ein kleines Problem.«

»Ach, wirklich.« Sie sah ihn aus weit aufgerissenen Augen an. »Dein Bruder hat mich gerade *geküsst.*«

»Ja, das habe ich gesehen. Jetzt hör mal, Bel.« Er fasste sie vorsichtig am Arm. »Süße, ich brauche dich kurz.«

Sie blinzelte.

»Süße?«

»Dir macht das also nichts aus?« Will schaute wieder auf, und obwohl sein Lächeln immer noch so aalglatt und undurchschaubar war wie immer, konnte man nun die schiere Verzweiflung in seinen Augen sehen. Bel tat unweigerlich einen Schritt zurück. »Ich wusste nicht, dass du mit ihr schon fertig bist.«

»Mit Bel?« James schaute ihn noch nicht mal an, sondern heftete seinen Blick immer noch auf sie. »Das bin ich nicht.«

Auf einmal breitete sich ein warmes Gefühl in ihrem Herzen aus – *er ist nicht fertig mit mir!* – und sie musste leise seufzen.

Will nahm Bel beim anderen Arm und zog sie zu sich rüber.

»Aha. Ich wusste nicht, dass *Was wir haben, teilen wir* sich auch auf Frauen bezieht, die du immer noch vögelst, aber hey, mir ist es recht. Ich warte schon lange auf eine Kostprobe von Bels süßer kleiner …«

Sie zuckte zusammen. Will benutzte Worte als Waffen, aber das hier war selbst für ihn recht extrem. James schlug mit der flachen Hand auf Wills Brust.

»Herrje, Will.« James schaute ihn entnervt an. »Du willst, dass ich dir eine verpasse. Ich hab's *verstanden.* Aber ich werde es nicht im nächsten Moment tun, also lass es jetzt endlich mal gut sein, okay?«

Audrey kam durch die Tür geflogen, dicht gefolgt von Drew.

»Was zum Teufel geht hier vor?« In ihren großen violetten Augen spiegelte sich Panik. »Das Dessertbuffet ist angerichtet und die Auktion ist im Gange, aber wir müssen immer noch …«

Sie hielt plötzlich an. Drew lief direkt in sie hinein.

»Mensch, Audrey.« Er hielt sie an den Schultern fest, damit sie nicht umfiel. »Sag doch was, bevor du …«

Sie stieß ihn mit dem Ellenbogen in den Bauch und er gab ein entrüstetes Jaulen von sich. Sie schaute sich die Szene in der Küche etwas genauer an, die sich ihr darbot.

»Oh Scheiße. Was ist passiert?«

Drew warf ihr einen vorwurfsvollen Blick zu.

»Na ja, erstens hast du mir voll deinen Ellenbogen in den Magen gerammt.«

»Dich meine ich nicht.« Audrey zeigte mit dem Kinn in Richtung Frühstücksecke. »Ich meine die da.« Die Panik in ihren Augen wurde von Argwohn ersetzt. »Bel? Was ist los?«

»Ich …« Bel machte den Mund wieder zu. Sie schüttelte den Kopf. »Ich bin mir ehrlich gesagt nicht sicher.«

»James?«

»Ich bin mir auch unklar. Alles, was ich gesehen habe, war, dass Will Bel geküsst hat.« Audreys Augen verengten sich zu schmalen Schlitzen und James hielt beschwichtigend die Hände hoch. »Versucht hat, sie zu küssen, und das nicht besonders hartnäckig, gemessen an dem, was ich mitbekommen habe. Sie wollte ihm gerade eine Ohrfeige verpassen, als ich reinkam. Sie kam aber nicht dazu, und jetzt versucht er, mich zu provozieren, ihm eine reinzuhauen.« Er zuckte mit den Schultern. »Normalerweise würde ich ihm ja den Gefallen tun, aber im Moment …«

Drews Miene hellte sich auf.

»Soll ich mich darum kümmern?«

»Nein. Keine Schlägerei.« James seufzte. »Gerade eben will ich einfach nur mal schnell mit Bel reden.« Er warf ihr einen dringenden Blick zu. »Es ist wichtig.«

Drew hob die Hand wie ein Schulkind im Unterricht.

»Okay, aber nur, um das kurz klarzustellen: Es ist jetzt in Ordnung, wenn wir Bel küssen? Wir alle?« Drew lächelte sie strahlend an und sie dachte: *Als ob dieser Junge es nötig hätte, sich mit Übriggebliebenem zufrieden zu geben.* »Denn wenn das der Fall ist …«

James zeigte seine Zähne.

»Das ist es nicht.«

Drew legte skeptisch den Kopf schief.

»Aber Will verpassen wir trotzdem keine.«

»Nicht gerade jetzt, nein.« James schaute Will grimmig an. »Aufgeschoben ist nicht aufgehoben.«

»Oh. Na gut, das ist was anderes.« Drews Missbilligung galt jetzt Will. »Was hast du dir dabei gedacht, Will? Einfach James' Mädchen zu küssen. Also ehrlich.«

»Ich bin nicht James' Mädchen.«

Bel fühlte sich dazu verpflichtet, darauf hinzuweisen.

Drew kratzte sich am Kopf.

»Bist du dir da sicher?«

Bel wusste nicht, was sie darauf antworten sollte.

Audrey schnaubte verächtlich.

»Na ja, *sein* Mädchen ist sie auf jeden Fall nicht.« Sie zeigte mit dem Kinn auf Will. »Ich habe zu viel Respekt vor ihrem guten Geschmack, als dass ich das glauben würde.«

»Vielen Dank«, murmelte Bel, während Will sorgfältig darauf achtete, keine Miene zu verziehen.

»Jetzt hör endlich auf, Ärger zu machen, Will. Okay?« James nahm Bel wieder am Arm. »Davon haben wir nämlich genug.«

»Zusätzlich zu dem hier?«, fragte sie und begann, sich Sorgen zu machen.

Hatte er schon diesen düsteren Gesichtsausdruck gehabt, *bevor* er Zeuge von Wills unautorisiertem Kuss geworden war?

»Zusätzlich zu dem.« Er drückte ihren Arm. »Aber ich glaube, es wäre besser, wir reden darüber …«

Will sagte:

»Nein.«

James legte seine Stirn in Falten.

»Was?«

»Ich habe Nein gesagt.« Will deutete ein trotziges Schulterzucken an. »Du hast gesagt, ich soll aufhören, Ärger zu machen, und ich habe Nein gesagt.«

James machte den Mund auf und schloss ihn dann wieder.

»Warum?«

»Weil ich ein Scheiß-Bruder bin.«

»Das ist wahr. Und ich habe mir fest vorgenommen, dir eine aufs Maul zu geben, okay? Jetzt halt mal für zwei Minuten die Klappe, damit ich …«

»Nein«, sagte Will wieder und seine Stimme hörte sich schrecklich an. So leer und schwer. Bel lief es kalt den Rücken runter und sie griff nach James' Hand, ohne darüber nachzudenken. »Herrjemine, James, ich habe mich an *Bel* rangemacht. Ich weiß, was du für sie empfindest, und ich habe mich trotzdem an sie rangemacht.«

Bel unterdrückte ein Schnauben. Als ob Will wüsste, was James für sie empfand. Er dachte ja schließlich, dass James und sie eine perfekte, perfekte Liebe hatten, wenn sie sich recht erinnerte.

»Ja«, erwiderte James düster. »Das habe ich gesehen.«

»Also, was, du stehst einfach daneben, als ob nichts passiert wäre?« Er gab einen Laut von sich, der eher an ein Zähnefletschen als an ein Lachen erinnerte. »Menschenskind, James, liebst du sie nun oder nicht?«

James' Hand drückte ihre, aber sein Blick blieb auf seinen Bruder gerichtet.

»Ich liebe sie.«

Bels Herz schlug schnell und schmerzhaft in ihrer Brust. Aha. Das kam unerwartet. Er *liebte* sie? Seit wann denn das? Will schenkte Bel ein mattes Lächeln über James' Schulter hinweg, das bedeutete: *Hab ich's doch gesagt.*

Drew murmelte:

»Ungerecht. Ich habe schon vor Wochen Anspruch angemeldet.«

Audrey hob eine Augenbraue.

»Du hast Anspruch auf eine *Person* angemeldet?«

»Klar.« Er sah sie mit seinem Hammerlächeln an. »Aber das ist schon okay. Niemand interessiert sich für das, was ich mache. Ich habe dich auch zuerst gesehen. Aber versuch das mal Will klarzumachen.«

Audreys Wangen färbten sich rot und sie rollte mit den Augen.

»Verdammte Scheiße, James!«, brach es aus Will heraus. »Wenn du sie liebst, dann verhalte dich doch auch verdammt noch mal so.«

»Wie?«, fragte James.

»Hau mir eine rein!« Will streckte sein Kinn aus. »Schmeiß mich raus! Feuer mich! So was! Irgendwas! Aber, James, bitte vergib mir nicht.«

»Amen«, murmelte Audrey.

»Ich könnte dich vielleicht rausschmeißen«, entgegnete James langsam. »Wenn ich glauben würde, dass du es auch wirklich so gemeint hast.«

Bel runzelte die Stirn.

»Was gemeint hat?«

»Die Anmache«, zischte Drew. »Der Kuss.« Er hatte sich derweil einen Hocker herangezogen und sah dem Schauspiel voller Vergnügen zu. Audrey stand wie angewachsen neben ihm, ihr Blick auf Will geheftet. Verachtung war deutlich in ihren delikaten Gesichtszügen zu lesen. »Psst jetzt. Gleich wird es gut.«

James fuhr fort:

»Vielleicht habe ich nicht so ein Super-Hirn wie du, Will, aber man muss kein großes Genie sein, um zu sehen, dass du Bel so wenig begehrst, wie es Audrey hier tut. Nicht wirklich.« Er schaute zu Audrey rüber. »Du begehrst Bel nicht, oder?«

Sie schüttelte den Kopf.

»Na, siehst du?« James schenkte ihm ein schiefes Grinsen und Will schloss gequält die Augen. »Ich gebe nicht vor, zu verstehen, warum du dich an Bel rangemacht hast, obwohl du gar nichts von ihr willst. Aber du bist mein Bruder und sie ist meine …« Er stockte und Bels Herz schlug immer schneller. Was? Sie war seine *was*? »… nun ja, sie ist einfach mein. Und ich lasse verdammt noch mal nicht zu, dass du aus ihr unsere Yoko Ono machst. Ich weiß nicht, wieso du mich dazu zwingen willst, mich zwischen euch beiden zu entscheiden, aber ich werde mich einfach nicht darauf einlassen.«

Bel betrachtete James mit offenem Mund und es kribbelte in ihren Fingern und Zehen, als ob sie gleich ohnmächtig werden würde. Und vielleicht würde sie das auch gleich. Sie war *sein*? Er *liebte* sie? Hatte er das wirklich gerade gesagt? Als ob das nichts Neues wäre? Eine ausgemachte Sache?

Die helle Freude schäumte nun in ihr hoch, gemischt mit wilder Panik und einer gesunden Dosis Schrecken.

Was zum Teufel bedeutete sie denn, James' Version von Liebe? Was sollte sie damit anfangen? Sie glaubte ja gar nicht an Liebe. Und ganz egal, was ihr doofes Herz auch sagen mochte, sie wollte auch gar nicht daran glauben.

»Du gehst also nirgendwo hin«, sagte James zu Will. »Du bleibst erst mal schön hier, bis wir wieder im Reinen sind. Wie immer.«

»Gott hab Erbarmen.« Will ließ den Kopf hängen und presste die Finger auf die Nasenwurzel. »Lass mich doch … einfach gehen, James. Bitte.«

»Nein.« James steckte eine Hand in die Hosentasche. Er zog das Schmuckkästchen hervor, das Bel ihm vorhin gegeben hatte, und schob es zu Will rüber. »Hier. Öffne es.«

»Nein.« Will schüttelte den Kopf und wich zurück. »Und hör auf, mir Sachen zu *schenken*.«

»Es ist nicht von mir.« James ließ die Schachtel aufspringen und legte sie in Wills Hand. »Es ist von Bel. Und jetzt sag mir, was es ist.«

Will schaute unwillig auf die Manschettenknöpfe in der Schachtel.

»Es ist das Blakesche Familienwappen«, sagte er langsam. »Und … ist das Gälisch?«

»Ja. Es bedeutet, die Familie steht an erster Stelle«, erklärte ihm James. »Sie hat sie extra für uns anfertigen lassen. Es gibt ein Paar für dich, eins für mich und eins für Drew.«

Will starrte auf die Schachtel in seiner Hand, offensichtlich berührt, und Bel fiel auf einmal auf, wie ähnlich er James sah. Sie waren so unterschiedliche Menschen. Je länger sie sie kannte, desto weniger fiel ihr die Ähnlichkeit auf. Aber jetzt sah sie es …, dasselbe blonde Haar, dieselben breiten Schultern, dieselben langen Beine. Sie strahlten beide diese lässige Kompetenz aus, obwohl James' von seiner muskulösen Anmut herrührte und Wills von seinem flinken Verstand.

»Gott«, würgte Will endlich heraus.

Er hob die Hände und ließ sie dann neben seinem Körper wieder fallen wie ein hilfloser Vogel. James nahm ihn bei den Schultern und küsste seine Wangen, erst die eine, dann die andere.

Es sollte eigentlich komisch aussehen, dachte Bel. Ein Mann, der einen anderen Mann in der Küche küsste? Nichts, was man jeden Tag zu sehen bekam. Aber das tat es nicht. Es fühlte sich … biblisch an. Als ob Will wirklich Judas sei, aber James die traditionelle Symbolik einfach umkehrte und ihm mit einem Kuss verzieh, anstatt ihn zu verraten.

»Du bist mein Bruder«, sagte James einfach. »Ich will, dass du glücklich bist. Was auch immer dich so wütend, so giftig macht … Wir werden es herausfinden und wir werden es wieder in Ordnung bringen. Und der Rest kann sich zum Teufel scheren, denn ich werde dich nicht gehen lassen. Nicht jetzt und auch sonst nie.« Er lächelte dieses sonnige Lächeln, das ihm so eigen war. »Aber ich werde dir nachher trotzdem noch eine reinhauen. Niemand küsst mein Mädchen, ohne den Preis dafür zu zahlen.«

Nach dieser Aussage hörte auch Bel damit auf, sich zu wehren. Hörte auf, dagegen anzukämpfen. Dieses schmerzhafte Verlangen, diese gefährliche Sehnsucht? Es war Liebe – sie konnte es nicht länger leugnen – und endlich, endlich ließ sie sich fallen.

Zum ersten Mal konnte sie James verstehen. Oder vielleicht konnte sie ihn nicht voll und ganz verstehen, aber zumindest konnte sie ihm nun glauben. Ihm vertrauen.

Dies war ein Mann, der sagte, an was er glaubte, und lebte es dann auch. Denn viele Menschen *behaupteten*, dass Familie das Wichtigste in ihrem Leben sei. Viele Menschen *redeten* über Liebe, als ob es ein seltenes Wunder sei. Aber sie hatte noch nie – nicht ein einziges Mal – gesehen, dass jemand diese Worte auch wirklich *gelebt* hatte. Nicht so, wie James gerade.

Will, aus ihr unbekannten Gründen, hatte seinen Bruder in die Ecke gedrängt und ihm das perfekte Ultimatum gestellt: Liebe oder Familie? Lust oder Loyalität? Bel oder ich? Aber James – du meine Güte – James hatte eine dritte Alternative geboten. Er hatte beide gewählt. Er hatte seine Liebe für Bel kundgetan und gleichzeitig Will seine Liebe bewiesen, indem er Verrat einfach verweigert hatte. Er hatte sich einfach geweigert zu glauben, dass Will fähig war, ihn auf so tiefgreifende und fundamentale Weise zu verletzen. Daraus folgte, dass Will seine eigenen Gründe gehabt hatte – perverse und unverständliche Gründe, wohl wahr, aber trotzdem seine Gründe –, Bel in der Küche zu küssen. Aus irgendeinem Grund *wollte* er, dass James ihn abwies.

Und das Irre daran? Bel glaubte, dass James damit recht hatte.

Sie schaute ihn staunend an. Er sagte zwar, dass Will der Kopf, Drew das Herz und er selber der Muskel war, aber Bel wusste es besser. James war der Mut. Er war ein erstklassiger Soldat, ein edler Ritter in glänzender Rüstung, der seiner Familie die Treue geschworen hatte und alles Nötige tun würde, um diesem Schwur nachzukommen. Seine eigene heilige Wahrheit aufrechtzuerhalten.

Er stellte eine Rückkehr zu früheren Zeiten dar. Er war ein ehrbarer Mann. Die Art von Mann, von dem Bel angenommen hatte, dass er gar nicht mehr existierte. Die Art von Mann, von der sie angenommen hatte, dass er eigentlich nie wirklich existiert hatte.

Aber damit hatte sie falsch gelegen. So richtig falsch. Und die Ekstase, die sie fühlte, als sie Zeuge dieses Mutes und dieser Loyalität wurde, durchbrach alle Schutzbarrieren, die sie in all den Jahren voller Zynismus und Ungläubigkeit aufgebaut hatte, und schoss zielsicher direkt in ihr verletzliches Herz. Das Herz, das nichts sehnlicher wollte, als zu dieser Familie zu gehören, die James so bereitwillig und mit all seiner Macht beschützte. Mit all seinem Wesen.

Das Herz, das sich verzehrte – nach mehr als Sicherheit, mehr als Schutz, mehr als Trost, sondern danach, zu ihm zu gehören.

Es war das, was sie schon immer gewollt hatte, wenn sie ehrlich mit sich war. Teil einer Familie zu sein, die als Familie funktionierte. Sie hatte bloß nicht erwartet, jemals eine zu finden. Sie hatte auch nie erwartet, dass diese Familie *so* aussehen würde, selbst wenn es sie gab. Aber das Leben war ja bekanntlich voller Überraschungen, nicht wahr?

Freudiger Optimismus machte sich in ihr breit. Sie würde das hier schaffen. Egal, was sie tun musste, sie würde es schaffen.

Sie würde endlich ihre eigene Familie haben.

Und die würde James sein.

# Kapitel 25

»Alles in Ordnung, Bel?«

James drehte sich um und sah die Köchin am Rande ihrer angespannten kleinen Gruppe stehen.

Bels Hand zuckte in den Falten ihres Rockes, aber sie lächelte die Frau beruhigend an.

»Natürlich, Lillian. Es … gab nur ein kleines Problemchen.«

Sie vermied es, Will in die Augen zu schauen.

»Nichts mit dem Essen, hoffe ich?«, fragte Lillian.

»Nein, natürlich nicht. Das Essen ist wundervoll. Alle loben es in den Himmel.« Sie lächelte. »Mrs Vernon-Smithe hat nach deiner Visitenkarte gefragt.«

Lillian drückte ihre Hand gegen den üppigen Busen.

»Nicht *die* Mrs Vernon-Smithe?«

»Genau die.«

Bels Lächeln wurde breiter und sah nun um einiges natürlicher aus. James' Herz wurde bei diesem Anblick etwas leichter. Ihr Lächeln war eins von Gottes schönsten Gaben. Die Grübchen waren nur noch das i-Tüpfelchen.

Nicht, dass das Biest in seinem Inneren nicht immer noch nach Blut dürstete. Aber etwas an Bel besänftigte es. Besänftigte ihn. Er wusste nicht, ob es dieses kantige, ernste Gesicht war, das Lächeln, welches es in etwas Außergewöhnliches verwandelte, oder ihre felsenfeste Überzeugung, dass anständige Menschen Selbstbeherrschung ausübten. Was auch immer es war, es baute sein in den Grundmauern erschüttertes besseres Selbst wieder auf und bestärkte ihn in seiner Entschlossenheit, das Richtige zu tun.

»Kann ich irgendwas tun, um zu helfen?«, fragte Lillian Bel nun. »Mit dem, äh, Problemchen?«

Bel schüttelte den Kopf.

»Ich glaube nicht, Lillian. Viel können wir heute Abend deswegen sowieso nicht unternehmen.«

»Dann verschwindet mal besser alle aus meiner Küche und genießt die Party.«

James lächelte sie an.

»Das ist die beste Idee, die ich diesen Abend gehört habe.« Dann richtete er sich an seine Brüder: »Wir reden morgen früh darüber.«

»Klar«, antwortete Drew.

Will schüttelte nur den Kopf.

»Du auch«, sagte er zu Audrey gewandt. »Das wird eine Alle-Mann-an-Deck-Herausforderung im Hause Blake.«

Sie nickte und ihr außergewöhnliches Gesicht sah abgespannt aus.

»Ich werde dabei sein.«

»Aber jetzt«, meinte James, »müsst ihr alle wieder da raus und so tun, als hättet ihr die beste Zeit eures Lebens. Und du …« Er zeigte auf Will. »… machst besser einen großen Bogen um die Theke.«

»Ich passe auf ihn auf«, sagte Audrey grimmig.

»Das machen wir gemeinsam«, kam ihr Drew zu Hilfe.

»Hausarrest«, äußerte Will. »Na toll.« Er hob angesichts der vier Paar Augen, die stur auf ihn gerichtet waren, geschlagen die Hände. »Na gut. Was auch immer. Ich setze mich neben Bob. Er kann sein Mineralwasser mit Zitrone mit mir teilen und von den positiven Effekten seiner neuen Fisch- und Seetang-Diät erzählen, oder so.«

James schaute ihnen dabei zu, wie sie aus der Küche gingen. Dann richtete er seinen Blick wieder auf Bel. Deren hübsches Gesicht sah zu ihm auf und der Ausdruck in ihren honigfarbenen Augen war kühl und vieldeutig. Mist.

»Also.« Er versuchte zu lächeln. »Wir sollten wohl reden über, ähm …« *Die Tatsache, dass ich gerade – Himmel – einfach das Wort*

*›Liebe‹ in den Raum gestellt habe. Es sei denn, natürlich, du bist zu sehr damit beschäftigt, das Weite zu suchen, um dich darüber zu unterhalten.* »… das, was gerade passiert ist.«

»James …« Sie biss sich auf die Lippe, denn die Worte sprudelten auf untypische Weise aus ihr raus. »Gott, James, es tut mir so leid. Ich schwöre dir, ich habe nichts getan, um ihn zu ermutigen …«

»Hey, Bel, das weiß ich doch.« Er reichte ihr seine Hände. »Ich weiß, dass du das nicht gemacht hast. Das hätte ich auch nie von dir gedacht.« Was der Wahrheit entsprach. Er vertraute Bel absolut. Er hatte keine Ahnung, was Will für ein Problem hatte, geschweige denn, wie man es lösen könnte. Aber in diesem Augenblick, in dem Bels liebes Gesicht ihm voller Sorge um ihn – um *ihn*, obwohl sie die Geschädigte war – zugewandt war, da war es ihm egal. »Zwischen uns ist alles in Ordnung, Bel. Du und ich? Mit uns ist alles gut.«

»Ist es das?« Die Sorge wurde jetzt von Skepsis abgelöst. »Wie kann das sein?«

Er lachte und ganz vorsichtig gesellte sich Freude zu der pochenden Wut in seinem Magen.

»Ach, Bel. Du bist so … verlässlich.«

Sie verdrehte die Augen.

»Na, du weißt aber, wie man einer Frau schmeichelt.«

Sie hakte sich bei ihm ein. Die Berührung ließ einen Schock durch den Arm bis in seinen Kopf schießen. Bel fasste ihn an? Aus freien Stücken? Himmel, er musste ja schlimmer aussehen als er sich fühlte.

»Na los.« Sie drückte seinen Arm sachte. »Wir haben viel zu tun. Lass uns nach draußen gehen, bevor du mir mit deinen schönen Worten noch den Kopf verdrehst.«

»Willst du nicht reden, du weißt schon, über …?«

Er machte eine ausladende Bewegung mit dem Arm, zeigte zuerst auf sich, dann sie und deutete dann mit dem Daumen auf die Frühstücksecke und damit auf alles, was dort passiert war.

Sie lachte.

»Lieber nicht.«

Er runzelte die Stirn.

»Wieso nicht?«

Sie schüttelte den Kopf und zog ihn aus der Tür.

»Das wird ein ganz schön intensives Gespräch werden. Und im Moment ist dafür weder die Zeit noch sind wir am richtigen Ort.«

»Oh. Natürlich. Klar.«

Er sagte sich, dass er erleichtert sein sollte. Das L-Wort war ausgesprochen worden, viel früher als geplant, aber sie nahm es eindeutig genauso wenig ernst wie Wills Kuss. Was eine gute Sache war, oder? Vielleicht war Plan A ja doch noch zu retten. Aber warum fühlte er sich dabei so unbehaglich?

Er ließ zu, dass sie ihn in die Eingangshalle führte. Dann erinnerte James sich plötzlich an etwas und er stoppte.

»Es gibt noch was anderes, worüber ich mit dir reden muss, Bel«, sagte er. »Und das kann nicht warten. Ich brauche eine Minute deiner Zeit. Jetzt sofort. Irgendwo, wo wir ungestört sind.«

»Okay.«

Bel schaute sich in der leeren Eingangshalle um und zog eine Augenbraue hoch. James bereitete sich mental darauf vor, die Nachricht zu überbringen. *Rate mal, wer frisch aus den Flitterwochen zurück ist, braun gebrannt, fit und total verliebt aussieht? Zwei Hinweise – er war mal mit dir verlobt und er ist momentan gerade im Ballsaal und genießt die Versteigerung mit seiner neuen Frau, die – tut mir leid – mal deine persönliche Assistentin war, bevor sie dir deinen Verlobten live im Fernsehen abspenstig gemacht hat.*

Er zögerte und sein Mut verließ ihn.

»Nicht hier.«

»Okay.« Sie hob diese geschmeidigen nackten Schultern – Gott, er verzehrte sich danach, in eine davon zu beißen – und sagte: »Dann gehen wir doch nach draußen? Die Gäste sind alle mit der Auktion beschäftigt und ich habe die Gärten noch gar nicht gesehen, seit sie fertig sind.«

»Die Gärten? Aber die Gärten sind …«

Sie wartete geduldig darauf, dass er seinen Gedanken beendete, eine dicke Spirale Locken um den Finger gewickelt, die über der Rundung ihrer Brust lag. Es packte ihn auf einmal der Drang, seine Lippen genau dort hinzuführen, wo dieser in Herbstfarben schillernde Samt auf der drallen Brust endete, aber er kämpfte dagegen an.

» … dunkel«, fiel ihm schließlich ein. »Es ist draußen dunkel.«

»Ja.« Sie nickte langsam. »Weil es Nacht ist«, meinte sie ohne jeden Sarkasmus. »Ist das ein Problem? Die Gärten sind doch beleuchtet, oder?«

»Nein. Ich meine, ja. Ich meine …« Er rieb eine Hand übers Gesicht, atmete tief aus und befahl sich selber, sich zusammenzureißen. »Ja, die Gärten sind beleuchtet.« Und das waren sie auch. Mit fantastischen kleinen Lichterketten, unter denen er sie bestimmt küssen wollte. »Nein, es ist kein Problem.«

Total gelogen. Seine Selbstbeherrschung war jetzt schon am Ende. Mit Bel im nächtlichen Garten zu flanieren, der von romantischen Lichtern beleuchtet war, würde ihr sicher den Rest geben.

»Na dann.« Sie drückte seinen Arm freundschaftlich. »Lass uns gehen. Da werden wir völlig ungestört sein.«

»Genau. Okay.«

Es erforderte James' ganze Konzentration, so zu tun, als ob ihre Brüste sich nicht gegen seinen Bizeps schmiegen würden, während sie aus der Halle durch die Verandatür nach draußen traten, auf das, was vorher die Terrasse gewesen war. Ein Fußpfad führte sie über den gepflegten weitläufigen Rasen zu den Gärten. Ihr Rock schwang immer wieder gegen seine Reitstiefel.

»Du hast wirklich etwas Außergewöhnliches geschaffen, James«, sagte sie, während sie durch einen mit Wein berankten Rosenbogen gingen und somit die Gärten betraten.

»Ich nicht. Ich habe nur die Gehaltsschecks unterschrieben.«

Er war sich selber kaum bewusst, was er antwortete. Er war zu beschäftigt damit, auf Bel hinabzustarren.

*Darauf war ich nicht vorbereitet gewesen*, dachte er völlig durcheinander. Bel hier so zu sehen. Oh, er hatte sich schon gedacht, dass sie hierein passen würde, in diese streng geometrisch angelegten englischen Gärten. Sie passte hier ganz genau rein, so wie eine perfekte, pinkfarbene Teerose; das hatte er schon gewusst.

Aber er hatte nicht mit dem Mondlicht gerechnet. Auf die Lichterketten hatte er sich eingestellt, aber, großer Gott, das Mondlicht. Darauf war er ganz und gar nicht vorbereitet gewesen. Wie hätte er das auch? Wie hätte er denn nur damit rechnen können, dass es Bels Sachlichkeit einfach eliminieren und in Glitzerstaub verwandeln würde? Dass sie in dem Licht wahrlich schimmern würde, als besinnliche, mysteriöse Schönheit?

»Das sagst du immer«, murmelte sie. »Als ob andere Leute das Talent haben und du nur das Geld verdienst. Als ob du nichts Besonderes wärst.«

»Was kann ich dazu sagen?« Er konzentrierte sich auf ein ausgeglichenes und gleichmäßiges Schritttempo, um nicht in denselben ungleichmäßigen Rhythmus wie sein Herzschlag zu verfallen. »Das ist die Wahrheit.«

»Zu glauben, dass wahr ist, was du sagst, heißt nicht, dass es auch wahr ist.«

»Nicht?«

Sie zuckte mit den Schultern und James versuchte seine Augen von ihrem Dekolleté abzuwenden, das dabei bebte. Gott, dieses Kleid ließ ihn fast durchdrehen. Es hatte ihn schon in dem sanften Licht im Ballsaal fast umgehauen, war ihm im grellen Schein der Küchenbeleuchtung fast zum Verhängnis geworden, aber hier im Mondlicht? Wo sie beide nichts trennte als die kühle Nachtluft und James' am seidenen Faden hängende Selbstbeherrschung?

*Halt dich an den Plan*, sagte er sich bestimmt. *Erzähl ihr von Ford und wie-immer-sie-auch-hieß. Sei ein netter und liebevoller Freund.* Ein Freund, der seine Hände bei sich behielt. Ein Freund, mit dem man nicht hemmungslosen Sex in freier Natur hatte. Ein Freund. Punkt aus.

Nicht, dass seine Gefühle für Bel auch nur ansatzweise platonisch waren. Absolut nicht. James wusste, was Liebe war, wenn er ihr begegnete, und das hier war eindeutig Liebe. Liebe mit einem ganz großen L. Die erwachsene Art von Liebe, die echte Liebe, die, bei der man auf ein Knie ging und ihr einen Diamantring präsentierte. James wollte Bels Einkäufe permanent in seinem Kühlschrank haben und würde nicht ruhen, bis das der Fall war.

Was ja auch kein Geheimnis mehr war, dank Wills dramatischer Einlage in der Küche. Gott, würde er es später genießen, ihm eins aufs Maul zu geben. Nicht, dass es irgendwas ändern würde.

Der entscheidende Punkt war, dass der aktuelle Zustand, in dem sich sein Leben befand, ein Mädchen wie Bel dazu veranlassen würde, zum nächsten Ausgang zu rennen – nicht zu gehen, zu rennen. Und das sollte es auch, in Anbetracht der Tatsache, dass sein idiotischer Bruder ihr einfach seine Zunge in den Mund gesteckt hatte, ohne auch nur mit der Wimper zu zucken oder sich seiner Schuld bewusst zu sein.

Wut machte sich in seinem Herzen breit, Wut, die Will galt, aber er ignorierte sie. Er hatte nicht die Zeit oder die Energie, sich jetzt damit auseinanderzusetzen. In diesem Augenblick konzentrierte er sich darauf, seinem Plan zu folgen.

Und der Plan – ein besserer war ihm in den letzten zwei Wochen nicht eingefallen – beinhaltete, Bel auf Distanz zu halten, bis der richtige Zeitpunkt gekommen war. Bis sein Leben wieder in richtigen Bahnen verlief, was bedeutete, dass er zuerst diese Sache mit Will in Ordnung bringen, seine Mannschaft ins erste WM-Finale seit der Großen Depression bugsieren und Bel ihren Job wieder zurückgewinnen musste.

Das war Phase eins. In Phase zwei würde er sie in sein Bett locken und sie dort behalten, bis sie zu erschöpft, zu befriedigt, so voller sexueller Erfüllung war, als dass sie auf die Idee kommen könnte, ihn zu verlassen.

Und dann wäre er zu Phase drei übergegangen, in der er irgendwie diese knisternde erotische Spannung zwischen ihnen in etwas Gefestigtes und Bedeutendes verwandelt hätte. So etwas wie Liebe.

Ein einfacher Plan, oder?

Aber bis dahin würde er sicherstellen, dass sie in der Nähe war und dass sie Freunde blieben. Auch wenn es ihn um den Verstand bringen würde, was ihm mehr und mehr wahrscheinlich vorkam.

»Hör mal, Bel.« Er zwang sich dazu, die unangenehme Aufgabe hinter sich zu bringen. »Ich muss dir was sagen.«

»Oh!« Sie löste sich von ihm, als der Pfad sie zu einem kreisförmigen Platz führte, in dessen Mitte sich der marmorne Springbrunnen befand, der vorher vor dem Haus gestanden hatte. »Oh James, das ist ja wunderschön. Ich habe gar nicht gemerkt, dass ich nach dem Springbrunnen Ausschau gehalten habe, als wir durch die Gärten spaziert sind, aber das muss ich wohl. Ich konnte sicher irgendwie im Unterbewusstsein das rauschende Wasser hören. Komisch, wie das Gehirn funktioniert, nicht wahr?«

»Ja«, sagte er. »Das ist es.«

Er hatte sich selber gefragt, wieso im ursprünglichen Plan für die Gärten das Herzstück inmitten einer zehn Meter hohen Mauer aus Grünzeug versteckt worden war, aber Bel hatte recht. Das Geräusch von unsichtbarem Wasser zog die Leute unweigerlich an. Es lockte sie in die Labyrinthe und Nischen und belohnte die hartnäckigen Entdecker mit dieser Überraschung, diesem üppig grünen, intimen Ort. Die Illusion der Abgeschiedenheit wurde vom endlosen Nachthimmel über ihnen noch bestärkt. Es war ein Ort, an dem die Männer ihren Kopf und die Frauen ihre Hemmungen verloren.

Ein Ort, den James eigentlich wie die Pest hätte meiden sollen, solange er Bel neben sich hatte, die ihn voller Freude anstrahlte. Er blickte auf sie hinab und versuchte zu ignorieren, dass die Rundungen ihrer Brüste sich warm gegen seinen Ärmel pressten. Dass die Hitze, die sie abgab, durch seine Kleider und in seine Haut drang. Dass das Verlangen in ihm immer größer wurde, bis er ein Ziehen in den Lenden spürte.

»Tanzt du mit mir?«, fragte sie.

»Was?«

Sein Verstand war nur halbwach, träge. Genau das Gegenteil zu seinem Körper.

»Tanz mit mir«, sagte sie lachend. »Kannst du es hören? Das Wasser?«

Er schaute stirnrunzelnd auf den Springbrunnen.

»Was meinst du?«

»Es walzt.«

»Es tut was?«

Sie lachte.

»Wirklich, hör doch mal.«

Sie legte eine Hand auf James' Schulter, griff nach seiner anderen Hand und führte ihn behutsam zu einem Eins-zwei-drei-Rhythmus, sodass sie sich bald auf dem Pfad, der um den Springbrunnen kreiste, ebenfalls drehten. Er passte sich ihr an, und seine Füße bewegten sich eher deshalb, weil er zwingend in ihrer Nähe sein musste, und nicht, weil er tanzen wollte.

Und dann vernahm er es plötzlich auch. *Gurgel*-blubber-blubber, *gurgel*-blubber-blubber. Das Wasser plätscherte in einem ursprünglichen, von der Erdanziehungskraft angetriebenen Rhythmus, ein Takt, den sein Körper wiedererkannte und der ihn dazu veranlasste, seine Hand in ihr Kreuz zu legen, sie näher an sich heranzuziehen und die Führung zu übernehmen.

»Na also«, murmelte sie.

Sie legte ihre Wange an seine Schulter und sie schwebten über den Pfad, vereint in Bewegung und im Geist. In seinem Inneren entfachte ein Feuer. Seine Lust wurde immer größer, war nun zu einer heftigen und unleugbaren Begierde angewachsen, und er hatte nicht ein Quäntchen Selbstbeherrschung übrig, um die Flammen zu löschen. Er hatte das meiste davon schon aufgewendet, als er den Impuls unterdrücken musste, Bel zu küssen, als sie in diesem Kleid ins Foyer spaziert war. Will nicht zu schlagen, hatte ihm den Rest genommen.

Jetzt war nur noch das Verlangen da. Verlangen, das mit einer schmerzhaften, brennenden Sehnsucht verbunden war, welche die Stimme der Vernunft in seinem Kopf zum Schweigen brachte. Er brauchte sie – mehr als eine glückliche Familie, mehr als eine erfolgreiche Karriere. Bel. Ihr treues Herz, ihre reine Seele, ihren eleganten Körper. Alles an ihr.

Er konnte ihren warmen, süßen Atem an seinem Hals spüren. Sie sah zu ihm auf und er blickte in ihr wunderschönes, ernsthaftes

Gesicht. Und dieser Mund, dieser unglaubliche Mund war *direkt vor ihm*. Er zog ihn magisch an und er näherte sich ihm, neigte den Kopf. Wäre es denn so schlimm? Nur eine kleine Kostprobe …

Er hielt inne. Hörte auf zu tanzen, zu atmen, den Kuss zu initiieren, den er fast schon schmecken konnte.

»Bel«, sagte er mit leicht panischer Stimme, die sogar ihm auffiel. Er nahm sie bei den Schultern und rückte sie vorsichtig von ihm ab. »Hör zu, ich muss dir *wirklich* etwas sagen …«

»Nein.«

Ihre Lippen entfernten sich von ihm und formten einen Schmollmund, der ihn völlig vom Thema abkommen ließ.

»Nein?« James konnte seine Augen nicht von ihr lassen, völlig verzaubert von ihr, als sie auf ihn zukam. Er schüttelte den Kopf. »Moment, was meinst du mit Nein?«

»Ich meine, nein, ich will nicht reden.«

Sie kam noch einen Schritt näher. Jetzt konnte er sie spüren. Die Hitze, die sie ausstrahlte, flimmerte in der kühlen Nachtluft.

»Aber ich …«

»Was ich will …« Sie fuhr mit den Händen unter das Revers seiner Jacke. »… ist, dass du mich küsst.«

James fiel die Kinnlade runter und sein Verstand setzte komplett aus. Sein Gewissen warf einfach das Handtuch hin, und als sie den Abstand zwischen ihnen vollends verringert hatte, legten sich seine Arme automatisch um sie und seine Hände streichelten ihren Rücken.

»Du willst, dass ich, äh, was mache?«

Sie stellte sich auf die Zehenspitzen, bis ihr Mund nur einen Atemhauch von seinem entfernt war, und fuhr mit den Fingern durch sein Haar.

»Küss mich.«

Mehr musste sie nicht sagen. Sein inneres Biest schoss los, zog an der Leine und riss einen dankbaren James mit sich.

Er drückte sie an sich und zog sie weiter zu sich hoch, ließ die seidige Haut, diese perfekten Kanten und prallen Kurven über seinen Körper gleiten wie strömendes Wasser. Er nahm einen tiefen

Atemzug ihres Duftes, schwelgte in dem Vanille- und Zimtgeruch, der an ihrem Haar haftete, auch wenn sie seit Tagen nicht gebacken hatte. Er gab sich mit Leib und Seele diesem Mund hin, dem heißen, willigen, wunderschönen Mund, der nach Honig und Gewürzen schmeckte und so üppig und einladend war.

Plan A konnte ihn mal kreuzweise.

# Kapitel 26

Bel ließ sich einfach in den Kuss fallen. Ihr war schwindlig vor lauter Triumph und Angst und Liebe. Das hier war genau das, was sie wollte. Seine Hände streichelten voller unverhohlenem Verlangen über ihren Körper. Sein Mund bewegte sich heiß und hungrig über ihren und seine Lust war so überwältigend, dass sie sich ihm wie warmes Wachs in seinen Händen hingab. In seinen Armen eingeschlossen fühlte sie sich sicher, sicher umschlossen von seinem Verlangen, seinen Bedürfnissen, seiner Liebe.

Sie krallte sich an dem steifen Stoff seiner Jacke fest und zog sich noch höher auf die Zehenspitzen. Mehr. Gott, sie brauchte *mehr*. Sie öffnete ihre Lippen unter seinen und ein herrliches Beben ging durch ihren Körper, als seine Zunge ihre berührte. Sie sog die Luft ein, die voll war mit seinem Geruch. Sauber und männlich, und sein schneller süßer Atem fächelte über ihr Gesicht, blies in ihren Mund.

»Bel«, sagte er. »Bel.«

Ihre Finger gruben sich in sein Haar und sie zog ihn gierig näher, damit er sie wieder küssen würde. Sie wollte nicht reden. Sie hatte genug geredet, dass es für ein ganzes Leben reichen würde. Jetzt verlangte sie Taten, nicht Worte.

Denn sie hatte James in Aktion gesehen, hatte erlebt, wie er mutig und stark seinen Worten Taten folgen ließ. Und jetzt wollte sie all das für sich selber. All den Mut, all die Stärke, all die Loyalität und Entschlossenheit und Güte. Sie wollte all das in ihren Armen, in ihrem Bett, in ihrem Herzen. In ihrem Leben.

Er liebte sie. Das hatte er gesagt. Und sie liebte ihn. Auf Gedeih und Verderb. Sie wollte ihn jetzt an sich binden, bevor sie darüber redeten und es kompliziert wurde. Sie wollte ihm ihre Liebe zusichern, auf die älteste und ursprünglichste Weise, die es gab. Nicht mit Worten, sondern mit ihrem Körper. Mit ihrem Herzen und ihrem Kuss.

Sie wollte ihn kennzeichnen, und wollte, dass er sie kennzeichnete, sodass die ganze Welt sehen würde, dass sie zueinander gehörten. Dass, egal, was das Schicksal ihnen bescherte, sie es zusammen überstehen würden.

Ein Hunger, wie sie ihn noch nie erlebt hatte, nagte heftig und grausam an ihr. Ein Hunger, vom dem sie wusste, dass nur seine Haut unter ihren Händen ihn befriedigen würde. Sie zerrte an seiner Jacke, zog sie mit einem ungeduldigen Ruck über seine Schultern. Er befreite sich mühsam von dem Kleidungsstück und ließ es auf den Muschelkies zu ihren Füßen fallen, während sie das Hemd aus seinem Hosenbund zog.

Ihre Hände tasteten nach der warmen Haut an seinem Rücken und fuhren weiter nach oben, begierig, alle Kanten und Winkel kennenzulernen, die geschmeidigen Muskeln und glatte Haut zu erforschen. Sie hatte sich es so lange Zeit versagt, ihn zu begehren. Ihn jetzt so warm und lebendig unter ihren Fingern zu spüren, bereitete ihr so viel Freude, dass sie das Summen eines leisen Schnurrens im Hals spüren konnte. Er fühlte sich so real an – Knochen, Blut und keuchender Atem –, wie er unter ihren Berührungen erzitterte. Vor Verlangen nach ihr erbebte. Nach *ihr*.

Ein zufriedenes Lächeln breitete sich in ihrem Gesicht aus und die pure Exaltiertheit schoss durch ihre Blutbahnen. Hatte sie je zuvor jemanden zum Erbeben gebracht? Wahrscheinlich nicht. Es war eine ganz neue Erfahrung. Eine, an die sie sich gewöhnen könnte.

»Bel.«

Seine Hände fuhren über ihre Arme und Schultern und seine Daumen fanden schließlich den Ausschnitt ihres Kleides.

»Ja?«

Sie streichelte mit dem Mund über seine Wange und dann weiter, bis ihre Lippen sein Ohrläppchen fanden.

»Bel, bist du dir sicher?«

Seine Finger an ihrem Dekolleté hinterließen eine Feuerspur auf ihrer Haut. Ihre Sorgen lösten sich ganz einfach auf und flogen weg.

»In Bezug auf was?«

Er fuhr mit dem Finger in die Kluft zwischen ihren Brüsten und zeichnete die Rundungen dort nach. Ihre Brustwarzen wurden hart und der Atem blieb ihr weg.

»Das hier.«

Wieder stippte er mit dem Finger in ihr Dekolleté. Bels Wirbelsäule schien wie warmer Honig zu schmelzen, ihre Schultern entspannten sich und aus ihrem Mund entwich ein weiches, leises *Oh*. Ihr Kleid klaffte im Ausschnitt ein wenig auf und ein kalter Hauch Nachtluft fächelte über die empfindliche Haut ihrer Brüste.

»Ähm, ja«, sagte sie, außer Atem. »Ziemlich sicher.«

Die forschen Finger fanden jetzt ihren Weg unter den warmen Samtstoff ihres Kleides und eine heiße Hand legte sich auf ihre Brust. Er ließ langsam und bedächtig einen Daumen über ihre Brustwarze streicheln und ein elektrischer Funkenschauer explodierte tief in ihrer Mitte.

»Gott, James, ich …«

Sie verstummte und hielt die Worte zurück, bevor sie heraussprudeln und alles ruinieren würden. So wie sie immer alles ruinierten.

»Was?« Seine Stimme war ein tiefes Grollen an ihrem Hals, gegen den er seine Lippen gepresst hatte, halb belustigt, halb nachdrücklich. »Was, Bel?«

Sie zwang sich dazu, die Augen zu öffnen, sich auf die akkurat geschnittene Hecke zu konzentrieren, deren Umrisse sich deutlich vom Nachthimmel abhoben. *Ich liebe dich*, dachte sie. *Gott, ich liebe dich so.*

»Nichts.«

Es war jetzt schon perfekt – diese Nacht, dieser Mann, diese Entscheidung. Es würde hinterher genug Zeit bleiben, es zu definieren. Denn heute Nacht würde sie nicht reden, würde sie nicht denken. Heute würde sie sich erlauben, sich von diesem aufregenden, verrückten, beschwingten Sturm mitreißen zu lassen, der in ihr tobte.

Sie drückte den Rücken durch, bog sich damit seiner Hand entgegen, und ihr Kleid spannte sich wieder über ihrer Brust. Seine Hand, gefangen zwischen dem Stoff und ihrer außerordentlich empfindsamen Haut, verursachte, dass ein Schwall Hitze in ihren Bauch jagte und ihre Knie weich wurden. Sie stöhnte leise auf. Aber James hatte ebenso seine Mühe, nicht lustvoll zu keuchen, und so löste sich auch Bels Verlegenheit wie ihre Gedanken in Luft auf.

»Himmel, Bel«, sagte er. »Ich will …«

Er verstummte, um mit dem heißen, offenen Mund über ihren Hals zu streichen, und sie ließ den Kopf in den Nacken fallen, damit er besser an ihren Hals und ihre Brüste kam.

»Ich weiß.«

Ihr Lachen war laut und voll und voller Verlangen, aber es verstummte, als sein Arm sich wie ein Stahlgürtel um ihre Taille legte. Er riss sie hoch und schmiegte ihren Körper an seinen, und auf einmal konzentrierte sich ihr ganzes Bewusstsein nur noch auf das, was sie gerade empfand.

Sein Mund, heiß und offen und fordernd auf ihrem. Seine Finger, forsch und sie zum Wahnsinn reizend auf ihrer Brust, sein Herzschlag, kräftig und unregelmäßig gegen ihren.

Sein Bein glitt an ihrem entlang, bis sie sich zwischen zwei langen und kräftigen Oberschenkeln gefangen fand, und sie konnte seine Männlichkeit hart und mächtig an ihrem Bauch spüren. Ein blendend greller Blitz schoss durch ihren Körper. Das Licht sammelte sich in ihrem Schoß und ließ diesen hemmungslosen, begierigen Hunger noch stärker werden.

Sie wölbte ihm ihren Körper entgegen, ohne dass sie darüber nachdachte, was sie tat. Näher dran. Sie wollte näher an ihm dran sein. Sie wollte ihn so nah an sich ziehen, dass sie verschmolzen, wollte seine ganze Hitze, sein Verlangen, seine Kraft in ihrem Körper spüren. Sie wollte nehmen, nehmen, nehmen, sich von ihm auffüllen lassen, bis es in ihrem Körper keinen leeren Platz mehr gab, keine kalte, verlassene oder unberührte Stelle.

»Mehr«, wisperte sie in seinen Mund. »Bitte, James. Mehr.«

»Alles, was du willst«, sagte er. »Ich schwöre zu Gott, ich werde dir alles geben …«

»Dich.« Ihre Hände schoben sich zwischen ihre aneinandergepressten Körper, fuhren schnell und geschickt in seinen Hosenbund, machten dort in fieberhafter Eile die Knöpfe auf. »Nur dich. Bitte.«

»Heilige Mutter …« Er sog scharf die Luft ein, als sie die letzten Knöpfe einfach aufriss und ihn in ihre zitternden Hände nahm. Er krallte sich im Stoff ihres wallenden Rockes fest, doch schon bald tanzten seine Finger ungeduldig über ihren Rücken. »Ich kann nicht …, da ist kein …, ach, was soll's.«

Er gab auf, nach Knöpfen oder einem Reißverschluss am Rücken zu suchen, hakte stattdessen einfach seine Finger in den Ausschnitt des Kleides und zerrte daran. Das Kleid – das sich sowieso nur durch einen Balanceakt auf den Rundungen ihres mittels Korsett nach oben gedrückten Busens halten konnte – gab nach, ohne viel Widerstand zu leisten, und ihre Brüste sprangen heraus.

»Heiliger Himmel«, raunte James und starrte sie an.

Bel schaute selber an sich runter und musste auch staunen. Ihr Kleid sammelte sich in dunklen und üppigen Lagen Stoff um ihre Taille, ihre nackte Haut glänzte blass wie Perlmutt im Mondlicht. Ihre Brüste quollen prall und voll – so voll wie Körbchengröße B eben sein konnte – über den spitzenbesetzten Rand ihres Korsetts, als ob sie dem Mann auf dem Silbertablett serviert wurden, der sich genug Mühe gegeben hatte, sie aus dem Kleid zu befreien. Und James – ach, glückliche, glückliche Bel – war dieser Mann.

Er setzte sie ohne Umschweife auf dem Rand des marmornen Springbrunnens ab, ging vor ihr auf die Knie und umschloss ihre Brüste mit ehrfürchtigen Händen. Die kühle Nachtluft streifte sie und nur die Hitze, die seine Hände ausstrahlten, erwärmte ihre Haut, dort wo er sie berührte. Sie bekam Gänsehaut, ihre Brustwarzen erhoben sich und James' Mund kam einer vor Lust fast schmerzenden Spitze langsam näher.

»Oh.«

Sie legte den Kopf in den Nacken, der sich plötzlich zu schwer anfühlte, um ihn aufrecht zu halten. Sie fuhr mit den Fingern durch sein goldenes Haar und bäumte sich ihm entgegen, dem herrlichen Ziehen seines Mundes und dem Gefühl des flüssigen Feuers, das durch ihren Körper jagte.

Er legte seine große Hand auf ihren Rücken und hielt sie so gegen sich gepresst. Als ob sie irgendwo anders hingehen könnte, dachte sie, und ein kleines glucksendes Lachen formte sich in ihrem Hals. Ein Lachen, das ihr sofort verging, als er ihren Knöchel mit langen, geschickten Fingern streichelte, Finger, die dann ihre Wade hinaufglitten, über ihr Knie tanzten und dann über die Innenseite ihres Schenkels fuhren. Oh Gott.

Seine Zähne streiften vorsichtig über ihre Brustwarze, und eine solch intensive Lust breitete sich in ihrem Körper aus, dass sie schon fast an Schmerz grenzte. Er leckte mit der Zunge über die schmerzende Stelle, sodass das heiße Stechen in ein quälendes Verlangen überging. Ein Verlangen, das größer und größer wurde, mit jedem Zentimeter Schenkel, den seine raffinierten, suchenden Finger eroberten. Er spielte mit ihrem Rüschenhöschen für eine gefühlte Ewigkeit, bis er endlich, *endlich* mit den Fingern unter den Spitzenstoff schlüpfte.

Ihr Kopf füllte sich mit einem dunklen Feuer, das jeden vernünftigen Gedanken einfach auffraß, bis nur noch diese primitive Lust zurückblieb, die durch ihren ganzen Körper pulsierte. Eine Lust, die sie unerbittlich zu ihrem Ziel führte. Zu ihm. Ihn zu besitzen, ihn als ihr eigen zu kennzeichnen, ihn zu nehmen.

»James.« Sie krallte sich an seinem feinen Leinenhemd fest. »*Jetzt.*«

Er hob den Kopf von ihren Brüsten und die Lust in ihr brannte nur noch stärker, als sie denselben Hunger auch in seinen Augen sah.

»Ja.« Er sprang auf. »Jetzt.«

Er zog sie hoch und versuchte verzweifelt, die vielen Schnüre und Knöpfe und Haken zu lösen, die ihr Kleid zusammenhielten.

»Nein.« Bel schubste ihn auf die breite Marmorbank, von der sie gerade aufgestanden war. »Jetzt.«

Sie befreite sich von dem lächerlichen Rüschenhöschen und beförderte es mit dem Fuß aus dem Weg. Sie stopfte sich die gefühlten fünf Meter Stoff ihres Rockes unter den Arm und setzte sich rittlings auf ihn. Sie konnte den kalten, harten Marmor unter ihren Knien spüren.

»Lös wenigstens das Korsett, Bel.« Er lächelte und schaute sie hungrig an. »Du stirbst sonst an Sauerstoffmangel.«

»Dann sterbe ich glücklich.«

Langsam und vorsichtig rutschte sie nach vorne, bis sie sein steifes, hartes Glied berührte. Sie sog scharf die Luft ein. Die quälende Leere in ihrem Inneren reagierte mit einem pulsierenden Schmerz. Sie verzehrte sich nach Erfüllung, nach Befriedigung, nach ihm. Nach dem, was jetzt passieren würde.

Mit wiegenden Bewegungen nahm sie ihn langsam in sich auf, so langsam, dass es schmerzte, bis er tief in ihr drin war und sie keuchend atmete. Bis seine Hände ihre Hüften gefunden hatten und sich dort festkrallten, zitternd, stark und fordernd. Das Verlangen, ihn tiefer in sich zu stoßen, diesen zügellosen, teuflischen Hunger zu stillen, trieb sie an, sich immer wieder auf und ab zu bewegen. Aber es war nicht genug. Es war …«

»Leg dich hin«, sagte sie.

Sie drehte sich und er ließ sich nach hinten auf den abgerundeten Rand des Springbrunnens sinken, ein Fuß auf dem Boden, das andere Bein auf der Marmorbank ausgestreckt. Er stützte sich mit den Ellenbogen auf dem breiten abgerundeten Rand ab und griff ihre Hüften mit beiden Händen. Sie raffte den Rock bis auf die Oberschenkel hoch und schob die Stofffülle so gut es ging hinter sich. Dann stellte sie einen Fuß auf den Boden, den anderen in das seichte Wasser und ritt ihn.

Sie erhob sich und drehte sich, bewegte sich hoch und runter, schaukelte sich mit dem Licht und dem Feuer und dem Hunger in ihrem Inneren immer mehr hoch, bis zur völligen Ekstase. Bis da nichts mehr zwischen ihnen stand, nichts Ungesagtes, nichts

Ungelöstes. Bis es in ihrem Inneren nichts Zerbrochenes mehr gab und keine Leere. Nichts, das sie von dem teuflischen, messerscharfen Rand der Klippe fort hielt. Ohne darüber nachzudenken, warf sie sich über den Rand des Abgrunds und zog ihn mit sich.

✦

James kam langsam, aber sicher wieder zur Besinnung. Er wollte gar nicht, denn der Traum, den er gerade gehabt hatte, war zu schön, um ihn hinter sich zu lassen. Bel. Warm, offen, zum Anfassen. Ihre Lippen, wie sie sich zu einem einladenden Lächeln verzogen, zu einem belustigten, zu einem liebevollen Lächeln. Ihre dunklen Augen zu schmalen Schlitzen verengt und dahinter: Hitze, Verlangen und Lust. Und all das galt nur ihm.

Dann merkte er, dass diese befriedigende Wärme gar nicht von dem glücklichen Traum kam, aus dem er gerade erwachte. Sie kam von Bel. Sie lag auf ihm, ihr Kleid um ihre Taille zusammengebauscht, ihr zerzaustes Haar über seiner Schulter verteilt. Und – heilige Mutter Gottes – er war immer noch in ihr.

Mit einem Ruck wurde er wach und legte seine Arme fest um sie, bevor sie ihm wieder entwischen konnte. Er musste erst mal wieder Herr der Lage werden und wollte nicht, dass sie weglief, während er sich wieder zurechtfand. Außerdem, wenn das hier so ein Ende nehmen würde, wie er vermutete – Schuldzuweisungen, Zweifel und O-Gott-was-habe-ich-bloß-getan? –, dann wollte er nicht, dass dieser schöne Teil zu schnell vorbeiging.

Sie lachte keuchend.

»Okay«, sagte sie, »du hattest glaube ich recht, was das Korsett anging. Kann nicht … atmen …«

»Oh.« Er zwang sich dazu, seinen Griff etwas zu lockern. »Klar. Natürlich. Geht es dir gut?«

»Besser als gut.« Sie hob den Kopf und das Lächeln, das sie ihm schenkte, traf ihn direkt im zuckerwatteweichen Kern seines Herzens. »Und dir?«

»Ich, äh …« Er lächelte automatisch zurück, völlig unfähig, etwas anderes zu tun, solange sie ihn mit diesem Lächeln anschaute. Er berührte eine Locke ihres seidigen, ahornsirupfarbenen Haars, das ihr Gesicht umrahmte. »Ich bin ein bisschen verwirrt.« Er schloss die Augen. *Toll, James.* Das Mädchen, das er liebte, hatte ihn gerade buchstäblich besinnungslos gevögelt, und anstatt ihr dafür überschwänglich zu danken und sie anzubetteln, dass sie das wiederholen würde, bis, ach, vielleicht an sein Lebensende, sagte er ihr, dass er *verwirrt* sei. »Auch gut«, beeilte er sich zu sagen. »Sehr, *sehr* gut.«

Sie streckte ihm das Gesicht entgegen und gab ihm einen sanften Kuss. Er verlor sich in diesem Kuss – Gott, wem würde das nicht passieren? Bei diesem Mund? – und Zeit verzerrte sich zu einer unbestimmbaren Schleife. Doch er schien diesen Effekt mehr gespürt zu haben als Bel, denn als er wieder auftauchte, schaute sie schon auf ihre Armbanduhr.

Dann sprang sie von ihm runter, sodass er sich viel verlassener fühlte als ihm lieb war.

»Okay, Zeit, sich wieder anzuziehen«, sagte sie lebhaft. »Hörst du das?«

James spitzte die Ohren. Auf einmal konnte er es tatsächlich hören. Leute. Stimmen. Schritte. Die Versteigerung musste längst zu Ende gegangen sein, während Bel und er, äh, beschäftigt gewesen waren. Und jetzt strömten die Gäste aus dem Haus und in die Gärten.

»Ja«, antwortete er.

Er sprang ebenfalls auf und in viel zu kurzer Zeit sah seine liebliche, liederliche, herrlich in Unordnung gebrachte Bel wieder absolut respektabel aus.

Er hatte keine Ahnung, wie sie das hinbekommen hatte. Er selber fühlte sich zerknittert, zerzaust und total entspannt und befriedigt. Aber sie, sie sah schon wieder frisch, glatt gebügelt und strahlend aus, wie eine gepflegte Blume.

Er wusste nicht, ob er sie jemals mehr geliebt hatte, als in diesem Augenblick.

»Hey, Bel?«

»Ja?«

Sie schaute ihn mit diesen großen, dunklen Augen an, ihre Hände ordentlich im Schoß gefaltet.

»Du bist wirklich einmalig, weißt du das?«

Sie lächelte ihn an, mit der vollen Dröhnung Grübchen, und sein Herz schwoll zum Dreifachen seiner üblichen Größe an, wie beim Grinch an Weihnachten. Er wollte noch mehr sagen, aber in diesem Augenblick kam ein Pärchen durch eine Öffnung in der Hecke auf den Springbrunnenplatz spaziert. Bel nickte ihnen höflich zu und James hielt ihr den Arm hin, damit sie sich bei ihm einhaken konnte. Dann schlenderten sie langsam einmal um den gesamten Springbrunnen herum, als ob sie ihn das erste Mal sehen würden.

»Also«, sagte Bel. »Du wolltest mir etwas sagen?«

Jetzt fühlte er sich schuldig, als ihm schlagartig wieder einfiel, was er ihr hatte erzählen wollen.

»Oh Scheiße. Ja, das wollte ich.«

Er hielt an und nahm ihre Hände in seine.

»Hör zu, Bel, es gibt eine Person unter den Gästen heute Abend, über deren Anwesenheit du nicht besonders erfreut sein wirst.«

»Okay.« Ihre Augen weiteten sich argwöhnisch. »Wer?«

»Aber ich werde nicht für eine Sekunde von deiner Seite weichen, also wird alles gut werden.«

»Danke«, sagte sie. »Aber wer ist es?«

»Nimm einfach diese förmliche, unerschütterliche Haltung ein, in der du so gut bist, und wir schaffen das schon.«

»James.« Ihre Augen wurden schmaler. »Wer?«

Er seufzte und wünschte Ford, den Ex-Verlobten, mit ganzem Herzen an einen sehr weit entfernten Ort. Denn, also wirklich. Er und Bel hatten gerade ihre ersten zögerlichen Schritte in ihre gemeinsame Zukunft getan. Okay, überwältigender Sex im Freien war nicht gerade zögerlich, aber es *war* ein Schritt in die richtige Richtung. Ein großer. Es war doch wohl nicht zu viel verlangt, dass der Typ, den Bel fast geheiratet hätte, nicht den Moment ruinierte.

Er atmete tief ein, aber bevor er sich dazu bringen konnte, den Namen laut auszusprechen, klang eine neue Stimme durch die nächtliche Luft. Sie war klar und rein, wie eine kleine, kostbare Glocke, und sagte:

»Belinda! Liebling! Ich kam sofort, als ich davon gehörte habe!«

James konnte beobachten, wie Bel sämtliche Gesichtszüge entgleisten. Das Leben schwand aus ihrem Gesicht, als ob jemand einen Schalter umgelegt hatte. Sie drehte sich langsam zu der zierlichen Frau in lila Satin um, die mit schnellen, eleganten Schritten auf sie zugeeilt kam – man konnte es nicht als Laufen bezeichnen, aber schneller als Gehen war es allemal. Die Frau warf sich Bel in die Arme und drückte sie heftig.

»Ach, mein Liebling, mein Herzblatt. Mein armes, armes Kind. Sorg dich nicht, mein Herz.«

Bels Hände hingen lose an ihren Seiten, fast versteckt in den Falten ihres Rockes, aber ihr Rücken war so steif wie ein Zollstock. Die Frau schien das gar nicht zu bemerken, sondern presste Bel einfach nur an ihre Brust, schaukelte sie hin und her und säuselte:

»Mami ist jetzt da, Liebling. Mami ist jetzt da.«

# Kapitel 27

Bels Blick, den sie ihm über den Kopf ihrer Mutter hinweg zuwarf, drückte eindeutig eine Frage aus: *Du wusstest davon?*

James schüttelte schnell den Kopf. Um Himmels willen, nein. Aber, verdammt, die arme Bel. Ihr ehemaliger Verlobter und ihre Mutter, von der James wusste, dass sie Bel nicht gerade nahestand, auf derselben Feier? Sein Mädchen musste heute aber ganz schön was einstecken.

»Ach, meine Süße.« Bels Mutter löste sich aus der Umarmung, um ihre Tochter anzuschauen. Ihre Hände flogen wie winzige Vögelchen in die Höhe, um Bels Wangen zu tätscheln. »Du bist so dünn. Wieso hast du mich denn bloß nicht *angerufen*?«

James trat ein paar Schritte zurück, damit er diese improvisierte Familienzusammenkunft besser beobachten konnte. Er hatte gewusst, dass Bel eine Mutter hatte. Er hatte sie sich nur ein wenig anders vorgestellt. Erstens war sie einen ganzen Kopf kleiner als Bel. Und während Bel diese stille Korrektheit ausstrahlte, von der tadellosen Haltung bis zu ihrer unerschütterlichen Ruhe, war ihre Mutter eindeutig eher der theatralische Typ.

»Dich anrufen?«, fragte Bel sie in demselben Ton, in dem sie sich auf dem Markt erkundigte, wie lange sich ein Kohlkopf halten würde. »Weswegen denn?«

»*Weswegen*?« Ihre Mutter blinzelte sie sichtlich geschockt an, eine schmale Hand an ihren rüschenbedeckten Busen gepresst. »*Weswegen*? Lieber Gott im Himmel, Belinda! Dein Vertrauen an das Gute im Menschen wurde übel missbraucht. Und das *live im*

*Fernsehen*?« Sie schloss die Augen und schüttelte den Kopf. »Ich kann mir nicht *vorstellen*, wie ich reagiert hätte. Aber du – du armes, *armes* Kind – du hast einfach nur die Zähne zusammengebissen und die Demütigung erhobenen Hauptes ertragen. Mein trauriges, starkes, *geliebtes* Mädchen.«

Sie klammerte sich an Bel und zog sie zu sich runter, im Versuch, sie in ein trauriges, geliebtes Mädchen zu verbiegen – so nahm James zumindest an. Er konnte sich ein Grinsen nicht verkneifen. Das war wirklich nicht Bels Stil. Er konnte jetzt verstehen, warum Bel ihre Beziehung zu ihrer Mutter als schwierig beschrieben hatte.

Aber ihr Herz schien am rechten Fleck zu sein. Und sie war hier. In James' Augen bedeutete das viel. Er wusste aus eigener Erfahrung – und davon hatte er nicht gerade wenig –, dass, ging es um familiäre Pflichten, letzten Endes nichts mehr zählte, als einfach da zu sein. Niemand, der Familie hatte, eine halbwegs anständige Familie zumindest, musste schwere Zeiten allein durchstehen. Es war einfach nicht erlaubt. Wenn man litt, dann war die Familie während dieser Zeit an seiner Seite, richtete einen auf, lieh DVDs für einen aus, machte einem was zu essen und versuchte, einen mit schlechten Witzen aufzumuntern, bis man sich auf wackligen Beinen und ins grelle Sonnenlicht blinzelnd wieder allein vor die Tür wagte.

Bel befreite sich aus der Umarmung ihrer Mutter und wich einen Schritt zurück, gerade als Bob und Kate auf den Platz mit dem Springbrunnen geschlendert kamen. Kate, die sich bei Bob untergehakt hatte, führte ein ungezwungenes Gespräch mit einer Klatschkolumnistin der *Washington Post*. Aber ihr scharfer Blick war auf Bel gerichtet.

»Bitte, Vivi«, sagte Bel. »Ich habe dich nicht angerufen, weil ich dich nicht hier haben wollte.«

Vivi? James' Augenbrauen schossen in die Höhe. Sie nannte ihre Mutter beim Vornamen?

»Du wolltest mich nicht …« Vivi wich zurück, als hätte Bel ihr gerade eine Ohrfeige verpasst. Der Schmerz spiegelte sich sichtlich in ihren runden blauen Augen wider. »Also, Belinda, das ist ja eine ganz schreckliche Aussage! Ich bin um die halbe Welt gereist, um bei dir zu sein, und so dankst du mir dafür?«

»Ich wollte nicht, dass du hierher kommst«, wiederholte Bel mit tonloser Stimme, »und das will ich immer noch nicht. Ich werde es nie wollen. Also bitte geh jetzt.«

James starrte sie mit offenem Mund an. Das hier war keine schwierige Mutter-Tochter-Beziehung. Das hier war eine Zurückweisung, nichts anderes. Bob musste die angespannte Atmosphäre aus fünfzehn Metern Entfernung bemerkt haben, denn er berührte Kates Hand und flüsterte ihr dann etwas ins Ohr. Kate ignorierte ihn mit der für sie so typischen hochmütigen, ungeduldigen Geste, ihren Blick immer noch auf Bel geheftet. Die Klatschkolumnistin folgte Kates Augen mit dem Gespür eines Jagdhundes, der die Spur aufnahm.

Kate verlangsamte ihren Schritt nicht, sondern ging weiter bedächtig auf sie zu. Bob versuchte sie nicht daran zu hindern, aber seine zu einer geraden Linie zusammengezogenen Brauen verrieten seinen Unmut. Die Journalistin fingerte hastig an ihrem Handy herum, wahrscheinlich, um die Handy-Kamera für den richtigen Augenblick parat zu haben. James stellte sich darauf ein, dass sie in spätestens dreißig Sekunden Gesellschaft haben würden.

Er berührte Bels steifen Arm und beugte sich zu ihr rüber.

»Klatschkolumnistin«, raunte er ihr zu. »Auf sechs Uhr.«

»Natürlich, das war ja klar.« Sie wandte ihren Blick nicht von ihrer Mutter ab. »Ich will dich hier nicht haben, Vivi. Bitte geh jetzt.«

James starrte sie an und seine Beunruhigung verwandelte sich jetzt in Ungläubigkeit. Was zum Teufel? Seine Bel hatte ohne Frage ein Talent für höfliche Missfallensäußerungen, aber sie war nicht gemein. Nein, sie war weit davon entfernt. Aber der eigenen Mutter vor den Augen einer Vertreterin der überregionalen Presse unmissverständlich zu verstehen zu geben, dass sie sich verpissen soll? Das war gemein. Fraglos gemein.

»Oh.« Vivis Augen füllten sich mit Tränen. »Oh. Ich verstehe.«

James' Herz verkrampfte sich und die Wut, die er dafür aufgespart hatte, Will zu verprügeln, explodierte auf einmal in ihm. Er wusste, dass die Realität, wenn überhaupt, nur wenig mit Gerechtigkeit zu tun hatte. Er erwartete ja nicht, dass das hier ein *Brady-Bunch*-Familientreffen werden würde. Aber diese Frau war Bels *Familie*. In James' Welt – in jeder Welt – existierte kein höheres Gut als Familie. James würde alles dafür geben, um noch einmal zu erleben, dass seine Mutter ihm auf einer Feier auf die Nerven ging. Er würde es nicht zulassen, dass Bel ihre eigene vor seinen Augen so zurückwies.

»Hi.« Er machte einen Schritt in ihre Richtung und begegnete Vivi mit einem warmen Lächeln. »Ich bin James Blake.«

»Vivienne Pietrantoni.« Sie hielt ihm ihre zierliche Hand hin und lächelte tapfer zurück. »Belindas Mutter.«

»Natürlich sind Sie das.« James nahm ihre Hand zärtlich in seine. Verdammt, diese Frau fühlte sich zerbrechlich an. »Jetzt sehe ich, wo Bel ihre Grübchen her hat.«

Vivis Lächeln wurde breiter.

»Ach, Sie sind aber nett.«

»Sie sehen an Ihnen beiden entzückend aus«, versicherte ihr James und tätschelte ihre Hand, die in seiner lag. »Ich versuche Bel immer dazu zu bringen, öfter zu lächeln.«

Vivi sah ihn mit warmem Blick an und zeigte diese Grübchen.

»Ich auch.«

»Dann werden wir wohl gute Freunde werden, Ms Pietrantoni.«

»Bitte, nenn mich Vivi«, antwortete sie und umarmte ihn. »Ach, du bist aber ein netter Mann. Ich bin so froh, dass meine kleine Süße jemanden gefunden hat wie dich. Ich sorge mich um sie, weißt du. Sie ist so … einsam.«

James sah zu Bel rüber, die sie beide ausdruckslos anstarrte. In diesem Augenblick sah sie auch unheimlich einsam aus. Eine blasse, gefasste Frau, die genauso gut auch auf eine Leinwand hätte schauen können, so wenige Emotionen spielten sich in ihrem Gesicht ab.

»Vivienne?«, rief Kate, die auf einmal neben ihnen stand. Sie bedachte Bels Mutter mit dem Lächeln, das sie auch für die Kamera aufsetzte. »Kate Davis. Wie schön, Sie endlich kennenzulernen.« Dann drehte sie sich zu Bel um. »Bel, meine Liebe. Wieso hast du mir denn nicht erzählt, dass deine Mutter heute hier Gast ist?«

»Ich hatte keine Ahnung, dass sie hier sein würde«, erwiderte Bel. Sie nahm die Falten ihres Rockes zusammen, damit sie nicht darüber stolperte. »Wenn ihr mich bitte alle entschuldigen würdet?«

Vivienne ließ den Kopf hängen und Kate sah Bel mit vornehmem Kopfschütteln an. Die Journalistin, die sich im Hintergrund hielt, schoss unauffällig ein Foto. James knirschte mit den Zähnen.

»Bel, komm schon. Sie ist deine *Mutter*, Menschenskind.«

Sie hob eine Augenbraue und schien damit zu sagen: *Na und?* Heiße und heftige Wut stieg in ihm auf.

»Wir sind hier im Weg«, sagte Bob und nahm Kates Arm. »Wir sollten …«

»Was bedeutet …«, fuhr James fort, als ob Bob nichts gesagt hätte, seine Stimme ruhig und gelassen, »… dass, egal was zwischen euch vorgefallen ist, du ihr zumindest zu Dank verpflichtet bist.«

Bel legte verwundert den Kopf schräg.

»Wofür denn?«

»Nun, zuerst mal dafür, dass sie sich Sorgen um dich macht«, blaffte James. »Dafür, dass sie sich die Mühe gemacht hat, mit dem Flugzeug von wo auch immer …«

»Italien«, sagte Vivi.

»… von Italien herzureisen, um sich persönlich davon zu überzeugen, dass es ihrer Tochter, wie schwierig auch immer ihre Beziehung zu ihr sein mag, gut geht.«

»Nein.«

Bel verschränkte die Arme vor der Brust, das Gesicht emotionslos. Das einzige Zeichen von Leben war der hektische Puls, der an ihrem Hals zuckte.

»Nein? Wie, nein?«

»Nein, das ist nicht der Grund, warum sie hier ist, und nein, ich werde ihr ganz sicher nicht dafür danken.« Sie hob wieder ihren Rock an und ging um ihre Mutter herum, als ob sie ein Stein wäre, der auf der Straße lag. »Fahr wieder nach Hause, Vivi. Hier gibt es für dich nichts zu holen.«

Vivi quietschte kurz vor Kummer, und dieser kleine Laut zerriss James schier das Herz, als ob er scharfe kleine Krallen gehabt hätte.

»Belinda«, raunte Kate ihr zu und warf einen vielsagenden Blick auf die Journalistin, die eifrig in ihr Notizbuch kritzelte. »Du vergisst dich.«

»Nein«, entgegnete sie leise. »Ich habe mich endlich an mich erinnert. Aber ich entschuldige mich dafür, dass ich eine Szene mache.« Mit ausdruckslosen Augen schaute sie ihre Mutter an. »Ich wünsche mir wirklich, dass das nicht passiert wäre. Und jetzt entschuldigt mich bitte.«

Vivi fing leise an zu weinen.

»Wir werden morgen früh darüber sprechen«, sagte Kate zu Bel in einem Ton, der nichts Gutes verhieß.

Wenn Bel diese Drohung aufgefallen war, dann ließ sie sich nichts anmerken. Sie neigte einfach den Kopf.

»Wenn du magst.«

Daraufhin ging sie mit einer solchen Zerbrechlichkeit und Würde auf die Öffnung in der Hecke zu, dass sich Verwirrung zu der unbändigen Wut gesellte, die in James' Innerem tobte. Sie war diejenige, die hier den ganzen Schaden anrichtete. Was zum Teufel veranlasste sie dazu, so zart auszusehen, als ob sie der kleinste Windstoß umhauen würde?

Er hechtete ihr hinterher und erwischte sie, kurz bevor sie die Öffnung erreicht hatte.

»Verdammt, Bel.« Er packte sie am Arm. »Würdest du vielleicht mal einen kurzen Moment innehalten und dir überlegen, was du hier tust?«

Sie stoppte, ihr Rücken steif und unnachgiebig. Dann drehte sie ihm den Kopf zu, ganz langsam, bis ihr Kinn in einer königlichen Geste stolzer Erhabenheit auf ihn zeigte.

»Was«, fragte sie, »tue ich denn?«

»Du verlässt deine *Mutter.*« Sein Brustkorb fühlte sich ganz eng an, so wichtig war es ihm, dass sie das hier verstand. Denn wenn sie es verstand, dann würde sie das hier nicht tun. Dann könnte sie es nicht tun. Wie konnte sie nur? Ihr Herz, ihr Herz, das ihm so teuer war wie sein eigenes, würde es nicht zulassen. Kein Herz, das es wert war, geliebt zu werden – kein Herz, das fähig war zu lieben –, könnte das. »Deine *Mutter*, Bel.«

»Das ist richtig«, sagte sie.

»Nein, das ist *nicht* richtig.« Frustration und Angst wüteten in seinem Inneren. Das hier war nicht recht. *Sie* hatte nicht recht. Bel war gut, liebevoll, nachsichtig und geduldig. Das hier war nicht sie. Nicht die Bel, die er kannte. Zumindest nicht die Bel, für die er sie gehalten hatte. »Gott, wieso *bist* du denn nur so?«

Sie schaute ihn mit einer solch kalten Endgültigkeit an, dass die Wut, die in seinem Herzen brannte, nur noch mehr angefeuert wurde.

»Ich gehe jetzt«, erwiderte sie. »Wir können morgen früh darüber reden, wenn du magst.«

Er schaute sie entgeistert an, wartete darauf, dass diese kalte Frau mit dem versteinerten Gesicht verschwand. Wartete darauf, dass sie sich wieder in Bel verwandelte, die Bel, in die er sich verliebt hatte, die Bel, die verstand, was Familie bedeutete.

Er musste an seine eigene Mutter denken, ihr offenes Lächeln, wie bereitwillig sie Umarmungen und Liebkosungen verteilt hatte. Wie sie ihre flache Hand auf seinen Hinterkopf gelegt hatte, wann immer sie dachte, dass er diese Berührung brauchte. Seit ihrem Tod war kein einziger Tag vergangen, an dem er sie nicht gebraucht hatte. Sie nicht vermisst hatte.

Er schaute über seine Schulter und sah die kleine, traurig aussehende Frau beim Springbrunnen. Die Mutter, die Bel noch nicht mal als solche anerkannte.

»Nein«, sagte er und der Ton seiner Stimme überraschte ihn. Er hatte nicht gewusst, dass er etwas sagen würde. Die Worte sprangen aus seinem Mund wie ein Korken aus einer Flasche, hielten dem Druck von Wut und Schmerz nicht länger stand. »Es gibt nichts zu besprechen.«

Bel heftete den Blick aus ihren dunklen, leeren Augen auf ihn.

»Sie ist noch nicht mal deine Familie.«

»Aber deine«, antwortete er, immer noch von dieser Welle der Verzweiflung erfasst, die unter all seinen Gefühlen lag. »Das bedeutet etwas, Bel. Und ich hätte gedacht, nach dem, was heute in der Küche mit Will passiert ist, wozu es geführt hat, hier, mit uns beiden …« Er beugte sich vor und sah ihr tief in die Augen, in der Hoffnung, dass sie sich jede einzelne Berührung, jeden Seufzer, jeden nachklingenden, elektrisierenden Kuss wieder ins Gedächtnis rufen würde. »… ich dachte, du hättest das verstanden. Ich dachte, du hättest mich verstanden.«

»Aber das denkst du jetzt nicht mehr.« Ihre Augen sahen groß und verletzt aus. »Wegen dieser Sache hier.«

Sie schwenkte den Arm durch die Luft und zeigte auf eine leise weinende Vivi, Kates Arm um ihre Schultern gelegt, und Bob im Hintergrund, der sich sichtlich unwohl fühlte.

»Ich *kenne* dich noch nicht mal, Bel. Ich dachte, das tue ich, aber diese Frau, die ihre eigene Mutter vor anderen Leuten verletzt und demütigt? Sie kenne ich nicht.«

Und weil der schreckliche, herzzerreißende Schmerz, den dieser Verlust verursachte, ihn fast umwarf, ließ er es zu, dass die Wut Oberhand gewann. Dass die Wut den Schmerz in scharfe, gemeine Worte verwandelte, die er wie Steine um sich schmeißen konnte.

»Kate hatte die ganze Zeit recht, was dich angeht«, sagte er. »Du hast noch nicht einmal das Zeug dazu, das Herzstück einer Fernsehsendung zu sein. Wie konnte ich nur glauben, dass du das Herzstück einer Familie sein könntest. *Meiner* Familie?«

»Ich weiß ganz genau, was dazu gehört, eine Familie aufzubauen«, sagte Bel sanft. »Und ich weiß auch ganz genau, wie man alles dafür opfert, um diese Familie vor Unheil zu beschützen.« Sie lächelte so schwach, dass es seiner Wut die gröbste Schärfe nahm und stattdessen Furcht in sein Herz einzog. »Leider hat noch keine Familie, die ich mir bislang ausgesucht habe, dasselbe für mich getan.«

»Ausgesucht?« In seinem Inneren fühlte es sich kalt an. »Man sucht sich Familie nicht aus, Bel.«

»Natürlich tut man das. Das machen die Menschen andauernd. Man nennt das *sich verlieben.*«

»Du …« Wo vorher Kälte war, war nun ein Eisblock. Er räusperte sich und versuchte es noch einmal. »Du glaubst doch nicht an Liebe.«

»Ich habe an dich geglaubt.« Sie hob wieder mit ruhigen Händen ihren Rock an, und in ihren Augen konnte er Schmerz, aber keine Überraschung sehen. »Das war mein Fehler.«

Sie drehte sich um und verschwand durch die Öffnung in der Hecke. James sah ihr mit leerem und betäubtem Herzen hinterher.

✦

Bel ging mit hölzernen Bewegungen den Pfad entlang. Sie hatte sich heute zu Asche verbrennen lassen, bemerkte sie dumpf. Sie war Ikarus, der zu nahe an die Sonne herangeflogen war. Sie hatte Sehnsucht nach Dingen gehabt, die sie niemals haben konnte, Dinge, die gewöhnliche Sterbliche niemals haben konnten. Es war dumm von ihr gewesen. Sie fragte sich, ob es wohl möglich wäre, die gesamte vergangene Stunde aus ihrem Gedächtnis zu löschen. Ob man die Erinnerung einfach herausschneiden konnte, so wie ein Chirurg einen Tumor herausoperierte?

»Bel?«

Zuerst erkannte sie die Stimme gar nicht. Es war zu lange her, seit sie sie das letzte Mal gehört hatte. Ein ganzes Leben. Dann drehte sie sich um und sah Ford und Annie dort stehen. Händchenhaltend waren sie gerade in dem Heckenlabyrinth um die Ecke gebogen, nur um direkt in diese peinliche Situation hineinzulaufen.

»Ford«, sagte sie. »Annie. Ihr seid wieder da.« Dies, so wurde ihr bewusst, waren die Menschen, vor deren Anwesenheit unter den Gästen James sie hatte warnen wollen. *Aber ich werde nicht von deiner Seite weichen*, hatte er gesagt. *Alles wird gut werden.* Bel versuchte, nicht zu sehr darüber nachzudenken, wie unheimlich einsam sie jetzt war. »Wie waren eure Flitterwochen?«

Ford warf Annie einen besorgten Blick zu, die stirnrunzelnd einen Schritt in Richtung Bel tat.

»Bel?«, fragte sie wieder. »Ist etwas nicht in Ordnung?«

»Nicht in Ordnung?« Bel lachte leise und merkte selber, dass sie sich eher verletzt als belustigt anhörte. »Was könnte denn bloß nicht in Ordnung sein?«

Ford nahm Annies Arm.

»Es ist noch zu frisch«, flüsterte er ihr zu. »Wir gehen wieder«, sagte er zu Bel. »Es tut uns leid. Wir sind nur …«

Annie schüttelte den Arm ihres Mannes ab und ging einen weiteren Schritt auf Bel zu.

»Mensch, Ford«, sagte sie. »Schau sie dir doch mal an. Hier geht es nicht um uns. Es geht um etwas Bedeutenderes. Viel Bedeutenderes.« Sie streckte ihre Hand aus und berührte Bel am Ellenbogen. Ihr Blick war voller Mitgefühl und Verständnis. »Hat deine Mutter dich gefunden?«

»Hmmm? Ach so, ja.« Bel nickte und fragte sich beiläufig, wieso diese letzte Demütigung – ihrem Ex-Verlobten, ihrer Ex-Assistentin und deren Glück gegenüberzustehen – sie nicht mehr verletzte. Wahrscheinlich, weil es ins rechte Licht gerückt worden war, nahm sie an. Ihr Herz wusste nun, was wahres Leid bedeutete, vielen herzlichen Dank dafür. »Ja, das hat sie. Sie ist extra aus Italien hergekommen, ist ins Flugzeug gestiegen, sobald sie davon gehört hat. Um mir in dieser schwierigen Zeit Trost zu spenden und mir zu helfen, mein gebrochenes Herz zu heilen, wenn du verstehst.«

»Ja, das kann ich mir vorstellen.« Annies Mundwinkel zuckten. »Was mir nicht so klar ist: Wie hat sie es geschafft, auf die Schnelle ein authentisches historisches Kostüm für den Ball aufzutreiben und dann auch noch irgendwie ohne Einladung auf die exklusivste aller *Kate-Every-Day*-Veranstaltungen zu gelangen, wenn ihr doch so viel daran gelegen war, so schnell wie möglich an deine Seite zu eilen? Ich nehme an, die Presse war auch anwesend?«

»Und Kate und Bob und James. Und ein paar Fremde.« Bel winkte ab. »Du kennst ja Vivi.«

»Nur dem Ruf nach. Ich nehme an, ihr italienischer Prinz oder Herzog oder was auch immer wurde ihr zu langweilig und sie brauchte wieder eine neue Zerstreuung. Irgendein neues Drama.«

»Und dann ist mein Verlobter zufällig mit meiner Assistentin während einer Live-Fernsehsendung durchgebrannt.«

Sie lächelte Annie und Ford müde an.

Ford ging zu ihr, seine Augen voller Wärme und Mitgefühl.

»Es tut mir wirklich leid, Bel. Es tut uns beiden leid. Ich hoffe, dass du uns eines Tages – wenn nicht vergeben – dann doch zumindest verstehen wirst.«

Bel tätschelte seinen Arm und er fühlte sich fest und tröstlich unter ihrer Hand an, so wie immer.

»Das tue ich doch schon, Ford. Unsere Ehe wäre ein schwerer Fehler gewesen. Das weiß ich jetzt.«

»Ach ja?«

Er schaute zu Annie rüber und die Überraschung war deutlich in seinen gutmütigen braunen Augen zu erkennen.

Annie sah Bel prüfend an und nahm sie dann fest in die Arme. Bel ließ sich einen kurzen Moment lang fallen, nahm diese reine, unverhoffte, trostspendende Berührung an, bis sich Annie wieder von ihr löste.

»Du verstehst es wirklich«, sagte sie und schaute Bel genau an. »Es ist endlich passiert. Du bist verliebt.«

»Das bin ich«, antwortete Bel.

Es gab keinen Grund, sich etwas zu wünschen, was man nicht mehr ändern konnte. Sie war verliebt. Sie würde sich vielleicht nie wieder entlieben.

»Hast du es ihm gesagt?«

Bel spielte den Moment in ihrem Kopf an, diesen schrecklichen Moment, als sie James ihre Liebe so gut wie gestanden hatte, *nachdem* deutlich geworden war, dass er sie nicht liebte. Nicht so, wie sie ihn liebte. Sie schloss die Augen, um die Welle der Demütigung und der Schmerzen zu überstehen, die über ihr zusammenbrach, und wünschte sich mit all der Kraft, die ihr misshandeltes Herz noch aufbringen konnte, dass sie es wieder rückgängig machen könnte. Dass sie diese erbärmlichen, wehleidigen Worte wieder ungesagt machen könnte – *Ich habe an dich geglaubt.* Die Erkenntnis, die in seinen Augen aufgeblitzt war, ungeschehen machen könnte. Sie konnte ihn fast sagen hören: *Wow, Bel. Das ist … ich meine, Mensch. Ich fühle mich geschmeichelt. Aber als ich gesagt habe, ich liebe dich, da meinte ich …*«

Sie versuchte James' Stimme in ihrem Kopf auszublenden. Sie konnte es nicht ertragen, sie zu hören, nicht einmal in ihrer Vorstellungskraft. Sie hatte ihre gesamte Kindheit damit verbracht, zu viel zu wollen. Zu viel zu lieben. Hatte sie denn Vivi gar nichts gelehrt? Liebe war ein Spiel. Ein aufregendes, unterhaltsames Abenteuer, aber es war nichts, das ewig andauerte. Sobald es keinen Spaß mehr machte, sobald es sich wie Arbeit anfühlte, war es Zeit, sich zu trennen und zum nächsten überzugehen. Den nächsten Job, den nächsten Mann, die nächste Leidenschaft. Dann war es höchste Zeit, alles hinter sich zu lassen – inklusive der dreizehnjährigen Tochter – und sein Glück auf einem anderen Kontinent zu suchen.

»Ich hätte einen besseren Moment auswählen können, ihm das mitzuteilen«, sagte sie schließlich.

Annies Mund verzog sich zu einer schmalen Linie.

»Erzähl mir davon.«

Und das tat sie dann auch. Annie legte einen Arm um ihre Taille und sie spazierten durch die dunkelsten Winkel der Gärten, während Bel den beiden alles erzählte. Sie fing mit ihrem Einzug in den Annex an und beendete ihre Geschichte mit den Ereignissen dieser Nacht. Sie berichtete von Wills bizarrem Kuss und James' Weigerung, den Verrat zu akzeptieren. Sie erzählte ihnen sogar von ihrer Entscheidung, wilden, überwältigenden, kein-Mann-würde-jemals-wieder-damit-zu-vergleichen-sein, *völlig ungeschützten* Sex mit James unter dem prunkvollen Sternenhimmel zu haben. Dann endete sie mit James' kompromisslosem Standpunkt, was die Giftschlange Vivi anging.

Als Bel fertig war, fiel ihr auf, dass sie mittlerweile auf einer Steinbank in einer gemütlichen offenen Laube in einer abgelegenen Ecke der Gärten saßen, von der aus sie den Teich überblicken konnten, und dass Annie ihre Hand festhielt. Sie nahm das saubere weiße Taschentuch an, das Ford ihr anbot, und wischte sich die Tränen vom Gesicht.

»Was wirst du denn jetzt machen?«, wollte Annie wissen.

»Was kann ich denn machen?«, fragte sie und zwang sich dazu, fröhlich zu klingen. »Ich meine, ich habe meine Lektion gelernt, nicht wahr? Ich werde diese ganze Katastrophe einfach hinter mir lassen. Ich werde so tun, als ob es nie passiert wäre. Ich werde morgen früh aufwachen und ganz neu anfangen. Frischen Herzens. Ein neues Leben. Ein neuer Traum. Gott weiß, dass ich einen brauchen werde.« Sie lachte mit zittriger Stimme. »Wenn mich der Eindruck vorhin nicht völlig getäuscht hat, dann wird mich Kate morgen früh wieder feuern – und diesmal unwiderruflich.«

»Das Miststück«, sagte Annie.

Bel zuckte mit den Schultern.

»Menschen wollen keine Ratschläge über häusliche Angelegenheiten von jemandem hören, dessen eigenes Zuhause ein komplettes Desaster ist, Annie. Wo sie recht hat, hat sie recht.«

Ford schüttelte den Kopf.

»Nicht unbedingt. Wenn du rechtliche Schritte einleiten möchtest, dann kannst du bestimmt auf Vertragserfüllung klagen. Ich schicke dir gerne eine Vorlage, die du …«

»Ach Ford, danke. Aber nein.« Bel drückte seine Hand und schenkte ihm ein Lächeln, von dem sie hoffte, dass es tapfer und mutig aussah. »Es macht keinen Sinn, weiter darauf zu beharren. Das ist jetzt alles Teil eines alten Traums. Ich werde es hinter mir lassen. Ihn auch. James. Die ganze Sache.«

Selbst diese Worte auch nur auszusprechen, versetzte ihr einen so heißen Stich, dass sie ihr gebrochenes Herz wieder in der Brust spüren konnte. Es trieb ihr die Tränen in die Augen und ihre Fassung war dahin.

Gott, was laberte sie da bloß für einen Scheiß. Ihn hinter sich lassen. Selbst wenn es ihr irgendwie gelingen sollte, zu ignorieren, dass sich ihr gebrochenes Herz im Todeskampf wand, konnte sie wohl kaum die Tatsache verleugnen, dass ihr eines Bein immer noch nass bis auf die Haut war, weil sie die ungestüme Entscheidung getroffen hatte, die Liebe ihres Lebens auf dem Rand eines geschmacklosen italienischen Springbrunnens zu vögeln. Nein, James hatte sich heute Nacht in jeden Zentimeter ihrer Haut gebrannt, und egal, wie gerne ihr Herz vergessen wollte, ihr Körper konnte die Erinnerung nicht auslöschen.

»Ach, Süße.« Annie seufzte. »Dir geht es *nicht* gut.«

»Nein, das tut es wirklich nicht.« Bel wischte unwirsch die Tränen von den Wangen und musste unweigerlich schmunzeln. Gott, dieser Springbrunnen. »Ich bin mir sicher, dass ich einiges bereuen werde, wenn ich auf diese gottserbärmliche Katastrophe zurückschaue, aber eine Chefin hinter mir zu lassen, der ich nichts recht machen kann, gehört bestimmt nicht dazu. Und ich sollte es weiß Gott tun, aber selbst jetzt kann ich nicht bereuen, was mit James geschehen ist. Okay, ungeschützten Sex zu haben, war vielleicht ein Fehler. Und das, was hinterher passiert ist, würde ich vielleicht nicht gerade als schön beschreiben, aber für einen kurzen Moment war es wirklich wunderschön. Die Art von wunderschön, von der ich gar nicht wusste, dass sie existierte. Die Art, von der ich dachte, dass die Leute sie sich nur ausdachten.«

Annie legte ihre Hand in Fords und Bel spürte einen kleinen, aber schmerzenden Stich Eifersucht. Sie hatte den kalten Isoliermantel um ihr Herz immer gehegt und gepflegt. Dieser hatte alle Gefahren auf sicherem, sauberem Abstand gehalten, wie ein guter Schutzwall. Aber James hatte diese Barriere weggesprengt, als ob sie für ihn gar nicht existiert hatte, war direkt in das heilige, geheime Innere vorgedrungen, als ob er alles Recht der Welt hätte, dort zu sein. Als ob er dahin gehörte.

Und das hatte er auch. Für diesen kurzen Augenblick hatte er zu ihr gehört und sie zu ihm. Sie würde diesen Moment für den Rest ihres Lebens heilig halten, dieses Gefühl der Zugehörigkeit. Der Familie.

In den letzten Wochen hatte sie ihn als einen sehr mutigen Mann kennengelernt. Allein heute Abend hatte sie ihn mehr geben sehen, als er eigentlich zu geben hatte, mehr tragen sehen, als er tragen konnte, und mehr ertragen sehen, als er ertragen konnte. Jetzt verstand sie auch wieso. Er gehörte zu etwas, das größer war als er selber. Er hatte eine Familie.

Eine Familie, zu der Bel nicht gehörte. Vielleicht konnte sie ihn nicht dazu zwingen, sie in den heiligen Kreis aufzunehmen, aber trotzdem liebte sie ihn, ja, konnte es gar nicht anders, als ihn mit ebensolcher Kraft und ebensolchem Mut zu lieben, wie er ihr gezeigt hatte, dass das ihrer Familie gebührte.

»Ach, Bel.« Annie drückte ihre Hand. »Gibt es irgendwas, was wir für dich tun können?«

Bel lächelte.

»Ich wünschte, ja, aber nein, leider nicht. Ich glaube, ich komme damit so gut klar, wie es möglich …«

»Eigentlich gibt es doch etwas.«

Bel zuckte zusammen – sie alle zuckten zusammen – und sie drehte sich um. Bob kam über den Rasen auf sie zu, seine Gestalt vom Mondlicht beleuchtet.

»Bob!« Sie griff sich an ihr hämmerndes Herz. »Wo kommst du denn her?«

»Ich hatte gerade eine Unterredung mit Kate.« Er lächelte, aber es sah alles andere als fröhlich aus. »Eine sehr unangenehme Unterredung.«

Bel schüttelte den Kopf.

»Mach dir nichts draus. Ich weiß, dass ich gefeuert werde. Ford hat mir gerade angeboten, mir zu helfen, wenn ich Klage wegen Vertragsbruch einreichen will, aber ich werde diesen Weg nicht gehen.«

»Gut. Ich hatte auch etwas anderes im Sinn.« Er setzte sich mit einem erschöpften Seufzer neben sie auf die Bank. »Halt dir deinen Anwalt parat und hör mir zu, Mädchen.« Er tätschelte ihr Knie. »Ich möchte dir gerne einen anderen Vorschlag unterbreiten.«

# Kapitel 28

Als sich die Sonne am nächsten Morgen über den Horizont schob, erlaubte sich James endlich, in die Küche zu gehen. Zu Bel. Er wusste, dass sie da sein würde. Wusste es auf dieselbe intuitive Art und Weise, wie er wusste, in welche Richtung sich der Torhüter schmeißen oder von welcher Seite aus ein Abwehrspieler ihn attackieren würde. Er hatte es ganz einfach im Gefühl.

Er musste sich zurückhalten, nicht die Treppe runterzulaufen. Er durfte nicht zu erpicht darauf wirken, sie zu sehen. Er durfte keine Kompromisse eingehen, was seine Wertvorstellungen betraf. Er hatte die ganze Nacht nicht schlafen können nach Bels erstaunlicher Liebesbekundung gestern Abend. Sie *hatte* gesagt, auf ihre übliche, indirekte Art, dass sie ihn liebte, oder nicht? Er hatte sich im Bett herumgewälzt und nachgedacht. So richtig nachgedacht. Und nachdenken war eigentlich nicht James' Stärke.

Nicht, dass er dafür nicht schlau genug war oder dass er nicht in der Lage dazu war, wenn es die Situation erforderte. Es war bloß so, dass es in seiner Branche zum Erfolg führte, wenn man *nicht* nachdachte. Dafür war nicht genug Zeit. Er hatte nur den Bruchteil einer Sekunde, um Entscheidungen zu treffen, und er musste aus dem Bauch heraus handeln und konnte sich nicht auf seinen Verstand verlassen. Er durfte nicht nachdenken, er musste einfach *wissen*.

Und was er jetzt gerade wusste, war: Egal, was zwischen ihnen beiden gestern Abend geschehen war, er würde es nicht zulassen, dass Bel ihn einfach so verließ. Vielleicht war die Sache mit ihrer Mutter ein Problem, aber war das so schlimm? Probleme waren dazu da, gelöst zu werden, und er würde dieses hier lösen. Er konnte damit anfangen, herauszufinden, wie eine solch faire und gerechtigkeitsliebende Frau wie Bel sich einfach so von ihrem eigenen Fleisch und Blut abwenden konnte. Er könnte seinen für sehr viel Geld versicherten rechten Fuß dafür wetten, dass es dazu eine Geschichte gab. Wahrscheinlich mehrere, so wie er Bel kannte. Sie würde jemanden nicht einfach schneiden, nur weil diese Person einen Fehler gemacht hatte. Nicht, wenn sie jemanden wie ihn lieben konnte. Gott, er war ja so ein Idiot. Wieso hätte ihm das nicht gestern Abend einfallen können?

Der Duft von frischgebrühtem Kaffee kam ihm schon entgegen, bevor er die Küchentür aufmachte, und sein Herz wurde leichter. Sie war da. Bel war in der Küche. Denn wer sonst würde am frühen Morgen in der Küche eine Kanne Kaffee kochen? Das Lächeln, das sich auf seinem Gesicht ausbreitete, fühlte sich albern und wundervoll an. Bel trank noch nicht mal Kaffee. Sie trank Tee. Sie machte den Kaffee nur für ihn.

Er flog beinahe durch die Schwingtür, so eilig hatte er es nun.

»Hör mal, Bel, wir müssen reden«, sagte er und stockte dann, denn Bel stand nicht vor der Kaffeemaschine.

Bel war nirgends zu sehen. Stattdessen saß Audrey an der Kücheninsel, mit dunklen Augenringen und einem niedergeschlagenen, fast resignierten Gesichtsausdruck.

»Bel ist weg«, sagte sie.

»Weg?« Furcht hatte seine Lungen mit eisernem Griff gepackt. »Weg, so wie: Sie ist einkaufen gegangen? Oder weg, so wie …«

»Weg, so wie weg«, antwortete Audrey. »Weg, so wie: Sie kommt nicht wieder.«

»Das ist doch lächerlich«, sagte James, zu sich selber genauso wie zu Audrey.

»Habt ihr euch gestritten?«

»Also, ja. Aber sie wohnt hier. Das hier ist ihr Zuhause.«

»Das ist dein Zuhause, James«, erwiderte Audrey vorsichtig, als ob sie sich daran erinnern musste, dass sie mit ihrem Arbeitgeber sprach, den sie besser nicht anschreien sollte. »Hattest du mit ihr darüber geredet, ob sie hier nach dem Fuchsjagdball weiterhin wohnen wird? Selbst wenn Kate sie wieder so gut wie feuern würde?«

»Nein, aber …«

»Oder hast du ihr stattdessen gesagt, dass sie in deinen Augen auch eine Versagerin ist und dass du mit einer Frau, deren Familie nicht so funktioniert wie deine, nichts zu tun haben willst?«

»Sie hat mit dir gesprochen?«

James presste die Hand gegen die Brust. Es fühlte sich so an, als ob ihn jemand mit der Faust direkt unters Herz geschlagen hätte. Er konnte nicht richtig Luft bekommen.

»Nein, nicht wirklich. Ich habe mir meinen Teil gedacht.«

»Dass ich ein Arschloch war? Das hast du dir gedacht?«

»Es war keine so abwegige Schlussfolgerung, James. Nicht, wenn man Bels Gesicht gesehen hat, als sie gestern Abend nach Hause kam.«

Er schüttelte den Kopf.

»Bel ist mittlerweile daran gewöhnt. Das muss sie sein. Ich meine, ich gebe doch immer irgendwelchen Blödsinn von mir, ohne vorher darüber nachzudenken. Das ist der Grund, warum ich jetzt hier in meiner Küche sitze, anstatt meiner Mannschaft dabei zu helfen, Mexiko in den Arsch zu treten. Sie weiß, dass mein Mund manchmal schneller ist als mein Verstand. Sie muss doch wissen, dass das meiste, was ich gestern gesagt habe, dummes Gelaber war, das mir spontan in den Kopf kam.«

»Das heißt ja nicht, dass sie es nicht verletzt hat.«

Er sah sie wütend an.

»Das ist mir bewusst, Audrey. Vielen Dank.«

Sie zuckte mit den Schultern.

»Ich sag's ja nur.«

»Sie ist momentan einfach aufgebracht. Sie hat weiß Gott ein Recht darauf. Aber wir reden hier über Bel. Sie würde nicht einfach abhauen, ohne mir die Möglichkeit zu geben, mich zu entschuldigen oder mein Verhalten zu erklären.«

Oder doch?

»Sie hat ihre Koffer mitgenommen, James. Koffer, Mehrzahl.«

»Sie wird schon wiederkommen.« Audrey sah aus, als würde sie das bezweifeln, daher ergänzte er: »Wirklich, wenn sie ihre Eier und ihre Butter und ihre Milch nicht mitgenommen hat, dann kommt sie wieder.«

Audrey langte hinter sich und zog die Kühlschranktür auf.

»Das war das Erste, was sie eingepackt hat«, sagte sie. »Die Klamotten sind ihr, glaube ich, erst hinterher eingefallen, um ehrlich zu sein.«

James starrte die Kühlfächer an. Jeder andere hätte vielleicht einen gut gefüllten Kühlschrank gesehen, aber in seinen Augen war er leer. Denn Bels Sachen – die Hefe, die Kapern, die Delikatessen, wie Oliven und Tapenaden und so? Die waren weg. Die Eier vom Markt, die dicken Brocken sonderbarer Käsesorten, das riesige Stück Butter? Weg. Sie hatte *seine* Lebensmittel im Kühlschrank gelassen, merkte er langsam. Und ihre eigenen hatte sie mitgenommen. Es gab keine Anzeichen mehr dafür, dass Bel auch nur ein Sandwich in diesem Haus zubereitet hatte. Sein Magen krampfte sich zusammen und wurde ganz kalt.

»Hat sie …« James musste sich räuspern, weil ihm Angst und Schmerz den Hals zuschnürten. »Hat sie dir gesagt, wo sie hingeht?«

Audrey machte die Kühlschranktür wieder zu und sah ihn halb mitfühlend, halb vorwurfsvoll an.

»Nein. Sie hat nur gesagt, dass ich dir Lebewohl sagen soll.«

»Lebewohl.« James presste den Handballen gegen die Brust, die sich so leer anfühlte. »Gott.«

»Und, was machst du jetzt?«, wollte Audrey wissen.

»Sei so lieb und wecke bitte Will und Drew auf.« James war schon auf dem Weg zur Tür. »Erzähl ihnen, was passiert ist. Ich werde mit Kate reden.«

Als er beim Hunt House angekommen war, war es noch keine sieben Uhr an diesem Sonntagmorgen, aber er traf Kate schick angezogen und zurechtgemacht an ihrem Schreibtisch vor, als ob die Kameras laufen würden.

Er klopfte vorsichtig an die Scheibe der Verandatür und wartete, während sie – immer noch auf das Blatt Papier in ihrer Hand starrend – aufstand.

»James«, sagte sie und umklammerte das Dokument in ihrer Hand so fest, dass ihre Knöchel weiß waren. »Sie haben schon von dieser Sache gehört?«

Er warf einen Blick auf das Blatt Papier.

»Wovon?«

»Dass Bob in den Ruhestand geht.« Sie schaute so gebannt auf den Brief, als ob er eine Schlange wäre. »Und zwar unverzüglich.«

»Nein. Aber es überrascht mich nicht.«

Ihr Blick richtete sich blitzschnell auf ihn.

»Nicht?«

James zuckte mit den Schultern.

»Er sah in letzter Zeit immer so müde aus. Dünn. Er kam mir irgendwie, ich weiß nicht. Neben der Spur vor.«

»Neben der Spur.«

»Ich gehe davon aus, dass Will darüber Bescheid weiß. Sie können gerne mit ihm reden, wenn Sie das verstört, Kate.« Er ging ins Büro hinein und sie trat automatisch zur Seite, während sie immer noch mit gefurchter Stirn den Brief in ihrer Hand betrachtete. »Aber das ist nicht der Grund, wieso ich hier bin. Ich suche Bel.«

»Bel?«

»Ja. Bel. Sie wissen schon – groß, ein Hammerlächeln, kompromisslos, wenn's um Kuchen geht?«

»Ich hatte den Eindruck, dass Belinda die Stadt verlassen wollte. Sie hat spät gestern Abend noch ihre Kündigung eingereicht.«

Wut und Angst vermischten sich in James' Innerem zu einem ätzenden Etwas, das langsam, aber sicher seine Selbstbeherrschung auffraß. Aber es gelang ihm, sie mit ruhiger Stimme zu fragen:

»Eine Kündigung, die Sie angenommen haben?«

»Selbstverständlich. Obwohl ich Belinda auf persönlicher Ebene sehr gerne mag, muss meine Nachfolgerin Familienkompetenzen vorweisen können, die tadellos und über jede Kritik erhaben sind. Sie war einfach nicht tauglich für diese Aufgabe, James.«

»Wegen ihrer Mutter.«

Kate neigte den Kopf, aber diese hoheitsvolle Geste des Bedauerns passte nicht zu dem zufriedenen Ausdruck in ihren Augen. Er musste an Kates begierigen, hungrigen Blick auf Bel und Vivi beim Springbrunnen gestern Abend denken.

»Sie wussten, dass ihre Mutter ein Problem sein würde, nicht wahr?«

Kate nahm sorgsam auf dem kurvigen kleinen Stuhl hinter ihrem Schreibtisch Platz und sah ihm dabei zu, wie er auf ihrem extravaganten Teppich auf und ab ging.

»Sie wussten ganz genau, was passieren würde, wenn Sie Bel und ihre Mutter vor Publikum zusammenbringen würden, nicht wahr?« Er hielt lang genug inne, um sich mit den Händen durch die Haare zu fahren und sie erstaunt anzusehen, während ihm ein Licht aufging. »Sie haben ihr eine Falle gestellt. Sie haben Vivi zu der Veranstaltung gestern Abend *eingeladen*, nicht wahr? Sie *wollten*, dass Bel versagt. Aus welchem Grund würden Sie das wollen?«

»Ach, du meine Güte.« Kate schlug die Beine übereinander. »Ich *wollte* nicht, dass sie versagt. Mit *wollen* hat das gar nichts zu tun. Es war ganz einfach Teil der Prüfung, und Belinda hat gestern ohne jeden Zweifel bewiesen, dass sie nicht über die Grundkompetenzen für diesen Job verfügt. Eigentlich die Grundvoraussetzung.« Sie faltete besonnen ihre Hände im Schoß.

»Eine Bilderbuchfamilie.«

James spuckte die Worte mit einem solchen Hohn aus, dass er sich nicht vorstellen konnte, dass er sie selber vor nicht mal zwölf Stunden benutzt hatte.

»Die entsteht nicht zufällig, Mr Blake. Genauso wenig, wie ein perfekter Sonntagsbraten und eine traumhafte Party nicht zufällig entstehen. All das benötigt Zeit, Mühe, Detailgenauigkeit und – und das ist das Wichtigste – ein sehr gutes Rezept.« Sie beugte sich vor und fixierte ihn mit ihrem kühlen Blick. »Das ist nämlich das, was ich verkaufe, mein Lieber – zuverlässige Rezepte für gutes Essen, gute Freunde, ein wunderschönes Heim, eine glückliche Familie. Wir sind uns wohl alle darüber einig, dass Belinda in der Küche wahre Wunder vollbringen kann, aber Sie müssen mir zustimmen, dass ihre Fähigkeit, *Kate-Every-Day*-Standards in anderen Bereichen aufrechtzuerhalten, … Mängel aufwies.«

»Und Sie selber sind ein Paradebeispiel für ein perfektes Familienleben?« Er schaute sich demonstrativ im makellosen Raum um. »Wo sind denn all die Bilder von Ihrem Ehemann und Ihren Kindern, Kate? Von Ihren Enkeln? Das vereinzelt herumliegende Kuscheltier oder eine schmutzige Socke oder leere Kaffeetasse, die darauf hinweisen würde, dass jemand in diesem Museum überhaupt lebt, das Sie Ihr Heim nennen?«

Er ließ sich in den antiken Stuhl vor ihrem Schreibtisch fallen, ohne zu merken, dass dieser ob seines schweren Gewichts jämmerlich ächzte.

»Ach ja, tut mir leid. Sie *haben* ja gar keine Familie hier, die in Ihrem Haus lebt, nicht wahr? Denn Sie haben überhaupt keine Familie. Und das hier ist nicht wirklich Ihr Zuhause.«

Sie wurde ganz steif.

»Was reden Sie denn da? Das hier ist absolut mein Zuhause.«

»Es ist eine Fernsehkulisse, Kate. Eine makellose und sorgfältig durchdachte Kulisse, in der Sie die Illusion eines perfekten Zuhauses schaffen, einer perfekten Familie, eines perfekten Sonntagsbratens oder was auch immer sonst. Aber niemand isst wirklich in Ihrem Esszimmer. Niemand wohnt wirklich in Ihrem Wohnzimmer. Und ganz sicher kocht niemand in Ihrer Küche. Es existiert alles nur, um einen äußeren Schein vorzutäuschen. Wie kommen Sie also dazu, ein Urteil über Bels Familienleben abzugeben?«

»Ein Urteil?« Kate lächelte ihn aalglatt und freundlich an. »Ach bitte, James. Sie sind doch nicht über mich verärgert, weil ich Ihre tolle Bel verurteile. Sie sind verärgert, weil Sie sie verurteilt haben. Und Ihr Urteil war um einiges schärfer. Ich habe nur gesagt, dass sie den Job nicht verdient. Sie haben gesagt, dass sie Ihr Herz nicht verdient.«

James starrte sie einen Augenblick lang an, während er diesen Schlag verarbeitete. Gott. Diese Frau hatte wirklich ein Talent dafür, die Wahrheit wie einen Hammer ins Gesicht zu schleudern. Und sie konnte außergewöhnlich gut zielen.

»Sie haben absolut recht«, gab er schließlich zu. »Das habe ich getan. Ich war verletzt und erschöpft und verärgert, dass das Leben mir nicht ganz genau das gab, was ich haben wollte. Was ich glaubte, verdient zu haben. Und aus dem Grund habe ich jemanden verletzt, den ich sehr liebe. Aber im Gegensatz zu Ihnen, Kate, bin ich zutiefst beschämt. Ich habe sie verstoßen, ohne überhaupt zu versuchen, ihren Standpunkt zu verstehen, und es stand ihr mehr zu als das. Sie hat mehr *verdient* als das. Von uns beiden. Von dem Moment an, als sie in mein Haus gekommen ist, hat sie mir Nahrung gegeben – für meinen Körper und meine Seele. Und wenn sie mir die Chance gibt, es zu versuchen, dann werde ich den Rest meines Lebens damit verbringen, ihr im gleichen Maße zurückzugeben, was sie mir gegeben hat.«

»Ein ehrenwertes Unterfangen, da bin ich mir sicher«, murmelte Kate.

»Das ist es. Und wenn Sie Ihren Zuschauern die Chance geben würden, sie so gut kennenzulernen, wie wir sie kennen, dann würden sie Bel lieben, da bin ich mir sicher. Vivi hin oder her.«

»Nun ja. Nehmen Sie es mir nicht übel, wenn ich nicht mit Ihnen übereinstimme.«

»Wie Sie wollen.« James stand auf, getrieben von einer plötzlichen, kribbligen Energie, die in ihm hochstieg. Er musste Bel finden. Musste diese klare Erkenntnis in seinem Herzen mit ihr teilen. »Kann ich bitte den Brief von Bob sehen?«

Kate schob ihn über den Schreibtisch mit einem Finger zu James.

»Hier steht, dass er nicht mehr kontaktierbar ist – unverzüglich und auf unbestimmte Zeit. Keine E-Mail, kein Handy?« James hob eine Augenbraue. »Das hört sich nicht an wie der Bob, den ich kenne.«

»Er rät mir, dass sich meine Anwälte um jegliche Vertragsverhandlungen kümmern sollen, bis der Verkauf seiner Agentur abgeschlossen ist.«

»Hmmm. Ja, das lese ich hier auch.« James sah sich stirnrunzelnd den Brief an. »Haben Sie irgendeine Ahnung, wohin er sich verkrochen haben könnte?«

Kate blinzelte ihn an.

»Wieso?«

»Wenn irgendjemand wüsste, wo Bel ist, dann Bob.«

»Wieso sollte Bob wissen, wo Belinda ist?«

James schaute von dem Brief auf. Kates Verwirrung schien echt zu sein.

»Weil er nie aufgehört hat, an sie zu glauben«, meinte James. »Nicht ein einziges Mal. Bob hat von Anfang an an Bel geglaubt, und nichts hat je an diesem Glauben gerüttelt. Bel würde nicht aus der Stadt abhauen, ohne mit ihm zu reden. Das würde sich nicht ziemen.«

Kate nahm diese Aussage auf, ohne das Gesicht zu verziehen, ganz die Benimmexpertin, die sie war.

»Ich kann Ihnen seine Privatadresse geben und die Telefonnummer für seinen Festnetzanschluss. Wenn das nichts bringt, dann müssen Sie sich an den Telefonauftragsdienst wenden, den er in dem Brief aufgeführt hat.«

»Gut. Danke.«

James nahm den Zettel an, den sie von ihrem personalisierten Notizblock abgerissen hatte. Er war schon fast aus der Tür raus, als er noch einmal innehielt. Er drehte sich zu ihr um, eine Hand auf der Türklinke.

»Werden Sie es wirklich zulassen, dass er einfach so verschwindet?«, fragte er. »Ohne ein Wort, ohne um ihn zu kämpfen?«

Kate zuckte mit den Schultern, was in ihrer Seidenbluse einen eleganten Eindruck machte.

»Ich finde einen neuen Agenten«, sagte sie.

»Das war nicht, was ich damit gemeint habe, Kate.«

»Ich weiß.« Sie hob die Teetasse aus Porzellan hoch und nahm einen Schluck Tee, der längst kalt sein musste. »Bitte schließen Sie die Tür hinter sich.«

# Kapitel 29

Wieder im Annex, fand James Drew über die Tastatur seines Computers gebeugt. Audrey schaute über seine Schulter. Wie gewöhnlich war ein Teil des Gehäuses abmontiert und ein Wirrwarr an Drähten und sonstigen Computer-Eingeweiden quollen heraus und breiteten sich auf dem Fußboden aus. Der Mann besaß ein halbes Dutzend Laptops, wie James wusste, mal abgesehen von den vielen Tablets und Smartphones, die sich wie Kleingeld in seiner Tasche ansammelten. Aber wenn die Leistung stimmen musste, dann verließ sich Drew nur auf seinen Frankenstein von einem Computer.

»Kate hat mir erzählt, dass Bel gestern Abend gekündigt hat«, verkündete James. »Ganz formell – *Vielen Dank für die Chance* etc.«

»Das hat mir Audrey erzählt.« Drew tippte einfach weiter. »Ich suche gerade ehemalige Adressen heraus. Vielleicht kehrt sie an einen dieser Orte zurück, die ihr vertraut sind.«

»Gute Idee.« James unterdrückte die leise aufkeimende Hoffnung. »Und, schon Glück gehabt?«

Drew schaute finster auf den Bildschirm.

»Bislang noch nicht.« Audrey stemmte beide Fäuste ins Kreuz, drückte es durch und sog vor Schmerz scharf die Luft ein. Dann schaute sie auf die Armbanduhr. »Okay, ich glaube, das ist jetzt mittlerweile eine anständige Uhrzeit. Rufen wir doch mal Bob an. Ich möchte wetten, er weiß …«

»Wahrscheinlich schon.« James reichte Audrey den Zettel, den Kate ihm gegeben hatte. »Nur ist der auch verschwunden.«

»Was?« Audrey starrte ungläubig auf das Stück Papier. »Was bedeutet das?«

»Es bedeutet, dass Kate heute Morgen auch seine Kündigung auf dem Schreibtisch liegen hatte. Frühzeitiger Ruhestand oder so was. Ab sofort. Hier die Nummer vom Telefonauftragsdienst und seine Privatadresse.«

»Wie gut, dass dein Vertrag erst in achtzehn Monaten neu verhandelt werden muss«, murmelte Drew mit einem Stift in seinem Mund.

»Hatte überhaupt jemand eine Ahnung, dass er vorhatte, in den Ruhestand zu gehen?«

»Mir ist das neu«, sagte Audrey.

Drew schaute nur mit zusammengekniffenen Augen auf den Bildschirm und fluchte leise.

James ließ sich auf die Couch fallen und starrte hilflos die Decke an. Was zum Teufel sollte er denn jetzt bloß machen? Er war eher ein Infanterist als ein General. Strategie war überhaupt nicht sein Ding.

Er setzte sich auf, als ob die Couch ihm gerade einen elektrischen Schock versetzt hätte. Himmel noch mal, natürlich! Er *musste* ja gar kein Stratege sein. Er hatte schließlich einen Strategen. Einen Weltklasse-Strategen. Ein Kerl, dessen zweiter Vorname *Genie* war und der James auch noch etwas schuldig war. Recht viel schuldig war. Er fragte:

»Wo zum Teufel steckt Will?«

Das hektische Klicken, das von Drews Tastatur ausging, setzte auf einmal aus, nur um dann noch hektischer wieder einzusetzen. Audrey sagte:

»Ach. Ähm.«

James schaute sie ungläubig an.

»Oh Scheiße, wollt ihr mich *verarschen*?« Er mochte vielleicht nicht der Mann mit dem höchsten IQ im Raum sein, aber was er hatte, war Intuition, und die funktionierte bei ihm einwandfrei. Wenn man mal von letzter Nacht absah. »Er ist auch weg?«

»Es tut mir leid, James.« Audrey knetete die Hände so heftig, dass James dachte, ihre Finger würden gleich abbrechen. »Ich hab dir gestern Abend versprochen, dass ich auf ihn aufpassen würde, aber …«

James rieb sich mit beiden Händen über das Gesicht und stand auf.

»Ich habe von dir nicht erwartet, Audrey, dass du ihn ans Bett kettest. Ich bin dir nicht böse.«

»Ich *hasse* den Kerl«, murmelte sie und James versuchte zu lächeln.

»Tun wir das nicht alle? Hat sich auch gut aus der Affäre gezogen, was das Fressepolieren angeht.« Er tätschelte ihre Schulter. »Ist wie ein kleines Mädchen vor meiner Todesfaust geflüchtet.«

Sie lächelte halbherzig aus Dankbarkeit zurück.

»Hey. Kleine Mädchen schlägt man nicht.«

Das Geräusch von fliegenden Fingern auf der Tastatur wurde für ganze fünf Sekunden unterbrochen. Die Stille war lauter als ein Presslufthammer. Jetzt machte sich echte Hoffnung in James breit, das erste Mal, seit er Audrey anstatt Bel in der Küche vorgefunden hatte.

»Was ist?« Er durchquerte den Raum mit einem Satz, packte Drews Arm und beugte sich runter. »Was hast du gefunden?«

Drew starrte auf den Bildschirm und sein Arm versteifte sich unter James' Berührung.

»Einen Eintrag im Jugendstrafregister.«

James sah stirnrunzelnd auf den Bildschirm.

»Wer hat einen Eintrag?«

»Bel.«

James lachte so überrascht, dass es eher einem Husten gleichkam.

»Rede doch keinen Unsinn. Bel hat doch keinen Eintrag im Jugendstrafregister.« Drews düsteres Schweigen ließ sein Lachen schlagartig verstummen. »Oder doch?«

»Ich bin dabei, etwas zu tun, was ziemlich illegal ist.« Drew schaute ihn mit ausdruckslosem Blick an. »Um glaubhafte Abstreitbarkeit zu garantieren, schlage ich vor, dass du einen kurzen Spaziergang machst.«

James blinzelte verwirrt.

»Häh?«

Audrey hakte sich bei ihm ein.

»Spazieren gehen!« Sie zog ihn zum Fenster, das zur Einfahrt hin lag. »Was für ein schöner Tag. Schau dir doch mal den Ausblick an.«

Er schaute über seine Schulter zu Drew rüber, dessen dunkles Haupt über die Tastatur gebeugt war, und fragte sich, wann sein kleiner Bruder die Grenze vom Computerfreak zum Hacker überschritten hatte. Fragte sich, was ihm sonst noch so entgangen war. Denn er glaubte langsam, dass ihm in letzter Zeit so einiges entgangen war. Genug, um drei der Menschen, die ihm am wichtigsten waren, dazu zu treiben, vor ihm abzuhauen.

Der Drucker in einer Zimmerecke fing an zu summen und James eilte darauf zu. Die Seiten waren heiß und die Informationen darauf dürftig, aber James überflog sie begierig. Dann las er sie sich ein zweites Mal langsamer durch und sein Magen verkrampfte sich vor Schock und Empörung angesichts dessen, was er da las. Und sein Herz wurde einfach noch weicher vor Mitleid.

Seine Eltern zu verlieren, war so ziemlich das Beschissenste, was das Leben James jemals in den Weg geworfen hatte, und es war der Maßstab, an dem er alles Beschissene im Leben maß. Aber was Bel durchgestanden hatte, war so beschissen, dass es alle Maßstäbe sprengte. Er reichte das Dokument schweigend an Audrey weiter und begegnete dann Drews traurigem, geduldigem Blick.

»Wie zum Teufel konnte das passieren?«, fragte er.

Drew zuckte mit den Schultern.

»Es gibt viele Gründe, warum Jugendliche in staatlichen Einrichtungen landen; sie müssen nicht unbedingt kriminell sein«, sagte Audrey leise. »Deine Eltern hauen ab und es gibt keine Familienmitglieder, die dich aufnehmen? Hallo, Heim für schwererziehbare Jugendliche.«

Er schaute zu Audrey rüber, sah die kalte Wut in ihren Augen aufblitzen. Der Hals schnürte sich ihm zu und bestürzt fragte er:

»Ist es das, was mit Jillian passiert ist?«, fragte er. »Musste sie in eine solche Einrichtung?«

»Nein.« Ihr Lächeln zeichnete sich nur schwach ab, aber der Ausdruck war kämpferisch. »Jillian hat Familie. Sie hat mich.«

»Sie ist ein glückliches Mädchen.« Er zwang sich dazu, zu lächeln. »Aber ich dachte, diejenigen, die nicht so ein Glück haben, kommen in Pflegefamilien?«

»Es gibt viel zu wenige von denen, und besonders gibt es wenige, die bereit sind, ältere Kinder, so wie Bel es gewesen war, aufzunehmen.«

»Aber warum war sie denn überhaupt auf eine Pflegefamilie angewiesen?«, fragte er, während die übelerregende Wut in ihm immer größer wurde. »Vivi war vielleicht nicht die beste Mutter der Welt, aber Gott, sie ist *am Leben*, oder nicht? Ich kann mir nicht vorstellen, dass sie ihre eigene Tochter verlassen …«

»Natürlich kannst du das nicht.« Audrey gab ihm den Zettel zurück. »Menschen mit einer normalen Mutter können sich das meist nicht vorstellen.«

Er nahm das schweigend auf und der unbändige Zorn drohte, seinen Verstand einzunehmen.

»Ihre Schulakte«, sagte Drew leise. »Habe ich hier auch.«

James machte sich gar nicht die Mühe, ihn zu fragen, wie er an die gekommen war. Er war zu sehr damit beschäftigt, den Drang zu unterdrücken, etwas zu Kleinholz zu schlagen. Denn obwohl etwas kaputt zu machen, eine passende Art und Weise war, seinem Ärger Luft zu machen, so würde es ihm nicht dabei helfen, nachzudenken. Und das musste er jetzt. Bedachtsam, nüchtern und rational. Er konnte sich einfach nicht vorstellen, wie Bel – seine schöne, sanftmütige *Bel*, die überall, wo sie hinging, ein Heim schuf – in einem Betonbunker lebte, wie dem, wo sie diesen abgebrühten Mädchen das Backen beigebracht hatten.

Besonders, wenn ihre Mutter sehr wohl am Leben war.

Er rief sich wieder in Erinnerung, wie Bel in der Anstalt einfach verschwunden war, und die Puzzlestücke fügten sich auf einmal zu einem Bild zusammen. Kate hatte davon gewusst. Dieses gerissene Miststück hatte es *gewusst*. Sie hatte Bel dort mit Absicht hingeschickt, genauso wie sie auch Vivi gestern Abend absichtlich eingeladen hatte. Sie hatte ihre Landminen so clever vergraben, dass sie so viel Schaden wie möglich anrichten würden, aber sein Mädchen hatte Durchhaltevermögen. Bel hatte das alles erhobenen Hauptes ertragen, mit Stärke und Mut, wie er es sich kaum vorstellen konnte. Stärke und Mut, die er missbraucht und verraten hatte.

Er hatte eine zweite Chance nicht verdient. Das wusste er. Aber er würde es trotzdem versuchen. Auch wenn es ihn umbrachte.

✦

Vier Stunden später war James immer noch am Leben und kein bisschen näher dran, Bel zu finden. Bob und Will waren auch immer noch spurlos verschwunden. Er rieb sich den leeren Bauch und beschloss, dass die Leere Hunger war. Es war fast zwölf und er hatte seit der vorherigen Nacht nichts gegessen. Er könnte wahrscheinlich ein Sandwich oder so vertragen. Er glaubte zwar nicht, dass es die innere Leere füllen würde, die er fühlte, aber es war wenigstens etwas, das er tun konnte. Und er musste ganz dringend etwas tun.

»Hey, wie wäre es, wenn ich uns etwas zu essen organisiere?« Er sprang so abrupt auf, dass Jillian, die in der Fensternische saß und ein Buch las, erschrocken und stirnrunzelnd aufsah. Er kramte seine Schlüssel aus der Tasche. »Ich fahre nur kurz in die Stadt …«

»Machst du Witze?«, fragte Audrey. »Du hast doch den Kühlschrank gesehen. Wir haben darin genug Reste von gestern Abend, um eine Armee zu füttern. Es käme einem Verbrechen gleich, noch mehr Essen zu kaufen.«

»Oh.« Er brachte sich dazu, zu lächeln. »Stimmt.«

Natürlich war die Küche voller Speisen und Nahrungsmittel. Bel hätte sie gar nicht anders hinterlassen. Sie hatte die Küche zum Herzstück dieses Hauses gemacht – voller Licht und Farbe, gutem Essen und Lachen. Jetzt allerdings – Nahrungsmittel hin oder her – war sie verdammt leer. Und er konnte das nicht ertragen.

»Wie wäre es, wenn Jillian und ich mal schauen, was wir finden können?«, sagte Audrey schnell. James wurde sich bewusst, dass er an seinem Pokerface wohl noch arbeiten musste. »Du solltest hier bleiben, für den Fall, dass … Na, für den Fall eben.«

Jetzt war sie wieder dran mit *Lächeln erzwingen*. Toll.

»Na gut«, erwiderte James. »Danke.«

»Komm, Jillian«, sagte sie. »Schauen wir mal, was wir für ein Mittagessen zubereiten können.«

Die Tür fiel hinter ihnen zu und er war wieder ganz am Anfang. Er musste unbedingt etwas tun, und es gab nichts zu tun. Scheiße.

Er verschränkte die Hände hinter dem Kopf und ging unruhig im Zimmer auf und ab. Wenn er so weitermachte, würde er eine Schneise im Teppich hinterlassen.

Drew sah voller Mitgefühl zu ihm rüber.

»Hast du schon versucht, sie auf dem Handy zu erreichen?«

»Jede halbe Stunde seit dem Morgengrauen.« James kam in einer Ecke an, bog scharf links ab und ging auf die nächste Ecke zu. »Und habe ihr Nachrichten hinterlassen, die mit jedem neuen Versuch immer erbärmlicher klingen.«

»Okay, damit solltest du jetzt vielleicht aufhören.« Drew wandte sich wieder dem Bildschirm zu. »Wir werden sie finden und du wirst die Gelegenheit bekommen, dich von Angesicht zu Angesicht bei ihr zu entschuldigen und alles wiedergutzumachen. In der Zwischenzeit? Hör auf, sie anzurufen, nicht, dass sie noch eine Anordnung auf Kontaktverbot erwirkt.«

James hörte damit auf, auf und ab zu gehen und raufte sich buchstäblich das Haar.

»Drew, ich war so ein Arschloch gestern Abend.«

»Das ist irgendwie unsere Spezialität, Bruder.«

James fuhr sich mit den Händen übers Gesicht und atmete tief aus.

»Mit dem Scheiß müssen wir aufhören.«

»Okay.«

»Wir müssen uns ändern, Drew.« Er starrte stirnrunzelnd in die Luft, als ihm aufging, wie recht er damit hatte. »Du, ich, Will? Wir müssen uns verdammt noch mal am Riemen reißen.«

»Das stimmt.«

»Wir haben uns lange genug wie Jungs verhalten. Es war eine Hammerzeit, aber wir sollten langsam erwachsen werden.«

»Warte mal, wie war das?« Drew schaute auf einmal von seinem Monitor auf, denn jetzt hatte er seine Aufmerksamkeit gefangen. »Du hast dich verliebt, und jetzt müssen wir erwachsen werden?«

»Das hier ist Neuland für die Blake-Brüder«, sprach James seine Gedanken laut aus, während er weiter auf und ab schritt. »Aber Bel verdient einfach Besseres als …« Er machte eine ausladende Handbewegung, welche die Wii, die riesige Couch, den Bierkühlschrank und die Computer-Innereien einschloss. »… na ja, *das* hier.«

»Was ist denn an dem hier verkehrt?« Drew schaute sich um. »Ich mag unser *das hier.*«

James fuhr fort, als hätte Drew nichts gesagt:

»Was Besseres als uns, das ist schon mal sicher. Die Sauferei, das Herumgebalge, die Sperrungen, die öffentlichen Vorfälle …«

»Hey, schieb das nicht alles auf uns ab. Bel hatte keine Probleme mit mir und Will. Sie ist erst aus der Stadt abgehauen, als du so von oben herab ihre Familiensituation verurteilt hast.«

James verzog beschämt das Gesicht.

»Nun ja, das war vielleicht, du weißt schon, der Tropfen, der das Fass zum Überlaufen gebracht hat, aber …«

»Und mir und Will zu erzählen, dass du sie liebst, bevor du es ihr gesagt hast?« Drew schnaubte verächtlich. »Was für ein Arsch macht denn so was?«

James steckte ruckartig die Hände in die Taschen und schämte sich noch mehr.

»Woher weißt du denn, dass ich es ihr nicht gesagt habe?«

»Bitte. Ich habe gestern Abend ihr Gesicht gesehen, als Will dich geoutet hat.« Er strahlte James an. »Sie sah so aus, als ob du ihr mit ihrem Fleischklopfer eins über die Rübe gebraten hättest. Kein Wunder, dass sie abgehauen ist.«

»Oh Scheiße.« James ließ den Kopf hängen. »Ich muss wirklich damit aufhören, diese Sache so gehörig zu versemmeln.«

»Also, klar.« Drew zuckte mit den Schultern. »Sie ist ein klasse Mädchen, unsere Bel. Wenn du sie verdienen willst, dann musst du dich wie ein richtiger Mann benehmen.«

»Aber *wie*?«

»Was meinst du?«

»Wie benehme ich mich wie ein richtiger Mann?«

Drew blinzelte ihn verständnislos an.

»Da fragst du mich?«

James warf resigniert die Hände in die Luft.

»Bob war meine erste Wahl. Dann vielleicht Will. Aber da beide verdammt noch mal einfach abgehauen sind? Ja. Du.« Angst und Liebe vermischten sich in seinem Inneren zu einem riesigen Knäuel, und er kreiste mit den Schultern, um dem entgegenzuwirken. »Ich liebe sie, Drew. Ich weiß nicht, was ich tun soll. Ich weiß nicht, wie ich der Mann sein kann, den sie braucht, und das macht mich fertig. Wenn du also irgendeine Idee hast, dann wäre ich froh, wenn du mich daran teilhaben lässt.«

»Hmmm.« Drew lehnte sich zurück und verschränkte gedankenverloren die Hände hinter dem Kopf. »Du meinst das wirklich ernst.«

»Ja.« James steckte wieder die Hände in die Taschen und zuckte kläglich mit den Schultern. »Das tue ich.«

»Ach, du Scheiße.«

»Ich weiß.«

Die Tür ging mit einem Ruck auf – mit einem solchen Ruck, dass sie gegen die Wand knallte – und Audrey erschien im Türrahmen.

»Hey Jungs.« Ihr Lächeln war breit, hell und wutentbrannt. »Ratet mal, was ich in der Küche gefunden habe.«

# Kapitel 30

Drew schaute auf ihre leeren Hände.

»Na, also unser Mittagessen auf jeden Fall wohl nicht«, meinte er trübselig.

»Nein.« Audreys Lächeln sah teuflisch wütend aus. »Nichts zu essen.« Sie trat in das Zimmer ein, verschränkte die Arme vor der Brust und richtete ihren bösen Blick auf die Türschwelle. »Ich habe euren bescheuerten Bruder gefunden.«

Will kam mit vorsichtigen, schlaksigen Bewegungen durch die Tür. Er trug Jeans und ein Hemd und sah müde und dünn aus und nicht besonders erfreut, hier zu sein. James sprang über die Sofalehne und stürmte in Richtung Tür. Wills Hände gingen automatisch hoch, halb zu Fäusten geballt, aber dann ließ er sie wieder fallen. Es schien fast so, als ob sein Körper ihm befahl zu *kämpfen*, und sein Gewissen ihm *verbot*, genau das zu tun, und Will sein Bestes gab, auf die Stimme der Vernunft zu hören.

Als James es zur Tür geschafft hatte, waren Wills Arme wieder oben, doch jetzt kehrte er ihm beschwichtigend die Handflächen zu.

»James, hey. Hör mal, ich …«

Er griff Will am Kragen und zog ihn in seine Arme. Er drückte ihn so fest, dass sein Bruder keine Luft mehr bekam, und lachte vor lauter Erleichterung. Will war zurückgekommen. Seine Familie war nicht komplett – würde auch nie wieder komplett sein, ohne Bel an seiner Seite –, aber sie war nun in einem viel besseren Zustand als noch vor zwei Minuten. Er wich zurück, um seinen unberechenbaren Bruder anzugrinsen.

»Selber hey, Brüderchen.«

Will zog eine Augenbraue hoch.

»Das ist alles? Nur hey? Nicht: *Wo zum Teufel bist du gewesen, du Arschloch*?«

»Nö.« James schlug ihm freundschaftlich auf die Schulter. »Das wirst du mir schon sagen, wenn du so weit bist, nehme ich an. Momentan bin ich einfach nur froh darüber, deine hässliche Visage zu sehen.«

»Aber wenn du dich dadurch besser fühlst?« Audrey kam näher und boxte Will mit Gewalt in die Schulter. »Wo bist du *gewesen*, du Arschloch?«

»Au.« Er rieb sich die schmerzende Stelle an der Schulter und warf ihr einen bösen Blick zu. »Wieso haust *du* mich denn?«

»Wir haben dich hier gebraucht!« Sie schlug ihn noch mal. (*Au*. Mehr böse Blicke.) »Hast du irgendeine Ahnung davon, was hier heute Morgen los war? Bel ist weg! *Weg*, du Arsch! Und der arme James macht sich Vorwürfe, weil er glaubt, es ist alles seine Schuld, aber du solltest auch nicht gerade ein reines Gewissen haben, was Bel angeht, und das weißt du auch. Also anstatt einfach abzuhauen, ohne ein Wort zu sagen, wie ein heulsusiger Hosenscheißer …«

»Heulsusiger Hosenscheißer.« Drew ließ sich die Worte auf der Zunge zergehen wie ein Weinkenner einen besonders guten Tropfen. »Schön.«

»… hättest du für ihn *hier sein sollen*. Für uns! Aber nein, nicht du. Du warst zu beschäftigt damit, weiß Gott was zu tun, mit weiß Gott wem, wahrscheinlich flaschenweise teures Gesöff hinter die Binde zu kippen. Also wenn er …« Sie zeigte mit dem Daumen über ihre Schulter in Richtung James, der automatisch einen Schritt zurückwich. Audrey war auf hundertachtzig und James war ein vorsichtiger Mensch. »… es übers Herz bringen kann, dir zu vergeben, dann kannst du wenigstens ein kleines verdammtes bisschen Dankbarkeit an den Tag legen!«

»Du hast völlig recht.« Will hielt wieder die Hände hoch. »Okay, du hast recht. Ich werde nicht mit dir streiten. Ich habe das verdient.«

Zwischen Audreys Brauen bildete sich eine Furche.

»Jawohl, das hast du.« Aber es hörte sich halbherzig und nicht sonderlich überzeugt an.

»Und wenn ihr mir ein paar Minuten Zeit gebt, dann erkläre ich alles. Wo ich war, wo ich hingegangen bin und wieso ich dorthin wieder zurückgehe.«

»Zurückgehen?« James runzelte die Stirn. »Aber du bist doch gerade erst …«

Will wandte sich James zu.

»Ich kann dir auch erzählen, was ich von Bel weiß, aber so viel ist das nicht.«

»Du hast mit Bel geredet?« Das Gefühl der Hoffnung in seinem Herzen wurde mit einem Schlag so groß, dass es fast wehtat, und er griff nach Wills Arm. »Wo ist sie? Was hat sie gesagt? Geht es ihr gut? Hat sie …«

Will nahm James bei der Schulter.

»Ihr geht es gut. Sie ist sauer auf dich und recht unglücklich im Allgemeinen, aber es geht ihr gut. Sie ist der Grund, warum es auch mir gut geht – oder besser gesagt gut gehen wird –, und sie ist der Grund, warum ich hier bin.« Er deutete mit dem Kopf auf die Couch. »Setzt euch und ich erzähle euch alles, was ich weiß.«

James und Drew gingen zur Couch rüber, aber Audrey druckste noch bei der Tür rum.

»Du auch, Audrey.« Will lächelte sie an. James stand der Mund offen. Es war Jahre her, seit Will das letzte Mal von Herzen gelächelt hatte, anstatt sein Lächeln wie eine gefährliche Waffe zu nutzen. »Du hast es dir auch verdient, das hier zu hören.«

»Ach, aber …«

Sie schaute zur Tür.

»Jillian geht es gut. Sie ist in ihrem Zimmer und liest auf einem von Drews E-Readern.«

»Oh, oh.« Drew beugte sich vor. »Welchen?«

Audrey versteifte sich.

»Den blauen. Das Mini-Tablet?«

»Okay.« Drew lächelte. »Dann ist alles gut. Meine Pornosammlung ist auf dem roten.«

Sie starrte ihn einen Moment lang an.

»Aha. Ich werd's mir merken.« Dann ließ sie sich »Gott im Himmel« murmelnd auf das Sofa sinken.

Drews Aufmerksamkeit galt wieder Will.

»Na gut. Dann schieß mal los.«

»Also, gestern Abend hat mich Bob angerufen.« Will steckte die Hände halb in seine Hosentaschen und sah sie alle über den Couchtisch hinweg an. »Ziemlich spät gestern Abend. Na ja, nachdem Audrey und Drew sichergestellt hatten, dass ich im Bett war, wie ein guter Junge.« James zog die Augenbrauen hoch. Die Worte hörten sich richtig an, das höhnische Lächeln war auch wie immer vorhanden, aber er hatte irgendwie das Gefühl, dass Wills Spott diesmal niemand anderem als ihm selber galt. Und das *war* ungewöhnlich. Aber er wurde von der eigenen Ungeduld gepiesackt, also ließ er den Gedanken erst mal wieder fallen, um später darüber nachzudenken. »Er hat mir ein Angebot gemacht.«

»Was für ein Angebot?«

Drew war schon immer ein Fan von Zuschauerbeteiligung gewesen.

»Seine Agentur.«

»Was?«

Audreys Augen weiteten sich vor Erstaunen.

Drew fragte:

»Er will dir seine Agentur geben?«

»Gott, nein. Er will mir seine Agentur *verkaufen*. Anscheinend geht er unverzüglich in den Ruhestand …«

»Ja, das haben wir schon gehört«, murmelte James.

»… und er will die Agentur verkaufen. Hat mich gefragt, ob ich Interesse hätte.«

»Nur die Agentur?« Audrey beugte sich vor, die Augen nun zu schmalen Schlitzen verengt. »Oder auch seine Klientenliste?«

»Ach, die ganze Chose mit allem Drum und Dran. Der Preis ist auch ganz gut.« Seine Mundwinkel zuckten wieder. »Aber es gab ein paar Bedingungen.«

»Gibt es die nicht immer?«, grinste Drew. »Aber ich habe erlebt, wie du Verträge aushandelst. Du verspeist doch Bedingungen zum Frühstück. Du machst Bedingungen platt! Du nimmst doch Bedingungen aus wie eine …«

»Ich habe beide Bedingungen akzeptiert, ohne zu verhandeln.«

Drew fiel die Kinnlade runter. Audrey legte die Stirn in Falten. James sagte:

»Es gab nur zwei?«

Will nickte.

»Nur zwei.«

»Und die wären?«

»Nummer eins? Der Verkauf wird nicht abgewickelt, bis ich aus der Entzugsklinik draußen bin.«

»Entzugsklinik?«, wiederholte Drew mit großen Augen.

»Dreißig Tage, stationär.«

Drew dachte darüber nach.

»Ich weiß nicht, Will. Du trinkst schon ganz schön viel. Aber eine Entzugsklinik?«

»Ja, eine Entzugsklinik«, fauchte Audrey. »Da geht man hin, wenn Trinken nicht länger ein Hobby, sondern eine Lebensaufgabe ist. Und jetzt halt die Klappe.«

»Ja, Ma'am.«

James hatte seinen Blick die ganze Zeit auf Will geheftet. Er hatte nicht gewusst, wie Will zu einem Entzug stand, aber wenn er bereit dazu war, um diese Sache zu verwirklichen, dann war das gut. Es war seine Entscheidung. Abstinenz würde Will sicher nicht schaden, und jeder hier war sich dessen bewusst.

Aber er hatte noch nicht von der zweiten Bedingung berichtet, und James hatte so eine Ahnung, dass er dafür Mut sammeln musste. Also wartete er.

Will fuhr fort:

»Bob hat sogar eine Entzugsklinik vorgeschlagen, in der er schon ein paar seiner Klienten platziert hat. Es ist anscheinend so, dass man derartige Ressourcen parat haben muss, wenn man sich ein Geschäft damit aufgebaut hat, aus Zwanzigjährigen Multimillionäre zu machen.« Er zuckte mit den Schultern. »Ich habe heute Morgen die Papiere unterschrieben. Heute Abend trete ich in die Klinik ein.«

»Das ist wundervoll, Will.«

Zum ersten Mal hörte sich Audrey so an, als ob sie das ernsthaft so meinte.

»Ich hasse die ganze verdammte Sache.«

»Aber du wirst es tun.«

»Oh ja, ich werde es tun.« Er lachte verärgert und ließ den Kopf hängen. »Sie hat mir keine große Wahl gelassen.«

»Sie?«

James' Herz rutschte ihm in die Hose.

»Bel.« Will hob den Kopf und sah James direkt in die Augen. »Offensichtlich war das ihre Idee gewesen.«

»Natürlich war es das«, murmelte Audrey. »Die Frau ist echt unglaublich.«

»Wem sagst du das«, meinte Drew in ehrfürchtigem Ton. »Ich war schon selber versucht, sie in der Küche zu küssen. Keiner macht so gutes Rührei wie Bel. Jetzt bin ich froh, dass ich es nicht getan habe.« Er pfiff durch die Zähne. »Entzugsklinik, heilige Mutter Gottes.«

»Was, meinst du, sie will ihm das hiermit heimzahlen?« Audrey schnaubte verächtlich. »Das ist nicht für sie. Es ist für *ihn*.« Sie zeigte mit dem Kopf auf Will. »Meinst du vielleicht, er war Bobs erste Wahl, wenn er jemanden finden wollte, der seine Agentur weiterführt? Bitte. Bel hat Will das schönste Bett in der Welt gemacht – nicht, dass er es verdienen würde. Alles, was sie verlangt, ist, dass er nüchtern ist, wenn er sich reinlegt.«

Will schaute auf den Boden und James stellte sich vor, dass er all seine Energie darauf konzentrierte, seine scharfe Zunge im Zaum zu halten. Will war ein sturer Bock, aber er war nicht dumm. Audrey hatte recht.

»Hey, wo ist denn diese Klinik?«, wollte James wissen. Entzug war ja eine Sache – wahrscheinlich eine sehr gute Sache –, aber er wollte nicht, dass Will wieder verschwand. »Werden wir dich dort besuchen können?«

Will zuckte ruckartig mit den Schultern.

»In der ersten Woche nicht, glaube ich. Aber danach schon. Die Klinik ist in Virginia. Nicht so weit weg. Auf dem schönen Lande.«

»Okay.« Er lehnte sich wieder zurück, aber seine Hand wanderte zu seinem Herzen, legte sich auf das Loch, das er immer noch dort fühlen konnte. »Na gut. Und jetzt erzähl uns verdammt noch mal, was die zweite Bedingung ist.«

Will stockte und James' Herz schlug schneller.

»Die zweite Bedingung ist, dass ich eine Nachricht überbringe und dir ein Versprechen abnehme.«

»Ein Versprechen?«

»Ja. Für Bob.«

»Gott.« James verstrubbelte nervös sein Haar mit beiden Händen und stützte dann die Ellenbogen auf die Knie. Drews Hand legte sich auf seine Schulter und drückte sie mitfühlend. »Okay, ich bin so weit. Sag's mir. Wie lautet die Nachricht?«

»Das ist jetzt keine wortwörtliche Überlieferung«, warnte ihn Will. »Also versuch nicht, zwischen den Zeilen zu lesen oder so. Bob lässt ausrichten, dass es Bel leidtut, ohne ein Abschiedswort gegangen zu sein, dass sie aber wiederkommen wird.«

»Sie kommt wieder?« James sprang auf. »Oh, Gott sei Dank. Wann denn?«

»Weihnachten.« Will wippte auf seinen Fersen auf und ab. »Bob hat wohl ein neues *Unternehmen* …« Er deutete mit den Fingern Anführungszeichen an. »… gestartet und anscheinend hat er Bel als seine persönliche Assistentin angestellt.« Er hielt eine Hand hoch. »Frag mich nicht, was oder wo, weil ich nämlich keine Ahnung habe. Bob hat davon nichts gesagt und ich habe auch nicht gefragt. Ich weiß nur, dass sie irgendwo vor Ort damit zugange sind und dass das bis Weihnachten gehen wird. Dann werden sie nach Hause kommen und Bel wird dich besuchen.«

»Weihnachten«, sagte James atemlos. »Das ist, was, sechs Wochen hin?«

»Eher noch sieben. Bist du bereit für den Rest? Für das Versprechen?«

»Ich bin bereit für alles.«

»Während sie weg ist, musst du sie in Ruhe lassen.«

Er zuckte zusammen, als hätte Will ihn gerade geschlagen.

»Das hat sie gesagt?«

»Nein, das hat Bob gesagt, aber ich glaube nicht, dass sie das anders sieht.« Er nahm auf dem Rand des Couchtisches Platz und schaute James direkt an. »Du musst die ganze Sache einfach akzeptieren, Bruder. Sie hat nun die Fäden in der Hand.« Sein Mund war zu einem dünnen, grimmigen Strich verzogen. »Das gilt für uns alle.«

»Um Himmels willen, wenn ihr euch doch bloß hören könntet!« Audrey sprang mit einem Satz auf und stemmte die Fäuste in die Hüften. »Alles, was Bel von dir verlangt, ist Geduld und Vertrauen. Vielleicht genug Zeit, um zu verdauen, dass du gestern Abend weder das eine noch das andere für sie übrig hattest.« Sie warf James einen anklagenden Blick zu. Er hielt ihm tapfer stand. Das Mädchen hatte recht. »Wenn sie nun zu deiner Familie gehört …«

»Das tut sie.«

»… dann, um Himmels willen, verhalte dich auch so. Verdien sie dir.«

»Das ist doch genau das, was ich gesagt habe.« Drew schlug sich verzückt aufs Knie. »Gerade bevor ihr reingekommen seid, habe ich gesagt: *Alter, das Mädchen ist eine Wucht. Du musst sie dir verdienen.* Und James so voll: *Alter, wie denn*? Und ich so voll: *Verdammt, ich weiß es auch nicht*, aber es hört sich so an, als ob Bel dir das Schritt für Schritt erklären wird.« Er seufzte glücklich. »Ich liebe das Mädchen. Ich habe als Erster Anspruch angemeldet, wie ihr wisst.«

Audrey verdrehte die Augen und fuhr fort:

»Und falls du dir darüber nicht ganz im Klaren warst: Sie zu verdienen bedeutet, ihren Wünschen nachzukommen, James. Also hör auf, die Sache weiter zu verhunzen und lass zu, dass die Dinge sich einfach entwickeln.«

»Es ist genauso, wie du Ford, dem Ex-Verlobten, gesagt hast«, meinte Drew. »Weißt du noch? Kurz bevor er mit der Ex-Assistentin durchgebrannt ist? Irgend so etwas wie: Man soll etwas nicht erzwingen, sondern muss zulassen, dass sich die Dinge zu einer Melodie zusammenfügen?«

»Laufen«, sagte Will bitter. »Er sagte, dass Liebe einfach laufen sollte.«

»Na also.« Drew lehnte sich zufrieden zurück. »Du musst den Dingen jetzt ihren Lauf lassen, mein Sohn.«

»Laufen.« James biss seine Zähne so fest zusammen, dass er Angst hatte, er würde sie kaputtmachen. Alles in ihm schrie Protest. Er war nicht dafür gemacht, sich zurückzulehnen und abzuwarten. »Melodie.« Er sah Will für eine ganze Weile lang an. »Weihnachten. Bist du dir sicher?«

Er zuckte mit den Schultern.

»Das ist es, was Bob gesagt hat.«

James dachte an seine stille, ruhige Küche. Er dachte an die kommenden sechs – nein sieben – endlosen Wochen kalten Schweigens, das von der Spiegelseite seines Herzens ausgehen würde. Er dachte darüber nach, was für einen Mann Bel lieben könnte, und fragte sich, wie lange er dafür brauchen würde, dieser Mann zu werden.

»Ich schätze, ich habe ein ordentliches Stück Arbeit vor mir, was?«

# Kapitel 31

*Drei Wochen später*

Bel liebte den Herbst. Liebte ihn wirklich. Ach, es gab genug Leute, die den Herbst liebten, das wusste sie wohl. Die den Geruch von Kaminrauch in der kalten Nachtluft mochten, die es zu würdigen wussten, wie die in schillernden Farben leuchtenden Blätter sich nicht um die Erdanziehungskraft kümmerten und sich stattdessen von wirbelnden, närrischen Brisen zum Tanz auffordern ließen. Aber ihre Liebe zum Herbst ging noch weiter als diese einfachen Freuden. Sie liebte den Herbst auf dieselbe Weise wie andere Menschen neugeborene Babys oder die Baseballsaison liebten – mit echter Hingabe, die etwas Ursprüngliches und Besitzergreifendes hatte.

Für Bel stand der Herbst für die Erntesaison. Es war die schönste Zeit im Jahr, wenn die Erde ihre eigene Fruchtbarkeit feierte und diese Gaben der Natur sie auf den Wochenmärkten in Freudentränen ausbrechen ließen. Es war die Zeit, in der sie wochenlang in ihrer Küche stand und sich einem wahren Arbeitsrausch hingab – herrliche, erschöpfende Arbeit, die erst mit dem Thanksgiving-Essen endete, an Bels persönlichem, geheiligtem Festtag.

Was eigentlich Grund für sie sein sollte, am heutigen Tag schwindlig vor Freude und Euphorie zu sein. Erstens war der Tag so klar und hell angebrochen, dass der nun perfekt blaue Himmel wie eine Filmkulisse aussah. Außerdem war heute der Montag vor

Thanksgiving. Und das war ein Tag, wie dafür gemacht, Bels persönlichen Anforderungen für Perfektion gerecht zu werden oder diese sogar zu übertreffen.

Aber in diesem Moment, als sie auf der breiten Veranda vor der Haustür des Annex stand, eine Tüte Einkäufe auf dem Arm, das Herz bis zum Hals klopfend, da konnte sie keinen großen Enthusiasmus dafür aufbringen.

*Jetzt klingele schon*, befahl sie sich. *Für Nervenflattern bleibt jetzt keine Zeit.*

Was stimmte, dachte sie, und eine Welle der Trauer überflutete sie. Es blieb fast für gar nichts mehr Zeit.

Sie atmete tief ein und drückte auf den Klingelknopf. »And I Will Always Love You«. Es war wohl das Cover von Dolly Parton, nahm sie an. Gott. Angst und ein kleines bisschen Hoffnung stiegen in ihr auf, gipfelten und stürzten dann ab, als Audrey, und nicht James, die Tür öffnete.

»Bel!« Die junge Frau starrte sie erst ungläubig an und machte dann einen Satz über die Türschwelle. Sie schlang die Arme um Bel, die immer noch die Tüte mit Einkäufen hielt, und drückte sie voller Freude so fest, dass Bel sich ein paar Tränen wegwischen musste. »Oh, mein Gott, du bist wieder da!« Audrey wich zurück, um Bel anzustrahlen, aber was sie in Bels Gesicht sah, ließ ihr Lächeln wieder verblassen, und sie fragte vorsichtig: »*Bist* du wieder da?«

»Ich weiß es nicht«, antwortete Bel in aller Aufrichtigkeit. Sie spähte über Audreys Schulter in die Eingangshalle. »Ist James da?«

»Nein.« Audrey zog sie ins Haus und machte die Tür hinter ihnen zu, so als ob sie Angst hätte, dass Bel fliehen könnte. »Die Statesmen haben keine Spiele mehr diese Saison, aber die US-Nationalmannschaft fängt im Januar mit dem Training für die WM an. Er hat in den letzten paar Wochen zwei Trainingseinheiten pro Tag gemacht. Er will sichergehen, dass die ganzen Grünschnäbel ihre Ältesten respektieren oder so was ähnliches.«

Bel versuchte zu lächeln, aber ihre Lippen zitterten unweigerlich. Audrey war so liebenswürdig, dieses kleine Anzeichen zu ignorieren. Sie schob Bel in Richtung Küche.

»Ich werde dir dein Zimmer herrichten, nur für den Fall des Falles«, sagte sie. »Wie wär's, wenn du schon mal deine Butter und Eier in den Kühlschrank einräumst?«

✦

James kam ins Haus getrampelt und schmiss seine verranzte Trainingstasche in eine Ecke. Jeder Muskel in seinem Körper schmerzte. Auf seinem Weg in die Küche war jedem Band, jeder Sehne und jedem achtundzwanzig Jahre alten Gelenk daran gelegen, sich über die unbarmherzige Tortur zu beschweren, die James sie durchleiden ließ.

Na gut, zwei Trainingseinheiten pro Tag waren nicht gerade spaßig, aber wenn es zur Folge hatte, dass er unverzüglich in einen traumlosen Schlaf fiel, sobald sein Kopf das Kissen berührte, dann arrangierte er sich mit den körperlichen Schmerzen, und zwar gerne.

Sich allein im Bett hin und her zu werfen und mit der Frage zu quälen, was zum Teufel Bel dort draußen wohl gefunden haben mochte, das besser war, als zu ihm nach Hause zu kommen – ja, *davon* hatte er auf jeden Fall genug.

*Kraftstoff*, dachte er und schüttelte das melancholische Gefühl ab, das ihn immer übermannte, wenn er länger als zwei Minuten still stand. Er brauchte Kraftstoff. Und etwa vier Liter O-Saft. Nach drei Stunden hartem Training und einer halben Stunde in der dampfend-heißen Dusche kam er sich vor, als ob man ihm die Luft rausgelassen hatte. Was bedeutete, er musste einmal schnell in der Küche auftanken.

Er hatte sich in letzter Zeit angewöhnt, die Küche so zu betrachten: als einen Boxenstopp. Er machte sich gewöhnlich schnell einen Teller zurecht und nahm ihn dann mit nach oben, um mit Drew zusammen auf der Couch vor dem Fernseher zu essen, anstatt die kalte, leere Küche zu ertragen, die Bel zurückgelassen hatte. Audrey tat ihr Bestes, Gott hab sie selig, und versuchte manchmal, einen überbackenen Toast zuzubereiten oder einen passablen Hackbraten zusammenzuklatschen. Aber sie war nicht Bel.

Er schob sich durch die Schwingtür und verbot sich dabei, an irgendwas anderes zu denken als das Schinkenbrot, dass er sich machen wollte, doch dann erstarrte er. Er hielt einfach regungslos inne, als ob ihn jemand erschossen oder betäubt hätte. Wenn seine unzähligen Tagträume nicht auf einmal real geworden waren, dann war sie hier. Bel war hier und bewegte sich in seiner Küche mit derselben effizienten Eleganz und ruhigen Zielstrebigkeit wie eh und je. Sie verstaute diese extravaganten kleinen Schächtelchen mit ausgefallenen Lebensmitteln in seinem Kühlschrank, als ob sie nie weg gewesen wäre.

Wilde Freude explodierte in seinem Herzen, pulsierte dann durch seine Adern und elektrisierte seine Muskeln, die vor noch zwei Minuten hätten schwören können, dass sie sich keinen Zentimeter mehr bewegen konnten. Der Drang, zu ihr zu laufen, brodelte in ihm wie ein Geysir, heftig und stark. Er wollte sie regelrecht verschlingen, wollte sich an ihrem Duft, ihrer Textur, diesen süßen kleinen Freuden laben, die er so vermisst hatte, wie man Luft und Sonnenschein vermisst. Wie ihr Haar roch. Wie sich ihr Lachen anhörte. Wie ihre Küsse schmeckten. Gott, er hungerte schon seit so langer Zeit danach.

Aber nein. Er zwang sich dazu, innezuhalten, sich einen Augenblick Zeit zu nehmen. Warten. Beobachten. *Nachdenken.* Er musste nachdenken. Das war Bel, und er hatte die Sache schon zu oft in den Sand gesetzt. Er musste es diesmal richtig machen.

»Du hast abgenommen«, sagte er und überraschte sich selber damit, wie normal sich seine Stimme anhörte.

Dann schloss er die Augen und dachte sich: *Du Idiot! Wie war das noch mal mit dem Nachdenken, bevor du redest, James?*

Sie wirbelte herum, ein Stück Butter an die Brust gepresst. Ihrem schönen Mund entwich ein sanftes, überraschtes, stummes *Oh.*

»James!«

»Hey, Bel.« Mit hungrigen Augen trank er sich an ihrem Anblick satt. »Na, räumst du deine Lebensmittel in den Kühlschrank ein?«

Ihr Blick wanderte zur Butter.

»Das macht keinen guten Eindruck, was? Es ist ein bisschen dreist.«

Bel legte die Butter zur Seite und ging dann zur Kücheninsel rüber. Sie klammerte sich an der Arbeitsplatte fest, als ob sie sich mental darauf vorbereiten würde, sich gleich rechtfertigen zu müssen.

»Dein Zimmer ist noch genauso, wie du es hinterlassen hast«, sagte er. »Ich hoffe sehr, dass du hierbleibst.« Mit Mühe gelang es ihm, dass sich seine zitternden Hände entknoteten, dass seine Füße nicht ihren sicheren Stand verloren und dass sich nackte Hoffnung und Verlangen nicht in seinem Gesicht zeigten. »Ich habe dich vermisst.«

Sie starrte ihn an.

»Machst du *Witze*?«, fragte sie und James rutschte das Herz in die Hose.

Er hatte es verbockt. Mal wieder. Und er hatte nicht die leiseste Ahnung, wie er das diesmal hinbekommen hatte. Sie schaute ihn so ungläubig an, dass es keine Zweifel daran gab. Erschöpfung verdrängte die Hoffnung aus seinem Herzen und er musste sich nicht mehr so sehr anstrengen, ruhig stehenzubleiben.

Okay, das hier entsprach nicht gerade seinen Tagträumen. Aber sie war hier, und das hatte zumindest etwas zu bedeuten. Er würde sie verdammt noch mal nicht wieder abhauen lassen, bevor er die Gelegenheit bekommen hatte, ihr zu sagen, was er für sie empfand.

✦

Bel starrte ihn über die Kücheninsel hinweg an. Er sah … anders aus. Er hatte seinen Körper so gestählt, dass er nun der Inbegriff von Schnelligkeit und Kraft zu sein schien, und obwohl jeder Zug an ihm davon zeugte, wie abgekämpft und erschöpft er war, strahlten seine Augen Entschlossenheit und noch etwas anderes aus. Etwas Warmes und Versöhnliches und ihr ganz und gar Fremdes.

Willkommenheit. Die dumpfe Erkenntnis traf sie unerwartet und stürzte sie vollends in Verwirrung. Es war eine bedingungslose Aufnahme in sein Herz und in sein Heim. Wie konnte das sein?

»Hör zu, James«, sagte sie, die Stimme unnatürlich hoch vor Nervenzittern und Angst. »Vor drei Wochen bin ich abgehauen und habe dir unmissverständlich zu verstehen gegeben: *Lass mich in Ruhe*. Jetzt komme ich aus heiterem Himmel, ohne vorher auch nur anzurufen, zurück und du sagst nichts anderes als: *Hier ist der Kühlschrank, dort ist dein Zimmer*? Bist du nicht sauer auf mich? Verlangst du keine Erklärung von mir?«

Er schüttelte den Kopf und seine Mundwinkel verzogen sich zu einem kleinen Lächeln.

»Du bist zuhause, Bel. Für den Augenblick reicht mir das voll und ganz.«

*Zuhause*. Sie wich von der Kücheninsel zurück und die Verwirrung verknäuelte sich in ihrem Magen zu etwas, was sie nicht erkannte. Etwas, das durchwoben war mit beflügelnder Hoffnung, mit seliger Freude und mit dunklen Schatten, die sagten: *Es ist ein Trick, es gibt einen Haken, alles hat seinen Preis.*

»Meine Mutter …«, begann sie und brach dann wieder ab, weil ihr etwas Hässliches den Hals zuschnürte.

Sie schüttelte sich, räusperte sich und zwang sich dazu, weiterzusprechen. Vielleicht würde sie sich hiermit zur Närrin machen, aber sie würde einen Teufel tun und sich von der Mühe abschrecken lassen, die es sie kosten würde, an dieser Liebe zu arbeiten. Vielleicht war Vivi Teil von ihr, aber Vivi war sie nicht.

»Ich weiß über deine Mutter Bescheid«, sagte James und ging einen Schritt auf sie zu. Dann hielt er abrupt inne, als ob er sich gerade bewusst geworden wäre, was er tat. »Du musst mir nichts erzählen, wenn du nicht …«

Bel schüttelte den Kopf.

»Nein, bitte. Ich muss das hier sagen. Ich muss das verstehen, was du hier gerade machst.«

»Okay«, erwiderte er, sein Blick so freundlich und geduldig, dass Bel schon wieder schlucken musste.

»Meine Mutter war – *ist* – sehr melodramatisch«, erklärte sie schließlich. »Sie braucht immer das große Drama, überwältigende Emotionen, ein ständiges Chaos. Anders kann sie nicht leben.«

»Ja«, antwortete James. »Das habe ich mitbekommen.«

»Sie war gar nicht dafür geeignet, ein Kind wie mich großzuziehen.«

»Ein Kind wie dich?«

»Ernst. Beständig. Eine Perfektionistin.«

Er lächelte sie an.

»Nein, wirklich. Du?«

»Ich weiß, man glaubt es kaum.«

»Ich bin ganz Ohr. Erzähl weiter.«

»Sie hat mich nicht ignoriert oder mich misshandelt«, sagte Bel und suchte verzweifelt nach den richtigen Worten, »wenn du das glaubst. Ich war einfach nur nicht genug.«

»Genug?«

»Genug, um sie jeden Tag zu unterhalten. Aber ab und zu – zwischen Beziehungen mit ständig wechselnden Männern oder nachdem sie sich mit Freunden vom Jachtclub gestritten hatte oder so – war ich der glückliche Lückenbüßer. Dann hat sie mich mit all ihrer Energie und Liebe und Aufmerksamkeit überschüttet. Sie schenkte mir diese intensive Liebe, bis ich sie ihr zurückgab.« Sie lächelte bitter. »Das hat nie lange gedauert.«

»Und dann hat sie sich in jemand anders verliebt«, sprach James ruhig. »Und so hat sie immer und immer wieder dein Herz gebrochen.«

Bel zog die Schultern hoch.

»Als ich zehn war, hatte ich es kapiert. Oder zumindest dachte ich das. Liebe existierte nicht. Sie war nur eine Ausrede dafür, das zu machen, was man wollte, zum Teufel mit den Konsequenzen. Eine gesellschaftlich akzeptable Du-kommst-aus-dem-Gefängnisfrei-Karte, die sie jedes Mal spielen konnte, wenn sie vergaß, nach Hause zu kommen. Jedes Mal, wenn sie im Morgengrauen heim kam, während ich mir mein Frühstück selber zubereitete und mich für die Schule fertig machte. Jedes Mal, wenn sie auf den Küchentresen hüpfte, nach Zigarrenrauch und Whisky stank, und mir atemlos und mit freudestrahlenden Augen erzählte, dass sie wieder die große Liebe gefunden hätte und dass sie mit meinem Schuldirektor reden würde, weil ich in eine neue Schule versetzt werden würde. Wieder mal.«

Die Erinnerung daran ließ Verbitterung in ihr aufsteigen, aber sie schluckte sie wieder runter. Das gehörte nicht zur Sache.

»Ich wette, ihr gefiel das gar nicht«, bemerkte James mit ermutigender Stimme. »Dass du dahintergekommen bist, was für ein Spiel sie spielte. Dich geweigert hast, mitzuspielen.«

»Nein.« Bel versuchte zu lächeln. »Nein, das mochte sie nicht. Vielleicht war ich nicht genug gewesen, um ihre Aufmerksamkeit für längere Zeit zu fesseln, aber ihr gefiel es auf jeden Fall, immer ein Publikum zu haben, das sie anhimmelte, wenn sie eins brauchte. Und als sie nicht mehr angehimmelt wurde, na ja. Vivi braucht einfach ihre Auftritte, egal ob sie die gute oder die böse Rolle spielt.«

»Wie böse?«, fragte James und seine Augen verdunkelten sich vor Besorgnis, sodass sie einer unheilvoll grün-grauen rauen See glichen.

»Sagen wir einfach mal, wenn ich mir bei ihr so etwas herausgenommen hätte wie jetzt bei dir, dann hätte ich ganz sicher nicht die Einladung erhalten, meine Einkäufe zu verstauen und mir mein altes Zimmer anzuschauen. Es hätte zu nie endenden Tränen geführt, stundenlang hätte ich mir Schuldzuweisungen anhören müssen, und sie hätte tagelang hin und her überlegt, ob sie meine Entschuldigung annehmen und mir noch eine Chance geben würde, zumindest auf Bewährung. Also das hier?« Sie zeichnete mit dem Finger einen Kreis in der Luft, um alles zusammenzufassen, das zwischen ihnen in den letzten zwanzig Minuten passiert war: Vergebung, Erbarmen, unfassbare, herzliche Aufnahme. »All das ist mir sehr fremd und ich weiß nicht, was es bedeuten soll.«

»Was glaubst du denn, was es bedeutet, Bel?«

»Ich *weiß* es nicht.« Sie drückte die Fäuste gegen die Schläfen, so als ob sie in ihren Kopf greifen und das ganze Knäuel wirrer

Gedanken und Gefühle herausziehen und entwirren könnte. »Ich weiß, dass ich dich liebe, und damit kann ich mich nicht mehr auf meine Fähigkeit verlassen, rational zu verstehen, wovon du redest.«

Sie atmete zitternd ein und ließ dann alles, was sich in ihr angestaut hatte, beim Ausatmen wieder raus. Dann zwang sie sich dazu, die Worte auszusprechen, die sie über den Abgrund in absolute, nackte Verletzlichkeit stürzen würden.

»Ich möchte so gerne, dass das hier auch genau das ist, nach dem es aussieht, James.« Er kam auf sie zu, aber sie hielt abwehrend eine Hand hoch und deutete ihm an, stehenzubleiben. Sie musste es jetzt sagen, sonst würde es nie gesagt werden. Es würde immer zwischen ihnen stehen, ungelöst, eine Frage, auf die sie jetzt die Antwort erfahren musste, bevor der Preis für Aufrichtigkeit in die Höhe schoss. »Das möchte ich, mehr als ich dir sagen kann. Aber ich weiß auch, dass ich es nicht verdient habe, und nichts, was ich bislang erlebt habe, sagt mir, dass ich es erwarten dürfte. Also wenn hier noch etwas anderes vor sich geht, wenn es einen Haken gibt, einen Preis, den ich zahlen muss, wenn du dir noch dein Pfund Fleisch holen wirst oder so, bevor du mich zurücknimmst, würdest du es mir dann bitte einfach *sagen*? Ich zahl den Preis, alles, was du willst, aber bitte, lass mich nicht im Dunkeln darüber, was es ist.«

Er starrte sie schweigend an, aber sie zwang sich dazu, nicht wegzulaufen. Sich nicht zu verstecken. Ihr Herz schlug wie wild in ihrer Brust, aber sie stand ganz still vor ihm, nackt und ungeschützt, und überließ es ihm, sie so zu nehmen wie sie war, oder nicht; sie zu bestrafen oder ihr zu vergeben.

Für einen Augenblick, der wie eine Ewigkeit erschien, standen sie wie gelähmt im Schatten dieser nervenaufreibenden, tapferen Frage. Dann lief die Zeit auf einmal wieder los wie ein Weltklasse-Sprinter, und bevor Bel denken oder blinzeln oder atmen konnte, war James bei ihr, seine Arme um sie geschlungen, mit einer guten, teuren Stärke, die ein quälendes Bedürfnis in ihrer Seele stillte. Sein sauberer, männlicher Wasser-und-Seife-Duft ließ sie schwindlig werden.

»Bel«, hauchte er in ihr Haar, als ob es ein Gebet oder eine Hymne wäre. Als ob es etwas Heiliges und Teures und Wertgeschätztes wäre. Es entfachte eine kleine, ruhige Flamme in ihr, eine Flamme, die vernichtete wie auch heilte. »Bel. Mein Gott.«

»Ich liebe dich, James.« Es war ihr eigenes Gebet, eine Hymne der Danksagung und Dankbarkeit, der Demut und des Staunens. »Das tue ich. Es ist real, und ich weiß jetzt, wie man den Unterschied erkennt. Ich dachte, dass es nur die Liebe gibt, die Vivi mir vorgelebt hat, aber jetzt weiß ich …«

Aus seiner Kehle entwich ein tiefer und gequälter Laut, dann glitt er aus ihren Armen und sank auf die Knie. Sie schaute verwundert auf sein gebeugtes, goldenes Haupt hinunter, das gegen ihren Bauch gepresst war. Zögerlich berührte sie seine unzähmbaren Locken.

»James?«

Er legte mit einem Ruck den Kopf in den Nacken und schaute sie verheißungsvoll an. Er ergriff ihre Hände mit einer solchen Heftigkeit, dass sie überrascht, aber auch erfreut war.

»Ich dachte, du hättest mich verlassen, Bel. Gott. Ich dachte, ich hätte dich endlich so weit getrieben, dich mit meinem blöden hitzigen Temperament und meinem blöden lockeren Mundwerk in die Flucht getrieben. Ich dachte, ich hätte dich verloren.«

»Oh James«, flüsterte sie. »Niemals. Die Dinge wurden bloß …«

»Nein«, unterbrach er sie. »Das ist unwichtig. Das ist alles unwichtig. Wo du warst, was für ein selbstgerechtes Arschloch ich in Bezug auf Vivi war. Das einzig Wichtige ist jetzt, dass du hier bist. Dass *wir* jetzt zusammen hier sind. Das einzig Wichtige ist, dass ich dich mehr liebe als mein Herz ertragen kann, und dass ich alles tun würde, *alles*, um dich hier zu behalten.« Er ließ seine Stirn in ihre Hände sinken. »Du bist jetzt meine Familie, Bel. Du bist mein Herz. Ohne dich bin ich so leer wie dieses verdammte Haus. Und ich *hasse* dieses Haus, wenn du nicht hier bist. Bleib bei mir. Bitte.«

Bels Knie wurden weich, aber sie kämpfte nicht dagegen an. Sie sank einfach ebenfalls auf den Boden und schlang ihm die Arme um den Hals. Ihr Herz sang wie ein wilder Vogel, einfach um der Freude wegen, die es brachte, das Lied zu zwitschern.

»Du bist mein Zuhause«, sagte sie. »Meine Familie. Ich will nirgendwo anders sein als bei dir. Ich werde dich niemals verlassen, James. Nie wieder. Ich habe es gehasst, von dir entfernt zu sein. Ich wollte das nicht, wollte das nie. Ich war keine zwei Stunden weg, als ich schon wieder zurückkommen wollte, aber dann wurde es …«

Sie brach ab und eine Welle der ihr so bekannten Trauer mäßigte ihre helle Freude. Er wich zurück und musterte sie mit ernstem Blick.

»Wurde es was?«, fragte er sanft.

»Kompliziert.« Sie stockte, biss sich auf die Lippe. »Ich weiß, du hast gesagt, du musst nicht wissen, wo ich war, aber ich muss dir davon erzählen. Es ist … wichtig.« Sie nahm seine Hände in ihre, diese zärtlichen, warmen Hände. Gott, sie hatte sie so vermisst. Sie konnte sich nicht vorstellen, je genug davon zu haben, ihn zu berühren, einfach nur, weil sie es konnte, weil er da war. »Aber bevor ich das tue, muss ich dir etwas klarmachen. Es ist mir wichtig, dass du glaubst, dass ich praktisch am liebsten schon wieder zurückgekommen wäre, bevor ich weggegangen bin, wenn es meine Entscheidung gewesen wäre. Ich würde dich nie – werde dich nie – einfach so verlassen.« Ihre Augen füllten sich mit Tränen und sie blinzelte sie weg. »Ich habe in jeder Minute der letzten paar Wochen gehasst, dass ich das tun musste, gehasst, dass du denken würdest, ich wäre so brutal, so gemein, so niederträchtig, dass ich es dir auf solche Weise wegen eines blöden Streits heimzahlen würde. Es war …« Sie schüttelte den Kopf. »Es war schrecklich und es war nicht ich. Ich würde niemals …«

Er presste seine Lippen auf ihre, eine wohltuende, simple Berührung, die veranlasste, dass die Tränen nun ungehemmt liefen.

»Ich glaube dir.«

Sie schaute ihn erstaunt an, denn das tat er wirklich. Er glaubte ihr bedingungslos. Er strahlte es aus wie ihre Öfen an Backtagen Hitze ausstrahlten, und es berührte sie tief. Die Wärme taute etwas auf, das in einer dunklen Ecke ihres Herzens versteckt war, das so lange dort gefroren verharrt war, dass sie ganz vergessen hatte, wie es sich anfühlte, dort überhaupt ein Gefühl zu haben.

Sie lächelte ihn an. Das Lächeln war ein kleines bisschen schief, aber nicht schlecht für ein Mädchen, das eigentlich den Kopf in seinem Hemd vergraben und sich dort stundenlang ausheulen wollte. Aber dafür hatte sie keine Zeit. Thanksgiving war in drei Tagen und ihr musste ein Wunder gelingen.

»Also«, sagte er und schaute voller Begehren ihren Mund an, »erzähl mir von dieser komplizierten Sache. Bevor ich vergesse, dass es mich interessiert, und versuche, dich zu anderen Dingen zu überreden.«

Bel konnte spüren, wie ihre Mundwinkel trotz des Kummers im Herzen nach oben zuckten.

»Andere Dinge?«

»Wie zum Beispiel das Vergnügen, sich im Haus zu lieben, auf sauberen Laken. Vielleicht sogar auf einer Matratze, anstatt auf einer schmalen Marmorbank.«

»Hast du ein Problem mit *al fresco*?«, fragte Bel, froh um die Ablenkung.

»Ganz sicher nicht. Aber ich mag gerne Abwechslung und habe eine Liste gemacht.«

»Eine Liste.«

Bel sah ihn interessiert an.

James schüttelte den Kopf und stand dann auf.

»Nö, nö. Erst reden wir über diese komplizierte Sache. Dann kannst du die Liste sehen.«

Er hielt ihr eine Hand hin und sie seufzte, erlaubte ihm aber, sie auf die Füße zu ziehen. Gott, sie wollte das hier nicht tun.

»Setz dich«, bat sie und deutete mit dem Kinn auf den Hocker. Sie schaute ihn von oben bis unten an. In ihren Augen war eine sonderbare Kombination aus Sorge und Lust zu sehen. »Du hast nicht richtig gegessen, als ich weg war. Du siehst aus, als ob du gleich umfällst.«

Er nahm sie in die Arme und schaute sie mit freudigem Blick an.

»Bel. Liebling. Liebe meines Lebens. Ich will gar nicht fragen, denn es scheint dreist und unhöflich, und deine Antwort wird in keiner Weise meinen Entschluss beeinträchtigen, dich bis ans Ende meines Lebens zu lieben, aber … bietest du mir an, mir was zu essen zu machen?«

Sie sah ihn stirnrunzelnd an.

»Nein, ich dachte, wir könnten zusammen Fahrradfahren. Natürlich biete ich dir an, dir was zu essen zu machen.«

Er drückte ihr einen dicken Schmatzer auf den Mund.

»Ich liebe dich.«

Sie versuchte, sich so schnell wie möglich von dem schwindligen Gefühl zu erholen, das dieser Kuss in ihr auslöste.

»Das sagst du doch nur, weil ich die Lebensmittel habe.«

Er grinste sie an.

»Süße. Lebensmittel sind Teil von dem, was du bist. Ich könnte dich nicht lieben, wenn ich nicht auch deine sechzehn klitzekleinen Flaschen Senf verschiedenster Sorten lieben würde.«

»Senf, der sich gleich zu knusprigem Sauerteigbrot und Hühnchen und Speck gesellen wird, um ein Hammersandwich abzugeben, das durch feinen Feldsalat mit Balsamico-Walnussöl-Dressing komplementiert wird.«

»Hab ich mich beschwert? Das habe ich nicht. Ich liebe deinen Senf.« Er ließ sie los und setzte sich auf den Hocker. »Also an die Arbeit, Frau. Und erzähl mir währenddessen von dieser komplizierten Sache.«

# Kapitel 32

Am nächsten Morgen betrat Bel Hunt House durch die Verandatür in Kates Büro, so wie sie es fast jeden Morgen in den letzten drei Jahren getan hatte. Damals war sie vom Dower House aus durch den Garten gehuscht, ohne ihrer Umgebung Beachtung zu schenken, ihr Kopf voll mit Listen von Dingen, die sie noch zu erledigen hatte, ihre Hände voller Rezeptkarten, ihr Herz in ihrer Brust absichtlich in einem betäubten Zustand gehalten. Aber heute war alles anders.

Heute ging sie langsam und bedächtig, mit klarem Kopf, ihr Herz lebendig vor Sorge und Kummer und Freude, ihre Hände sicher in James'.

Im Flur vor der Küche blinkte ein grünes Licht und Bel sagte:

»Sie filmen gerade nicht. Ich sollte reingehen.«

»Soll ich mitkommen?«

»Nein.« Sie war jedoch so nervös, dass sie sich die feuchten Hände an der Jeans abwischte. »Ich glaube, ich sollte das allein tun.«

Er nickte und legte einen Daumen unter ihr Kinn, um es anzuheben. Er presste seine Lippen auf ihre, sein Kuss war warm, fest und sicher.

»Du schaffst das schon«, sagte er. »Ich werde mich hier hinsetzen und auf dich warten.« Er betrachtete die besorgniserregend zerbrechlich aussehende antike Bank vor ihnen, seufzte tief und stellte sich dann mit dem Rücken gegen die Wand. »Ich meine, ich werde hier *stehen* und auf dich warten.«

»Genau. Okay. Gut.« Sie küsste ihn zurück und vermittelte ihm mit diesem Kuss all die Liebe und Dankbarkeit, die sie fühlte. »Dann werde ich mal.«

Er gab ihr einen liebevollen Klaps auf den Hintern, bevor sie sich umdrehte und mit düsterem Blick auf die Küche zuging.

Sie überprüfte noch einmal, dass die Kameras nicht liefen – nein, das Licht war immer noch grün – und schlüpfte dann durch die Tür. Aus Gewohnheit passte sie auf die dicken Kabel auf, die auf dem Fußboden überall verteilt waren, und dann kniff sie die Augen zusammen und sah zu der riesigen Kücheninsel rüber, die der Hitze von einem Dutzend oder mehr Scheinwerfern ausgesetzt war.

Kate stand dort in einer makellosen weißen Bluse aus Oxford-Baumwolle und einer schönen Schürze, ihr Haar glänzend, ihr Make-up perfekt und parat für die Kamera. Sie sah mit gerunzelter Stirn auf einen riesigen rohen Truthahn hinab, während ein Küchentechniker den Schenkel in die Hand nahm und ihr zeigte, in welchem Winkel sie mit der Hand in die Öffnung greifen sollte, damit die Kamera das am besten einfangen konnte. Bel konnte sich ein Lächeln nicht verkneifen, angesichts Kates leicht angewiderten Gesichtsausdrucks. Die Küche war noch nie Kates Lieblingssegment der Sendung gewesen – das Gärtnern lag ihr besser als das Kochen – und Bel wusste, dass sie abwog, ob sie sich erlauben konnte, Handschuhe anzuziehen, um die Eingeweide zu entfernen.

Kummer versetzte ihr einen kleinen Stich, der Bel überraschte. Sie hatte sich in den letzten paar Wochen dazu gezwungen, um ihren alten Traum zu trauern. Dazu gezwungen, ihn loszulassen, damit sie einen neuen Traum schaffen konnte, eine neue Version ihres Lebens, ihres Erfolges. Sie dachte, sie hätte sich gründlich vorbereitet, dachte, sie könnte hier ohne großes Bedauern reinspazieren, dass sie bereit war, Kate zu sagen, was sie ihr sagen musste, und dann mit der Zukunft weitermachen könnte, an deren Ausgestaltung sie so hart gearbeitet hatte.

Aber irgendwie tat es trotzdem noch weh. Es tat immer noch weh, dass sie diesen Job niemals übernehmen würde, den sie für so lange Zeit geliebt hatte. Eine neue Generation Frauen war in diesem Augenblick darum bemüht, einen Sinn in der Arbeit zu finden, die für das Schaffen eines Heims und der Versorgung einer Familie notwendig war. Oder zumindest waren sie darum bemüht, einen riesigen Truthahn erfolgreich zuzubereiten. Sie waren auf Hilfe angewiesen, und Bel war so stolz darauf gewesen, diejenige zu sein, an die sie sich wandten.

Kate sah auf, bemerkte Bel und ihr Blick verfinsterte sich. Sie verzog richtig das Gesicht dabei. Bel seufzte und sagte ihrem alten Traum ein letztes Lebewohl. Sie würde *nicht* die Rolle von Kate 2.0 einnehmen. Weder jetzt noch sonst irgendwann. Nicht während Kate gesund und munter war und sich aktiv gegen diesen Plan einsetzte.

Bel schlängelte sich durch das Labyrinth von Kameras und Crew, bis sie es an Kates Seite geschafft hatte.

»Hallo Kate«, sagte sie.

»Belinda.«

Kate ließ sich ihre Überraschung nicht anmerken und neigte einfach nur auf ihre übliche frostige Art höflich den Kopf.

Bel zeigte auf den Truthahn.

»Anspruchsvoll«, bemerkte sie. »Der muss ja mindestens zwölf Kilo wiegen. Du wirst ihn doch hoffentlich für die erste Stunde mit der Brust nach unten braten?«

Kate hob ihr Kinn.

»Bitte sag mir, dass du nicht hier bist, um dich über Rezepte zu unterhalten.«

»Nein. Aber unterhalten muss ich mich mit dir.«

»Ach, du liebe Güte.« Sie schenkte ihr ein schmallippiges Lächeln. »Ich hatte schon Sorge, dass das passieren würde. Bitte, Belinda. Lass uns doch eine hässliche Szene vermeiden. Ich habe ein endgültiges Urteil gefällt, was deine Anstellung hier angeht.«

»Dein Urteil stinkt«, erwiderte Bel. »Das ist ein Grund dafür, wieso ich gekündigt habe, wenn du dich erinnern magst.« Ihr Lächeln sagte, dass sie genau verstanden hatte, wie Kates eigenes gemeint war. »Aber ich bin nicht hier, um über meine Stelle zu reden. Ich muss mit dir über etwas anderes sprechen.«

»Welches andere Gesprächsthema sollte es denn zwischen uns geben?«

»Bob?«

Kates Lider zitterten leicht, als ob sie sich anstrengte, nicht zusammenzuzucken.

»Bob.« Sie schnaubte so elegant, wie das möglich war, und wandte ihre Aufmerksamkeit wieder dem riesigen, nackten Vogel zu, der vor ihr lag. »Wieso, ist er aus dem Urlaub zurück? Hat ihm das Rentner-Dasein nicht gelegen? Versucht er jetzt, ein paar seiner ehemaligen, lukrativen Klienten zurückzugewinnen? Denn wenn das der Grund ist, warum du hier bist, dann kannst du auch gerade …«

»Er liegt im Sterben, Kate.«

Sie blinzelte kurz, doch in ihrem Gesicht war keine Gemütsregung abzulesen.

»Wie bitte?«

»Bauchspeicheldrüsenkrebs«, sagte Bel. Sie brachte die Worte gerade so hervor, vorbei an dem Kloß aus Wut und Kummer in ihrem Hals. »Er ist seit etwa einem Jahr in Behandlung, hat alles versucht, von Chemo bis hin zu komischen Diäten. Er hat alle seine Möglichkeiten erschöpft.«

»Alle seine Möglichkeiten erschöpft?«, wiederholte Kate ihre Worte, so klar und deutlich ausgesprochen wie immer. »Was soll das heißen?«

»Es heißt, dass er die Entscheidung getroffen hatte, seine Agentur zu verkaufen und zu den Pyramiden zu reisen, in den Regenwald, nach Südfrankreich. Machu Picchu. Du weißt schon.« Sie machte eine ausladende Bewegung mit der Hand. »All die Dinge, die man nicht macht, bis einem die Uhr abläuft.«

»Machu Picchu.«

Kates Gesicht war komplett ausdruckslos.

»Genau. Ich gehe davon aus, dass er vorhatte, das alles zu tun, diese Sehenswürdigkeiten mit dir zu besichtigen. Dann hast du den Fuchsjagdball dazu benutzt, um ihm zu zeigen, dass du dir die Zukunft eurer Beziehung anders vorstellst. Meine Zukunftspläne hast du mit demselben strategisch geschickten Schlag vernichtet.« Sie lächelte kühl. »Du warst immer schon gut im Multitasking. Vivi einzuladen, war ein Geniestreich.«

Kate hob eine Braue.

»Worauf willst du hinaus, Belinda?«

Bel schaute sie ungläubig an. War diese Frau denn vollkommen gefühllos? Der Mann, der die letzten zwanzig Jahre ihr Liebhaber gewesen war, hatte eine *tödliche* Krankheit, und alles, was sich in ihrem Gesicht widerspiegelte, war leichte Ungeduld? Auf einmal war Bel froh darüber, dass sie niemals Kate 2.0 sein würde. Nein, scheiß auf froh. Sie war hocherfreut und erleichtert. Niemand sollte erwachsen werden und … so etwas werden.

»Er hat mich als persönliche Assistentin eingestellt«, fuhr sie mit behutsamer Präzision fort. »Um sich um seine Reisearrangements zu kümmern, aufzupassen, dass er seine Medikamente richtig einnahm, zu kochen, wenn er daheim essen wollte, mit ihm ins Restaurant zu gehen, wenn er auswärts essen wollte. Keine anspruchsvolle Arbeit, eben das, was ein Mädchen für alles typischerweise macht. Er brauchte mich eigentlich nicht. Wollte, glaube ich, bloß die Gesellschaft. Er hatte nämlich ursprünglich nicht vorgehabt, allein zu reisen, weißt du.«

Kate zuckte bei dieser Aussage zusammen und Bel konnte angesichts dessen nichts anderes als eine wilde Freude empfinden. Endlich. Das war das Mindeste, was Bob verdient hatte. Er hatte natürlich einiges mehr verdient als das. Kates Zusammenzucken war nur der Anfang von dem, was sie ihm schuldete.

»Wir hatten noch nicht mal unsere erste Etappe zu Ende gebracht – eine Safari in Afrika, falls du dich gefragt hast –, als seine Nieren versagten.«

»Nieren?«

Kates Lippen waren nun blass, ihr Mund zusammengekniffen.

»Ja. Dann die Leber. Das ist alles beeinträchtigt, wenn man Bauchspeicheldrüsenkrebs hat. Ich habe ihm gesagt, wir hätten mit Südfrankreich anfangen sollen.« Sie schüttelte den Kopf. »Er dachte, dass das seine Lieblingsdestination sein würde, und ich glaube, er wollte sich den Höhepunkt der Reise noch etwas aufsparen.« Sie hob eine Schulter. »Ich habe angeboten, ihn dort trotzdem hinzubringen – dort gibt es ganz hervorragende Hospiz-Einrichtungen –, aber er wollte zu Hause sterben. Also habe ich ihn nach Hause gebracht.«

In Kates Augen war nun die schiere Panik zu sehen.

»Hier?« Eine Hand griff nach der Perlenkette am Hals und sie schaute zur Decke hoch, als ob es Bel gelungen wäre, Bob im Speicher zu verstecken, ohne dass sie es bemerkt hätte. »Er ist hier?«

»Was, im Hunt House? Natürlich nicht. Das ist doch nicht sein Zuhause. Du bist nicht seine Familie. Er hat dir diesen Job angeboten und du hast ihn abgelehnt, erinnerst du dich? Vorgezogen hast du stattdessen …« Ihr verächtlicher Blick wanderte einmal durch die Küche, in der nur für die Kameras gekocht wurde und niemanden sonst. »… dieses lächerliche Scheinleben. Eine echt miese Entscheidung, wenn du mich fragst, aber so ist es nun mal. Nein, Bob gehört jetzt zu meiner Familie. Ich habe ihn mit nach Hause gebracht.«

»Ach, du liebe Güte. Das ist jetzt etwas unangenehm.« Kate lächelte höflich, aber in ihren Augen blitzte Wut und Niedertracht auf. »Ich befürchte, dein Haus ist nicht länger dein Heim, Belinda. Weißt du, Vivi hat nach einer Bleibe gesucht und das Dower House stand leer …«

Bel lachte kurz laut auf.

»Mein Gott, du bist doch wirklich unglaublich. Ich nehme an, dass du gedacht hast, das würde mir was ausmachen?« Sie legte den Kopf schräg und musterte Kate. »Das tust du tatsächlich. Lieber Herr, erbarme dich.« Sie schüttelte den Kopf. »Ach, Kate. Dower House ist wunderschön und ich habe es geliebt, dort zu wohnen. Aber es ist nicht mein Zuhause. Das war es auch nie. Es gehört dir und du kannst damit machen, was dir beliebt.« Sie lächelte breit. »Mein Zuhause ist in der anderen Richtung. Ich lebe im Annex, mit James, seinen verrückten Brüdern und seiner Haushälterin …«

Kates Mundwinkel verzogen sich.

»Der Stripperin?«

»… und dem herzigen kleinen Mädchen, das sie mitgebracht hat.« Sie verschränkte die Arme vor der Brust und hielt Kates Blick stand. »Und Bob. Täusche dich nicht, Kate. *Ich* bin jetzt Bobs Familie. Er hat an mich geglaubt, als ich nichts hatte. Dank ihm habe ich jetzt viel. Ein volles Sparkonto, einen ordentlichen Lebenslauf und ein riesige Ladung Liebe und Dankbarkeit für den Mann, der etwas in mir gesehen hat, das sonst niemand sah. Ich schulde ihm einiges dafür. Mehr, als ich ihm jemals zurückzahlen kann. Und das ist der einzige Grund, warum ich hier bin.«

»Wie tust du denn Bob damit einen Gefallen, mir Abscheulichkeiten an den Kopf zu werfen?«

»Ach, die Abscheulichkeiten sind nicht von Bob. Die sind von mir. Die Einladung ist von Bob.«

»Welche Einladung?«

»Hab ich das nicht erwähnt? Bob geht mit seinem Tod auf nicht traditionelle Weise um. Er möchte, dass sein Testament verlesen wird, während er noch auf Erden weilt und er dabei sein kann. Und er möchte, dass du auch dabei bist.« Sie lächelte kühl. »Ford wird heute Abend im Annex die Ehre haben.«

Kate starrte sie an.

»Wie bitte?«

»Heute Abend wird Bobs Testament vorgelesen. Achtzehn Uhr. Und sei doch bitte pünktlich. Bob hat mittlerweile keine Zeit mehr zu verschwenden.«

Bel kehrte ihrer ehemaligen Chefin den Rücken zu, ihrem ehemaligen Job, ihrem ehemaligen Traum – und ging aus der Tür.

✦

Bobs Zimmer im Annex lag genau gegenüber Bels. Wenn sie die Tür offen ließ, dann konnte sie von ihrem Bett aus seines sehen. Sie waren nicht so weit gegangen, einen Plan zu machen, wer wann an Bobs Krankenbett sitzen würde, aber dennoch war Bob kaum allein. Um sechs Uhr an diesem Abend war das Zimmer randvoll mit Besuchern.

Bel saß in dem Liegesessel, den James und Drew aus ihrem Wohnzimmer gewuchtet und neben Bobs Bett gestellt hatten, Kuchenrezepte in ihrem Schoß verteilt. James hatte es sich zu ihren Füßen bequem gemacht. Drew hatte Klappstühle für sich und Audrey geholt und einen Sitzsack für Jillian. Das Mädchen hatte sich darauf zusammengerollt wie eine Katze und las, während Ford am unteren Ende von Bobs Bett stand und seinen Aktenkoffer öffnete.

Kate erschien pünktlich, als die Uhr sechs schlug. Sie blieb auf der Türschwelle stehen, ihr Gesicht fahl, ihre Augen voller Entsetzen. Sie starrte Bob an, der im Krankenhausbett mit dem Morphium-Tropf und den vielen piepsenden Maschinen lag, die ihn noch am Leben hielten. Diese wilde Freude schäumte wieder in Bel auf. Gut. Sie wollte, dass es Kate wehtat. Dass es ihr so wehtat, wie es Bel wehtat. *Mehr* noch. Aber diese rachsüchtige Freude war auch mit Mitleid vermischt. Mit Mitgefühl. Bel wusste zu gut, wie einfach Egoismus und Angst Liebe zum Verhängnis werden konnten. Sie und James waren gefährlich nahe daran gewesen, selber diesen Weg zu gehen.

James sprang auf, ganz der Südstaaten-Gentleman, und Bel tat es ihm nach. Sie sammelte ihre Rezeptkarten zusammen und bot Kate ihren Platz an. Kate rauschte durchs Zimmer und sank in den durchgesessenen alten Sessel. Bob lächelte leicht und streckte seine Hand aus. Kate nahm sie zwischen ihre Hände, obwohl ihr Gesicht so versteinert aussah, als ob es aus Marmor sei.

Bob schloss die Augen und nickte Ford zu, der sich räusperte und dann ein paar kaum verständliche juristische Floskeln vor sich hin murmelte. Schließlich sagte er:

»Es ist Bobs Wunsch, dass ich nun das folgende Testament vorlese, das er selber geschrieben hat und von mir letzte Woche beurkundet wurde.«

Er schob sich die Lesebrille zurecht, räusperte sich noch mal und fing dann an, die eine Seite vorzulesen:

»Ich, Robert Daniel Beck, im Vollbesitz meiner geistigen Kräfte und nicht länger im Besitz meiner vollen Gesundheit, bitte hiermit

Belinda West, meinen Nachlass zu verwalten. Da sie de facto meine Familie ist – und ich sie im Herzen als meine Tochter ansehe –, hoffe ich, dass es ihr nichts ausmacht, wenn ich ihr diese letzte Aufgabe übertrage, nämlich zu sichten, was ich in meinem Leben angesammelt habe, das zu spenden, was andere brauchen könnten, und das zu behalten, was ihr selber wichtig ist. Abgesehen von den unten aufgeführten Ausnahmen hinterlasse ich ihr alles – einschließlich meiner Liebe und Dankbarkeit für ihre Großherzigkeit. Ich vermache außerdem James einen Arschtritt, wenn er nicht so bald wie möglich mit einem Ring antanzt. Einen schönen großen, da ich weiß, was er bezahlt bekommt.«

Bel schaffte es, durch die Tränen hindurch zu lachen. James verschränkte seine Finger mit ihren und sie lehnte sich an seine Schulter.

Ford las weiter:

»Ich vermache meine Agentur, meine Klientenliste, alle meine Kunden, Veranstaltungen, Vereinbarungen, Lizenzen etc., die damit verbunden sind, William Yeats Blake.«

Audrey lehnte sich zurück und schaute James hinter Drews Rücken mit großen Augen an.

»*Yeats?*«

»Mom stand auf Dichter.« James lächelte. »Frag doch mal Andrew Shelley Blake, der neben dir sitzt.«

Drew zeigte ihm ungerührt den Mittelfinger. Das brachte selbst Bob zum Lächeln.

»Wie der vorher ausgehandelte und jetzt nichtig gewordene Verkauf der Agentur«, las Ford, »ist dieses Vermächtnis abhängig davon, dass Will seinen Entzug erfolgreich beendet, zu dem Bel ihn verdonnert hat. Dieses Geschenk setzt auch voraus, dass er seinen faulen Arsch einmal hochbringt und was aus seinen Talenten macht. Ich schwöre bei allem, was mir heilig ist: Wenn er mein Lebenswerk in den Bankrott treibt, dann werde ich ihn bis in alle Ewigkeit als Geist heimsuchen.«

Drew grinste.

»Das ist lustig. Ich werde es ihm sagen.«

Ford schaute wieder auf das Dokument.

»Richtet ihm außerdem aus, dass er eine verdammt gute Büroassistentin einstellen und ihr das Doppelte von dem zahlen soll, was er denkt, dass sie wert ist. Vertraut mir.«

Audrey zog das kurz in Erwägung.

»Ich werde mich darum kümmern, dass wir ein paar geeignete Kandidaten zusammenbekommen und fang dann nächste Woche mit den Vorstellungsgesprächen an.«

Drew sah sie überrascht an.

»Du möchtest *Will* helfen?«

Sie zuckte unschuldig mit den Schultern.

»Wenn du mit *Hilfe* meinst, dass ich einen pedantischen Drachen einstelle, mit ganz genauen Vorstellungen von gesunder Ernährung und einem hieb- und stichfesten Fünfjahresvertrag, bevor Will aus der Entzugsklinik ausbricht, dann ja.« Sie seufzte glücklich. »Ich möchte Will helfen.«

»Audrey, das ist schrecklich«, antwortete er mit breitem Grinsen. »Bist du *sicher*, dass du mich nicht heiraten willst?«

»Ich bin mir sicher.« Sie tätschelte sein Knie. »Bitte hör auf, mich zu fragen.«

»Sicher nicht. Eines Tages sagst du vielleicht Ja.«

»Hmmm, ich glaube eher nicht.«

Ihre Mundwinkel zuckten unweigerlich.

Ford wartete, bis er wieder Drews und Audreys Aufmerksamkeit hatte, und fuhr fort:

»Und zuletzt, für meine schöne, sture und verängstigte Kate.«

Bel wandte den Kopf, um Kate anzuschauen, aber die Frau blinzelte noch nicht mal.

»Kate, dir vermache ich die zusammengewürfelte Bande von Idioten, die gerade um dich versammelt sind. Sie werden deine Familie sein, wenn du sie lässt. Fang mit Thanksgiving an. Ich habe Bel gesagt, dass sie nicht auftragen soll, bis du da bist, also komm nicht zu spät.«

James warf Bel einen Blick zu, der sagte: *Echt jetzt*? Sie zuckte mit den Schultern.

»Fünfzehn Uhr«, sagte sie zu Kate. »Du könntest eine Flasche Wein mitbringen, wenn du magst. Rot wäre gut.«

Kate nickte kurz, doch davon abgesehen blieb ihr Gesicht regungslos und gefasst. Ihr Blick war auf Ford geheftet, der weiterlas.

»Dann gibt es da noch den Diamant-Ehering, den ich dir geben wollte, nachdem du in den Ruhestand gegangen wärst, und ein offenes Flugticket nach Südfrankreich. Ich würde nie auf die Idee kommen, dich zu drängen, aber ich weiß, dass du eines Tages bereit dafür sein wirst. Wenn du es bist, dann geh. Und sei glücklich, Katie. Ich liebe dich.«

Bels Hals schnürte sich zusammen. Sie legte ihre Hand auf Kates Knie, aber die Frau starrte nur auf die gegenüberliegende Wand, als ob der Raum und die darin anwesenden Menschen einfach aufgehört hatten, zu existieren. Bel schaute zu Ford rüber.

»Ist das alles?«

Er legte das Dokument ab.

»Das ist alles.«

Sie schaute erneut zu Kate, die so regungslos war, dass sie noch nicht einmal zu atmen schien.

»Kate?«

Sie stand auf und legte zögerlich die Hand auf Bels Schulter.

»Könnte ich einen Augenblick mit Bob haben, bitte?« Kates Stimme war genauso gefasst wie ihr Gesicht. »Allein?«

»Ähm, ja, klar.«

Bel wollte ihrer versammelten Familie ein Zeichen geben, aber die war schon längst auf dem Weg hinaus. Anscheinend war Bel nicht die Einzige, die sich wünschte, nicht miterleben zu müssen, was als Nächstes zwischen den beiden passierte. Aber als sie im Flur war, hielt sie noch einmal inne. Sie schaute über ihre Schulter und sah zu ihrer dumpfen Überraschung, dass Kate – kühle, unnahbare, nüchterne Kate – ihre italienischen Lederpumps abgestreift hatte und zu Bob ins Bett geklettert war. Sie bettete sich neben ihn, sehr vorsichtig und bedacht, nicht den Morphium-Tropf zu berühren, legte ihre Hand in seine und presste den Kopf an seine Schulter.

Bob öffnete seine Augen nicht, aber seine trockenen Lippen formten ein leises Lächeln. Ein Lächeln, so friedlich und schicksalsergeben und dankbar, dass es Bel wie einen unerwarteten Schlag traf. Ihre Augen füllten sich mit Tränen und sie rannte die Treppe hinunter, als ob jemand hinter ihr her wäre.

# Kapitel 33

Eine Stunde später stand Bel vor der Kücheninsel und war damit beschäftigt, Weizenmehl in ihre Lieblingsschüssel zu sieben. Ihr gegenüber saß James, der einen Berg Sauerkirschen entsteinte, welche ein kleines Vermögen wert waren, weil momentan keine Kirschsaison war.

»Verdammt, der Kerl ist schnell.«

Er deutete mit dem Kinn auf sein iPad und den Top-Abwehrspieler der argentinischen Nationalmannschaft.

»So schnell wie du?«

»Na ja, ich bin etwa zehn Jahre älter als er«, gab James zu bedenken.

»Zehn Jahre raffinierter.«

»Nun ja, das stimmt.« Er grinste. »Ich werde diesem jungen Mann demnächst schon ein paar Lektionen erteilen. Aber es zahlt sich immer noch aus, zu wissen, welche Richtung er einschlägt, wenn ein Stürmer auf ihn zukommt.«

Kate kam in die Küche, schweigsam und blass. James sprang auf.

»Hey, Miss Kate.« Er wischte sich die Hände an einem Geschirrtuch ab. »Haben Sie und Bob sich schön unterhalten?«

»Nein. Er liegt im Sterben.«

James warf Bel einen schnellen Blick zu.

»Ich weiß, Ma'am. Und es tut mir leid.«

»Er wird nicht bis Thanksgiving durchhalten«, sagte Kate ruhig. »Ich wage zu bezweifeln, dass er bis morgen früh durchhält.«

James sah Bel mit hochgezogener Braue an. Sie deutete ein Schulterzucken an. Sie hatte auch dieses Gefühl. Sie hatten es alle.

Und jetzt, wo Kate ihn besucht hatte, war es sehr wahrscheinlich, dass Bob loslassen würde. Sie hatte davon gehört, dass so etwas passierte.

»Ich glaube, Bob hat recht deutlich klargemacht, was er wünscht«, erwiderte Bel vorsichtig. »Das Thanksgiving-Essen wird stattfinden, ob er noch bei uns ist oder nicht. Und er erwartet, dass du dabei bist.«

»Ich weiß.«

Kate lächelte und Bel hatte noch nie etwas gesehen, dass humorloser aussah.

»Dann wirst du der Einladung folgen?«

»Natürlich. Alles andere wäre unhöflich.« Kate ging schnellen Schrittes in die Küche und nahm sich eine Schürze, die an einem Haken neben dem Herd hing. »Also, was bereiten wir hier gerade zu?«

Sie schaute die Zutaten, welche auf der großen Kücheninsel ausgebreitet waren, mit gefurchter Stirn an.

James fing Bels Blick ein und sah sie fragend an. Sie deutete fast unmerklich mit dem Kopf Richtung Tür und er rannte aus der Küche.

»Sauerkirschkuchen. Der Boden wird mit Mandelaroma verfeinert«, erklärte Bel ihr, während die Tür noch hin und her schwang, nachdem James so hastig der Küche entflohen war. »Bobs Lieblingskuchen.«

»Ach ja?« Kate streifte sich die Schürze über und Bel starrte sie mit ungläubigen Augen an. Wie um alles in der Welt konnte eine Frau mit einem Mann zwanzig Jahre lang das Bett teilen und nicht wissen, was sein Lieblingskuchen war? »Himmel.« Kate betrachtete den Berg Sauerkirschen, den James begonnen hatte zu entsteinen. »Wie viele Leute kommen denn am Donnerstag?«

»Ich backe nicht für Thanksgiving.« Sie schaute Kate direkt in die Augen. »Ich backe für die Trauerfeier.«

»Ich verstehe.« Kate verzog keine Miene und Bel war danach, ihr eine Ohrfeige zu verpassen, nur um eine Gefühlsregung in ihrem Gesicht zu sehen. »Wie viele Trauergäste erwartet ihr denn?«

Bel zuckte mit den Schultern.

»Ich habe keine Ahnung. Bob kennt eine Menge Leute. Ich werde einfach backen, bis ich das Gefühl habe, ich bin fertig.« Sie zeigte mit dem Kinn auf den Stuhl, auf dem James vorher gesessen hatte. »Wenn du helfen willst, entsteine den Rest der Kirschen. Wenn nicht, dann weißt du, wo die Tür ist.«

Kate näherte sich dem Berg dunkler, glänzender Kirschen und nahm den Entkerner in die Hand. Bel konsultierte ihr Rezept, schaute sich dann den Haufen Mehl in ihrer Schüssel an und versuchte sich im Kopfrechnen.

»Was für ein Rezept nimmst du?«, fragte Kate, während sie mit flinken, grazilen Händen begann, die Kirschen zu entsteinen.

»Das da.« Bel zeigte mit dem Kopf auf eine befleckte und ramponierte Rezeptkarte, die mit einem Magneten am Kühlschrank befestigt war. »Wir haben dasselbe vor zwei Jahren für die Sommer-Ernteschau benutzt, weißt du noch?«

Kate kniff die Augen zusammen, um es besser lesen zu können, und schaute dann in Bels Schüssel.

»Du meine Güte, das ist ja bestimmt die dreifache Menge!«

Bel zuckte mit den Schultern.

»Mindestens.«

Kate schüttelte den Kopf.

»Belinda. Du weißt doch, wie heikel es manchmal sein kann, die Mengen in einem Rezept auch nur zu doppeln, und das hier ist besonders …«

»Ich bekomme das schon hin«, erwiderte Bel. »Vertrau mir. Ich habe das schon öfter gemacht.«

Kate machte sich wieder ans Entsteinen.

»Wie du meinst.«

»Danke. Das meine ich.«

Bel kämpfte noch eine Weile mit dem Ausrechnen von Mengen, aber ihr Hirn war momentan dieser Aufgabe nicht gewachsen. Also fügte sie einfach etwas Salz hinzu, gab so viel Butter dazu, wie sie dachte, dass es ausreichend wäre, und dann noch dieselbe Menge Schmalz. Eine Prise Backpulver. Zuletzt kamen noch ein einziger Tropfen Weißweinessig und ein kleiner Spritzer Mandelaroma hinzu – bis der Teig ihrem Gefühl nach richtig duftete.

Sie tröpfelte noch etwas kaltes Wasser über die Mischung und zog es vorsichtig unter, bis sich alles vermengte. Dann legte sie den Holzlöffel beiseite, um den Teig per Hand zu kneten. Ein paar Minuten später wischte sie sich mit dem bemehlten Handballen ein Haar aus dem Auge und klopfte leicht auf den Teig, um zu bestimmen, ob er fertiggeknetet war. Dann hob sie den Klumpen aus der Schüssel und hielt ihn ins Licht.

»Gut«, murmelte sie zu sich selber. »Schöne Konsistenz, gute Färbung.« Sie hielt ihn Kate hin, damit sie den Teig zwischen den Fingern testen konnte. »Was meinst du dazu? Zu weich? Ich will nicht, dass er zerreißt, aber er muss schon richtig fest in der Form liegen.«

Kate sah sie streng an.

»Wenn du einfach das Rezept genau befolgt hättest, Belinda, dann müsstest du jetzt diese Frage nicht stellen.«

Bel ignorierte sie.

»Ein bisschen mehr Mehl, glaube ich. Nur etwas bestäuben.«

Sie siebte etwas Mehl auf ihr Backbrett aus Marmor und arbeitete es vorsichtig in den Teig ein. Sie gab dabei sehr darauf acht, ihn nicht zu überkneten. Wenn sie ihn zu lange knetete, dann würde sich das Gluten übermäßig entwickeln, sodass der Teig klebte. Der Boden würde so zäh werden, dass man darauf herumkaute wie ein Wiederkäuer. Stattdessen sollte er einem auf der Zunge zergehen, wie Fastnachtsküchle.

Und dann konnte sie es unter ihren Händen spüren. Die perfekte Kombination aus Nachgiebigkeit und Elastizität. Jetzt war der genaue Punkt erreicht, an dem der Teig genug Spannkraft hatte, ohne seine delikate Textur verloren zu haben.

»Da«, sagte sie mit strahlendem Lächeln zu Kate. »Perfekt. Für einen Augenblick war es auf Messers Schneide, aber …«

»Das«, sprach Kate mit einer eisigen Stimme, »ist ganz genau der Grund, warum du niemals meine Sendung übernehmen wirst.«

Bel drehte sich mit großen Augen zu ihr um, den Triumph schon wieder vergessen.

»Wie bitte?«

»Das.« Kate machte eine elegante Handbewegung und zeigte auf all das, was vor ihr lag – der Klumpen Teig auf der Arbeitsplatte, die Mehlspuren in Bels Gesicht, an ihren Ärmeln. Das klebrige Zeug unter ihren Fingernägeln, das sogar an ihrer Armbanduhr hing. »Du machst das immer.«

»Was mache ich immer?«

»Improvisieren.«

Kate tat all das, was Bel gerade erreicht hatte, mit einem einzigen verächtlichen Wort ab.

»Hey, über einen perfekten Mürbeteigboden sollte man nicht die Nase rümpfen«, sagte Bel verletzt.

Kate wandte ihren Blick von dem Klumpen Teig auf dem Küchentresen ab.

»Ich bin mir sicher, dass er sehr lecker ist«, entgegnete sie. »Aber ich verkaufe nicht Improvisation. Ich verkaufe Rezepte. Ganz exakte, lange erprobte, bombensichere Rezepte, auf die sich eine Frau *jedes einzelne Mal* wieder hundertprozentig verlassen kann, solange sie sich daran genau hält.«

»Aber Kate«, meinte Bel perplex. »Kein Rezept kann das. Mehl ist wie Fingerabdrücke. Was ich damit meine, ist, dass zuerst jedes Mehl gleich aussieht, aber wenn man sich näher damit beschäftigt, dann sieht man, dass es viele unterschiedliche Sorten gibt. All die verschiedenen Getreidesorten, alle unterschiedlich fein oder grob gemahlen. Alle reagieren anders auf Flüssigkeiten, auf Säure, auf Hitze, auf Fette. Ein Rezept – ich meine, es ist ein toller Anfang, aber schlussendlich muss man sich doch auf sich selber verlassen können. Man muss sich selber die Erlaubnis geben, seinen Händen mehr zu vertrauen als dem Rezept.«

Kate schüttelte heftig den Kopf.

»Nein. Lieber kleine Abweichungen in der Qualität des Endproduktes akzeptieren, als riskieren, dass die gesamte Arbeit umsonst war.«

»Aber wieso denn?« Bel breitete ihre mehligen Hände aus. »Wieso sollten wir denn den Menschen beibringen, einen harten

Mürbeteig zu akzeptieren, wenn der Preis, beim Experimentieren öfter mal falsch zu liegen, nicht höher ist als ein paar Tassen Mehl und ein Stück Butter?«

»Es geht hier doch nicht um Mehl, Belinda. Es geht um Beständigkeit«, antwortete Kate kühl. »Es geht darum, ein Produkt zu bieten, auf das man sich verlassen kann. Es geht um *Vertrauen.*«

Bel schaute sie an und langsam ging ihr ein Licht auf. All die Jahre, dachte sie erstaunt, die ganze Zeit, hatte sie Kate total falsch eingeschätzt. Sie hatte gedacht, dass Kates schöne Umgangsformen, ihr erlesener Geschmack und ihre unerschütterliche Ruhe der Ausdruck einer inneren Klarheit und Gelassenheit waren – um die sie Bel von ganzem Herzen beneidet hatte. Aber genau das Gegenteil war der Fall.

»Es geht nicht um deine Marke, die du repräsentierst«, sagte sie langsam. »Es geht um Kontrolle, nicht wahr? Es geht dir darum, einer unordentlichen Welt Ordnung zu geben. Einer chaotischen Welt, in der man Schmerz und Gefahr ausgesetzt ist. Einer Welt, in der …«

*Einer Welt, in der Krebs einen Mann wie Bob besiegen kann.*

Aber das sprach sie nicht laut aus. Das brauchte sie nicht. Es stand zwischen ihnen im Raum wie der Grand Canyon. Keine von beiden konnte es übersehen.

Sie tat einen kleinen Schritt vor. Großer Gott, wie hatte ihr das bloß entgehen können? Hatte sie nicht ihr ganzes Leben versucht, genau dasselbe zu erreichen? In einer schrecklich bedrohlichen Welt das Risiko auf ein Minimum zu reduzieren? Wie hatte sie übersehen können, dass Kate auch diesen verzweifelten Versuch unternahm?

»Du hast Angst.« Sie streckte ihre Hand aus, um die ältere Frau zu berühren. »Ach, Kate, du brauchst nicht …«

»Doch, das tue ich.« In Kates Stimme war ein angespannter und gefährlicher Unterton zu hören, der Bel dazu veranlasste, in ihrer Bewegung innezuhalten. Und dann bekam auf einmal diese eiserne Kontrolle, die Kate all die Jahre zusammengehalten hatte und die es ihr erlaubte, immer sittsam, ordentlich und angemessen zu reagieren, einen Sprung. Durch die Risse drang eine dunkle Wut und Bel konnte die sengende Hitze auf ihrer Haut spüren. »Das muss ich absolut tun, und weißt du auch, wieso?«

Bel nickte und schaute sie einfach nur mit stiller Faszination an.

»Weil Bob im Sterben liegt. Er *stirbt*, Belinda. Morgen früh wird er nicht mehr bei uns sein. Aber all das?« Sie machte eine kreisende Handbewegung, von der sich Bel nicht sicher war, was sie beschreiben sollte. Alles wahrscheinlich. Hunt House. Ihre Karriere. Ihre Gesundheit und die dreißig oder mehr Jahre, die ihr noch blieben, all das allein zu genießen. »All das ist immer noch da. Ich hatte *recht.*« Das Wort schoss aus ihrem Mund wie eine tödliche Kugel, eine Waffe, die sie gegen den Kummer einsetzen konnte. »Ich hatte *recht*, das alles seinem gottverdammten Ring vorzuziehen. Ich hatte *recht*, hier zu bleiben, anstatt nach Scheiß-Südfrankreich zu fliegen.« Aus ihrem Mund entwich ein abgehacktes Lachen und sie schüttelte den Kopf. »Frankreich. Meine Güte.«

Dann verengte sie die Augen zu schmalen Schlitzen und kam mit einer bedrohlichen Bewegung auf Bel zu.

»Also kannst du hier rumsitzen und so viel *improvisieren*, wie du willst. Ich bevorzuge Rezepte, und dafür werde ich mich nicht entschuldigen. Weder bei dir noch bei *ihm* …« Sie fuchtelte mit dem Finger in der Luft rum und zeigt nach oben, auf Bob und sein Krankenbett. »… noch bei irgendwem sonst. Ich muss mich für nichts entschuldigen. Ich habe meine Entscheidungen getroffen und ich bin mit ihnen vollends *zufrieden.*«

»Bist du das?«, fragte Bel leise. »Bist du das wirklich?«

»Ja.« Sie zog ungeduldig an den Bändern der Schürze, bis sich die Knoten lösten und sie das Kleidungsstück über den Kopf zerren und beiseiteschmeißen konnte. »Gute Nacht, Liebes.«

# Kapitel 34

Wie immer hatte Kate recht gehabt. Bob erlebte Thanksgiving nicht mehr. Er starb am Mittwochmorgen – er schlief einfach und ohne Aufheben friedlich ein. Bel hielt eine Hand, James die andere. Drew und Audrey wechselten sich damit ab, Jillian zu beschäftigen, und Will beugte sich Bobs Wunsch und haute nicht aus der Entzugsklinik ab. Man konnte ihn zumindest gerade noch so davon abhalten.

Kate ging in den Gärten zwischen den Häusern auf und ab, unfähig oder unwillig, in Bobs letzten Stunden an seiner Seite zu sein.

Bel servierte das Thanksgiving-Essen am nächsten Tag um fünfzehn Uhr, genau wie Bob es sich gewünscht hatte. Sie alle – einschließlich Kate – nahmen die Mahlzeit ein, obwohl keinem danach war. Der krönende Abschluss war der Sauerkirschkuchen mit dem Mandelaroma-Mürbeteigboden zum Nachtisch, der aussah wie aus dem Bilderbuch.

Am nächsten Morgen machte sich Bel daran, sich um die geschäftliche Seite des Todes zu kümmern. Es überraschte sie nicht, zu lernen, dass diese existierte. Letztendlich war doch alles ein Geschäft, nicht wahr? Kate hätte ihr das bestätigt, und zwar gerne. Aber sie war überrascht, wie dankbar sie um die Arbeit war.

Obwohl ihr James' Liebe festen Halt gab, fühlte sie sich trotzdem auf beunruhigende Weise antriebslos. Sie hatte ihren alten Traum hinter sich gelassen – *Kate Every Day* war vom Tisch und das war ihr völlig recht –, aber sie hatte sich noch nicht in den nächsten Traum verliebt. Und sie war auch nicht wirklich bereit dafür, wenn sie ehrlich mit sich war. Also sah sie zu, dass sie sich beschäftigte, und dankte Bob für dieses letzte Geschenk.

Sie verbrachte ihre Tage damit, Dinge auszusortieren, Dokumente zu sichten, Anrufe zu tätigen und E-Mails zu schreiben, Listen zu machen und Sachen darauf abzuhaken. Und jeden Abend backte sie. Hauptsächlich Weihnachtsplätzchen. Es war schließlich Adventszeit. Also backte sie Dutzende und Aberdutzende von Keksen, alles, von einfachem Russischen Teegebäck über Plätzchen mit bunten Streuseln bis hin zu frittierten Norwegischen Rosettbakkels. Sie trauerte in ihrer Küche, und alles, was sie backte, schmeckte nach Liebe und Leid. Was – in Bels Augen – perfekt zu Weihnachten passte. Sie hatte immer gedacht, dass die Geschichte von Jesus Christus eigentlich sehr gemischte Gefühle verursachte, wenn man sich genauer mit ihr beschäftigte.

Als alles endlich vorbei war, als sie die letzten Dokumente abgeheftet, das letzte Formular ausgefüllt und das letzte Konto geschlossen hatte, da kochte sie mehrere Liter des stärksten, schwärzesten Kaffees, den sie finden konnte. (Bob hatte sein Getränk nicht für Kaffee gehalten, wenn der Löffel darin nicht senkrecht stehen konnte.) Sie kaufte ein halbes Dutzend antike Kuchenplatten mit Goldrand und winzigen Röschen und stapelte darauf die perfektesten Kekse von den hunderten, die sie gebacken hatte. Dann schnitt sie ihren Kirschkuchen an. Schließlich öffnete sie die Eingangstür zum Annex, um all die Menschen hineinzubitten, die Bob gekannt oder mit denen er gearbeitet hatte.

Die Türklingel ging stundenlang – Johnny Cashs »Wayfaring Stranger«, ein Lied, das Bel nicht kannte, vom dem aber James behauptete, dass es perfekt passen würde. Sie ließ sich unzählige Male umarmen, die Hand schütteln und die Wange küssen, oft von Leuten, die sie gar nicht kannte, die aber Bob geliebt hatten und die jemanden brauchten, den sie trösten konnten. Am Ende, als ihr Hals so eng war, dass sie noch nicht einmal mehr *Vielen Dank, dass Sie gekommen sind* flüstern konnte, griff sie sich eine leere Keksplatte und floh in die Küche.

Sie dachte gerade darüber nach, wie sie das Russische Teegebäck am besten stapeln konnte, als James durch die Küchentür kam.

»Hey Bel.«

»Hey.« Sie lächelte schuldbewusst. »Ich bin abgehauen.«

»Das ist keine Schande.« Er kam zu ihr rübergeschlendert. »Ein ganz schöner Auflauf.«

»Bob war sehr beliebt.«

Er legte eine warme Hand in ihren Nacken. Sie schöpfte sofort Trost aus dieser Berührung, die sie sogleich innerlich erwärmte. Er legte seine Stirn an ihre und sie atmete zum ersten Mal seit Stunden tief aus.

»Hältst du dich tapfer, mein Schatz?«

Sie zuckte mit den Schultern, um den Impuls zu weinen abzuschütteln, der ihr mittlerweile allzu bekannt war.

»Ich vermisse ihn.«

»Ich auch.«

»Kate ist nicht aufgetaucht.«

»Hast du das etwa erwartet?«

Ihr Hals war so zugeschnürt, dass sie noch nicht mal seufzen konnte.

»Ich weiß es nicht. Ich hatte es gehofft.«

Die Türklingel läutete wieder und James lächelte.

»Ah, das wäre dann der Mann in Schwarz.«

Sie seufzte und drückte ihm die Platte Kekse in die Hand.

»Und weiter geht's. Stell die doch bitte auf die Anrichte, okay?«

»Ja, Ma'am.«

Bel schlängelte sich »Entschuldigung« murmelnd durch die Menge, während James hinter ihr herging und den Menschen rechts und links Kekse anbot. Schließlich war sie bei der Tür angelangt und öffnete sie. Dann starrte sie ungläubig auf die Person, die da stand.

»Belinda!« Vivi rauschte durch die Tür, wunderschön in Schwarz gekleidet. Ihr Hut war riesig, aber aus ganz leichtem Material, ein trauervolles hochzeitstortenartiges Gebilde aus Spitze und Tüll. Sie schlang die Arme um Belinda, genauso, wie sie es bei ihrer Begegnung beim Fuchsjagdball getan hatte. »Ach, du armer Liebling. Schau dich nur an! Du siehst so *hager* aus.«

James drückte die Platte mit den Plätzchen einem perplexen Hockeyspieler in die Hand und war innerhalb weniger Sekunden an Bels Seite.

»Hey, Ms Pietrantoni«, sagte er mit seinem ungezwungenen Charme.

Bels Lippen waren zu betäubt, um auch nur ein einziges Wort herauszubringen.

»Bitte, nenn mich doch Vivi. Wir waren doch schon beim Du.« Ihre Mutter sah ihn streng an, hielt aber immer noch Bels kalte Hände in ihren. »Sie isst nicht richtig, nicht wahr?« Ihr entsetzter Blick wanderte über Bels adrettes schwarzes Kostüm. »James, hör mir zu, du musst darauf aufpassen, dass sie auf sich achtet!« Sie blinzelte ein paar Tränen weg. »Ich weiß, ich habe nicht viel Einfluss auf Belinda, aber sie hört auf dich, da bin ich mir sicher! Du musst es mir versprechen. Versprich mir, dass du dich um sie kümmerst!«

»Das mache ich, Ma'am.«

Er klopfte ihr sachte auf die Schulter. Bel starrte immer noch hilflos ihre Mutter an und ihr Puls dröhnte bedrohlich laut in ihren Ohren. Sie würde doch wohl nicht ohnmächtig werden, oder?

Vivi atmete ganz langsam und zitternd ein, stieß dann den Atem wieder aus und schaute sich in der vollgepackten Eingangshalle um.

»Ach, du meine Güte. Ich bin doch nicht zu spät, oder?« Sie lächelte Bel mit bebenden Lippen an, aber ihre Stimme verriet deutlich, wie sehr sie das hier genoss. »Es wäre mir ja so unangenehm, deshalb jetzt hier Aufsehen zu erregen.«

James blickte kritisch auf ihren Hut.

»Na klar.«

Bel löste sich aus ihrer Starre. Aber nie und nimmer. Dieses Weib würde nicht Bobs Beerdigung überfallen. Bel konnte vieles ertragen, aber das war wirklich genug. *Also beweg dich, zum Teufel. Tu etwas.*

»Du wirst hier sicher kein Aufsehen erregen«, versicherte Bel ihr. Es war erstaunlich, wie ruhig sich ihre Stimme anhörte. Wie kühl und nüchtern. Sie nahm ihre Mutter am Arm und zog sie aus der Tür, die immer noch offen stand. »Denn du wirst jetzt gehen.«

»Ach, aber Bel!« Vivi schaute mit großen, verletzten Augen zu ihr hoch, aber Bel kannte ihre Mutter. Die Kränkung war nur eine ganz dünne Schicht, die den gierigen Hunger verdeckte. Vivi liebte nichts mehr, als Aufsehen zu erregen. »Ich weiß, dass wir in der Vergangenheit nicht immer gleicher Meinung waren, Liebling, aber du musst doch wissen, dass ich es nie zulassen würde, dass du diese Tragödie, diesen Kummer alleine durchstehen musst!«

»Vivi.« James kam einen Schritt näher und löste vorsichtig Bels Hand vom Arm ihrer Mutter. »Ich bin eigentlich ganz froh, dass du hier bist. Ich wäre froh, wenn du mal kurz in mein Büro kommen würdest.«

Bels Herz machte einen plötzlichen, unangenehmen Sprung. Déjà-vu.

»James, ich will nicht …«

»Ich weiß.«

Sein Blick hielt ihrem ungerührt stand und sie atmete tief ein. Denn was sie dort sah, war nicht: *Es tut mir leid* oder: *Werde erwachsen* oder gar: *Ach, komm schon, Bel.* Was sie dort sah, war: *Vertrau mir.* Und das tat sie auch wirklich. Also nickte sie nur und blieb ruhig stehen, als James Vivi seinen Arm anbot.

Für einen ganz kurzen Moment war Vivi der Triumph über das ganze schöne Gesicht geschrieben, aber sie überspielte ihn sofort mit Kummer und Würde. Dann rauschte ihre Mutter an James' Arm durch die Menge wie eine trauernde Abschlussballkönigin.

Er gab kein Zeichen, das Bel erkennen konnte; er sprach mit niemandem, als er an den Leuten vorbeiging. Aber irgendwie passierte es, dass sich Bel auf dem Weg ins Büro Drew und Audrey sowie Ford und Annie anschlossen. Vivi sank dankbar auf das Sofa, das vor dem Schreibtisch aus Massivholz stand, und Drew schloss die Tür hinter sich.

James ging zu seinem Schreibtisch und zog einen großen rechteckigen Umschlag aus der Schublade. Er fing Bels Blick auf und deutete ihr mit einer Kopfbewegung an, dass sie sich neben Vivi auf das Sofa setzen sollte.

Alles in ihr widersetzte sich der Aufforderung, aber sie vertraute James, also nahm sie Platz. Audrey und Annie stellten sich hinter dem Sofa auf wie Soldaten, während Drew und Ford Position an der Tür bezogen. Sie fragte sich, was zum Teufel hier vor sich ging.

James lächelte Vivi ernst an.

»Ich bin froh, dass du vorbeigekommen bist, Vivi.«

»Bel ist meine Tochter«, flüsterte Vivi. Sie streckte die Hand aus, um Bels Knie zu berühren. Bel sah die Hand mit versteinerter Miene an, und so zuckte sie zurück, wieder in Vivis Schoß. »Ich muss doch für sie da sein.« Ihre Lider senkten sich. »Ob ich willkommen war oder nicht.«

»Wie löblich.«

»Ach, du bist süß.« Vivis Grübchen blitzten traurig auf. »Aber es ist die Pflicht einer jeden Mutter, die Bedürfnisse ihrer Tochter immer vorne anzustellen, und ich …«

»Das ist so wahr.« James zog ein paar Seiten Papier aus dem Umschlag und ging um den Schreibtisch herum auf Vivi zu. »Ich frage mich bloß, wo diese Überzeugung während Bels Kindheit geblieben war.«

»Wie bitte?« Sie schaute auf die Dokumente und ihre Stirn kräuselte sich vor lauter Verwirrung. »Was ist das?«

»Belindas Schulakte.« Er stand gegen den Schreibtisch gelehnt und verschränkte die Arme. »Hier haben wir die vierte Klasse. Fünf verschiedene Schulen in dem einen einzigen Jahr. Vier dieser Schulen waren in den USA – New York, Seattle, DC und dann, war es LA? – und die fünfte Schule in der Schweiz.«

»Ich war eine alleinerziehende Mutter.« Vivi blinzelte tapfer. »Ich musste für meine Tochter sorgen …«

»Ich habe deine Steuerbescheide gesehen.« James fixierte Vivi mit einem kühlen Blick. »Du hast einen riesigen Treuhandfond. Und obwohl ich zugeben muss, dass du eine Mutter *warst* –

zumindest im biologischen Sinn –, warst du wohl kaum jemals allein. Jeder dieser Umzüge geschah immer dann, wenn eine deiner Beziehungen mit irgendwelchen prominenten Männern in die Brüche gegangen war und eine neue wieder begonnen hat. Und von denen gab es wohl einige.« James' Lächeln war ganz und gar unfreundlich. »Es scheint, dass du süchtig nach Liebe bist, Vivi.«

Drew schnaubte vor Lachen.

»*She's so fine, there's no telling where the money went.*« Selbst Bel drehte sich um, um ihn komisch anzuschauen. Er grinste. »Robert Palmer. Kennt ihr das Lied nicht? ›Addicted To Love‹? Aus den Achtzigern. Es war …« Er hüstelte. »Ich bin jetzt still.«

»In der fünften Klasse waren es noch mal drei Schulen«, fuhr James fort. »Nur zwei in der sechsten Klasse. Gar nicht so übel. Und dann kam die siebte Klasse.«

Bel wurde schlecht und Vivi schaute weg.

»Ich nehme an, dass mir das irgendwas sagen soll?«

»Das war das Jahr, in dem du gedacht hast, du lässt Bel ein paar Monate bei deinen Eltern, während du mit deinem Rennfahrerfreund durch Europa tourst.«

»Sie musste ja noch zur Schule gehen«, erwiderte Vivi leichthin. »Hätte ich vielleicht mein Leben auf Eis legen sollen, nur um ihr bei den Mathe-Hausaufgaben zu helfen?«

»Dein Vater starb an einem schlimmen Schlaganfall, zwei Monate, nachdem Bel eingezogen war, und deine Mutter starb zwei Tage später an einer Überdosis Schlaftabletten. Es wurde natürlich als Unfall deklariert.«

»Ich weiß schon, wann und wie meine Eltern gestorben sind, Mr Blake. Vielen Dank, dass Sie diese unangenehmen Erinnerungen wieder wachrufen.«

»Dann solltest du dich auch daran erinnern können, dass die Nachlassverwalter deiner Eltern sechs Wochen gebraucht haben, um dich überhaupt ausfindig zu machen. Dann dauerte es noch mal drei Wochen, bis du deinen Urlaub in Europa abgebrochen hattest und nach Hause gekommen bist. Neun Wochen, Ms Pietrantoni. Hast du dich nie gefragt, wo Bel während dieser Zeit war? Wer sich um sie gekümmert hat?«

Bel starrte James an. Er wusste Bescheid. Hatte er es die ganze Zeit gewusst?

Vivi hob träge eine Schulter.

»Meine Eltern waren sehr gut betucht, Mr Blake. Ich nahm an, dass ein Kindermädchen oder eine Haushälterin …«

»Der Staat übernahm die Vormundschaft«, sagte James und Bel konnte ein Zucken nicht unterdrücken. Sogar nach all den Jahren konnte sie es nicht unterdrücken, bei dem Gedanken daran zusammenzuzucken. Annies Hand ruhte nun auf ihrer einen Schulter und Audrey legte ihre auf die andere. »Sie hat neun Wochen in der Jugendstrafanstalt verbracht – wo sie mit Problemkindern, mit labilen und gewalttätigen Mädchen, gegessen, geschlafen, gelernt und gebadet hat, während du mit deinem Freund Europa bereist hast.«

»Ich hab sie ja wieder zu mir geholt«, erwiderte Vivi trotzig. »Ich kam wieder und hab sie zu mir geholt.«

»Schlussendlich schon.« James nahm den Stapel Papier aus Vivis Händen – sie leistete keinen Widerstand. »Und dann hast du dich auch nicht dagegen gestellt, als sie mit sechzehn Vormundschaft für sich selbst beantragt hat.«

»Belinda hatte schon immer einen starken Willen. Sie wusste, was sie wollte. Wer war ich denn, ihr zu …«

»Ihre *Mutter*!«, blaffte James so wütend, dass er schließlich die Beherrschung verlor. Bel musste schlucken. Sie hatte es schon ein paarmal miterlebt, wie er die Fassung verloren hatte, aber noch nie hatte er sich dabei für sie eingesetzt. Das hier war … aufschlussreich. Und heiß. Er beugte sich zu ihrer Mutter herunter und die Wut strahlte von ihm ab, sodass die Hitze fast zu spüren war. Zum ersten Mal seit Wochen war Bel warm. »Du warst ihre *Mutter.*«

Vivi wich jedoch nicht zurück. Bel wusste, dass sie das nicht tun musste. Sie konnte sehen, wie Vivi sich an seiner Wut hochzog, wie sie sie einsog, gleich einer Frau, die am Verdursten war. Sie beugte sich vor, sodass sich ihre Nasen fast berührten. Gier und Befriedigung funkelten in ihren Augen.

»Das stimmt. Das war ich. Ich bin ihre Mutter und das werde ich auch immer sein.«

»James, lass es bleiben.« Bel schaute mit dumpfer Abscheu zu, wie ihre Mutter unter all der Aufmerksamkeit aufblühte. »Du gibst ihr damit nur, was sie will.« Sie lehnte sich zurück, unbeschreiblich erschöpft. »Sie ist nichts anderes als ein Junkie, der nach dem nächsten Schuss giert.«

»Ein Junkie!«

Vivi hörte sich wirklich entrüstet an, aber Bel sah sie noch nicht einmal an.

»Ich weiß«, sagte James grimmig. Er ignorierte Vivi jetzt auch. »Es hat eine Weile gedauert, bis ich dahintergekommen bin. Eine Beziehung nach der nächsten, die in die Brüche geht, die ständige Umzieherei, dieser pathologische Egoismus. Ihre Entscheidung, dich auf der größten, wichtigsten Veranstaltung deiner Karriere zu überfallen und so zu tun, als ob sie es aus mütterlicher Pflicht machen würde. Und das in einem sehr schmeichelnden historischen Kostüm.« Seine Mundwinkel zuckten. »Ich habe mir schon gedacht, dass sie so einer saftigen Sache wie einer Beerdigung nicht widerstehen könnte, also war ich darauf eingestellt.«

»Worauf eingestellt?«

»Sie zu verstoßen. Sie gehört nicht mehr zu unserer Familie.« Er sah jetzt wieder Vivi an. »Ich bin das.« Er schaute sich im Raum um. »*Wir* sind das.«

Vivi lächelte.

»Man sucht sich seine Familie nicht aus, Mr Blake.«

»Natürlich tut man das.« James kam näher, bis sein Schatten auf Vivis Schoß fiel. »Schon allein seine Handlungen treffen diese Wahl für einen selber, und das jeden Tag wieder. Das ist der Grund, warum du Bel nichts mehr bedeutest. Sie hat sich von dir befreit, als sie sechzehn war, und ich kann sie nur dafür bewundern, dass sie die Weisheit besessen hat, dich als die Schmarotzerin zu erkennen, die du bist. Dass sie den Mut besessen hat, sich zu wehren.«

Auf Vivis Wangen bildeten sich hektische Flecken, aber ihre Augen waren mörderisch kalt.

»Dieses Gespräch fängt an, mich zu langweilen, Mr Blake.«

»Ja, es ist ziemlich klar, dass du dich recht häufig und schnell langweilst. Meine Mutter hat immer gesagt, dass das ein Anzeichen dafür sei, dass die intellektuelle Entwicklung nicht besonders weit fortgeschritten ist. Kluge Menschen langweilen sich selten. Aber ich habe nicht das Bedürfnis, dein schlechtes Konzentrationsvermögen auf die Probe zu stellen. Also kommen wir doch direkt zum Punkt.« Er gab ihr den Stapel Papier zurück. »Schau dir die mal an, Vivi.«

Sie sah mit gerunzelter Stirn auf die Dokumente.

»Das da ist eine Kopie von Bels Schulakte. Dann haben wir hier noch das Protokoll der Anhörung, nach der Bel die Vormundschaft für sich selbst übertragen bekam. Aber die letzten Dokumente in dem Stapel? Das sind psychiatrische Gutachten von, ach, ungefähr einem halben Dutzend der renommiertesten Psychiater dieses Landes.« Er lächelte kühl. »Es stellt sich heraus, dass du eine narzisstische Soziopathin bist, Vivi. Dass es dir ganz und gar nicht gut geht. Und wenn du es noch einmal wagst, dich hier auf diesem Anwesen oder bei einer öffentlichen Veranstaltung, die Bel und ich besuchen, sehen zu lassen, dann wirst du dich in einer psychiatrischen Klinik wiederfinden, bevor du die Worte: *Aber ich bin nicht verrückt* auch nur über die Lippen gebracht hast.«

»Wie bitte?«

»Ich persönlich würde dir raten, wieder nach Europa zurückzugehen. Denn du magst das vielleicht jetzt nicht glauben, aber ich bin ein sympathischer Kerl. Ich habe viele Freunde. Bekannte Freunde. Reiche Freunde. Die Art von Freunden, die von Klatschblättern geliebt werden. Die Art, ohne die Journalisten, die für diese Blätter arbeiten, ihre Arbeit gar nicht machen könnten. Alle von denen haben mir versichert, dass sie jeden Journalisten boykottieren werden, der deinen Namen auch nur in einem Blog erwähnt.« Er beugte sich vor. Sein Gesichtsausdruck war kalt und hart. »Du verstehst schon, was ich dir hier sage, oder, Vivi?«

»Ich verstehe, dass es ein kolossaler Fehler war, überhaupt hierher zu kommen.« Vivis Lippen bebten. »Einen, den ich ganz sicher nicht wiederholen werde.« Sie wandte sich Bel zu, mit einem blassen und tragischen Gesichtsausdruck und vor Wut funkelnden Augen. »Alles, was ich jemals wollte, war, dich zu lieben, Belinda. Wie du eine solche niederträchtige, undankbare …«

»Sprich weiter und jeder arme Kerl, der dich auch nur ein zweites Mal anschaut, bekommt eine Kopie der Dokumente, die du in der Hand hältst.« Vivi brach abrupt ab. »Ich *kann* dich ruinieren, Vivi. Würde das sogar gerne machen. Also passt du lieber auf, was du sagst.«

Sie atmete scharf ein und rauschte erhobenen Hauptes Richtung Ausgang. Drew trat zur Seite und machte ihr freundlicherweise die Tür auf. Die Menge teilte sich wie das Rote Meer, um sie durchzulassen. Und dann war sie weg.

Bel stand mit wackligen Beinen auf. Sie legte den Kopf schief und schaute James an, als ob sie ihn noch nie gesehen hätte. Ein Moment ohrenbetäubender Stille folgte. Er trat unbehaglich von einem Fuß auf den anderen.

»Du hast die Datenbanken der Behörden gehackt, um meine Schulakte einzusehen«, sagte sie schließlich.

Drew hob die Hand wie ein eifriger Schüler im Unterricht.

»Nein, das war ich.«

»Wir waren es alle zusammen.« James versuchte zu lächeln. »Aber es war eher zufällig, dass wir darauf gestoßen sind, wenn das hilft. Wir haben nach deinen ehemaligen Adressen gesucht, nachdem du abgehauen warst, und da sind wir, na ja … über ein paar andere Sachen gestoßen.«

»Deine Gerichtsakten auch.« Drew schüttelte den Kopf. »Der hohe Staat Virginia sollte sich wirklich mal darum kümmern, seine elektronischen Daten besser zu sichern.«

»Ich verstehe«, murmelte Bel.

Ford entschuldigte sich mit der Begründung, dass er einen Anruf annehmen wolle, von dem sie ausging, dass er nicht existierte. Selbstbelastung machte ihn nervös.

James ließ sich wieder auf den Schreibtisch sinken. Seine Finger klammerten sich um die Tischkante rechts und links seiner Hüften und er starrte auf seine Füße.

»Hör mal, es tut mir wirklich leid, wenn ich dir damit zu nahe getreten bin oder dich damit verlegen gemacht habe oder so, aber ich habe das letzte Mal den Fehler gemacht, Vivi zu unterschätzen, und sie hat beinahe unsere Beziehung zerstört. Schlimmer noch, sie hat dir *wehgetan.*« Er schaute auf, und was sie in seinen Augen wüten sah, nahm ihr den Atem. »Ich werde *nie wieder* zulassen, dass das noch mal passiert. Hörst du? Also tut es mir wirklich leid, wenn ich deine schmutzige Wäsche in der Öffentlichkeit gewaschen habe, oder was auch immer, aber bitte verlange nicht von mir, dass ich mich dafür entschuldige, ihr den Krieg erklärt zu haben, denn das werde ich nicht machen. Ich würde es immer wieder tun. Morgen. In fünf Minuten. Wann auch immer es nötig ist. Ich …«

»Das hatte ich auch nicht vor.« Mit weichen Knien ging sie auf ihn zu. »Gott, James, das hatte ich nicht vor. Ich bin einfach nur überrascht, das ist alles. Ich meine, ich hätte niemals erwartet …«

Sie zuckte mit den Schultern und suchte verzweifelt nach den richtigen Worten, die beschreiben würden, was sie gerade erlebt hatte.

»Was hast du niemals erwartet?«, fragte er leise.

»Dem Feind gegenüberzutreten, während mir eine Armee den Rücken stärkt«, sagte sie schließlich. »Nein, keine Armee. Eine *Familie.*« Sie streckte eine zitternde Hand zu ihm aus, während sie innerlich mit süßem Staunen erfüllt war. »Danke. James, ich …«

Er löste sich vom Schreibtisch und rannte auf sie zu, mit einer Schnelligkeit und einer solch gefährlichen Anmut, die rechtfertigten, was die DC Statesmen ihm zahlten. Bevor sie auch nur die geringste Ahnung hatte, dass er sich überhaupt bewegen würde, waren seine Arme schon um sie geschlungen, so fest, dass sie kaum atmen konnte. Ihr Hals war jedoch so zugeschnürt, dass sie sowieso nicht atmen konnte, also versuchte sie es gar nicht erst. Sie warf einfach ihre Arme um seinen Hals und hielt sich an ihm fest.

»Du bist jetzt mein, Bel.« Er murmelte die Worte mit tiefer und kämpferischer Stimme in ihr Haar. »Du gehörst nicht zu ihr, du gehörst zu *mir*. Ich bin deine Familie, ich bin dein Zuhause, ich bin dein Hafen im Scheiß-Sturm, oder was auch immer man sagt. Dein Kampf ist mein Kampf, Bel.«

»Was wir haben, das teilen wir?« Sie lachte durch die Tränen. »Sogar meine verrückte Mutter?«

»Ja.« Er legte seine Hände auf ihre Schultern und wich zurück, um sie anzusehen. »Also gewöhn dich besser daran.«

Das konnte sie tun.

»Hey, James?«

»Ja?«

»Ich liebe dich.«

Er antwortete nicht. Er nahm sie einfach nur hoch und küsste sie, bis sich ihre Zehen in den vernünftigen schwarzen Pumps aufrollten und ihre hungrigen Hände sein schönes weißes Hemd völlig zerknittert hatten, das sie an diesem Nachmittag erst gebügelt hatte.

Sie konnte sich auch daran gewöhnen, kam ihr ganz leise der Gedanke. Aber sie hoffte, dass das nie passieren würde.

# Epilog

Will stand auf der Veranda vor der Eingangstür des Annex. Er stand dort schon seit gut fünf Minuten – als plötzlich die Tür aufging und Bels Mutter herausstolziert kam. Aha. Das verhieß wahrscheinlich nichts Gutes. Er sollte wohl besser reingehen. Er betrachtete argwöhnisch die Tür, die Vivi praktischerweise offen gelassen hatte.

*Na los, mach schon, du feiger Saftsack.* Es war Bobs Stimme in seinem Kopf, heiser und amüsiert. *Beweg deinen Arsch ins Haus.*

Will seufzte. Nach seinem Tod hatte Bob ihm sein Geschäft vermacht, ihm einen Monat gegeben, um trocken zu werden, und jetzt – Grundgütiger – hatte er auch noch seine Stimme als Gewissen geerbt. Anscheinend hatte Bob es völlig ernst gemeint, als er damit gedroht hatte, seinen faulen Arsch bis in alle Ewigkeit als Geist heimzusuchen.

*Na toll.*

*Es wird auch in fünf Minuten nicht einfacher sein, du Memme. Lass dir mal ein Paar Eier wachsen. Stell dich ihr endlich, damit das ein Ende hat.*

Will fragte sich, ob Bob damit Bel oder Audrey meinte. Denn er stand weiß Gott weder mit der einen noch der anderen Frau auf gutem Fuß. Jetzt war er zu nüchtern, um unwilligen Frauen die Zunge in den Hals zu stecken – und er dankte Gott dafür –, aber Abstinenz war keine Du-kommst-aus-dem-Gefängnis-frei-Karte. Zumindest hatte man ihm das wieder und wieder klargemacht. Es war ein langer Monat gewesen. Indessen hatte er aber akzeptieren können, dass er ein paar saftige Ohrfeigen verdient hatte. Und James schuldete ihm noch einen ordentlichen Schlag mit der Faust. Er hatte auch akzeptiert, dass er diese wie ein Mann ertragen würde.

Ob sie alle auf einmal auf ihn einschlagen würden?, fragte er sich. Anstehen? Sich abwechseln? Hier, vor den Trauergästen, oder im stillen Kämmerlein?

*Du hast recht. Das hier ist etwas zu Hardcore. Vergessen wir es doch einfach und lassen uns stattdessen im Schönheitssalon verwöhnen.*

Will hätte fast gelächelt. Er und Bob hatten sich nicht besonders nahegestanden, aber den Kerl hatte man schon gebrauchen können.

*Oder einen Drink.*

*Aua. Das war unter der Gürtellinie, Bob.* Denn, Gott, das war genau das, was er brauchte.

*Wirst du dich jetzt dieser verdammten Aufgabe stellen oder nicht?*

Ja, er würde sich dieser verdammten Aufgabe stellen. Er ging durch die Eingangstür und zog sie hinter sich zu. Er verachtete sich selbst dafür, dass seine Hand auf der Türklinke zitterte.

Sofort waren alle Augen auf ihn gerichtet. Bobs Freunde. Trauergäste oder Trauergesellschaft oder wie auch immer man diese schwarz-gekleideten Menschen nannte, die über Särge gebeugt gurrten wie morbide Vögel. Er unterdrückte ein Schaudern – die letzte Beerdigung, die er hatte ertragen müssen, war die seiner Eltern gewesen – und war auf einmal dabei, Hände zu schütteln, sich auf die Schulter klopfen und auf die Wange küssen zu lassen.

*Es ist wirklich nicht so schwer, wenn du dich nicht wie ein Arschloch aufführst.*

*Danke, Bob. Ich werd's mir merken.*

»Hallo, hör mal.« Er legte die Hand auf die nächste Schulter. Er hatte keine Ahnung, zu wem sie gehörte, aber der Typ schüttelte seine Hand, als wäre sie ein verdammter Pumpenschwengel. »Irgendeine Idee, wo sich Bel und James aufhalten?«

Ein paar Sekunden später stand er vor der geschlossenen Bürotür. Angeblich sollten sie alle da drin versammelt sein. James,

Bel, Drew, Ford und Annie. Und Audrey. Die ganze verdammte Bande. Gott mochte ihm beistehen. Er wischte sich die feuchten Hände an der schwarzen Anzughose ab – er war schließlich auf einer Beerdigung und er war kein totales Arschloch – und trat vorsichtig ins Büro ein.

Bel und James standen vor dem Schreibtisch, in einer engen Umarmung vereint, die gerade noch so an der Grenze zu Habt-ihr-kein-Zuhause war. Der Rest der Familie stand um sie herum und schaute sie mit liebevollen, tränennassen Augen an. Er wunderte sich, was er wohl verpasst hatte. Ein Showdown mit Vivi? Ein Heiratsantrag?

Ach, du liebe Güte, Heirat. Würde das der ganzen Sache nicht noch die Krone aufsetzen?

Sein Herz schmerzte, nur ein ganz kleines bisschen, ein dumpfer und bittersüßer Schmerz. James – das sonnige, witzige mittlere Kind, das immer einfach so durchs Leben geschlittert war, als hätte es verdammte Regenbögen unter den Füßen – würde heiraten. Ein Mann werden. *Erwachsen* werden.

Er spürte den schmerzhaften Stich der Eifersucht. Aber wieso? Weil James erwachsen geworden war und ihn dabei hinter sich gelassen hatte? Oder weil James das Glück gehabt hatte, eine Frau abzubekommen, die nach Plätzchen roch und die tiefsten, süßesten Grübchen hatte, die Will je gesehen hatte? Eine Frau, die James und den ganzen Scheiß, den er mit sich herumtrug, angeschaut und jemanden gesehen hatte, der es wert war, geliebt zu werden?

Es war möglich, dass ihm ein Seufzer entwich. Klein und, ja, jämmerlich. Es hatte unmöglich lauter als ein schwerer Atemzug gewesen sein können, aber es war genug. Audrey erblickte ihn zuerst. Er wurde sich sofort dem Moment bewusst, in dem sie seine Anwesenheit bemerkte. Ihr Rücken wurde plötzlich steif und wirkte irgendwie feindselig. Sie drehte sich langsam, mit einer ganz hoheitsvollen Bewegung und bebenden Nasenflügeln um, als ob sie etwas Unangenehmes gerochen hätte und gerade schauen wollte, ob ihr etwas unter dem Schuh klebte.

Er bereitete sich auf die Ohrfeigen vor, von denen er wusste, dass er sie verdient hatte. Er dachte darüber nach, es mit einem versöhnlichen Lächeln zu versuchen, aber Bob sagte: *Keine gute Idee*, also bemühte er sich um einen ungerührten und unverbindlichen Gesichtsausdruck.

»Hey Audrey.«

»Will.«

Eine einzige, eisig-klingende Silbe war alles, was sie ihm zugestand, aber sie machte keine Anstalten, ihn zu schlagen. Das war wenigstens was.

»Heilige Scheiße, Will!« Drews Augen weiteten sich und auf seinem Gesicht breitete sich ein Grinsen aus, das gleichzeitig *Willkommen zu Hause* und *Gleich geht's hier ab* sagte. Drew liebte eine gute Show. Er machte einen Satz nach vorne und legte einen dünnen Arm um Wills Schultern, drückte ihn fest und klopfte ihm auf den Rücken. Dann wich er argwöhnisch zurück. »Du bist doch nicht aus der Klinik abgehauen, oder?«

»Nein. Ich hab das Entzugsprogramm beendet.«

»Hey, herzlichen Glückwunsch.«

»Ja, danke.«

Drew löste sich von ihm und Will ließ gedankenverloren ähnliche Begrüßungen von Ford und Annie über sich ergehen. Nichts von Audrey, aber ihre Reaktion war schon besser gewesen, als er erwartet hatte. Nein, seine Aufmerksamkeit galt nun James und Bel.

Sie standen vor dem Schreibtisch, immer noch in eine lockere Umarmung verschlungen. Will ging vorsichtig auf sie zu. Er gab ihnen mehr als genug Zeit dafür, sich auf ihren Schlag vorzubereiten. James begegnete seinem Blick und seine Mundwinkel verzogen sich zu einem Lächeln. Nicht, dass es irgendwas zu bedeuten hatte, sagte sich Will und unterdrückte strikt den in ihm aufkeimenden Hoffnungsschimmer. James sah ja immer so aus, als ob er gleich lächeln würde. Es war so etwas wie die Kontrollleuchte seines angeborenen sonnigen Gemüts. Es bedeutete nicht unbedingt, dass Will hier willkommen war. Er hatte es sich weiß Gott nicht verdient.

Bel streckte sich langsam. James' Hand löste sich von ihrem Rücken und sie kam einen Schritt auf ihn zu. Sie sah kühl und hübsch und ernst aus, überhaupt nicht so wie die Frau, die seinen Bruder gerade so geküsst hatte, dass er glücklich, benommen und total verstrubbelt aussah.

Er zwang sich dazu, weiter auf sie zuzugehen, bis er nahe genug war, sie zu berühren. Nicht, dass er das getan hätte. Er wollte ihr einfach nur die Gelegenheit geben, ihm eine Ohrfeige zu verpassen. Das schuldete er ihr, nicht wahr?

*Der Junge lernt ja doch noch dazu.*

*Halt die Klappe, Bob.*

»Hey Bel.« Er lächelte nicht, hatte nicht den Mumm, es auch nur zu versuchen. Er war sich Audreys Anwesenheit so sehr bewusst, ihre Schönheit blendete ihn fast, und sie schaute ihm mit kaltem und wachsamem Blick dabei zu, wie er sich Bels Urteil stellte. Er versuchte, Worte zu finden. Irgendwelche Worte. Schöne Zauberworte, mit denen er sich wieder mit der Frau richtigstellen konnte, die sein Bruder auserwählt und der er Unrecht getan hatte. Aber ihm fiel nichts ein – er zweifelte daran, dass solch mächtige Worte überhaupt existierten, also sagte er bloß: »Es tut mir so leid.«

Sie schaute zu ihm hoch. Es folgte ein langes Schweigen. Es dehnte sich aus, wurde immer dünner, bis es nur noch ein einziger seidener Faden war. Noch länger dauerte es an, endlos, bis es schon nicht mehr peinlich war, bis es nicht wiedergutzumachen schien. Der Kloß in seinem Hals wurde immer größer, je mehr er sich schämte – *und die Scham war wohl-verdient* –, aber er schluckte ihn runter. Alles, was er tun konnte, war, die Entschuldigung vorzubringen. Sie konnte sie akzeptieren oder …

Und dann tat Bel etwas so Unerwartetes, so Hanebüchenes, dass Will es zuerst gar nicht verstand. In einem Moment stand er da, ertrug quälende Scham, und im nächsten hatte sie ihre Arme um ihn gelegt und der Vanille- und Zimtgeruch ihres Haares strömte in seine Lungen wie Sauerstoff und Vergebung. Erst dann wurde er sich bewusst, dass sie ihn *umarmte*. Sie hatte einfach ihre Arme geöffnet, warm und stark und einladend, und Will war in sie hineingefallen.

Jetzt lachte sie und hielt sich an ihm fest, und er vielleicht auch. Oder vielleicht gab er ja auch keinen einzigen Laut von sich, weil niemand ihn so umarmt hatte, seit seine Mutter das getan hatte, und seine Kehle war zugeschnürt. Es war schwer zu sagen.

»Will! Ach Will«, sagte sie in seinen Kragen. Dann löste sie sich aus der Umarmung, hielt aber seine Hände fest. Ihr Lächeln war wunderschön und erstaunlich. »Willkommen *daheim*.«

Jetzt war sein Herz enger als sein Hals und er konnte nur blöde zurücklächeln. Dann klopfte ihm James auf den Rücken und drückte ihn. Nun kam Drew auch noch dazu, und selbst Ford und Annie schlossen sich der Umarmung an. Es war ein komplettes Durcheinander der besten Sorte und es richtete ihn auf, hob ihn in die Lüfte, hoch über die vielen steinigen Stellen, die es noch in seinem Herzen gab. Auch wenn es nur für einen Augenblick war.

»Hey Bel«, sagte er schließlich. »Hör mal, ich habe noch was für dich.«

»Was denn?«

Sie schaute interessiert.

»Dir das zu überreichen, ist meine erste offizielle Handlung als Agent.«

Ihre Augenbrauen schossen hoch.

»Als mein Agent?«

»Als Kates.« Er zog einen versiegelten Umschlag aus der Innentasche seines Sakkos. Er war klein, von der Größe einer Dankeskarte, und auf die Lasche war das Motiv einer großen Schneeflocke gestanzt. Er überreichte ihn ihr. »Für dich.«

Bel blinzelte verwirrt, wechselte dann einen Blick mit James und sagte:

»*Hmmm.*« Sie schob einen Finger unter die Lasche und riss den Umschlag auf. Sie nahm eine Seite dickes, cremefarbenes Briefpapier heraus und faltete sie auseinander. Stumm las sie das, was darauf geschrieben war, und schaute dann mit besorgtem Blick zu James auf. »Sie möchte, dass wir morgen beim Dreh der Weihnachtssendung dabei sind.« Dann sah sie Will skeptisch an. »Warum würde sie das wollen?«

Will zuckte mit den Schultern.

»Ich weiß es wirklich nicht. Ich bin nur der Überbringer der Nachricht.«

James legte einen Arm um ihre Schultern, nahm ihr den Brief aus der Hand und schaute ihn sich selbst an.

»Ich schätze, wir werden es morgen herausfinden, was?«

»Ich schätze, das werden wir«, sagte Bel.

Aber Will hörte gar nicht mehr zu, denn irgendwann während des Lachens und Heulens und Umarmens war Audrey aus dem Zimmer geschlüpft. Er hatte es gespürt, als sie gegangen war – sein Audrey-Radar war anscheinend immer noch in Betrieb und so empfindlich wie eh und je –, aber er hatte nicht den Versuch unternommen, sie aufzuhalten. Er würde sie später suchen. Denn was er Audrey zu sagen hatte, was immer noch zwischen ihnen stand, würde er mit ihr unter vier Augen regeln.

*Feigling*, sagte Bob.

Verdammt richtig.

# Danksagung

Als Allererstes möchte ich mich ganz herzlich dafür bedanken, dass Sie das Buch einer Indie-Autorin lesen! Es ist eine »schöne, neue Welt« für Buchautoren da draußen, die ihre Werke jetzt als unabhängige Autoren selbst veröffentlichen können, und es freut mich, dass Sie mein Buch nicht nur gefunden haben, sondern ihm auch noch eine Chance geben. Ich weiß, dass man die Qual der Wahl hat, wenn man eine Entscheidung trifft, für welches Buch man Geld ausgeben möchte, und Sie haben sich diesmal für mein Buch entschieden. Ich habe die Absicht, Ihnen dafür eine Geschichte zu bieten, die Sie von den Socken hauen wird.

Wenn ich mein Versprechen einhalten kann und Sie dieses Buch lieben, dann geben Sie ihm doch bitte eine gute Bewertung oder Besprechung. Ein gutes Buch findet nur Leser, wenn diejenigen, die es lieben, andere darauf hinweisen. Jeder kleine Zuspruch hilft und wir Autoren schätzen es mehr wert als Ihnen bewusst ist.

6190163R00254

Printed in Germany
by Amazon Distribution
GmbH, Leipzig